THE PRINCE OF NOTHING 乌有王子 卷一

前度的黑暗

The Darkness That Comes Before

[加拿大] R. 斯科特·巴克 / 著

王阁炜 / 译

重庆出版集团 重庆出版社

The Darkness That Comes Before
Copyright ©2003 by R.Scott Bakker
This edition arranged with The Lotts Agency Ltd. though Andrew Nurnberg Associates International Limited
Simplified Chinese Translation Copyright ©2014 by Chongqing Publishing House Co.,Ltd.
All rights reserved.

版权所有，侵权必究
版贸核渝字（2012）第127号

图书在版编目（CIP）数据

乌有王子.1，前度的黑暗 ／（加）巴克著；王阁炜译.—重庆：重庆出版社，2014.3
ISBN 978-7-229-07222-3
Ⅰ．①乌… Ⅱ．①巴… ②王 Ⅲ．①长篇小说－加拿大－现代
Ⅳ．①I711.45
中国版本图书馆CIP数据核字(2013)第284612号

乌有王子
（卷一）：前度的黑暗
QIANDU DE HEIAN

（加拿大）R.斯科特·巴克 著 王阁炜 译

出版人：罗小卫
责任编辑：邹　禾　肖　飒　方　媛
装帧设计：谢颖设计工作室
封面图案设计：罗　烜
责任校对：廖应碧

重庆出版集团 出版
重庆出版社

重庆长江二路205号　邮政编码：400016　Http：／／www.cqph.com
重庆出版集团艺术设计有限公司　制版
重庆市国丰印务有限责任公司　印刷
重庆出版集团图书发行有限责任公司　发行
E-mail:fxchu@cqph.com　　邮购电话：023－68809452
全国新华书店经销

开本：880mm×1230mm　1/32　印张：20　字数：468千
2014年3月第1版　2014年3月第1次印刷
ISBN：978-7-229-07222-3
定价：56.80元

如有印装问题，请向本集团图书发行有限责任公司调换：023-68706683

版权所有　侵权必究

致雪伦

———∞———

你带给了我希望

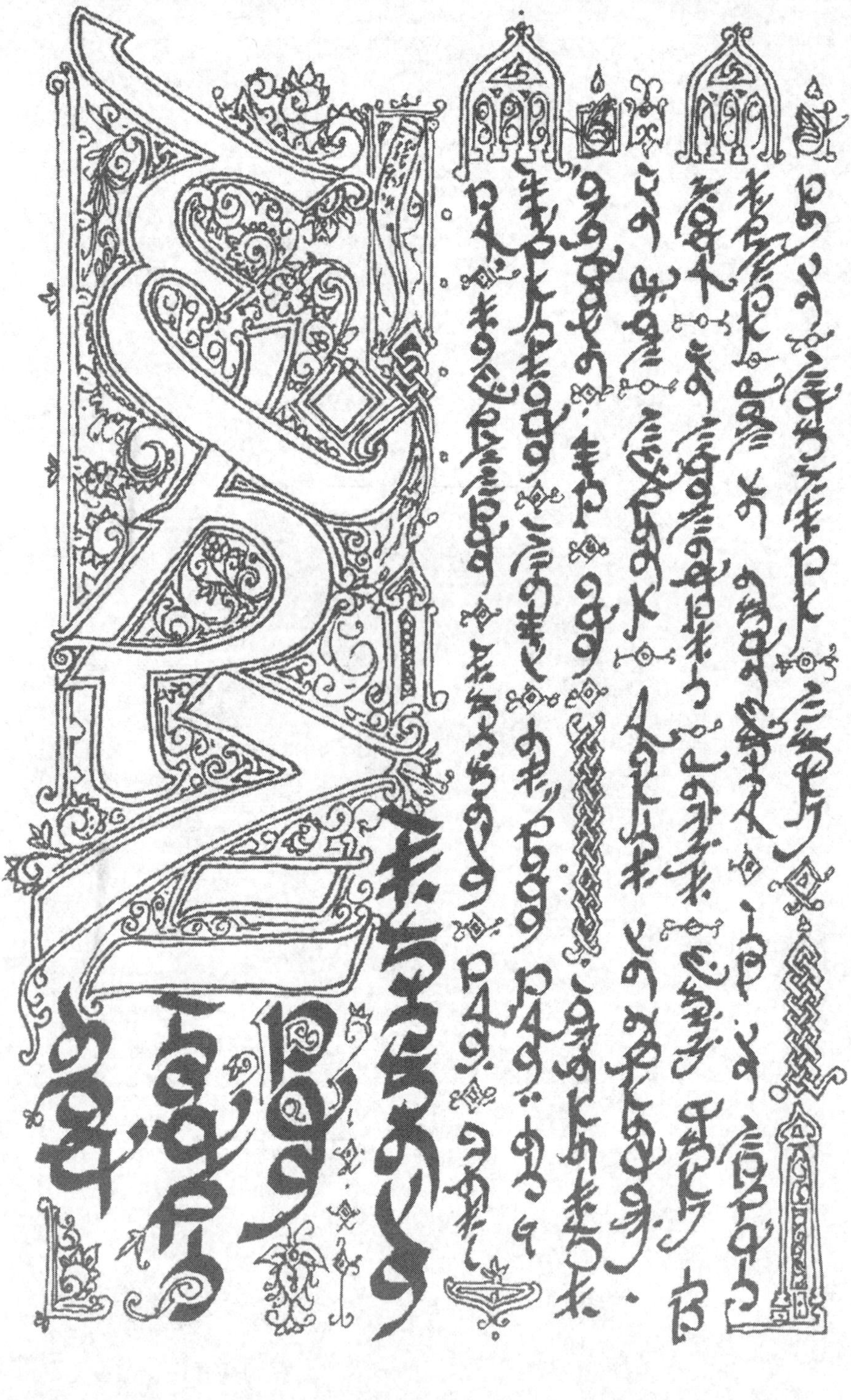

导　言

霸道之极

——R.斯科特·巴克的"第二次毁灭"与《前度的黑暗》

对于奇幻爱好者来说，一直以来最头痛的莫过于要他们介绍一部或者一系列奇幻作品"讲了什么"。试问，谁能用一段话乃至一页纸、用十分钟乃至一小时说得清《冰与火之歌》或者《魔兽世界》呢？这些野心勃勃的奇幻大作，各自创造出一个完整的世界，而发生在小说、游戏中的，不过是浩荡历史中的一个片段，就连这个片段，也是由成百上千的人物堆砌而成，无论怎么描述，都难免有管中窥豹之嫌。

于是我们在形容时发明了一种简单的分类：我们把那种"哈利·波特"式的以青少年为主人公、以校园为背景的奇幻称为YA成长型奇幻（young-adult，"青少年"奇幻）；那种单本讲述一段冒险，下一册进行另一段冒险的奇幻被归为"剑与魔法"；而在这诸多类型中，最为"霸道"的，是用若干册小说讲述一个连续的故事，每个分册相当于一部长篇小说的一个组成部分。这类超长篇小说的强悍之处在于其史诗感、丰富程度、表现力和冲击力毫无疑问是整个幻想文坛里的最强音，她是一种群像文学，不仅呈现出一个世界，还可以包纳其他的各种写作形式。《冰与火之歌》《时光之轮》乃至《回忆，悲伤与荆棘》等莫不如此。

《乌有王子（卷一）：前度的黑暗》是加拿大当代著名幻想文学家R.斯科特·巴克"第二次毁灭"大系的开篇之作。斯科特·巴克生于1967年，是一个智商极高、拥有哲学博士学位的作家，于二十一世纪初崭露头角，其作品除"第二次毁灭"大系外，还有一些优秀的惊悚小说。

"第二次毁灭"大系围绕"第二次末世之劫"展开，分为三个三部曲，首尾连接，分别讲述了这个毁天灭地的大事件的不同阶段。其中

乌有王子 ★ 前度的黑暗

第一个三部曲"乌有王子"系列可谓酝酿阶段，讲述了对抗末世之劫的"英雄"凯胡斯（虽然他能不能被称为英雄还有待商榷）的崛起。或者简单来说，这是一个儿子寻找父亲的故事。

"第二次毁灭"主要发生在伊尔瓦大陆，伊尔瓦大陆面积相当于地球上的一个大洲，而它只是那个世界里一整个大洲的西半部分。其以东被称为伊尔纳大陆，两片区域被雄伟的卡雅苏斯大山脉分割（这个世界还有没有其他大洲不得而知，目前我们只知道这个世界是一个星球，星球之外有其他星球，再之外又被神灵居住的"外域"包裹）。伊尔瓦大陆起初由"奇族"统治，而后伊尔纳大陆上人类五大部落中的四个（诺斯莱人、克泰人、塞尔文迪人和萨提奥斯人）在奇族的敌人"虚族"的诱导下，于"破门之年"翻越大山脉进入伊尔瓦大陆，几乎将奇族消灭殆尽，并逐渐成为这片大陆的绝对主导。然而在此之后，这些成为主人的人类却要面对"末世之劫"的威胁……

作为系列中心舞台的伊尔瓦大陆，乃是巴克花费无数时间琢磨所得，其框架源于上世纪八十年代初欧美流行的游戏《龙与地下城》。巴克一度沉迷于此，并潜心研究改进，力求创造出一个自己欣赏的、成熟大气的战役设定。准确地说，它诞生于安大略湖旁斯坦利港巴克幼时居住的小房子。在巴克心目中，创造设定或者说创造世界好比完成雕塑，是把自身对文化、历史的理解，塑造成理想形态。奇幻小说中的地名，在奇幻作家心目中再清晰、再生动——比如《前度的黑暗》中著名的古都苏拿或摩门——对初读者来说也是茫然。作家的任务（某种意义上来说这是史诗奇幻的"原罪"），就是要把这些全无意义的名词，无中生有地在读者脑海中留下深刻印象——这方面的佼佼者有《魔戒》的作者托尔金、《冰与火之歌》的作者马丁，也有"第二次毁灭"大系的斯科特·巴克。

一般而言，要达成这个从无到有的任务，可以有三条路线：第一条，是建立一个与已知世界直接一一对应的世界，盖伊·加夫里尔·凯

导　言

在《提嘉娜》《阿拉桑雄狮》《天下》等作品中走的就是这条路；第二条是建立完全的架空世界，很难找到什么直接对应，例如布兰登·桑德森的《迷雾之子》《王者之路》；第三条是大部分作家——包括巴克在内——选择的折中路线，即将多个现实世界元素的映射糅合在一起，大批事物没有直接的原型，但又能看出很多现实世界的影子，最典型的莫过于《冰与火之歌》。斯科特·巴克塑造的伊尔瓦大陆，别出心裁地摒弃了烂大街的欧洲中世纪设定，转而以希腊古典时代的地中海世界为基本模板，并渗入了埃及文化、闪米特文化和中世纪骑士文化的成分，从长袍、长裙的衣着，酒碗式的喝酒方式，到军队的编组和统治结构，样样透出别具一格的风采。按巴克的话来说：“我要创造一个复杂的、多元的、包罗万象的世界——这样毁灭起来才有意思！”

在设定之外，"第二次毁灭"的故事发端于主人公"凯胡斯"。1986年，也就是巴克读大学的第一年，他突然有了一个全新的想法，即信仰体系更多的是社会内部作用的结果，而与"真相"无关，我们越虔诚，反之也越盲目，只不过无知在体系内是无形的而已。我们的整个社会建立在反复的被教化的行为之上——例如成人应该上班，学生应该上学，如果大家不这么做，这个社会就会崩溃——信仰体系的目的是让这些行为合理化，而不在于追求"真相"。如果有一个英雄、一个将军，他不只是武艺高强、诡计多端，更能建立一套改变他人行为方式的信仰体系，那会是怎样呢？宏大的故事由此展开。

依据这个人物，巴克为故事套上了第一次十字军东征的线索。第一次十字军东征是西方基督教世界于1096—1099年间发起的战争，旨在收复信仰穆斯林的阿拉伯帝国扩张中征服的（原属东罗马帝国）圣地勒班特以及其中的圣城耶路撒冷，由教皇乌尔班二世倡导，全欧洲的贵族和农民积极响应。圣战军在东罗马帝国首都君士坦丁堡集结，但皇帝阿历克塞一世要求所有贵族签订《条约》，将征服的土地归还东罗马帝国，双方因此僵持不下，期间主要由农民组成的"农民圣战军"单独出征，

乌有王子 ★ *前度的黑暗*

遭遇了惨败。1097年,获得皇帝的补给后,圣战军正规军大举出发,经过两年的艰苦奋战,于1099年7月18日攻陷耶路撒冷,取得了胜利。显而易见,《乌有王子(卷一):前度的黑暗》中的圣战、因里教、费恩教、纳述尔帝国、圣城西摩、乡民圣战军、皇帝瑟留斯等等都有一一对应的历史原型。但巴克又在中间加上了巫术学派、非神会、末世之劫、西斯林祭司等等丰富的元素,形成波澜壮阔的史诗。

2004年《前度的黑暗》英文版出版,由于其在奇幻文学,尤其是史诗奇幻文学领域独树一帜的里程碑意义,令斯科特·巴克声名鹊起,几乎一夜之间便跻身于加拿大第一流的幻想作家的行列,与罗伯特·索耶、盖伊·加夫里尔·凯、斯蒂芬·埃里克森等人平起平坐。那一年,"初生牛犊不怕虎"的巴克与著名作家凯在多伦多有过一次晚餐。当凯听说巴克计划打造一个八九卷的"第二次毁灭"的宏大蓝图后,便苦口婆心地劝说他放弃这个计划。凯列举了多卷本史诗奇幻的种种弊端,包括分支情节越来越多,随着作家热情不可避免的衰减,后续作品的质量往往也出现下滑,最麻烦的是,在若干卷的情节堆砌和写作压力累积之下,作家几乎不可能写出让读者满意的高潮,系列故事太容易虎头蛇尾,败兴而归。

"可是您想想,"巴克当时回答道,"如果我写出一个紧凑得像一本书的长系列呢!"

为了达成所吹的牛皮,巴克为自己定下了四大写作原则:

一、坚持使用最初的人物。

二、每一卷都有进步。

三、克制"不断开新地图"的冲动。

四、确保所有线索都有交代。

一句话,扎实地完成最初的写作计划。

这四大写作原则(或者针对史诗奇幻界的无数"坑王"而言,可谓四大节操原则)巴克一直遵循不悖,只是后来他自嘲地形容道,他发觉

导 言

这种过于严格的自律让他成为了一个流派作家，而无法在商业价值上更上一层楼。

斯科特·巴克说，他的终极目标是"打造一个和托尔金的'中土世界'具有同样深度和广度，却比后者更为客观、更为严肃的世界，他的世界要跟真实世界一样腐败、偏执和无情；写作一个担得上'史诗'和'奇幻'二大标签的作品，不仅忠于'史诗奇幻'的流派传统，还要创造出读者前所未见的阅读体验，以经文手稿般的抒情语言，描绘心理人格极度写实的角色；等到故事最终完成，要让读者感觉翻越了高山，虽然高山的全貌看不真切"。

至于这个霸道的目标是否达到，国外的广大读者显然给出了正面答案，而今重庆出版社和史诗图书便将这部精心打造的当代名著的简体中文版交给读者您来亲自评判。

屈 畅

目 录

序章　库尼乌里荒原 ·············· 1

第一卷　巫师

第一章　凯里苏萨尔 ················ 34
第二章　阿提尔苏斯 ················ 58
第三章　苏拿 ···················· 78
第四章　苏拿 ···················· 109

第二卷　皇帝

第五章　摩门 ···················· 132
第六章　君纳帝草原 ················ 163
第七章　摩门 ···················· 199
第八章　摩门 ···················· 228

第三卷　妓女

第九章　苏拿 ···················· 258

第十章　苏拿 278
第十一章　摩门 311

第四卷　战士

第十二章　君纳帝草原 342
第十三章　赫桑塔山脉 379
第十四章　凯兰尼亚平原 418

第五卷　圣战

第十五章　摩门 444
第十六章　摩门 482
第十七章　安迪亚敏高地 519
第十八章　安迪亚敏高地 555
第十九章　摩门 583

附录

角色与阵营 602
伊尔瓦大陆各主要种族的语言及方言 607
伊尔瓦大陆 612
三海西部 614
阿凯梅安的羊皮卷 616

序章
库尼乌里荒原

如果说，不理解曾经的一切就什么都无法理解，那么我们对灵魂的定义应当是：先于万物的存在。

——阿金西斯，《人类的解析·第三卷》

长牙纪2147年，德玛山脉

没有人能用城墙阻挡被遗忘的过去。

伊述亚城堡在末世之劫的高潮时崩溃了，但它并未被魔鬼般的斯兰克军队攀上，哪怕胸中燃烧着熔火的巨龙也无法毁掉它沉重的大门。伊述亚是库尼乌里至高王们的秘密避难所，没有谁能围困秘密，即便"非神"也无能为力。

几个月前，库尼乌里的至高王安那苏里博·甘雷尔卡二世带着幸存的家人逃到伊述亚。国王卫士们站在城墙上，望着脚下延伸开去的黑色丛林，他们的思想仍被记忆中燃烧的城市与哭号的民众折磨着。风呜咽，卫士们紧紧抓着伊述亚城墙冷冰冰的石块，回想起斯兰克的号角，无声地互相安慰。他们不是躲开身后的追兵了吗？伊述亚的城墙难道还不够坚固吗？除了这里，还有什么地方可以让人类躲过世界的末日？

瘟疫最先带走国王本人，也许这对大家都好：甘雷尔卡在伊述亚每日以泪洗面，发泄着唯有失去一切的国王心中才会燃烧的怒

乌有王子 ★ 前度的黑暗

火。第二天晚上,他的家人将他的棺木抬到城下森林中火葬,柴堆点燃的火焰在四周窥探的群狼眼中跃动。他们没有吟唱挽歌,只是麻木地低声念诵了一段祷文。

晨风还未将国王的骨灰吹上天空,就又有两人遭到瘟疫的袭击:甘雷尔卡的宠妃和他们的女儿。瘟疫仿佛在追逐国王的血脉,毫不松懈地攻击着一个又一个王室成员。城墙上的哨兵越来越少了,那些仍然望向地平线远方群山的士兵也没看到多少东西。他们脑中塞满死者的哀号,以及随之而来的恐惧。

很快就连哨兵也没有了。从埃伦奥特平原的大灾难中救出国王的五位特雷瑟骑士一动不动地躺在床上;国王的大维齐尔[①]的金色长袍沾满腹中涌出的血,血还洒满了他记载巫术的典籍;甘雷尔卡的叔叔、那位在末世之劫刚开始时率领死士冲向戈尔格特拉斯的勇士,在自己的房间用绳子结束了生命,尸体已经干枯扭曲;王后的双眼透过沾满溃烂黏液的被单向外凝望。

所有逃亡到伊述亚的人中,只有甘雷尔卡的私生子和他的吟游祭司活下来。

小男孩害怕祭司的奇怪神态和白色独眼,他躲起来,只在无法忍受饥饿时才冒险出来。年老的吟游祭司唱着古老的战歌与情歌不断寻找他,却将歌词哼得含混不清,变成了淫秽的小调。"你为什么不出来呢,孩子?"他蹒跚着走过一道道长廊,"让我为你歌唱,用神秘的歌声向你表白心迹。让我与你分享曾经的荣光!"

某个夜晚,祭司抓住了男孩。他抚摸男孩的脸颊,大腿:"原谅我。"他一遍又一遍轻声低语,却只有瞎了的那只眼流出泪水,"人都死绝了,"他说,"也就无所谓罪行了。"

但活下来的却是男孩。第五天夜里,他引诱吟游祭司来到伊

[①] 维齐尔:伊斯兰国家元老,高官职位。

序 章

述亚高耸的城墙上，趁祭司醉酒后步履蹒跚，将之从最高处推了下去。他在祭司跌落的地方趴了很久，透过昏暗的暮色看着破碎的尸体，心想：它与其他尸体的区别，只不过是血还没干罢了。倘若人都死绝了，也就无所谓谋杀了？

冬季的寒冷潜入空旷的伊述亚。靠在城头石垛上，男孩听到群狼的长啸与厮杀声透过黑暗的丛林传来。每当这时，他都会从被子中抽出胳膊，紧抱在胸前，努力不让自己发抖。他一边低声唱起死去的母亲教他的歌，一边体会寒风割脸的滋味。有时他会飞奔到庭院，挥舞沉重得令他无法站稳的武器，用库尼乌里人的战吼回应狼群；也有时他会因为绝望或毫无来由的恐惧而圆睁双眼，用父亲留下的佩剑戳刺一具具死尸。

雪停之后，他听到喊叫，循声来到伊述亚的正门上方。透过黑暗的箭孔，他看到一群形容枯槁的男男女女。这些人显然也是末世之劫的难民。他们瞥到他的影子，向他呼喊，求他给他们食物、住所以及其他一切。男孩在惊骇之下不敢应答。困苦的环境让那些人看上去狂野而可怕，如同狼群。

他们往城墙上爬，男孩逃到回廊里。和吟游祭司一样，他们也在寻找他时高喊会保证他的安全。最后，他们中的一个男人在装沙丁鱼的木桶后找到了他。男人的声音不算温柔，但也并不严厉，他说："我们是杜尼安僧侣，孩子。你有什么理由惧怕我们呢？"

男孩紧握父亲的剑，哭喊："只要人没死绝，就还会有罪行！"

男人眼中充满好奇。"不，孩子。"他说，"只有人被蒙蔽时，才会有罪行。"

安那苏里博家的孩子一动不动地盯着他看了一会儿，然后庄重地将父亲的剑放在一边，握住陌生人的手。"我是王子。"他低声说。

乌有王子 ★ 前度的黑暗

　　陌生人将他带回同伴们当中，他们一起为这意外的幸运欢庆了一番。他们高喊着——不是向他们拒绝承认的诸神，而是向彼此——称自己找到了万物之因皆为一体的证据。他们感受到至圣之理在本地汇聚。在伊述亚，他们找到了庇护所，可以躲过世界的末日。

　　杜尼安僧侣依然憔悴，不过他们披上了死去诸王的毛皮袍子，抹去了墙上的巫术符文，烧掉了大维齐尔的书籍。珠宝，玉器，绸缎，镶金线的织物，一切都与旧王朝的尸体一起被掩埋了。

　　于是世界也遗忘了他们，整整两千年。

　　奇族，斯兰克，人类：
　　奇族遗忘，
　　人类悔恨，
　　而斯兰克嘲笑一切。

——古代库尼乌里童谣

　　这本历史描述的，是一场伟大而悲惨的圣战，是那些挑起、参与并扭曲了这场战争的势力，是儿子寻找父亲的旅程。和所有历史一样，只有我们这些幸存者才可以写下它的结局。

——杜萨斯·阿凯梅安，《第一次圣战简史》

长牙纪4109年，晚秋，德玛山脉

　　那些梦境又来了。

　　广阔的风景，浩瀚的历史，信仰与文化的纷争……一切细节如瀑布般呈现在眼前。无数骏马滑倒在地，无数人的拳头紧握泥土，无数死尸被冲上海岸。此外，每个梦境中都有一座古老的城市，阳

序　章

光将它白垩涂抹的墙壁晒得爆皮，墙壁上脱落的粉尘在暗褐色山岭的映衬下清晰可见。圣城……希摩。

然后是那个声音，尖利得仿佛出自巨蛇的喉咙。它在不停说着："把我的儿子给我。"

做梦的人不约而同醒来，喘着粗气，从不可思议的梦境中挣扎着回到现实。和第一次遭遇这些梦境时一样，他们发现自己仍在大千之厅无光的深处。

他们做出了决断。这样的亵渎无法再忍受下去了。

沿坑坑洼洼的山路爬了一阵后，安那苏里博·凯胡斯把头靠在膝盖上，回头去看那座修道院般的城堡。伊述亚的城垛矗立在连绵的云杉和落叶松之上，而城堡背后凹凸不平的群山更为雄伟。

你当时看到的景象也是这样吗，父亲？你有没有回头看它最后一眼？

远处城垛间可以看到一些人影，他们排列成队，消失在石头后面。凯胡斯知道，年长的杜尼安僧侣将不再守夜，他们会垂下庞大的笼梯，一个接一个进入大千之厅的黑暗当中——那是伊述亚地下百转千回的巨大迷宫，他们会在此遵照安排死去。而这是父亲当初亵渎过的一切。

我已是孤身一人了，我只有一个任务。

他将视线从伊述亚转开，继续在丛林中攀爬。山风中带着松木断口的味道。

午后，他越过了林线，在冰雪如鱼鳞般覆盖的山坡攀登了两天后，登上了德玛山脉的顶峰。在山脉另一端，那片曾叫作库尼乌里的丛林被脚下奔腾的云海掩盖了。他不禁猜测，到底要跨越多少这样的景致，才能找到父亲？到达希摩之前，地平线还需要在层层叠叠的峡谷中消失出现多少次？

乌有王子 * 前度的黑暗

希摩将是我的家。我应当居住在父亲的房子里。

他攀下花岗岩绝壁，进入荒野。

他在幽暗的密林里穿行，遒劲的红木组成一道道回廊，经年累月不见人烟，显得分外寂静。他裹紧斗篷，穿过灌木丛，越过奔流湍急的山涧。

虽然伊述亚城下的丛林和这里并没有太多不同，凯胡斯仍有些莫名的不安。他停下脚步，想用古老的手段强行理清思绪，重获平静。丛林中一片寂静，偶尔有轻柔的鸟鸣，但他却可以听到雷声……

我身上一定发生了什么。这是第一次考验吗，父亲？

他发现了一条溪流，水纹如画，波光粼粼。他跪在溪水边，掬到唇边的溪水比他之前尝过的任何水都更甜美，更令人神清气爽。但溪水尝起来怎么会是甜的？阳光透过流水，怎会变得如此……美丽？

前事决定后事。杜尼安僧侣将全部生命投入到对这一准则的研究中。他们阐释因与果交织成的无法捉摸的巨网，这张网能决定每一次偶然事件，把无法控制、无法预料的因素变到最小。正因如此，伊述亚发生的每件事都有着花岗岩般不可撼动的必然性。每个人都知道空地树丛中的一枚落叶将沿着什么轨迹飘落；许多人还未开口前，对方就知道了他要说的话。把握前事，就可以知晓一切后事。而一旦了解到即将发生的一切，所有的美好都将静止，变成空洞的、理智与知识的交流。这便是"道"——逻各斯——的馈赠。

除了思维尚未成型的童年时代，这次出行使凯胡斯第一次真正感到惊讶。在此之前，他的生活不过是场早就规划好的仪式，不断学习，不断超越条件，不断研究如何掌握一切——仿佛一切本是可以把握、可以理解的。但现在，穿行在库尼乌里失落的荒原中，他感觉世界在向前疾冲，自己却裹足不前。如同流水中的土块，他被

序 章

接连不断的惊喜所冲击：一只前所未见的鸟儿细声的鸣叫；未知的野草挂住了披风；一条蛇蜿蜒爬过洒满阳光的空地，寻找未知的猎物。

每当头顶有翅膀拍动的声音，他都会停步抬头仰望，然后走去不同的方向。蚊子叮在脸上，他伸手去拍时，视线又被一株没见过的树木引走了。周遭环境已在他体内定居，占据了他，身边发生的一切都在打动他：树枝噼啪作响，水流经过石块时产生的永不重样的漩涡，这些如同汹涌的浪潮将他卷入。

第十七天下午，他的鞋底与脚掌间夹进了一枚枯枝。他举起枯枝看着空中的卷云，研究起它的形状，完全迷失其中。他思考这根枯枝曾在空中划过的轨迹，想象这条纤细的、单调的枝杈竟能划过这么大一片苍穹：它是枯萎后落下的，还是先落在地上，又被土壤吸走了水分？他抬起头，看着一整片天空被不断分叉的树枝分割。真的没办法把握一整片天空吗？他不知自己在那里站了多久，但那枚枯枝从他手中滑落时，天色已暗了下来。

第二十九天早上，他蹲在一块染满苔绿的岩石上，看着鲑鱼在奔流的河水中不断跃起、跌落。直到太阳起落了三次，他的思想才从鱼水间这场永远无法理解的战争中逃出。

在最糟糕的时刻，他连自己的手臂都感觉不到，它们就像重叠的阴影，而他也无法把握脚步的节奏了。过往的一切，只剩下那个任务，除此之外，他失去了理智，遗忘了杜尼安僧侣的准则，犹如暴露在大自然中的一张羊皮纸。每一天他都发现，纸上的字迹在减少，最终只留下一条命令：希摩……我必须去希摩，找到我父亲。

他穿过德玛山脉继续南行，精神越加涣散。他的佩剑被雨打湿了，却顾不得上油擦拭，他甚至连睡觉和进食都已遗忘。他所能感知的只有荒野、旅行及日升月落。每天晚上，他都在寻找舒适的地方，像动物一样度过黑暗而冰冷的长夜。

乌有王子 * 前度的黑暗

希摩。求你了，父亲。

第四十三天，他涉水渡过一条浅河，爬上河岸时发现地上到处是黑色木灰。野草挤满了灰烬覆盖的土壤，但除此之外空无一物。死去的树木如同黑色长枪，直指天空。他穿行在树木的残骸间，长草划过裸露的皮肤。终于，他来到山顶。

脚下的大峡谷让凯胡斯震惊得无法呼吸。在野火留下的荒芜之外，森林仍旧黑暗浓密。树木之间隐现出古老的墙壁，借着深秋午后的阳光，可以看到这些墙壁围成了一个大圈。他看到鸟儿在残垣上盘旋，在斑驳的石墙中穿梭，最后直冲天穹。残破的墙壁，如此冰冷，如此孤寂，周围的森林永远难以企及。

废墟已存在太久，与森林融为一体。它由于自身重量的长年压迫而沉陷，并逐渐失去平衡。长满青苔的硬土地上树立着墙壁，藤蔓在墙壁缺口上蔓延，就像血管包裹骨头。

但废墟中还是有些东西，不属于"现在"的东西。正是这些东西让凯胡斯感到一种陌生的激情。他双手拂过石块，感觉接触到人们的呼吸与辛劳，那是被毁灭的人们留下的印记。

大地在摇撼。他弯下腰，将脸贴到石头上，沙地上，没有草木覆盖的土壤上。头顶的阳光被一片纠结缠绵的树枝割裂开来。人类……就在这石头里。这里那么古老，连严谨的杜尼安僧侣也不曾涉足。不知那些人是如何不辞辛劳，用双手改变了这片荒野。

是谁建起了这片地方？

凯胡斯在几座土丘间徜徉，感受着埋在土丘下的废墟。他终于想起身上的背包，俭省地享用着里面的食物，其中大多是干燥的薄饼和橡子。他找到一个积满雨水的小池，拨开上面的落叶后，好奇

序章

地盯着幽暗的水中自己的倒影——从头顶到下颌都长出了金黄的毛发。

这就是我吗?

他看着树上的松鼠,看着昏暗混杂的树丛中飞过的鸟儿。一只狐狸从灌木丛中掠过。

我不是动物。

他的思想开始舞动,找到一个支点,并抓住了它。他感觉无数杂乱无章的"因"在周围舞动,汇成一波波细节组成的浪潮,从他身旁掠过,却不曾触碰他的身体。

我是人类。我与它们不同。

夜色渐浓,雨落下来。穿过层层树枝,他仰望那逐渐变得阴冷灰暗的积云。几周以来,他第一次寻找避雨的地方。

土丘上有道浅沟,风雨侵蚀了上面的泥土,露出建筑的外墙。他走过去,爬上混着落叶的土坡,找到建筑的入口,里面深邃阴暗。一只野狗冲出来攻击他,被他折断了脖子。

黑暗让他感觉亲切。在迷宫深处,灯火是完全禁止的。但这片黑暗中,并没有迷宫里那样整齐的围墙簇拥他,四下只有杂乱无章的土堆。安那苏里博·凯胡斯摊开四肢,沉沉睡去。

在他醒来之后,森林已被白雪覆盖,四下一片死寂。

杜尼安修会并不知道希摩有多远,他们只让凯胡斯带上尽可能多的口粮。但他的背包每天都在变轻,令他被动地感受着饥饿与疲劳摧毁身体。

荒原不能占有他,就会杀死他。

食物吃完了,他仍继续前进。他的一切感觉,一切体验与思维都变得极其敏锐。天空又开始飘雪,寒冷刺骨的风吹起。他一直走着,直到再也迈不动步。

这路太窄了,父亲,希摩太远了。

乌有王子 * 前度的黑暗

  猎户的雪橇犬嘶吼着用鼻子拱雪。猎户把狗拉开,将它们的笼头系在一棵矮小的松树上。拂开雪后,他看到两条蜷着的手臂,不禁大吃一惊。他脑中的第一个念头是把死人喂狗,反正这人也会被狼吃掉。在荒凉的北地,肉可是稀罕食物。

  他摘掉连指手套,用指尖碰了碰那人脸上的长须。那人肤色死灰,脸肯定像埋在身上的雪那样冰冷了吧。但他错了。他惊呼一声,狗群也齐声嗥叫。猎户咒骂着,划了个黑暗猎手赫斯耶尔特的标记,希望驱走坏运气。他把那人从雪堆中抬起来,那人的四肢瘫软无力,身上衣服和头发都在风中硬邦邦地晃动。

  在这猎户眼中,世界一向是极为冷淡的,现在它变得更令人畏惧了。几条狗拉着雪橇飞奔起来,赶在暴风雪来袭之前逃离。

  "莱维斯。"猎户介绍道,将手放在自己裸露的胸膛上。他剪短的银发夹着几绺棕色,相对于魁梧的体型太过单薄。他的眉毛一直扬着,好像在不断表示惊讶;眼睛一刻不停地转来转去,好像在给自己的举动寻找理由,以冒着客人满怀戒备的凝视打探微不足道的细节。

  直到初步掌握莱维斯的语言之后,凯胡斯才知自己是怎样被这位以设陷阱为生的猎户发现的。他最早的记忆是满是汗味的皮衣和焖烧的火焰。小屋低矮的天花板下挂着成捆的动物毛皮,角落里有成堆的麻袋与木桶。烟尘、油脂与腐木的味道无处不在。凯胡斯后来明白,这间木屋的混乱事实上是一种表达方式,是这位猎户费了

序　章

很大心力，用来描述自己对迷信的恐惧。万物皆有自己的位置，他会告诉凯胡斯，离开自己的位置就意味着灾难。

炉火很旺，将整个木屋，包括凯胡斯本人，都拥入一片金色的温暖中。墙外，凛冬的寒风在荒无人迹的丛林中呼号，大多数时间不理会他们，不过偶尔也会猛然摇动木屋，把钩子上挂的毛皮晃下来。莱维斯告诉他，此地叫索贝尔，是古老的城市亚特里索最北的省份，但已经有好几代无人居住了。而莱维斯，按他自己的说法，更希望在远离其他人的地方生活。

虽然莱维斯是个强壮的中年男人，但对凯胡斯来说，他与孩童没什么区别——他脸上瘦削的肌肉没经过训练，完全被情感左右，所有触动他灵魂的东西都能让他的表情发生变化。很快，凯胡斯只消瞥一瞥他的脸，就能知道他的想法，再后来，凯胡斯可以预测他的想法，甚至可以复制他的灵魂，让两人仿佛一人。

他们的生活渐渐有了规律。每天黎明，莱维斯会给狗套上挽具，去察看动物的足迹。他有时白天很早就回来，这时就会让凯胡斯修理陷阱，鞣制皮革，或者炖上一锅兔肉，按他的说法，这算"赚房钱"。到晚上，凯胡斯会在猎户指导下学习缝制外套和长裤，莱维斯则坐在火堆对面看着他。猎户的双手仿佛有着自己的神秘生命，切切削削，缝缝补补，或者只简单地扭在一起——虽然看起来有点矛盾，但这样的小动作给猎户增添了几分耐心，甚至可以说优雅。

只在莱维斯睡着，或酩酊大醉的时候，凯胡斯才看到他的双手停下来。于是凯胡斯认定，与其他行为比起来，喝酒这事最好地定义了猎户的性格。

每天上午，莱维斯都不直视凯胡斯的眼睛，只是紧张地斜视着打个招呼。这个人心中好奇的一面已死去了，思维中也没有了交谈的冲动。就算开口说话，他的声音也非常紧张，仿佛被四周的恐惧

乌有王子 * 前度的黑暗

紧紧压抑着。等到下午，一抹红晕会爬上他的脸颊，清冷的阳光在他眼中闪动。他会微笑，或者大笑，但天色一暗下来，态度就变得桀骜，开始用扭曲的方式模仿自己数小时之前的行为。交谈时他经常变得粗鲁无礼，情绪时不时被奔腾的怒火或苦涩的冷幽默控制。

凯胡斯从莱维斯被烈酒放大的情绪中了解到很多东西，不过他很快就不打算再凭借这样的身外之物继续自己的研究了。某天晚上，他把屋里的威士忌酒桶都滚到树林里，把里面的酒倒在冰冻的土地上。那之后，莱维斯在没酒可喝的痛苦中挣扎，而他自己则继续干着手中活计。

两人在火堆两边面对面坐着，背靠成堆温暖的动物毛皮。火光铭刻出莱维斯的表情，他不停地述说，真诚地与凯胡斯分享自己的过往经历。眼见凯胡斯被自己的讲述俘虏，多少满足了他的虚荣心，但昔日的痛苦也在叙述中再次归来。

"我没有其他选择，只能离开亚特里索。"莱维斯又一次提到死去的妻子。

凯胡斯脸上挂着悲伤的微笑，他打量着对方表情下肌肉微妙的动作。他装出悲恸的样子，是为了确保获得我的同情。

"亚特里索是你的伤心地？"这是他用来欺骗自己的谎言。

莱维斯点点头，眼睛再次充满泪光和期待："自她死后，亚特里索就像坟墓一样。有天早上，他们召集民兵去守城墙，我到现在还记得凝望北方时的感觉，森林似乎在……召唤我。小时候害怕的地方居然变成我的避难所！我感觉城市里的每一个人，哪怕是我的兄弟，街坊邻居，都在为她的死——为我的悲惨境遇而开心！我必须……我不得不……"

序 章

报复。

莱维斯低头看着火焰。"逃走。"他说。

他为何要自欺欺人？

"没有哪个灵魂可以在世上独行，莱维斯，我们的每个思想都来源于其他人的思想，我们说出的每个词都在重复前人说过的词。当我们倾听时，是伏在其他人的灵魂上去活动。"凯胡斯停顿了一下，中断表述，好让对方变得愈发困惑。等把困惑厘清，对方会受到更大的冲击，"这才是你逃到索贝尔的真正原因，莱维斯。"

莱维斯的眼眸在恐惧中放大："但我不明白……"

在我能说出的一切中，他最害怕的是自己已经知道却在否认的真相。这世界上的人都如此脆弱吗？

"你明白的。想一想，莱维斯，如果我们的生命意味着我们的思想与感情，而我们的思想与感情又来自于灵魂的活动，那我们其实就等于推动我们的这一切。曾经的你，莱维斯，在你妻子死去的一刻不存在了。"

"这就是我为什么要逃！"莱维斯叫喊，他眼里又是恳求，又是愠怒，"我没办法忍受了，我逃走是为了忘记。"

他的脉搏加快了，眼睛周围的肌肉抽动时犹豫不决。他知道这是谎话。

"不，莱维斯，你逃走是为了记住。你逃离那里，是为了保存你妻子在你心中留下的一切，为了不让其他任何事冲淡失去她带来的痛苦。你逃离人群，是为了守卫痛苦。"

眼泪滑过猎户凹陷的脸颊："啊，这话真残忍，凯胡斯！你为什么要这么说？"

为了更好地占据你。

"因为你受的苦已经够多。你已经在这堆火旁坐了好几年，沉溺于失去亲人的痛苦，一遍又一遍地问你的狗它们爱不爱你。你不断地积累痛苦,因为你受的苦越多,这个世界就变得越残忍。你哭泣,是因为哭泣会成为证据。'看看你对我做了什么!'你会这样哭喊。你夜复一夜地开庭审判周围的环境,因为它们让你从痛苦中得以暂时解脱。你在折磨自己,莱维斯,因为只有这样才能让这个世界为你受的折磨负责。"

他会再次否认我的话——

"就算是又怎样?这个世界本是残忍的,凯胡斯。这是一个残忍的世界!"

"也许确实是。"凯胡斯答道,语调中充满同情与遗憾,"但这个世界早已停止伤害你了。你哭喊出的话已经重复了多少遍?你每一次都被绝望的痉挛打断,因为你明知那些是谎言,但强迫自己去相信。停下,莱维斯,这些思想在你心头刻下了沟槽,可你不要再遵从它们的轨迹了。停下,你就会明白。"

他的思维更坚定地逼近,莱维斯犹疑不定,目瞪口呆。

他已经明白了,但没有勇气承认。

"扪心自问,"凯胡斯继续施加压力,"你如此绝望是为了什么?"

"我没有绝望。"莱维斯机械地回答。

他看到了我在他心头打开的缺口,意识到一切谎言在我面前都是徒劳,哪怕是欺骗自己的谎言。

"你为什么要一直撒谎?"

"因为……因为……"

在炉火的噼啪声中,凯胡斯可以听到莱维斯的心跳。剧烈的心跳像一只落入陷阱的动物。猎户颤抖着哭了出来。他抬手想遮住脸,但又停下了,他抬头望着凯胡斯,像孩子在母亲面前一样哭泣。痛!他的表情述说着,好痛啊!

"我知道这很痛苦,莱维斯,从痛苦中解脱的唯一方式就是经

序章

历更强烈的痛苦。"他真像个孩子……

"我……我该怎么办？"猎户痛哭流涕，"凯胡斯……求你告诉我！"

三十年了，父亲。你到底是如何运用自己的力量，统治像他这样的人的？

凯胡斯蓄着胡须的脸在火光与怜悯的映照下显得如此温暖："没有哪个灵魂可以在世上独行，莱维斯。当一个人的爱人死去时，他必须学会爱别人。"

过了一段时间，炉火逐渐暗淡，两人无声而坐，聆听又一阵暴风雪逐渐聚集怒火的声音。风如同厚实的毯子抽打着木墙。木屋外森林低吼，在暴风雪黑暗的肚腹底下发出阵阵呼啸。

"哭会弄脏你的脸，"莱维斯用一条古老谚语打破沉默，"但能净化你的心。"

凯胡斯报以微笑，脸上带着心照不宣的赞扬。早在很久以前，杜尼安僧侣就探寻过，如果人的感情可以完全靠表情述说，何必还要用言辞去禁锢它？在他体内生活的面孔是庞大的军团，对他而言切换面孔就跟普通人切换词语一样容易。在这张热情满溢、充满同情的笑容下面，是他冰冷的分析。

"但你并不相信。"凯胡斯说。

莱维斯耸耸肩："为什么，凯胡斯？诸神为什么要把你送给我？"

凯胡斯知道，对莱维斯来说，这个世界充满着神祇、鬼怪，甚至恶魔。世间充斥着他们的阴谋，吉凶难卜的预兆显示着他们反复无常的情绪，那就像另一种视力展示的世界。人类的一切挣扎都难

乌有王子 ★ 前度的黑暗

逃他们的设计,他们的计谋隐秘而残忍,最终总会致人死命。

对莱维斯来说,在索贝尔的雪堆中发现凯胡斯绝非巧合。

"你想知道我为什么来这里?"

"你为什么来?"

此前,凯胡斯一直不愿提及自己的任务,而莱维斯被他身体恢复的速度以及学习语言的速度吓到了,也一直没问过。但现在,凯胡斯的研究必须深入下去。

"我去找我父亲,莫恩古斯,"凯胡斯说,"安那苏里博·莫恩古斯。"

"他走丢了?"莱维斯问。对方的诚实回答让他很满意。

"不。他在很久之前就离开了我们,我当时还是个孩子。"

"那么你为什么要去找他?"

"因为他在召唤我。他要我去见他。"

莱维斯点点头,似乎相信每个儿子终究都要回到父亲身边:"他人在哪里?"

凯胡斯停顿了一个心跳的时间。他的视线停留在莱维斯脸上,但眼神聚焦在空无一物的虚空中。就像人在寒冷中会缩成一团,尽可能用胳膊覆盖更多皮肤,远离这个世界一样,凯胡斯也在努力让自己离开这个房间,用思想覆盖住自己,不为外界环境所动。他体内的面孔军团组合起来,各种变化彼此分割、延伸,混杂出在真心回答莱维斯的问题之后脸上应有的各种表情,然后从他的灵魂中浮现。这一切都在恍惚间完成了。

他坐起身,看着火光眨眨眼睛。关于他的任务可能会带出很多问题,他还无法计算出每一个问题的答案。

"希摩,"凯胡斯最终说,"一个遥远的南方城市,希摩。"

"他在希摩召唤你去找他?这怎么可能?"

凯胡斯换上略带困惑的表情,这与他的真实想法相去不远:

序章

"通过梦。他在梦境中召唤我。"

"巫术……"

每次莱维斯说出这个词,总带着一种古怪的情绪,混杂着崇敬与恐惧。莱维斯告诉他,有的女巫可以唤醒沉睡在土地、动物和树木中的荒野之灵;有的祭司说出的祷言在"外域"也听得到,可以打动操纵这个世界的诸神,让他们缓解人类的痛苦;还有的巫师可以一语成谶,他们的言语是在命令这个世界改变,而非描述它的样貌。

迷信。无论在什么地方、对什么事情,莱维斯都会将前事与后事混淆,颠倒果与因。作为后事的人,莱维斯将他们看作是原因,称之为"神"或"恶魔";作为后事的话,也被看作是原因,称之为"经文"或"咒语"。他总是被事物的结果所禁锢,却完全看不到作为原因的前事。他被束缚在人与人的行为形成的废墟上,将一切视为范式。

但杜尼安僧侣知道,前事先于人的行为。

一定有其他解释。世上不存在巫术这种东西。

"你知道希摩是什么样的吗?"凯胡斯问。

墙壁在狂风的激烈冲撞下摇晃,火焰舞动,突然发出炽烈的光。墙壁上悬挂的毛皮前后摇摆。莱维斯四处张望,蹙起眉头,就像在努力听谁说话一样。

"那可是很远的地方,凯胡斯,要穿越许多危险的土地。"

"你不觉得希摩是个……神圣的地方?"

莱维斯笑了。和太近的地方一样,太遥远的地方也不可能神圣。"这地方我只听过几次。"他说,"北方是斯兰克的地盘,还留在这里的少数人类永远被他们围困着,离不开亚特里索、萨卡普斯这样的城市。关于三海诸国我们所知甚少。"

"三海诸国?"

"南方的那些国家。"莱维斯答道。他眼睛瞪圆了。凯胡斯知道,哪怕是自己的无知,在莱维斯眼里也充满了神性。"你是说你没听过三海诸国?"

"你这里的人离世索居,我们那儿比这里更偏僻。"

莱维斯若有所思地点点头,终于轮到他来讲一些比较深刻的事情了。"当北方被'非神'和它的'非神会'毁灭时,三海诸国都还年轻。现在我们成了旧时的阴影,而他们登上了人类权力的巅峰。"他停了一下,自己知晓的一切这么快就说完了,不免有些沮丧,"其他东西我知之有限,除了几个名字。"

"那你是怎么知道希摩的?"

"曾有一个商队的人找我买过貂皮。一个暗色皮肤的克泰人。我在那之前还从没见过暗色皮肤的人。"

"商队?"凯胡斯没听过这个词,但他说话的语气就似在问猎户到底指的哪支商队。

"每年都会有商队从南方来亚特里索,如果他们能活过斯兰克的袭击的话。这支商队来自一个叫加里奥斯的国家,途经萨卡普斯。他们会带来香料、丝绸以及其他各种了不起的东西。凯胡斯,你尝过辣椒吗?"

"关于希摩,那个暗色皮肤的人怎么和你讲的?"

"其实没说多少。那人主要说的是他的信仰。他说他是因里教徒,后先知因里的追随者。"他的眉毛打成个结,"总之是类似的东西。你能想象吗?后先知?"莱维斯停了一下,眼神涣散,挣扎着组织下一段话:"他一直在说,我是个罪人,只有皈依他的先知,向千庙教会——我不会忘记这个名字——打开心灵才能得到拯救。"

"那么,他觉得希摩是个圣城了?"

"他说那里是'至圣之城',很久之前是他的先知所在的城

序 章

市。不过后来似乎出了乱子，哪里和哪里打仗了，然后异教徒从因里教徒手中夺走了城市——"莱维斯停了一下，似乎突然想到什么特别重要的事，"在三海诸国，人类会与人类作战，却对斯兰克置之不理。凯胡斯，你能想象吗？"

"也就是说，希摩是个圣城，但被异教徒占领了？"

"他们有他们的理由吧，我猜。"莱维斯答道，口气带着苦涩，"我的狗大概还管我叫异教徒呢。"

他们一直谈论着遥远的城市，直到深夜。风不停地在木屋结实的墙壁外呼号、抽打。在逐渐暗淡的火光中，安那苏里博·凯胡斯慢慢地用自己逐渐低沉的节奏影响莱维斯——逐渐缓慢的呼吸，昏昏欲睡的眼神。等猎户被他完全掌握后，最后的秘密也和盘托出，凯胡斯捕猎他，让他无处可逃。

凯胡斯穿上雪鞋，独自走过严寒中矗立的云杉，来到猎户小木屋附近一处高地。深色树干旁积着一堆堆雪，空气中可以嗅到冬日的寂寥。

过去几周，凯胡斯变了很多。丛林不再像之前那样让他茫然无措了。索贝尔是属于冬驯鹿、紫貂、林貂及河狸的土地。琥珀在地下沉睡，光秃秃的石头孤零零地躺在天空下，银子般的湖水中有鱼群出没。再没有其他东西了，没什么值得敬畏或恐惧的。

雪从他面前一座低矮的断崖上洒下。凯胡斯朝上看，找到一条登崖的捷径，然后攀上去。

除了几棵光秃秃的山楂树，崖顶空无一物。空地中间矗立着一座古老的石碑——一块方形石柱——从远处就能看到。石碑四面雕着符文，画着图画。吸引凯胡斯一次次来这里的，不只是石碑上铭

乌有王子 * 前度的黑暗

刻的文字——除个别习语外，碑文的语言与他自己用的并没有太多不同——而是铭刻文字的人。

碑文的开头写道：

我，安那苏里博·塞摩玛斯二世，在此见证我亲手铸就的荣耀……

接下来的碑文记述了一场在死去已久的国王之间爆发的宏大战争。据莱维斯的说法，这片土地曾是两个国家的交界：库尼乌里和伊尔纳。但两个国家都在几千年前的神秘战争中灭亡了，敌人是莱维斯口中的"非神"。和莱维斯讲的许多故事一样，凯胡斯毫不犹豫地将"末世之劫"视为无稽之谈，但安那苏里博的名字被铭刻在这块古老石碑上，这是不容反驳的事实。他这才明白，这个世界远比杜尼安僧侣古老。如果他的血脉可以上溯到远古诸王，那么他或许也比杜尼安僧侣更古老。

但这样的思考与他的任务没什么关系。他对莱维斯的研究也可以告一段落。很快他会继续南下，前往亚特里索，莱维斯保证他在那里可以找到安全的办法前往希摩。

站在高处，凯胡斯俯瞰着山顶以南的冬季丛林。伊述亚被他留在身后，为冰雪覆盖的群山遮挡住；在他前面是一条康庄大道，是所有成员都被主观习俗武断地束缚住、被一遍遍重复的群体性谎言控制的人类世界，而他将是他们中"清醒"的人。他将在他们空洞的无知中找到藏身之处，通过了解到的真相，将人类变成自己的器具。他是杜尼安僧侣，一个超越条件的杜尼安僧侣，他会控制所有人，所有环境。他将成为一切的原因。

但另一个杜尼安僧侣等着他，那人对这片荒野研究得比他长久得多——莫恩古斯。

序章

你的力量到底有多强大，父亲？

看够景色，他发现了一些很奇怪的东西：石碑对面的雪地上有几道足迹。观察一阵之后，凯胡斯决定还是去问问猎户。留下这些足迹的肯定是直立行走的生物，但并不像人类。

"看起来是这样的。"凯胡斯描述。他只用一根手指，就很快在雪地上画出足迹的样子。

莱维斯看着他，神态严肃起来。只需一瞥，凯胡斯就能看出他试图隐藏的恐惧。狗群在他们身边吠叫，被皮绳拴着不停打转。

"在哪里？"莱维斯紧张地看着那陌生的足迹问。

"那座古代库尼乌里石碑旁。他们没往木屋来，而是往西北方向去了。"

长满胡须的脸转向他："你不知道这足迹是什么吗？"

问题中的含义很明显。你是从北方来的，但不知道这是什么？凯胡斯马上明白了。

"斯兰克。"他说。

猎户的目光越过凯胡斯，在周围的森森树木中游移。僧侣看到这人腹部起伏，心跳在加快，脑子里不断重复着同一句话，重复得太快，不像是发问：我们怎么办我们怎么办我们怎么办我们怎么办……

"我们应该跟上这些足迹，"凯胡斯说，"去确认一下它们有没踏上你布的陷阱。如果它们……"

"对它们来说这是个难熬的冬天。"莱维斯说，他需要为自己的恐惧找一个正当理由，"它们是来南边找食物……它们要觅食。是的，食物。"

乌有王子 ★ 前度的黑暗

"如果不是呢?"

莱维斯瞟了他一眼,眼神游移:"对斯兰克来说,人类只是养料的一种。它们狩猎人类以平息内心的疯狂。"他在几条狗之间迈步,沿腿打转的狗惹恼了他,"安静,嘘,别出声。"他拍拍狗的肋骨,用力按住它们的后颈,把它们的脸贴在地上。他的双臂下意识地来回,似乎想把紧张平分到几条狗身上。

"能帮我把狗笼头拿来吗,凯胡斯?"

雪堆间的足迹很浅,略呈灰色。天色渐渐暗下来,冬夜的降临使森林里充满奇异的静寂,似乎临近尾声的远不止白日的时光。他们穿着雪鞋跑了很长的路,然后才停下。

两人停在一棵高大橡树光秃秃的树枝下。

"我们不该回去。"凯胡斯说。

"但我们不能把狗留下。"

僧侣盯着莱维斯看了一阵。他们呼出的气息在冷空气中不断凝结。他知道自己可以轻松地说服这猎人,不让他为任何东西回去。不管他们追寻的是什么,对方肯定察觉了陷阱,甚至发现了木屋。但雪地上的足迹不过是些空洞的印记,数量也太少,说明不了什么。对凯胡斯来说,真正的威胁信号只存在于猎手表现出的恐惧,这座森林仍属于他。

凯胡斯转过头,两人一起回木屋,只是套着雪鞋实在没法跑快。没走出多远,凯胡斯用力按在猎人肩上,让他停步。

"干吗——"猎户开口想问,但被接下来的声音打断了。

哀号和嗥叫打破了宁静,那是动物沉闷的叫声。接着一声尖叫穿过丛林上空,继之以令人毛骨悚然的寂静。

序　章

莱维斯站在那里，像身边那些黑色的树一样一动不动。"怎么回事，凯胡斯？"他的声音变得嘶哑。

"没时间多问了，快跑。"

凯胡斯坐在灰暗的阴影中，眼看黎明那玫瑰色的手指穿透层层叠叠的树枝和墨色松树。莱维斯还在睡。

我们努力逃跑了，父亲，但这努力足够了吗？

他看到了什么。一个模糊的人影在树木深处动了一下。

"莱维斯。"他说。

猎户打个激灵。"怎么了？"他咳嗽，"天还黑着呢。"

又一个人影。左边更远的地方。越来越近。

凯胡斯没动，但他的眼神已探向树林深处。"它们来了。"他说。

莱维斯从冻成冰块的毯子里探出身，面如死灰。他带着一脸迷惑，沿凯胡斯的视线朝四周的阴暗中看去："我什么也没看到。"

"它们很隐蔽。"

莱维斯开始发抖。

"快跑。"凯胡斯说。

莱维斯惊讶地看着他："跑？斯兰克比什么都跑得快，凯胡斯。你跑不过它们，它们太快了！"

"我知道，"凯胡斯说，"我来为你拖住它们。"

莱维斯只是死盯着他，一动都动不了。周围的树木在恐吓他，

乌有王子 * 前度的黑暗

空洞的天空仿佛也绑住了他。一支箭突然穿透他的肩膀,他跪倒在地,盯着从胸前凸出的红色箭头。"凯胡——斯!"他喘着气喊。

但凯胡斯早已行动起来。莱维斯在雪中一边打滚,一边寻找他,却发现他在附近树丛中疾速奔跑,手握着一柄剑。第一个斯兰克的脑袋被砍了下来,僧侣仍在不停奔跑,仿佛一个雪中穿行的苍白幽灵。又一个斯兰克倒下,手中匕首徒劳地在空气中划过。余下的斯兰克如皮质阴影般向凯胡斯围拢来。

"凯胡斯!"莱维斯喊出来,也许是出于痛苦,也许是想把余下的斯兰克引开,我愿为你而死!

但斯兰克们倒下了,成了雪地上的尸体。林子深处传来一声绝非人类的古怪咆哮。越来越多的敌人倒下,最终只剩高大的僧侣。

远远地,猎户似乎听到他的狗在叫。

凯胡斯拖着他继续前进。他们冲出树林时,星星点点的雪花在初升的朝阳下闪动。莱维斯感到肩上伤口阵阵抽痛,但僧侣似乎不知疲倦,用莱维斯未受伤时也没法达到的速度奔跑着。他们穿过雪堆,绕开树丛,跌跌撞撞地落入沟涧,又手足并用地爬出来。僧侣和僧侣的双手一直在他身边,就像一道薄铁圈,一次次扶持他。

他觉得自己还是能听到狗叫。

我的狗……

终于,他被靠着树放下了。身后的树感觉就像石柱,靠在上面死去似乎也不错。凯胡斯的胡须被冰凝住,兜帽上也结满冰块,脸孔在树枝中几乎辨不出来。

"莱维斯!"他听到凯胡斯在说,"动脑子想!"

多残忍的一句话!凯胡斯的话将他从痛苦中拖了出来,让他

序 章

恢复一线清醒。"我的狗。"莱维斯呜咽着,"我听到……它们叫了。"

湛蓝的眼睛里空无一物。

"更多的斯兰克在往这边来。"凯胡斯好容易匀出口气,"我们必须找个藏身地。得找地方躲起来。"

莱维斯的头向后仰,努力忍下喉咙深处的刺痛,让自己保持清醒:"我们——是在往哪个——方向走?"

"往南。一直在往南。"

莱维斯努力从树上撑起身,抱住僧侣的肩膀。一阵无法控制的颤抖抓住了他,他边咳嗽,边扫视树林:"河,多、多少条河?"他大口吸气,"过了多少条河?"

他感觉到凯胡斯呼吸中的热度。

"五条。"

"往——西!"莱维斯喘着气说。他仰面躺倒,看着僧侣的脸,手还紧抓着僧侣。但他不觉得羞耻,跟这个人在一起不觉得羞耻。"我们——必须往——西走。"他续道,将额头顶到僧侣的嘴唇上,"废墟。那里有废墟。奇族的废墟。很多地方可以躲藏。"他呻吟着,世界开始旋转,"往西——再走一小段路——就可以看到了。"

莱维斯感到自己重重地砸在积雪的地面。他只能在昏昏沉沉间蜷起身子。他看到凯胡斯的影子在树木间穿行,在泪水中变得模糊,离自己越来越远。

不——不——不。

他啜泣着:"凯胡斯?凯——胡——斯!"

发生什么了?

"不——!"他尖叫。

那高大的身影消失了。

乌有王子 ★ 前度的黑暗

———— ✥ ————

斜坡很陡。凯胡斯扶着树枝，努力站直身体，小心地在积雪下寻找安全的落脚点。茂盛的针叶树几乎笼罩了每一寸地面，看不出明显的路径。一条条坚硬的树枝不停抽打在身上，四下里是一片与苍白的冬天完全不相称的昏暗。

僧侣终于从树林中爬出，皱眉看着天空，眼前景色让他伫立了一阵。积雪覆盖的地面渐渐隆起，形如一条饥饿的巨犬。一扇石头大门和一面石墙的废墟矗立在斜坡顶上。越过石墙可见一株死去的橡树，宽广扭曲的树冠向天空伸展。

黑色云层中落下的雨席卷过山顶，在他的外套上冻结成冰。

看到用于筑成大门的巨石，凯胡斯震惊不已。许多石头足有门后那棵橡树那么粗。门梁上的石头刻着一张朝天的人脸，眼窝中空无一物，和天空一样沉默不语。他穿过门，脚下地面变得平坦。身后广阔的森林在雨中越发朦胧，但声音却越来越近。

这棵树早已死去。粗壮的根须露出地面，表皮脱落，虬枝盘旋着伸向空中，就像扭曲的长牙。多年的风雨已将细小的枝杈全部剥落。

凯胡斯转过身，一大群斯兰克冲出森林，大步跨过雪地，嚎叫着朝他扑来。

———— ✥ ————

这地方十分开阔。箭矢带着破风声飞过身畔，他抓住一支箭仔细观察。箭头带着温度，似乎刚刚还紧贴皮肤。下一刻，他的剑已紧握在手，闪着寒光从周遭划过，犹如飞速生长的树枝填满整个空

序章

间。斯兰克们冲了上来,有如一波黑色浪潮,但凯胡斯始终行走在浪潮前面,稳稳地站在它们无法预料的位置上。一连串哀号响起。一具具身躯在震惊中倒下。他一一戳破那些怪物脸上狂喜的表情,在它们当中信步游走,顺便将一颗颗跳动的心脏熄灭。

它们看不出这地方有多神圣。它们心里只有饥饿。而他,是超越条件的杜尼安僧侣,一切结果需向他臣服。

嗥叫声逐渐低落,它们退开,把他团团围住。它们肩膀瘦削,胸膛如同狼狗,身上皮甲散发恶臭,脖子上挂着人类牙齿串成的项链。他站在原地,耐心面对它们的威胁。寂然无声。

然后它们逃走了。

凯胡斯看到一个斯兰克还在他脚边抽搐。他弯下腰,掐着脖子把它举起,狗一般的身躯上却有张美丽的脸庞,只因愤怒而扭曲。

"Kuz'inirishka dazu daka gurankas……"

它朝凯胡斯吐口水。凯胡斯用剑把它钉到树上,然后退了一步。它尖叫踢打着。

它到底是什么东西?

一匹马在他身后喷吐鼻息,马蹄敲打着冰雪地面。凯胡斯拔剑在手,转过身。

浓雾让他只能看到骑手和马的灰色轮廓。一人一马逐渐靠近,蓬乱的头发冻成一束束长牙般的冰凌,风吹过时咔咔作响。这马很魁梧,大约有十八掌高,通体黝黑。骑手披着长长的灰斗篷,斗篷上绣着模糊图样,似乎是抽象化的人脸。他戴着没有任何冠饰的头盔,头盔把面孔彻底遮住。一个强有力的声音响起,用库尼乌里语说:

"我发现你很不好杀。"

凯胡斯一言不发,警惕地观察。雨点的声音像飞舞的砂粒。

人影翻身下马,但仍保持着安全距离。他仔细查看两人周围横七竖八的尸体。

"你不是普通人。"陌生人说着看向他,凯胡斯看到他的眼睛在头盔下闪光,"你叫什么?"

"安那苏里博·凯胡斯。"僧侣答道。

沉默。凯胡斯似乎感到了迷惑,诡异的迷惑。

"你的确说着这种语言。"那人终于低声道。他又走近两步,看着凯胡斯的脸。"是的,"他道,"是的……你不是在嘲弄我。我在你脸上看到了他的血脉。"

凯胡斯又一次沉默了。

"而你也有安那苏里博的耐性。"

凯胡斯打量着对方,发现他斗篷上那些别具一格的面孔并非刻意绣上去的,而是真正的人脸。人脸被拉平后,特征扭曲了。在那斗篷下,是强壮的身体和沉重的盔甲,此人举止沉稳,毫无惧意。

"看得出,你在学习。知识就是力量,对吗?"

这家伙和莱维斯不同。完全不同。

耳边仍是落雪声,冰冷的雪正耐心地掩盖尸体。

"既然知道我是什么,难道你不害怕吗,凡人?恐惧也是力量,一种让你活下去的力量。"那人在他周围踱步,每一步都小心地踩在斯兰克死尸摊开的手脚之间,"这也是你们这种生物与我们的根本区别。你们会恐惧,并因恐惧而去撕咬、去挖掘、去不惜一切代价存活下去。我们的生命永远意味着……选择,你们嘛……这么说好了,你们是被生命决定的。"

凯胡斯终于开口:"那么,为我们作决定的就是你们了?"

那人停下来。"啊,嘲笑,"他忧郁地说,"我们之间又一个共同点。"

凯胡斯有意的挑衅并未收到成效——至少看起来是这样。陌生人突然低头,以下巴为轴心前后摇头,低声说:"他吸引了我!这

序 章

个凡人居然吸引了我……他让我记起……记起……"他在斗篷里摸索，抓住一张畸形的面孔，"记起了这个！噢，不太恰当——不过也非常有趣！没错，我记起来了……"他抬头看向凯胡斯，发出嘶嘶声，"我记起来了！"

凯胡斯终于知道这次遇到的是什么了。奇族。莱维斯的另一个神话故事也成真了。

奇族庄重从容地拔出阔剑。在四周的昏暗中，那柄剑闪着不自然的光，就像是反射出另一个世界的太阳一样。他走向一个死去的斯兰克，用剑身把它翻过来。它的白皮肤正在变黑。

"这个斯兰克——它的名字你发不出音——是我们的'elju'，用你们的话说就是'书'。它是非常忠诚的动物，没有它，我会非常麻烦，至少有些时候是这样。"他转到另一具死尸旁，"非常讨厌、非常歹毒的生物。确实如此。"他又回头看着凯胡斯，"不过也非常……难忘。"

这是个缺口，凯胡斯准备仔细挖掘一番："确实是很大的损失。你够可怜的。"

"你可怜我？狗也配可怜我？"奇族尖声笑了，"安那苏里博可怜我！他真该……*Ka' c nuroi souk ki' elju, souk hus' jihla.*"他吐了口唾沫，用手里的剑朝周围死尸一指："这些……这些斯兰克现在是我们的孩子。但是过去！过去，你们是我们的孩子。我们挖出自己的心，好容纳你们，我们辅佐了那些'伟大'的诺斯莱君王。"

奇族踏前一步。

"但现在不会了。"他续道，"随着纪元流逝，我们中一些人想铭记的不再是你们那些幼稚的争吵。我们需要更华美细致的暴力，而你们人类间的宿怨再也无法满足我们。这是我们种族所背负的最强烈的诅咒，你明白吗？你当然明白！主人受苦，奴隶总会欢

29

乌有王子 ★ 前度的黑暗

呼雀跃,不是吗?"

风卷起他灰白色的斗篷,他又踏前一步。

"但我也会和人类一样寻找借口。失败写在每一寸土地上,而我们所经历的无疑是最富戏剧性的失败。"

奇族抬剑指着凯胡斯,凯胡斯已摆出战斗姿势,将自己的弧形剑举过头顶。

又是沉默,但这次染上了死亡的气息。

"我当了无数个世纪的战士,安那苏里博……无数个世纪。我曾用这把真银铸就的剑刺穿过成千上万心脏。在造成这片荒原的大战中,我既为非神战斗过,也为推翻非神而战。我曾爬上雄伟的戈尔格特拉斯的城墙,我曾眼看着至高王们的心被怒火吞噬。"

"那为什么,"凯胡斯问,"现在你要拿起武器,对付一个孤身行人?"

一阵大笑。没拿剑的那只手指向四周死去的斯兰克:"你确实是个微不足道的家伙,不过也可能会让我难忘啊。"

凯胡斯抢先出手,但他的剑锋没能砍透奇族斗篷下的链甲。他赶忙伏身下蹲,控制反弹力道,挥剑向对方的腿部扫去。奇族朝后倒下,但毫不费力地打个滚,又站起来。笑声在覆盖脸庞的头盔下回响。

"你会是最难忘的!"他大喊着,朝僧侣扑来。

凯胡斯感到压力。凶猛的打击如暴雨袭来,逼着他步步后退,离开了那株死橡树。杜尼安僧侣的铁剑与奇族的真银剑交锋,犹如交织的暴风。和斯兰克战斗时相比,对方的破绽要小很多,但凯胡斯仍觉察到机会。

他抓住那转瞬即逝的机会,对手诡异的刀刃已离目标越来越远,越来越多地砍到空气当中。下一瞬间,凯胡斯的剑命中了黑色的人影,沿盔甲表面滑过,从缝隙中刺入,绞碎了那张可怕的斗

序章

篷。不过这一击并未见血。

"你是什么人?"奇族狂怒地叫道。

他们之间只有一线之隔,但越过这一线有无限种可能……

凯胡斯切开了奇族暴露的下巴,血,比夜色更黑的血,溅落奇族的胸口。下一剑,奇族那柄诡异的剑在冰雪覆盖的地面上掠了出去。

凯胡斯一跃而起,奇族挣扎着朝后倒下。凯胡斯把剑尖悬在奇族头盔的开口上方,对方不再动弹了。

冰雨之中,僧侣平静地呼吸着,俯视倒下的奇族。短暂停息之后,该开始讯问了。

"你要回答我的问题。"凯胡斯用毫无感情的语气命令。

奇族发出一阵阴郁的笑声。

"但你,安那苏里博,你才是问题。"

然后是那个词,那个词的声音,一瞬间就颠倒了神志。

炽烈的白光。凯胡斯被朝后推去,宛如花瓣被吹离树枝。他滚过雪地,撞得头晕眼花,好不容易才站起来。他呆呆地看着那个奇族被拉直起来,就像有根绳子绑在身上。幽淡如水的光在他身体四周围聚成一个球,冰雪似雨喷溅其上,发出嗞嗞声。他身后就是那棵大树。

巫术?这怎么可能?

凯胡斯拔腿就跑,大步跃过雪地上的死尸。他在冰上跌了一跤,但坚持攀上土堆顶,然后顺坡滑下,一任无数树枝抽打。他终于控制住自己的双脚,在满是荆棘的灌木丛中奋力奔跑。雷鸣般的尖叫在空中响起,强烈灼目的火光从他身后的云杉丛中激射而出。热浪冲刷过他全身。他跑得更快了,山坡在脚下飞卷而过,黑色树林如一团混沌席卷而来。

"安那苏里博!"一个不属于这世界的声音呼喊着,打破了冬

乌有王子 * 前度的黑暗

日傍晚的寂静。

"逃吧，安那苏里博！"那个声音轰鸣着，"我会记住你！"

那笑声如一场风暴，他身后的森林迸射出更强烈的光芒，将周围的昏暗扯得粉碎。凯胡斯看到，他自己的影子在自己面前颤抖着奔逃。

冰冷的空气塞满他的肺，但他仍在跑——比斯兰克追在身后时跑得还快。

巫术？这也是我必须学习的课程吗，父亲？

寒夜降临。黑暗中某处传来群狼的嗥叫。希摩，它们似乎在说，实在太远。

第一卷
巫师

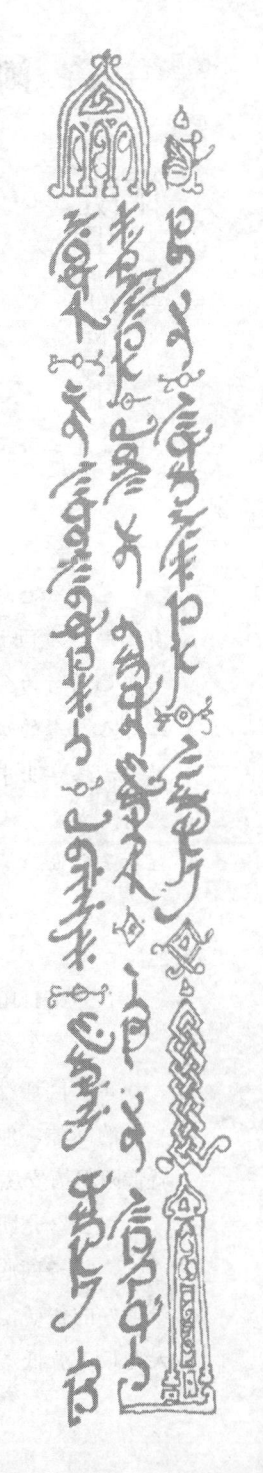

乌有王子 ★ 前度的黑暗

第一章 凯里苏萨尔

> 世上有且只有三种人：犬儒者，狂热者，以及天命派学士。
>
> ——昂提拉斯，《论人类的愚蠢》

笔者注意到，很多重大事件初见端倪时，人们通常不会意识到自己的行为预示着什么。问题不像很多人想象的那样，是由于人们对自己的行为会带来什么后果一无所知，而在于往往是在一些琐事上，人与人的轨迹奇异地交错，最后以极其疯狂的方式引发可怕后果。赤塔学士中流传着一句古老谚语："一人逐兔得见兔，百人逐兔得见龙。"人类为利益的彼此争斗，总会导致未知的后果，而且往往是灾难。

> ——杜萨斯·阿凯梅安，《第一次圣战简史》

长牙纪4110年，冬，凯里苏萨尔

每个间谍都会着迷于手下线人。睡觉之前，甚至在交谈过程中紧张的间隙，他们都会玩这样的游戏。间谍总会看着自己的线人，就像阿凯梅安现在看着杰什鲁尼，然后自问：他知道多少？

爬虫区是凯里苏萨尔最大的贫民窟。跟爬虫区边缘的其他酒馆一样，"圣癞疤"既有奢华之处，又从骨子里透着寒酸。它地上镶着最好的瓷砖，足以和总督的宫殿媲美，墙壁却是上了漆的泥砖，天花板十分低矮，个子稍高的就要低头走路，否则会碰到吊顶的黄

第一卷 巫师

铜灯。这些黄铜灯倒是可以乱真的赝品,阿凯梅安有次听老板吹牛,说这些灯是从埃克索雷塔神庙里搞来的。酒馆永远人满为患,总有阴暗的、甚至危险的人出没其间,酒水和大麻叶都很便宜,低廉的价格只把那些几个月洗不起一次澡的人拒之门外。

发现圣癫疤之前,阿凯梅安从不喜欢艾诺恩人——特别是凯里苏萨尔的本地人。他和三海诸国的大部分人一样,觉得艾诺恩人过于虚荣浮夸,胡须永远抹得油光锃亮,说话喜欢卖弄词藻与幽默,在床上又过于随性不顾后果。不过自从在这里花了很多时间等待杰什鲁尼,他的看法发生了改变。他意识到,性格与品味的微妙特征在其他国家只会感染上等种姓,在这里却广泛蔓延开来,甚至影响到下等种姓的自由民与奴隶。他一直认为上艾诺恩是浪荡子和阴谋家的国度,却从没想过这些特点也能让这里显得如此有活力。

也许这就是为什么杰什鲁尼对他说"我认识你"的时候,他没立即意识到危险。

即使有吊灯照着,酒馆仍然很昏暗。杰什鲁尼穿白丝绸外套,把原本抱在胸前的双臂放下,坐在座位上前倾身子。他的长相令人过目难忘:一张如鹰隼般的士兵面孔,卷曲的胡须仿佛是脸侧的黑色皮带,双臂坚实,从肩膀到手腕都文着艾诺恩文的文身,但因为皮肤晒得黝黑,任谁都看不清那文身到底写的什么。

阿凯梅安努力摆出殷勤的笑容:"你认识,我的老婆们也都认识。"他道,然后又叫来一碗葡萄酒,喘着气喝完,满意地咂咂嘴。杰什鲁尼是个少言寡语的人——至少阿凯梅安如此判断——思维刻板,言语不多,但一向言出必行。大多数战士都这样,尤其是奴隶战士。

他今天说的话明白无误。

杰什鲁尼仔细看着他,眼里的怀疑笼上了一点惊讶。他厌恶地摇摇头:"我应该说,'我知道你是什么人'。"

乌有王子 ★ 前度的黑暗

他朝后仰头,摆出一副沉思神态,阿凯梅安还是头一次在这士兵脸上看到这种神态,不由得警觉地起了身鸡皮疙瘩。喧闹的旅馆离他远去,只剩影影绰绰的人形,以及几点金黄色灯光。

"那就把它写下来,"阿凯梅安用不耐烦的口吻说,"等我清醒时再给我看。"他装作厌烦地扭开脸,注意看了一下酒馆门口——那里没有人。

"我知道你没有老婆。"

"这可不是你说了算的。为什么这么讲?"阿凯梅安迅速地朝他身后瞥了一眼,看到一个妓女一边大笑,一边把一枚闪亮的恩索拉里银币按到自己汗涔涔的胸口,四周那些低俗的看客高喊:"一个!"

"她很擅长这个,你知道,她往胸口抹了蜜。"

杰什鲁尼并没被干扰:"像你这样的人,不允许有老婆。"

"我这样的人?呃,那我是什么样的人呢?"他又朝入口看了一眼。

"你是巫师。是个学士。"

阿凯梅安笑了,他知道之前的片刻犹豫已暴露了自己。不过他还是打定主意把这场默剧演下去。至少可以给自己争取一点时间。一点用来活下去的时间。

"后先知在上,我的朋友,"阿凯梅安喊道,同时又往门口看了一眼,"我发誓,你给我安的罪名都可以用碗装了。昨天你说我是什么来着?婊子的儿子?"

一片欢呼中,一个雷鸣般的声音喊道:"两个!"

杰什鲁尼面孔扭曲,不过这也没告诉阿凯梅安什么有用信息——这人的脸总是各种扭曲,尤其是微笑的时候。然而,他一只手闪电般伸出抓住阿凯梅安的手腕,这下阿凯梅安全明白了。

我完了。他们知道了。

第一卷　巫师

没有比"他们"更可怕的，尤其在凯里苏萨尔。"他们"指赤塔派，三海诸国最强大的魔法学派，也是上艾诺恩的幕后掌权者。杰什鲁尼是一名贾维赫队长——贾维赫是赤塔的奴隶战士。这也是过去几周里阿凯梅安一直向他献殷勤的原因。间谍的工作就是这样：把奴隶从竞争对手那里争取过来。

杰什鲁尼紧盯他的眼睛，把他的手掌朝外扭。"有一个办法可以打消我的怀疑。"他柔声说。

"三个！"叫喊声在泥砖和桃花心木的家具中间回响。

阿凯梅安往后缩了缩，对方手劲太大，而且他也知道杰什鲁尼说的"办法"是什么。不。

"杰什鲁尼，拜托，你喝醉了，我的朋友。哪个学派敢冒激怒赤塔的风险？"

杰什鲁尼耸耸肩："可能是弥逊塞，可能是皇家萨伊克，也可能是西斯林。你们这些被诅咒的家伙实在太多。不过如果要我下注，我觉得你是天命派的人。你是天命派学士。"

聪明的奴隶！他知道多久了？

那一组本不该存在的词出现在阿凯梅安的脑海，它们可以让这里的人全体目盲，皮肤烫出水泡。他让我别无选择。这会引起骚乱。人们会大喊大叫，握紧剑柄，但除了跌跌撞撞找路之外什么都做不了。三海诸国中，数艾诺恩人最害怕巫术。

我别无选择。

但杰什鲁尼把另一只手伸到刺绣马甲下面，拳头在布料下攥紧了，他脸上的表情就像一匹狞笑的豺狼。

我下手晚了……

"你似乎……"杰什鲁尼轻松的语气听着像是威胁，"有什么话要说啊。"

他把手从胸前抽出，拿出"丘莱尔"，眨了眨眼睛，用令阿凯

乌有王子 ★ 前度的黑暗

梅安胆寒的粗鲁动作,扯断了挂在脖子上的金链。两人第一次见面时,阿凯梅安就觉察到它的存在,并通过它那令人紧张的低沉鸣响确认了杰什鲁尼的职业。而现在,杰什鲁尼要用它来确认他的身份了。

"这又是什么?"阿凯梅安问,但本能的恐惧却让他那只被按住的手一阵颤抖。

"我想你知道的,阿凯,你应该知道得比我清楚。"

丘莱尔,巫术学派的人管它叫"饰品"。名字越不起眼的东西往往越可怕。其他人,那些将巫术视为渎神行为的千庙教会的信徒,则将它称为"神之泪"。但这东西的制作和神没有任何关系。丘莱尔是上古北方国家留下的遗物,价值极高,常被当作婚姻时的聘礼、传家宝物,有时会引发谋杀,甚至成为国家之间的贡品。它们确实物有所值:丘莱尔不仅能让佩戴者免疫任何巫术,而且一旦有哪个巫师不幸碰到它,就会马上殒命。

杰什鲁尼毫不费力地按着阿凯梅安的手,用拇指和食指将丘莱尔举起来。它看上去非常普通:一个小小的铁质圆球,大约只有橄榄那么大,但圆球上刻着手写的奇族文字。阿凯梅安感觉它在牵动自己的肠子,就像杰什鲁尼举的不是一件物体,而是一片虚空,一个小小的空洞,整个世界的结构在这一点上空了出来。心跳如同铁锤砸着他的耳膜,他想到了自己外衣下刀鞘里的短刀。

"四个!"沙哑的笑声。

他努力想把手从对方的掌握中挣出。毫无作用。

"杰什鲁尼……"

"每一名贾维赫队长都有一个这东西,"杰什鲁尼道,深沉的语调中带着骄傲,"不过,这点你也是早就知道的。"

他一直把我当傻瓜玩弄!我怎能没发现?

"你的主人非常仁慈。"阿凯梅安说,但注意力仍全被手掌上悬着的恐怖事物吸引着。

"仁慈？"杰什鲁尼吐口唾沫，"赤塔从不仁慈。他们绝不留情，对任何人都只有残忍。"

阿凯梅安还是第一次察觉到对方受过的折磨，奴隶战士明亮的眼睛里流露出痛苦神色。是吗？他冒险问出下一个问题："对那些侍奉他们的人呢？"

"一视同仁。"

他们不知道！只有杰什鲁尼……

"五个！"声音在低矮的屋顶下回响。

阿凯梅安舔舔嘴唇："你想要什么，杰什鲁尼？"

奴隶战士低头看了看阿凯梅安颤抖的手掌，把饰品又放低了些，就像好奇的孩子想看看到底会发生什么一样。只是看着那饰品便让阿凯梅安一阵目眩，胆汁涌到喉头。丘莱尔。从神的脸颊上取下的一滴泪珠。死亡。对所有渎神者都意味着死亡。

"你想要什么？"阿凯梅安嘶声说。

"所有人都要的东西，阿凯，我要真相。"

阿凯梅安目睹过的一切，经历过的所有考验，都挤在他汗渍渍的手掌与光滑的铁球之间狭小的空间里。饰品，握在奴隶粗糙手指间的死亡。但阿凯梅安是一个学士，对学士来说，没有什么——哪怕生命——比真相更珍贵。他们是极端吝啬的真相守护者，为了拥有真相，他们在三海诸国每一个昏暗角落里征战不休。他宁死，也不会将天命派的真相透露给赤塔的人。

但情况似乎不是这样。杰什鲁尼是一个人来的——对此阿凯梅安很清楚，因为巫师总能认出其他巫师，认出他们的渎神罪行留下的痕迹，而圣癫疤里没有巫师，没有赤塔学士，只有一群醉鬼在妓女身上下注。杰什鲁尼是单独行动。

到底是为了什么疯狂的理由？

乌有王子 ★ 前度的黑暗

告诉他他想知道的事。反正他已经知道了。

"我是个天命派学士。"阿凯梅安低声说，然后又补充了一句，"一个间谍。"

这话很危险。但他还有什么选择？

杰什鲁尼屏住呼吸，打量了他一阵，然后慢慢地将丘莱尔收回掌中，放了阿凯梅安的手。

此时，酒馆出奇地沉默，然后被一枚恩索拉里银币掉在木板上的叮当声打破了。紧接着是哄然大笑，一个嘶哑的声音高喊："是你输了，婊子！"

阿凯梅安知道，事实并非如此。他今天晚上成了赢家，而他获胜的方式和妓女一样——完全不知道自己如何赢的。

说到底，妓女与间谍的区别并不大，与巫师的区别就更小了。

※

虽然杜萨斯·阿凯梅安从小梦想成为巫师，但没料到自己会做间谍。在诺里的渔村小孩心目中，根本没有"间谍"这个词。对童年的他来说，三海诸国只有两个维度：地方有远有近，地位有高有低。他和其他孩子经常去帮老渔妇剥牡蛎，听她们讲故事。他很快就知道，自己生活在最低层，无比强大的人生活在遥远的地方。老妇人会念出一个又一个神秘的名字——千庙教会的沙里亚，邪恶的基安异教徒，不可阻挡的塞尔文迪部落，诡计多端的赤塔巫师……诸如此类。这些名字支撑起他心目中世界的维度，为这个世界灌注了肃然起敬的威严，将他的世界变成一个竞技场，惨绝人寰的悲剧与气壮山河的史诗都在其中上演。他每次睡觉时，都感觉自己如此渺小。

有人也许以为，一个人成为间谍后会给孩提时代的单纯世界

第一卷 巫师

增添新的维度，事实却恰恰相反。当然了，随着年龄增长，阿凯梅安的世界变得越发复杂。他知道世上事物有神圣与亵渎之分，诸神和外域有自己的维度，他们不是住在非常遥远的地方、地位很高的人。他同时也知道，时间有近代和古代之分，"很久很久以前"表述的不是另一个地方，而是一种古怪的幽灵，游荡于世间每个角落。

事实上，成为间谍之后，世界经常坍缩成单一的维度。出身高贵的人，哪怕皇帝与国王，也经常像最粗野的渔夫一样展现出不光彩的一面。遥远的地方，康里亚、上艾诺恩、瑟-泰丹乃至基安，不再显得刺激神秘，而是和诺里渔村一样充满泥泞，一样有阴晴雨雪。那些神圣的东西，比如长牙，千庙教会，甚至后先知，都不过是渎神事物的变异翻版，跟费恩教，西斯林，或研习巫术的各个学派没有本质区别。可以说，"神圣"和"亵渎"这对反义词，在棋盘上可以轻易调换位置。至于近代史，也越来越像是对古代史的拙劣模仿了。

作为学士兼间谍，阿凯梅安在三海诸国中穿梭往来，他看到很多超自然的东西，如果放在以前，会让他的胃在恐惧中绞动。但现在他知道了，童年的故事讲述的只是好的一面。自从很小时被鉴别出具有"异民"资质，被带到阿提尔苏斯接受天命派的训练之后，他教导过王子，顶撞过大宗师，激怒过沙里亚的祭司。随着知识与阅历的丰富，世上种种奇观在他眼中变得愈发浅薄，他明白，抽去所有神秘感之后，世界的维度不会变得更加繁杂，反而会坍缩成一线。现在他眼中的世界当然比童年时代更精细，但同时也更为简单：不管在哪里，人们都在奋力攫取一切。无论顶着的是"国王"、"沙里亚"还是"大宗师"的头衔，也不过是同一头饥饿野兽所戴的不同面具罢了。

贪婪，在他看来，是这个世界唯一的维度。

乌有王子 ★ 前度的黑暗

阿凯梅安现今是个中年巫师，同时也是个间谍。对两种身份他都逐渐厌烦了。虽然他不愿承认，但最近的日子过得越来越沮丧。就像老渔妇说的，他拖上空网的次数太多了。

带着困惑与气馁，阿凯梅安在圣癞疤与杰什鲁尼告别，穿过爬虫区阴森的街道，急匆匆回家——如果能够管那地方叫家的话。爬虫区从萨育特河北岸一直延伸到著名的苏尔曼提克城门，乃是由废旧公寓、妓院和破败的教派庙宇组成的迷宫。这地方的名字起得真恰当，阿凯梅安一直这样想。这里的空气永远潮湿，狭窄的巷弄把城区切得千疮百孔，确实会让人联想到掀开一块岩石时找到的东西。

从任务的角度，阿凯梅安不该感到气馁。恰恰相反，在拿出丘莱尔那疯狂的片刻之后，杰什鲁尼告诉了他很多秘密，非常有用的秘密。原来杰什鲁尼不是个开心的奴隶，他对赤塔巫师恨之入骨，其恨意一旦泄露出来，实在令人心惊。

"我和你做朋友不是为了你许诺的金钱，"贾维赫队长说，"钱有什么用？能从我主人手中买到自由吗？赤塔不会放弃任何有价值的东西。不，我和你做朋友是因为我觉得你有用。"

"有用？有什么用？"

"复仇。我要让赤塔蒙羞。"

"也就是说你早就知道……一直知道我不是商人。"

一声嗤笑。"当然了。你对你的恩索拉里太不在乎了。跟商人喝酒和跟乞丐喝酒不同，乞丐会先为你买酒。"

我到底算哪门子间谍？

阿凯梅安很恼火，自己居然如此容易露出破绽。杰什鲁尼的洞察力让他蒙羞，但更让他后怕的是自己在判断上出现的重大失误。杰什鲁尼是战士，也是奴隶——这样的组合还不足以保证此人的愚蠢吗？但阿凯梅安现在知道，作为奴隶更有充分理由去掩饰头脑。

第一卷 巫师

睿智的奴隶固然可能博得主人嘉奖，就像古老的塞内安帝国有不少奴隶学者；但狡猾的奴隶却令人害怕，必欲除之而后快。

这样的想法并不能让他感到安慰。如果连他都能如此轻易地愚弄我……

阿凯梅安刚刚在凯里苏萨尔成功渗透了赤塔，窃取到一个非常重要的秘密，也许是最近这些年最重大的发现，但并非靠自己的能力——他已有很多年没怀疑过自己的能力了——却是靠愚蠢的错误。这样一来，他发现的实际上是两个秘密——其中一个可以让三海诸国的阴谋家都为之颤抖；而另一个，则为他的生活敲响了警钟。

我早已不是曾经的我了。

杰什鲁尼的故事本身就足够震撼，至少它证明了赤塔的保密能力。杰什鲁尼说，赤塔派十多年来一直处于战争状态，对此，阿凯梅安起初并没有太大兴趣。和各大势力一样，巫术学派间的冲突从未停止，不过大多是以间谍、刺杀、互相制裁、派遣使团表达愤慨这样的形式进行。但这场战争，杰什鲁尼向他保证，远不是这种小冲突。

"十年前，"杰什鲁尼说，"我们的前任大宗师，萨什卡，被刺杀了。"

"萨什卡？"阿凯梅安不想问出愚蠢的问题，但赤塔的大宗师居然会被刺杀，这实在太荒唐。这种事情怎么可能发生？"被刺杀了？"

"就在赤塔的内部密室。"

换句话说，是在三海诸国中最强大的隔绝术保护之下。连天命派都不敢尝试这种行动，哪怕用上他们独门的"真知"法术，也不可能实现。谁能做出这种事？

"被谁杀了？"阿凯梅安问，几乎忘了呼吸。

乌有王子 ★ 前度的黑暗

杰什鲁尼的眼睛在暗红灯光中闪了一下。"被异教徒，"他说，"西斯林。"

知道真相后，阿凯梅安恍然大悟，同时也颇为困惑。西斯林，唯一一个异教学派。至少这能解释他们是如何刺杀萨什卡的。

三海诸国有句俗语："只有异民可以认出异民。"巫术非常暴烈，念出咒语就像在用刀刃切割这个世界，但只有异民——也就是巫师——能看到留下的伤痕，看到凶手手上的血迹，他们将之称为"印记"。异民可以看到同类和同类的罪行，他们一见到彼此，马上就能确定对方身份，就像普通人通过被割掉的鼻子认出罪犯一样。

但西斯林完全不同。他们的巫术和其他人的巫术一样惊人，一样具有破坏性，却不会在世界上留下痕迹，不会因自己的罪行带来印记。没人知道这是为什么，或是怎么做的。阿凯梅安只目睹过一次西斯林巫术，那被称为"水魂"法术。那是很久之前的一天晚上，在希摩。凭借真知——远古北方的魔法——他消灭了那个穿橘黄色长袍的攻击者，即使有隔绝术保护，他仍感觉自己看到了一道道无声的闪电。没有雷声。没有印记。

只有异民可以认出异民。但没有任何人——至少没有任何学士——可以将西斯林或他们的巫术与普通人、与正常世界区别开。也许正因如此，阿凯梅安料想，他们才有机会刺杀萨什卡。赤塔学派用隔绝术保护巫师，还培养出杰什鲁尼这样的奴隶战士，对付那些戴丘莱尔的人，但他们无法防备与普通人毫无二致的巫师，或是防御与神创立的世界紧紧相连的巫术。杰什鲁尼告诉他，现在赤塔开始在大厅里饲养猎犬，训练它们嗅出西斯林用来给长袍染色的藏红花和散沫花。

但是为什么？为什么西斯林要向赤塔开战？他们的信仰固然与其他学派迥异，但这种全面战争他们毫无胜算。赤塔的力量太强大了。

　　阿凯梅安向杰什鲁尼问出这个问题时，奴隶战士只耸耸肩。
　　"十年了，他们也不知道。"
　　至少这点多少令人欣慰。能让无知者高兴的，莫过于其他人也和自己一样无知。
　　杜萨斯·阿凯梅安朝爬虫区深处走去，他在一家肮脏粗陋的公寓中租了一个房间。直到此时，他仍心有余悸。

◆◇◆

　　杰什鲁尼走出酒馆，脸上挂着扭曲的笑容。他扶着小巷满是尘土的墙壁，努力站稳身子。
　　"完成了。"他低声自语，发出一阵咯咯的笑声，这种表情是他绝不敢让人看到的。他抬头看着头顶被泥砖墙壁和破旧帆布雨篷围起来的狭窄天空，只看到几颗稀疏的星星。
　　突然间，他觉得自己的背叛是如此可悲。他将自己知道的唯一一个秘密告诉了主子的敌人，现在在他一无所有了。而无论什么样的背叛行为都无法平息他心中的仇恨。
　　多么苦涩的仇恨。归根结底，杰什鲁尼是一个骄傲的人。他这样的人居然生来是奴隶，而把他当狗一样随意驱使的是一群心底软弱、缺乏阳刚气的男人……一群巫师！他知道，如果换一种生活，他会成为征服者，用双手摧毁一个又一个敌人。但在这个受诅咒的现实中，他能做的只有偷偷摸摸地去跟另一个女里女气的男人碰头，告诉他一些流言蜚语。
　　这就算报仇了吗？
　　在小巷中蹒跚一阵后，他发现有人跟踪自己。主人发现了他卑微的背叛吗？这想法闪过心头，但他觉得不太可能。爬虫区里到处

乌有王子★前度的黑暗

是豺狼，亡命之徒可能会走街串巷寻找那些醉得不成样的人，轻易掠夺财物。杰什鲁尼自己就杀过一个这样的家伙，那是好几年之前的事。一个可怜的傻瓜，宁可冒险杀人，也不愿像杰什鲁尼不知名的父亲那样卖身去作奴隶。他继续往前走，压抑酒意，尽量保持知觉，微醺的脑海中不断闪过一幕幕血腥景象。今晚，他心想，是个杀人的好日子。

直到走过凯里苏萨尔人称为"爬虫之口"的神庙正门，杰什鲁尼才警觉起来。走进爬虫区的人经常被跟踪，但从爬虫区跟着别人出来的却很少有。越过样式混杂的屋顶，杰什鲁尼已能看到高耸的赤塔直指茫茫星野。谁敢跟他走这么远？除非是……

他转过身，看到一个圆胖的秃头，大热天却穿着一件华美的丝绸外袍。外袍的颜色在深夜看不分明，只显出黑色与蓝色。

"那妓女身边的傻瓜中的一个。"杰什鲁尼说着，努力想甩掉醉酒后的混乱。

"没错。"那人答道，又咧嘴笑了，下巴跟着颤抖，"她非常……有魅力。但说实话，我更感兴趣的是你告诉那个天命派学士的事。"

杰什鲁尼猛地一惊，眯起醉眼。也就是说他们知道了。

危险总能让他清醒。他条件反射地伸手进口袋，捏住丘莱尔，奋力朝那个赤塔学士投去……

或者说，可能是赤塔学士的人。陌生人扬手在空中接下饰物，好像是对方恭敬地递来请他查看一般。他仔细端详了一阵，如同一个多疑的钱币兑换商在检查一枚铅币，然后抬起头来露出微笑。"多珍贵的礼物。"他说，"谢谢你。不过它恐怕还不足以交换我要的东西。"

他不是巫师！杰什鲁尼见过触碰到丘莱尔的巫师，血肉和骨头都会在炽烈的光线中裂开，化成盐分。那这个人是谁？

"你是谁？"杰什鲁尼问。

"这不是你能理解的，奴隶。"

贾维赫队长笑了。也许他只是个傻瓜。一阵危险的醉意攫住了他，他直接朝那人走去，布满老茧的手按到对方衬了垫子的肩上。他闻到一股茉莉的香味。对方抬起牛眼一般的双目看着他。

"噢，天哪，"陌生人低声说，"你是个勇敢的傻瓜，对吧？"

他为何不害怕？想到刚才这人是怎么接住丘莱尔的，杰什鲁尼突然感到有点恐慌。不过他没有退路了。

"你是谁？"杰什鲁尼烦躁地说，"你监视我多久了？"

"监视你？"胖子似在咯咯笑，"还有如此自负的奴隶。"

他在监视阿凯梅安？这是为什么？身为军官，杰什鲁尼习惯了用胁迫态度在面对面冲突中占得上风。但这招对此人没用。虽然看上去软弱，但胖子表现得极其轻松。杰什鲁尼感觉到，若非之前喝了太多不掺水的烈酒，他现在就该害怕了。

他攥紧按在胖子肩上的手。

"我问了你问题，死胖子。"他从咬紧的牙关间嘶声说，"不想让我塞你一肚子土的话，就立刻回答。"他另一只手拿匕首耍了个花，"你是谁？"

胖子完全不害怕，只是笑容中突然带了几分凶狠："没有什么比不清楚自己地位的奴隶更讨厌的了。"

杰什鲁尼目瞪口呆地低头看向自己毫无知觉的手，匕首掉到了地上，而他只不过听到陌生人衣袖抽了一下。

"跪下，奴隶。"胖子命令。

"你说什么？"

下一掌扇在他脸上，泪水涌出眼眶。

"我说跪下。"

乌有王子 ★ 前度的黑暗

又一巴掌,他牙齿松动了。杰什鲁尼跌跌撞撞往后退了几步,笨拙地抬起手来。这怎么可能?

"我们的任务真是艰巨。"陌生人紧跟着前踏几步,话音带着悔恨,"连他们的奴隶都这么嚣张。"

恐慌之下,杰什鲁尼的手向剑柄伸去。

胖子停下来,闪烁的眼睛盯着剑柄上的雕饰。

"拔剑吧。"他说。他的声音是那么冷酷,绝非人类所有。

杰什鲁尼瞪大双眼,动弹不得。胖子的身形突然在他面前变得极其魁梧。

"我说,拔剑!"

杰什鲁尼犹豫着。

接下来的一巴掌扇得他跪倒在地。

"你是什么人?"杰什鲁尼尖叫着,满嘴血肉模糊。

胖子的阴影笼罩了杰什鲁尼,但他仍可以看到那张圆脸松弛下去,又突然绷紧,就像乞丐的手握紧铜币一样。巫术!但这怎么可能?他明明接住了一枚丘莱尔——

"我们的古老你不会相信。"那个孽物低声说,"我们的美丽你也无法想象。"

一个人,一个早已死去的人,能掌控所有天命派学士的眼睛。他就是谢斯瓦萨,非神的大敌,世上最后一个真知学派——阿凯梅安所属学派——的创始人。白天,他是个模糊的形象,仿佛童年记忆;而在夜里,他会占据这些学士,他悲剧的一生在每个学士的梦境中不断上演。

烟雾缭绕的梦境,被封印住的梦境。

第一卷 巫师

阿凯梅安眼看着安那苏里博·塞摩玛斯二世，库尼乌里的最后一位至高王，被一个吠叫的斯兰克酋长挥舞战锤砸倒了。阿凯梅安高声惊叫，不过残存的一点意识告诉他，这位安那苏里博王朝最伟大的国王早已死去，死去两千多年了。同时他也知道，在国王身边哀恸的并不是他自己，而是一个伟人——谢斯瓦萨。

咒语有如沸腾的水汽，从他口中涌出。斯兰克酋长在酷热火焰中挣扎，只留下一堆碎布和灰烬。更多斯兰克冲上山顶，然后纷纷送命，倒在他的歌声召唤出的非自然闪电下。空中远处有一头巨龙，在落日映照下仿佛青铜雕像，悬在人类与斯兰克厮杀的战场上空。他想道：最后一个安那苏里博国王倒下了，库尼乌里不复存在了。

魁梧的特雷瑟骑士们喊着国王的名字，跨过刚被法师烧死的斯兰克的尸体，像疯子一样聚拢过来。阿凯梅安和一个他不知道名字的骑士一起，扛着安那苏里博·塞摩玛斯，从号哭的侍臣与王族身边走过，忍着鲜血、内脏与焦煳血肉混杂的气息，来到一片窄小的空地。他扶起国王破碎的躯体，靠在自己膝盖上。

塞摩玛斯的蓝眼睛曾经如此冰冷，现在却在恳求他。"走吧。"灰胡子国王喘息着说。

"不，"阿凯梅安答道，"如果你死去，塞摩玛斯，那一切都完了。"

至高王的破唇折出一丝微笑："你看到太阳了吗？你看到它在发光吗，谢斯瓦萨？"

"太阳总会落下。"阿凯梅安答道。

"是的！是的，非神的黑暗不能掩盖一切。诸神仍然可以看到我们，亲爱的朋友。他们离我们很远，但我可以听到他们在天空中飞驰，我可以听到他们在朝我喊叫。"

"你不能死，塞摩玛斯！你绝不能死！"

乌有王子 ★ 前度的黑暗

国王摇摇头,用温柔得出奇的眼神示意他安静:"他们在召唤我。他们说我的死并非世界的末日。他们告诉我,该承担责任的人是你。是你,谢斯瓦萨。"

"不。"阿凯梅安低声道。

"太阳!你看不到太阳吗?感觉不到它照在你脸上吗?如此普通的东西中居然包含着这么多启示。我知道了!我知道我是个多么顽固、多么愚蠢的傻瓜……而你,你是我亏欠得最多的人。你能原谅一个老人吗?原谅一个愚蠢的老人?"

"你没什么需要原谅的,塞摩玛斯。你失去得太多,经历了太多痛苦。"

"我儿子……你觉得他会在那边等我吗,谢斯瓦萨?你觉得他会承认我这个父亲吗?"

"会的……他会永远记得您是他的父亲,他的国王。"

"我有没有和你说过,"塞摩玛斯道,声音中带着有气无力的骄傲,"我儿子曾经偷偷潜入戈尔格特拉斯最深的深渊?"

"说过很多遍了,"阿凯梅安含着泪水微笑,"说过很多遍了,我的老朋友。"

"我多么想念他啊,谢斯瓦萨!我多么渴望与他重逢。"

老国王流了一阵眼泪,然后瞪大眼睛:"我看到他了,看得很清楚。太阳是他的军马,他在我们中间穿行。我看到他了!他在我的人民心中飞驰,用奇观和怒火激励着他们!"

"嘘……您得省点力气,陛下,军医马上就到。"

"他说……他说了一些让我欣慰的话。他说我的种子会回来,谢斯瓦萨——总有一天,一个安那苏里博会回来……"老人浑身猛地一颤,努力吸着气,唾液从牙缝中涌出,"到世界末日的时候。"

安那苏里博・塞摩玛斯二世,特雷瑟的白领主,库尼乌里的至

第一卷 巫师

高王,他明亮的眼睛变得空洞了。黄昏的阳光在褪色,诺斯莱人的骄傲被青铜盔甲包裹着,坠入暮色之中。

"我们的国王!"阿凯梅安向围在身边的人们喊道,"我们的国王驾崩了!"

但四下只有黑暗。没人站在他身边,也没有国王靠在他大腿上。只有汗湿的毯子,以及战场的喧哗消失之后的鸣响。这是他的房间。他独自躺在自己可怜的小房间里。

阿凯梅安抱紧胳膊。又一段封印中的梦境。

他用手捂脸,痛哭起来。起初是哀恸那位死去已久的君王,但更长的时间里,他也不知道自己究竟是为何而哭。

远处,他仿佛听到了嗥叫,但不知发出叫声的是狗还是人。

杰什鲁尼被拖着走过腐臭的小巷,他看到坑坑洼洼的墙壁与黑色的天空在眼前交替闪过。四肢不受控制地撞着地面,他只能努力用手指抠进油腻的砖头缝。虽然鼻腔里满是血沫,他还是闻到了河水的气息。

我的脸……

"欢要啥?"他想喊,但没了嘴唇无法喊出声。我把一切都告诉你了!

他听到靴子踏过水边泥地的声音。一阵冷笑从头顶上方某处传来。

"如果敌人的眼睛冒犯到了你,奴隶,你会把它挖出来的,不是吗?"

"请……迟非。求求你……迟非。"

"慈悲?"那东西笑了,"慈悲是无聊的奢侈品,傻瓜。天命

乌有王子 * 前度的黑暗

派的眼线很多，所以我们要除掉的东西也很多。"

我的脸呢？

他感到自己失去了重量，然后被冰冷的河水淹没了。

阿凯梅安在晨曦初露时醒来，脑袋仍然嗡嗡作响。他记得昨晚喝的酒，也记得一场场可怕的噩梦。更多末世之劫的梦。

他一边咳嗽，一边从床上坐起身，走到房间里唯一一扇窗子跟前。他把涂漆挡板拉开，手仍在颤抖。凉爽的空气。渐明的晨光。在低矮的建筑群中，凯里苏萨尔的宫殿与庙宇展露出身形。浓密的晨雾笼罩在萨育特河上，像河水流入沟渠一样，沿下城区的大街小巷扩散开去。至于赤塔周围，则没有任何建筑，从这里看去虽像手指尖一样小，但仍可以感到它可怕的威严，有如几座死去的古塔矗立在白色沙漠的丘壑中。

阿凯梅安喉咙嘶哑。他眨眨眼睛，抹去眼角的泪水。没有火焰。没有齐声哀号。一切都那么平静。哪怕窗外的尖塔也让他感到窒息般的宁静。

这个世界，他心想，不能终结。

他从窗口离开，回到房间里唯一一张桌子前面，坐到凳子上，或者说被当成凳子的东西——看上去像是从沉船里打捞上来的。他蘸湿羽毛笔，在一大堆羊皮纸卷中打开一小卷卷轴记录：

泰温莱河滩之战。相同。

索利什图书馆被焚烧。不同。在镜中看到的是我自己的脸，不是谢斯瓦萨的。

第一卷 巫师

有趣的差异。这可能意味着什么?他沉思了片刻,意识到这问题毫无意义。接着,他记起了午夜时分让他醒来的那个梦。短暂的停顿之后,他又添上一条:

安那苏里博·塞摩玛斯的死亡与预言。相同。

真的相同的吗?细节当然是一致的,但他在梦中感到一阵烦躁的紧迫感,足以让他惊醒。于是他把"相同"二字刮掉,写下:

不同。更加有力。

等着墨迹风干时,他重读了一遍前面的条目,直到卷轴顶端。一连串图像伴着强烈的情感瀑布砸向他,将无声的墨迹化作一个个碎片般的世界。一条大河落下悬崖,无数尸体随瀑布一起飞落。一位情人牙关紧咬,齿间渗出血迹。火焰像狂乱的舞者一样缠绕着石头高塔。

他把拇指和食指压在眼睛上。为何对记录这么着迷呢?其他人,比他伟大得多的人,为了排列组合谢斯瓦萨的梦境、译解其中的含义而发了疯。他非常清楚自己找不到答案。那么,这就是一场无聊透顶的游戏吗?就像爸爸每次喝醉了酒从船上回来时,妈妈都要玩的游戏:歇斯底里地问为什么,明知没有答案;而每次爸爸扬起手,妈妈明知挨打不可避免,还是要发出尖叫?

重温谢斯瓦萨的生命本身就是折磨了,干吗还要寻根究底呢?

一阵冰冷的气息穿过胸骨,包围了他的心脏。熟悉的颤抖又一次攫住他的双手,卷轴合上了,墨迹未干的字迹被卷了进去。停下……他握紧双拳,颤抖却蔓延到手臂与肩膀。停下!斯兰克的战号透过窗户传进来,巨龙翅膀的震颤仿佛就在身边。他在凳子上摇晃，整个身体都发抖。

"停下！"

他费尽力气才恢复呼吸，然后听到远处铜匠锤子的敲打声，还有乌鸦在遮雨棚上的喧哗。

这就是你想要的，谢斯瓦萨？这就是你希望的方式？

像其他许多拿来自问的问题一样，他心里其实早有答案。

谢斯瓦萨在与非神的战争中活了下来，成为末世之劫的幸存者，但他知道战争没有结束。塞尔文迪人返回了草原，斯兰克在被毁灭的世界上争夺战利品，而戈尔格特拉斯仍旧岿然不动。在它黑色的城墙后面，非神的仆从非神会仍在注视着世界，他们的耐心比人类的历史还长久，没有哪首史诗的章节，或是哪部经文的劝诫，能与他们的耐心媲美。纸上的墨迹虽不会腐朽，文字的意义却会被忘却。谢斯瓦萨早就知道，随着人类一代又一代的传承，他的记忆会被扼杀，甚至连末世之劫都可能被遗忘。所以他没有简单地让信徒继承自己的记忆，而是亲自进入信徒们的记忆中。他将自己悲苦的一生投入到徒子徒孙们的梦境，他留下的遗产是永无休止的战争号令。

我的痛苦早就注定了。阿凯梅安心想。

他强迫自己转到新的一天工作中，于是给头发上好油，用刷子将蓝外套上白色纹饰沾的泥点洗掉。他站在窗前，一边看着阳光烧尽萨育特河黑黑河岸上的雾霾，一边用奶酪和陈面包平息自己的胃。然后他准备好传声术，把杰什鲁尼昨天晚上告诉他的一切告诉了身处阿提尔苏斯天命派总部的接头人。

他们并没表现出太多兴趣，阿凯梅安也不觉惊讶。赤塔与西斯林的秘密战争，说到底，与他们并无干系。但召唤他回家的命令却让他感到惊讶。问及原因时，接头人只说与千庙教会有关——另一股势力，另一场与他们无关的战争。

第一卷　巫师

　　他一边收拾行李，一边想：又一个毫无意义的任务。
　　他怎能不发牢骚？
　　在三海诸国，各大势力都在为切实可见的利益与触手可及的敌人战斗，但天命派对抗的敌人却不见踪影，他们的目的也没人相信。因此，天命派学士不但和所有巫师一样被普通人排斥，更被当成一群傻瓜。当然了，三海诸国的每一个统治者，不管是克泰人还是诺斯莱人，都知道非神会、知道第二次末世之劫的威胁——天命派的使节喋喋不休讲了许多个世纪，他们怎么可能不知道？——却没有人相信。
　　非神会与天命派的冲突持续了许多个世纪，但前者忽然凭空消失了。没人知道为什么，也没人知道他们是如何做到的，只剩下无尽的猜测。他们被未知力量摧毁了吗？被内部冲突毁灭了？或只是找到某种方法，躲过了天命派的眼睛？天命派最后一次遭遇非神会至今已过了三百年。在这三百年中，天命派一直在进行一场没有敌人的战争。
　　天命派学士踏遍三海诸国，追逐的却是他们找不到、别人也不相信的敌人。虽然大家都羡慕他们拥有真知——远古北方的魔法——但仍把他们当成笑柄，当成出没在各大派系宫廷里的江湖骗子。然而每天晚上，谢斯瓦萨都会降临在他们的梦境中，每天早上他们也都会在恐惧中醒来，想着：非神会就在我们当中。
　　阿凯梅安不禁想，他有没有过哪段时间不用面对内心的恐惧？那恐惧就像他内脏上出现的空洞，就像他忘了某件会导致灾难发生的事，就像有人在无声低语：你必须做些什么……但天命派中没人知道该做什么，而在有人弄明白这一点之前，他们的所有行为都像一出空虚荒诞的哑剧。
　　所以他们会派人来凯里苏萨尔，引诱杰什鲁尼这样的高级奴隶，或者去千庙教会——谁知道去做什么。

乌有王子 ★ 前度的黑暗

千庙教会。千庙教会有天命派想要的东西吗？不管那是什么，一定比杰什鲁尼更重要，比一个用了一代人功夫才在赤塔找到的可靠线人重要。阿凯梅安越想越觉得这事非比寻常。

也许这次任务会有所不同。

想到杰什鲁尼，他突然有些紧张。此人固然说不上高尚，但却是冒着极大风险将这个秘密出卖给天命派。除此之外，杰什鲁尼有几分才智，同时心中充斥着仇恨——这是一个完美的线人，如果失去就太不妙了。

阿凯梅安从行李中取出羊皮纸和墨水，弯下腰草草写了一张便条：

我必须离开。我不会忘记你的恩惠，你一定会找到志同道合的朋友。不要同任何人说，你会安全的。阿凯。

跟满脸痘疮的老板结清房钱后，阿凯梅安朝街上走去。他在附近一条小巷里找到了奇奇，一个受他雇佣办差事的男孩。那孩子躲在一堆动物下水后面，蜷在一只麻袋上酣睡，成群苍蝇在他身边嗡嗡作响。若非脸上长着一片石榴形胎记，他真算得上俊俏：橄榄色皮肤虽然污渍累累，但仍像海豚一样光滑，五官也不比总督家的姑娘逊色。想到除了偶尔的差使之外，这孩子是怎么在街上维生的，阿凯梅安不禁心中发颤。一星期前，阿凯梅安曾被一个醉鬼引诱，那人脸上精致的妆容早被弄污了，他挠着裤裆问阿凯梅安，想不想看看他可爱的"小石榴"。

阿凯梅安用商人的拖鞋尖踢醒睡梦中的男孩。男孩一跃而起。

"你还记得我教你的话吗，奇奇？"

男孩盯着他，脸上带着刚睡醒时故意假装出的警惕神色："是的，大人，我是给您跑腿的。"

第一卷 巫师

"跑腿的是干什么的?"

"传送消息,大人,秘密的消息。"

"很好。"阿凯梅安说着,把一张折好的羊皮纸交给男孩,"我要你把这个交给一个叫杰什鲁尼的人。记住:杰什鲁尼。你一定能找到他。他是一名贾维赫队长,经常在圣癞疤出没。你知道圣癞疤在哪里吧?"

"知道,大人。"

阿凯梅安从钱袋中取出一个恩索拉里银币,看到男孩敬畏的表情,不禁露出了微笑。奇奇从他手中抓过银币,就像从陷阱中取出饵食一样,与那只小手的接触让巫师不禁一阵感伤。

第二章 阿提尔苏斯

> 我写信告知您，我最近一次觐见纳述尔皇帝时，陛下毫无来由地公开称我为"蠢货"。无疑，您对此肯定无动于衷，这种事最近时有发生。非神会对我们的回避比以往更甚，我们只有在获取其他人的秘密时才能偶尔听到他们的消息，只能通过那些否认他们存在的人的眼睛才能瞥见他们的存在。我们为什么不该被称为蠢货呢？非神会在各大势力中潜藏得越深，我们的慷慨陈辞在这些人听来就越疯狂。我们是——按那该诅咒的纳述尔人的说法——"灌木丛中的猎人"，只要做出打猎动作，就会让捕猎机会彻底消失。
>
> ——匿名天命派学士寄回阿提尔苏斯的报告

长牙纪4110年，冬末，阿提尔苏斯

被召回家了，阿凯梅安心想，这个词中的讽刺刺痛了他。"家"。在这个世界上，还有比阿提尔苏斯更缺少人情味的地方吗？戈尔格特拉斯肯定算一个，赤塔或许也算。

阿凯梅安单独站在庞大的觐见室中央，努力镇定自己。天命派的中央管理机构"仲裁团"的成员站在四下的阴影中，仔细观察他。他知道，他们看到的是一个矮胖男人，穿着普通的棕色旅行罩衫，修得方正的胡子里有几缕银丝。从外表上看，他就是一个终年在路上奔波的人，像下等种姓的劳工一样晒黑了皮肤，完全没有巫师的样子。

也没有哪个间谍应该有。

阿凯梅安被他们细致入微的检查搞得颇不耐烦，努力忍住冲动，没问他们是不是打算像谨慎的奴隶主一样，连他的牙齿一起查了算了。

家。

阿提尔苏斯，天命派的城堡，这里以前是他的家，以后也是，但每次回来，他总有种古怪的渺小的感觉。不只是因为这里古朴的建筑风格——阿提尔苏斯是依照古代北方王国的风格建设的，不带任何弧度和穹顶，内部回廊是林立的厚实石柱，天花板总隐藏在黑暗之中，被浓烟熏黑。每根柱子上都刻着风格迥异的浮雕，闪烁的火盆暴露了它们过多的细节，至少阿凯梅安是这么想的。火焰每一次跃动，似乎都在改变地板的形状。

终于，仲裁团中一个人对他说："我们不能再对千庙教会置之不理了，阿凯梅安，现在那个玛伊萨内夺取了教座，当上了沙里亚。"很显然，打破沉默的又是诺策拉。阿凯梅安最不愿遇到的人总是最先站出来说话。

"我只听到一些流言。"他慎重地回答——跟诺策拉说话总是用这种口气。

"相信我，"诺策拉愠怒地说，"流言很少可靠。"

"但他能当多久？"这问题很自然。许多沙里亚执掌过千庙教会的船舵，他们马上就发现，和任何一艘过于庞大的船一样，要掌舵实在太难。

"噢，他会当下去的。"诺策拉道，"甚至可以说，他会当得非常好。每一个教派都到苏拿去觐见了他，吻了他的膝盖，而伴着权力转换几乎必不可少的政治斗争完全没有出现，哪怕小规模抵制都没有。甚至没人沉默地抗议。"他停了一下，给阿凯梅安一点时间体会其中的重要性，"他在发动某样东西。"年迈位重的巫师抿抿嘴唇,就像放出恶犬般说出下一句话,"某种前所未见的东西……而且影响的不仅仅是千庙教会。"

"但我们之前肯定也见过他这种人。"阿凯梅安壮着胆子说,"狂热者总是一手高举救赎,把大家的注意力从另一手的鞭子上引走。但早晚有一天,每个人都会看到那条鞭子。"

"不,我们没见过他这种人。没人能像他这样,动作如此迅速,手腕如此灵活。玛伊萨内不仅是个狂热者,他上任三周之内,就揭穿了两起针对他的投毒案,更重要的是,发现这一切的是玛伊萨内本人。至少有七名帝国的间谍暴露了身份,并在苏拿被处斩。这不只是因为机敏,绝不仅是这样。"

阿凯梅安点点头,眯起眼睛。现在他明白为什么急召他回来了。不是因为这些强力而令人厌恶的改变,而是各大势力早已为千庙教会和它的沙里亚备好了位置,但这个玛伊萨内——按诺里人的说法——朝他们酒中撒了泡尿。更令他们不安的是,他在朝间谍们下手。

"会爆发圣战的,阿凯梅安。"

阿凯梅安震惊不已,他朝仲裁团另外几名成员的黑色轮廓看去,想确认这一说法:"你开玩笑吧。"

诺策拉踱出阴影,一直走到他身前才停下,俯视着他。阿凯梅安强忍后退的冲动,年迈巫师的外表总是这样令人不知所措:魁梧的身材让人恐慌,衰老的样子又让人可怜,他的皮肤简直是对身上丝绸的侮辱。

"这不是笑话。我向你保证。"

"那么要向谁开战呢?费恩教?"在三海诸国的历史上,一共只发生过两次圣战,两次都是针对巫术学派,而非针对异教徒。最近的一次——所谓"学派战争"——对双方都造成了灾难性后果,阿提尔苏斯被围攻了整整七年。

第一卷 巫师

"我们还不知道。到目前为止,玛伊萨内只宣布会发动圣战,但没有屈尊告诉任何人圣战的目标。我说过,他的手腕如此灵活。"

"也就是说,你们害怕发生另一次学派战争。"阿凯梅安简直不敢相信自己说出这样的话。另一次学派战争,他知道,这想法理应让他恐惧,但事实上,他的心却激动得怦怦直跳。终于走到这一步了吗?他厌倦了天命派毫无成果的任务,甚至连与因里教徒开战的设想,对他来说都是一种扭曲的解脱。

"这正是我们害怕的。各教派祭司又一次公开谴责了我们,称我们是'不洁者'。"

不洁者。被千庙教会奉为神谕的《长牙纪年》中就是这样称呼他们这些异民的,这些具有足够的天赋和知识使用巫术的人。"汝要割彼之舌,"圣书所载,"因彼之亵渎为世之最孽物……"和许多诺里人一样,阿凯梅安的父亲对阿提尔苏斯在诺里的专制统治非常不满,早就通过责打把这样的信仰印在他心底了。信仰可能消亡,但它传达的情绪却会永远留下去。

"我从没听说这消息。"

老人前倾身子。他染色的胡子和阿凯梅安一样蓄成方形,但按东方克泰人的风格编得一丝不苟。老人年迈的面孔和黑色须发间的不协调让阿凯梅安感到一阵不适。

"你没听说,但你现在不是听说了吗,阿凯梅安?你一直待在上艾诺恩,什么样的祭司敢在赤塔的国度谴责巫术呢,嗯?"

阿凯梅安瞪着老巫师:"不过这也是可以预料的,不是吗?"他突然感觉整件事如此荒谬。这样的事曾发生在其他时代、其他人身上。"你说,这个玛伊萨内手腕灵活,那么要想巩固权力,有什么比煽动起对《长牙纪年》里的罪人的仇恨更好的办法呢?"

"当然了,你说得对。"诺策拉同意别人意见时也一样能让人恼火，"但有更令人不安的理由，让我们相信他宣战的目标将是我们，而非费恩教……"

"什么理由？"

"阿凯梅安，理由是，"另一个声音道，"向费恩教发动圣战不可能成功。"

阿凯梅安仔细朝石柱间的阴影看去。是席玛斯。他雪白的胡子中露出嘲讽的笑容，蓝色长袍外罩着一件灰色法衣，从外表上看，若说诺策拉是火，他便是水。

"这次旅行怎样？"席玛斯问。

"梦境十分糟糕。"阿凯梅安答道。艰难的推理与轻松的寒暄之间的反差让他有些难以适应。席玛斯是他的老师，虽然他的教导恍若隔世：是席玛斯用天命派疯狂的启示，埋葬了一个诺里渔夫之子的天真。他们有好几年没面对面说话了——阿凯梅安很长时间都在国外待着——但相处时态度仍很轻松，说起话来也不必依礼仪规范大绕圈子。"您是什么意思，席玛斯？为何向费恩教发动圣战不可能成功？"

"因为西斯林的存在。"

西斯林。

"恐怕我没弄明白您的意思，老师。因里教向基安开战肯定更容易，仅仅攻打一个学派——如果西斯林能被称为学派的话——比同时向所有学派宣战容易得多。"

席玛斯点点头："表面来看也许是这样。但仔细想想，阿凯梅安，据我们预测，千庙教会本身大概有四千到五千枚丘莱尔，这意味着他们可以出动差不多同样数量的人，对我们使用的任何巫术都完全免疫。再加上因里教徒中佩戴饰品的领主，这样玛伊萨内差不多可募集到一支上万人的部队，而我们拿他们几乎没有任何办法。"

第一卷 巫师

在三海诸国，丘莱尔是战争函数中最关键的变量。在很多方面，异民与普通人比起来就像是神，凭借丘莱尔的力量，三海诸国才没有完全被学派掌控。

"这没错。"阿凯梅安回应，"但玛伊萨内同样可以派这些人去攻打西斯林。无论西斯林跟我们有多大不同，他们至少有着同样的弱点。"

"他能吗？"

"为什么不能？"

"挡在佩戴丘莱尔的人和西斯林之间的，是基安强大的军队。西斯林不是学派，我的老朋友，他们不像我们，与信仰和国家分离。当圣战军与异教的基安大公们死战时，西斯林会降下毁灭之雨。"席玛斯低低下巴，像在尝试用胡子触碰胸部，"你明白了吗？"

阿凯梅安明白了。他梦到过这样的战斗——泰温莱河滩之战，古阿克瑟西亚的大军在非神会降下的火焰中焚烧。想到那场悲惨的战斗，一幅幅图像在眼前闪过，影子一样的人形在水流中挥舞手臂，被高耸的烈焰吞噬……到底有多少人死在河滩上？

"就像泰温莱。"阿凯梅安低声说。

"就像泰温莱。"席玛斯应道。他的声音庄严又温和。他们做着同样的噩梦，天命派学士做着同样的噩梦。

两人交谈期间，诺策拉一直眯眼看着他们。就像长牙的先知一样，他也习惯对人下判断：只不过先知看到的是罪人，诺策拉看到的则是蠢货。"我说了，"老人强调，"这个玛伊萨内手腕灵活，十分精明。他当然清楚，对费恩教发动圣战没有胜算。"

阿凯梅安眼神空洞地盯着对方。他之前的兴奋消失了，取而代之的是阴冷潮湿的恐惧。另一场学派战争……泰温莱的景象为他展示了这前景的可怕之处。

乌有王子 * 前度的黑暗

"这就是为什么把我从上艾诺恩召回?为这位新沙里亚的圣战做准备?"

"不。"诺策拉断然道,"我们只是告诉你,为什么我们认为玛伊萨内可能会对我们发动圣战。说到底,我们并不知道他的计划。"

"确实如此。"席玛斯点点头,"在各学派和费恩教之间,对千庙教会威胁最大的无疑是费恩教。希摩被异教徒占据了几世纪,帝国不过是强盛时期的脆弱影子,而基安变成三海诸国中最强大的力量。所以,沙里亚向费恩教发动圣战,才是更理智的做法——"

"但是,"诺策拉插言,"我们都知道,信仰与理智无关,说到千庙教会时,理智与疯狂几乎没有区别。"

"你们打算派我去苏拿。"阿凯梅安说,"去弄清玛伊萨内的真正目的。"

诺策拉染过的胡子皱了起来,露出古怪的笑容:"是的。"

"但我又能做什么?我离开苏拿好多年,在那里没有任何关系。"此话半真半假,要看如何定义"关系"。他在苏拿认识一个女人——艾斯梅娜,不过那已是很久之前的事。

还有——阿凯梅安被这想法攫住了——他们怎么知道?

"你没说真话。"诺策拉道,"事实上,席玛斯告诉我们,你有一个——"他停了一下,似乎在寻找词汇,好不干扰礼貌的交谈,"——变节的学生。"

席玛斯?他朝曾经的导师看去,你为什么要告诉他们?

阿凯梅安小心翼翼地答道:"你是说埃因罗。"

"是的。"诺策拉答道,"而这个埃因罗变成了,我是这么听说的——"他又看了席玛斯一眼,"一个沙里亚祭司。"他的语调中带着明显的责难。你的学生,阿凯梅安,你的背叛。

"你说得太过分了,诺策拉,你一直是这样。埃因罗是个被诅

第一卷 巫师

咒的人,他生来同时具有异民的资质和祭司的狂热。如果强迫他跟随我们,会害死他的。"

"啊,是的……资质。"苍老的巫师回答,"请你告诉我们,用尽量明白的方式,你对这个之前的学生是如何评价的?他跨过界限了吗,或者天命派还有机会挽回他?"

"能把他变成我们的间谍吗?你想问这个?"

埃因罗做间谍?显然席玛斯没告诉他们埃因罗的事,这使得阿凯梅安的罪行更严重了。

"我想我说得够明白了。"诺策拉说。

阿凯梅安停顿了一下,朝席玛斯看去。对方一脸严肃,令他很气馁。

"回答他,阿凯。"他曾经的导师说。

"不行。"阿凯梅安答道,转身朝向诺策拉,突然间他的心像石头一样沉下去,"不行。埃因罗生来是界限那边的人。他是不会回来的。"

冰冷而满足的表情——在这样一张老脸上显得如此讽刺。"啊,阿凯梅安,但是他会的。"

阿凯梅安知道他们会要求什么:使用巫术,以及必不可少的背叛。他与埃因罗关系非同寻常,他发过誓要保护他。他们曾经那么……亲密。

"不。"他说,"我拒绝。埃因罗的灵魂太脆弱。他没有你要求的勇气。我们需要其他人。"

"我们没有其他人选。"

"不管怎样。"他嘴上说着,但已意识到自己的鲁莽会带来什么后果,"我拒绝。"

"你拒绝?"诺策拉唾了一口,"因为那祭司是个弱者?阿凯梅安,你母亲一定是把你——"

乌有王子 ★ 前度的黑暗

"阿凯梅安的举动是出于忠诚，诺策拉。"席玛斯打断他，"不要混淆两者。"

"忠诚？"诺策拉嗤之以鼻，"但这才是整件事的核心所在，席玛斯！我们共同拥有的是其他人无法理解的东西。我们在睡梦中发出同样的哭喊。既然我们之间有着这样的联系——不可替代——那么对其他人的忠诚，难道不是对学派的背叛吗？"

"背叛？"阿凯梅安惊叫。他知道自己必须小心应对。这样的话就像酒桶塞子，一旦拔下，里头的东西很快就会变质，"你们误会我了——你们两个都是。我拒绝前往，正因我是忠于天命派的。埃因罗太过脆弱，而我们这样做可能激怒千庙——"

"脆弱的谎言。"诺策拉低吼。然后他笑了，好像早就知道阿凯梅安会有这样的无礼反应，"每个学派都会派间谍，阿凯梅安，他们早就疏远我们了。但这你是知道的。"老巫师转过身，在身边的炭火盆上烘暖手指。橘黄色火光描绘出他高大的身形，将他瘦削的线条映在巨大的石头上。"告诉我，阿凯梅安，若这个玛伊萨内，以及他针对学派的圣战，是我们——用温和的方式说吧——捉摸不定的对手的杰作，那么埃因罗娇弱的生命，或者天命派的好名声，难道不都是可以牺牲的代价吗？"

"假使如此，诺策拉。"他低声答道，"那我没有任何疑问。"

"啊，是的，我忘了你以怀疑论者自居。你们怎么说的来着？我们是在追逐'鬼魂'。"他在口中咂摸这个词，好像那是一片可疑的肉，"我猜，你会说这只是若干可能的一种——有可能是非神回归的征兆——但远不如现实，也就是一个变节者的性命重要。末世之劫的可能，远不如让一个傻瓜的脉搏继续跳动重要。"

是的，他正是这么想的。但他怎能承认呢？

"我时刻准备接受考验。"他努力平静地说。不过他粗哑的声

第一卷 巫师

音像是受了伤害，"我并不脆弱。"

诺策拉打量着他。"怀疑论者，"他哼了一声，"你们犯着同一个错误。你们将我们与其他学派混为一谈。但我们追求的是权力吗？我们会在宫殿中巡视，放置隔绝术，像狗一样去寻找巫术的味道吗？我们会向皇帝和国王哀求吗？由于非神会的缺席，你们就弄不清我们的作为与那些毫无使命感、只知追逐权势和幼稚满足感的人有何区别。你把我们和妓女混为一谈。"

是这样吗？不，他想过很多次了。和诺策拉这样的人不同，他可以将自己所处的时代与夜复一夜出现在梦境中的时代区分开。他可以看到两者的区别。天命派混淆了时代，混淆了梦境与现实。而怀疑论者，那些认为非神会早已离开三海诸国的学士，不认为天命派是为了世界委曲求全，而是完全脱离了世界。"天命"这个词代表着历史的命运，它的意义不是要重新掀起早已过去的战争，或把一个被战争逼疯的、死去已久的巫师奉为神明，它代表着学习——活在过去之外，而非在过去当中。

"你要跟我讨论哲学吗，诺策拉？"他迎向对方狂热的目光，"之前你只是太苛刻，现在你的话简直是愚蠢。"

席玛斯急忙调解："我知道你的顾虑，老朋友，我也有我的疑问——你是明白的。"他直直地看着诺策拉，后者仍用难以置信的眼神盯着阿凯梅安。

"怀疑论自有其价值。"席玛斯续道，"在危险的时代，那些不动脑子什么都信的人总是最先送命。现在就是危险的时代，阿凯梅安，是许多、许多世纪以来最危险的时代。也许危险到足够让我们怀疑自己的怀疑了，嗯？"

阿凯梅安转过去看他，对方的语调中似有些东西。

席玛斯目光颤抖，脸上显出一丝阴暗的挣扎："你也注意到，我们的梦境正变得越来越紧张。我可以从你眼中看出。大家的眼神

乌有王子 ★ 前度的黑暗

最近都有些涣散……有些事……"他停了一下,眼神失去了焦点,似乎在数着心跳。阿凯梅安感觉汗毛直竖。他从没见过席玛斯这样,如此踌躇,甚至有些恐惧。

"问问你自己,阿凯梅安。"最后他说,"如果我们的对手——非神会——打算在三海诸国攫取权力,还有比千庙教会更适合的战车吗?躲过我们的视线,同时又获得无上权力,还有哪里是更合适的地方?而如果想摧毁天命派,消除末世之劫最后的记忆,还有比向异民宣布圣战更好的办法么?想想看,如果人类同非神开战,却没有我们保护他们、指引他们,会是什么样?"

没有谢斯瓦萨。

阿凯梅安看着曾经的导师。任何人都可以看到他脸上的怀疑,然而,梦境中的景象又一次来到他眼前——一连串恐怖的细节。谢斯瓦萨被拘禁在达里亚什。他的受难。阳光折射在钉进他小臂的青铜长钉上。墨克特里格的唇间吟诵着痛苦术。他在尖叫……是他吗?他清楚,这些痛苦不属于他!这些回忆属于另一个人,属于谢斯瓦萨,每个天命派学士都必须看穿他的痛苦。

席玛斯仍用奇怪的眼神看着他,似乎在为自己的问题感到不安。

一定发生了什么变化。梦境变得更紧张、更焦躁。以至于只要一个失神,现在的景象就会被过去的创伤取代,有时甚至让人双手颤抖,张大嘴巴发出无声的呐喊。恐怖的时代有再次回归的可能。但这真的值得牺牲埃因罗,他的爱人吗?那个曾宽慰他心中疲惫的孩子,那个教会他感受空气味道的孩子。诅咒!天命派是个诅咒!他们没有神明,甚至不存在于现实中。他们只有不断增长、令人窒息的恐惧,惧怕未来会重蹈过去的覆辙。

"席玛斯——"他开口,但把后面的话咽了下去。他本想认错,但看到诺策拉站在身边,就又沉默了。我变得如此狭隘了吗?

第一卷　巫师

这是个艰难的时代，毫无疑问。新的沙里亚上台，因里教徒再度变得狂热，学派战争可能死灰复燃，梦境也突然愈发暴烈……

这是我生活的时代。一切都发生在当下。

简直不像是真的。

"你和我们中任何人一样，明白局面有多危急。"席玛斯平静地说，"明白我们冒着多大风险。埃因罗曾和我们一起度过短暂时光，他可能也会明白——也许不需要用咒语。"

"此外，"诺策拉补充，"如果你拒绝前往，只不过是逼我们派一个——我该怎么说呢——不那么重感情的人去执行任务罢了。"

※※※

阿凯梅安独自站在城垛上。即使在这里，在俯瞰海峡的角楼上，他也能感到阿提尔苏斯这座石城带来的压力，感到自己在庞大的城墙上如此渺小，连大海都无法带来慰藉。

事情发生得太快了，好似他被巨人抓在手里，在手掌间来回滚动，然后扔向陌生的方向。方向虽不同，结果都一样。杜萨斯·阿凯梅安踏遍三海诸国，穿坏那么多双鞋，却从没看到他的猎物，遇到的永远是同样的情况——敌人早已不在了。

会面又继续进行，似乎任何觐见仲裁团的人都有义务在那里留得久一些，被仪式化的、令人无法忍受的严肃压得抬不起头。也许这样的严肃正是天命派需要的，阿凯梅安想，既然生来就是为战斗——如果在黑暗中摸索算得上战斗的话。

阿凯梅安已经让步，答应他们不管用正常方式还是邪恶手段，一定重新召回埃因罗，诺策拉仍觉得有必要敲打一下他不情愿的态度。

乌有王子 * 前度的黑暗

"你怎能忘记，阿凯梅安？"老巫师口气似在恳求，表情同时包含了乖戾与恳切，"那些老魔物仍在戈尔格特拉斯的塔楼后面观望，你觉得他们看的是哪里？北方？北方荒无人烟，阿凯梅安，除了斯兰克就是废墟。不，他们会看向南方，看着我们！他们有足够的耐性，这耐性足以胜过任何智慧。只有我们天命派有同样的耐性。只有天命派记得一切。"

"也许天命派，"阿凯梅安当时答道，"记得的东西太多了。"

现在他却在想：我真的忘记了吗？

天命派学士绝不会忘记曾经发生的一切——谢斯瓦萨暴虐的梦境确保了这点。但同时，三海诸国的文明处于持续的斗争中。千庙教会、赤塔及其他各大势力在三海争伐不休，在这交错的迷宫中，过去的重要性很容易被忘却。当下的事情越繁杂，就越难以相信未来会按照过去的模式重演。

是不是他对埃因罗，这个像儿子一样的学生的关切，让他忘记了这些？

阿凯梅安完全理解诺策拉，对方以几何学的方式看待世界，他自己也有过类似想法。对诺策拉来说，根本没有什么当下，只有悲痛的过去留下的喧哗以及相应的未来的威胁。在他眼中，"现在"坍缩成一个点，一个不稳定的支点，而历史的杠杆要靠这个支点撬动命运。一切都只是形式。

为何不是如此？上古战争带来的痛苦是无法用语言描述的。古代北方国家几乎每一座城市都被非神和他的非神会攻陷了：索利什的大图书馆被掠夺一空；特雷瑟，神圣的诸城之母，成了一座死城；麦克莱的高塔被推倒；达里亚什，凯梅约……一座座城市被屠戮殆尽。

在诺策拉眼中，玛伊萨内之所以重要，不是因为他当了沙里

第一卷　巫师

亚,而是因为他可能属于那个不存在于现世的世界,那个被过往的悲剧所定义的世界。换言之,因为他可能带来第二次末世之劫。

千庙教会向巫术学派发动圣战?沙里亚是非神会的代言人?

想到这些,他怎能不颤抖?

海风暖人,阿凯梅安仍然不住战栗。在他身下,大海在海峡中翻涌,黑色巨浪奔腾激荡,带着举世无匹的力量撞在一起,就像是诸神在浪涛之下战斗一般。

埃因罗……一想到这名字,阿凯梅安感到片刻宁静。他的生命中少有宁静时刻。而现在,他却要将这份宁静亲手投入恐惧中。他必须牺牲埃因罗,来回答这些问题。

埃因罗最初来到阿凯梅安身边时还稚气未脱,是一个刚刚显露男子气的男孩。虽然外貌和智力都没有过人之处,但阿凯梅安马上就发现他身上有些不同寻常的地方——也许是让他想起了自己第一个深爱过的学生,涅尔塞·普罗雅斯。但普罗雅斯在他身边一天天变得骄傲,普罗雅斯知道自己终有一天会成为国王,所以对一切都失去了兴趣。埃因罗却仍然是……埃因罗。

老师对学生的爱很多时候出于自私,最主要的理由是:学生是他们的聆听者。但阿凯梅安对埃因罗的感情不是老师对学生的。他意识到,埃因罗是个善良的人。那并不是天命派要求的那种一本正经的善良,那种善良只会连累其他人一起陷入泥沼。不。他在埃因罗身上看到的善良不是为值得颂扬的目的做出高尚行为,而是一种天生的气质。埃因罗心中存不下秘密,也没有任何阴暗动机去掩盖错误,或通过评价他人而彰显伟大。他有种像孩子、像傻瓜一样的开放,也有着珍贵的幼稚。他的天真意味着智慧,而非无知。

天真。如果说有什么阿凯梅安已经忘记,那就是天真。

他怎能不爱上这样一个孩子?他还记得和那孩子一起站在这个地方,看着银色的阳光在一道道波浪上翻滚。"太阳!"埃因罗

乌有王子 * 前度的黑暗

喊。阿凯梅安问他是什么意思，埃因罗只是笑："你看不到吗？你没看到太阳吗？"然后阿凯梅安看到了：一道道有如水波荡漾的阳光，在远方水面上发出炫目光芒，就像永不停息的荣耀。

发掘美好，这是埃因罗的天赋。他可以一刻不停地发掘美好事物，正因如此，他总是能理解、能原谅其他人身上的缺陷。与埃因罗在一起时，早在你冒犯到他之前，他就会原谅你。做你想做的任何事吧，他的眼睛总在说，因为你已经被原谅了。

埃因罗放弃天命派转投千庙教会的决定，让阿凯梅安惶恐又欣慰。惶恐是因为他知道会失去埃因罗，无法再有其陪伴，欣慰在于他认识到这孩子若留在天命派，天真终将被抹杀。阿凯梅安永远无法忘记第一次接触谢斯瓦萨之心的那个晚上，渔夫之子在那一刻死去了，他有了两双眼睛，他的世界也变了，惨烈的历史在他的世界中熔出一个个森然巨洞。埃因罗也一样会死去，触摸到谢斯瓦萨之心，他会被烧焦的。这样的天真，或者任何天真的思想，怎可能在谢斯瓦萨的恐怖梦境中存活？当非神的威胁为他整个世界都蒙上阴影，还如何能在阳光之中寻找安慰？

毕竟，美好是末世之劫中被遗忘的受害者。

但天命派决不容忍变节。真知法术太珍贵，不能交给反叛者使用。在交谈中，这一直是诺策拉没说出口的威胁："这孩子是个变节者，阿凯梅安。无论如何，他该死。"仲裁会到底是什么时候知道埃因罗淹死的故事是他编造的？从一开始？还是席玛斯真的背叛了他？

阿凯梅安一生中做下无数蠢事，但保护埃因罗逃跑这件事，在他看来却是非同寻常的成就，无论这事本身还是他参与这事都是无可非议的，哪怕因此被自己的学派放逐也心甘。阿凯梅安保护了一份天真，让它逃到更安全的地方，这种行为怎能被谴责呢？

但任何行为都可能受到谴责，就像任何人的血脉都可以追溯

第一卷 巫师

到某位死去已久的国王身上一样，人的行为都可能引发某种潜在的灾难。只需沿着不断分岔的歧途寻找，到足够远的地方总会发现想要的东西。若埃因罗被其他学派俘获，逼他吐露他所知道的那点秘密，那么真知法术就不只为天命派所有了，天命派将沦为一个籍籍无名的小学派，甚至可能被毁灭。

他真的做了正确的事吗？或者只是赌了一把？

一个善良人的命，值得引发末世之劫吗？

诺策拉认为不值得。阿凯梅安也同意。

那些梦境。曾经发生过的会再次发生。这个世界不能终结。就算是为一千个无辜的人——不，哪怕十万个无辜的人——也不值得冒第二次末世之劫的险。阿凯梅安与诺策拉达成了一致，他会背叛埃因罗，为的是背叛所有无辜者的理由：恐惧。

他靠在石墙上朝下看，目光扫过雾气茫茫的海峡，努力回忆与埃因罗在一起的阳光灿烂的日子。但他实在想不起来了。

玛伊萨内和圣战。很快阿凯梅安就要离开阿提尔苏斯，前往纳述尔城市苏拿。那是因里教徒心目中最神圣的城市，千庙教会的首都，长牙的家。论神圣，只有希摩，后先知的出生地，可与之相提并论。

自他上次离开苏拿过去了多少年？五年？七年？他漫不经心地想着，还能不能再找到艾斯梅娜，她是否还在人世？她总有办法让他的心放松下来。

而且，纵然环境险恶，但再见到埃因罗总是件好事。至少他要警告那孩子：他们知道了，亲爱的孩子，我让你失望了。

海上旅程不会舒适。阿凯梅安带着苍凉的孤独，越过海峡，朝远处苏拿的方向看去。他期待着再见到两个人，一个是他爱过的人，却选择了千庙教会；另一个是他可能去爱的人……

如果他只是个普通男人，而不是巫师与间谍的话。

乌有王子 ★ 前度的黑暗

────❦────

看着阿凯梅安孤独的身影消失在阿提尔苏斯城下的雪松林中，诺策拉继续逗留在胸墙边，品味以奇怪的角度透过树梢的阳光，研究北方天空堆积的层云。这季节，阿凯梅安去苏拿的海路上肯定会遇到严酷天气。他会在航行中活下来，诺策拉很清楚，毕竟必要的话，还有真知法术可用。但他能活过前方等待他的更强烈的风暴吗？他能在玛伊萨内手中活下来吗？

我们的任务太艰巨，他想，我们的工具又太脆弱。

诺策拉抖了抖身，从幻想中扯回思绪。随着年龄增长，这坏习惯越来越严重了。他加快脚步，走进城堡中阴暗的回廊，没理会路上遇到的同辈和学生。不一会儿，他来到图书馆昏暗的莎草纸当中。一番活动让老骨头开始发痛。如他预料，席玛斯在读一卷古老手稿，灯笼发出的光只照亮了窄窄一行字，诺策拉几乎把那看成是血迹。他看着那个出神阅读的人，心头涌起一丝怨恨。为什么他这么嫉妒席玛斯？是因为席玛斯的眼睛还能看清，而诺策拉和其他许多人一样，只能靠学生替自己读书了吗？

"缮写室的光线更好。"诺策拉说。对面的老巫师似乎被他的出现吓到了。

那张友善的脸抬起来，朝黑暗中看去："是吗？不过那里就没人陪伴了吧。"

总要开上几句玩笑。说到底，席玛斯也是个可预料的人。或者这也是假装出来的，就像他用假装出的和蔼气场去解除学生们的戒备一样？

"我们应该告诉他，席玛斯。"

老人皱皱眉，出神地捻动胡须："告诉他什么？告诉他玛伊

第一卷 巫师

萨内已召集信徒,要宣布圣战目标?告诉他他的任务有一半只是借口?阿凯梅安很快就会发现这一点的。"

"不。"不告诉他这些是必要的,至少可以让他在想到背叛了学生时,良心上不至于过不去。

席玛斯点点头,深深叹口气:"那么你担心的是另一件事了。如果说我们从非神会身上学到了什么,老朋友,那就是:无知也是一项有用的工具。"

"但知识也一样有用。我们为何不把他需要的工具给他呢?如果他疏忽了怎么办?没遇到真正的威胁时,人很容易疏忽。"

席玛斯一脸轻蔑地摇头:"但他要去苏拿,诺策拉,你没忘吧?他会小心的,在千庙教会的巢穴,哪个巫师会不小心呢,嗯?尤其是现在这样的时候。"

诺策拉抿抿嘴唇,没有说话。

席玛斯从手稿前坐起身,似乎在整理思绪。他仔细端详着诺策拉。"你接到新的报告,"最后他说,"又有人死了。"

席玛斯总能猜出别人拐弯抹角的原因。

"比这更糟。"诺策拉说,"有人失踪。今天早上,帕瑟尔苏斯报告说,他在泰丹宫廷里的线人无缘无故消失了。有人在猎杀我们的眼线,席玛斯。"

"一定是他们。"

他们。诺策拉耸耸肩。"也可能是赤塔,甚至千庙教会。要知道,皇帝的间谍在苏拿似乎遭遇了同样的命运……不管怎样,我们本该把这些告诉阿凯梅安。"

"你的道德标准总这么高,诺策拉。不。不管是谁在攻击我们,他们要么是太谨慎,要么是手段太高明。他们从不直接出手,从不攻击我们的巫师,而是攻击线人,打击我们在三海诸国的耳目。不管出于什么原因,他们希望我们变聋、变瞎。"

乌有王子★前度的黑暗

虽然欣赏这话中的危险意味,但诺策拉没看出这事和阿凯梅安的联系:"所以呢?"

"杜萨斯·阿凯梅安做我的学生好多年了,我了解他。他善于利用人,这是间谍必需的素质,但他从没在其中体会过乐趣——而这也是间谍必需的素质。从天性上说,他是个非同寻常的……开放的人。他是个弱者。"

阿凯梅安是个弱者,诺策拉一直这么想,但这不代表他们就不该履行保护他的义务。"我受够了你的谜语,席玛斯,有话直说吧。"

席玛斯眼中闪过一丝恼怒:"谜语?我觉得我说得够明白了。"

就跟我们看透了你的真面目一样,"老朋友"。

"这么说吧,"席玛斯续道,"阿凯梅安会和他利用的人做朋友,诺策拉。如果他知道他的线人会被猎杀,他就会犹豫。更重要的是,如果他知道阿提尔苏斯本身已被渗透,也许就会扣住信息不发,以保护他的线人。还记得他曾向我们说谎吗,诺策拉?他宁可冒真知法术泄露的危险,也要保护他那个叛徒学生?"

诺策拉露出难得一见的微笑,虽然在他脸上连微笑都透着邪气,但这次似乎是真诚的:"我同意,这样的事是无法忍受的。但长久以来,席玛斯,我们所取得的成功都有赖于让间谍拥有充分自主权。我们一直相信,最了解局面的人会做出最正确的判断。而现在,在你的坚持下,我们拒绝让一位兄弟了解他需要知道的知识。这知识可能会救他的命。"

席玛斯突然站起来,在黑暗中走到诺策拉身前。虽然他身材矮小,又总带着祖父般的慈祥,但诺策拉的皮肤还是起了鸡皮疙瘩。

"事情绝非这么简单,对吗,老朋友?知识也好,无知也好,都是为了让我们的决定更有把握。我说过,我们把阿凯梅安应当知道的都告诉他了，所以相信我吧。我告诉过你，埃因罗的变节总有一天会对我们有用，我错了吗？"

"没错。"诺策拉不得不承认。他还记得两年前两人间的激烈争论，他担心席玛斯只是在保护自己心爱的学生，但若说这么多年来诺策拉对波尔其亚斯·席玛斯有什么了解的话，那就是：这个人既精明，又绝情。

"这次也相信我好了。"席玛斯要求。他抬起染上墨迹的手，放在诺策拉肩膀上，"来吧，老朋友，我们有自己的任务要干。"

诺策拉满意地点点头。自己的任务，确实如此。攻击他们线人的人总能毫不费力地找到目标，这只能意味着一件事：虽然每天晚上都在经历谢斯瓦萨的痛苦，但仍有一个天命派学士成了叛徒。

第三章 苏拿

> 如果世界是一场游戏，规则是神写下的，而巫师们只是在不停作弊的话，那么巫术的规则又是谁写下的？
>
> ——赞拉辛尼乌斯，《为神秘的艺术辩护》

长牙纪4110年，早春，去往苏拿的航路

在梅内亚诺海上，风暴缠上了他们。

阿凯梅安从另一个梦境中醒来，抱紧了自己。睡梦中远古的战争似与船舱中的黑暗纠结在一起。颠簸的地板，轰鸣的水墙，他躺在舱室中蜷成一团，浑身颤抖，努力区分梦境与现实。一张张面孔在黑暗中萦绕，被震惊与恐惧扭曲。穿着青铜盔甲的人影在远处挣扎。烟雾笼罩地平线，一道如黑铁铸就的阴影在烟雾中腾起，那是一条巨龙，斯卡弗拉……

霹雳响起。

甲板上，诺里的水手一边对抗劈头盖脸的暴雨，一边哀号着向风暴与海洋的守护者、机运之神摩玛斯祈祷。

苏拿，因里教古老的中心。诺里商船在港外放下船锚。阿凯梅安靠在船舷饱经风霜的栏杆上，看着领航员的小船逆波朝他们划来。这座大城与周围景致之间并没有明显的界限，不过他还是能认出"哈格纳"的建筑群。那是一片由庙宇、粮仓及兵营组成的广阔

城区，也是千庙教会的行政中心。在哈格纳的中央，矗立着传说中的堡垒——居利尤玛，那是安置长牙的圣殿。

他能感受到这座城市曾经的壮丽吸引着自己。但从远处看，它却显得如此沉默、寂然，仿佛只是一堆石头。对因里教徒来说，这里是落入人间的天国。苏拿，哈格纳，居利尤玛都绝不只是地理位置，这些名称都被赋予了历史意义。它们是命运的铰链。

但在阿凯梅安看来，它们不过是石蛋壳而已。受到哈格纳召唤的是与他完全不同的人，那些无法逃避时间的沉重的人——至少他是这么想的——譬如他之前的学生埃因罗。

每次埃因罗谈到哈格纳，口气就好像是真神在为他组织语言一般。这样的交谈总让阿凯梅安感到两人间明显疏远了，每次他看到其他人过度热忱都会这样。埃因罗的话语总带着一种冲动，仿佛可以理所当然地将一座座城市甚至一个个国家消灭——只要这种疯狂行为能带来正义的喜悦。而这正是阿凯梅安对玛伊萨内怀着深深恐惧的原因：这样的冲动本身就是病，而传播这种病的人……他的思绪停了下来。

玛伊萨内携带着瘟疫，其首要症状是盲信。怎么会有人毫不犹豫地接受真神的存在，这是阿凯梅安无法理解的。说到底，神难道不就来自于束缚人类的未知吗？面对未知，难道不该时时刻刻充满怀疑吗？

照这么说，也许我是最虔诚的人。想到这里，他不禁在心里微微一笑。他向来不吝于过度表扬自己，毕竟思虑已经够多了。

"玛伊萨内。"他用比呼吸还轻的声音低声说。这名字如此空洞，既不能拴住华而不实的流言，也无法带给他足够的动机，让他去履行自己的罪恶义务。

商船主人似乎感觉有义务来陪这位唯一的客人说说话，于是加入了他冥思般的沉默，站得比礼仪规范所允许的距离更近——这是

乌有王子 ★ 前度的黑暗

下等种姓常犯的错误。商船主人很壮实，看上去就像用和这艘船同样的木材塑造出来的，衣袖没盖住的前臂留下了盐与阳光的痕迹，未经梳理的须发透出大海的味道。

"这座城市，"船长终于开口，"对你这样的人来说不算个好地方。"

我这样的人……指来到圣城的巫师吗？无论从话语还是神态中，船长都没有谴责他。诺里人习惯了天命派，认可了他们的天赋与追求。但他们仍是因里教徒，是信众，对这种矛盾，他们解决方式是装聋作哑。他们会主动回避离经叛道的现实，可能是希望只要不用触碰，信仰上的冲突就会自行消失。

"他们永远不会知道我们是谁。"阿凯梅安说，"这是身为罪人最可怕的一点。我们与正常人毫无区别。"

"我也是这么听说的。"那人答道，但避开了他的眼神，"只有异民可以认出异民。"他的口气有点不大对头，就像是在打听不正当的性行为的细节一样。

为什么要说这些？这个蠢货是想要讨好我吗？

阿凯梅安眼前闪过一幅图景：他还是个男孩时，在父亲晾晒渔网的大岩石上攀爬，每当爬到喘不过气，就停下朝四周看去。一切就是在那时发生的，就像他张开了另一对眼睛，那对眼睛原本藏在每天早上都要睁开的那对下面。一切变得如此致密，让他感到极度痛苦，就像这个世界的筋肉被吸干了，紧紧裹在骨头的间隙中，如同渔网裹在石头上一样。阴影组成的网格投射到低洼的地方，水珠在他手掌肌腱间跳动——一切都如此清晰！感受到这种致密的同时，他对内部的感知也扩大了，他可以通过坍缩的视角看待存在，仿佛看穿了事物的核心。从石头表面，他可以看到自己，一个黑肤孩子笼罩在太阳投下的光束圆盘之间。

万物的本质结构——"昂塔"。他曾经——他至今仍不知用

第一卷 巫师

什么词描述最合适——"经历"过它。和其他大多数人不同,他马上意识到自己是个异民,并以男孩特有的固执相信着。"阿提尔苏斯!"他记得自己这样喊,同时感觉到一阵幸福的眩晕。他知道,今后的生活将不再由他的种姓、他的父亲,或是他的过去而决定。

天命派每次路过他所在的渔村,都在他心中留下了深深印象。先是铜钹开道,然后是穿斗篷的人影,身边有奴隶为他们打着遮阳大伞,每个人身上都有一股高不可攀的神秘气场。如此冷峻!每个人脸上都毫无表情,身上是最华丽的装饰,眼神带着对下等种姓的渔夫和他儿子的合乎礼仪规范的轻蔑。他知道,只有神话中的人物才可摆出这样的表情,《长诗》中的那些光辉人物:屠龙勇士,国王杀手,先知与孽物。

在阿提尔苏斯受训几个月后,这种幼稚想法就消失了。阿提尔苏斯同样刻板、虚妄、自我欺骗——唯一的不同只是规模更大而已。

我与这个人真的不同吗?阿凯梅安带着困惑打量船长。并没有太大区别,他这样想着,却没搭话,而是转身继续凝视苏拿,看着它在渐渐暗下来的群山背景下变得模糊。

但他确实与这些人不同。区别在于他要操的心太多,报酬却太微薄;区别在于他的愤怒可以撕开城市的大门,将血肉碾成粉末,将骨头信手折断。虽然有这样的力量,他却和这些人有同样的虚荣,同样的恐惧,以及更为黑暗的幻想。他本以为那些神秘人会抚养他长大,赞美他的努力,他们却把他抛到海外任他自生自灭……不是每个学士都能拥有超然态度。他有能力用灼目的烈焰吞噬这艘船,然后从水面走过,连一片衣角都不会烧焦,但他永远无法……如此安然。

他险些把这话大声说出来。

船长听到船员在叫,转身离开了,显然这让他轻松了很多。领

乌有王子 ✱ 前度的黑暗

航员已登上大船甲板。

他们为什么总在逃避我？想到这里，他感觉被刺痛了一下，不由低下头，朝暗如陈酒的海底看去。该被排斥的到底是谁？

问题本身就是答案。如果某人能控制存在本身，那他怎可能不感到被孤立，被隔离呢？假如他只需要语言就可将一切扫平，哪里又有坚实的土地让他站立？三海诸国的读书人将巫师与诗人等同，阿凯梅安一直认为这样的比较是荒谬的，他很难想象这两个职业有何可比性。除了散播恐惧和参与阴谋，巫师几乎不会用自己的力量去做任何事。那些强大的魔法、耀目的光芒具有无法抗拒的吸引力，但带来的只有毁灭，就像是人在模仿神的语言，却粗鲁地贬低与破坏了神的歌声。巫师的咏唱一出口，准有人送命。

巫师的咏唱。就算在巫师中，他也属于最被仇视的一种。其他巫术学派永远嫉妒天命派继承的巫术，他们拥有真知，远古北方的知识。在北方诸多伟大学派灭亡之前，这些学派曾获得恩主们的帮助，探索过人类思维无法想象的领域。这些恩主就是奇族魔法师，被称为"奎雅"，他们的真知法术后来又经过了人类一千年的演进。

在许多方面，他在这些傻瓜当中就像神明。他需要时刻记住这点——不是出于虚荣，而是他们绝不会忘记。他们心中永远存着恐惧，以及不可避免的仇恨——仇恨如此强烈，足以驱使他们对巫术学派发动圣战。哪个巫师忘记这点，就等于忘了如何活下去。

站在朦胧、恢弘的苏拿城前，阿凯梅安听到海员们在身后争吵。商船和着浪涛的节奏呻吟，他仿佛看到几千年之前，那些白色战船在奈勒奥斯特海熊熊燃烧。他仍然可以闻到陈腐的烟雾，在夜晚的海水中看到毁灭的闪光，感觉自己的另一具身体因寒冷而颤抖。

阿凯梅安心想：过去的时光，到底去哪里了？如果它真的已经

第一卷 巫师

远去,为什么又让他感到如此痛苦?

阿凯梅安离开码头,走在拥堵的街道上。虽然他习惯了在嘈杂的地方思考,但仍为自己出现在这里的荒谬感到震惊。千庙教会居然会允许巫师前来苏拿执行任务,这本身就是个小小的奇迹。对因里教徒来说,苏拿不只是他们的信仰与祭司组织的核心,还是真神的心脏。毫无夸张。

《长牙纪年》是最古老的典籍,也是过去所发出的最震耳欲聋的声音。如此古老,以至于连它本身的历史都不是非常明确,或用塞内安王朝的伟大史学家加尔特留斯的话说,不是很"清白"。长牙表面的字母,记录着人类最早的大迁徙,标志着人类对伊尔瓦大陆的统治。不知出于什么原因,长牙一直被一个民族保存着,也就是克泰人。在施吉克建立早期,甚至在凯兰尼亚崛起之前,它就被安置在苏拿——至少存留下的典籍是这么说的。到近代,苏拿和长牙在人类心中变成了不可分割的概念,前往苏拿朝圣和向长牙拜觐也合而为一——好像这城市成了文物,文物成了地标,在苏拿行走就如同行走在经卷中一般。

难怪他感觉自己不属于这里。

他觉得自己被身后一队骡子推着前行——身旁摩肩接踵,围满怒气冲冲的面孔,四处都是叫喊,走到一条小巷中时,人流才停下来。他从没见过哪座城市拥挤到如此疯狂的地步。身边一个人往前挤,外貌似是康里亚人:神色庄严,肩膀魁梧,胡须浓密,一定属于战士种姓。

"告诉我,"阿凯梅安用谢伊克语问,"这里发生什么了?"他已顾不得礼仪规范,毕竟两人的汗都流到了一起。

乌有王子 ★ 前度的黑暗

那人用黑眼睛打量他，脸上浮现出好奇的表情。

"你不知道？"对方扬声返问，盖过周围的嘈杂。

"知道什么？"阿凯梅安问，他感觉脊背一阵发凉。

"玛伊萨内召唤信徒都到苏拿来，"对方说，阿凯梅安的无知似乎引起了怀疑，"他要宣布圣战的敌人了。"

阿凯梅安惊得目瞪口呆。他朝四周拥挤的面孔看了一眼，突然发现每个人脸上都带着大战之前的倔强表情，每个人身上几乎都带着武器。他任务的前一半——查明玛伊萨内发动圣战的目标——就要完成了。

诺策拉和其他人一定早就知道。但他们为什么不告诉我？

因为他们需要他来苏拿。他们知道他不愿召回埃因罗，所以编造了他必须这样做的理由。隐瞒也是一种谎言——也许不太严重，但足以迫使他按他们的希望行事。

一重又一重操纵，仲裁团只把他当棋子。这样的冒犯由来已久，但从来都这么管用。

那人仍在说话，他的眼睛被突然的热情点亮："朋友，祈祷我们宣战的对象是巫术学派，而不是费恩教。巫术比绝症更可怕。"

阿凯梅安也想对这话表示赞同。

阿凯梅安伸出手，本打算用一根手指划过艾斯梅娜脊背中间那道凹陷，但犹豫了一下，还是抓住了被汗浸透的被褥。房间一片昏暗，两人做爱散出的热量让空气变得沉重。在阴影当中，他可以看到地板上的面包屑和垃圾。百叶窗上一块刺目的白色缺口是房间唯一的光源。街道上雷鸣般的噪音撼动着薄薄的墙壁。

"行了？"他说。声音居然在发颤。

第一卷 巫师

"'行了'是什么意思?"她的声音带着成熟与忍耐的伤痕。

她误会了。不过还没来得及解释,他就感到一阵恶心,窒息的热浪卷住了他。他从床上站起来,感觉随时可能跪倒在地,只好双腿打弯,像醉酒一样扶着墙边柜子。寒意从手臂上的毛孔中传来,在头皮和背后掠过。

"阿凯?"她问。

"我没事。"他说,"只是太热。"他努力稳住身子,坐回圆形床垫上。她的身体就像一条滚烫的鳗鱼。不过是春天,居然这么热!就像这个世界也在为玛伊萨内即将发动的圣战而升温。

"你以前也得过热病。"她说,声音中充满焦虑。热病是不会传染的——每个人都知道。

"是的。"他手扶额头,粗声说。你是安全的。"六年前得过一次。当时我在辛古拉执行任务……那次我差点死掉。"

"六年前。"她重复,"我女儿是那年离去的。"声音苦涩。

自己的痛苦变成了她的,让阿凯梅安感到一丝轻松,但随即充满负罪感。她女儿会是什么样?一幅图像出现在他脑海:结实苗条的身段,黑发无精打采地垂着,像每个下等种姓的人一样削得短短的,脸颊的弧度正好让人可以用手掌捧住。但他想象的其实是艾斯梅娜的样子。她儿时的样子。

两人沉默了一阵。他已镇定下来,热气也不再给人辛辣感,他开始闻到体香。艾斯梅娜误解了他刚说出的话,他明白,也记得她语调中陌生的挫败感。他只想知道还有没有更多伤痕。

不知为什么,他一直知道自己会回到这里,不只是回到苏拿,更是回到这个疲惫女人的双臂与双腿之间。艾斯梅娜。对一个像她这样的女人而言,这是个奇怪的、古色古香的名字。

这个名字对一个妓女来说有种奇妙的契合感。

艾斯梅娜。这个名字怎会对他有这么大影响?

乌有王子 ★ 前度的黑暗

自他最后一次来苏拿已有四年。她变得憔悴多了，幽默的言辞也被日积月累的创伤逐渐磨去。他离开拥堵的港口后，便毫不犹豫地寻找她，心中的渴望让他自己都感到惊讶。看到她坐在窗前的样子，他感觉有些陌生，那种心情混杂着失落与空虚，就好像从一个麻风病人或乞丐那伤痕累累的面孔中认出了童年死对头一样。

"你还在给人衔棒子，我看出来了。"她说，眼神没流露出丝毫惊讶。

她那如婴儿一般天真的幽默也不见了。

但渐渐地，她还是将他从忧虑中解脱出来，进入到她那由趣闻轶事与冷嘲热讽组成的世界。他不出意料地来到这个房间，与她做爱时的急切让他震惊，就好像他在动物般原始的行为中寻到了难以想象的慰藉，把自己从混乱不堪的任务中解脱出来。

阿凯梅安来苏拿有两个原因：一是弄清新上任的沙里亚发动圣战的目标是不是巫术学派，二是弄清非神会到底有没有插手这非同寻常的事态。第一个任务非常实际，可以让他为背叛埃因罗找到理由。第二个则……太模糊了，出于纯粹的猜测，根本无法免除他的负罪感。天命派与非神会的战争是如此缺乏根据，他怎能用这场战争作背叛的理由呢？

如何描述一场没有敌人的战争？

"我明天必须找到埃因罗。"他说，更像是对眼前的黑暗，而不是对艾斯梅娜。

"你还是坚持要……改变他？"

"我不知道。我什么都不知道。"

"你怎能这么说，阿凯？有时候我会想，还有什么是你不知道的。"

她仍是那个无可挑剔的妓女，不但照顾他的下体，还照顾着他的心。但我不知道我还能不能接受这个。

"我这辈子都活在以为我是疯子的人当中,艾斯梅。"

她哈哈大笑。虽然身为下等种姓,没受过教育——至少是正式教育——但艾斯梅娜一直对讽刺有敏锐的鉴赏力。这是她身上可以与其他女人——其他妓女——区别开来的众多特点之一。

"我这辈子也都活在以为我是妓女的人当中,阿凯。"

阿凯梅安在黑暗中笑了:"但这不一样。你确实是妓女。"

"这么说,你不是疯子了?"她轻笑着,阿凯梅安却心里一酸。这副少女般的样子只是表演——至少他这样想——专门为找她的男人而伪装出来。这让他记起自己只是个恩客,他们毕竟不是情人。

"这才是问题所在,艾斯梅,我是不是疯子完全取决于我的敌人是否存在。"他犹豫了一下,好像这话将他推到了令人无法呼吸的悬崖边上,"艾斯梅娜……至少你相信我,对吧?"

"相信一个像你这样无可救药的骗子?求你不要侮辱我了好吗。"

一丝怒火闪过,但他马上后悔了:"不,说正经的……"

她顿了一下,重复道:"我相不相信非神会存在?"

她不信。阿凯梅安知道,一个人重复问题,就意味着不敢回答。

她用美丽的棕色眼睛在昏暗中打量他:"我们这么说吧,阿凯,我相信关于非神会的疑问是存在的。"

她眼里带着恳求,他感到又一阵不适。

"这样还不够吗?"

哪怕对他来说,非神会也已不再是恐怖的现实,而是毫无根据的焦躁疑问。他自己是不是也为缺乏答案而痛心不已,以至于忘了疑问本身的重要性呢?

"我明天必须找到埃因罗。"他说。

乌有王子 * 前度的黑暗

她把手指埋进他的胡须，勾住他的下巴。他像猫一样抬起头。

"我们是可悲的一对。"她说，就像是无意间觉察的一样。

"为何这么说？"

"巫师和妓女……一定是个悲剧。"

他握着她的手，吻了她的指尖。

"爱人注定是可悲的。"他说。

梦里，埃因罗走在烧焦的砖墙组成的峡谷中，身边是被火炬残影照亮的面孔和人形。不明由来的声音在骨髓中呼喊，在手指间回荡，在皮肤下低语，说出的词句像是阴影握成的拳头，敲打在眼角上方。那些词句敲打着他残破的身躯，驱动他的肢体行走。

他瞥见一家酒馆模糊的轮廓，接下来一圈暗淡的金色烟雾围住了他，他看到桌凳，还有头顶的房梁。那入口吞噬了他，地面不断升起，引领他向前走，来到酒馆最里面带着邪气的阴暗角落。角落也将他吞噬了——这是另一个入口。四周一切都朝面前那个蓄胡须的男人汇聚，此人的头懈怠地靠在开裂的灰泥墙上，脸向下倾成倦懒的角度，但仍绷得紧紧的，仿佛某种禁忌的力量在膨胀。光束从他翕动的唇间涌出，他眼中闪着如阳光般耀眼的碎片。

阿凯梅安……

几不可闻的低语被周围酒客的喧嚣淹没。朦胧的酒馆开始凝固，最后变成现实。不规则的角度变成了正常的几何形，混杂的光与影逐渐清晰。

"你在这儿做什么？"埃因罗慌乱地说，努力让自己清醒，"你不知道这里发生了什么吗？"阿凯梅安朝酒馆四下扫了一圈，透过烟雾看到远处角落一张桌边坐着一圈沙里亚骑士。到目前为止，他们还没注意到他。

阿凯梅安阴郁地看着他："看到你我很高兴，孩子。"

埃因罗沉下脸："不要叫我'孩子'。"

阿凯梅安咧嘴笑了。"身为你爱戴的舅舅，"他眨眨眼，"我还能管外甥叫什么呢，嗯？孩子？"

埃因罗长出了一口气，靠回椅背："看到你很高兴……阿凯舅舅。"这倒不是撒谎。虽然局势险恶，但看到阿凯梅安确实是件好事。很长一段时间，他都在后悔离开老师这个决定。苏拿和千庙教会并非他想象中的圣殿，至少在他们选举玛伊萨内登上教座之前是这样。

"我一直在想念你，"埃因罗续道，"但是苏拿——"

"不是我这种人该待的地方——我知道。"

"那你为什么还来了？你肯定听到了传言。"

"我不是'来了'这么简单，埃因罗……"阿凯梅安停了一下，表情突然变得焦虑，"我是被派来的。"

埃因罗头皮一阵发麻："噢，不，阿凯梅安。请告诉我……"

"我们必须了解这个玛伊萨内。"阿凯梅安不情愿地说，"了解这场圣战。你当然能理解。"

阿凯梅安放下酒碗。这一瞬间，他看上去是那么憔悴。看着这个在很多方面都可以称得上是自己父亲的人，埃因罗突然产生了一丝同情，但这种同情马上被一阵毫无来由的晕眩感盖过："但你对我保证过的，阿凯，你保证过。"

眼泪在学士眼中闪动。智慧的泪水，同时也带着悔恨。

"这世界似乎有个习惯，"阿凯梅安说，"总让我的保证失效。"

乌有王子 ★ 前度的黑暗

——⊱⊰——

虽然阿凯梅安希望以老师的身份出现在埃因罗面前，展示出终于承认曾经的学生选择了正确道路的姿态，但一个难以出口的问题却始终在撞击他：我到底在做什么？

他端详着年轻人，心里充满爱慕。年轻人的脸看上去像一只雄鹰，胡须修成纳述尔流行的样式。埃因罗的声音仍是那么熟悉，每当观点发生冲突，他总会显得越来越困惑。他的眼睛也还么大，那么活跃，瞳孔如同棕色玻璃，眼角始终挂着毫不掩饰的自我怀疑。阿凯梅安知道，在有异民天赋的人当中，埃因罗身上的诅咒要比其他人更沉重。从气质上讲，他是千庙教会祭司的完美人选：他具有无私的坦率、殷切的激情，而这些是天命派会从他身上夺去的。

"玛伊萨内是你绝对无法理解的。"埃因罗说。年轻人的身体似乎畏缩着，不想触碰酒馆中的空气，"很多人崇拜他，他却表示气愤。他需要服从，不是崇拜。所以他才给自己取这个名字——"

"取名字？"阿凯梅安之前并没意识到这个名字会有什么意义。他为此感到不安。根据传统，沙里亚需要取一个新名字。这么简单的事他怎能忘记？

"是的。"埃因罗答道，"这个名字是'*mai' tathana*'的变形。"

阿凯梅安对这些词不熟，但还没问，埃因罗已做出解释。年轻人口气中带着挑衅，就好像这个从前的学生终于可以向天命派发泄发泄了。

"这词的意思你肯定是不知道。'*mai' tathana*'是索蒂-伊尔诺里安语——长牙的语言——中的词汇，意思是'教导'。"

他要教导我们什么？

第一卷 巫师

"你就没感到过困扰吗?"阿凯梅安问。

"什么困扰?"

"玛伊萨内如此轻松地保住了教座,这本身就值得怀疑。他居然只用几周时间,就把帝国的间谍全从沙里亚驾前清洗了出去。"

"这会困扰我?"埃因罗难以置信地喊道,"我的心为此狂喜。你根本不知道我刚回到苏拿,意识到千庙教会变得如此堕落、如此腐化,而沙里亚本人只是帝国的又一个走狗时,我有多绝望。然后玛伊萨内出现了。就像一场风暴!难得一见的夏日风暴,将大地扫荡干净。我会为他轻易净化了苏拿感到困扰?阿凯,我欣喜若狂。"

"那这场圣战呢?想到它你也感到喜悦吗?想到另一场学派战争?"

埃因罗犹豫了一下,好像之前的势头被突然熄灭,让他难以适应。

"没人知道圣战的目标。"他低声说。虽然埃因罗对天命派没好感,但阿凯梅安知道,天命派的毁灭还是会让他感到恐惧。他的一部分仍与我们同在。

"那么如果玛伊萨内真的向巫术学派宣战,你会怎么看待这个人?"

"他不会的,阿凯,我敢肯定。"

"你没回答我的问题,对吧?"自己口气中的冷酷让阿凯梅安心里也不禁畏缩,"如果玛伊萨内对学派宣战,你会怎样?"

埃因罗以手掩面——阿凯梅安一直觉得,对男人来说这双手太过纤弱。"我不知道,阿凯,我拿这个问题自问了上千遍,仍然不知道。"

"你又为何困扰?你现在是沙里亚的祭司,埃因罗,根据后先知和长牙的谕示,你是真神的传道者。长牙难道不是要将巫师都烧

乌有王子 ★ 前度的黑暗

死吗？"

"是的，但是……"

"但天命派不同？是个例外？"

"是的，它确实不同。"

"为什么？因为你爱过的一个老傻瓜是其中一员？"

"声音放低些。"埃因罗发出嘘声，恐惧地朝沙里亚骑士们坐的桌子瞟去，"你非常清楚为什么，阿凯。当然了，是因为我把你当作父亲、当作朋友来敬爱，也因为我……尊重天命派的使命。"

"那如果玛伊萨内向学派宣战，你会怎样？"

"我会悲伤。"

"悲伤？我不这么想，埃因罗，你会认为他错了。虽然玛伊萨内威严又神圣，你还是会想，'他没有看过我看过的东西！'。"

埃因罗机械地点点头。

"千庙教会，"阿凯梅安续道，口气温和了许多，"一直是各大势力中最强大的，但由于内部腐败而变得迟钝，发挥不出作用。玛伊萨内是几世纪来第一个能恢复它无上荣光的沙里亚。而现在，在每个势力的秘密会议中，不安的人们都在互相询问：玛伊萨内会怎样运用这股力量？他会将圣战指向何方？会是费恩教和他们的西斯林祭司吗？还是长牙谴责的那些人，巫术学派？苏拿从没像现在这样被各国间谍填满，他们像秃鹫追逐尸体一样环绕着圣殿区。伊库雷家族和赤塔会根据玛伊萨内的动向安排自己的行动，基安人和西斯林也在谨慎地观察他，害怕他的'教导'会降临在自己头上。无论大小人物，埃因罗，他们的动机无非如此。只有天命派站在这个污秽的圈子之外。"

这是老把戏了，但也没有更好的办法。招募间谍时，需要用言语为他制造一个安全空间，让他感到自己要做的事并不是背叛，而是更长远、要求更高的忠诚。建构，用宏伟的建构去诠释他们的行为,将背叛的成分从中剔除。一个招募眼线的间谍,首先必须是故事大王。

"我明白。"埃因罗说,仍然盯着自己的右手,"我真的明白。"

"而如果有什么地方,"阿凯梅安说,"能容纳一个隐藏的势力,那就是这里。你之前告诉我的每一个理由,你向玛伊萨内效忠的理由,恰恰是天命派必须在千庙教会安排眼线的原因。如果说在哪里能找到非神会,埃因罗,一定是这地方。"

从某种意义上,阿凯梅安只不过说出了某些无从置辩的事实而已,但他为埃因罗编制的道路是如此清晰——虽然年轻人可能还没意识到——在哈格纳所有的沙里亚祭司当中,只有埃因罗一人可以看到大局,只他不是在为偏执或自私的目的行动。千庙教会是个神圣的地方,但也是个不幸的地方。必须有人来保护它,不被无知伤害。

"说到非神会,"埃因罗道,用痛苦的眼神盯着阿凯梅安,"如果他们真的全死了呢?如果你要我做的事毫无意义,阿凯,那我的罪过就大了。"好像害怕马上会受惩罚一样,他紧张地扭头朝身后看去。

"真正的问题是,埃因罗,如果他们——"

阿凯梅安停下来,看着年轻祭司恐惧的表情:"怎么了?"

"他们看到我了。"他僵硬地咽口唾沫,"我身后那些沙里亚骑士……在你左边。"

阿凯梅安来酒馆没多久,就发现这些骑士进来了。不过确定他们不是异民之后,他就没再注意他们。何苦多此一举?怀着这样的任务,被人注意到通常是好事,躲躲藏藏反而惹人怀疑,宁可光明正大。

他冒险朝那三个骑士坐的地方看了一眼。一个矮胖骑士仍套

乌有王子 ★ 前度的黑暗

着锁甲,头发凌乱,另两个穿金边装饰的白袍。那是千庙教会神职人员的服饰,和埃因罗身上的一样,只不过他们的衣服设计混杂着军队制服和祭司法袍两种风格,是沙里亚骑士专有的样式。穿锁甲的人用一根鸡骨头在空中比画,热切地朝桌子对面的同僚描述着什么——也许是女人,或是战斗。在他们两人中间的那人脸上带着上等种姓特有的傲慢与慵懒,目光和阿凯梅安相交,朝这边点了点头。

然后,那骑士没和同伴说话就站起身,大步朝他们这张桌子走来。

"有一个过来了。"阿凯梅安道,又给自己倒满一碗酒,"害怕也好,冷静也好,都随你。不过我们继续说话。明白吗?"

埃因罗屏息点点头。

那个沙里亚骑士粗鲁地从旅馆桌子和客人中间挤过,把一个喝得跟跟跄跄的车夫推到一边。他身材高挑瘦削,胡须刮得干干净净,短发乌黑发亮,精致的白色上衣仿佛连一片阴影都不会留下。但他的脸色阴晴不定。他来到两人身边,带来一阵茉莉与没药的香气。

埃因罗抬起头。

"我想我认识你,"沙里亚骑士说,"埃因罗,是吧?"

"是、是的,萨瑟鲁斯大人。"

萨瑟鲁斯大人?阿凯梅安对这名字不熟,但埃因罗的震惊只能意味着对方非常有权势——权势之大,让他平时根本不必费心搭理神庙中普通的神职人员。一个骑士长……阿凯梅安越过他朝后看,发现另两个骑士也在盯着这边。穿锁甲的往一边歪着身子,低声说着什么,让另一个哈哈大笑。这是戏弄,为了让朋友们寻开心。

"那么,这又是谁?"萨瑟鲁斯边问边转向阿凯梅安,"他给你添麻烦了吗?"

阿凯梅安喝干碗里的酒，闷闷不乐地故意不正眼看骑士队长，正如一个醉老头，不喜欢被别人打断一样。"这孩子是我外甥，"他刺耳地说，"他的麻烦像粪堆要埋到脖子了。"然后，像刚刚想起来一样，他又补了一句："大人。"

"嗯，是吗？但是为什么呢，能告诉我吗？"

阿凯梅安翻着口袋，就像在寻找一枚放错位置的钱币。他摇摇头，摆出一副讨人嫌的样子，仍然不愿正眼去看发问人："干傻事呗，还能为什么？穿了一身白金袍子，但他还是一个自以为是的白痴。"

"你有什么资格责骂一个沙里亚祭司呢，嗯？"

"什么？我责骂埃因罗？"阿凯梅安喊道，装出一副醉鬼的讽刺腔调，"我只知道，这孩子有出息了，我来这只是替我老妹捎个口信。"

"啊，我明白了。那她又是谁呢？"

阿凯梅安耸耸肩，咧嘴笑着，突然觉得自己表情过于夸张，满口白牙也不似穷鬼："我老妹？我老妹是头发情的母猪。"

萨瑟鲁斯眨眨眼睛。

"噢。如果这样的话你又是什么？"

"猪哥哥！"阿凯梅安喊着，终于看到那人的正脸，"难怪这孩子会被粪埋起来，嗯？"

萨瑟鲁斯微笑着，但那双大大的褐眼睛仍带着好奇。他转身对埃因罗说："年轻的传道者，沙里亚需要我们勤奋一点，比之前任何时刻都需要。他很快要宣布我们圣战的对象。你觉得跟这样没教养的人——哪怕和你血脉相连——酗酒寻欢，在如此伟大的夜晚是明智的吗？"

"你又是什么东西？"阿凯梅安低声嘟哝，又倒上一碗酒，"听你舅舅的，孩子，给这帮自大的杂种吹吹牛皮，他们就——"

乌有王子 * 前度的黑暗

萨瑟鲁斯反手一掌扇在他脑侧,把他连人带椅子扇得歪向一旁,倒在鹅卵石地板上。

酒馆里迸发出一阵叫喊。

萨瑟鲁斯踢开凳子,带着猎户检查猎物足迹那种例行公事的表情蹲在他身边。阿凯梅安用抽搐的胳膊挡住脸,在心底深处演员天赋的驱使下哭喊着:"杀人啦!"

一只铁手夹住了他脖子,朝前拽拉,将他的耳朵凑到萨瑟鲁斯唇边。

"我是真想杀了你,猪猡。"萨瑟鲁斯低声道。

然后他离开了。

地板把阿凯梅安撞得生疼。偷偷瞥见对方走开之后,他想站起身。见鬼的腿!它们到底怎么了?他懒懒地把头靠在地上不愿动弹。泪珠状的白色灯笼挂在黄铜挂钩上,照亮了房顶和房梁,以及上面的蜘蛛网和飞旋的苍蝇。埃因罗来到他身后,嘟哝着扶他起来,低声说着听不清的话,把他扶到座位上。

埃因罗关切地伸出手,阿凯梅安靠在椅子上,挥着胳膊把他推开。"我没事。"他声音嘶哑,"只需要休息一下。让我喘口气。"

阿凯梅安从鼻孔里吸气,一只手按在脸旁,用手指整理胡子。埃因罗回到位子上,忧心忡忡地看着他又把手伸向酒瓶。

"比——比我设想的夸张了一点。"阿凯梅安用假装出的幽默口吻说。他颤抖的双手头一次把酒洒了出来。埃因罗又伸出手,温柔地接过酒瓶。

"阿凯……"

该死的手!怎么还抖个没完?

阿凯梅安看着年轻人倒满一碗酒。冷静。这孩子怎么如此冷静?

第一卷 巫师

"是有点夸张了,不、不过效果……效果达到了。这才重要。"

他用拇指和食指擦掉眼中泪水。哪里来的?被蜇的,一定是被汗水蜇的。

"我耍了他,孩子。"他本想笑,但鼻子里只发出哼哼声,"你看到我怎么做的了吗?"

"我看到了。"

"很好。"他说着,将一碗酒仰头喝下,喘息着,"看着我,跟我学点。"

埃因罗默默地为他又倒了一碗酒。阿凯梅安的脸颊与下颌之间刚才只觉得灼热麻木,现在终于疼了起来。

一阵难以言喻的怒火占据了他。"我本可以释放出怒火。"他啐了一口,用很低的声音说。如果对方回来呢?他匆匆朝萨瑟鲁斯与另外两个沙里亚骑士扫了一眼。他们在一起大笑,为某个笑话,或为某个人。

"我的咒语!"阿凯梅安低吼,"我可以把他们的心脏烤熟在胸膛里!"

另一碗酒灌下喉,就像燃烧的油流进他脆弱的内脏。"我做过这样的事。"那真的是我吗?

"阿凯,"埃因罗说,"我害怕。"

阿凯梅安从没见过这么多人聚集在同一个地方,哪怕在谢斯瓦萨的梦中也没见过。

哈格纳宽阔的中央广场人山人海。远远看去,居利尤玛倾斜的外墙沐浴在阳光之下,高高俯瞰着下面的人群。附近建筑中,似乎

乌有王子 * 前度的黑暗

只有它不受到人潮影响。周围那些在塞内安帝国鼎盛时期修建的建筑，早已被士兵、女人、奴隶和商人组成的不断攒动的人潮占领。舞动的手臂和模糊不清的面孔充斥了行政区每一座阳台、每一道长柱廊。广场中心矗立着三头阿戈里安公牛的雕像，成群结队的年轻人像鸽子一样，坐在雕像的后臀和长角上。即使是通往远方庞大的苏拿城的宽广游行大道，也被挤得水泄不通。每一个来晚的人都希望挤到更近些的地方——靠近玛伊萨内，靠近他带来的启示。

没过多久，阿凯梅安就开始后悔到离居利尤玛这么近的地方来了。汗水刺得他眼睛发痛，手臂与身体从四面八方挤来。玛伊萨内终于要宣布圣战目标了，就像水流进盆一样，信徒如洪流般涌来。

阿凯梅安不由自主地被人群挟裹着来去。原地不动是不可能的。有时身后的压力如波浪汹涌，有时又会被前面的人墙朝后推。他甚至觉得身边的人都没动，动的是脚下大地，一大群藏在地底的祭司正在拉扯，急不可待要让上面的人窒息而死。

他开始诅咒一切：酷热的阳光，千庙教会，搭在他肩上的手臂，玛伊萨内。而最凶狠的诅咒要留给诺策拉，还有他自己该死的好奇心——似乎是这两者的结合才把他推到现在的境地。

他突然意识到：如果玛伊萨内向巫术学派宣战……

这么多人当中，会有人认出他是巫师、是间谍吗？他已经遇到好几个人，身上闪现出饰品令人目眩的光环；统治阶级公开将丘莱尔挂脖子上已是一种习俗了。人群中混杂着这些散发出死亡低语的小球，就像长出了痘疮。

我会是……这次新的学派战争中第一个牺牲品吗？

这个讽刺的想法让他不禁苦笑。一幅幅图景在他的灵魂之眼前掠过：狂热的教徒们指着他高喊："渎神者！渎神者！"，他破碎的尸体被狂暴的人群扔过头顶。

我怎么如此愚蠢？

第一卷 巫师

恐惧、燥热以及汗臭带来的恶心冲击着他。他的脸颊和下巴又一次抽搐起来。他看到有些人被人群抬起来，在太阳底下由一双双高举的手组成的波浪传递着。那些人额角青筋毕露，眼睛半闭，流露出无意识的迷惑。看着他们，阿凯梅安不由得站住脚步，既好奇又惶恐，不明所以。

他朝巍峨的居利尤玛看去，这座长牙之厅昂首挺立，在人群之上默然不语。成群的祭司和其他神职人员在高处忙碌，有时会从垛墙上探出身。他看到一个人影从高处倒下一篮黄白花瓣，花瓣飘下花岗岩斜坡，跌落在一排排负责阻挡人群的沙里亚骑士们中间。居利尤玛既是庙宇，又是要塞，宏伟的建筑足以对抗大军围攻——事实上过去它的确被围攻过许多次。唯一对信仰让步的设施是正门前那片带大穹顶的庭院，庭院大门两侧各树着一根凯兰尼亚风格的石柱，尺寸可以让任何一个站在下面的人相形见绌。阿凯梅安希望玛伊萨内不至于如此。

过去几天，尤其在骑士队长面前失态那次之后，新沙里亚在他的思绪中钻出了一个深深的空洞。阿凯梅安不得不亲自来到这个人跟前，填补这块空洞。

他值得你对他奉献吗，埃因罗？玛伊萨内值得你付出生命吗？

召唤的号角在身后响起，深不见底的音色让他记起了古代的斯兰克战号。数百只号角的声音在天地间回荡。在阿凯梅安周围，男人们发出狂喜的喊声，逐渐汇成统一的咆哮，甚至盖过了号角大海般的低鸣。号角声渐渐落下，咆哮却愈发高昂，最后连居利尤玛的城墙似乎都要破裂倒塌。

一队剃光头的儿童穿着血红长袍，从拱顶大门中奔出，光脚冲下那不朽的台阶和平台。咆哮渐渐平息，只剩个别人还在高喊，其他人的声音变成一片低鸣。零零星星有几句圣歌的曲调，但很快也颤抖着消失了。人群化为一片焦躁的土地，没有了声息，静静等待

乌有王子 ★ 前度的黑暗

着脚步踏在他们身上。

我们都属于您,玛伊萨内。这是怎样的感觉……

虽然埃因罗没这么讲,但阿凯梅安从他的态度知道,他崇拜着这位新沙里亚。认识到这点有些伤害他的虚荣。阿凯梅安一直很享受学生的爱慕,尤其是埃因罗的。而现在,年老的导师被取代了,他怎能跟对眼前这种事件发号施令的人相比呢?

然而他做到了。不管怎样,他在千庙教会的中央安插进了天命派的耳目。是他的诡辩说服了埃因罗,还是他被萨瑟鲁斯抓在手中的谦卑姿态打动了对方?埃因罗是在怜悯他吗?

他又一次从失败中得到了好处吗?

杰什鲁尼在他脑海中闪过。

无论如何,他完成了任务,并且没使用咒语,至少这可以冲淡罪恶感——或多或少吧。如果埃因罗拒绝,他一定会用巫术,阿凯梅安对此不存任何幻想。如果他的任务失败,仲裁团一定会杀了埃因罗。对诺策拉这样的人来说,埃因罗只是个变节者,而所有变节者都该死——就这么简单。真知的价值远超一个人的生命,哪怕只是埃因罗知道的一点基本原理。

但假如他使用强迫术,或迟或早,路西麦尔——僧侣与祭司的学院,控制着千庙教会宏大的间谍网络——会发现埃因罗身上的巫术印记。不是所有异民都会成为巫师,也有很多人将自己的"天赋"用来与巫术学派为敌。阿凯梅安毫不怀疑,一旦发现埃因罗带着巫术的印记,路西麦尔学院一定会杀死他。他以前的眼线就被他们抓到过。

强迫术能做的,顶多是为埃因罗争取一些时间——而这将让阿凯梅安心碎。

也许这是为什么埃因罗答应做间谍。也许他已意识到命运与阿凯梅安一起为他设下的陷阱。也许他害怕的不是如果拒绝会发生在自己身上的事，而是可能发生在他这位曾经的导师身上的事：阿凯梅安可能会使用咒语将埃因罗变成巫术控制的傀儡，与此同时自己也会发疯。

祭司们披着金边白袍，佩着金子制成的长牙复制品，在凯兰尼亚石柱间排成四列走出。他们佩戴的长牙在阳光下闪烁。人群传出雷霆般的嘶吼，并逐渐连成一片。阿凯梅安身边的人群如潮湿的大手将他握紧，后面的人朝前涌动，把他的背压弯了，只能跌跌撞撞跟上步伐。他回过头努力吸了一口气。空气有了味道，天空的四角都在旋转。他眨眨眼睛，将汗水从眼中挤出，张嘴想要吸一口稍凉点的空气，就像头顶是一层水面，下面是数以千计呼吸着的鱼，水面上才是天空。四周声音越来越洪亮，他回过头，居利尤玛占满了视野，越过如林的手臂，玛伊萨内的身形逐渐显现。

这位新沙里亚体格强健，有诺斯莱人的身高，穿一件洁白长袍，蓄浓密的黑胡须。他一现身，身边的祭司们顿显渺小。阿凯梅安突然想要看看他的眼睛，但隔得太远，对方的双眼完全藏在额头的阴影下。

埃因罗告诉他，玛伊萨内来自极南方的辛古拉或尼尔纳米什，千庙教会对那边的控制并不稳固。作为因里教徒，他只身步行穿越基安异教徒占领的土地，来到苏拿后不久就掌控了这里的一切。在千庙教会那些古板的执政者中，他神秘的出身反倒成了优势：只要在千庙教会任过职，难免会被腐败沾染，仅靠坚定的信仰，或伟大的灵魂，是没法洗去这味道的。

千庙教会呼唤玛伊萨内，玛伊萨内就出现了。

是非神会发现了这样的需要吗？是他们创造了你来满足需要吗？

想到非神会，阿凯梅安就浑身发僵。无数个噩梦用仇恨与恐惧将这个名字穿得千疮百孔，它像他自己的名字一样，变成了他存在的基石。

四周的叫喊盖过了他的思考,有那么一阵,空气都在喊声中颤抖。他感到视野边缘开始发暗,一阵寒意罩在胸口和脸上。人群的噪音逐渐低下去,他听到一些不连贯的话,不过可以肯定是玛伊萨内的声音。接着又是雷鸣。人们绷紧身子,想用手指触摸沙里亚遥远的身影。周围人产生的湿气让他一阵眩晕,喉咙深处发紧,他闻到呕吐物的恶臭。

热病……

就在这时,一双双手抓住了他,周围的陌生人把他举到人群上方。一双双手掌、一根根手指,那么多人在触碰他,他们的动作却又是那么轻盈。前一瞬间某双手还在,转眼就离开了他。他感觉阳光炙烤着他的黑胡须,泪水中的盐分留在脸颊上。他在四下乱摸的手掌缝隙中看到湿透的衣服、毛发与皮肤——像是面孔组成的地板,顶着他掠过的阴影。他眯眼看天,太阳在泪水中犹如拼图瓷砖。同时他听到一个声音,跟秋日下午一样明晰而温暖。

"费恩教徒的存在,"沙里亚高喊,"是对真神的侮辱。但全体信众们,因里教徒们,容忍这些渎神者存在,足以让真神的怒火降临在我们身上!"

阿凯梅安的身体被平放在一双双手上,在阳光下暴晒,他感觉这个人的声音让自己的神志逐渐疯狂。这样的声音!它会在人心中激发出热情和思想,而不只是眼泪,它只靠语调就可以煽动激情与愤怒。

"那些人,基安人,是一个可憎的民族,他们是伪先知的追随者。伪先知,我的孩子们!长牙告诉我们,没有什么比伪先知更值得憎恶。没人像他那样卑鄙,那样邪恶,居然敢嘲笑真神的声音。但我们还是与费恩教徒签订了条约,我们从他们不洁的双手中购买丝绸和绿松石,我们用金币交易他们污秽的马厩中养大的马匹

第一卷　巫师

和奴隶。信徒们，我们不能再同这娼妓一样的国家交媾了！我们不应再压制自己的怒火，换取产自异教土地上的珍玩！不，我的孩子们，我们应当向他们展示怒火！我们应当让他们尝尝真神的复仇之怒！"

阿凯梅安在滚雷般的人群上挣扎，被一张张手掌抛来抛去。这些手掌很快会握成拳头，它们将会挥下，而不再是举起。

"不！我们不会再与异教徒交易。从今以后，我们应当去夺取他们的一切！任何一个因里教徒，都不该再染指这样的污秽行为！我诅咒该受诅咒的他们！我们！要！战斗！"

那声音越来越近，好像无数双举起阿凯梅安的手正将他朝发出这些不断鸣响的词句的源头传递过去，而这些词将揭开包裹着无比可怕的未来的幕布。

圣战。

"希摩！"玛伊萨内高喊，就像这个名字是所有悲伤的根源，"后先知的城市被异教徒的手紧握着，被那些不洁的、亵渎神明的手！希摩神圣的土地成了可憎的孽物的温床。西斯林！西斯林把神圣的尤特鲁高地变成了他们举行无法言说的邪恶仪祭的洞穴，一个充满污秽、丑陋法阵的狗窝！安摩图，后先知的圣地；希摩，因里·瑟金斯的圣城；还有尤特鲁，升天的神圣地点，变成了一次又一次暴行的现场，上演着一出又一出令人作呕的罪恶！我们要再次喊出这些神圣的名字！我们要净化这片神圣的土地！我们要从事血腥的战争！我们要用利剑的锋刃痛击异教徒，用锐利的长枪刺穿他们！我们要让他们在圣火中挣扎！我们要战斗，直到希摩恢复自由！"

人群爆发了，而在这场噩梦般的旅途中，阿凯梅安的思绪却在昏迷的边缘变得无比清晰。他思考着，为何目标是费恩教？难道巫术学派不是千庙教会身上的绝症吗？为何一个人在身体急需治疗时，却要向另一个人大开杀戒？为何要掀起一场不可能取胜的圣战？

之前看来遥不可及的石墙现在已遮住了太阳。居利尤玛，长牙的要塞。人们把阿凯梅安放在阴影笼罩的台阶下。水泼在他脸上，渗入唇间。他抬起头，目睹一面由怒吼的发红面孔，以及举起的手臂铸就的高墙。

他们想要希摩……希摩，他们从没打算攻击巫术学派。

每个瞬间都被人群的狂喜拖得无比漫长，出于某种原因，阿凯梅安在台阶上的人当中感觉到异样的亲切。他朝其他人看去，那些和他一样被从人群中举上来的人，每个都在颤抖着，浑身被汗水浸透，精疲力竭，但视线都被台阶上的东西所吸引。他抬头向上看，看到一双穿破的靴子，离他前额仅一掌距离。他沿着那双脚再向上看，看到一个人跪在另一个人膝前，跪倒的人眼中满是泪水。他扭头抹泪，注意到了阿凯梅安。阿凯梅安震惊地发现他的脸先是舒展开来，露出久别重逢的表情，然后又在无比的愤怒中抽搐——一个巫师……居然出现在这里！

普罗雅斯。

涅尔塞·普罗雅斯，康里亚的王子……他爱过的另一个学生。阿凯梅安教过他许多与巫术无关的课程，两人相处了整整四年。

他还没来得及说话，就有人伸手将仍然盯着他看的王子引向一旁。阿凯梅安猛然发觉，自己正对上玛伊萨内那张安详、年轻得令人讶异的面孔。

四周人群高喊着，但他们之间却静得不可思议。

沙里亚的脸沉下来，他的蓝眼睛中闪动着……闪动着……

他的声音很轻柔，像是在和密友交谈："你这种人在这里不受欢迎，朋友。逃吧。"

阿凯梅安逃了。乌鸦会向狮子挑战吗？他在周围拥堵的因里教徒中挤出一条路，一个念头让他的脑子彻底停转：

他能看到异民。

只有异民可以看到异民。

━━━━∞━━━━

玛伊萨内紧紧握住普罗雅斯的胳膊，用刚好足够透过人群轰鸣般褒美之声的音量向他低声说："我还有许多事要和您讨论，王子殿下。"

普罗雅斯的思绪中还回荡着刚才看到昔日导师时的狂怒与震惊，他擦去顺着脸颊流下的泪水，麻木地点点头。

玛伊萨内示意他跟着高提安——仪表堂堂的沙里亚骑士团大宗师——离开光彩夺目的沙里亚随行队伍，向居利尤玛深处墓穴般的长廊走去。高提安友好地谈论着刚才的仪式，无疑是想和他交流，但普罗雅斯脑子中想的只有：阿凯梅安！无礼的可怜虫！你怎能做出这种事？

自上次见到阿凯梅安过去了多少年？四年，还是五年？他花了那么多时间试图将此人的影响从心中清除，花了那么多时间来到刚才那一刻，跪拜在圣父脚下，感受其荣光如金色潮水洗涤自己，亲吻圣父的膝盖，感受到对真神纯粹而完满的服从……

但在那一刻他却又看到了杜萨斯·阿凯梅安，就在圣父脚下！玛伊萨内，伟大的沙里亚，将要解放希摩、将要打碎异教徒与皇帝强加在后先知信徒身上的枷锁；而一个顽固不化的渎神者，却蜷缩在这个千年以来最光辉的灵魂投下的阴影中。

阿凯梅安，我爱过你，亲爱的老师，但这次！你这次完全越界了！

"你有心事，王子殿下。"高提安一边说，一边领他走过另一道回廊。附近的木头散发出各种香味,墙上灯笼的光洒下光晕,远处似有唱诗班在练习圣歌。

"我很抱歉,高提安大人。"他答道,"这是我经历过的最不同寻常的一天。"

"确实如此,王子殿下。"银发的大宗师答道,爬满皱纹的脸上露出睿智的笑容,"而且它还会变得更不同寻常。"

普罗雅斯还没来得及问他什么意思,柱廊已到尽头,前面是一个宽阔的房间,房间四周立着粗壮石柱……不,他以为是个房间,却发现自己站在庭院当中。阳光从极高的天穹中洒落下来,倾斜的光柱穿透院中的阴暗,直指向庭院西边的石柱。普罗雅斯眨了眨眼,越过下陷的、铺着马赛克砖的地面看去——

这可能吗?

他跪下来。

长牙。

它像一只象牙制的硕大而弯曲的号角,一半在阳光下,一半在阴影中。悬挂它的长链不断向上升,消失在明亮的天空和阴暗的石柱之间。

长牙。至圣之圣。

长牙上的圣油在阳光下闪耀,它表面铭刻着经文,就像吉尔拉女神的女祭司手臂上的文身。

这是诸神最初的诗句。最早的经文。就在这里,就在他眼前!

就在这里。

普罗雅斯连呼吸都忘记了。片刻之后,他感觉高提安的手落在肩上,安慰着他。他抬起闪着泪光的双眼,望向大宗师。

"谢谢你。"他说。仿佛有什么无比宏伟的存在围裹在四周,他的声音也变得肃静了,"谢谢你带我到这里来。"

高提安点点头,然后离开,让他自己祈祷。

第一卷 巫师

悲欢离合的往事自他眼前闪过：帕雷米蒂战役中对泰丹人的胜利；兄长死前一周他对其说出的仇恨话语……所有往事仿佛被一张看不见的网从海底拉出，一起扔在甲板上，甚至包括他还是孩子的时候，在阿凯梅安教导下度过的年月——一次次磨炼中吃的苦头，老师和蔼的笑话引发的开怀大笑——这些都是为这一刻做的准备。这一刻。在长牙面前。

我臣服于您的每句话，真神。我会把我的灵魂投入到您为我安排的酷烈任务中。我将把战场变成您的庙宇。

高高的屋檐下传来鸟儿欢愉的叫声。檀香木的味道在晴空般洁净的空气中飘散。阳光一束束倾泻而下。还有长牙，在遒劲的凯兰尼亚石柱的阴影中显得如此平稳。岿然不动。寂然无声。

"第一次看到长牙的一刻，"一个强有力的声音在他身后响起，"令人心碎，不是吗？"

普罗雅斯转过身。虽然他一直不喜欢奉承，却无法自持地用崇敬的眼神看着眼前的人。玛伊萨内。千庙教会无从腐化的新沙里亚。此人将在三海诸国掀起圣战，最终带来和平。

一位新老师。

"它从时间之初就伴随着我们。"玛伊萨内虔诚地看着长牙，"它是我们的引导者，我们的劝诫者，我们的审判者。哪怕在我们注视着它时，它也在见证我们的存在。"

"是的。"普罗雅斯说，"我能感觉到。"

"珍惜这种感觉吧，普罗雅斯，紧紧地将它握在胸前，永远不要忘却。因为在接下来的日子里，你身边会出现许多忘记这种感觉的人。"

"陛下？"

玛伊萨内走到他身边。他已换下华丽的镶金长袍，穿上简朴的白色罩衣。他的每一个动作，每一个姿势，在普罗雅斯看来都透出必然性，仿佛记叙他动作的经文早已写下了一般。

"我说的是圣战，普罗雅斯，后先知手中的伟大战锤。会有很多人试图滥用它。"

"我已听到谣言，皇帝打算——"

"会有其他人。"玛伊萨内的声音既严厉又悲伤，"巫术学派的人……"

普罗雅斯感觉像在受罚。只有他的父亲——国王本人——胆敢打断他，而且只有在他做出非常愚蠢的事时才会这样。"巫术学派吗，陛下？"

沙里亚转过满是胡须的刚硬脸庞，用冰蓝的眼睛看着普罗雅斯。"告诉我，涅尔塞·普罗雅斯，"玛伊萨内用命令的口气说，"那个人，那个胆敢玷污我视线的巫师，他是谁？"

第一卷　巫师

第四章
苏拿

> 无知和受骗完全不同。无知的人是世界的奴隶，而受骗的人是另一个人的奴隶。问题在于，若说每个人都是无知的，那么每个人都早已是奴隶，为何后者仍让我们感到如此痛苦呢？
> ——阿金西斯，《认识论》

> 虽然流传的故事总在讲述费恩教徒的暴行，但事实上基安人——不管是不是异教徒——对因里教徒前往希摩的朝圣之旅一直保持着令人讶异的容忍，至少在圣战开始之前是如此。为何一个致力于毁灭长牙的民族却对"偶像崇拜者"保持礼遇？也许部分原因是——跟某些人认为的一样——出于贸易考虑。但真正的动机在于沙漠文化的传统。基安人的语言中用来称呼圣地的词是"si'ihkhalis"，字面意义是"伟大的绿洲"。在广阔的沙漠中，他们有着非常严格的习俗，绝不抢夺旅者的饮水，哪怕是自己的敌人。
> ——杜萨斯·阿凯梅安，《第一次圣战简史》

因里教徒向费恩教徒发动的圣战，始于长牙纪4110年的升天之日黎明。玛伊萨内——千庙教会第一百一十六任沙里亚——宣布开战。那天的温度一反寻常，热得让人无法忍受，仿佛真神本人也在用提前到来的夏日祝福这场战争。是时，三海诸国到处流传着预兆与幻象的谣言，一切都证明，摆在因里教徒面前的任务是圣洁的。

消息很快传开了。在每一个国家中，无论是沙里亚还是小教派的庙宇里，祭司都在谴责费恩教残忍而邪恶的行径。他们质问，后

乌有王子 ★ 前度的黑暗

先知的城市还被奴役着，因里教徒怎能称自己为信众？经由激昂的咒骂与演说，遥远的异邦人民抽象的罪孽被带到因里教徒身边，转变成他们自己的原罪。他们被告知，对这样的恶行心怀容忍，便是扶持罪恶——当一个人不为自己的花园锄草时，他岂不就是在培育野草吗？因里教徒猛然觉醒，之前习以为常的贸易，乃是自己懒惰的灵魂犯下的罪过。诸神怎会容忍他们拥有娼妓的心灵，允许他们因一点点蝇头小利而变得麻木？要过多久诸神就会抛弃他们，或更可怕，将炽烈的怒火发泄到他们头上？

大城市的街道上，商人和顾客交换着传言，互相告知这个或那个国王已宣布为长牙而战。酒馆中，经验丰富的士兵争论着谁的领主更为虔诚。孩子们被召集到炉火旁，瞪大眼睛聆听父亲描述卑劣而可悲的费恩教徒如何让希摩这片无比神圣的土地失去光彩。敬畏与恐惧在他们心中交织，他们会在午夜尖叫着醒来，号哭着告诉父母，无眼、长着蛇头的西斯林在梦中盯着他们。而到了白天，他们在街道和田间奔跑嬉戏时，家里的弟弟会被强迫扮演异教徒，好让他们的兄长用长剑形状的树枝将他们打得溃不成军。阴暗的房间中，丈夫会告诉妻子圣战的新消息，肃穆地低语沙里亚赋予他们的使命是多么光荣，妻子们则会哭泣——无声地哭泣，因为信徒理当坚强——知道丈夫很快就会离开她们。

希摩。每个信徒想到这个神圣的名字，都会咬紧牙关。在他们看来，希摩是个死寂之域，是一片在痛苦中屏息等待了若干个世纪的土地，正等待着后先知沉睡的信徒们被唤醒，讨伐加诸在它身上的古老而凶残的罪行。他们会挥舞长剑与匕首前来，净化这片土地，等消灭所有的费恩教徒，他们会跪下来亲吻这片甜美的、孕育了后先知的土地。

圣战。

千庙教会发布了法令，声称任何贵族倘若敢在自家族长为长牙效力时谋取权利,都将被作为异端告上宗教法庭,并当即执行死刑。这样一来,每个国家的王子、伯爵、总督和领主的继承权就得到了保证,他们纷纷宣誓加入长牙之民的行列。地方战事被忘却了,土地被抵押出去换成军款,有产骑士们被册封他们的乡绅与贵族召集起来,契约仆人也被分发了武器,驻扎在临时改建的兵营中。一队队庞大的船队开始通过海路向摩门集中——沙里亚宣布圣战军将在那里汇集。

总之,玛伊萨内振臂一呼,三海诸国应者云集。异教徒的脊背将被折断,神圣的希摩终将得到净化。

长牙纪4110年,仲春,苏拿

艾斯梅娜的女儿从未远离她的脑海。每件事,哪怕是最微不足道的偶然事件,都会将有关女儿的记忆唤醒。这一次是阿凯梅安和他那古怪的习惯:把每个果脯送入她齿间前,都要先嗅上一嗅。

曾有一次,她女儿就这样在市场上嗅着一颗苹果。那是一段令她窒息的苍白回忆,好像被女儿离去这个可怕的事实漂掉了一切颜色。一个可爱的小女孩,在行人投下的阴影中放着光彩,直直的黑色长发,圆润嫩滑的脸蛋,眼神中仿佛带着无穷的希望。

"妈妈,它闻起来像是……"女儿说,然后停了一下,似乎想不出合适词汇,"闻起来像是水和花的味道。"她一边说,一边向母亲投来胜利的微笑。

艾斯梅娜朝那个一脸厌恶的商人看去,商人朝她左手手背上文的缠绕在一起的两条蛇点点头,暗示很明确:我不卖东西给你这种人。

"真有趣,亲爱的,但它的味道太贵了。"

"但是,妈妈……"她亲爱的女儿说。

乌有王子 * 前度的黑暗

艾斯梅娜眨眨眼睛藏起泪水。阿凯梅安正和她说话。

"我觉得这太困难了。"他有些懊悔地说。

我当时该找其他人买个苹果。

两人坐在她房间里齐膝高的旧桌子旁的矮凳上。百叶窗打开,下面街道的喧嚣似乎被带着凉意的春季空气放大了几分。阿凯梅安披了条羊毛毯,但艾斯梅娜毫不介意这丝丝凉意。

阿凯梅安和她在一起待了多久?至少长到让他们之间产生充满安全感的厌烦。就像两人结了婚,她这样想。她知道,阿凯梅安这样的间谍会雇佣其他真正有消息渠道的人,而他本人大部分时间都在等待某些事情发生。阿凯梅安就在这里等待,在她这间未经修缮的房间,有好几十个和她一样的妓女寄居在这座很有年月的公寓里。

最初感觉如此奇怪。每天早上她都会醒来,听着他在她的尿桶中解手,发出可怕的声音。她总会把头埋在被单底下,坚持要他去找个医生或祭司看看——只有一半是玩笑,因为那味道确实难闻。她有一次朝他喊:"你每天晚上都要经历末世之劫,阿凯,但这并不意味着你每天早上都要和我分享!"与其说这是幽默,不如说是出于恼火,于是他开始管这叫"早起的末世"。阿凯梅安清理自己时总会发出懊悔的低笑,唠叨暴饮对清理肠胃的好处。而看到尿桶中的水溅到巫师屁股上,艾斯梅娜又总会感到恶作剧般的欢乐。

这时她会爬起来,打开百叶窗,像往常一样半裸身子坐在窗台上,一会儿透过弥漫的烟雾看向喧哗的苏拿城,一会儿低头扫视下面的街道,寻找可能的主顾。他们两个总会搞些陈面包、酸奶酪之类的东西当早餐,同时聊各种各样的事:近来有关玛伊萨内的流言,伪善的祭司们贪赃枉法的罪行,车夫口中连士兵听了也要脸红的污言秽语,诸如此类。在艾斯梅娜看来,这是两人幸福的时刻,他们以某种奇妙的方式,同属于此时此地。

第一卷 巫师

　　但或迟或早，总会有人在街上喊她的名字，或某个定期主顾来敲门。每当这时，阿凯梅安就会脸色一冷，抓起斗篷和背包离开，找个昏暗的酒馆喝得烂醉。他回来时，她会在窗台上看着他独自从无尽的人潮中挤出一条路。他是一个上了年纪、略微发福的男人，看上去像是刚在赌博中丢了钱包一样。每次她看到他时，无一例外，他都早已发觉她了。他会犹豫地招招手，想露出笑容。这让一阵悲伤袭上她心头，有时还会令她哽咽。

　　这到底是一种什么样的感觉？似乎非常复杂。对他的怜悯当然是有的。阿凯梅安在陌生人当中总显得那么孤独、那么不被理解。没有人，她经常想，像我一样理解他。同时她也带着欣慰，他终于还是回来了——回到她身边，虽然他有足够的金子，可以买下比她年轻很多的妓女。自怜自艾也在其中。以及惭愧。因为她知道他爱着自己，而她每一次接客都会在他心头留下伤痕。

　　但她有什么选择呢？

　　他从没在看到她出现在窗台上之前回来过。有一次，一个自称是铜匠的下流恶棍打了她一顿，她蜷缩在床上哭着睡着了。黎明之前她醒过来，发现阿凯梅安没回来，连忙跑到窗前。她蜷在那里坐了好几个小时，等待他，眼看阳光给大海涂上铜色，然后化作长枪刺进雾蒙蒙的城市。邻近街道上最早起床的制陶工手中的轮子发出低吼，窑炉和炊台冒出的烟从房顶上盘旋而出，混入逐渐变蓝的天空。她低声哭泣着。但即便是这时，她也将一边乳房从毛毯中露出来，就像哺乳的母亲一样，同时把一条洁白的腿沿冰冷的砖墙垂下去，好让下面的人抬头可以瞥见她双膝间那片充满诱惑的阴影。

　　最后，当太阳晒暖了她的脸庞和裸露的肩膀时，她听到门上敲了一声。她奔过房间，猛地打开门，门外站着衣衫凌乱的巫师。"阿凯！"她喊道，泪水溢出双眼。

　　他看了她一眼，瞥了瞥空荡荡的床，告诉她他在门外睡着了。

这时她知道,自己真的爱他。

这是一场奇怪的婚姻——如果称得上婚姻的话。被遗弃的两个人,被无法言说的誓言结合在一起。巫师和妓女。这组合本身就充满绝望,就像那个奇怪的词,"爱"。爱有多深,两人被世人的鄙弃就有多深。

艾斯梅娜双手抱肩,不耐烦地叹了口气,看着阿凯梅安。"什么?"她倦倦地问,"什么很困难,阿凯?"

阿凯梅安把受伤的眼神移开,一句话也没说。

知道那个铜匠做了些什么后,他勃然大怒,二话不说拖着她去了好多家铜匠铺,要她指认是谁。虽然她一直反对,告诉他这样的莽撞只会让她失去在这条街上积累的主顾,但在心底她还是感觉一阵兴奋,甚至希望他会将那个人烧成灰。也许这是她第一次明白,阿凯梅安真的会这样做,而且之前也做过这样的事。

但他们一直没找到那个人。

她怀疑阿凯梅安还会在铜匠中徘徊,寻找符合她描述的人。她毫不怀疑,如果找准对象,阿凯梅安是会下杀手的。在那件事之后他经常谈起这人,像是对她献殷勤,但艾斯梅娜怀疑他心底产生了一个邪恶的念头,就是要把她的客人全杀光。

"你干吗还留在这里,阿凯梅安?"她问道,声音中带着一点点抵触。

他忿忿地看着她,而他的问题已经很明显了:你为什么还要和他们睡觉,艾斯梅?我和你在一起,你为什么还要做妓女?

因为你迟早会离开我,阿凯……而那些能让我填饱肚子的人会去找其他妓女。

他没来得及说出口,门上就响起羞涩的敲击声。

"我走了。"阿凯梅安一边说着,一边站起来。

一丝恐惧在她心头掠过。"那你什么时候回来?"她问道,努

第一卷 巫师

力不让自己听上去那么绝望。

"在那以后,"他说,"在你……"

他把毯子递给她,她紧紧抓住。最近她拿东西总带着诡异的狂热,把每件东西都抓得死死的,好像怕它们如玻璃碎掉。她看着阿凯梅安走到门口。

"埃因罗?"阿凯梅安说,"你来这里做什么?"

"我听说了一件重要的事。"年轻人上气不接下气。

"进来,快进来。"阿凯梅安边说,边引祭司坐到凳子上。

"这一路我可能不够小心,"埃因罗说着,避开了两人的目光,"可能会有人跟踪我。"

阿凯梅安盯着他看了一会儿,然后耸耸肩:"就算有人跟着你也没关系。很多祭司都有买春的嗜好。"

"真的吗,艾斯梅娜?"埃因罗紧张地微笑着。艾斯梅娜知道她的存在让他很不舒服。和许多善良的人一样,他想用拙劣的幽默掩饰尴尬。

"这方面他们和巫师没什么区别。"她带着讽刺说。

阿凯梅安佯怒瞪了她一眼,埃因罗也紧张地笑了。

"说吧。"阿凯梅安说。他脸上在微笑,但眼睛背叛了他,"你听说了什么?"

埃因罗脸上浮现出孩子气的专注。他发色很深,身材修长,脸刮得干干净净,棕色的眼睛很大,嘴唇像女孩一样。艾斯梅娜知道,这个年轻人生活在世界上最可怕的重锤的阴影下,带有一种致命的魅力与脆弱。妓女喜欢这样的男人,原因之一是他们付钱不只是寻欢作乐,还会为自己造成的痛苦买单。他们能带来某种补偿,爱上这样的人很安全,跟母亲爱孩子一样。

我明白你为什么这么为他担心,阿凯。

埃因罗喘了几口气,然后说:"赤塔同意参加圣战。"

乌有王子 ★ 前度的黑暗

阿凯梅安皱紧眉头:"这是你听说的流言吗?"

"我倒希望如此。"埃因罗顿了一顿,"这是一个路西麦尔学院的讲经者告诉我的,我想玛伊萨内很早之前就提出邀请了。为证明不是一时冲动,他还把六枚丘莱尔送到凯里苏萨尔以表诚意。路西麦尔在丘莱尔的分配上有很强影响力,所以玛伊萨内不得不给他们一个解释。"

"如此说来,这是真的。"

"这是真的。"埃因罗看着他,眼神就像饥饿的人找到一枚外国钱币,把它交给兑换商时一样。这值多少?

"非常好。非常好。确实是重要的消息。"

埃因罗的振奋很有感染性,艾斯梅娜发觉自己也在朝他微笑。

"你做得很好,埃因罗。"她说。

"确实如此。"阿凯梅安补充,"艾斯梅,赤塔是三海诸国最强大的巫术学派。自上一次学派战争后,他们就统治着上艾诺恩……"但他脑子里似乎有太多问题,以至说不下去了。阿凯梅安总爱做出这种愚蠢而详尽的解释——他非常明白,她知道赤塔是什么——但艾斯梅娜每次都原谅了他。从某种意义上讲,他的解释表明他希望让艾斯梅娜融入他的生活。在许多方面,阿凯梅安都和其他男人完全不同。

"六枚饰品。"他脱口而出,"这可是非同寻常的礼物!无价之宝!"这是她爱他的原因吗?她独处时,这个世界看上去如此狭小、如此污秽;而等他回来,他似乎把整个三海背在了身上。她过着暗无天日的生活,仿佛是位于贫穷与愚昧的墓穴当中,而这个心底柔软的微胖男人来到她身边,他不像个巫师,更不像个间谍。他揭开她墓穴的顶盖,让阳光,以及另一个世界,倾泻到她的生活中。

我真的爱你,杜萨斯·阿凯梅安。

第一卷 巫师

"饰品，艾斯梅！对千庙教会来说，它们是真神的眼泪。将六枚这种东西送给一个渎神者的团体！这是件大事。"他思考时喜欢用手梳理胡须，一遍遍地抚摸中间那五六条银丝。

饰品。这提醒了艾斯梅娜，虽然阿凯梅安的世界充满奇妙，但也有致命的危险。根据教会律法，卖淫和通奸同罪，都应该被石头砸；而她知道，对巫师也是一样的惩罚，而且只有一种石头会对他们起作用，并只需触碰一次。谢天谢地，这个世界的饰品很少，但另一方面，用来砸娼妓的石头却俯拾皆是。

"可这是为什么呢？"埃因罗问，他的声音带上了一丝悲伤，"玛伊萨内为什么要邀请学派参加，这不是玷污圣战吗？"

他一定过得很辛苦，艾斯梅娜心想，活在阿凯梅安和玛伊萨内这样的人中间。

"因为他必须如此，"阿凯梅安答道，"否则圣战注定失败。要记得，西斯林的基地就在希摩。"

"但丘莱尔对他们同样致命，他们和巫师在这方面没有区别。"

"也许如此……但这种规模的战争容不得疏忽。圣战大军用饰品打击西斯林之前，先得战胜基安的军队。不，玛伊萨内需要学派支持。"

这就是战争啊！艾斯梅娜心想。她小时候，一听到战争故事就激动，即使现在，她也经常让她中意的士兵主顾讲战争故事。通过这些故事，她似乎能看到战场上的喧嚣，看到长剑上映出的巫术之火。

"至于赤塔，"阿凯梅安续道，"没有哪个学派更适合他——"

"这个学派最可恶。"埃因罗抗议。

艾斯梅娜知道，天命派同样最痛恨赤塔，而阿凯梅安曾告诉她,赤塔也最嫉妒天命学派拥有真知。

"长牙的憎恶没有分别。"阿凯梅安说,"显然,玛伊萨内的示好有战略考虑。已有传言,皇帝打算将圣战军变成他收复失地的工具。而与赤塔结盟后,玛伊萨内就不需要依赖皇帝的学派——皇家萨伊克了。想想看,如果圣战军落到伊库雷家族手中,会成什么样吧。"

皇帝。不知为什么,提到这个词,艾斯梅娜的目光就落到了桌上那两枚斜垒的铜塔兰币上。每枚铜币上都有纳述尔皇帝伊库雷·瑟留斯三世的肖像。她的皇帝。像苏拿的所有居民一样,她从没把他当成自己的统治者,虽然他的士兵照顾她生意的次数并不比沙里亚的祭司少。沙里亚离我们太近了,她心想。其实,就算沙里亚对她来说也没有太多意义。我实在太渺小了。

这时她想到一个问题。

"难道——"艾斯梅娜说,但她马上停下。两个男人都用奇怪的眼神看着她。"难道问题不该是:为何赤塔会接受玛伊萨内的提议?有什么能让一个巫术学派加入圣战呢?他们会是很奇怪的床伴,你不觉得吗?不久前,阿凯,你还在害怕圣战对象是巫术学派呢。"

大家沉默了一阵。埃因罗微笑着,仿佛为自己的愚蠢感到好笑。艾斯梅娜意识到,从这一刻起,埃因罗在这种事情上就会把她当成是对等的人了,当然阿凯梅安仍会高高在上,继续充当一切问题的裁决者。根据他的职业,也许这没什么不对。

"事实上,原因有好几个。"阿凯梅安终于说,"离开凯里苏萨尔之前,我刚刚得知赤塔一直在与西斯林——也就是费恩教的巫术祭司——作战,当然是秘密的。这场战争已持续十年之久。"他抿抿嘴唇,"不知出于什么原因,西斯林刺杀了当时的赤塔大宗师萨什卡。以利亚萨拉斯——萨什卡的学生——现在成了大宗师。传

第一卷 巫师

言他和萨什卡非常亲密,是艾诺恩人那种亲密……"

埃因罗说:"那么赤塔——"

"渴望复仇。"阿凯梅安接话,"希望结束这场秘密战争。但还有更多原因。没有哪个巫术学派理解西斯林的绝学'水魂'。所有学派,包括天命派在内,都无法看到他们的巫术,这让每个人都惶恐不已。"

"为什么看不到巫术会让你们这么害怕?"艾斯梅娜问。这只是她一直不敢问出的诸多问题中的一个。

"为什么?"阿凯梅安重复了一遍,突然变得非常严肃,"你问我这个问题,艾斯梅娜,是因为你根本不了解我们拥有的力量,你完全不知道它与我们这副脆弱的躯体是多么的不成比例。萨什卡之所以被杀,就是因为他无法分辨西斯林做的事与神的造物之间的区别。"

艾斯梅娜皱紧眉头,转向埃因罗:"他对你也这样吗?"

"你是指他责怪我问问题又不给出答案?"埃因罗不无讥讽地说,"总是如此。"

但阿凯梅安的表情变得更阴暗了:"听着。仔细听我说。这不是游戏。我们几个人——尤其是你,埃因罗——最后都可能被砍掉脑袋,泡过盐水,涂上沥青,挂在长牙之厅前面。但真正处于危险中的决不止我们几个人的生命。远远不止。"

艾斯梅娜沉默了,这番训斥让她多少有点震惊。她意识到,她总是忘记杜萨斯·阿凯梅安的心思有多深。她有多少次在他从噩梦中醒来时环抱着他?又有多少次听他在梦中用奇怪的语言低语?她看着阿凯梅安,看到他眼中的愤怒逐渐被痛苦取代。

"我不指望你们两个能理解其中的危险性。我甚至厌倦了听自己一遍遍重复有关非神会的空谈。但这次不一样。我知道向这方面考虑会让你痛苦,埃因罗,但你的玛伊萨内——"

乌有王子 ★ 前度的黑暗

"他不是我的玛伊萨内。他不属于任何人，正因如此——"埃因罗犹豫了一下，好像表白对沙里亚的爱慕让自己感到困扰，"——他才值得我忠诚。也许正如你所说，我并不完全明白局面的危急，但至少我比大多数人知道得多。我很抱歉，阿凯，但我真的担心这不过是又一次愚蠢的任务。"

埃因罗说这话时，他瞥了一眼——艾斯梅娜觉得那是不由自主的——妓女手背上的蛇形文身。她把手握成拳，藏在另一条胳膊下面。

然后，不知为何，事情背后最大的疑点闯进她脑海。她轮流看着两个男人，眼睛睁得越来越大。埃因罗低下头，阿凯梅安则用锐利的眼神看着她。

他知道，艾斯梅娜心想，他知道我对思考这种事有天赋。

"怎么了，艾斯梅？"

"你之前说，天命派刚刚得知赤塔正与西斯林作战？"

"是的。"

她发觉自己身体前倾，好像这些话就该低声说出："如果赤塔能把这秘密保守十年不让天命派知道，阿凯，那这个玛伊萨内，一个刚当上沙里亚的人，是怎么知道的？"

"你是什么意思？"埃因罗警觉地问。

"不。"阿凯梅安若有所思地说，"她是对的。除非他已知道赤塔正与西斯林作战，否则根本就不会去接近他们。整件事实在太荒唐了，三海诸国最骄傲的学派会加入圣战？想想吧。但他到底是怎么知道的？"

"也许，"埃因罗提出，"千庙教会也在无意间得知了这消息，和你一样，只是更早一些？"

"也许，"阿凯梅安重复了一遍，"但可能性不大。不管怎样，我们需要更仔细地观察他。"

第一卷 巫师

艾斯梅娜感到又一阵颤抖,这次是出于兴奋。这个世界是围绕他们这样的人转动的,而我刚刚加入了他们。空气,她想着,闻起来有水和花的味道。

埃因罗先看了艾斯梅娜一阵,才用哀伤的眼神看向导师:"我不能做你说的事……我不能。"

"你必须去接近玛伊萨内,埃因罗,你的沙里亚实在太过精明了。"

"什么?"年轻祭司半是嘲讽半是惊讶地问,"有信仰的人就不能太精明吗?"

"绝非如此,我的朋友。但与他呈给世人的外表相比,他太过精明了。"

长牙纪4110年,晚春,苏拿

雨落。如果一座城市老了,委实老了,它的排水沟和蓄水池就会黑得发亮,浸透岁月的残渣。苏拿是座古城,她的水像沥青一样。

帕罗·埃因罗抱着肩膀,穿行在黑暗的庭院中。这里只有他。不管在哪都能听到水声:暴雨低沉的咆哮,屋檐下潺潺的流水,水沟中的沙沙声。在如注的大雨中,祈祷犹如呜咽,声线高高挑起,仿佛绘出了痛苦与悲哀的形状,在潮湿的石头间回荡。音符束缚了他的思绪。悲苦的圣歌包含着两个声音:一个高昂而哀伤,质问我们为何要受苦,为何一直受苦;另一个低沉的声音则透出千庙教会一如既往的雄伟,讲述着庄重的真实:人类的生命永远与痛苦和毁灭同在,人类的眼泪正如圣水。

我的生命,他心想,我的生命。

埃因罗低下头,想隐去脸上的泪水。只要能让他忘记,忘

乌有王子 * 前度的黑暗

记……

沙里亚。但这怎么可能？

如此孤独。他身边耸立着塞内安帝国时期阴森的石头建筑，层层叠叠地延伸出去，融进哈格纳的夜色当中。他脚下一滑，撞在湿滑的石头上。这附近无处可躲。他只能缩缩身，想把自己缩进虚空。

阿凯梅安，亲爱的老师……你都对我做了什么？

埃因罗回想起在阿提尔苏斯的日子，回想起在杜萨斯·阿凯梅安关怀的双眼下学习。他还记得在那之前，他会和父亲、叔叔一起，在远离诺里海岸的海中撒网打鱼。云彩变黑时，父亲却忙着捞上一网网银色的鱼，拒绝回村去。

"看这一网！"父亲高喊，眼神因这孤注一掷的幸运而变得狂乱，"摩玛斯眷顾我们，伙计们！真神眷顾我们！"

阿提尔苏斯让埃因罗想起了那些危机时刻。不是因为阿凯梅安和他父亲相似——不，父亲很强壮，面对扑面而来的海浪，总是弯曲双腿稳稳站在甲板上，他的灵魂是那么坚韧——而是想到了那些鱼，他必须冒着毁灭的威胁才能从巫术的网中捞到东西。对埃因罗来说，阿提尔苏斯仿佛是一场猛烈的风暴，风暴被凝结成咆哮的石柱和黑色幕布般的石墙。阿凯梅安很像他叔叔，在他父亲的怒火面前永远保持冷静，但也总是在危机来临前奋力绑紧压舱重物，救下兄弟和侄儿们的性命。杜萨斯·阿凯梅安救过他的命，埃因罗对此非常确定。他知道，天命派学士一出海就不会回头，弃网而逃者只有死路一条。

这样的债该如何偿还？一个人欠了钱，只需把借来的钱加上高额利息还给放债人，便两不亏欠。但当一个人欠下别人一条命时，还有这么简单的交换方式吗？为了补偿阿凯梅安将他送回海边的恩情，埃因罗是不是应该在暴雨之夜重新驾船驶向宿命之海？可是，

第一卷 巫师

将同一枚钱币还给阿凯梅安似乎是不对的,就像拒绝了老师的礼物,而不是给出回报一样。

埃因罗一生中做过很多交换。离开天命派前往千庙教会,他将谢斯瓦萨的伤心往事换成因里·瑟金斯的悲剧之美,将对非神会的恐惧换成对西斯林的憎恶,将大能者对信仰的鄙夷换成了虔敬者对巫术的唾弃。最初那些日子,他反复自问,改变职业与立场后,他到底得到了什么。

一切。他得到了一切。知识或信仰,机巧或智慧,才学或心灵——这些都无法权衡轻重,只是不同色彩的人生而已。埃因罗的天性更适合千庙教会,而阿凯梅安同意让他离开天命派,这给予了他一切。正因如此,埃因罗对导师的感谢无法衡量、无法描述。我愿付出任何代价,他在哈格纳中穿行时想,脑海中充斥着欣慰与愉悦,任何代价。

现在风暴来了。他自觉如此渺小,就像一个被遗弃在起伏的黑暗大海中的孩子。

求你了!别让我想这些了!

有那么一瞬间,他听到皮靴声在小巷里回荡,但紧接着,召唤的号角就响起来。号角声深沉得难以置信,仿佛是隔着石墙听到的海浪。他急忙穿过庭院,拉紧斗篷挡住瓢泼大雨,朝宏伟的神庙大门走去。依瑞尔玛的大门开了,一道敞亮的光束落在大雨中淅沥作响的卵石地面上。他小心避开好奇的目光,侧身从刚刚在神庙门口排成长龙的祭司与僧侣间挤过,登上宽阔的台阶,进入青铜巨蛇围成的入口。

见他进来,几个看门人皱紧了眉。对方的表情令他不由得一缩,这才发觉把水和泥都带上了地板。但他坚持往里去,面前两排圆柱间的宽阔过道上,悬挂的火盆投下不断变化的光。圆柱一直向上升,支撑着开有排窗的天顶,天顶中央又往上延伸,消失在火光

乌有王子 * 前度的黑暗

照不到的黑暗中。天顶下的过道两侧还有两排更窄的柱子，隔出一间间小神龛，供奉着诸多小教派信仰的神祇。一切似乎都在不断延伸着，延伸着……

他漫不经心地扶着石灰石柱子。冰冷。僵硬。丝毫觉不出承载的重量。这样毫无生气的东西竟然有如此力量。赐予我这样的力量吧，女神，将我变成坚强的石柱。

埃因罗绕过一根石柱，走到她的神龛投下的阴影中，她冰冷的石像让他镇静下来。欧吉斯……我爱戴的女神。

"真神的面孔变化万千。"因里·瑟金斯说过，"但人心只有一个。"世界上的每种信仰都各是一座迷宫，迷宫中又有无数若隐若现的小洞穴，在那些洞穴里信仰的抽象概念被剥离，崇拜对象小到足以抚慰日常生活的焦虑，熟悉到可以为琐碎事情而祈拜。埃因罗在"暗夜歌手"欧吉斯的神龛中找到了自己的洞穴，她存在于每个人心中，永远催促着人类去攫取自己无法真正把握的东西。

他跪下来，沉浸在呜咽中。

如果能让他忘记，忘记天命派教给他的东西……如果他能做到，那么最后发现的这个令他心碎的真相也就无关紧要了。如果阿凯梅安没来该多好。与老师重逢的代价太高了。

欧吉斯。她能原谅他重新投向天命派吗？

神像用白色大理石雕成，双眼紧闭，沉寂一如死者。初看上去，她似乎只是一枚被砍下的女子头颅——美丽，却又平凡——安在一根柱子上。但看上第二眼，就会发现这根柱子是一棵树的形状，和那些古代诺斯莱人培育的树一样，只不过是青铜铸成。树枝从她微张的嘴唇中探出，在她脸上扫过——象征着自然在人类唇间重生。面孔后面其他树枝与她静止不动的头发交织在一起。每当看到这张面孔，埃因罗心中总会一阵激荡，这也是为什么他每次都会回到她跟前：她就是激荡本身，是他灵魂深处的黑暗，他心中乱相

第一卷 巫师

皆因此而起。她是他的因。

他的祈祷开始时，神庙大门那里传来一些声音。是守门人。一定是他们。他在斗篷里摸索了一阵，拿出一小袋食物：杏干，杏仁，枣子，还有几条腌鱼。他靠到神像跟前，让女神感觉他呼吸的温度，然后用颤抖的手把食物放在神像底架上凿出的小沟槽中。所有食物都具备万物的本质，即"阿尼玛斯"——渎神者称为"昂塔"——世间万物都会在外域投下阴影，那是诸神活动的领域。他用颤抖的双手取出自己简陋的家谱，低声念着上面的名字，偶尔停下，祈祷先祖在彼方为他说情。

"力量，"他低声道，"求您，赐予我力量……"

小小的卷轴落在地上，发出一串哗啦声。然后是彻底的、极具压迫性的寂静。他心中一阵刺痛。他刺探到如此紧急的事，世界都可能为之改变。这总该吸引女神的注意吧。

"求您……回应我。"

没有任何事发生。

泪水顺着脸庞流下，他举起手，张开双臂，直到肩膀感到燃烧般的疼痛。

"讲什么都好！"他哭了。

跑吧，他脑海中传来低语，跑吧。

如此懦弱！他怎能如此懦弱？

有什么东西来到他身后。拍打翅膀的声音！好像衣服面料在石柱间扇动。

他抬头看向阴影中的天花板，支起耳朵倾听。又一阵拍打。就在穹顶上某处。他的皮肤绷紧了。

这是您吗？

不。

总在怀疑。他为何总在怀疑？

125

乌有王子 * 前度的黑暗

他笨拙地站起来，跑出神龛。神庙大门关上了，看门人也不见踪影，但他没花多少时间就找到墙上的窄梯，通往穹顶外的阳台。楼梯上到一半，周围的黑暗愈发浓重。他停下来，深吸一口气。空气中有尘土的味道。

不确定，他总是不确定，而现在这种感觉如此强烈。

一定是您！

他奔到楼梯顶端，脑袋在狂喜中嗡嗡作响。阳台门开了一条缝，灰色光线从门缝透进。终于——在他这么久的爱慕之后——欧吉斯终于不只在他心中歌唱，而是直接向他歌唱了。他犹豫不决地踏上阳台，舔了舔嘴唇，五脏六腑似乎都在跳动。

他听到暴雨打在石头上的咆哮。昏暗之中，他最先看清柱子的顶端，然后是头顶不远处的天顶。如此沉重的东西悬在如此之高的地方，看上去极不自然。柱身终于变得明亮了一点，下方传来遥远而迷蒙的光，就跟这些历经岁月的石柱本身一样柔和。

阳台栏杆边令人目眩，他宁可靠在墙上。石头看上去如此脆弱，在昏暗中也能感到岁月留下的裂痕。墙上的壁画有些脱落，天顶留下了数百个泥土垒成的球，让他想起被拖上海滩的战船船壳上悬挂的藤壶。

"您在哪里？"他低声说。

然后他看到了它，恐惧扼住了他。

那东西离他不远，停在栏杆上，用闪亮的蓝眼睛看着他。它长着乌鸦的身子，却有一张小小的、光秃的、人类的脑袋，只有小孩子的拳头那么大。它薄薄的嘴唇咧开来，露出两排尖细而整齐的牙齿——它在微笑。

瑟金斯在上——真神啊——这不可能——这不可能！

那张小脸模仿出惊讶的表情。"你知道我是什么东西？"它用薄如纸页的声音说，"为什么呢？"

第一卷 巫师

不可能——非神会出现在这里——不——不不不！

"因为，"另一个声音回答，"他曾是阿凯梅安的学生。"说话人之前一直藏在天顶下更远处的阴影中，现在他走进了昏暗的光线里。

那是微笑着的库提亚斯·萨瑟鲁斯："不是吗，埃因罗？"

骑士队长与非神会创造的"刑鸟"同流合污？

阿凯——阿凯——救我——救我！

噩梦般的恐惧与怀疑攫住了埃因罗的呼吸，让他脑中一片混乱。他摇晃着后退，地板似乎在晃动，钢铁在石头上摩擦的声音从身后传来。他不禁喊出了声，转身却见另一名沙里亚骑士从黑暗中走出。他认识这人：穆约尼什，这人和他一起去收过什一税。这骑士慢慢靠近，保持着警戒姿势，双手张开，就像在面对一头危险的公牛。

发生什么了，欧吉斯？

"你也看到，"乌鸦身体的刑鸟宣布，"你无处可逃了。"

"谁无处可逃？"埃因罗努力吸气。他看到了巫术的印记：某种咒术将某人的灵魂束缚在面前这具令人憎恶的乌鸦躯体中，并留下浅浅的痕迹。他怎么早没发现？

"他知道这具身体不过是个壳。"刑鸟告诉萨瑟鲁斯，"但我在他身上看不到'奇格拉[①]'。"豌豆大小的眼睛，仿佛是两颗天蓝色玻璃珠，转到埃因罗身上，"嗯，孩子？你不像其他人那样做梦，对吗？如果你看到过我，肯定不会认不出我，奇格拉不会认不出我。"

欧吉斯？忘恩负义的婊子女神！

恐慌中，一股不可思议的确定感攫住了他。一道启示。祷语变

[①] 在斯兰克的语言中，谢斯瓦萨被称为奇格拉，意为"屠杀的光线"。

得虚无轻薄,在那之下,他感觉到其他词句,带着力量的词句。

"你想怎样?"埃因罗问。他的声音稳定下来,"你们在这里做什么?"他并不在意对方怎么回答,他只需争取时间。

快——记起来——一定要记起来——

"做什么?还用问,做我们总在做的事啊,关照自己的事业。"刑鸟把嘴唇抿到细小的牙齿上,表情厌烦,就像不喜欢这味道一样,"我想,应该和你在沙里亚的地盘干的事没什么区别,嗯?"

呼吸变得痛苦。他没法说话了。

是的——是的——是这样——就是这样——下一句是?——下一句是什么?

"啧啧。"萨瑟鲁斯说着,靠得更近了一些,"恐怕我也有责任。老父,几星期前我要这个年轻传道者更勤奋一点。"

"原来是你的错。"刑鸟那张小脸模仿出愤怒的样子。看到埃因罗后退,它在栏杆上往前走了几步,"没人指引,他就会将热情投入到错误的方向——刺探真神的秘密,而非向他祷告。"它轻轻一哼,就像是猫打了个喷嚏,"啊,你看看,埃因罗?你没什么需要害怕的,骑士队长会承担所有责任。"

就是这样——就是这样——就是这样!

埃因罗感觉到穆约尼什如阴影般笼罩在他身后。渎神的词句攫住了他的舌头,滚出口中。

他用巫术赋予的速度转身,两根手指插进穆约尼什的锁甲,折断肋骨,抓住心脏,再猛地拔出手,空中留下一串闪动的血珠。更多渎神的词句。血液化作白炽烈焰,随着他挥舞的手朝刑鸟喷涌过去。那东西尖叫着;扬起翅膀自栏杆跃入空中,灼目的血珠在裸露的石头上碎裂开来。

他本想当即转向萨瑟鲁斯,但看到穆约尼什的样子不禁愣住了：沙里亚骑士跪倒在地，沾满鲜血的双手在罩袍上胡乱擦拭，然后他的脸就像水囊中倒出的水一样，变成一摊液体，向地下流去，化为乌有……

但没有印记。连最微弱的巫术痕迹都没有。

这怎么可能？

有东西猛敲在埃因罗头上。他倒在地上挣扎，肚子又挨了一下。萨瑟鲁斯影影绰绰的身躯在他身边舞动。他喘着气说出更多词句，防御的词句，幽灵般的隔绝术跃现在身边……

但是没用。骑士队长的手径直伸过那发着冷光的防护层，仿佛它们不过是烟雾。他掐住埃因罗的喉咙，把他举在空中，另一只手握着丘莱尔，把它按到埃因罗的脸上。

灼烧般的痛苦。然后石质地面撞上埃因罗的脸。他伸手去挠痛处，手指碰触到的地方破碎开来，皮肤被丘莱尔变成了盐，暴露在外的血肉都烧焦了。他又一次哭喊出声。

"你会屈服的！"他听见刑鸟高喊。

绝不会。

埃因罗怒视着那个孽物，继续吟唱渎神的歌曲。阳光照在它脸上。可是太迟了。

千道扭曲的光芒从刑鸟嘴中穿刺而出，埃因罗的隔绝术在炽烈刺耳的声音中被片片粉碎。他的歌声在唇边噎住了，空气像水一样将他淹没。他在天窗边飘浮，一连串银色气泡从张开的嘴中冒出，朝天顶涌去。散发着香气的拳头仿佛挟裹着整个海洋的重量砸在他身上。

这时他还保持着冷静。他看到刑鸟落在骑士肩膀上，用纽扣大小的蓝眼睛盯着他。他不禁欣赏起那身黑中略略透紫的光滑羽毛。他想到了阿凯梅安，不幸的老师，将面对如此险恶的威胁。

噢，阿凯！情况比你最大胆的设想还糟糕。

乌有王子 ★ 前度的黑暗

但他帮不上忙了。

埃因罗喉咙一紧，思绪回到女神身上。想到她的背信弃义，还有他自己的背叛，他的心跳得厉害，脑颅里的压力越来越大，直到嘴唇不由自主地张开。歇斯底里的疯狂卷住了他，他不顾一切地想打破些什么，好寻到空气。一阵原始的、粗野的条件反射活动了他的肺，他无声地抽搐着，水就像一只袜子塞在他喉咙里，令他猛然喷出一片白气泡……

坚硬的地板。呛人的、燃烧的、窒息的空气。

萨瑟鲁斯拽着他的头发，把他按跪在地，扭过他的脸，让他的婆娑泪眼看向刑鸟，就像隔着浓雾观看一般。埃因罗干呕着，将更多空气从肺中吐出。

"我是个古老的存在。"那张小脸说，"哪怕穿着这具躯壳，我也一样可以让你感受痛苦，天命派的蠢货。"

"为……"埃因罗咽了咽口水，哭泣着，"为什么？"

又是一阵刻薄的微笑："你崇拜那个崇拜痛苦的团体，你以为是为什么呢？"

他心中忽地被怒火填满。它不知道！它还不知道！他发出一阵咳嗽般的咆哮，猛然向前冲去，顾不得骑士扯脱了他的头发。刑鸟迅速躲开他冲击的路线，但他想杀的并不是对方。任何代价，老师。石栏杆和他的髋部撞在一起，像蛋糕一样碎裂。他又一次飘浮起来，但这次是不同的——空气像鞭子一样抽打着他的脸，冲刷着他的身体。

帕罗·埃因罗伸出一只手，抓住一根石柱坠向地面。

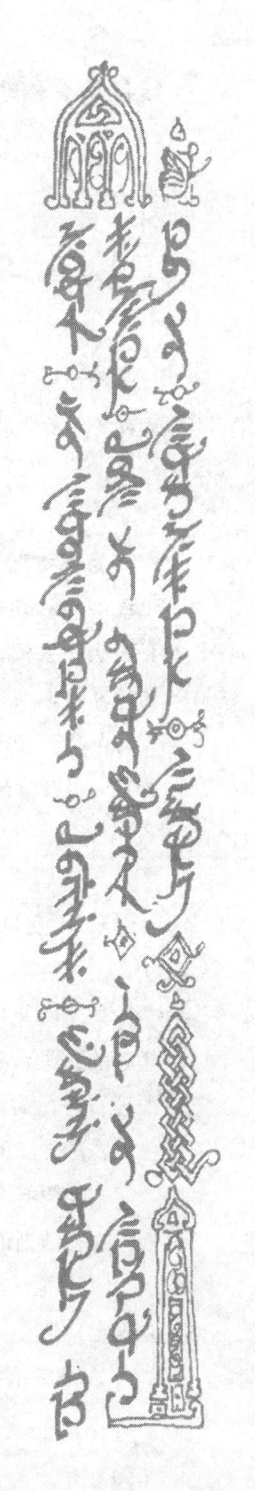

第二卷
皇帝

乌有王子 ★ 前度的黑暗

第五章 摩门

> 判断帝王是强大还是孱弱的标准很简单：前者让世界变为他的竞技场，后者将世界当成他的闺房。
> ——卡西达斯，《塞内安帝国编年史》

> 长牙之民一直不理解，纳述尔与基安是古老的敌人。当两个开化民族间的战争持续了几个世纪后，在敌对的背景下，不可避免地会产生一些较为次要的共同利益。世代的宿敌有着诸多共同点：互相的尊重，共通的历史，僵局中各自宣称的胜利，还有台面下不成文的条约。长牙之民却是闯入者，是不请自来的洪水，漫过了容纳着更古老敌意的水渠。
> ——杜萨斯·阿凯梅安，《第一次圣战简史》

长牙纪4110年，初夏，摩门

皇室觐见厅的设计目的就是要让夕阳照射进来，所以大厅中间隆起的觐见台后没有墙壁。阳光洒进拱顶下的大厅，照亮了厅里的大理石柱，为柱子间悬挂的织锦镀上一层金色。微风吹来，搅乱了台下香炉升腾的烟气，在油料的芬芳中混进天空与大海的气息。

"有吾侄的消息吗？"伊库雷·瑟留斯三世问他的宰相斯科约斯，"孔法斯的消息？"

"没有，人中之神。"老人回答，"不过一切都很顺利，我可以确定。"

瑟留斯抿抿嘴，尽力让自己平静下来："请继续吧，斯科约

第二卷 皇帝

斯。"

伴着丝绸长袍的摩擦声,面容消瘦的宰相转向围在觐见台边的官员。自打瑟留斯记事起,士兵、大使、奴隶、间谍以及占星师就一直围在他身边……自打记事起,他一直是这队疾行兽群的核心,是悬挂帝国这件破斗篷的钩子。他突然想到自己没看过他们的眼睛——一次都没有。没有皇室血脉的人禁止与皇帝对视。想到这点,他不禁感到恐惧。

除了斯科约斯,我不了解这里的任何人。

宰相对官员们说:"这和你们之前参与的任何一次觐见都不同。如你们所知,已有一位因里教大贵族到达摩门,而摩门是他和他的同僚进行圣战的必经门户。我们既不能阻拦他们,也无法向他们征税,但我们可以说服他们,让他们看到,我们的利益与他们对正义和真理的追求是一致的。觐见过程中,请保持沉默,不要焦躁,不要乱动,尽量保持严厉而同情的表情。若那蠢货签下《条约》,到那时,也只有到那时,我们才免去外交礼仪。你们可以和他们的随行人员交流,分享奴隶奉上的食物与饮料,但一定要谨言慎行。不准告诉他们任何事。任何事!你们可能以为此事事不关己,事实并非如此,你们的表现很重要,不要犯任何错误。朋友们,帝国的命运维系于这次谈判。"

宰相看向瑟留斯,皇帝点点头。

"时辰已到。"斯科约斯扬声说,朝皇室觐见厅远端做了个手势。

大厅沉重的石门是从蒙特松的废墟中发掘出的凯兰尼亚时代的古物,此刻随着宰相的手势笨拙地打开了。

一个声音喊道:"有请卡纳普雷的总督,涅尔塞·卡摩缪尼斯阁下。"

好奇让瑟留斯屏住了呼吸。他看着他的皇家引路人带领着康里

乌有王子 * 前度的黑暗

亚使团从大厅中走过,虽然他早就打定主意不动弹——他相信,这种雕像般的姿势能显示智慧——但还是发觉自己用力扯着身上的亚麻褶裙。过去四十五年中,他接见过无数请愿者,以及来自三海诸国、宣示战争或和平的使节。但正如斯科约斯所说,他还从未主持过今天这样的觐见会。

帝国的命运……

自玛伊萨内宣布向基安异教徒发动圣战,已经过去了几个月。魔鬼的召唤将每个因里教国家中每个男人的心都点燃了,像火油一样,点燃了虔诚、嗜血及贪婪。成千上万的所谓长牙之民在摩门城外的树丛和果园里扎了营,但在卡摩缪尼斯之前,来的都不过是乌合之众:下等种姓的自由民,乞丐,非世袭的神庙祭司,甚至有人告诉瑟留斯,还来了一队麻风病人。这些人唯一的指望是玛伊萨内的许诺,他们不清楚沙里亚为他们安排的是多么恐怖的任务。这些人甚至不值得皇帝去吐口水,更别说关注了。

然而涅尔塞·卡摩缪尼斯却大为不同。在所有谣传要赌上全部身家参加圣战的因里教大贵族中,他第一个到达帝国的海岸。他的到来在摩门的居民中掀起了骚乱。街道两旁竖满了关于他的黏土祝福碑,这东西在庙宇中卖到一个铜塔兰。西米拉神庙区的火焰祭坛中,以他名义进献的祭品络绎不绝。每个人都知道,卡摩缪尼斯这样的人,连同他麾下的男爵与骑士们,才是圣战的龙骨与船舵。

但驾驶这艘船的人是谁?

是我。

瑟留斯心头泛起一阵紧张。他的视线从越走越近的康里亚人身上向上移开,看到了头顶拍动的翅膀。和平时一样,一群麻雀在昏暗的穹顶下盘旋嬉戏。也和平时一样,它们让他平静下来。有那么一阵子,他在考虑:皇帝在麻雀眼中是什么?只是另一个人吗?

他觉得不是。

第二卷 皇帝

他降下视线,看到康里亚人跪在他阶下的地板。瑟留斯厌恶地注意到,他们中很多人的头发上和抹了油的胡须中夹着小花瓣,显示出摩门人对他们的爱慕。他们站成整齐的一排,有人在眨眼睛,有人抬起手来挡住直射的阳光。

对他们来说,我是太阳和天空下的一片阴影。

"能接待远渡重洋而来的教友兄弟,总是令人高兴。"他开口说,语调之果决让自己都为之惊讶,"你可安好,卡摩缪尼斯大人?"

卡纳普雷的总督走出队伍,一直来到台阶前才停下,他毫不犹豫地选择用瑟留斯长长的影子挡住刺眼的阳光。他身材魁梧,肩膀宽厚,体型给人印象深刻。胡须下藏着的纤小嘴唇显出他的血统不够尊贵,不过那件玫瑰色与蓝色相间的华服连皇帝都心生嫉妒。康里亚人的胡须可能显得粗犷,在每个人都把下巴刮得干干净净的纳述尔宫廷中尤为如此,但他们的服饰完美无瑕。

"我很好。您这边的战争进展如何,伯父?"

瑟留斯险些冲出宝座。有人吸了一口冷气。

"他无意冒犯,人中之神。"斯科约斯赶快在他耳边低语,"康里亚贵族经常将地位更高的人称为'伯父',这是他们的习俗。"

确实,瑟留斯想,但为什么他要提到战争?想套我的话吗?

"你指哪一场战争?圣战?"

卡摩缪尼斯眯眼仰视,瑟留斯的轮廓在他看来一定像堵墙般坚实:"我听说您的侄子,伊库雷·孔法斯,正率军攻打北方的塞尔文迪人。"

"噢,那算不上战争,只不过是略施惩戒而已。事实上,和即将到来的伟大圣战相比,那顶多只能算骑马旅游。塞尔文迪人算什么,我的注意力全放在基安的费恩教徒身上。说到底,亵渎圣城希摩的是他们,不是塞尔文迪人。"

他们能听出他吹的牛皮吗?

卡摩缪尼斯皱了皱眉:"可我听说塞尔文迪人十分可怕,从未在战场上失败。"

"你的消息一定有误……说到这个,总督大人,你从康里亚来的路上一定平安无恙吧?"

"没什么值得一提的事。蒙摩玛斯眷顾,海洋颇为平静。"

"愿他的恩典眷顾我们……告诉我,你离开奥克尼苏斯之前,可有与普罗雅斯商议?"他简直可以听到斯科约斯在他身后僵住了。不到三小时前,宰相才告诉过皇帝卡摩缪尼斯跟他亲戚之间不睦。根据他们在康里亚的线报,由于卡摩缪尼斯前一年在帕雷米蒂战役中表现不敬,普罗雅斯曾对他处以鞭刑。

"普罗雅斯?"

瑟留斯微笑:"是的,你的堂亲,康里亚的王太子殿下。"

那张长着小嘴的面孔变得阴暗了:"不,我们没商议过。"

"但我以为玛伊萨内让他指挥全康里亚的圣战部队……"

"您的消息一定有误。"

瑟留斯掩饰住笑意。这是个蠢材,他意识到。他一直觉得,这才是礼仪规范的真正目的:迅速区分麦子与麦麸。现在他已知道,卡纳普雷的总督不过是麸皮。

"不,我想没有。"瑟留斯说。

卡摩缪尼斯的随从中有几人面露怒容,他右边那个矮胖军官甚至张嘴想要抗议——但终究没吭声。瑟留斯心想,他们明白,万万不能暗示自己的总督真的做错了什么。

"普罗雅斯和我并不……"卡摩缪尼斯顿了顿,似乎话到一半时才明白自己讲得太多了。他小嘴巴张了张,面带困惑。

噢,真是艺术!真正的蠢货表现出的愚行。

第二卷 皇帝

瑟留斯大度地挥挥手,目视手掌的阴影自总督的随从们身上扫过。他的手指感受到太阳的温暖:"我们还是不要再谈普罗雅斯了。"

"确实如此。"卡摩缪尼斯仓促地说。

瑟留斯很清楚,觐见会结束后,斯科约斯一定会用奴气十足的方式责怪他提到普罗雅斯,而且会刻意忽略总督本人先冒犯他的事。斯科约斯只关心如何引诱对方,不愿偏离轨道半步。瑟留斯觉得,这老糊涂变得和他母亲一样糟糕。无论如何,他才是皇帝。

"补给……"斯科约斯低声提示。

"当然了,你和你的部队会获得补给。"瑟留斯续道,"而为了确保你们起居得宜,我已将附近一座别墅拨给你们居住。"他转身对宰相说:"斯科约斯,请你把我们的《条约》拿给总督大人。"

斯科约斯打个响指,一名体型硕大的宦官迈着沉重的脚步,从觐见台右边远处的布帘中走出,手拿一座青铜立架。第二名宦官紧随其后,海象般的手臂中抱着一卷长长的羊皮纸,如同怀抱圣物。第一名宦官将立架放在卡摩缪尼斯面前,惊得他退了几步;后一名宦官笨拙地摆弄了一阵卷轴——这种无礼行为绝不会逃脱惩罚——然后熟练地将它在倾斜的青铜立架上展开。两人随后保持谦恭的姿态退下。

康里亚的行省总督用疑惑的眼神斜视着瑟留斯,然后弯下腰去读那沉重的卷轴。

一段时间过去。终于,瑟留斯问:"你会读谢伊克语吗?"

卡摩缪尼斯怒视着他。

我要再小心一些,瑟留斯意识到,这样一个既愚蠢又虚荣的人是很难预料的。

"我会,但我不明白这上面的意思。"

乌有王子 ✶ 前度的黑暗

"这样可不行。"瑟留斯一边说,一边从长椅上前倾身子,"卡摩缪尼斯大人,你是响应这场圣战的第一位大人物。我们双方毫无保留的理解对圣战至关重要,不是吗?"

"确实如此。"总督说。他的语调与表情都变得冷冰冰的,这是想在迷惑中保持尊严的人特有的态度。

瑟留斯笑了:"很好。如你所知,自从基安部落骑着骏马、号叫着冲出沙漠,纳述尔帝国就一直在与费恩教徒作战。一代又一代帝国人在南方与他们战斗着,同时在北方与塞尔文迪人的战斗也没有停息。我们在他们疯狂的袭击中失去了一个又一个省份。尤玛那、谢拉什甚至施吉克——我们牺牲了数以十万计的纳述尔子弟。总督大人,现在被称为基安的土地都曾属于我们帝国的先祖,而鉴于我,伊库雷·瑟留斯三世,继承了神圣的皇帝头衔,那么可以说,现在被称为基安的一切都属于我。"

瑟留斯停了一下,被自己的言辞打动了,远处光洁的大理石传来他的回声,也让他兴奋不已。他们怎能否认他的演讲中包含的力量?

"而你面前这份《条约》,卡摩缪尼斯大人,只不过要求你,像每一个正派人必须的那样,受到真理的约束。而这条真理——不容辩驳的真理——就是:基安人所有的辖区事实上都是纳述尔帝国的行省。在《条约》上签字,代表你起誓雪洗古老的冤屈,你起誓将把圣战中解放的领土归还给它们合法的主人。"

"什么?"卡摩缪尼斯怀疑地问,浑身颤抖。这可不妙。

"正如我说的那样,根据这份条约,你起誓——"

"我听到你的话了,"卡摩缪尼斯的声音尖厉起来,"但从没有人对我说过这种事!这是沙里亚准许的吗?玛伊萨内下达了这样的命令?"

这个意志薄弱的蠢货胆敢打断他?伊库雷·瑟留斯三世,纳述

第二卷 皇帝

尔帝国的中兴之主？无礼之极！

"我的将军们告诉我，你带来大约一万五千人，总督大人。你肯定不会认为我会无缘无故招待这么多人，一心给他们喂奶吧？嗯？"他突然想到"喂奶"这个词，忍不住把它说了出来，"帝国可没那么多奶头，我的康里亚朋友。"

"我——我从没听说过这种事。"卡摩缪尼斯结结巴巴地说，"要我发誓将我征服的异教徒领地都交出去？交给你？"

他身旁的矮胖军官再也忍不住了："别签字，总督大人！我敢说，沙里亚也从没听说这种事。"

"你又是何人？"瑟留斯尖声问。

"克里加特斯·辛奈摩斯，"那人轻松地答道，"亚特雷普斯的镇守元帅。"

"亚特雷普斯……亚特雷普斯，斯科约斯，请告诉我，为何这名字听来如此熟悉？"

"好的，人中之神。亚特雷普斯是阿提尔苏斯的姊妹城，天命派借给涅尔塞家族的要塞。而这位辛奈摩斯大人，则是涅尔塞·普罗雅斯的密友——"老宰相稍稍停顿了一下，无疑是想给皇帝一点时间来消化其中的重要性，"——及其儿时的剑术老师，如果我没记错的话。"

当然了。普罗雅斯绝不会愚蠢到允许一个心智低下的人，尤其是像卡摩缪尼斯这样大权在握的蠢货，来和伊库雷家族单独角力的。他要派个奶妈。啊，吾母，他心想，三海诸国清楚我们的名声。

"元帅大人，"瑟留斯说，"你忘了自己的身份。难道我的礼仪官没告诉你，要你保持安静吗？"

辛奈摩斯笑了，带着悔恨的表情摇摇头。他对卡摩缪尼斯说："早就有人警告过我们会发生这种事，大人。"

乌有王子 ★ 前度的黑暗

"警告过会发生什么，元帅？"瑟留斯喊道。这超出了他容忍的限度。

"警告过我们伊库雷家族会用神圣之事开玩笑。"

"开玩笑？"卡摩缪尼斯惊叫道，转身来面对瑟留斯，"拿圣战开玩笑？我诚心诚意来到您面前，皇帝陛下，就像两个长牙之民间坦诚相见，而您却拿我们开玩笑？"

葬礼一般的死寂。有人居然指责纳述尔皇帝。

"我刚刚——"瑟留斯顿了顿，努力不让语调里混进刺耳的尖声，"我刚刚是在询问你是否愿意签署《条约》，以非常礼貌的态度，总督大人！事实上，你要么签约，要么你和你的人就得挨饿，就这么简单。"

卡摩缪尼斯的姿势变了，好像随时准备抽出武器一样。有那么一阵，瑟留斯与心中疯狂的逃跑冲动搏斗着，虽然对方的武器早已被收缴。总督确实是个白痴，却是个有吓人身材的白痴。他看上去似乎随时可以一举跃过两人间的七级台阶。

"这么说您拒绝为我们提供补给？"卡摩缪尼斯喊道，"您不惜让长牙之民饿死，也要为自己的利益扭曲这场圣战？"

长牙之民。听到这个词瑟留斯总想吐口水，但面前的蠢货却一直在重复它，仿佛它是真神的真名一样。迟钝的狂信徒，斯科约斯警告过他。

"我只要求伸张真理，总督大人，如果说真理站在我这边，那是因为我一直在捍卫真理。"纳述尔帝国的皇帝不禁露出促狭的微笑，"至于你们是否挨饿，就要看你的决定了。卡摩缪尼斯大人，你的——"

有什么温暖黏稠的东西打在瑟留斯脸上。他用手擦脸，研究着手指间的脏物。一阵不祥的预感刺中了他，从他胸中挤出了所有空气。这算什么？某种预兆吗？

第二卷 皇帝

他抬头看着那些吵闹的麻雀,尖叫道:"冈克尔提!"

近卫军司令快步跑到他身边,身上散发出香膏和皮革的味道。

"杀了那些鸟!"瑟留斯咬着牙说。

"现在吗,人中之神?"

皇帝没有回答,他抓起冈克尔提猩红色的披风——按纳述尔习俗,这披风披过左肩,下端到右臀别住——擦掉了手指和脸颊上的鸟屎。

一只鸟亵渎了他……这意味着什么?他在拿一切冒险。一切!

"弓箭手!"冈克尔提朝藏身高处看台的近卫军弓箭手喊道,"杀掉那些麻雀!"

一阵短暂的沉默,然后弓弦声从他们头上看不到的地方传来。

"去死吧!"瑟留斯咆哮着,"忘恩负义的叛徒!"

虽然心中充满怒火,但看到卡摩缪尼斯及其随从手忙脚乱地躲避落下的箭矢,还是让他露出微笑。箭矢跌落在皇家觐见厅的地板上,大多数没射中目标,但也有一些麻雀像槭树果实一样打着转落在地上,留下仍在挣扎的小小黑影。很快,大厅中落下不少麻雀,其中有些像被鱼叉刺中的鱼一样扑腾着,另一些直接没了生气。

箭手们放下弓。拍翅声更衬出大厅的寂静。

一只被刺穿的麻雀落在皇帝与卡纳普雷总督之间的台阶上。瑟留斯一时心血来潮,从王座上起身,快步走下台阶,弯腰拾起那支箭和它上面穿着的猎物。他仔细端详了鸟儿一阵,眼看它在箭杆上抽搐、颤抖。你是谁,小东西?是谁怂恿你做出这等事?是谁?

区区一只鸟儿绝不敢冒犯皇帝。

他抬头看向卡摩缪尼斯,心中冒出一个古怪的念头,远比刚才的想法黑暗。他把箭杆和麻雀举到面前,伸向目瞪口呆的总督。

"把它拿去,"瑟留斯冷冷地说,"以示我对贵使团的敬意。"

乌有王子 * 前度的黑暗

————— ❧❧❧ —————

双方互相表达愤慨之后,卡摩缪尼斯、辛奈摩斯以及他们的随从怒气冲冲地离开了皇家觐见厅,只留下心跳如雷的瑟留斯。

他记起刚才落在脸上的鸟屎。他斜对阳光,仰头朝自己的王座看去,仆从们镶着金边的剪影就在王座旁边。他隐约听到大总管恩加罗喊着要人用脸盆打热水过来,皇帝必须保持清洁。

"这意味着什么?"瑟留斯呆呆地问。

"不意味任何事,人中之神。"斯科约斯答道,"我们早就料到他们一上来会拒绝《条约》。就像果实一样,我们的计划需要时间才能成熟。"

我们的计划,斯科约斯?是我的计划。

他想要看清这个傲慢的傻瓜,但阳光阻止了他:"我说的不是你也不是《条约》,老混蛋。"为强调观点,他一脚踢翻了青铜架子。《条约》像钟摆一样在空中摇摆了几下,然后落到地上。他指着脚边躺着的那只鸟儿:"这东西意味着什么?"

"是吉兆!"亚里梅阿斯,他最宠爱的占卜师和星象家高喊,"在下等种姓中,被……呃,被鸟屎碰到是非常值得庆祝的事。"

瑟留斯想笑,但笑不出来:"沾上鸟屎是他们所知的唯一幸运的事,对吗?"

"无论如何,这隐藏着深刻的智慧,人中之神。他们相信,像这样微小的不幸预示着美好的前景。一些象征性的打击总是伴随着伟大的成功,只是要证明我们并非完美。"

皇帝的脸颊不自主抽动了一下,似乎它也在认同占卜师的话。这是个预兆!还是个好预兆。他可以感觉到!

诸神又一次触碰了我!

第二卷　皇帝

他突然恢复了活力，爬上台阶，如饥似渴地听着亚里梅阿斯将这一事件与星象联系起来。他的命星刚刚进入阿娜克星座——阿娜克女神被称为"命运的妓女"——的象限，与"天堂之指"形成了轴线，这是双重的预兆。"非常好的连接点。"微胖的占卜师声称，"真的非常之幸运！"瑟留斯没坐回宝座，而是大步从旁绕过，示意亚里梅阿斯跟上。他身后跟着一小群廷臣，他们穿过玫瑰色的大理石柱，来到毗连大厅的阳光上。

摩门像一幅烟熏涂画的宽广壁画在他脚下展开，一直向落日延伸。他位于安迪亚敏高地的皇宫占据了城市靠海的一角，他只要愿意左右转动脖子，就能看清摩门这座迷宫的每一个角落，包括北边近卫军驻守的方形箭塔、西边西米拉神庙区宏伟的广场与建筑群，还有南边法御斯河岸拥挤而喧闹的港口。

皇帝一边继续听亚里梅阿斯解说，一边朝远处城墙眺望。城墙外环绕的树林与原野在夕阳斜照下仿佛失去了原本的色彩，他看到圣战军大大小小的帐篷四下散布，就像风景画被人撒上了面包屑一样。现在他们的人数还不算多，但瑟留斯知道，用不了几个月，这些人就会占据整个地平线。

"但圣战呢，亚里梅阿斯……这是否意味着圣战将为我所用？"

皇家占卜师攥紧肥硕的手指，晃动双下巴表示赞同："不过命运的道路是狭窄的，人中之神，我们要做的事还很多。"

瑟留斯专心听他的占卜师诊断情况、提出处理方式——包括详细解释如何杀死十头公牛作为献祭——以至于没注意到母亲到来。她已经来了，在皇帝的视野边缘投下一道瘦削的影子，如死亡一般确凿。

"那么，你负责准备祭品，亚里梅阿斯。"他断然道，"先就说这么多吧。"

乌有王子 ★ 前度的黑暗

占卜师准备离开时，瑟留斯看到之前大总管召来的几个端水盆的奴隶。

"亚里梅阿斯？"

"在，人中之神？"

"我的脸……我应该洗掉它吗？"

占卜师戏剧般地挥了挥手："不！绝——绝不，人中之神。这非常重要，您至少该等到三天之后。这非常重要。"

皇帝的心头又涌上几个问题，但母亲已来到面前，背后跟着一个步履蹒跚的大块头宦仆。太后走路时的窈窕体态就像十五岁的处女，虽然她已如妓女般地活了六十年。她侧脸对他，观赏着城市，就像他之前做的那样。阳光在她翡翠编织的头饰上闪烁，平纹布与丝绸制的蓝衣服晃动着。

"做儿子的，"她不动声色地说，"居然会相信一个信口开河、满嘴蠢话的傻瓜，真让母亲的心感到温暖。"

他感到她的态度中藏着什么古怪的东西，似乎另有所指。不过最近所有人在他面前都变得奇奇怪怪的——瑟留斯心想，他们毫无疑问是终于感受到他体内栖居的神性，因为支撑他计划的两支号角终于要吹响了。

"现在是艰难时刻，吾母，危机四伏，我们不能无视未来。"

她转身来打量他，仪态中既有妩媚，又带着男子的果决。阳光让她的皱纹显得更深，鼻梁在面颊投下一道阴影。衰老是丑陋的，瑟留斯一直这样想，无论肉体还是精神上。岁月会毫不留情地将希望变为忿恨，将年轻人眼中的雄心壮志变成老人眼中的无能与贪婪。

你今天很惹人厌，吾母，不管外表还是态度。

母亲的美丽曾是一段传奇。父亲生前，她是帝国最贵重的财产——伊库雷·伊斯特里雅，纳述尔帝国的太后，先帝迎娶她的彩

第二卷　皇帝

礼是将皇室后宫付之一炬。

"我看到你接见卡摩缪尼斯了。"她温和地说,"一场灾难。我告诉过你的,嗯?我神一样的儿子?"她微笑时,唇边的妆裂开了小口子。吻上这双嘴唇的强烈渴望击中了瑟留斯。

"我想是的,吾母。"

"那你为何还要坚持这毫无意义的东西?"

原来古怪是由于这个。母亲居然质疑他最钟爱的计划。

"毫无意义,吾母?《条约》会让我们的帝国得以复兴。"

"但如果连卡摩缪尼斯这样的蠢货都不上当,你的《条约》还有什么希望,嗯?不,瑟留斯,为帝国的利益着想,你最好配合圣战。"

"玛伊萨内把你也迷惑住了吗,吾母?怎样才能迷惑女巫?"

她笑了:"除了答应摧毁她的敌人,还能怎样?"

"但整个世界都是你的敌人,吾母,还是说我弄错了?"

"每个人的敌人都是整个世界,瑟留斯,你要记住这个。"

用眼角余光,他看到一个卫兵来到斯科约斯跟前,在他耳边低声说着什么。和谐的感觉如同音乐,他的占卜师曾告诉他,要求一个人在任何情况下都可以洞若观火。瑟留斯这样的人无须动眼睛就能看到东西,他对阴谋有着极强的洞察力。

老宰相点点头,然后朝皇帝瞥了一眼,充满忧虑。

他们在密谋什么?背叛?但他耸耸肩,赶走这想法。这想法太常出现了,不足取信。

就像发现了皇帝分心的原因,伊斯特里雅也转身向老宰相:"你怎么看,斯科约斯,嗯?你觉得吾儿这幼稚的幻想怎么样?"

"幻想?"瑟留斯喊道。她为何要这样挑衅他?"幼稚?"

"还能怎么说呢?你一直在浪费命运的妓女赐予的礼物。首先命运给了你玛伊萨内,你却不顾我的建议去刺杀他。为什么?仅仅

乌有王子 ★ 前度的黑暗

因为你不能支配他！然后她把这场圣战赐予了你，将一把可以摧毁我们古老敌人的战锤交到你手中，而你又因为不能支配它，就想把它也毁掉！这是小孩子脾气，绝非足智多谋的帝王所为。"

"相信我，吾母，我想得到这场圣战，而不是破坏它。那些外乡狗会在《条约》上签字的。"

"他们会用你的血来签！你是不是忘了，空空的肚子与狂热的心结合在一起会发生什么？他们都很好战，瑟留斯，他们陶醉于自己的信仰，面对侮辱绝不会无动于衷！你真的以为他们会接受你的勒索？你在拿帝国冒险，瑟留斯！"

拿帝国冒险？不。在西北方，出于对塞尔文迪人的极度恐惧，纳述尔人几乎不敢生活在能看到群山的地方；而南方所有"古老的省份"，那些纳述尔帝国强盛岁月中的属地，如今通通处于基安异教徒的铁蹄下。费恩教的战鼓在其掠夺来的土地上响起，呼唤着崇拜伪先知费恩的人们。亚斯吉罗奇要塞，古代凯兰尼亚人用来防御施吉克军队的堡垒，再一次成为了前线。他不是在拿帝国冒险，不，帝国是奖品，而不是赌注。

"幸运的是，你儿子没那么蠢，吾母。长牙之民不会饿死，他们会从我的碗中取食，但每天只有一次。我不会拒绝提供让他们活下去的口粮，只是不会支持他们进军而已。"

"那玛伊萨内呢？如果他命令你为他们提供补给又怎么办？"

在圣战这样的大事上，自古以来的宪章要求皇帝必须受沙里亚节制。瑟留斯有义务为圣战提供补给，否则就会遭受到沙里亚的责罚。

"啊，但是你看，吾母，他不可能下达这种命令。他和我们一样清楚，长牙之民不过是群蠢货，一心只想到真神要他们去打倒异教徒。如果我把卡摩缪尼斯要求的一切都提供给他，那用不了两星期他就会拔营出征，坚信只靠他一支人马就能摧毁费恩教。现在玛

第二卷 皇帝

伊萨内会假装对我发火,这是必然,但他也会暗自赞许我的行为,知道这将为圣战争取足够的时间,好让他集结兵力。否则你觉得他为何命令圣战军在摩门集结,而不在苏拿?除开要从我荷包中掏钱,他还料到我会帮他留人。"

她停了一下,眼睛突然眯起来,似乎在盘算着什么。像她这样蛇蝎一般的人,绝不会不赞赏他的巧妙计谋。

"这意味着你在操纵玛伊萨内,还是玛伊萨内在操纵你?"

瑟留斯现在可以承认,过去几个月,他一直低估了新上任的沙里亚。但他绝不会再低估这个恶魔了,至少在这件事上不会。

瑟留斯意识到,玛伊萨内想避免纳述尔帝国注定的灭亡。事实上,过去一个半世纪以来,纳述尔的每一位有识之士都在等待灾难降临,等待有一天塞尔文迪部落像古代那样联合起来,等待隆隆铁骑从草原奔向海岸。两千年前凯兰尼亚就是这样陷落的,在那之后一千多年,塞内安帝国也重蹈覆辙。而现在,纳述尔帝国也一样会倒下,更让人恐惧的是,在这幅图景中,纳述尔的衰落将意味着基安的繁盛。等塞尔文迪人离开——草原民族总是会离开——谁来阻止基安异教徒消灭凯兰尼亚最后的血统,切断真神的三条心脉:苏拿、千庙教会和长牙?

没错,沙里亚非常精明,瑟留斯觉得派去刺杀他的人失败也是理所当然。玛伊萨内给了他一把无可匹敌的战锤:圣战。

"我们的新沙里亚,"他道,"被你高估了。"

就让他以为自己在操纵我吧。

"但你的目的是什么呢,瑟留斯?就算圣战大军中每一个大贵族都接受了你的要求,你觉得他们会为了皇室的太阳挥洒自己的鲜血吗?就算他们签了字,你的《条约》依然毫无价值。"

"并非毫无价值,吾母。就算他们违背誓言,《条约》也并非毫无价值。"

乌有王子 ★ 前度的黑暗

"为什么，瑟留斯？这场疯狂的冒险到底是为什么？"

"得了吧，吾母，你真的变老了？"有那么一阵子，他似乎能感觉到在她眼中这一切是多么古怪：他像个锱铢必较的商人一样，要求参加圣战的每个贵族都签署《条约》，这本身已不同寻常，而他更集结了几代人以来最大的一支纳述尔军队，却不是派他们与基安异教徒作战，却去讨伐更古老、更喜怒无常的敌人：塞尔文迪人。这两件事中任何一件都会让她不堪重负！他制订出如此令人赞叹的计划，其中的逻辑她完全无法看穿。

瑟留斯并没自负到认为自己在军队阵容或意志顽强上能与祖先媲美。伊库雷·瑟留斯三世不是傻瓜。但时代不同了，需要的也是与以往不同的力量。今天的伟人要利用其他人，还要对时局有精确把握，这两者瑟留斯全部拥有：他的侄子孔法斯，以及这位疯狂的沙里亚发动的圣战。有了这两件工具，他可以夺回帝国。

"你的计划到底是什么，瑟留斯？你必须告诉我！"

"很痛苦，是吧，吾母？站在帝国的心脏中，却无法听到它的跳动——而你的一生，都是在把这心脏当鼓来敲的！"

但她眼中没有流露出愤怒，而是恍然大悟。"《条约》不过是挡箭牌，"她吸了一口气，"是用来让你免受沙里亚的责罚令，当你……"

"当我怎样，吾母？"瑟留斯紧张地朝周围人群脸上看去。这里可不是说这种话的地方。

"这就是你为什么派我的孙子去送死？"她叫喊。

终于来了，这才是她用尽煽动之能事来质问他的原因。为了她心爱的孙子，可怜又可爱的孔法斯。此时此刻，他正在君纳帝草原上行军，寻找可怕的塞尔文迪人。这才是瑟留斯了解和鄙视的伊斯特里雅：没有任何宗教热情，只关心她的后代和伊库雷家族的命运。

第二卷 皇帝

孔法斯才是复兴者,是不是,吾母?你觉得我配不上这样的荣耀,对吗,老婊子?

"你的手伸得太远了,瑟留斯!你想要的太多了!"

"啊,刚才我还以为你想明白了呢。"他带着不假思索的自信说,心底却有很大一部分同意她。残存的不安与后怕让他需要整整一夸脱不掺水的酒才能睡去,尤其是今天晚上,他想,在那些鸟的事之后……

"我想明白了。"伊斯特里雅尖声说,"你的水没那么深,不至于让一个老妇人趟不过去,瑟留斯。你希望逼他们在《条约》上签字,不是因为你指望长牙之民放弃征服的土地,而是因为你打算在圣战之后向他们开战。圣战军过后,南方的行省会各自为政,而有了这份《条约》,你再去逼迫那些缺兵少粮的小封国就范时,沙里亚也就不能责罚你了。这就是你为什么派孔法斯去对塞尔文迪人进行所谓的征讨。你的计划需要兵力,但如果北方省份还需要保卫,你永远没法调集足够的军队。"

恐惧搅动着他的肠胃。

"但是,"她促狭地说,"在灵魂深处演习是一回事,从别人口中听到则完全不同,不是吗,愚蠢的吾儿?就像听到腹语者模仿你的声音一样。现在你听到了,你觉得它愚蠢吗,瑟留斯?觉得它疯狂吗?"

"不,吾母。"他努力摆出自信的样子,"我觉得它足够有胆识。"

"胆识?"她喊道,就像这个词松开了门闩,释放出她心底的疯狂,"以诸神的名义,我真希望我当初把你扼死在摇篮里!怎会有如此愚蠢的儿子!你毁灭了我们,瑟留斯,你看不到吗?任何人,哪怕是凯兰尼亚的至高王,或者塞内安的神皇帝,都不曾在塞尔文迪人自己的土地上打败过他们。他们是战争之民,瑟留斯!孔

乌有王子 * 前度的黑暗

法斯注定会死！你所有的精锐部队也将付诸东流！瑟留斯！瑟留斯！是你让灾难降临到我们所有人头上！"

"不，吾母！孔法斯向我保证，他一定能做到！他比任何人都了解塞尔文迪人！他了解他们的弱点！"

"瑟留斯，你真是又可怜又蠢得可爱，你不知道孔法斯还是个孩子吗？聪明，无畏，像神一样美，但毕竟只是个孩子……"她伸手抓挠自己的脸，号啕大哭，"你杀了我的孩子！"

她的逻辑，或者说她的恐惧，像瀑布般冲刷过他的身体。瑟留斯感到一阵恐慌，他朝阳台上其他人望去，在他们脸上看到了和母亲一样的恐惧，而且发觉这表情一直都写在他们脸上。他们害怕的不是伊库雷·瑟留斯三世，而是他做出的事！

我真的把一切都毁掉了吗？

他蹒跚了一下，但一双瘦骨嶙峋的手扶住了他。斯科约斯。斯科约斯！他了解我在做什么。他也看到了荣耀！光芒万丈的荣耀！

皇帝转身抓住老宰相的长袍用力摇晃，以至于对方身上的别针——镶着缟玛瑙瞳仁的黄金之眼——"吧嗒"一声掉在地上，向远处滑去。

"告诉我你怎么想！"瑟留斯喊道，"告诉我！"

老人抓着长袍防止它被扯掉，眼睛一直盯着地面："您、您下了赌注。人中之神，只有等算筹落定我们才能看到结果。"

是的！就是这样！

只有等算筹落定……

泪水从他眼中涌出。他抓着老宰相的脸，皮肤的粗糙让他惊讶不已。母亲并没告诉他什么新东西，但他一直都知道，他赌上了一切。他花了多少时间与孔法斯一起策划？侄子杰出的军事天才震撼了他多少回？帝国不曾拥有过伊库雷·孔法斯这样优秀的大统领。从来没有！

第二卷 皇帝

他会打败塞尔文迪人。他会让那些战争之民学会谦卑!瑟留斯对此有绝对的、不容置疑的确信。我的命星进入了妓女座,被天堂之指赋予了双重预兆……

而且一只鸟在我头上拉了屎!

他将手按在斯科约斯肩上,这一举动显示出的慷慨让他自己都感到惊讶。他只配爱戴我。皇帝朝冈克尔提、恩加罗及其他人依次看去,突然明白了这些人的疑惑与恐惧都来自何处。他转身看着母亲,发现她瘫倒在地。

"你——你们——以为自己看到了一个疯狂的人,在进行疯狂的赌博。但人都是脆弱的,吾母,人难免会犯错。"

母亲盯着他,眼旁烟煤涂出的眼影被泪水洇开了:"皇帝不也是人吗,瑟留斯?"

"祭司、占卜师和哲学家都告诉我们,我们眼睛所见都只是烟雾。我个人也不过是烟雾,吾母,你生下来的儿子是副面具,是你从血与种子不厌其烦的交欢中给予我的伪装。真正的我,恰恰是当初你许诺我将成为的人!皇帝。神圣的皇帝。我不是烟雾,而是烈火。"

话音刚落,冈克尔提马上跪倒在地。片刻犹豫之后,其他人也跟着跪下。

伊斯特里雅却抓着宦仆的胳膊站起来,目瞪口呆地看着他:"如果孔法斯在烟雾中死去呢,嗯?瑟留斯?如果塞尔文迪人从烟雾中骑马冲出,将你的烈火扑灭呢?"

他努力控制住心头怒火:"你的终点就要到了,你想紧抓着烟雾,但又害怕你拥有的一切只是烟雾。你很害怕,吾母,因为你老了,而没有什么比这更让你恐惧。"

伊斯特里雅傲慢地看着他:"我的年龄是我自己的事,不需要傻瓜来提醒我。"

"确实不用。我想你干瘪的乳房已经让你没法忘记了。"

伊斯特里雅发出一声尖叫朝他冲去,就像他小时候一样。但她的巨人宦仆彼萨苏拉斯及时阻止了她,用让她小臂相形见绌的巨掌抓住她。巨人惶恐无比地低下剃光的头。

"我本该杀掉你!"她尖叫,"本该用脐带勒死你!"

瑟留斯不以为意地大笑。老家伙吓坏了!她还是第一次显得如此平凡,之前那无法抗拒、无所不知的女家长派头完全不见了。吾母也会如此可怜!

哪怕为此丢掉帝国,也值了。

"把她带回房。"他吩咐巨人,"叫御医去照顾她。"

巨人将她整个扛起来,离开了阳台。她语无伦次地尖叫着,广阔的安迪亚敏高地将她凶狠的叫声吞没了。

落日丰富的色彩暗淡下来,逐渐融入暮色当中。太阳已落下一半,仿佛披上了紫色的云霞斗篷。瑟留斯呆站了很长一段时间,深深吸气,颤抖着搓手,努力想平息下来。周围人用眼角紧张地瞥着他的一举一动。一群绵羊。

最后打破沉默的是冈克尔提,他的诺斯莱血统让他比外表更直率:"人中之神,能允许我说句话么?"

瑟留斯不耐烦地挥挥手。

"太后殿下刚才……人中之神,她说——"

"她会害怕很正常,冈克尔提,她只是说出了深藏在我们每个人心中的恐惧而已。"

"但她威胁要杀你!"

瑟留斯在近卫军司令脸上结结实实掴了一掌。金发的司令握紧双拳,但马上又松开了。他瞪着瑟留斯的双脚:"我很抱歉,人中之神。我只怕——"

"没什么好怕的。"瑟留斯尖刻地回应,"太后殿下老了,冈

第二卷　皇帝

克尔提，潮水把她卷到了海上，看不着岸她就惶恐不已。"

冈克尔提跪倒在地，狂热地亲吻瑟留斯的右膝。"够了。"瑟留斯一边说，一边把近卫军司令拉起来。他的指尖停留在对方前臂繁复华丽的蓝色文身上。皇帝的眼睛如在燃烧，大脑阵阵抽痛，但他感到格外冷静。

他转向斯科约斯："有人给你带了消息，老朋友，是和孔法斯有关吗？"一个疯狂的问题，在这种喘不过气的时刻问出来却显得啰唆。

宰相犹豫时，皇帝又开始颤抖。

保佑……瑟金斯，保佑。

"不是的，人中之神。"

眩晕般的解脱感。瑟留斯险些摇晃起来。

"嗯，然后呢？那是什么消息？"

"费恩教派出了使节，回应您和他们密谈的要求。"

"很好……很好！"

"但并非普通使节，人中之神。"斯科约斯舔舔老迈的薄嘴唇，"是一名西斯林。费恩教派来了一名西斯林。"

太阳落下，似乎带走了所有希望。

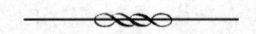

金属火盆里的火舌如风中破布一样飘舞，映亮了小庭院。冈克尔提选择这里作为会面地点，四周是低矮的樱桃树和哗哗作响的冬青树。瑟留斯紧握丘莱尔，直到指节快要爆裂开来。他窥视着旁边门廊中的黑暗，下意识地数着那些阴影般的手下，然后他转身朝向右边瘦高个子的巫师：希默克提，皇家萨伊克的大宗师。

"你的人够多吗？"

乌有王子 ★ 前度的黑暗

"绰绰有余。"希默克提答道,声音中带着一丝愤怒。

"注意你的语调,大宗师。"斯科约斯在瑟留斯左边厉声提醒,"我们的皇帝刚刚问了你一个问题。"

希默克提僵硬地低下头,好像这不是出于自己的意志一样。他那双总是很湿润的大眼睛折射出两道火光:"我们有三个人在这里,人中之神。还有十二个弩手,每个都佩戴着丘莱尔。"

瑟留斯缩了缩脖子:"三个?只有你和另外两个?"

"人并非越多越好,人中之神。"

"当然。"瑟留斯想到右手中的丘莱尔。只消轻轻一触,就可以让这个高傲的巫师学会谦逊,不过如此一来就只剩两个人了。他是多么讨厌这些巫师!更让他讨厌的是,自己居然还需要他们。

"他们来了。"斯科约斯低声说。瑟留斯紧攥丘莱尔,它表面的铭文似乎都烙在了他的手掌中。

两名近卫军进入庭院,手里举着灯笼,而非武器。他们站在青铜双开院门两侧。冈克尔提仍穿着仪式铠甲,从他们中间走过,和他一起的是一个裹黑色亚麻长袍的人,用兜帽蒙着脸庞。近卫军司令把使节带到事先安排好的位置上,四个火盆照亮的圆形区域在此重叠。虽然使节已来到火光映照之下,瑟留斯仍只能看到他的嘴唇,以及兜帽下面的左半边脸。

西斯林。对纳述尔人来说,这个名字的可恨程度仅次于塞尔文迪人。纳述尔的孩子——甚至包括皇帝的孩子——从断奶时起就在听这些异教巫术祭司的故事,听闻他们淫乱的仪祭,以及深不可测的力量。一说出这个名字,就像把恐惧塞进了纳述尔人胸中。

瑟留斯努力喘气。为什么要派个西斯林来?来杀我吗?

使节将长袍兜帽向后拉去,再朝两侧张开,直到肩膀。然后他放下手臂,长袍滑落在地,露出里面的橘黄色法衣。他光光的头皮白得吓人,眉毛下面两个黑色孔洞让人过目难忘。没有眼睛的面孔

第二卷 皇帝

总让瑟留斯紧张,总让他联想到每个人脸皮下面死气沉沉的颅骨。想到这个人仍能看到东西,他喉咙深处就一阵刺痛,咽唾液也没用。像小时候导师告诉他的一样,这个西斯林脖子上绕着蛇——一条施吉克的盐蛇,通体乌黑锃亮,像涂过油一样。它吐着信子,替代巫师圆睁着眼睛,把头悬在巫师的右耳旁。西斯林的黑眼洞对准了瑟留斯,蛇头却上下左右转动着,缓慢扫视小庭院,有条不紊地嗅闻空气。

"你能看到吗,希默克提?"瑟留斯用比呼吸还低的声音说,"你看到巫术的印记了吗?"

"没有。"巫师答道,他的声音紧巴巴的,好像怕人偷听到一样。

蛇眼在庭院边昏暗的门廊上停留了一阵,就像在估算阴影中藏着怎样的威胁。然后,如同被涂了油的铰链操控的舵柄一样,它转向瑟留斯。

"我是马拉赫。"西斯林用毫无破绽的谢伊克语说,"因达拉-基沙乌里部落的基斯马的养子。"

"你是马拉赫?"希默克提音量上扬。又一次无礼行为,瑟留斯并未准许他发言。

"而你是希默克提。"没有眼睛的脸往下低了低,蛇头仍然直竖着,"很荣幸,见到一个老对手。"

瑟留斯感到大宗师在他旁边僵住了。"皇帝陛下,"巫师低声说,"您必须马上离开。若他真是马拉赫,那您就处在致命的危险当中。我们都是!"

马拉赫……他听过这名字,在斯科约斯的汇报当中。此人的手臂像塞尔文迪人那样刻着疤痕。

"也就是说三个人不够。"瑟留斯答道。大宗师的恐惧莫名地让他感到振奋。

乌有王子 * 前度的黑暗

"马拉赫在西斯林中的地位仅次于西奥提，而且只是因为他们的先知律法禁止非基安血统的人担任教首。就连西斯林也害怕他的力量！"

"大宗师所言极是，人中之神。"斯科约斯也低声说，"您必须马上离开。让我来替您与他商谈……"

瑟留斯没理会他们。诸神保证他将无往不利，这些人为何还像兔子一样软弱？"很高兴见到你，马拉赫。"他说，声音稳定得自己都感到惊讶。

短暂停顿之后，冈克尔提高喊："你面前站的是伊库雷·瑟留斯三世，纳述尔皇帝陛下。你应当跪下，马拉赫。"

西斯林晃着一根手指，小蛇也随着手指摇摆，仿佛在嘲笑冈克尔提："费恩教徒只在一人面前下跪，则全知全能的独一神。"

不知是出于条件反射还是单纯的无知，冈克尔提举拳想朝这人挥去。瑟留斯伸开手掌阻止他。

"现在这种情况，就不要管礼仪了，司令。"他说，"反正异教徒很快都会跪倒在我面前。"他另一只手握紧了丘莱尔，心中有一阵模糊的悸动，不想让蛇眼看到它。"你是来和我谈判的吗？"他问那个西斯林。

"不。"

希默克提低声骂了一句士兵们常用的脏话。

"那你为何而来？"瑟留斯问。

"我来这里，皇帝，是为了让你和另一个人谈判。"

瑟留斯眨眨眼："谁？"

一瞬间，西斯林的眉毛就像是天堂之指在闪光。黑暗的门廊中传来喊声，瑟留斯抬起手来挡在身前。

希默克提低声念了几句，没人听得清是什么，只觉眼前一花，一个蓝球拖着幽灵般的蓝火尾迹，从他们身前升起。

第二卷 皇帝

但什么都没发生。西斯林站在那里,和之前一样纹丝不动。闪亮的蛇眼在火光照射下犹如琥珀色的珊瑚。

斯科约斯吸了一口气:"他的脸!"

马拉赫骷髅般的面孔上出现了另一个人的脸,仿佛罩上了一张不断变化的透明面具。那是一个须发灰白的基安战士,鹰隼样的脸上有沙漠刻下的烙印。西斯林空洞的眼窝中,一双审视的眼睛打量着他们,一撇山羊胡子的幻影出现在西斯林的脸颊上,结成基安贵族喜好的样式。

"萨考拉斯。"瑟留斯说。他从没见过这个人,但不知为何,他知道面前这个人就是施吉克的帕夏①,帝国南部的军团跟这个异教徒恶棍交锋四十多年了。

幽灵般的嘴唇翕动着,但瑟留斯只听到一个遥远的声音,低吟着基安语那盘桓的音节,然后真实的嘴唇也动起来:"猜得不错,伊库雷。至于你,我从你们的硬币上就认识了。"

"这算是什么?帕迪拉贾派出手下一个帕夏狗来和我商谈吗?"

唇齿的动作与声音之间又一次出现了令人战栗的延迟:"你不配让帕迪拉贾出面,伊库雷,单我一人就能让你的帝国跪在我膝下。不过你要感谢帕迪拉贾,他是个虔诚的人,总是遵从签下的条约。"

"现在玛伊萨内当上了沙里亚,所以我们的条约是一纸空文了,萨考拉斯。"

"这更给了帕迪拉贾拒绝你的理由。你不过是个空架子而已。"

斯科约斯倾身在他耳边低声说:"问他,如果您是无关紧要的

---

① 帕夏:奥斯曼帝国行政系统里的高级官员。"帕夏"是敬语,相当于英国的勋爵。

乌有王子 * 前度的黑暗

人了,那为何还要搞这套把戏。异教徒很恐慌,人中之神,这就是为什么他们要这样来见你。"

瑟留斯微微一笑,像是在告诉老宰相,他只是证实了皇帝已经知道的事:"如果我变成了空架子,那为何还要采取这些非同寻常的措施,嗯?为何要派出这样的特使?"

"因为你和你那些愚蠢的偶像崇拜者向我们发动圣战。还能为什么?"

"也因为你知道圣战是我的工具。"

幽灵般的表情微笑着,瑟留斯似乎听到了遥远的笑声。"你想把圣战从玛伊萨内手中夺过来,对吗?把它当成巨大的杠杆,用来挽回过去几个世纪以来的败局?我们清楚你那卑劣的阴谋,你想让那些偶像崇拜者签下《条约》。我们也知道你把部队派去攻击塞尔文迪人。都是些愚蠢的花招——全部都是。"

"孔法斯保证过,他会沿路钉上塞尔文迪人的头,从草原直到我脚下。"

"孔法斯命不久矣。没有任何人的机智或力量能战胜塞尔文迪人,哪怕你的侄子也不行。你的军队和继承人都已经毁灭,皇帝,他们都已经变成腐肉了。若非那么多因里教徒聚集在你的海滩上,我现在就可以骑马走到你面前,让你尝尝我的剑。"

瑟留斯把丘莱尔握得更紧,以平息颤抖。他的灵魂之眼仿佛看到,孔法斯全身浴血,倒在一个野蛮的塞尔文迪掠夺者脚下。虽然这是骇人的暗示,但他心头仍有一丝喜悦:那样的话,母亲就只有我了……

斯科约斯的声音又在他耳边响起:"他在说谎,他想要恐吓您。今天早上我们才收到孔法斯的消息,计划没有任何差错。要记住,人中之神,不到八年前,塞尔文迪人击溃过基安人,萨考拉斯在那次远征中失去了三个儿子,包括哈斯金内,他的长子。激怒

第二卷 皇帝

他，瑟留斯。激怒他！愤怒的人总会犯错误。"

他当然早就想到了这点。

"你在往自己脸上贴金，萨考拉斯，如果你觉得孔法斯会像哈斯金内一样愚蠢的话。"

漂浮的眼睛在空洞的眼窝上眨了眨："泽克尔塔之战对我们来说是一场灾难，此事不假，但很快你也要分享灾难了。你想刺伤我，伊库雷，但你只不过是预言了自己的毁灭。"

"纳述尔帝国，"瑟留斯道，"承受过更可怕的损失，但仍然得以长存。"

孔法斯是不会输的！有那些预兆在！

"好吧，伊库雷，此事我不跟你纠缠。独一神知道，你们这些纳述尔人都是顽固不化的家伙。我甚至认为孔法斯有机会在我儿子失足的地方获得成功，我不会低估那个蛇一样狡猾的家伙——毕竟他在我这里做过四年人质，你记得吗？不过这并不能让玛伊萨内的圣战变成你的工具，我们头顶没悬着你的战锤。"

"但我确实能做到，萨考拉斯。长牙之民不了解你们——甚至还不如玛伊萨内了解。一旦他们知道不但要与你为敌，还要和你的西斯林战斗，圣战军的领袖们就必然签下《条约》。圣战需要一个学派，而这个学派只有我能提供。"

马拉赫原本紧抿的嘴忽然露齿一笑。

不可思议的声音又一次从远方传来："*Hesha*？*Ejoru Saika*？*Matanati jeskuti kah*——"

"什么？皇家萨伊克？你觉得你的沙里亚会用圣战军和你交换皇家萨伊克？玛伊萨内拔掉了你在千庙教会的眼线，对不对？你没发现吗，伊库雷？你没发现你脚下的沙子流得有多快吗？"

"你什么意思？"

"关于你那个该被诅咒的沙里亚的计划，我们知道得甚至都比

乌有王子 * 前度的黑暗

你多。"

瑟留斯朝斯科约斯脸上看去,却只看到担心,而不是盘算时浮现的皱纹。发生什么了?

斯科约斯……告诉我该说什么!他到底是什么意思?

"无话可说了,伊库雷?"马拉赫的声音嗤笑着,"那么再呛你一口吧:玛伊萨内与赤塔签订了契约。现在,赤塔巫师已准备加入圣战了。玛伊萨内有了自己的学派,而且这学派无论人数还是力量都让你的皇家萨伊克相形见绌。就像我说过的,你只是个空架子而已。"

"不可能!"斯科约斯争辩。

瑟留斯转过脸去瞪着老宰相,为对方的鲁莽而震惊。

"这又算什么,伊库雷?你居然让你的狗在桌子边狂吠?"

瑟留斯知道自己应该愤怒,但连斯科约斯都这样失礼,这是……前所未有的。

"他在说谎,人中之神!"斯科约斯喊道,"这是异教徒的花招,想唬骗我们妥协——"

"他们为什么要撒谎?"希默克提尖声道,一心只想羞辱朝堂上的老对头,"你不觉得那些异教徒更希望由我们把持这场圣战吗?莫非你觉得他们想对付玛伊萨内?"

他们都忘了皇帝在场吗?他们说话的方式似乎将他视若无物。他们觉得我无足轻重?

"不,"斯科约斯反驳,"他们知道圣战会是我们的,但不想让我们这样认为。"

一阵冰冷的怒火在瑟留斯心中蔓延开来。今天晚上他想听到很多尖叫。

两个臣子突然想起了自己的身份,又或他们从瑟留斯的神态中察觉到什么,纷纷安静下来。两年前,一个祖姆人带着几只驯虎来

第二卷 皇帝

瑟留斯的皇宫表演。表演结束后，瑟留斯问他为何只用眼神就能指挥那些凶残的野兽。"因为，"巨塔一样的黑人当时说，"它们在我眼中看到了自己的未来。"

"请你原谅我这些热情的仆人。"瑟留斯对西斯林脸上栖居的幽灵说，"不过我向你保证，我是不会原谅他们的。"

萨考拉斯的面孔闪烁了一下又再次出现，就像几道看不见的光束点了点头。这匹老狼肯定在笑。瑟留斯几乎可以看到他把皇宫中这场混乱当笑话讲给帕迪拉贾听。

"那么，我会为他们哀悼。"帕夏说。

"把哀悼留给你的人吧，异教徒。不管是谁控制圣战，你们都将被毁灭。"费恩教面临着被毁灭的命运。虽然希默克提太过放肆，但他刚刚说的是对的。帕迪拉贾希望让皇帝把持圣战，因为和狂信徒没法谈判。

"啊哈，豪言壮语！我终于在和纳述尔皇帝谈话了。那么，告诉我，伊库雷·瑟留斯三世，现在你知道我们双方都是在弱势条件下谈判的。你有什么建议吗？"

瑟留斯停顿了一下，一个冰冷的想法在他心中成形。他总是在最愤怒的时刻才能做出最精明的决断。一个个可选方案在他心中翻腾，但玛伊萨内及其恶魔般的狡诈让大部分计划不堪一击。皇帝随即想到卡摩缪尼斯及其令人憎恶的亲戚——涅尔塞·普罗雅斯，康里亚王位继承人……

他突然有了主意。

"对长牙之民来说，你和你的人民不过是用作牺牲的祭品，帕夏。他们现在说话和行事的方式，就像胜利已被墨水书写在经文中了一样。也许有一天，他们会像我们一样尊重你们。"

"*Shrai laksara kah.*"

"你是说惧怕。"

161

乌有王子 ★ 前度的黑暗

一切都取决于他侄子在北方能有什么进展了。一切。那些预兆……

"我说过了——是尊重。"

第二卷 皇帝

第六章 君纳帝草原

有人说：生出一个人的是母亲，在那之后，养育他的则是大地。大地经过他的身体，每次都会取走一部分，留下一点尘土。到最后，当他不再有母亲的东西，他就成了大地。

——塞尔文迪谚语

……古谢伊克语，也就是纳述尔帝国的统治者和神职人员的种姓所使用的语言中，"塞尔文"的意思是"灾难"或"毁灭"，就好像塞尔文迪人的地位不再是一个民族，而是一个定理。

——杜萨斯·阿凯梅安，《第一次圣战简史》

长牙纪4110年，初夏，君纳帝草原

奈育尔·厄·齐约萨看到部族之王和其他人挤在山脊上，观察赫桑塔山脉的全景，以及山脚下纳述尔军的营地。他勒住灰马，从远处打量他们，心里如有铁锤敲打，血液似乎变得黏稠起来。有那么一阵，他感觉自己就像一个被兄长和他们的狐朋狗党排挤在外的小孩，似乎在风中听到了那些人的嘲笑。

他们为何这样羞辱我？

他不是小孩。他是乌特蒙部落的酋长，是经历过无数血战的塞尔文迪老战士。他已活过四十五个夏天，拥有八个妻子、二十三个奴隶和三百多头牛。他是三十七个儿子的父亲，其中有十九个是纯血。他手臂上有超过两百条"斯瓦宗"——象征胜利的疤痕——代表了两百余名死去的敌人。他是奈育尔,骏马与战士的粉碎者。

我可以杀死他们中的任何人——把他们砸成血淋淋的肉块!——他们却这样冒犯我,我做了什么?

但和每一个杀人者一样,他自己知道答案。他的愤怒不是因为他们遗忘了他,而是他们明知他的存在,仍对他视若无睹。

积雪盖顶的山脊间,阳光给聚集在一起的酋长们洒下一层淡淡的金色。他们看上去像是来自不同时代不同国度的战士——惟一的相似处是戴着长钉的基安战帽,证明都是参加过泽克尔塔之战的老兵——有人炫耀着古老的鳞甲,有人穿着锁甲或铁甲,手工风格各不相同,都是从早就死掉的因里教王公贵族身上扒下的战利品。只有他们布满疤痕的手臂、石头般的面孔以及长长的黑发证明他们是战争之民——塞尔文迪人。

森努瑞特,公选出的部族之王,坐在他们当中。他的左臂支在大腿上,显出专横的样子,右臂遥指远方。顺着他指的方向,侧近的一名骑兵拉开了弓。奈育尔瞥见一支桦木箭划过天空,消失在离河岸还有一半距离的长草中。他知道,这是在测距,也就是说他们已经计划攻击了。

但我还没到呢。他们真的只是忘记了吗?

奈育尔一边咒骂,一边催促坐骑朝他们跑去。他的脸一直朝向正东方,不去理会那些人得意的笑容。基育斯河从谷底流过,除了浅滩处的急流呈现霜样的白色之外,其他地方的水都是黑的。虽然离得很远,他仍可看到纳述尔军沿河岸一字排开,有人在砍伐河边剩下的白杨树,并用马队拉向远方。椭圆形的皇家军营在山脚下,离河岸约有一里多,筑着土墙及木篱笆,里面是数不清的帐篷与马车。忆者称那座山为"萨克苏塔",意为"两头公牛"。

若是三天前,看到这一幕他会又惊又骇。纳述尔人的入侵已令

第二卷 皇帝

人不能忍受了,他们居然打算栽下桩子、筑起寨墙?

但现在,这一幕却给了他不祥的预感。

他紧咬牙齿,闯进他的同僚酋长们当中。

"森努瑞特!"他大喝道,"为什么没人叫我来?"

部族之王咒骂了一句,扭动身下那匹杂色马来面朝奈育尔。晨风吹皱了他的基安战帽上平滑的狐狸毛。他带着毫不掩饰的蔑视看了奈育尔一眼:"你和其他人一样都被召唤了,乌特蒙人。"

奈育尔五天前见过森努瑞特,当时他带领乌特蒙部落的战士刚刚赶到。两人当即互相表示了不满,就像追求同一个女子的两个男人一样。奈育尔毫不怀疑,森努瑞特的蔑视来源于对他父亲很久之前死因的恶意中伤,但他没能找到自己的憎恶的源头,也许他只是单纯地用蔑视还击蔑视——或是因为森努瑞特那身羊皮外衣上的丝绸流苏,或是他微笑中与生俱来的虚伪。仇恨本无需理由,世上的仇恨太多,彼此仇视太容易了。

"我们不该出击。"奈育尔直率地说,"这是血气方刚的愚蠢行为。"

敌对情绪悬在空中,像晨雾中的麝香一样。其他酋长都在打量他,努力藏起脸上表情。他们肯定也听过那些传言,但奈育尔胳膊上的道道疤痕却提醒他们要保持敬意。奈育尔知道,他们中任何一个人杀过的敌人都不如他一半多。

森努瑞特往前倾了倾身,朝长草间啐了一口——非常无礼的行为。"愚蠢?纳述尔人在我们神圣的土地上撅着屁股拉屎撒尿,乌特蒙人。你要我怎么做?谈判还是投降?去给孔法斯纳贡?"

奈育尔考虑了一下是否定这个人,还是反驳他的计划。"不。"他决定还是用理智的发言,而非激烈的抨击,"我希望我们等上一段时间。我们已把伊库雷·孔法斯——"他抬起一只宽厚的手,握掌成拳,"困住了。他的马匹需要肥美草料,而我们的不

乌有王子 * 前度的黑暗

需要；他的士兵习惯了住有屋顶的房子，习惯了床上有枕头，习惯了饭菜有酒，被窝里有女人，而我们在马鞍上都能睡着，只需用马血就能果腹。相信我，过不了多久，野狗会在他们心中奔腾，豺狼会在他们胃中嗥叫。他们会感到又惧又饿，土木要塞在他们心中将成为囚笼。很快，绝望会驱使他们奔赴战场——我们选择的战场。"

酋长们中间响起一阵低声私语。奈育尔的目光在一张张面孔上扫过。有些面孔还很年轻，写满嗜血渴望；但大多数面孔上都有在诸多战役中积累的智慧——年长的面孔，就像他自己。这些人活过了毛躁的青年时代，但力量仍处于巅峰，他们能听出奈育尔话中的智慧。

不过森努瑞特不为所动："一直这么讲究战术，嗯，乌特蒙人？告诉我，奈育尔·厄·齐约萨，如果你走进自己的营帐，发现有男人在侵犯自己的女人，你会采取什么战术？你会在外面埋伏，以确保成功吗？你会等他们亵渎了炉床和子宫之后再动手吗？"

奈育尔嗤笑一声。他这才发觉森努瑞特的左手少了两根手指。这傻瓜是不是连弓都不能拉？"赫桑塔山脚下和我的营帐里是两码事，森努瑞特。"

"真的吗？忆者是这样告诉我们的？"

奈育尔吃了一惊。不是因为对方突然变狡猾了，而是因为自己低估了对方。

森努瑞特的眼睛闪着胜利的光："不。忆者告诉我们，战争是我们的炉床，大地是我们的子宫，天空是我们的营帐。我们被侵犯了，就像孔法斯侵犯了我们的女人、砸碎了我们的炉石一样。侵犯，亵渎，羞辱，我们现在不需要计较战术，乌特蒙人。"

"我们在泽克尔塔对费恩教徒的胜利该怎么说？"奈育尔问。这些人八年前大都在泽克尔塔战斗过，而他在那里亲手击杀了基安将军哈斯金内。

"什么怎么说?"

"我们在基安人面前退却了多远?我们放了他们多少血,才发动反击?"他朝森努瑞特露出骇人的微笑,这笑容经常让他的妻子们吓得流泪。部族之王僵住了。

"但那是——"

"那是不同的事吗,森努瑞特?一场战争像营帐,另一场就不像了?在泽克尔塔,我们展示出耐心。我们等待,通过等待,摧毁了强敌。"

"这不单是等待的问题,奈育尔。"第三个声音说。是"独眼"奥克奈,草原中部强大的蒙努亚第部落的酋长。"问题在于我们需要等待多久。旱季快到了,我们这些从草原中心来的人必须把牧群赶到夏天的草场去。"

许多人呐喊赞同,似乎这是第一句合乎情理的话。

"确实如此。"森努瑞特补充道,意料之外的支持让他振奋,"孔法斯这次有备而来,他的辎重队比他的军队人数还多。你觉得需要多久才能让野狗与豺狼啃噬他们的心和胃?一个月?两个月?六个月?"他转向其他人,迎接他的是此起彼伏的低声赞同。

奈育尔抬起一只手,在自己头皮上摩挲,试图从周围人群中分辨出几张有敌意的面孔。他理解他们的担心,他也有同样的顾虑。离开部落太久会造成许多危机:未受管束的牧群可能遭到狼群、瘟疫乃至饥饿的侵袭,此外还要加上奴隶反叛,妻子出轨。草原北方边陲的部落——比如他自己的——还面临斯兰克进袭的危险,若发生这种事,他必须迅速返回。

他转向森努瑞特。现在他才明白,攻击决定并非森努瑞特强加于人。大家明白仓促行动不够明智,却只想让战争尽快结束,比泽克尔塔那次要快得多。但纳述尔人究竟是为什么出击呢?

乌有王子 ✶ 前度的黑暗

所有眼睛都盯着他。"怎样?"森努瑞特问。

伊库雷·孔法斯是有意这样做吗?不同的季节草原人有不同的需求,这不是什么秘密。莫非孔法斯精心选择了出兵时机,赶在夏天的旱季到来前几周向他们进攻?

想到这点,奈育尔眼前一阵发花。突然间,他来这里的路上看到、听到的一切都有了不同意义:帝国军鸡奸塞尔文迪俘虏,侮辱使节,甚至连厕所的位置都是精心设计——一切都在于激怒草原人,让他们主动进攻。

"为什么?"奈育尔突然问,"为什么孔法斯要带上这么多补给?"

森努瑞特哼了一声:"因为这里是草原,无法征粮。"

"不。因为他想和我们比耐性。"

"没错!"森努瑞特高喊,"他想等待部落联军由于饥饿而解体。这就是为什么我们必须立刻进攻!"

"解体?"奈育尔叫喊,他的洞察居然如此轻易就被扭曲了,这让他非常气馁,"不!他想等到饥饿或骄傲逼迫部落联军进攻他!"

这鲁莽的说法在旁观者中引发了一阵吼叫。森努瑞特哈哈大笑,摆出一副后悔莫及的姿态,好像自己之前把一个小孩当成了智者。"你们乌特蒙人住得离帝国太远了,"他像在迁就傻瓜一样,"也难怪你不了解帝国的政策。你不知道,伊库雷·孔法斯的名声越来越响,已引得他那当皇帝的叔叔忌恨了。你以为伊库雷·孔法斯是被派来这里征服我们,事实上他是被派来送死!"

"你在开玩笑吗?"奈育尔忿忿地喊道,"你没看到他的部队吗?他们的精锐骑兵,他们的诺斯莱辅助部队,几乎每一个帝国军团,甚至皇帝本人的近卫军都来了!他们掏空整个帝国才集结起这支远征军。为这支大军,他们不知道签署了多少条约,许诺了多少

第二卷 皇帝

金银财宝。这是一支前来征服的军队，决非葬礼的仪仗队……"

"去问忆者吧！"森努瑞特打断他，"其他皇帝也做过这样的牺牲，甚至更多。瑟留斯必须骗过孔法斯才行，不是吗？"

"呸！你还说乌特蒙人不了解帝国！纳述尔帝国处在包围之中，他们根本承受不起这种损失。"

森努瑞特从马鞍上又往前探了一截，扬起拳头摆出威胁的架势，他眼睛放光，眉毛拧得更紧，鼻头大张："这不正是我们就地摧毁他们的最好理由吗！之后我们可以一路杀到大海，像祖先们做过的那样！我们可以推倒他们的神庙，屠杀他们的儿子，强暴他们的女儿！"

让奈育尔担忧的是，周围人赞同的喊声有如礼炮在清晨的空气中炸响。他用充满杀意的眼神让他们沉默下来："你们的狗眼都被酒泡瞎了吗？摧毁纳述尔的最好机会！你们觉得如果孔法斯现在在我们中间，他会怎么做？他会——"

"会从屁眼里把我的剑拔出来！"有人喊道，引发了一阵高亢的笑声。

奈育尔觉察到，这笑声透出的不是幽默，更非友谊，不过是一群人可以一起嘲弄一个人，目标一致。他的嘴唇挤出一丝狞笑。目标一致。不管他多少次证明自己的勇武与智慧，他们却在许多年之前就下了评判——认定他不足以与他们为伍。

然而生命不息，评判不止……

"不！"奈育尔咆哮，"他会嘲笑你们，跟你们嘲笑我一样！他会说，了解一条狗才能把它揍服，而我了解这批狗！比他们自己更了解！"他的话语和表情带上了一丝悲哀，他努力将之压下去，"听着。你们必须听我说！孔法斯赌的正是我们这样的会议，他赌的是我们的傲慢，是我们的……思维定式。他在尽一切努力激怒我们！你们看不到吗？是我们给予了他在战场上的才能，但我们也能

乌有王子 * 前度的黑暗

让他变成傻瓜。我们只需做一件事,他所畏惧的事,也是他费尽力气想避免的事。我们等待!等待他到我们面前来!"

森努瑞特之前一直专心看着他,眼神中充满洋洋自得的喜悦,现在他嘲笑道:"人们叫你'屠人者'奈育尔,是因为你在战场上的勇猛,是你对神圣的杀戮永不停歇的饥渴。但是现在——"他责怪般摇着头,"你的饥渴哪去了,乌特蒙人?我们是不是该叫你'拖延者'奈育尔?"

又一阵撕心裂肺的笑声,更响亮,也更粗俗。像是普通人发自肺腑的笑,却又染上了令人难以忍受的幸灾乐祸,好像凡人看到伟人倒下时的狂喜。奈育尔耳朵里嗡嗡作响,大地与天空皱缩起来,直到整个世界变成一张露出一口黄牙的大笑的脸。他感到自己心中有什么在搅动,他的第二灵魂,那个可以用鲜血蒙蔽太阳、涂满大地的灵魂。他们的笑声在他骇人的表情前退缩了,被他视线扫过的人甚至连假笑都不敢留下。

"明天,"森努瑞特宣布,他紧张地拉着自己的杂色马,转向远处的纳述尔营地,"我们将把一整个国家献祭给死去的神,明天我们将把一个帝国送上刀口!"

数不清的骑手在木马鞍上摇晃,不紧不慢地走在草丛中。沾满晨露的长草灰蒙蒙的,带着透骨寒意。泽克尔塔之战过去八年了,在这八年中,奈育尔从没看到这么多草原人集结在一起。大批牧民随酋长前来,遮蔽了方圆近一里的山坡和高地。人群举起长枪,长枪上有几百个不同的马皮标志,标志出草原上不同的部落和部落联盟。

好多人!

第二卷 皇帝

伊库雷·孔法斯知道自己做了什么吗？塞尔文迪人易分不易合，除开在边境上例行公事般掠夺纳述尔帝国，大部分时间都用于自相残杀。草原人对旷日持久、两败俱伤的战事有着偏执般的喜爱，而这是帝国最有力的防御屏障，比高耸云天的赫桑塔山脉还管用。但如今孔法斯主动侵入草原，把草原人紧紧捏合到一起，让帝国面临一代人以来最大的危机。

是什么激励着他们冒这样的险？伊库雷·瑟留斯三世无缘无故地将整个帝国赌在他少年老成的侄子身上。孔法斯对他做出了怎样的承诺？是什么样的环境促使他做出这等事？

一切都不像表面上那么简单，至少这点他可以肯定。但看着草地上的装甲骑兵，他不由觉得自己的担心有一些多余。视线所及之处，都是阴沉着脸、跃跃欲试的骑兵，圆盾上钉着皮毛，战马马裙上装饰着抢来的纳述尔人与基安人的钱币。数不清的塞尔文迪人在几天之内集结到一起，严苛的草原气候和永无休止的战争将他们锤炼成可怕的战士。现在他们像传说中那样团结起来了，孔法斯有什么希望？

纳述尔人的号角在山脚下吹响，人马都被惊得一震。所有人都望向遮掩住峡谷的那道长山脊。奈育尔的灰马喷了喷鼻息，腾跃起来，笼头上用作装饰的皮带甩得啪啪直响。

"很快，"他低声说，用坚定的手按住战马不安分的脑袋，"很快就能开始疯狂了。"

在奈育尔的记忆中，大战前的几小时最令人无法忍受。每次发现自己能坚持下来，都让他惊讶不已。有时想到即将发生的残酷景象，他会像刚与死亡擦肩而过般呆立原地。但这样的时刻总是非常短暂，大体来看和平时没什么区别——也许更紧张一些，有时穿插着瞬间的憎恨与恐惧——十分乏味。他不断提醒自己，疯狂的时刻马上就要到来了。

乌有王子 ★ 前度的黑暗

奈育尔是自己部落中第一个爬上山脊的人。冉冉升起的太阳从两座门牙状的山头中间照来，让他们一时无法视物。过了好一阵，奈育尔才分辨出远方帝国军的战线。河岸与纳述尔筑垒营地间的空地上，步兵方阵分段排开，骑射手散布在步兵阵线之前参差的坡地上，准备袭扰任何横渡基育斯河的塞尔文迪人。就像和古老的敌人打招呼一样，纳述尔人的号角又一次鸣响，颤抖的声音穿过清晨阴冷的空气，军阵中传来雄浑的战吼，接下来是长剑击打盾牌发出战鼓般的回响。

其他部落纷纷在山脊上集结，奈育尔手搭凉棚，端详纳述尔阵地。他们占据了河岸之外的空地，并没沿着河东岸列阵，这倒没让他惊讶，不过他猜想森努瑞特和其他人一定在手忙脚乱地改变部署。敌人阵形的厚度非同寻常，他试着想数清排数，却感觉很难集中精神。这一看似荒唐的局面沉沉地压在他身上。这怎么可能？一个帝国怎能就这样——

他低下头，揉捏后颈，开始冗长的自责，每当想到心中那桩愧事，他总会这样。通过灵魂之眼，他又看到了齐约萨——他的父亲——黑着脸在淤泥中窒息身亡。

再抬起头，他心绪平静无波，脸上也没了表情。孔法斯。伊库雷·孔法斯才是接下来的重点，而不是奈育尔·厄·齐约萨。

一个声音在身边响起，吓了他一跳。是班努特，他亡父的兄弟。

"他们为何把军队布置在离营地这么近的地方？"老战士清清喉咙——就像马嘶声，"我还以为他们会利用河流来挡住我们的冲锋。"

奈育尔又转过去打量帝国军，想到迫在眉睫的浴血战斗，不禁有些头晕目眩，四肢飘忽："因为孔法斯需要一战定胜负。他希望把我们拖到河对岸，压缩我们的机动空间，逼迫我们全力出击，分出胜负。"

"他疯了吗?"

班努特说得有理。若孔法斯觉得他的人马可以在持久战中占上风,那一定是疯了。八年前在泽克尔塔,基安人绝望之下下过同样的赌注,结果收获了灾难。战争之民绝不会溃退。

他周围的族人发出一片笑声。奈育尔猛地回头。在笑他么?有人在嘲笑他?

"不。"他不动声色地说,越过班努特的肩膀看着后面那些人,"伊库雷·孔法斯肯定不是疯子。"

班努特啐了一口——这是对纳述尔大统领的态度,至少奈育尔是这么想的。"说得好像你认识他一样。"

奈育尔盯着老人看了一阵,想从其语调中解读出厌恶。某种意义上,他确实认识孔法斯。前一年秋天袭击帝国时,他俘虏了许多纳述尔士兵,他们用敬仰的语气把这个大统领夸得天花乱坠,引起了奈育尔的兴趣。用火炭严刑逼供后,他了解到许多关于伊库雷·孔法斯的事,包括他在加里奥斯战争中的精彩表现、他大胆的战术及新奇的训练手段。这些足以证明,此人与奈育尔此前在战场上遇到的对手完全不同。但干吗和班努特这样的老毒蛇浪费口舌呢?老家伙一直不肯为父亲的死原谅他。

"骑马去找森努瑞特。"奈育尔下令。他知道部族之王不会给乌特蒙部落的信使好脸色看,"看看他准备怎么做。"

班努特没上当。"我要带约萨卡去。"他嘶哑地说,"他在刚过去的春天娶了森努瑞特的一个丑女儿,带他同去也许会让部族之王想起自己的慷慨。"他又啐了一口,好像要强调自己的想法一样,然后催马从附近的乌特蒙人中间穿过。

奈育尔骑在马上愣了很久,麻木地盯着脚下摇晃的几株紫色三叶草,蜜蜂在草丛中绕个不停。纳述尔人仍在远处敲打盾牌,太阳

乌有王子 ★ 前度的黑暗

将整个峡谷拥入火热的胸怀,马匹不耐烦地踩踏地面。

更多号角声响彻两军之间的空地,随即纳述尔人停止了喧哗。他身后的族人间的低语声变大了,逐渐燃起的怒火挤走了他心中的悲痛。他们交头接耳,却从不和他说话,就好像他是他们中的一具死尸。他想起了自己在父亲死后第一年杀的那些人,那些想要夺走酋长的白色大帐来羞辱他的乌特蒙人——七个堂兄弟,一个叔叔,还有两个亲兄弟。郁积的仇恨从他心中溢出,但他不会向这仇恨屈服,不管他们给他多少侮辱,不管他听到多少窃窃私语,看到多少警惕的眼神。他可以杀死任何人,不管敌人还是族人,但他绝不会投降。

他又把视线转向孔法斯的军队。多么令人悚然的景色。

今天你会死在我手上吗,大统领?我想是的。

突然爆发的喊声把他的注意力吸引到左边。越过如林的武器和马头,他看到森努瑞特的旗帜朝天空挥舞。染色的马尾大旗一起一伏,这是缓慢推进的信号。北边很远的地方,成群的塞尔文迪人开始列队下山坡。奈育尔朝自己的部落大喊一声,策马向河滩跑去。三叶草被踩碎,蜜蜂四下飞逃,露水早就蒸干,长草划过马腿,空中可以闻到渐渐热起来的尘土味道。

塞尔文迪诸部逐渐包围了东岸河谷。奈育尔越过冲积平原上的灌木丛,瞥见班努特和约萨卡在空地上朝他跑来,皮质弓套在腰上摇晃,盾牌上下颠簸拍打马臀。他们跳过几株灌木,班努特险些被一条小沟绊得摔下马。不消片刻,他们来到奈育尔面前。

不知为什么,他们的神色看上去比平时更加不安。约萨卡朝班努特使了个诡秘的眼色,然后不带任何感情地看向奈育尔:"我们的任务是占领最南端的河滩,然后在敌人的左翼面对纳述雷特军团展开阵形。如果孔法斯在我们集结完毕前出击,我们就往南撤,继续骚扰他们的侧翼。"

第二卷 皇帝

"这是森努瑞特亲自吩咐的?"

约萨卡小心地点点头。班努特眨了眨眼,浑浊的眼神中闪着恶毒而得意的光。

奈育尔随马匹的步伐摇晃身子,凝望基育斯河对岸,仔细打量帝国军左翼的鲜红旗帜。他很快发现了纳述雷特军团的军旗:纳述尔帝国的黑太阳,被一只雄鹰的翅膀一分为二,下面写着金色的谢伊克语数字:九。

班努特又清清嗓子。"第九军团,"他用赞许的口气说,"部族之王给了我们荣誉。"虽然传统上这个军团是驻守帝国与基安边境的,但传言一直说纳述雷特军团是帝国军精锐中的精锐。

"是荣誉,还是打算害死我们?"奈育尔更正。也许是因为昨天两人口头上互相为难,今天森努瑞特想在战场上为难他一次。

他们都希望我死。

约萨卡轻蔑地嘟哝了几句,踢马跑开。也许他是要去找更有荣誉感的伙伴吧,奈育尔心想。班努特仍留在奈育尔身边,一句话也没说。

基育斯河离他们越来越近,已经可以闻到河水从山顶冰川上带下来的气味了。塞尔文迪人的队列中分出若干小分队,从河流的几处浅滩涉水而过。奈育尔忐忑不安地看着这些队伍,透过他们的命运,可以大致掌握孔法斯的战略意图。河对岸的纳述尔射手在第一批骑兵的冲击下后退,接着被一阵齐射击溃,拔腿狂奔。塞尔文迪军紧紧压上,直冲向帝国军本阵,然后调转马头,沿与纳述尔阵线平行的方向飞奔,在颠簸的马背上射出如云的箭矢。越来越多的部队加入他们,塞尔文迪人只靠马刺、叫喊以及膝盖的动作指挥坐骑。不一会儿,已有数千人在帝国军阵前纵马狂奔。

奈育尔和他的乌特蒙战士在这些人的掩护下渡过了基育斯河,在河对岸留下一片水迹,然后纵马奔向纳述雷特军团对面的阵地。

乌有王子 * 前度的黑暗

奈育尔知道，过河之后到排好阵形之前这段时间最关键，他一直等待着纳述尔人吹响进军号。但大统领约束着麾下各军团，任凭塞尔文迪人在河岸上结成庞大的新月阵。

孔法斯在想什么呢？

河岸上有一片参差不齐的草丛，就像少年脸上的胡须。草丛对面，帝国军在严阵以待。奈育尔的视线扫过一排排扛盾的士兵，他们每个人都穿着带有军徽的沉重铠甲、红色皮革战裙和钢铁加固、链甲包边的头盔。数不清的无名士兵，很快就要死在他们的马蹄下。

雄浑的号角响起。成千上万柄长剑的撞击声汇成一声巨响。紧接着，战场上出现了一瞬间不可思议的沉寂，仿佛所有人同时吸了口气。

河谷中扬起微风，马味、汗湿的皮革、没洗澡的人，所有气味混杂在一起。剑鞘拍打马具发出急不可耐的叮当声，提醒奈育尔他自己也装备着盔甲。他抬手——感觉轻得像充气水囊——整了整白色瓷釉战盔，这是他在泽克尔塔击杀哈斯金内的战利品，又紧了紧束胸锁甲里的环衬。他在马鞍上拧腰活动筋骨，也是缓解心中的紧张情绪。接着，他低声念了几句给死去的神的祷词。

各大部族间靠马尾旗交换指令，看到指令后，奈育尔向族人们高声下令。第一波枪骑兵在他身边列好阵形，大家把盾牌架在脖子下面。

奈育尔感觉到班努特看着自己，于是转身回望。对方的表情让他不安。

"你，"老战士说，"你今天将接受评判，奈育尔·厄·齐约萨。生命不息，评判不止。"

奈育尔愣了一下，无法控制心头的愤怒与惊讶："叔叔，这不是揭旧伤疤的地方。"

第二卷 皇帝

"我觉得没有比这更好的地方了。"

焦虑、怀疑及不祥的预兆一起涌来。不过没时间了，散兵们已经退走，远处，一排排骑兵从大部队中脱离，朝帝国军的方阵冲去。礼拜的时刻到了。

奈育尔发出一声大喊，带领乌特蒙人加快前进速度，感觉仿佛从悬崖上坠下，被某种类似恐惧的感觉紧紧抓住。须臾之间，他们已进入纳述尔弓箭手的射程。他又一声高呼，身边的枪骑兵开始全速冲锋，同时用肩膀和马鞍上的尖角把盾牌立了起来。他们冲过一排木头堆成的拒马桩，第一波箭雨呼啸着在他们中间落下，发出刺耳的破风声，重重地撞在盾牌、地面及血肉上。一支箭擦过他肩膀，另一支则把他盾上蒙的薄皮划了一指长的口子。

他们咆哮着飞驰过平坦的草原，发起致命的最后冲刺。更多箭矢落在他们当中，削减了他们的人数。马匹嘶鸣，箭镞不断撞击的叮当声，然后就只能听到上千只马蹄踩在草地上的隆隆声了。奈育尔低下头，看着纳述雷特军团的步兵们绷紧身子，端平长枪。那长枪比他见过的任何武器都要长，使他呼吸急促，但他把马催得更快，握紧手中骑枪，发出乌特蒙人的战吼。他的族人回应着他，空气在颤抖："战争与礼拜！"丛生的长草与野花被他的马蹄踏碎，长枪、盾牌和士兵组成的长墙朝他涌来。他的部落与他一起冲锋，如同两条张开的巨臂展开队形。

他的战马被当胸刺中，人立而起，跌翻在草丛中。他摔到地上，和马腿撞在一起，肩膀和脖子都扭到了。他感到瞬间的迷糊，四肢无法动弹，一道巨影朝他压来，他缩了缩身，但什么都没发生。然后他站起来，扔掉盾牌，拔出阔剑，努力想看清身边混乱的情况，在触手可及的地方，一匹无人骑乘的马狂躁地兜了个圈，朝纳述尔人踏去，但转眼间就被长枪戳死了。纳述尔阵中人与人靠得极近，就像被钉子钉在一起。

乌有王子 ★ 前度的黑暗

敌人的阵形几乎没受到破坏,他们展示出顽强的军人素养。乌特蒙人的冲击显得杂乱而薄弱,没上色的皮甲和抢来的铠甲与对方的装备相形见绌。奈育尔两侧的族人一个接一个地倒下。他看到乌克尤尔,他的堂弟,被长钩从马上钩了下来。他看到侄子马鲁第在挥舞的长剑下奋力挣扎,仍然高喊着乌特蒙人的战吼。到底有多少人倒下了?

他朝身后广阔的空地看去,期待第二波乌特蒙枪骑兵的到来。但除了几匹没人骑的马跛着脚跑回河滩之外,战场上空无一人。他远远地看到自己的部落仍然盘桓在出发的位置,遥望着本该骑马冲锋的目标。发生什么了?

背叛?

背叛!他朝班努特看去,发现他蜷曲在附近长草中,在胸腹间摸索,就像捧着件玩具一样。一个纳述尔人从旁跌跌撞撞走向他,抽出短剑,照他的喉咙捅去。奈育尔从地上抄起一支沉重的标枪挥手掷出。那士兵看到了他,愚蠢地举起盾牌,标枪刺穿了盾牌上部,重量把盾牌压低了。奈育尔朝他跳去,抓住标枪杆,连盾一起压下,将对方推得侧倒在地。步兵手脚并用想爬起来,但奈育尔已举起手中阔剑,下一瞬间将其变为了地上的无头尸。

奈育尔抓住班努特的颈甲,把他拖到稍微安全一点的地方。老战士喉头咯咯有声,血从嘴唇间冒出。"森努瑞特不会忘记约萨卡为他做的事!"他叫道。

奈育尔盯着他,心头涌起恐惧:"你们做了什么?"

"我们要杀死你!杀死弑亲者!一个流眼泪的鸡奸者却想做我们的酋长!"

号角的鸣响盖过了吵闹。奈育尔的心跳似乎停了一拍,他在班努特灰白的脸上看到了父亲的面容。但齐约萨并不是这样死去的。

"我那天晚上看到你!"班努特喘息着说,他的声音在痛苦中

第二卷 皇帝

变得尖厉,"我看到——"他身体一阵痉挛,他边颤抖,边痛苦地咳嗽,"看到了过去三十年的真相。我把它们都讲出来了!乌特蒙人终于可以摆脱你带来的耻辱了!"

"你什么都不知道!"奈育尔喊道。

"我什么都知道!我看到你看他的眼神。我知道他是你的爱人!"

爱人?

班努特的眼睛开始变得混浊,就像正看着什么深不见底的东西。"你的名字是我们的耻辱,"他说,"以死去的神的名义,我要清除这耻辱!"

奈育尔感觉自己的血变得像砂石一样。他转过身去,眨了眨眼睛忍住泪水。

哭泣者。

越过一排扭曲的人影,他瞥见萨库斯,一个从小一起长大的朋友,正被人立而起的坐骑掀下。他还记得和对方一起在夏日晴空下刺鱼,还记得……

不。

鸡奸者。他们是这么想的吗?

"不!"他怒吼着,转回去看班努特,古老的钢铁般的愤怒终于又回到他身上,"我是奈育尔·厄·齐约萨,骏马与战士的粉碎者!"他将剑插在草地上,抓住震惊不已的老人的脖子:"没有人杀死的敌人比我多!没有人身上有我这么多神圣的疤痕!评判耻辱与荣耀的是我,评判你的是我!"他叔叔发出窒息的咳喘,用沾满鲜血的手掌拍打他,接着身体松弛下来。他勒死了叔叔,就像勒死奴隶生下的女童一样。

奈育尔拔出阔剑,跌跌撞撞地迈过叔叔的尸体,茫然四顾。眼前这片平地上到处都是人与马的尸体,乌特蒙的骑兵队只剩下一些

乌有王子 * 前度的黑暗

没有马的骑手,三五成群地要逃离步兵阵参差的人墙。有些人在朝远方的族人高喊,发觉自己已经进退两难;有几个无耻的胆小鬼扔下武器逃了;余下的都聚在奈育尔身边。

帝国军官的叫喊盖过了战场的喧闹,纳述尔方阵开始前进。奈育尔张开左臂,摆出战斗的架势。他将阔剑高举,直到血淋淋的剑身挡住了阳光。纳述尔步兵们踏过倒下的尸体,他们的盾牌上绘着黑色的太阳,每个人脸上都带着严肃而欣喜的神情。奈育尔看到一个人用长枪挑开班努特的尸体。军官们又发出指令,嘶哑的声音伴着号角粗犷的响声传来,最前面的三排步兵开始冲锋。

奈育尔蹲下身,挥剑劈向头一个冲向他的人。武器直击其人由胫甲保护的胫骨,那蠢货倒了下去。他踢开那人的盾牌,把剑从对方盔甲腋下缝隙中猛地刺进,心头一阵狂喜。然后他拔出阔剑,舞出一个半圆,挥向下一个人,穿过盔甲击碎了锁骨。奈育尔高喊着,举起布满疤痕的手臂,每一道疤痕都象征着他血淋淋的过去。

"还有谁?"他模仿敌人那女人一样的语言咆哮着,"谁来做匕首,为我的手臂添上下一道疤?"

第三个人倒下了,大口大口地呕出血。但更多敌人朝他涌来,领头的军官眼神刚硬如石,每挥一剑都在咆哮:"死吧!"奈育尔成全了他,将他的下颚连着半副牙齿一起削掉。其他人没有退缩,而是举起长枪与盾牌将他包围。另一个军官向他冲来,那是个年轻贵族,盾上镶着比亚希家族的纹章。奈育尔可以在他眼中看到恐惧,对方知道眼前这个魁硕的塞尔文迪人绝非凡人。奈育尔把对手的短剑从其女子般纤秀的手中打飞,猛然一脚将其踢翻在地,挥剑刺下。男孩仰天摔倒,尖叫着用手压住下身流出的鲜血,就像着火了一样。

对面的士兵开始互相推搡,离得越近的越急着躲开他。"你们那些强大的勇士在哪里?"奈育尔高喊,"让我见识一下吧!"

第二卷 皇帝

压倒一切的仇恨灼烧着他的四肢,一个个敌人在他面前倒下,无论强弱都没分别。他像一个疯子一样战斗着,一剑剑砍在盾牌上,直到对方手臂折断;一拳拳打在人身上,直到对方跌倒在地,口吐鲜血。

一道道不断推进的步兵线吞没了他们,但奈育尔和他身边的乌特蒙人仍在不断杀戮,脚下草地已变成吸足鲜血的污泥,堆满敌人的尸体。纳述尔人的冲击弱下来,他们后退了许多步,在乌特蒙酋长面前留出空地。他还剑入鞘,跃过面前堆积的尸体,抓住一个掉队伤兵的喉咙,捏断了喉管。他咆哮着,将这具还在不断抽搐的尸体高举过头。

"我是收割者!所有人都由我评判!"他高喊着,将尸体摔在脚下,"你们中就没一个有种的人吗?"他啐了一口,嘲笑在震惊中沉默了的敌人,"一帮臭女人。"他甩掉长发上的血,又一次举起阔剑。

恐慌的喊叫从纳述尔阵中响起。有几个士兵被他可怕的面孔吓得失去理智,转身就跑,却撞上身后的同伴。马蹄声隆隆传来,盖过了这边战斗的喧闹,所有人都转过头,原来后续的乌特蒙骑兵终于冲进了步兵队伍中,有的纳述尔人被长枪刺穿,有的被马踏倒。接下来是短暂的搏斗,奈育尔又打倒两人,手中阔剑卷了刃,像一根削尖的铁管。纳述雷特军团的士兵纷纷扔下武器和盾牌开始逃跑。

奈育尔和他的族人们发现自己成了战场的主人,鲜血从他们全身上下的伤口中流出。"咿呀呀呀!"眼看一个又一个步兵队四散溃逃,他们高喊,"战争与礼拜!"

奈育尔没理会溃兵,而是快步跑到一个小土丘顶上,俯瞰整个河谷。灰尘、浓烟、数以万计交战中的人。这副残暴而宏伟的景象让他一时忘了呼吸。战场最北端有几支塞尔文迪骑兵队,他们被团

乌有王子 ★ 前度的黑暗

团灰尘笼罩,正来回冲击一个被孤立的纳述尔军团。成群骑兵跟随蒙努亚第部落的马皮旗帜,穿过那个被孤立的军团和纳述尔中军之间的缝隙,朝东边冲去,追逐着逃兵。奈育尔起初以为那些逃兵正朝大本营逃跑,细看才知并非如此。大营已被点着了,奈育尔看到纳述尔人的奴隶、祭司及随军匠人摇晃着从营地栅栏上跌落。有人已在营门口插上普利特部落的旗帜,那是居住在最南方的塞尔文迪部落。事情进展太快了……

他掉头查看战场中央的疯狂景象。两军之间的长草被点燃了,透过浓烟他看到森努瑞特的阿昆尼霍部落被逼着朝河岸后退,背后就是闪烁的基育斯河,近卫军及另一个他无法辨认旗号的军团从各个方向朝他们攻击。在他的位置与森努瑞特背水一战的阵地间狭长的空地上,横陈着无数人与马的尸体。库约提部落呢?阿尔库希部落呢?奈育尔的视线转向西边,看往河对岸——这是错误的方向——却看到起伏的山脊上有战斗发生。他看到齐德鲁希军团——帝国精锐的重骑兵军团——正将一队塞尔文迪人分割碾碎。他看到奈布里坎部落的骑兵——帝国的诺斯莱辅助部队——消失在北方极远处一道山脊后,而两个步兵方阵保持着完美的阵形,紧跟在他们后面,其中一支打着纳述雷特的旗号——

这怎么可能?他的乌特蒙部落刚刚消灭了纳述雷特军团,不是吗?况且,齐德鲁希军团不是在纳述尔军右翼吗?那是克泰人阵中最光荣的位置,他们对面是普利特部落……

他听到族人高喊他的名字,但没理会。孔法斯究竟在做什么?

一只手落在他肩上。是巴莱特,他第二个妻子的长兄,他一直都很尊敬的人。那人的护胸甲已被砍断,只有一边还悬在肩膀上,他仍戴着长钉战帽,但血从左边额头流下,在脸上留下一道红线。

"来啊,奈育尔。"他说,"奥斯库特给我们带来了战马。战场形势仍很混乱,我们需要集结起来,再度出击。"

第二卷 皇帝

"情况有点不对,巴莱。"奈育尔说。

"纳述尔人完蛋了……他们的营地被烧了。"

"但中央阵地仍是他们的。"

"这不正好吗!两翼都是我们的了,他们剩下的部队被吸引到了空地上。现在,独眼奥克奈正带着蒙努亚第部落去支援森努瑞特呢!我们也去包围他们吧,收拢拳头!"

"不。"奈育尔茫然地说,眼看着齐德鲁希军团在他们身后的山脊上一路冲杀,"有什么不对!孔法斯把侧翼让给了我们,目的是守住中央……"所以普利特部落才能这么快占领敌人的大本营。孔法斯把齐德鲁希军团撤出侧翼,投入塞尔文迪人的腹地。他让各军团打出错误的旗号,引诱塞尔文迪人以为他把主力放在侧翼。大统领真正想要的却是中央。

"也许,"巴莱特说,"他认为打倒部族之王会让我们陷入混乱。"

"不,他没那么蠢……你看,他把所有骑兵都放在中间……就像在追杀什么。"奈育尔转动下巴,仔细观察眼前战况,眼睛扫过一幕又一幕残暴的战斗场面。利剑碰撞发出刺耳鸣响,战争那沾满血腥的巨手不断挥起落下。在这幕美景之下,却似乎有什么无法理解的东西,似乎战场本身变成了一个有生命的符号,像是草原之外的人用来将他们的言语写在石头或羊皮纸上时所用的象形文字。

这个符号意味着什么呢?

巴莱特在他身边也开始沉思。"他已经注定失败了,"他摇着头,"连他的诸神也救不了他!"

这时奈育尔突然明白了。吸入的空气在胸中变得冰冷,杀戮在身内唤醒的狂热消失了。他只感到伤口的疼痛,以及班努特的话留下的无法言说的空洞。

"我们必须撤退。"

乌有王子 ★ 前度的黑暗

巴莱特用震惊与蔑视的眼神盯着他:"我们必须什么?"

"我们的丘莱尔弓手!孔法斯知道我们会把他们安置在中路后方。现在这支部队要么已被消灭了,要么正被追着跑。不管怎样,我们——"

他看到第一缕不洁的光束开始闪动。太迟了。

"巫术学派,巴莱!孔法斯带来了一个学派!"

靠近河谷中央的地方,帝国军草草集结了几个步兵方阵,用来抵挡独眼奥克奈和他的蒙努亚第部落。在他们身后,至少有二十多个黑袍人缓缓地从战场上飘浮起来,一直朝天空飞去。学士。皇家萨伊克学派的巫师。有几个人影消失在河谷上空,剩下的巫师开始吟唱仿佛属于另一个世界的歌曲,明亮的火焰将面前的土地和塞尔文迪人一起烧作灰烬。蒙努亚第部落的冲锋崩溃了,烧着的马与骑手像雪崩一样奔逃。

很长一段时间,奈育尔动弹不得,眼看着骑马的人影在金色烈火中翻倒,眼看着白炽的爆炸将人像谷糠一样扬上天空,眼看着一颗颗太阳落在地平线上,扬起激飞的泥土。巫术召唤出的雷霆让他身边的空气产生了共鸣。

"是陷阱!"他低声说,"整场战役的目的在于消灭我们的丘莱尔部队!"

奈育尔有他自己的丘莱尔——从先父手中继承的遗产。他抬起疲惫的手臂,用麻木的手指从贴身的锁甲下面把那个小铁球拉出来,紧紧攥在手心。

一个学士朝他们飘来,就像在翻滚的浓烟与尘土上御空而行。他在他们上方大约一棵树的高度悬浮着,黑色丝袍被山风吹得猎猎舞动,袍子的金边仿佛水蛇一样扭着,眼里与口中都冒出白光。一排箭雨打在他身边围绕的隔绝术上,化为尘埃,然后他双手间升起龙头形状的幻影。奈育尔可以看到龙身上琉璃般的鳞片,龙眼像两

第二卷 皇帝

个血球。

威严的头颅朝他们的方向低下。

他朝巴莱特大喊:"快跑!"

长角巨兽张开嘴巴,喷出一股白炽烈焰。

周围人的牙齿咔咔作响。皮肤先是鼓起水泡,然后脱落。奈育尔感觉到巴莱特燃烧着的影子发出的热气,但他自己没受到丝毫影响。只听周围一阵急促的尖叫,接着就是骨头断裂、内脏爆开。

如太阳一样明亮的火焰消失了。奈育尔迷惑地环视四周,发现自己站在一片烧焦废墟正中。巴莱特和其他乌特蒙人身上的火仍在燃烧,发出嗞嗞声响,就像架在炭火上的烤猪一样。空气中充满灰烬与烤肉的味道。

全死了……

一声雄浑的呐喊盖过周围刺耳的喧闹。穿过层层叠叠的烟雾和败逃的塞尔文迪人,他看到纳述尔步兵军团如流动的鲜血浪潮一般,沿山坡漫卷而来。

一个陌生人的声音低语:"生命不息,评判不止……"

奈育尔转身逃跑。他跳过地上的死尸,和其他人一起朝黑色的河水跑去。插在地上的一支箭把他绊倒了,头撞上一匹死马,他从被太阳烤热的马腹上撑起自己,跌跌撞撞站起来,伏低身子不要命地疾冲。一个大腿中箭的年轻战士拖着跛腿朝河边走,另一个人跪倒在长草中,满嘴是血,奈育尔头也不回地从他们身边跑过。约萨卡带领一队乌特蒙人骑马隆隆地从他身边经过,他高喊约萨卡的名字,对方看了他一眼,却没有停止前进。他咒骂了一句,加快脚步,耳边阵阵轰鸣,每次吸气都要吐出一口唾沫。前面就是河岸,几百人在岸边挤作一团,有人疯狂地甩掉身上铠甲,向河对岸游去;其他人则往南边跑,希望从那里的浅滩涉水而过。约萨卡的乌特蒙队伍从那些想游过河的人群中冲过,骑马跃进水中。很多士兵

乌有王子 * 前度的黑暗

连人带马一起被迅疾的水流卷走,但还是有些马成功地将骑手驮到对岸。脚下是个陡坡,奈育尔迈开大步,冲过最后一段。他跳过一匹死马,一簇踏散的野花在风中飞扬。他朝右瞥了一眼,只见一支齐德鲁希重骑兵在斜坡上呈扇形展开,追杀着逃兵。奈育尔摇晃着跑过狭窄河滩,终于来到那些恐慌的同胞们当中。他伸手把前面的人拨开,在布满淤泥与残败灌木的河岸上撞出一条路。

约萨卡努力驱使浑身是水的坐骑,穿过河对岸的灌木丛。十几个乌特蒙人在等他,他们的马也被吓得不轻,正焦躁地跺蹄子。

"乌特蒙!"他高喊。他们似乎在喧闹中听到了他的声音,有两个人举手朝他指来。

但约萨卡朝他们大喊,张开手掌在空中挥舞。于是每个人又面无表情地调转马头,跟着约萨卡向西南方逃去。

奈育尔朝渐行渐远的队伍吐了口唾沫,拔出小刀,开始割身上锁甲。有两次他险些栽进水里。惶恐的叫喊四处响起,在滚滚而来的马蹄中显得格外紧迫。他听到长枪断裂、马匹嘶鸣,于是猛戳锁甲上坚实的束带。许多身躯撞在他身上,他跟跄了一步,抬头看到一个齐德鲁希骑兵高耸的身形遮住了太阳。这时他终于扯掉身上甲胄,转身朝基育斯河跑去。有什么东西在头顶炸开,热血蒙住了眼睛。他跪倒在地,被踩踏过无数遍的大地撞上了他的脸。

号叫,哭泣,然后是一具具尸体跌入奔流的河水。

真像父亲死时的样子,他心想。然后黑暗盘旋着吞没了他。

嘶哑疲惫的声音,就像远处有醉酒的歌手在合唱。疼痛,仿佛有人把他的头钉在了地上。身体越来越沉,像河底淤泥一样没法动弹,连思考都变得困难。

第二卷 皇帝

"怎么搞的，刚死没多久，尸体就胀成这样？"

恐惧涌上心头。这声音是从身后传来的，非常近。搜刮尸体的人？

"你又找到戒指了？"第二个声音响起，"快他妈把指头砍下算了！"

奈育尔听到几人的脚步声逐渐走近，穿凉鞋的脚在长草间踩踏。他试着慢慢活动了一下手指和手腕，害怕动作太大被那些人看到。都还能动。他轻轻地把手伸进腰带，不顾手指上的刺痛，捏住自己的丘莱尔，取出来按进泥里。

"假正经。"第三个声音评论，"他一直这样。"

"我才不是！只不过……只不过……"

"不过什么？"

"这是亵渎，就是这样。从尸体上搜东西是一回事，亵渎尸体是另一回事。"

"需要我提醒你吗？"第三个声音说，"这些死货是塞尔文迪人。想亵渎这些早就被诅咒了的人也不容易啊——哈！那边好像有个活的！"

那人拔剑出鞘，发出砂粒摩擦般的声音，接着是一声闷响，有人猛抽一口气。奈育尔不顾脑后的阵阵剧痛，把脸埋进泥里，让泥塞住嘴巴。

"还是拿不下这该死的戒指……"

"你他妈的把指头砍下成不？"第二个声音喊。离得这么近，奈育尔感觉自己颈毛倒竖。"后先知在上，真操蛋！他是唯一一个走运的家伙，能在这堆发臭的烂肉中找到金子，却他妈想得太多、畏手畏脚！看看这又是什么？这畜生个子还真大。瑟金斯在上，看他身上的疤！"

"反正他们说孔法斯要把这些脑袋都带走。"第三个声音说，

乌有王子 ★ 前度的黑暗

"一根手指又算什么?"

"看,这一块是什么?你觉得是红宝石吗?"

一只粗糙的手紧紧抓住奈育尔的肩膀,让他在泥里翻了个身。他双眼半睁,冲着落日的方向,四肢装出僵硬的样子,沾满泥水的嘴角似乎挂着讽刺的笑容。没有呼吸。

"说真的,"一个影子笼罩住他,"看这杂种身上的疤!他杀过几百个人!"

"像他这样的人应该开出赏金才对。你想想,每一道疤都说明他杀了一个我们的人。"

好几只手伸到他身上,这儿拍拍,那儿戳戳。不要呼吸。让身体僵住,完全不动弹。

"也许我们该把他带到加法鲁斯那儿去。"第一个声音壮着胆子说,"他们也许想把他吊起来之类的。"

"有想法,真不错。"影子严厉地说,"那你背他如何?"

笑声。"没想法了?"第二个声音道,"你运气怎样,纳夫?"

"屁玩意儿都没有。"影子道,奈育尔又被掷回地上,"你发现的下一个戒指是我的,小杂鱼,否则我就把你的手指头剁下来!"

黑暗中有人踢了他一脚。他从没经历过这样的疼痛。世界在咆哮。他拼命忍住才没呕吐出来。

"当然了。"第一个声音谄媚地说,"经历了这样的一天,谁还要金子?想想看我们回去的盛况!想想那些歌谣!我们在塞尔文迪人自己的土地上打败了他们。塞尔文迪人!等我们老了以后,只要告诉别人,我们在基育斯河边为孔法斯战斗过,每个人都会带着崇敬的眼神看待我们。"

"荣耀有个鸟用,孩子。虚荣。全是虚荣。"

第二卷 皇帝

清晨。奈育尔颤抖着醒来，只听到基育斯河的滚滚涛声。

后脑铁打般的疼痛仍在不断扩散。很长一段时间，他躺在那里，被疼痛压得无法动弹。他身体阵阵痉挛，不停地呕吐，直到把胆汁都吐了出来。他咳嗽了一阵，用舌头在牙齿间探了一圈，找到一个柔软的、带咸味的缺口。

不知为什么，他一团乱麻的脑海中出现的第一个清晰念头是丘莱尔，他的手指在黏稠的呕吐物和淤泥中挖了一阵，很快找到了它，连忙塞进铁片腰带底下。

这是我的。我的宝贝。

疼痛像一双皮靴在他脑后碾动，不过他还是手脚并用把自己撑起来。涂满泥巴的草叶像一把把小刀在他手指间划过，他奋力把自己拖到河水冲不到的地方。

河岸上踩成淤泥的草地被风吹得干硬，记录了昨天那场屠杀。尸体都被地面粘住，伤口引来成群苍蝇，血液结成硬块，像是挤破的莓果。他想起曾经见过的纳述尔神庙，感觉自己就在那些令人目眩的石头浮雕间爬行，挣扎的人群都被凝成邪恶的偶像。但这里并没有偶像，都是真人。

斜坡顶上，一匹死马像山脉一样横在他前方。马腹投下一片阴影，太阳正从马背后升起。死马看上去都一个样，全身僵硬得吓人，像是一整块木雕。他努力爬到马身上，忍着剧痛翻过去，马的皮肤跟河边泥土一样冰冷。

除了乌鸦、秃鹫和死尸，战场上什么都没有了。他沿自己逃跑的方向看去。

乌有王子 * 前度的黑暗

逃跑……他紧闭双眼，仿佛看到自己正在不停奔跑，蓝天也在他身后的咆哮声中皱缩起来。

我们被击溃了。

我们被打败了。被宿敌羞辱了。

很长一段时间，他没有任何感觉。他回忆起年轻时的无数个早上，不知出于什么原因，自己总会在黎明前醒来，爬出大帐，偷偷离开营地，找到附近最高的地方，眼看太阳开始拥抱大地。风在长草间嘶嘶作响，扁圆的太阳从地平线升起，越升越高。每当这时他就会想：我是最后的人类。我是唯一一个活人。

就像现在这样。

他心头无端涌起一股诡异的狂喜，仿佛早就预感到自己的毁灭。他对八根指头的傻瓜森努瑞特预言过会有这么一天。他们以为他是个老太婆，像纺纱一样不断散播恐惧。他们现在还笑得出吗？

死了，他意识到，那些人已经死了，全死了！所有部落集结起来，曾一眼望不到头，光是先头部队就能让天堂的穹顶颤抖，但现在都不在了。被击溃了。被杀光了。从他躺着的地方，可以看到草地上有一道长长的焦痕，数千名骄傲的战士变成了谷壳一样的余烬。他们遭遇的不止是溃败，而是屠杀。

被纳述尔人屠杀！奈育尔在边境上和他们打过太多遭遇战，根本看不上他们，他与每个塞尔文迪人一样，对对手充满鄙夷：混血种族、人类败类，如果可能，应该被灭种。对塞尔文迪人来说，提到"山那边的帝国"会让他们想起无数堕落景象：猥琐的祭司伏在邪恶的长牙前；巫师们裹着妓女穿的华服，念出没人能听懂的猥亵词语；那些在孱弱无力的身体上涂脂抹粉的弄臣更是俗不可耐。他们耕作土地，书写词句，以互相羞辱为乐——但就是这样一群人征服了战争之民。

随着呼吸，他咽喉深处开始发痛。

第二卷 皇帝

他想起班努特，想起背叛了自己的族人。他不顾手上疼痛抓住长草，稳住身体。他的身体变得如此软弱，如此空虚，好像随时可能飞上天一样。他胸中翻涌着孤凄的呼号，最终却变成紧咬牙关的嗞嗞声。他大口大口地吸气，呻吟，在痛苦中来回摆头。

不！

他流泪。哭泣。

哭泣者……

班努特狂笑着，泛着白沫的血水从口中涌出。

"我看到你看他的眼神了。我知道他是你的爱人！"

"不！"奈育尔喊道，但心中的憎恨出卖了他。

这么多年，他一直在思考他们为何总是保持沉默，为何眼中总带着指责。有时他以为自己是被疑心病逼疯了，有时则为心中的恐惧而自责，但仍然无法了解他们隐秘的思想。到底有多少人在背后低声诽谤他？有多少次他在大帐外听到喧笑，进去却只看到紧绷的嘴唇和傲慢的眼神？他们一直都在……他抓扯着胸膛。

不！

他眨眨眼睛挤掉泪水，用结痂的拳头敲打地面，一拳重过一拳，就像往炉子中添柴一样。三十年前的那张脸在他的灵魂之眼前浮现，仍然带着魔鬼般冷酷的表情。

"这是你给我的任务！"他用低不可闻的声音说，"越来越重的担子——"

突然而至的恐惧让他沉默下来。风中传来说话声。他静静躺着，双眼只张开一条模糊的缝。他仔细倾听。那些人说的是谢伊克语，但对话内容太模糊。

搜刮尸体的人还在战场上？

比鹿还胆小的废物们！来受死啊！

风声渐弱，说话声越发清晰。他听到马蹄和盔甲发出的有规律的碰撞。至少有两个人，都骑着马。谈话带着贵族专用的敬语，表明他们都是军官。他们越来越近了，但在朝哪个方向走？奈育尔按捺下狂乱心跳，稍稍仰起身，朝那边瞥去。

"自凯兰尼亚的时代起，塞尔文迪人就一直生活在这里。"一个优雅的声音说，"他们像大海一样无情，像大海一样耐心，也像大海一样从不改变！一个个民族经历过兴衰，一个个文明与国家被历史掩盖，塞尔文迪人却永世长存。我一直在研究他们，马特姆斯，我彻夜阅读每一份报告，不管古代的还是现代的，我甚至派探子潜入过萨略特图书馆！是的，就是爱荷西亚的那个！——虽然没什么发现，费恩教任图书馆变成了废墟。从这些研究中，我得出一个结论：我读到的每一条关于塞尔文迪人的记载，不管多古老，都像昨天刚写下的一样。时间过去了几千年，马特姆斯，但塞尔文迪人没有改变。不算马镫与铁器，现在的塞尔文迪人与两千年前毁灭蒙特松、一千年前又灭亡了塞内安的那批人没有任何区别！塞尔文迪人就像那个叫阿金西斯的哲学家说的一样，是一个没有历史的民族。"

"但每一个没有文字的民族不都是这样吗？"另一个人，马特姆斯，如此回答。

"哪怕是没有文字的民族，经过这么多世纪也会发生变化，马特姆斯。他们会迁徙，会忘记旧日的神祇，改信新神，甚至连语言都会变。但塞尔文迪人不会。他们执着于传统。我们用石头筑起宏伟的建筑，企图对抗流逝的岁月，他们却将自己的行为当作石碑，把战争变成圣堂。"

这样的描述让奈育尔心中一动。这些人是谁？刚刚说话的人肯定是大贵族出身。

"这似乎很有趣。"马特姆斯说，"但还是没法解释你为什么早料到能打败他们。"

第二卷 皇帝

"别这么无趣好吗?那些军官的乏味已经让我受不了了。你先是问出个粗鲁的问题,然后又拒绝接受我的回答。"

"我向您道歉,大统领大人。我无意冒犯您。但您称赞我的坦诚,又批评我的直率——"

"啊,马特姆斯……你总玩这套把戏。你自诩是个谦逊的、外省来的将军,志向莫过于尽忠报国。但我了解你,每当我提到国家大事,总会激起你的好奇,我可以在你眼中看到对荣耀的渴望,就像现在这样。"

好似一块巨石砸在奈育尔胸口,令他无法呼吸。原来是他。是他!伊库雷·孔法斯!

"我不否认。我发誓,我并非想要质疑您,只不过……"

说到这里,两人都停下了。奈育尔现在可以看到他们,骑马的人影出现在被睫毛模糊的视线当中。他控制着呼吸,轻轻喘气。

"只不过什么,马特姆斯?"

"整场战役期间,我什么也没说。我们做的一切太疯狂了,以至于……"

"以至于怎样?"

"以至于我对您的信任也动摇过。"

"但你什么都没说,也未曾质疑……为什么?"

奈育尔努力想站起身,但做不到。耳边仿佛有声音从虚空中传来,逐渐变成嘲弄的喊叫:杀了他,你必须杀了他!

"因为恐惧,大统领大人。一个像我这样从最底层爬上来的人,不会不知道质疑上级是多么致命的错误……尤其是当他的上级也处在绝望中时。"

笑声。"所以现在,身边都是这些东西——"孔法斯的影子指着尸横遍野的草原,"——你觉得我不再绝望了。你觉得可以安全地问出这个在心里捂得要化脓的问题了。"

乌有王子 ★ 前度的黑暗

　　奈育尔突然意识到周遭环境，好像有另一个自己从远处看着这一切：一个蜷曲的身体，躺在一具马尸旁，周围是海一般的死人。这幅景象让他不禁自责：想什么想？为何他总要把一个念头想上这么多遍？为何他总要去想？

　　杀了他！

　　"没错。"马特姆斯答道。

　　冲过去！刺他们的马，趁机割他们的喉咙！

　　"我应该继续纵容你吗？"孔法斯道，"我应该继续抬举你吗？马特姆斯？"

　　"我对您的忠诚与服从无须任何理由，大统领。"

　　"这一点我毫不怀疑，不过还是谢谢你再次为我确认……假如我告诉你，我们刚刚结束的这场战争，取得的这场辉煌胜利，只不过是圣战的前奏呢？"

　　"圣战？沙里亚的圣战？"

　　"圣战是否属于沙里亚是问题的关键所在。"

　　动起来！为你自己报仇！为你的人民报仇！

　　"但您岂不是——"

　　"如果再透露更多，恐怕我就越权了，马特姆斯。也许你很快就会知道，但不是现在。这场胜利虽然宏伟而神圣，但与即将到来的大事件相比，渺若微尘。很快，三海诸国都会欢呼我的名字，届时……好吧，你其实更像个士兵，而不是军官。你应该知道，很多时候对指挥官来说，部下的无知与他们的知识同样重要。"

　　"我明白。我早该料到。"

　　"料到什么？"

　　"料到您的回答不会解惑，只会激起我更强烈的好奇心！"

　　笑声。"啊哈，马特姆斯，就算我把知道的都告诉你，你也仍然会被渴望折磨的。答案就像鸦片，饮下越多，需要越多。这就是

第二卷 皇帝

为什么人类以神话自娱。"

"您至少可以给我这个头脑愚笨的人开解一下,您是怎么知道我们一定会赢的?"

"就像我说过的,塞尔文迪人太执着于传统了。他们总在不断重复,始终遵循同样的套路。你看到了吗?他们礼拜战争,但并不了解战争的本质。"

"那战争的本质到底是什么?"

"斗智,马特姆斯,战争的本质是斗智。"

孔法斯策马前行,抛下正努力琢磨自己刚刚那番话的手下。奈育尔看到马特姆斯摘下饰着长羽的头盔,一手挠着头顶的短发。在那比呼吸还短的一瞬间,对方朝这个方向看过来,似乎听到了他胸中铁锤般怦怦敲打的心跳。但紧接着,马特姆斯也猛踢马刺,跟上了他的大统领。

孔法斯听到马特姆斯来到身后:"今天下午,等我们的士兵从狂欢中恢复,就开始收集塞尔文迪人的头颅。我要用战利品铺出一条大道,马特姆斯,从这里一直铺到我们那疾病缠身的伟大都城摩门。想想我们会获得怎样的荣耀!"

他们的声音消失了,只留下冰冷的河水拍打河岸,此外一片沉寂。被踩踏过的草皮散发出淡淡的味道。

好冷。地面好冷。他应该到哪里去?

他整个童年都在不停逃跑,最后在父亲光荣的名字中寻到了庇护:齐约萨,乌特蒙部落酋长。父亲屈辱地死去后,他又开始逃跑,最终在他民族的名字中找到了归宿:塞尔文迪人,他们是罗孔神复仇的怒火,决不仅仅是骨头与血肉。现在他的人民也都屈辱地死去了,大地上没有了他的位置。

他躺在虚空当中,躺在遍地死人当中。

乌有王子 ★ 前度的黑暗

有些事会给人留下深刻印记，回想起来对人的影响甚至比发生时还大。这些事让痛苦成为过往，却仍留在每一颗跳动的心中；这些事并非被人们所铭记，而是在他们心中一遍遍重演。

齐约萨，奈育尔的父亲，他的死就是这样的一件事。

奈育尔仿佛回到二十九年前，坐在酋长大帐的阴影里。帐篷中央烧着一堆火，火光耀眼，却没照亮太多地方。他父亲身披毛皮，与部落中其他重要人物讨论着库约提部落在南方的无礼行为。奴隶们紧张地站在这些大人物投下的阴影中，披着破烂兽皮，手捧发酵马奶。每当布满疤痕的手臂举起兽角杯，他们都要马上将杯子斟满。火堆冒出浓烟，隐约还有酸酒味道。

白帐见证过许多奇特场面，但这一次，一个奴隶，一个诺斯莱人，从阴影里站了出来，走到火光照耀的地方。他抬起头，说着一口地道的塞尔文迪语，就像他是从小在这里长大的一样。他对震惊不已的部落首领说：

"我要和你赌一次，乌特蒙部落的酋长。"

奈育尔的父亲呆了一呆。既是由于奴隶的无礼，也是因为奴隶的神态发生了如此大的变化。一个一直唯唯诺诺的人突然有了国王般的威严。只有奈育尔没感到惊讶。

其他那些坐在阴影中的人沉默下来。

火堆对面，他父亲答道："你赌过，奴隶，你赌输了。"

奴隶脸上露出嘲弄的笑容，就像一位君王面对一个乳臭未干的平民。

"这次我拿我的命和你赌，齐约萨。"

奴隶居然说出主人的名字。这践踏了古老的规矩，颠覆了部落最基本的律条！

第二卷 皇帝

齐约萨张口结舌了一阵子，最后笑起来。发笑会贬低对手，让整个事件显得微不足道；发怒则让冲突变得严重，仿佛把对方当成了真正的对手。当然，奴隶早就知道这点。

于是那奴隶续道："我一直在观察你，齐约萨，我质疑人们对你的力量做出的评判。这里有很多人都在质疑……你知道吗？"

父亲的笑声弱下来。火焰跃动，噼啪作响。

齐约萨不敢去看自己的族人，只道："我早已接受过评判，奴隶。"

火光更明亮了，就像这句话为火堆添了柴禾，令周围人群的黑暗更加醒目。再次腾起的热量噬咬着奈育尔的皮肤。

"但评判不是接受之后就可以遗忘的，齐约萨。"奴隶说，"曾经的评判不过是为新评判打下的基础。生命不息，评判不止。"

与奴隶共谋的一幕如此难忘，那番场景至今还刻在他脑海中，清晰得令他无法忍受，似乎每一个精确的细节都让他受到更严重的谴责。火焰越来越热，仿佛在舔舐他的膝盖。大腿和屁股下的地面却如此冰冷。他紧咬牙关，发出砂石磨砺的声音。那个诺斯莱奴隶的脸转向了他，蓝眼睛闪动着，比他见过的任何一片天空都更辽阔。那双眼睛在召唤他，就像套在他身上的车轭！那双眼睛似乎在说：

你是否还记得自己的角色？

奈育尔知道剧本中的自己该做什么。

他坐在众人当中说："你怕了吗，父亲？"疯话！背信弃义的疯话！

父亲仿佛被刺痛了，奈育尔垂下眼睛。齐约萨转身面对那个奴隶，故意摆出毫无兴趣的样子问："再说一遍，你的赌注是什么呢？"

197

乌有王子 * 前度的黑暗

恐惧抓住了奈育尔,他害怕那人会死。

他害怕那个奴隶,安那苏里博·莫恩古斯,可能会死!

不是怕他的父亲会死——而是莫恩古斯……

片刻之后,父亲成了尸体,他当着全部落人的面痛哭流涕。那是解脱的泪水。

莫恩古斯,那个自称是杜尼安僧侣的男人,终于获得了自由。

有些名字会给我们留下深刻印记。三十年,一百二十个季节——一个人的生命中,有多少个三十年?

但这三十年又毫无意义。

有些事会给我们留下深刻印记……

奈育尔逃了。黑夜降临后,他在一队队举着火把的纳述尔巡逻队之间躲藏。宏大而空虚的夜晚好像等着他跌落进去,大地似乎也在指责他。

死去的神用他的双脚奔跑,一路追逐他。

第二卷　皇帝

第七章　摩门

> 世界是一个圆。世上有多少人，这个圆就有多少圆心。
> ——阿金西斯，《人类的解析·第三卷》

长牙纪4110年，初秋，摩门

摩门沸腾了。

宏伟的沙坦提安拱门投下凉爽的阴影，伊库雷·孔法斯在拱门前下马，视线在拱门的雕刻壁画上停留了片刻，又扫过身后一车车战利品。他转向马特姆斯将军，打算提醒对方就连沙坦提安都不曾平定过塞尔文迪诸部落。我完成了无人能完成的伟业。这是不是意味着我已不仅是凡人了？

这令人喘不过气来的想法到底困扰了他多少次？孔法斯数不清。虽然不愿承认，但他确实希望从别人口中听到回应——特别是从马特姆斯口中。若能哄他说出这番话该多好！作为毕生在战场上度过的军官，马特姆斯有着毫不做作的率直。奉承话他是不屑于说的，孔法斯清楚，这个人说的都是真话。

还不是时候。马特姆斯目瞪口呆地站在那里，盯着斯库斯亚利广场——皇宫外围的游行广场。大统领麾下的每一个军团都穿上节日盛装，在各自的旗帜下列队，组成的方阵站满了整个广场。微风吹过，几百条镶着金边、红黑相间的彩旗在军阵上方飘扬。方阵间留出一条宽阔大道，直通向高耸的阿罗西安礼坛。礼坛后是地势渐高的安迪亚敏高地，花园、庭院和走廊一直伸向薄雾笼罩的空中。

孔法斯看到了礼坛宏伟的圆柱下那个遥远的人影，叔叔正在等

乌有王子 ★ 前度的黑暗

他。虽然穿着皇帝的华服,叔叔看上去却如此渺小,就像离世索居的隐者站在洞穴门口,眯眼朝外张望一样。

"这是你第一次参加皇帝的庆典吗?"孔法斯问马特姆斯。

将军点点头,转向孔法斯,带着一丝颤音说:"我是第一次进宫。"

孔法斯微微一笑:"欢迎来逛窑子。"

仆人牵走了他们的马。根据传统,吉尔加里奥神的世袭祭司捧上盛满清水的脸盆。正如孔法斯期待的一样,他们把狮血涂在他手臂上,然后低吟祷词,将这象征性的伤口清洗干净。看到沙里亚祭司也来参加庆典,倒让孔法斯吃了一惊。他们用圣油和低声祈祷为他祝福,然后将手指在棕榈酒中浸了一浸,在他前额画了个长牙。仪式结束后,他们喊出他的新头衔——"长牙之盾"。直到这时,他才明白叔叔为何要让他们出现。塞尔文迪人和基安人一样是异教徒,所以为何不将这无处不在的热情灌注到圣战中呢?

虽然反感,但孔法斯知道,这是很高明的手段,很可能意味着斯科约斯才是幕后推手。叔叔会榨出老头子脑子里的每一分精明,特别是在圣战这样的事情上。

圣战……只要想到这个词,孔法斯就不禁想像塞尔文迪人那样啐上一口,虽然他昨天才回到摩门。

孔法斯这一生,还没有哪次经历像基育斯河战役这样令他志得意满。当时他身边的军官个个吓得半死,而他凝望着陌生的战场,毫无来由地知道了战斗结果,心中的确凿让他变得坚强似铁。这块地方是我的,我绝不仅仅是个凡人……这种感觉就像高潮,或者宗教狂喜。后来他意识到,这是一种启示,神圣的直觉在这一刻化为他手中深不可测的力量。

不可能有其他解释。

但谁会想到随着日子一天天过去,这样的启示会像肉块一样发

第二卷 皇帝

臭呢？

起初一切都非常顺利。战斗结束后，剩下的塞尔文迪人撤退到草原深处。有些零星的小队伍还在骚扰帝国大军，但除了攻击落单的巡逻兵之外，没有其他威胁。孔法斯无法抗拒在对方伤口上撒盐的念头，于是在他安排下，一批俘虏"偷听"到了军官们的交谈，听到他们赞扬某几个部落背叛了草原人。凭借他们原本不具备的勇气与智慧，这些俘虏奇迹般地逃了出来。孔法斯知道，塞尔文迪人不但会相信这些背叛的谣言，甚至会心怀感谢。草原人输给了草原人，远比输给纳述尔人容易接受。啊，多么甜美的内讧。很长时间之内，塞尔文迪人都不可能再带着统一的意志站上这片土地了。

如果帝国内部的分歧也这么容易处理就好了。几个月前，孔法斯答应叔叔，要在班师回首都的路上插满塞尔文迪人的脑袋。为履行诺言，他下令把基育斯河边杀死的每一个塞尔文迪人的脑袋都收集起来，用焦油泡过，堆在马车上。但帝国军刚越过边界，制图师和算学家就为这些恐怖的纪念品每个之间到底该相隔多远争吵起来。双方各执一辞，互不相让，然后皇家萨伊克的巫师们也加入了争论。和所有巫师一样，他们理所当然地认为自己在地图上的造诣要强于制图师，数学功夫也比算学家要好。这场官僚斗争的激烈程度丝毫不逊于叔叔宫中的宫斗，受伤的自尊和恶毒的恨意混合，产生了炼金术般的恶劣反应，很快厄拉修斯——最直言不讳的皇家制图师——遇害身亡。

孔法斯下令彻查此事，但既没能找到凶手，又没法平息怨仇。一不做二不休，他干脆将各方最嚣张的鼓动者抓起来，根据似是而非的军法条例审判一番，判处当众鞭刑。不出意料，所有持不同意见者当天就达成了一致。

若说这桩令人恼火的事件破坏了他的心情，那么回到摩门时，仅剩的喜悦也被搅碎了：他发现帝国首都被圣战军的营帐包围了，

乌有王子 ★ 前度的黑暗

陆地一侧的城墙外，无数帐篷与木棚就像一大片贫民窟。

这景象看上去令人心烦。孔法斯原以为会有崇拜的人群夹道欢迎，现实却与此相反，蓬头垢面的因里教暴民高声叫骂着朝他们丢石块，甚至有一次还把成袋粪便点着了朝他扔来。他派出齐德鲁希骑兵开路，结果引发了一场混战。"他们只看到皇帝的侄子，"叔叔派来迎接他的军官解释，"而不是征服了塞尔文迪人的英雄。"

"他们就这么恨我叔叔？"

军官耸耸肩："在他们的领主签订《条约》之前，陛下只发给他们勉强糊口的粮食。"

那人告诉他，圣战队伍正以每天数百人的规模扩大，而据传言，加里奥斯、瑟-泰丹、康里亚及上艾诺恩的主力部队还要再过几个月才能到达。到目前为止，只有三名大贵族加入长牙之民的行列：卡摩缪尼斯，康里亚的卡纳普雷行省总督；萨齐尔卡，来自加里奥斯边境偏僻地方的伯爵；库默雷泽，艾诺恩的库塔皮勒斯大区总督。他们都激烈反对皇帝的要求，拒绝签署《条约》。谈判演变成意志的较量，因里教领主们威胁说激怒圣战军会带来灾难性后果，更不用说还会招致沙里亚的愤怒；伊库雷·瑟留斯三世则一次又一次地发布告示，指责他们的不当行为，同时步步紧逼。

"皇帝陛下知道您回来大受鼓舞，大统领大人。"那位军官最后总结。

孔法斯险些笑出声。没有哪个皇帝会为自己的竞争者平安归来而大受鼓舞，但每个皇帝都很高兴看到自己的军队回来，特别是首都被围困时。现在正是如此。最后孔法斯不得不乘船进入摩门。

事到如今，他期盼已久的盛大凯旋，他满心等待的尊重与承认，都被更大的事件笼罩掩盖了。圣战让他的荣光黯然失色，连摧毁塞尔文迪人的功绩也相形见绌。人们会为他欢呼，但不过是像在饥荒之年兴办宗教圣典一样：无精打采，心不在焉，压力重重，甚

第二卷 皇帝

至不明白自己到底在为什么、为谁庆祝。

他怎能不恨这圣战?

铜钹相撞。号角齐鸣。完成仪式的沙里亚祭司鞠躬退下,留下棕榈酒的刺激气味。穿镶金褶裙的引路人们来到他们面前。马特姆斯紧随孔法斯身边,后面跟着几名随从,由引路人带领着,在安静的斯库亚利广场上缓缓前进。孔法斯所到之处,广场两边的红衫步兵纷纷跪下,就像他在身后留下了一道风吹麦田的尾迹。孔法斯一阵激动,这不正是他当初感受到的启示吗?他在基育斯河边的狂喜不也源自同样的心情?

极目所见,他们都在回应我的心声,回应我的挥手。极目所见,甚至更远……

更远。这想法让他屏住呼吸。未免有点过头了。

他扭头瞥了一眼,确保之前下达的命令执行无误。两个贴身护卫跟在后面,中间拖着一名俘虏;此后还有十来个随从,忙着用最后一批塞尔文迪人的首级标记他们走过的路。和前几任大统领不同,他没有为皇帝带来成群的奴隶和堆积如山的财宝,但他知道,看到塞尔文迪人腌制过的首级插在广场上,皇帝心中一定别有滋味。虽然他在叔叔身边的人群中看不到奶奶的脸,但他知道她一定会来,也一定会赞赏自己的做法。她总喜欢说:"让他们看到奇观,他们就会把权力交给你。"

理解了权力,才能掌握权力。自打出生起,孔法斯身边就不缺老师,但真正为他铺好皇权之路的是奶奶,悍妇伊斯特里雅。奶奶不顾他父亲的反对,坚持让他在奢华的皇宫中长大。她亲手养育他,视如己出,给他讲述王朝的历史,以及那些不会记载在书上的治国之道。孔法斯甚至怀疑,是她一手安排了那场莫须有的审判,最终给他父亲判了死刑。她的另一个儿子,伊库雷·瑟留斯三世,借此登上皇位,却发现宝座不过是一具停尸架。她使出一切手段,

乌有王子 * 前度的黑暗

恩威兼施，确保孔法斯成为唯一的皇位继承人。自打少年时代起，奶奶就着力把他塑造成一个奇观，就像他的每一次呼吸都是帝国的一次胜利。到如今，叔叔依然不敢忤逆奶奶的意志，即使叔叔已生下一个儿子，而且这位堂弟也已长大成人，不需要别人帮他擦口水、换尿布。

她为他做了这么多，他几乎对她抱有一丝爱意。

孔法斯又一次看向叔叔。现在离得很近了，足以看清对方身上的装束。皇帝的黄金头冠上饰着一只白色尖角，令大统领吃了一惊。自三百年前施吉克行省被费恩教夺走，没有哪个纳述尔皇帝戴过这顶施吉克的宝冠。这太疯狂了！为何如此僭越？他真的觉得空洞的装饰会增加他的荣耀吗？

他知道……他知道我超越了他！

从君纳帝草原回来的路上，孔法斯一直考虑着叔叔的事。他清楚真正的问题在于叔叔到底是把他当成可以继续利用的工具，还是对自己的威胁。瑟留斯派他去消灭塞尔文迪人，这并不能排除借机下毒手的可能。兔死狗烹这等充满讽刺意味的事对瑟留斯来说根本不算什么。这种行为会被哲学家称为"不义"，但在帝国的政治生活中却像面包和啤酒一样寻常。

不。孔法斯意识到，如果可能，叔叔一定会想办法杀了他。他打败了塞尔文迪人，这本身或许是个错误。就算凯旋仪式不会赋予他推翻叔叔的权力，对方也一定会诚惶诚恐。瑟留斯这样的人，连两个奴隶同时放个屁都会怀疑他们有勾结，怎会不猜忌刚打完胜仗的侄子呢？孔法斯心想，如果情况允许，我该带着最后通牒和攻城塔回摩门来。

可惜情况不允许。基育斯河之战已成过去，它不过是将圣战从玛伊萨内手中夺过来的计划的第一步，而圣战是实现叔叔复兴帝国的梦想中最关键的一环。若能打败基安人，使昔日的南方行省重归帝国版图，那么后人记忆中的伊库雷·瑟留斯三世就不只是沙坦提安或崔亚姆斯这样的武人帝王，而是不世出的中兴之主，就像小卡菲里那斯。这一直是他瑟留斯的梦想。孔法斯知道，只要他还想实现这梦想，就会尽力拉拢战神一般的侄子。打败塞尔文迪人后，在他眼中自己的用处已超过了危险。

因为圣战。归根结底，一切都是因为该死的圣战。

孔法斯每走一步，都感觉礼坛被天空包围得更紧了一些。叔叔的装束比他之前任何时候所见都更华丽。现在他们越来越近了，虽然对方那张涂了粉的脸在远处看来毫无表情，但孔法斯还是看到——至少认为自己看到——皇帝的双手不时抓着身上那件猩红色的长袍。是紧张吗？大统领险些笑出声。没有什么比叔叔的痛苦更让他感到有趣的了。蠕虫就应该蠕动。

他一直恨叔叔，从很小的时候就开始了。不过，虽然一直不齿对方的为人，孔法斯却早就知道绝不能低估叔叔。叔叔像个非同寻常的醉鬼，虽然每天胡言乱语，步履蹒跚，但每当遇险时却会变得无比机警。

他现在感觉到危险了吗？突然间，伊库雷·瑟留斯三世似乎成了一个无法破解的谜。你到底在想什么，叔叔？

这个问题让他心痒难耐，忍不住想要听听其他人的意见。

"告诉我，马特姆斯。"他低声说，"如果一定要你猜，你觉得我叔叔现在在想什么？"

马特姆斯的回答很简短，也许他认为在这种时候交谈并不得体："您远比我了解他，大统领。"

"非常谨慎的回答。"孔法斯顿了顿，突然感觉到马特姆斯的紧张绝不仅是因为马上要初次觐见皇帝。这个人什么时候面对比自己更有权势的人时有过如此敬畏的表现？

从来没有。

乌有王子★前度的黑暗

"我应该紧张吗,马特姆斯?"

将军仍然直视着远处的皇帝,眼睛一眨不眨:"您应该紧张,是的。"

孔法斯顾不上理会旁边其他人的想法,转过脸来仔细打量马特姆斯。对方留着纳述尔人的传统胡须,顶着一只破鼻子,与之前并无区别。"为什么呢?"

马特姆斯在沉默中走了好久。孔法斯怒火中烧,直想劈头给他一拳。为何对答案斟酌这么久?你每次不都做出同样的决定吗?马特姆斯只会说真话。

"我只知道,"将军终于开口,"如果我是皇帝,你是我的大统领,我会畏惧你。"

孔法斯低哼一声:"而皇帝在畏惧时就会杀人。看来连你这样的外省人都感觉到了他的为人。我叔叔早就畏惧我了,从我第一次在本约卡棋盘上战胜他那晚开始。我当时才八岁。他本想把我掐死,然后把罪责归到一串不幸的葡萄上,是祖母救了我。"

"我不明白——"

"我叔叔会畏惧任何人、任何事,马特姆斯。他浸染我们王朝的历史太久,不可能不畏惧。正因如此,只有新的畏惧才会激起他杀人的念头。他很少会注意以前畏惧过的人,比如我。"

将军用难以觉察的动作耸耸肩:"但他不是……"他刹住话头,仿佛被自己的莽撞吓到了。

"不是处死了我父亲吗?这个自然。但他打一开始没畏惧过我父亲,直到后来,直到……比亚希一派人用谣言毒害了他。"

马特姆斯用眼角瞥瞥他:"但您做出了这样的成就,大人……想想吧!只要您一声令下,这里的每一名士兵——每一个人!——都会将性命交于您手。皇帝当然也知道!这当然是全新的畏惧!"

孔法斯一直以为马特姆斯不可能说出什么惊人之语,但这回,

第二卷 皇帝

他被对方话里的暗示惊到了。不只是话本身，还有对方激烈的态度。他是在建议我谋反吗？此时？此地？

突然间，他仿佛看到自己沿着台阶登上礼坛，向叔叔致敬，然后转身朝向斯库亚利广场上集结的士兵，朝他们高喊，恳求他们……不，命令他们冲上礼坛，占领安迪亚敏高地。他看到叔叔被砍倒在血泊中。

这幅景象让他一时无法呼吸。这也是一种启示吗？他是否瞥见了未来？他是不是应该……但这实在太蠢了！马特姆斯毫无远虑。

周围的一切——他身边跪下的一排排兵士，前方的引路人那涂了香油的脊背，站在这条陡峭斜坡尽头等他的叔叔——仿佛变成了一场噩梦。他突然对马特姆斯及其引发的无缘无故的恐惧感到恼火。这一刻本该属于他，今天本该是他狂喜的日子。

"那么圣战呢？"他突然问。

马特姆斯瞪大眼睛，脸仍朝着高坛："我不明白。"

孔法斯心头涌上一阵厌烦，他朝马特姆斯瞥了一眼。他们怎么就没办法理解呢？眼看着无能的人类始终无法领会自己宏伟的设计，诸神是不是也是同样心情？他是不是对自己的追随者要求过高了？神祇肯定有过这样的苦恼。

但也许这正是诸神希望看到的。凡人的苦苦挣扎，还有什么比这更好？

"你觉得，"马特姆斯续道，"皇帝的贪婪胜于谨慎？你觉得他复兴帝国的渴望会掩盖对你的畏惧？"

孔法斯微微一笑。神的怒火平息了。"我是这么想的。他需要我，马特姆斯。"

"也就是说你在赌。"

引路人们来到通向高坛的不朽台阶前，退到两侧，深深鞠躬。皇帝几乎就在他们头顶上方。

乌有王子 ✹ 前度的黑暗

"你会把赌注下在哪边,马特姆斯?"

将军第一次转过身来正眼看他,闪烁的棕色瞳孔中充满赤裸裸的仰慕:"我会下在您身上,大统领大人。还有帝国。"

他们在不朽台阶前停下。孔法斯尖锐地扫了马特姆斯一眼,示意身后的贴身护卫押着俘虏跟上,然后自己踏上台阶。叔叔就在台阶顶端等他。孔法斯注意到,斯科约斯站在他身边,还有几十个廷臣在祭坛两旁的柱子间,每个人都挂着庄严肃穆的表情。

马特姆斯的话突然又回响在他耳边。

"只要您一声令下,这里的每一名士兵都会将性命交于您手。"

孔法斯是个军人,他相信训练、补给、谋略——简而言之,筹备的作用。但同时,像每个伟大领袖一样,他也具有敏锐的眼光,可以看出哪些果实到了摘取的季节。他非常明白时机的重要性。如果现在出手,会发生什么?最大问题是,所有这些集结起来的部队会有怎样的反应?有多少人会孤注一掷地追随他?

"在您身上……我会把注下在您身上。"

虽然有着无数缺点,但叔叔在用人上并不糊涂。就像一个傻瓜本能地知道如何放平面包中的梅干,哪里需要下手去压,哪里需要轻抚。直到这时孔法斯才发觉,自己完全不清楚那些重要人物会做出怎样的选择。当然了,近卫军司令冈克尔提会支持皇帝——如果有必要,会为皇帝而死。但大宗师希默克提呢?皇家萨伊克会喜欢一个强大的皇帝吗?恩加罗又会怎样选择?毕竟重要的国库都归他掌管。

不确定的东西实在太多了!

一阵暖风将叶子从看不见的树丛中吹来,在他前方的路上飘过。叔叔的脚尖出现在头顶,孔法斯停下来,向上敬礼。

伊库雷·瑟留斯三世纹丝不动,犹如一尊染色雕像。他身边

第二卷　皇帝

那个干瘦老者，斯科约斯，示意大统领上前。孔法斯爬上最后几级台阶，耳朵里嗡嗡直响，士兵暴乱的景象在他的灵魂之眼前一闪而过。他想到了自己那把仪祭用的匕首，不禁开始琢磨这淬火的钢刃能否刺穿丝绸、锦缎、皮肤和骨头。

一定可以。

然后他站在了叔叔面前。无论表情还是四肢，都由于对叔叔的蔑视变得僵硬了。斯科约斯带着毫不掩饰的警惕神色紧盯着他，叔叔却假装没在意。

"伟大的胜利，吾侄！"皇帝突然开口喊道，"你为伊库雷家族带来了前所未有的荣耀！"

"而您，"孔法斯不带任何感情地说，"是如此慷慨，叔叔。"瑟留斯脸上闪过一丝不满：孔法斯忘了先跪下亲吻叔叔的膝盖。

两人四目相交，孔法斯不禁一愣。他忘了瑟留斯长得如此像他父亲。

这又如何？他可以抓住皇帝的后颈，假装是叔侄间在行亲密的吻面礼，然后趁机把手中匕首刺进对方胸口，狠狠一拉，切开心脏。孔法斯知道，这场刺杀会瞬间结束，且不会招致多少怨恨。皇帝一死，他就可以号令自己的士兵，让他们肃清皇宫。不出几次心跳的时间，帝国就是他的了。

他朝叔叔抬起手，但叔叔挥挥手，把他推到一边。孔法斯身后台阶上的人引起了皇帝的兴趣。"这是什么？"叔叔喊道。他指的显然是那个俘虏。

孔法斯的眼睛在周围人脸上扫过，冈克尔提和其他几个人正警惕地盯着他。于是他满脸堆笑地告诉皇帝："这个人，叔叔，是我向您献上的唯一一个俘虏。每个人都知道，残暴的塞尔文迪人不适合做奴隶。"

乌有王子 ★ 前度的黑暗

"他是谁？"

两个贴身护卫猛地一推，那个裸体俘虏双膝跪倒，布满疤痕的双臂被绑在身后。一个护卫揪住那人漆黑的长发，让他抬起脸来直面皇帝。发自记忆深处的蔑视在那人脸上浮现，但他灰色的双眼却空洞无神，紧盯着前方某处似乎不属于这世界的东西。

"森努瑞特，"孔法斯说，"他们的部族之王。"

"我确实听说你抓到了他，但我不敢相信！孔法斯！孔法斯！你俘虏了塞尔文迪人的部族之王！今天，你让我们家族成为了不朽的传奇！我应该刺瞎他、阉割他，把他绑在我的王座下，就像古代的凯兰尼亚至高王那样！"

"非常好的主意，叔叔。"孔法斯朝右看了一眼，终于看到奶奶。她穿着绿丝礼服，围着蓝色紧身束带。和从前一样，她看上去就像个卖弄风情的老妓女，但她的表情中有异样的东西，似乎和平日完全不同。

"孔法斯……"她深吸口气，双眼圆睁，"你离开时只是帝国的继承人，而回到我们身边，你已成为了神！"

听到这话，周围人全都倒抽一口凉气。这是忤逆——至少皇帝可以这样解读。

"您真是太宠爱我了，奶奶。"孔法斯忙道，"但回到这里的我仍然只是个谦逊的奴隶，不过完成了主人交托的使命而已。"

但她是对的！不是吗？

他用尽全力控制住自己，才没在祖母的鼓励下朝叔叔冲去。要小心。集中精神！

"当然了，我最亲爱的孩子，我只是打个比方……"带着与年龄不相衬的妩媚，她大摇大摆地走到孔法斯跟前，挽住孙子如钢刀般紧绷的手臂，"真丢脸啊，孔法斯，我能理解那些唯唯诺诺的蠢货——"她忿忿地扫视儿子的大臣们，"会被我的话吓到，但你也

第二卷 皇帝

这样?"

"你要一直这样溺爱他吗,吾母?"瑟留斯说。他用手指戳戳面前的战利品,就像在测试肌肉的硬度。

孔法斯的目光无意间扫到马特姆斯。将军默默地跪在那里,到现在都没被皇帝注意。将军颇有深意地点点头。

孔法斯感到一阵熟悉的冷静。正是这样的冷静,让他在其他人陷入慌乱时,仍然能够仔细思考,并付诸行动。他朝礼坛下面无边无际的步兵方阵看去。"只要您一声令下,这里的每一名士兵……"

他从祖母手中抽出胳膊。"叔叔,"他说,"有些事我必须知道。"

"否则呢?"叔叔问。显然,部族之王已被他抛诸脑后。或者之前兴致勃勃的样子都是装出来的?

孔法斯没有退缩,直直地盯着叔叔化过妆的眼睛,努力不去嘲笑他荒谬的施吉克皇冠:"否则我们很快就会和长牙之民开战。您是否知道,我打算进入摩门时,暴民袭击了我们的军队、杀死了二十名齐德鲁希骑兵?"孔法斯发觉自己的视线始终停留在叔叔扑了粉的柔软脖子上,也许这个位置最适合下手。

"啊,是的。"瑟留斯用满不在乎的口气说,"多么不幸。受卡摩缪尼斯和萨齐尔卡煽动的不只是他们的手下。不过我向你保证,凡事都有个了结。"

"您说什么?了结?"这是孔法斯人生中第一次毫不介意叔叔怎么看待自己的语气。

"明天,"瑟留斯用命令的口吻说,"你还有你祖母和我一起乘船去河的上游,见证我最新一座纪念碑的落成。我知道,侄儿,你有不安分的天性,也是个性格果断的学生,不过你现在必须耐心一些。这里不是基育斯河,我们也不是塞尔文迪人……事情不像看

乌有王子★前度的黑暗

上去那么简单，孔法斯。"

孔法斯一时间目瞪口呆。"这里不是基育斯河，我们也不是塞尔文迪人。"他到底是什么意思？

瑟留斯似乎满不在乎地续道："这就是那个你评价甚高的将军？马特姆斯，对不对？我很高兴他也来了。由于我没办法将你的大部队用渡船送进城、站满这广场，所以不得不调用近卫军，外加数百名都城守备队。"

大惊之下，孔法斯脱口而出："您还让他们穿上了我的……部队的服装？"

"当然了。庆典一样是为他们举办的，不是吗？"

孔法斯心跳如雷，他跪下，吻了叔叔的膝盖。

※※※

和谐……如此美妙，它是伊库雷·瑟留斯三世的追求。

希默克提，皇家萨伊克的大宗师，曾向他保证，圆是最纯粹的几何形，是最适合完善灵魂的形状。他说，人的生命不能在直线中度过，可惜圆会变成结，环环相扣的猜疑化作诡计。最和谐的形状却最应当诅咒！

"我们还要等多久，瑟留斯？"母亲在他身后问，声音略有些沙哑，不知是因为年纪还是心情。

太阳很热，不是吗，婊子妈妈？

"快了。"他对着河水说。

瑟留斯站在巨大划桨船的船头，双眼一直盯着法御斯河的棕色河水。坐在他身后的是他母亲，帝国太后伊斯特里雅，以及他侄子孔法斯。刚刚在基育斯河畔摧毁了塞尔文迪部落的小侄子还沉浸在震惊与喜悦之中。皇帝最新的一座纪念碑，从奥塞别斯的玄武岩采

第二卷 皇帝

石场顺流而下,运到了摩门。名义上他是邀请自己的两位至亲前来观礼,但和以往一样,每次皇室成员聚集,总有更为深远的目的。他知道,这两个人都对他的纪念碑心怀讥讽,母亲会公开表露,侄子则埋藏在心里。但他们却不会——不,是不能——不理会他即将宣布的事。只需提到圣战,就足以让他们放尊重。

至少现在如此。

自离开摩门的石码头,太后一直凑在她孙子身边。"我为你烧了两百根金香烛,"她说,"你上战场的每一天都烧一根。我还把三十八条狗交给吉尔加奥里神的祭司,要他们为你——"

"她甚至献祭了一头狮子,"瑟留斯没有回头,扬声说,"就是彼萨苏拉斯从那个无礼的库纳米商人手中买下的白子,对吧,吾母?"

虽然看不到母亲,但他能感觉她狠狠盯着自己的背。"原本是给你的惊喜,瑟留斯。"她甜美的声音仿佛混着强酸,"还是你已经忘了?"

"抱歉,吾母,我只是——"

"我把狮皮准备好了。"她对孔法斯说,就像没听到瑟留斯的话一样,"对基育斯的雄狮来说是相称的,不是吗?"她笑起来,似乎为自己的心计颇感自豪。

瑟留斯紧抓着桃心木船舷。

"一头狮子!"孔法斯高声说,"一张白狮皮,天啊!我终于知道为什么真神在眷顾我了,奶奶。"

"一点贿赂。"她满不在乎地说,"我当时一心想着要你平安归来。绝望会让人疯狂的,但在你告诉我你是怎样打败那些野蛮人之后,我感觉自己实在太蠢了。我居然去贿赂诸神,让他们照顾他们选中的人!这个帝国从来没有你这样的将军,我最亲爱的孔法斯。从来没有!"

"不管我拥有怎样的智慧,奶奶,都是从您那里学到的。"

伊斯特里雅差点咯咯笑起来。奉承,特别是孔法斯的奉承,永远是她最喜欢的麻醉剂:"回想起来,我可是个相当严厉的老师。"

"是最严厉的。"

"但你总是迟到,孔法斯。等待会让我露出最糟糕的一面。我差点想把你的眼睛挖出来。"

瑟留斯咬紧牙关。她知道我在听!她在挑衅!

孔法斯笑了:"恐怕是因为我太早就发现了女人的乐趣吧,奶奶。当时我还有其他老师的课要上呢。"

伊斯特里雅的声音变得暧昧,甚至有点调情的味道。不要脸的老婆子。"我猜,她们上的都是同一本书里的课吧。"

"反正最后结果都是上床,不是吗?"

他们的笑声盖过了船舷木桨的划动声。瑟留斯强忍着没朝他们吼叫。

"加上这场圣战,我亲爱的孔法斯!你会超过我们历史上最伟大的大统领,甚至远不止如此!"

她到底想做什么?伊斯特里雅总在设法激怒他,但从未开过如此没分寸的玩笑。她知道孔法斯打败塞尔文迪人之后,已从工具变成威胁。特别是昨天礼坛上那出闹剧。瑟留斯只消一瞥侄子的脸,就明白斯科约斯的警告没错。孔法斯眼里的确透出杀意。若非圣战大局为重,瑟留斯一定会当场下令将他格杀。

伊斯特里雅当时也在,看得一清二楚,但她还是步步紧逼。她难道……

她难道想害死孔法斯?

孔法斯显然也觉得难堪:"我的手下会说,这就像在战争开始流血前就清点伤亡人数一样,奶奶。"

第二卷 皇帝

他真是这么想？还是在演戏？这是两人一起捏造出来的话，好洗清共谋嫌疑？皇帝朝船尾看去，寻找斯科约斯，发现宰相和亚里梅阿斯站在一起。他用愤怒的眼神招呼老臣过来，随即又开始咒骂自己。要这老傻瓜过来做什么？母亲在玩把戏。她一直在玩把戏。

别理他们。

斯科约斯小跑到皇帝身边——他的姿势总是像螃蟹——但瑟留斯没搭话，而是努力让自己的呼吸变得悠长平稳，转头看河上船来船往。一艘艘河船以缓慢优雅的节奏交错驶过，大多满载货物。他看到刚宰杀的鲜牛生猪，油罐酒桶，以及稻谷、玉米、开采的石料，有一艘船上似乎有成队的舞者。这些船在宽广的河面上向摩门鱼贯驶去。站在法御斯河上总让他感觉满足，这条河是纳述尔帝国这张巨网上最结实的绳索，帝国每一个人的交易与生产，都将在他的雕像监视之下进行。

他们手中的金币也刻着我的脸，皇帝心想。

他凝视天空，目光落在一只海鸥上，看着它用古怪的姿势悬停着，远方的雷暴云就在它身后。短短一瞬间，他似乎感到天地的和谐从心头掠过，忘却了身后喋喋不休的母亲与侄子。

划桨船突然一震，船身微微一斜，停了下来。瑟留斯在船头摇晃着稳住身子。他直起腰，怒冲冲地在船中央那一小群随员中寻找船长。他听到木甲板下传来喊声，然后有鞭子挥打。一幅幅图像在他眼前掠过：狭窄而黑暗的木船舱，发烂的牙根吃痛紧咬，汗水刺痛了伤痕……

"发生什么了？"瑟留斯听到太后问。

"是沙洲，奶奶。"孔法斯解释，"似乎又要再延误一会儿了。"他声音中透着不耐烦。几月以前，他是绝不敢这样表达心情的，不过和前一天的放肆相比，这已不算什么了。

叫喊声在甲板下回响，船桨急促地拍水，但没有作用。船长带

乌有王子 ★ 前度的黑暗

着一脸恳求宽恕的表情走上前,向皇帝解释搁浅状况。瑟留斯痛斥这蠢货,同时感到母亲正在审视自己。他偷偷朝她看去,那双眼睛中透出的敏锐绝不是母亲看儿子应有的。孔法斯在她身边,懒洋洋地斜靠坐榻,一脸坏笑,就像在欣赏一场斗鸡表演。

他们的审视让瑟留斯的情绪失控。他挥手制止船长哀怨的解释。"为什么要让桨手承担你的错误?"他喊道。船长幼稚而啰唆的恳求越来越让人厌烦,他转身命卫士将船长拖下船舱。接连不断的哀号让他怒火更盛。为什么敢于吞下自己造成的苦果的人就这么少呢?

"你的审判简直可与后先知媲美。"母亲干巴巴地说。

"我们就在这儿等。"瑟留斯厉声道,没有朝向任何一个人。

片刻之后,鞭子声与哀号声都低落下去,船桨也不再发出声响,甲板上出现了难得的寂静。远处的狗吠在河水上回荡。河的南岸,一群孩子在常青树间追逐打闹,尖声叫喊。不过还有另外的声音。

"你听到了吗?"孔法斯问。

"是的。"伊斯特里雅答道,她像鹤一样伸长脖子,朝河上游望去。

瑟留斯也听到了:模糊的号子声沿河传来。他眯眼朝远处看去,望向黑暗的山坡围出的蜿蜒的法御斯河,想找到那些拉新纪念碑的驳船,但河面上还没有任何迹象。

"也许,"斯科约斯低声在他耳边说,"我们应该到船尾等待您的新荣耀到来,人中之神。"

他本想斥责宰相用废话来打扰他的沉思,但又犹豫了。"说下去。"他低声道,看着老人的脸。斯科约斯的脸经常让他想到一枚干瘪的苹果,上面凸出两颗黑眼珠,看上去就像个老婴儿。

"从这里向前,人中之神,就可以看到您的神圣纪念碑了,您

第二卷 皇帝

的母亲和侄子……"他脸上露出为难的表情。

瑟留斯咧嘴笑了，瞟了母亲一眼："没人敢嘲弄皇帝，斯科约斯。"

"当然了，人中之神，当然如此。但如果我们到船尾去等待，驳船经过时，您的纪念碑会显得更加宏伟，更有冲击力。"

"我考虑过这点了……"

"这是当然。"

瑟留斯转身朝向太后与大统领。"来吧，吾母。"他说，"我们还是避开太阳好了。您的临幸会让阴影备感荣幸。"

这样的羞辱让伊斯特里雅脸上浮过一丝怒容，但马上就消散了。太阳高悬天空，以当下季节而言，天气是过于炎热了。她保持着僵硬的优雅姿势站起身，不情愿地握住儿子早就伸来的手。孔法斯也站起来，紧随二人身后。抹着香水的奴隶和官员们连忙退开，给他们让出路。斯科约斯跟在后面，保持着谨慎的距离。三人在几张摆满精美食物的桌子前停了一阵。母亲赞美厨房奴隶的手艺，这让瑟留斯有些欣喜。褒奖他的仆人一直是母亲用来弥补轻率举动的方法——是她的道歉。瑟留斯想，也许她今天会对他宽容一些。

终于，一行人来到划桨船尾部的遮阳篷下，斜靠在尼尔纳米什出产的长靠椅上。斯科约斯站在瑟留斯右边，这是他习惯的位置。瑟留斯发现老臣在场自己会舒服一些：就像香味过浓的酒，他的家庭需要渗上点水来降低烈度。

"婶婶近来可好？"孔法斯问。礼仪规范终于起作用了。

"她是个令人满意的妻子。"

"唯独子宫仍然紧闭着。"伊斯特里雅强调。

"我有后代了。"瑟留斯漫不经心地答道，心中清楚老太婆在庆幸他的无能。强壮的种子会打开子宫，她在嘲笑他的弱小。

伊斯特里雅深色的眼睛闪动着："是啊……没有遗产可继承的

继承人。"

说得如此直接！也许岁月终于还是追上了不朽的伊斯特里雅。也许时光是她唯一无法避免的毒药。

"小心点，吾母。"也许她终有一天会死——这想法让瑟留斯心中充满幸灾乐祸的狂喜。该诅咒的老贱人。

孔法斯插话："我想奶奶指的是那些长牙之民，神圣的叔叔……我听说就在今天早上，他们袭击了贾鲁沙镇，把那里洗劫一空。如今我们不只要面对暴乱和沙里亚的请愿，叔叔，随时可能爆发全面战争。"

直入核心啊，真没有风度。

"你打算怎么做呢，瑟留斯？"伊斯特里雅问，"这不是你脾气乖戾甚至时常有失礼数的母亲毫无来由的担心。连元老院里那些可靠的家族都警觉起来了。不管怎样，我们必须采取行动。"

"我还不知道您也会有失礼数，吾母……只不过有时显得如此而已。"

"回答我，瑟留斯，你到底打算怎么做？"

瑟留斯大声叹气："现在不是我打算怎么做的问题，吾母，我要做的已经做了。那条康里亚狗——卡摩缪尼斯——已派来使者，他明天下午会签署《条约》，他以个人荣誉向我担保，暴乱和袭击会在今日终止。"

"卡摩缪尼斯！"太后吸了口气，仿佛大吃一惊。但她很可能早已得知此事，甚至比瑟留斯本人还早。这么多年来，她一直背着丈夫和儿子们经营筹划，营造的间谍网络深入到纳述尔帝国每一个角落。"那其他贵族呢？那个艾诺恩人——他叫什么来着——库默雷泽又怎么说？"

"我只知道卡摩缪尼斯今天会和他、萨齐尔卡及其他几个人商讨。"

第二卷 皇帝

孔法斯胸有成竹地说:"他也会签字。"

"你又为何这样肯定?"伊斯特里雅问。

孔法斯扬扬手里的碗,那些无处不在的奴隶马上站出一人,往里斟酒。"最早来的这批都会签。我本该早些想到的,现在看来道理真的很简单:这帮蠢货害怕其他贵族的到来,甚至可以说这是他们最怕的事。他们认为自己战无不胜。如果我告诉他们,费恩教徒在战场上就与塞尔文迪人一样可怕,他们肯定会嘲笑我,告诉我真神与他们同在。"

"你到底想说什么?"伊斯特里雅追问。

瑟留斯不由自主地从坐榻上往前倾了倾:"是的,吾侄,你想说什么?"

孔法斯从碗里啜了口酒,耸耸肩:"他们认为胜利已是囊中之物,所以为什么要和别人分享呢?甚至更糟,要把胜利果实交给那些不配得到胜利的上级?想想看,当涅尔塞·普罗雅斯到来时,卡摩缪尼斯和一个普通军尉也就无甚区别了。库默雷泽和萨齐尔卡也一样,当加里奥斯、上艾诺恩的主力军团到来时,他们就会失去之前的显赫地位。至少现在,圣战还是他们的,所以他们一定希望——"

"你必须拖延时间,不能把补给交给他们,瑟留斯。"伊斯特里雅打断孙子,"不能让他们出征。"

"也许,"斯科约斯添了一句,"我们可以告诉他们,我们的粮仓里长了虫。"

瑟留斯盯着母亲和侄子,努力掩饰脸上的嘲笑。他们所知的就到此为止了,余下的有赖于他的天才,甚至连孔法斯这条狡诈的蛇,也没法预料他的行为。"不,"他说,"我支持他们出征。"

伊斯特里雅盯着他,显出她那张干皱的脸上所能显出的最大程度的惊讶。

"也许，"孔法斯说，"应该让奴隶们退下。"

瑟留斯拍拍手掌，身上涂油的奴隶们立刻从甲板上退开。

"这到底是怎么回事，瑟留斯？"伊斯特里雅问。她声音颤抖，仿佛被震惊夺走了呼吸。

孔法斯端详着皇帝，嘴边浮起一丝微笑。"奶奶，我想我明白了。会不会是这样，叔叔，帕迪拉贾要一点……表示？"

瑟留斯惊得说不出话，只能瞪着侄子。他怎可能知道？他的洞察力太敏锐，态度又太轻松了。瑟留斯一直对孔法斯抱有某种程度的恐惧，不只是因为侄子的聪明才智，更由于侄子心底有些更致命的东西。不，可怕的还不是致命，而是他的态度。人与人，甚至包括他和他母后之间——虽然她近来与他越来越疏远了——总存在着彼此无言的期许，人与人之间微妙的需求会延伸到所有交谈当中，甚至包括沉默的间隔。但在孔法斯那里，所有人都只能看到陡峭的表面。侄子从不为别人的行为所动。孔法斯只会被自己触动，虽然有时他会假装出为人所动的样子，但实际上对他来说，所有一切都不过是一闪而过的昙花。他是个无懈可击的人。

瑟留斯居然要掌控这样的人！但作为皇帝他必须做到。

"你应当奉承他。"斯科约斯曾经告诉瑟留斯，"让他把你看作自己辉煌生命的一部分。"但皇帝不能这样做，奉承别人等于让自己变得卑下。

"你怎么知道的？"瑟留斯厉声道。出于恐惧，他又加上一句，"要我把你送进塞尔克塔你才会说吗？"塞尔克塔，哪个纳述尔人看到这座摩门城中耸立的高塔不会颤抖？侄子的眼神瞬间僵硬了。他动摇了——真的吗？孔法斯被威胁动摇了？

瑟留斯笑了。

伊斯特里雅尖声打断他的兴致："你怎能拿这种事开玩笑，瑟留斯？"

第二卷 皇帝

他在开玩笑？也许是的。

"原谅我拙劣的玩笑，吾母。不过孔法斯猜得没错，他猜到了一个甚至能毁灭我们的秘密，毁灭我们所有人，如果……"他顿了一顿，转向孔法斯，"这就是为什么我必须知道，你是如何猜到这些的。"

孔法斯变得警觉了很多："因为换成我也会这么做。萨考拉斯……不，基安人需要了解，我们不是疯子。"

萨考拉斯。鹰脸萨考拉斯，威名赫赫，精明的施吉克省基安帕夏，他是圣战军必须克服的第一道严重障碍。长牙之民对法御斯河与森比斯河之间那片土地的了解实在太少了！纳述尔与基安时断时续的战争进行了几世纪，彼此有着最深刻的了解，彼此曾立下数不胜数的条约，且往往伴随着次级女眷的通婚。没人算得清他们派出过多少间谍，支付过多少赎金，送出过多少人质——

瑟留斯猛地站起来，打量着侄子。西斯林使节头上飘浮着萨考拉斯幽灵般的面孔，这场景又一次出现在他的灵魂之眼前。"谁告诉你的？"他突然紧张起来。孔法斯年轻时在基安做过四年人质，恰恰就在萨考拉斯的宫廷中！

孔法斯低头研究脚下碎瓷拼出的花纹。过了一阵，他终于抬眼直视瑟留斯，开口道："是萨考拉斯本人。"他傲慢的态度带有戏谑意味，似乎这是他一个人的游戏。"我和他的宫廷一直保持着联系，不过你的间谍肯定早把这事告诉你了。"

瑟留斯之前还在担心太后的情报来源！

"这种事上你一定要小心，孔法斯。"伊斯特里雅用母亲的口吻说，"萨考拉斯是老一辈基安人，来自沙漠，聪明又残忍。逮到机会，他一定会利用你在我们当中挑起纷争。时刻牢记，最重要的是我们的王朝。是伊库雷家族。"

又是这些话！瑟留斯的双手不禁颤抖。他把手握在一起，努力集中精神。他将视线从两人狼一般的面孔上移开，想起了多年前的一幕：这双颤抖的手曾握着幼儿手指大小的黑色药瓶，将毒液倒入父亲耳朵里。他的父亲！母亲……不，是伊斯特里雅的声音回响在他脑海：王朝，瑟留斯！我们的王朝！

她丈夫没有让王朝延续所需要的尖牙与利爪——这是她的判断。

现在又要怎样？他们在做什么？密谋吗？他看了老巫婆一眼，心中涌起杀意。但自他记事开始，她就是一座图腾，是她神圣的法力让疯狂的权力机器中的每一个零件各安其位。年迈而欲求不满的太后永远不可或缺。他回忆起年轻时那些夜晚，母亲一次次在深夜里将他唤醒，抚弄他的下身，用愉悦折磨他，舔着他的耳朵说："瑟留斯皇帝……你觉得怎么样，我亲爱的、神一般的儿子？"当时的她如此美丽。

他的第一次就在她手中完成了。她捧起他的种子，命他品尝味道。"这就是未来。"她说，"带着盐味……它会刺人，瑟留斯，我亲爱的儿子……"她温暖的笑声让冰冷的大理石地面变得柔软，"尝尝有多刺人……"

"看到了吗？"伊斯特里雅说，"看到他有多困扰吗？这正是萨考拉斯希望达到的目的。"

孔法斯一直在仔细观察皇帝："我不傻，奶奶，没有哪个异教徒能愚弄我，尤其是萨考拉斯。然而，我确实需要向您道歉，叔叔，我应该早点把这事告诉你。"

瑟留斯麻木地看着两人。头顶阳光正烈，将红色大篷的花纹映在地上：野兽绕成圆圈，围绕在纳述尔的黑色太阳周围。血红的阴影中，所有家具，地板，甚至每个人的肢体上，都印下了帝国的太阳，周围环绕着畸形野兽。

一千个太阳，想到这里他逐渐平静下来，一千个太阳将从那些

第二卷 皇帝

古老的行省升起!我们将夺回古老的要塞,帝国必将复兴!"

"解释一下吧,吾儿。"伊斯特里雅说,"我知道你不会蠢到建议卡摩缪尼斯和其他人单独去征伐基安人,或把牺牲目前集结的这批长牙之民当作我孙子口中的'表示'。这是疯狂的想法,而纳述尔帝国的皇帝并不是疯子。对吗,瑟留斯?"

这段时间,他们之前听到的号子变得越来越近。瑟留斯起身来到船舷栏杆前,靠着栏杆朝下看去。已经可以看到第一艘驳船了,领头的长船从河对岸缓缓驶来。他看到长船有成排的桨手,如同一条蜈蚣,在阳光下闪动。

很快……

他转向母亲和侄子,还瞥了斯科约斯一眼。老臣就像一个偶然的闯入者一样呆立原地。"帝国会夺回它失去的一切,"瑟留斯疲惫地说,"不多也不少。为达目的,帝国情愿牺牲一切,连圣战也在所不惜。"这话说出口居然如此容易!这些把世界视作草芥的话!

"你确实是疯了!"伊斯特里雅嚷道,"也就是说你宁愿让大批外乡人去送死,毁灭一半的圣战军,只为让那个该受三重诅咒的萨考拉斯知道,你没被宗教迷住头脑?你在挥霍自己的幸运,瑟留斯,你会引来诸神无尽的怒火!"

如此强烈的反应让瑟留斯吃了一惊。不过她怎么看并不重要,重要的是孔法斯……瑟留斯朝侄子看去。

孔法斯严肃地思考了一会儿,缓缓点头:"我明白了。"

"你明白他的理由了?"伊斯特里雅嘶叫道。

孔法斯赞赏地看了瑟留斯一眼:"想想吧,奶奶,今后要来摩门的比现今聚集在城下的人更多,而那些都是一方统领,梭本,普罗雅斯,甚至切菲拉姆尼——上艾诺恩的摄政王!更重要的是,最早响应玛伊萨内召唤的这批粗鄙的乌合之众,这批毫无准备的暴

223

乌有王子 * 前度的黑暗

民，刺激他们的是发热的头脑，并非打仗所需的清醒精神。丢掉这批垃圾会在许多方面为我们减负：需要供养的嘴巴减少、上战场的队伍更有凝聚力……"他停了一下，转向瑟留斯，眼神里充满惊奇——或是类似的东西，"而且这可以给沙里亚、给后来人上一课，教会他们畏惧费恩教徒。届时他们就会更依赖我们这些知道尊重异教徒，甚至对他们心存畏惧的人了。"

"完全是发疯！"伊斯特里雅啐了一口，没有被孙子转换立场的行为所影响，"怎么，到时候我们就和基安人真刀真枪开战？既然我们最终要把一切握在手里，干吗要先给他们甜头吃？那些是我们要砸碎脊梁的敌人！而你和他们签订密约？你说'你可以砍掉我这一只手和这一只脚，但不能砍更多'？真是疯了！"

"但这里的'我们'究竟是谁呢，奶奶？"孔法斯道，语气中已没有了孙子的恭顺，"想想看！'我们'到底是谁？当然不是伊库雷家。'我们'意味着千庙教会，挥舞战锤的是玛伊萨内——您忘了吗？我们只不过是跟在后面捡他敲下的碎片而已。玛伊萨内在削弱我们，奶奶！到目前为止，他所做的一切都是在剪除我们的羽翼。这就是为什么他请来赤塔，不是吗？这样他就无须支付我们为皇家萨伊克参战而提出的代价。"

"别拿你那些图画书里的解释糊弄我，孔法斯，我还没老到站不稳呢。"她转过身，严厉地盯着瑟留斯。皇帝的喜悦写在脸上。"这么说，卡摩缪尼斯、萨齐尔卡以及他们手下成千上万的人都完蛋了，牛羊挑选好了。接下来会怎样发展，瑟留斯？"

瑟留斯忍不住笑了。如此精妙的计划！连伟大的伊库雷·孔法斯也敬畏他！至于玛伊萨内……想到这里，瑟留斯简直想像傻瓜一样发出咯咯笑声。

"接下来？我们的沙里亚会学会恐惧。学会尊重。他那些可笑的仪式——祭祀、圣歌、花言巧语，都会变得毫无意义。就像你之前说的，吾母，诸神无法贿赂。"

"但你可以。"

瑟留斯笑了。"当然可以。如果玛伊萨内命令那些大贵族签下我的《条约》，发誓将所有的古老行省交还帝国，我就会给他们——"他转向侄子，点了点头，"——基育斯河的雄狮。"

"太棒了！"孔法斯喊道，"我怎么没想到这步棋？一手鞭打，一手安抚。太棒了，叔叔！圣战一定会是我们的。帝国将得到复兴！"

太后怀疑地盯着孙子。

"你怎么想，吾母？"

伊斯特里雅没理皇帝，她的视线移到宰相脸上："你今天过于沉默了，斯科约斯。"

"这里……我没资格发言，太后殿下。"

"没资格？但这疯狂的计划是你想出来的，对吗？"

"是我自己的计划，吾母。"瑟留斯被她的想法激怒了，厉声说道，"这个糟老头子花了好几星期时间想让我放弃。"话刚出口，他就知道自己又犯下愚蠢的错误。

"真是这样吗？斯科约斯，这又是为什么？虽然我鄙视你，也不喜欢你对吾儿过度干涉，但我觉得你的思考总是有其价值。你到底劝过他什么？"

斯科约斯无助地盯着她，一句话也说不出。

"你害怕祸从口出，对吗，斯科约斯？"伊斯特里雅柔声道，"倒也确实如此。吾儿的决断无比严酷，又总是朝令夕改。不过我不怕，斯科约斯，老女人总是比老男人更容易接受现实。我们把生命带给这个世界，所以我们将自己看作债主。有舍才有得。"她转向儿子，嘴上挂着野兽般的微笑，"这又回到了我说的事情上。瑟留斯，即便你像孔法斯分析的那样，把一半圣战军出卖给费恩教

乌有王子＊前度的黑暗

徒，这些东西也没什么价值——如果不是说毫无价值的话。"

瑟留斯努力咽下怒火，回答道："十万条人命绝不能说是'没什么价值'，吾母。"

"没错，但我指的是实际好处，瑟留斯。孔法斯说，这些人是垃圾，干掉他们等于减轻负担。萨考拉斯肯定也清楚这点，所以我问你，亲爱的吾儿，他到底向你要求了什么样的回报？我知道你索取了什么，那么告诉我，你给予了什么？"

瑟留斯若有所思地看着她。与那个叫马拉赫的西斯林会面的夜晚，和萨考拉斯那场神秘的谈判，一幕幕在他的灵魂之眼前闪过。那个夏夜现在想来多么冰冷，毛骨悚然……

但帝国必须复兴……不惜一切代价。

"让我们说得简单一点吧，嗯？"伊斯特里雅续道，"告诉我战场在哪里，瑟留斯，告诉我另一半圣战军，精锐的那一半，能进军到哪里。"

瑟留斯的视线停留在孔法斯脸上，他看到了混杂着仇恨与算计的笑容，但也在这张笑脸下看到了赞同——他只需要这个。希摩与帝国相比又算得了什么？信仰与皇权相比又算得了什么？孔法斯会站在帝国这边——也就是站在他这边。突然间，空气中仿佛有了麝香的味道，那是母亲受到的羞辱。他默默享受着。

"这是战争，吾母，就像一场算筹游戏，谁知道未来等待我们的是怎样的胜利——或者灾难呢？"

太后又端详了他片刻，她的脸在浓妆下变成令人心悸的白色。

"希摩，"最后她用死人一样的声音说，"圣战军将在希摩城下被消灭。"

瑟留斯微微一笑，耸了耸肩，转回去看河面。桨手的号子响彻云霄，第一艘长船从他们身边驶过。长船后面拖着长长的麻绳，牵引着庞大而沉重的驳船，驳船如此之大，似乎分开了闪亮的河面。

第二卷 皇帝

他看到放在木头中的黑色纪念碑,几乎和摩门城门一样高大,像摩门的西米拉神庙区里的其他纪念碑一样,以玄武岩制成。石碑从他面前通过时,他甚至可以感觉到太阳在岩石上留下的撩人温度,那温度从纪念碑侧面传来。石碑顶端是一幅巨大的侧脸浮雕,刻画出伊库雷·瑟留斯三世令人胆寒的面孔。心跳加速,甚至有眼泪流下,这座刻着他头像的石碑将树立在西米拉碑群的正中,被数千双眼睛瞻仰,皇帝的威严将永远沐浴在白色阳光之下。

这是他的神龛。

他的脑海腾跃着。*我会永垂不朽……*

他坐回长靠椅,仰头靠在椅背上,品味着熊熊燃烧的希望与自豪。噢,神灵般的虚荣是如此甜美!

"就像一座巨大的墓碑。"母亲说。

一如既往,此话带着毒蛇般的真实。

第八章 摩门

> 国王从不撒谎，错的是这个世界。
>
> ——康里亚谚语

> 尼尔纳米什的贤者说，如果我们真正理解诸神，就会知道他们不是国王，而是小偷。这是渎神之语中最智慧的一种，因为我们从来只看到欺骗我们的国王，却没看到欺骗我们的小偷。
>
> ——欧列卡罗斯，《告白录》

长牙纪4110年，秋，君纳帝草原北部

乌特蒙的约萨卡从梦中惊醒。

好像有声音……

火焰熄灭了。一切笼罩在黑暗中。雨水敲打在大帐篷的皮上。他的一个妻子低声嘟哝了句什么，裹紧毯子。

然后他又听到那个声音。皮制帐门上发出啪嗒一声。"欧加萨？"他哑声道。他的一个年幼的儿子昨天下午出去散步，一直没回来。大家觉得那孩子应是被大雨阻住了，雨停后自然会回来。欧加萨以前出过这种事。不过，约萨卡还是有点担心。

那孩子，总这样到处乱跑。

"小欧？"

没人回答。

又一声轻响。

约萨卡踢掉腿上的毯子，裸身握住阔剑，心里的疑惑多于警

第二卷 皇帝

觉。他可以肯定是小欧在搞鬼,但乌特蒙人正经历着艰难岁月,谁也不知道究竟会发生什么。

闪电的光从圆锥形帐顶的缝隙透进来,刹那间映得雨珠如同水银一般。紧接而至的雷声让他耳边一阵轰鸣。

又一声响动。他开始有些紧张了。他在熟睡的孩子和妻子们中间挑选落脚点,最后停在帐门前。这孩子太淘气,也正因为这个,约萨卡才如此溺爱他。不过在深夜里朝父亲的大帐扔石头,这算是淘气吗?

还是恶意?

他握紧剑柄,身上一阵颤抖。帐篷外,冰冷的秋雨下个不停。又一道无声的闪电,接下来的雷声如同铁锤敲打空气。

他掀开帐门,用剑将帘子缓缓挑到一边。外面什么都看不见。雨点不停地打在泥浆与水坑中,似乎整个世界都在发出刷刷声。这声音让他回想起基育斯河。

他俯身走进雨幕,紧咬牙关,不让它们格格作响。脚尖踩上了泥里一块石头,他蹲下身,把它从泥里拾起来,马上发现事情不简单。这不是石头,而是人身上的一部分,或者是野兽身上的——

又一道闪电。

刹那间,他能做的只是眨眨眼,让视力从亮光中恢复。随着雷声传来,他突然明白了。

是小孩的手指……他手中拿的是从小孩手上砍下的手指。

小欧?

他咒骂一句,扔下手指,漫无目的地扫视四下的黑暗。愤怒,悲伤,恐惧,但这些又都被怀疑压过。

这不可能是真的。

一道炽烈的白光划过天空,这一瞬间他看清了周围的世界:荒凉的地平线、远处的牧场、附近族人们的帐篷,以及大约十码外站着的人影。那人看着他……

"你杀了他，"约萨卡麻木地说，"你杀了他！"

他听到脚步踏过泥泞。

"我发现你儿子在草原上游荡，"那个可恨的声音说，"所以我把他还给你。"

有什么东西砸在他胸口，是一个包裹。前所未有的恐惧抓住了他。

"你、你还活着，"他语无伦次地说，"我真是太、太欣慰了。大、大家都会很欣慰的！"

又一道闪电闪过，约萨卡看到了他，就像徘徊不散的幽灵，如周围的雷电与暴雨一样狂野而原始。

"有些东西一旦打破，"声音从黑暗中传来，"便无法再修复。"

约萨卡高喊着冲向前方，手中阔剑舞出一道巨大的弧线，但钢铁般的手指从黑暗中伸出，抓住了他。有什么东西砸在他脸上，于是剑从毫无知觉的手指间滑落。一只手握住他的喉咙，他挥手击打，却碰上一条岩石般的手臂。他感觉自己的脚趾在泥水中划出道道沟壑，锐利的弧形刀刃贴在他的阴囊上面，他感到一阵窒息，接着一股热流沿大腿流下，似乎有人把他整个身体掏空了一样。

他脚下一滑，摔倒在泥里，五脏六腑似乎都在抽搐。

我已经死了。

一道颤抖的白光闪过，约萨卡看到他正蹲在自己头顶，看到他狂乱的眼神和饥渴的狞笑。然后一切回归黑暗。

"我是谁？"黑暗问。

"奈、奈育尔，"他喘着气说，"屠、屠人者，最、最强大的男人……"

一个耳光。手指箕张，就像在惩罚奴隶。

第二卷 皇帝

"不,我是你的终点。我要在你眼前将你的种子一个个杀掉。我要将你的尸体分成四块,拿去喂野狗。至于你的骨头,我会碾碎成灰,撒进风里。我会打倒每一个说出你或你祖上名字的人,直到'约萨卡'这个词变成婴儿口中毫无意义的声音。我会消除你留下的每一道痕迹!你生命的轨迹与我交汇,但到此为止。我是你的终点,你的终极毁灭!"

火炬点起,人群冲走了黑暗。有人听到了他刚才的喊声!他看到一双双脚踩在泥水中,有的光着,有的穿着靴子,他也听到了人们低声的诅咒。他看到他最小的弟弟裸着胸膛,一只脚踩在泥里;他看到他最后一个幸存的堂兄弟颤巍巍地跑出帐篷,然后像喝醉了酒一样摔在水坑中。

"我是你们的酋长!"奈育尔怒吼,"要么来挑战我,要么见证我的评判!无论如何,正义都会得以伸张!"

约萨卡感到一阵奇异的麻木。他在淤泥中扭过脸,看到越来越多的乌特蒙人在他们身边聚集。火把噼啪作响,在雨中发出嗞嗞声,橙黄的火光偶尔会在白色闪电中显得暗淡。他的一个妻子围着他父亲送的熊皮,惊恐地盯着他,一脸茫然地跌跌撞撞走来。奈育尔狠狠揍了她一拳,就像打男人一样。她身上的毛皮掉在地上,全身赤裸,一动不动倒在酋长脚边,看上去好冷。

"这个人,"奈育尔声若震雷,"在战场上背叛他的族人!"

"我是为了我们的自由!"约萨卡竭力呼喊,"为了将乌特蒙部落从你的枷锁、你的堕落中解救出来!"

"你们都听到,他承认了!他的生命和财产都应当被剥夺!"

"不……"约萨卡咳嗽着,但麻木又席卷了他。这有何正义可言?他背叛了他的酋长,没错,但那是为了荣誉。奈育尔也曾经背叛酋长,背叛父亲,为了对另一个男人的爱!为了一个口出狂言的外乡人!这有何正义可言?

乌有王子 ＊ 前度的黑暗

奈育尔伸出双臂,好像要将雷声滚滚的天空揽入怀中。"我是奈育尔·厄·齐约萨,骏马与战士的粉碎者,乌特蒙部落的酋长,我从死亡中回来了!谁敢质疑我的评判?"

雨水仍在风中盘旋。没人敢与这个疯子争辩,只是用敬畏而恐惧的眼神看着他。然后一个女人冲出人群——是那个有一半诺斯莱血统的混血种,奈育尔的妻子。她跃到奈育尔怀中,用无力的手捶打他的胸膛,一边哭一边说些听不懂的话。奈育尔先是紧抱着她,然后用坚实的手按在她后背上。

"是我,安妮丝。"他用可耻的温柔语调说,"我没事。"

然后他推开她,向约萨卡走去。火炬中的恶魔,闪电下的幽灵。

约萨卡的妻子和孩子们都已聚拢到他身边,恸哭着。约萨卡感觉自己的头枕在柔软的大腿上,一双温暖的手颤抖着在他脸上和胸前抚过,但他眼里只有酋长穷凶极恶的身影。他看着奈育尔抓住他最幼小的女儿的头发,用尖锐的铁剑割断她的尖叫。在这个恐怖的瞬间,她挂在他的剑刃上,然后他一抖剑身,把她像穿在铁签上的玩具娃娃一样甩开。约萨卡的妻子们尖叫着缩紧身体,乌特蒙部落的酋长那雄健的身影笼罩了他们,一次又一次挥砍,直到所有人都倒在泥地中,手指紧抓泥土,身体不住颤抖。最后只剩下欧米莉,森努瑞特的私生女,今年春天才嫁给约萨卡。她一边哭,一边紧抓着丈夫。奈育尔用空着的一只手抓住她的后颈,把她提起来。她的嘴像鱼一样翕动着,发出无声的尖叫。

"这就是森努瑞特野生的贱种吗?"他低沉地问。

"是的。"约萨卡喘息着。

奈育尔把她像破布一样扔到泥里:"让她活着看我们行事,然后让她为父亲的罪行接受惩罚。"

约萨卡躺在死去或将死的家人中间,眼看着奈育尔将他的肠子

第二卷 皇帝

像绳索一样一圈圈绕在布满疤痕的手臂上。他看到周围部落人冷漠的眼神，知道他们不会干涉。

不是因为他们害怕这位疯狂的酋长，而是他们知道事情本该如此。

长牙纪4110年，深秋，摩门

自玛伊萨内宣布圣战开始，已经过去了半年，摩门城外集结了无数人马。在千庙教会身居高位的人当中逐渐出现了传言，称沙里亚对此颇为惊愕。有人说，他没料到自己的呼吁竟会产生如此狂热的反应，居然有这么多下等种姓的男男女女起来为长牙而战。关于自由民将妻儿卖作奴隶以筹措钱财前往摩门的报告屡见不鲜。据称，一个从玫格伊里城来的鳏夫漂洗工不愿将两个儿子卖作奴隶，而将他们活活淹死，当人们把他扭送当地的教会治安官时，他坚称自己只是"送他们提前动身前往希摩"。

这些污点出现在每一份送往苏拿的报告中，到最后已不再像是对沙里亚大祭司团提出的警告，开始变得难堪不已。最令祭司团困扰的，乃是长牙之民遭遇的惨剧以及他们自身实施的暴行，这样的事件起初并不多，后来却急剧增加。在康里亚的领海上一次规模不大的风暴中，九百名多下等种姓的朝圣者丧生，只因他们轻信承诺，乘着无法经受海浪的船只远航。在北边，加里奥斯的一伙海盗打扮成长牙之民一路南下，沿途摧毁了至少十七座村庄。他们没留下任何目击者，直到把夺来的财物运到苏拿的市场，想卖给艾麦雅萨——一位著名的传教祭司，才暴露了自己的行径。根据玛伊萨内的指示，沙里亚骑士团包围了他们的营地，将他们尽数击杀。

还有一个故事是关于恩雷萨·巴里苏拉斯。他是辛罗恩的国王，也许是三海诸国中最有钱的人。当数千名租了他船的泰丹人拖

乌有王子 ✱ 前度的黑暗

欠债务时,他将这些人派往法里夏斯岛,那里有森耶里的劳尚国王的海盗要塞。巴里苏拉斯要他们攻占这座岛,以清偿债务。他们发起进攻,结果全军覆没。数千名无辜者在冲突中丧生。无辜的因里教徒。

据知情人讲,玛伊萨内听到这消息时失声痛哭。他当即向整个恩雷萨家族下达了沙里亚责罚令,取消巴里苏拉斯、其子嗣及其代理人所拥有的一切债权,无论是商业方面还是其他方面。然而,这道责罚令很快被证明行不通,沙里亚发现,若没有辛罗恩的船,圣战军的集结要比当前再慢上几个月。为结束这场闹剧,沙里亚向巴里苏拉斯颁发了千庙教会的贸易特许状,以这种方式为他恢复了名誉。传言纳述尔皇帝派出使节,以私人名义祝贺了精明的辛罗恩国王。

然而真正引起轩然大波的,还是所谓的"乡民圣战军"向基安进军的消息。当第一批大贵族屈从于伊库雷·瑟留斯三世、在他的《条约》上签字的消息传到苏拿时,教会忧心忡忡,每个人都担心会发生可怕的事情。玛伊萨内没有巫师,他只能派出使节,去强调耐心的美德,并暗示蔑视教会将有怎样的可怕后果。但使节抵达摩门时,卡摩缪尼斯、萨齐尔卡、库默雷泽及他们麾下那支暴民大军已离开好几天了。

玛伊萨内恼怒不已。在三海诸国的各个港口,各国组建的军团终于开始登船了。阿甘萨诺伯爵戈泰克的船上集结了数百名泰丹男爵及其各自的部属——总计有五万余名训练有素的士兵。据沙里亚顾问的估算,再过几个月,圣战军就可完成集结。他们称,长牙之民的总数逾三十万,大大超过了异教徒的军队。而之前那些草草聚集的暴民人数虽多,但他们的远征必是一场彻底的灾难。

沙里亚发出几道紧急谕令,要求那几位贵族等待后援。但卡摩缪尼斯极其固执,当沙里亚骑士团的大宗师高提安带着玛伊萨内的

第二卷　皇帝

谕令在吉尔拉斯城北截下他时，卡纳普雷的总督声称："如果连沙里亚自己都开始怀疑，那才是最可悲的事。"

乡民圣战军离开摩门时没有欢送仪式，反而引发了一连串混乱与惨剧。聚集在摩门城下的那些人只有一小部分隶属于几位大贵族，所以他们并没有明确的领导——事实上连成形的组织都没有。结果导致在纳述尔军前来发放补给时，暴发了多起骚乱，总计有四百到五百名信徒丧生。

值得称道的是，卡摩缪尼斯迅速做出应对，借助萨齐尔卡手下加里奥斯军队的帮助，他的康里亚人让暴民恢复了秩序。皇帝提供的补给被尽可能公平地分发下去，其他混乱则用剑锋解决。乡民圣战军突然发觉，自己做好了出兵准备。

摩门市民涌上城墙，目送长牙之民出发。许多人对朝圣者加以嘲笑，作为主人的他们早就心怀蔑视了。然而，大多数人保持沉默，注视着一眼看不到边的人潮缓慢消失在南方地平线。数不清的车马载着这些人的家产，女人与孩子目光呆滞地走在漫天尘土中，野狗在无数双脚间撒欢儿。数以万计饥贫交困的下等种姓人手中仅握着铁锤、锄头或钉耙，脸色却如士兵般严肃。皇帝本人也来到瓷釉装饰的南城门上，俯瞰这壮观景象。传闻皇帝说，看着如此多的隐士、乞丐和妓女，他几欲作呕，但他已"把肚子里的脏东西都混到这些家伙的饭食里了"。

大军每天最多推进十里，不过几名大贵族还算满意。单凭可怕的数量，乡民圣战军就在沿海地区造成了令人发指的混乱。农奴们发现田地里出现了陌生面孔，起初只是几个，随后增加到几千。庄稼都被踩坏，果园和林地也遭洗劫。好在肚子里还装着皇帝供给的粮食，长牙之民的纪律还没有超过军官们容忍的底线，至少强奸、杀人、抢劫之类事件的发生频率在大贵族们可以处理的范围内——更重要的是，这让他们可以继续假装自己正领导一支军队。

乌有王子 ★ 前度的黑暗

但进入帝国前线的安塞尔卡行省后,朝圣队伍终于变成了匪军。成群结队的狂信徒在安塞尔卡乡间肆虐,起初掠夺的只限于谷物和牲畜,后来甚至出现了洗劫与屠杀。那巴拉这座著名的羊毛交易市镇被洗劫一空,马特姆斯奉命率纳述尔部队前来管制乡民圣战军,随后爆发了几场混战。将军手下虽只有两个军团,但本该足够应付,可惜后来加入暴乱的长牙之民越来越多,萨齐尔卡的加里奥斯部队也反应激烈,将军不得不撤回北方,躲进吉尔拉斯城。

卡摩缪尼斯发表了一份宣言,指责皇帝瑟留斯三世下令停止为长牙之民提供补给,此乃违背了之前的誓言。事实上,下达敕令的是玛伊萨内本人,他希望能拖慢这支乌合大军南下的步伐,争取足够的时间,以说服他们返回摩门。

由于需要就地征粮,长牙之民的行军速度确实减慢了,同时玛伊萨内发布了更多敕令:第一条敕令宣布取消此前的沙里亚大赦令,响应长牙号召的人的罪行将不会得到无条件赦免;另一条敕令宣布对卡摩缪尼斯、萨齐尔卡及库默雷泽实行沙里亚的责罚;第三条宣称任何继续与上述大贵族一起进军的人将得到同样的惩罚。这些消息,加上之前几天流血事件引发的强烈反应,让乡民圣战军停了下来。

有一段时间甚至连萨齐尔卡也犹豫了,似乎乡民圣战军的主力即将调头返回摩门。但这时卡摩缪尼斯得报,一支前往边境要塞亚斯吉罗奇的帝国运输队,奇迹般地被他的手下截获。他确信这是真神给他的启示,于是召集了所有贵族和乡民圣战军中其他临时领袖,用极富煽动性的演说鼓动他们。他要他们仔细想想,审视一下自己的行为是否正义。他提醒这些人,沙里亚也是凡人,和所有凡人一样,都有可能判断失误。"受神祝福的沙里亚心中的热情正在流逝。"他说,"他忘记了我们的行为所代表的神圣荣耀。但相信我,兄弟们,等我们攻陷希摩,等我们将帕迪拉贾的人头装在袋子

第二卷 皇帝

里献给沙里亚时,他会想起来的!他会高度赞赏我们,因为在他自己的心变得迟疑时,我们仍然一往无前!"

好几千人脱队,四散回到了帝国首都,但乡民圣战军主力决定继续前进,现在他们完全无视于沙里亚的告诫了。征粮小队被派往行省的各个角落,南下的主力军团也越走越分散。地方贵族的乡间别墅遭到抢掠,无数村庄被付之一炬,男人被屠杀,女人被奸污。那些拥有城墙的小镇如果拒绝打开城门,就会被乱军攻陷。

终于,长牙之民来到了云纳拉山脉脚下。长久以来,这座山脉一直是凯兰尼亚平原上那些城镇所倚赖的南方屏障。乡民圣战军奇迹般地重整旗鼓,在亚斯吉罗奇的城墙下编好队伍——亚斯吉罗奇是一座古老的凯兰尼亚要塞,纳述尔人称为"破军关",因为它曾三次阻止费恩教徒的入侵。

要塞大门紧闭了整整两天。然后,皇家卫戍部队司令普罗非拉斯发来请柬,邀请三大贵族与其他贵族种姓的军官进入要塞赴宴。卡摩缪尼斯要求司令交出人质做保,得到人质后他接受了邀请,与萨齐尔卡、库默雷泽及其他一些地位较低的贵族一起进入亚斯吉罗奇。普罗非拉斯当即逮捕了他们,向他们出示了沙里亚签发的逮捕令,并用最尊敬的态度告知他们,除非下令让乡民圣战军就地解散,返回摩门,否则他们将面临无限期拘禁。贵族们拒绝了他,但他仍苦口婆心地试图说服,想让他们恢复理智,这样面对基安人毫无胜算。普罗非拉斯坚持,基安人在战争上的聪明才智和残忍程度不逊于塞尔文迪人:"就算你们率领的是真正的军队,我也不会把赌注下在你们这边,更不用说你们的队伍里有那么多妇孺和奴隶。我请求你们,饶过他们吧!"

卡摩缪尼斯报以大笑。他承认,如果只拼肌肉与武器,乡民圣战军很可能不是帕迪拉贾的军队的对手。但他坚称,这根本无足轻重,因为后先知已证明,在充满正义之心的人身上,这样的弱点是微不足

乌有王子 ★ 前度的黑暗

道的。"我们每向神圣的希摩城走一步，每离开苏拿和沙里亚一步，就离天堂更近了一步！"他叫嚣，"你要小心，普罗非拉斯，因为因里·瑟金斯本人说过，'阻挡真理的道路者必被诅咒'！"

日落之前，普罗非拉斯释放了卡摩缪尼斯和其他贵族。

第二天，成千上万的部队走进了亚斯吉罗奇要塞箭塔下的峡谷。温和的细雨沐浴着他们，峡谷中燃起几百团祭祀的篝火，祭奠用的牲畜堆积成山。"摇摆者"们将泥水抹遍赤裸的身体，高昂地唱着他们无人能听懂的歌。女人们低唱赞美诗，她们的丈夫则在打磨自己粗陋的兵器——锄头、镰刀、古旧的长剑或钉锤。小孩子在人群中追逐着野狗。他们当中真正的军人，那些跟随康里亚、加里奥斯以及艾诺恩贵族们的部队，不屑地看着一队麻风病人翻过山口，成为第一批踏上异教徒土地的信徒。云纳拉山脉并不算高峻，与其说是山脉，更像是胡乱堆砌的崖壁与石头斜坡。然而在群山背后，住着皮肤黝黑、长着豹子眼睛的费恩教徒。在群山背后，因里教徒被切腹挖心，尸体吊在树上。对信徒来说，云纳拉曾是大地的尽头。

雨停了，阳光如长枪刺穿云层。长牙之民高唱着圣歌，眼含喜悦的泪水，排成长长的纵队从山间穿过。在他们心中，圣城希摩就在视线外不远的地方，离他们只有一步之遥。

当乡民圣战军进入异教徒领地的消息传到苏拿，玛伊萨内遣散了所有的臣下，回到自己的房间。他的仆人拒绝了所有求见者，告诉他们沙里亚开始斋戒祈祷，直到知晓这支肆意妄为的圣战军的命运为止。

※

斯科约斯按照礼仪规范深深鞠躬，然后道："皇帝陛下要我

第二卷 皇帝

在去密议室的路上向您介绍一下情况,大统领大人,艾诺恩人到了。"

正伏案书写的孔法斯抬起头,把羽毛笔放回盛墨的角瓶中:"到了?他们之前说要明天到。"

"都是老把戏,大人,赤塔总是在玩这些老把戏。"

赤塔。想到这个孔法斯忍不住想吹声口哨。三海诸国最强大的巫术学派,如今即将长驻在圣战军中……对于生活的反复无常,孔法斯一直抱着欣赏态度,就像行家欣赏美食一样——像这样荒谬的事件对他来说是不忍释口的佳肴。

昨天早上,几百艘异国的划桨船和帆船在法御斯河口下锚,船上搭载着赤塔的巫师们、摄政王的部属以及十多位行省总督。他们带来的下等种姓步兵从那时起就在下船,直到现在都没下完,似乎整个上艾诺恩国都来加入圣战了。

皇帝心情大好。自乡民圣战军几周前离开后,接连有多批军队抵达。声名狼藉的劳尚国王派儿子斯凯耶尔特王子带来上万名森耶里人;好战的阿甘萨诺伯爵戈泰克手下的泰丹人至少是他们的四倍。不幸的是,两个人似乎都不受瑟留斯魅力的影响,甚至表现得非常粗鲁。当皇帝亮出《条约》时,斯凯耶尔特王子用那双令人不安的蓝色眼瞳把皇帝的廷臣挨个打量了一遍,然后一言不发地离开了皇宫;老戈泰克则一脚踢翻了放条约的青铜架,称瑟留斯是个"被阉割过的异教徒"或"堕落的同性恋"——区别在于你相信哪个翻译的话。野蛮人的傲慢是无法估量的,特别是野蛮的诺斯莱人。

瑟留斯认为,艾诺恩人会有更好的表现。他们和纳述尔人一样,都属于克泰民族,而且都有着古老的贸易传统。艾诺恩人文明开化,虽然他们对胡须的风格有着食古不化的偏爱。

孔法斯打量着斯科约斯:"你觉得他们是故意的?想打我们一

个措手不及？"他挥挥手中的羊皮纸，等待墨迹变干，然后交给传令官——那是让马特姆斯恢复在摩门以南例行巡逻的手令。

"如果是我，我会这样做。"斯科约斯坦白，"所谓'积小胜而成大业'……"

孔法斯点点头。宰相引用的是《灵魂的贸易》中的著名段落，那是阿金西斯关于政治哲学的经典著作。孔法斯忽然觉得自己与斯科约斯本不该这样剑拔弩张。每当叔叔不在场，他们便有许多共同语言，就像好胜的儿子与严厉的父亲，只需简单交谈几句，就可放下对立，承认彼此之间的共同点。

他站起身，俯视着这个形容枯槁的老人："那么请带路吧，老先生。"

孔法斯对官僚系统中的声望视如无物，将自己的官邸和办公处所安置在俯瞰礼坛和斯库亚利广场的安迪亚敏高地最下面一层，从这里前往高地顶部的皇宫算得上一次远足。他不禁怀疑老宰相的体力，这些年不止一位皇帝的重臣死于"攀爬"——这是宫里人礼貌的说法。奶奶说，过去的皇帝确曾利用上下高地来料理年迈或怀有二心的大臣，故意交给他们一些十分紧要、不能由奴隶转达的消息，然后要求他们送信后立即返回。安迪亚敏高地对孱弱的心并不友好——不管孱弱的是心脏还是心灵。

孔法斯加快脚步，迫使老头子跟上他的步伐。这行为更多的是出于好奇，而非恶意，他还从未目睹谁因攀爬而死。让他惊讶的是，斯科约斯没有丝毫抱怨，老人的双手舞得像只老猴子，却没显出疲态。老宰相一边走，一边用轻松的语调向孔法斯介绍赤塔与千庙教会之间条约的细节——至少是他们获悉的部分。等孔法斯确定斯科约斯不仅看着像只老猴子，也有老猴子的耐力时，他放弃了加速。

爬上许多台阶后，他们穿过了哈佩丁花园。和以往一样，孔法

第二卷 皇帝

斯朝一百多年前他的曾曾祖父伊库雷·安法拉斯遇刺身亡的地方看了一眼。安迪亚敏高地上有几百个这样的血腥地点，曾经权倾一时的角色在这些地点上演了一幕幕耸人听闻的丑剧，有的是受害者，有的则是凶手。孔法斯知道，叔叔只要没醉到不省人事，就会尽一切可能避开这些地点。在瑟留斯眼中，宫殿充斥着死去帝王们的低语声。

但对孔法斯而言，安迪亚敏高地不像是墓园，更像个大舞台。即使是现在，低回的走廊中也有看不见的唱诗班在齐唱圣歌，仪祭点燃的香烛散发出的烟有时会聚拢成团，笼罩在门廊前，为灯笼描出一圈光晕，让人感觉自己不是在向高地顶峰攀爬，而是在走向天堂的大门。孔法斯知道，如果他们不是这里的居民而是访客，会有袒胸露乳的女奴向他们呈上混杂着尼尔纳米什香药的烈酒，大腹便便的宦官献上芬芳的圣油和仪祭用的武器作礼物。这里的一切都经过精心计算——就像斯科约斯之前说的"积小胜成大业"——通过扰乱、奉承或威慑，在访客们心中一点点塑造皇室的威严。

斯科约斯仍然毫无疲态，一遍遍重复着各项情报与各种劝诫。孔法斯心不在焉地听着，等着老蠢货说出什么他不知道的事。终于宰相的话题转到赤塔大宗师——以利亚萨拉斯身上。

"据我们在凯里苏萨尔的探子回报，他那可怕的名声决非浪得虚名。十年前，当他的导师萨什卡由于未知原因身亡时，他不过是个次级巫师，之后只用了不到两年，他就成为三海诸国中最强学派的大宗师。这代表着令人胆寒的智慧与能力，您必须——"

"还有渴望。"孔法斯打断他，"若没有极度渴望，没人能在这么短时间里做出如此大的成就。"

"我想您对此最清楚不过。"

孔法斯忍俊不禁："这才是我认识和爱戴的斯科约斯！自信，又带着无法掩饰的骄傲。你刚才让我有些担心，老先生。"

乌有王子 ★ 前度的黑暗

宰相就像没听到他说话一样："与他说话时您要万般小心。您叔叔最初考虑不让您出席这次会议，是以利亚萨拉斯本人要求您到场。"

"我叔叔考虑什么？"虽然感到无聊，但孔法斯敏锐的耳朵没放过细节。

"不让您出席会议。他害怕大宗师会利用您在这种事情上缺乏经验的弱点——"

"不让我出席会议？不让我？"孔法斯斜眼看向老人。不知为什么，他觉得对方不可信。老头这是要玩哪出？想煽动我心中的怨念吗？

又或是叔叔的另一次测试……

"正如我所说，"斯科约斯续道，"现在情况已经完全不同——所以我才来向您汇报情况。"

"我明白了。"孔法斯满腹狐疑。老蠢货有何打算？"告诉我，斯科约斯，这次会面的意义是？"

"意义？恐怕我不明白您的意思，大统领大人。"

"目的。动机。我叔叔对以利亚萨拉斯和艾诺恩人有何打算？"

斯科约斯皱了皱眉，好像这问题的答案过于明显，问出来是在嘲弄他："我们的目的在于让艾诺恩人签署《条约》。"

"如果我们发现以利亚萨拉斯也是一样的难以理喻，就像，比如说阿甘萨诺伯爵，又该怎么办？"

"恕臣下直言，大人，我真的不觉得——"

"我是说如果，斯科约斯，那该怎么办？"孔法斯从十五岁起就是战场上的军官。只要愿意，他单凭语调就可以吓得人跳起来。

老宰相清清嗓子。孔法斯知道，斯科约斯处理行政工作有足够的果决，但在面对面的冲突中，却从来没有决断的勇气。

第二卷 皇帝

难怪叔叔如此钟爱他。

"如果以利亚萨拉斯无视《条约》？"老人道，"那么皇帝陛下也会拒绝为他提供补给，一视同仁。"

"如果沙里亚要求我叔叔为他提供补给呢？"

"那时乡民圣战军已完蛋了——至少我们……假定如此。如此一来，玛伊萨内首先要考虑的是全军的指挥权，而不是补给。"

"那么全军的指挥权归谁？"孔法斯厉声问出一个又一个问题，不给斯科约斯喘息的机会，就像在审讯一样。老人开始惊慌失措了。

"是、是您。基育斯河的雄、雄狮。"

"而我要求的代价是？"

"条、《条约》，让沙里亚签约发、发誓，归还我国所有的古老行省。"

"也就是说，我是我叔叔计划中最关键的一环，对吗？"

"没、没错，大统领大、大人。"

"那么告诉我，亲爱的斯科约斯老先生，我叔叔怎么可能考虑不让我——我！——参加他与赤塔的谈判？"

宰相的脚步慢了下来，他低头看着脚下华丽的螺旋花纹地砖，没有说话，只是反复揉搓双手。

孔法斯露出狼一般的微笑："你刚刚在撒谎，对吗，斯科约斯？没人质疑过要不要我出席与以利亚萨拉斯的会议，对吗？"

见老人不答，孔法斯抓住他肩膀，盯紧他的眼睛："需要我当面去问叔叔吗？"

斯科约斯和他的眼神交会了一阵子，然后低下头。"不。"他说，"没这个必要。"

孔法斯松开手，用被汗浸湿的手掌抚平老人胸前的丝绸长袍。

"你到底玩的是什么把戏，斯科约斯？你觉得靠伤害我的自尊,就可以挑拨我去对抗我叔叔、我的皇帝吗?你想煽动我谋反吗?"

老人显然慌了神:"不,不!我是个老傻瓜,我知道,我活在世上的时间不多了。我享受诸神赐予我的生命,享受我吃下的甜美果实,享受与伟人们的相识。也许您很难相信,我也庆幸自己能活着见证你长大成人、收获属于你的荣耀!但让我恐慌的是你叔叔的计划——他要毁灭这场圣战!这场圣战!我为我的灵魂感到恐惧,伊库雷·孔法斯,为我的灵魂!"

孔法斯也吃了一惊,一时忘记了愤怒。他原以为斯科约斯的把戏是叔叔的又一次试探,并按这样的假设做出了反应。他从没想到,这愚蠢的行为居然是老头自己的想法。在过去那些年里,斯科约斯和他叔叔看上去不过是同一意志的不同化身。

"诸神在上,斯科约斯……难道你也被玛伊萨内迷惑了?"

宰相摇着头:"不。我并不在乎玛伊萨内——从这个角度说,我对希摩也没有兴趣……你还年轻,你不会明白我的动机。年轻人从来看不到生命的真相:它像匕首锋刃一样细薄,可以用呼吸去丈量。给予生命深度的不是记忆,十个人的记忆加起来也不如我多,但我的生命仍然浅薄而阴暗,就像穷人用来蒙窗子的油腻亚麻布一样。不。给予生命深度的是未来。没有未来,没有预期的威胁与希望,生命就失去了意义。只有未来才是真实的,孔法斯,而我的未来在于对诸神做出弥补。"

孔法斯哼了一声:"我算是明白了,斯科约斯,你说话的方式就像一个真正的伊库雷。诗人雷尔加拉是怎么说的?'爱自己是爱的基础'——爱自己,或按你刚才的意思,爱自己的'灵魂',反正我一直觉得两者是互通的。"

"你明白了?你真的明白?"

他确实明白,甚至比斯科约斯发觉得更多。是奶奶。斯科约斯在与他奶奶共谋。他几乎可以听到她的声音:"你必须同时引诱他们两个,斯科约斯。给他们喂毒药,让他们互相攻击。孔法斯被我儿子的疯狂迷惑了,但他的迷醉很快就会消退。你只需等待机会,他会投奔我们,而我们将携手逼迫瑟留斯放弃那疯狂的计划!"

他不禁猜测,老婊子有没有把斯科约斯也收编进情人队伍。这很有可能。但一想到两人躺在一起的场景,他就不禁叹气。就像李子干搞上了小干柴,他心想。

"你和我奶奶,"他说,"希望从我叔叔手中拯救这场圣战。虽然形迹近于谋逆,但至少目的是可敬的。我理解奶奶——叔叔逃不出她的手掌心——但你呢,斯科约斯?很少有人像你一样清楚,若激起伊库雷·瑟留斯三世陛下的怀疑会发生什么……你不觉得让我加入你们的密谋对我来说太危险了吗?"

"但他会听你的!重要的是,他需要你!"

"也许确实如此……但无论如何,我不会加入。你那老迈的胃也许觉得他准备的菜肴难以下咽,但我叔叔既然摆下了宴席,斯科约斯,我不打算搅局。"

虽然对叔叔心怀蔑视,但孔法斯不得不承认,为卡摩缪尼斯和那些追随他的暴民发放补给这一手做得着实漂亮,甚至不亚于自己在战场上的决断。乡民圣战军一定会被异教徒歼灭,然后这件事将成为帝国威胁沙里亚的把柄,也许足以逼迫他要求余下的长牙之民签订《条约》;与此同时,这还能向费恩教证明伊库雷家族谈判的诚意。若帝国将来需要采取行动,从长牙之民手中夺回旧时领地,《条约》会保证行动的合法性,而由于与异教徒的协议,军事行动也不会遭到太多抵抗——一切都只待时机成熟。

如此完美的计划!而制订这计划的居然不是斯科约斯,而是他叔叔!这一事实让孔法斯心里不是滋味,他知道,老宰相心中的苦涩一定更多。

"我们讨论的不是这场宴席,"斯科约斯道,"而是宴席的代价!你当然明白!"

孔法斯盯着宰相的脸打量了很久。想到这人是与奶奶同谋,他心中涌起莫名的怜悯,就像看到两个乞丐在嘲笑那些穷得给不起他们铜币的人一样。

"帝国?复兴?"他冷冷地说,"我还以为你的灵魂没这么廉价呢,斯科约斯。"

斯科约斯张开无牙的嘴,想要反驳,但最终还是闭上了。

皇帝的密议室十分简朴,圆形房间四周环绕黑色大理石柱,外围还有一圈看台。看台鲜少使用,大多是典礼时把元老院成员请来,见证皇帝在敕令上签字,使之成为律法。此刻房间中挤着几名大臣和一些奴隶,簇拥在密议室中央的桃心木桌旁。孔法斯朝叔叔映在抛光桌面上的影子瞥了一眼,那影子就像海水中泡着的一具尸体。没有赤塔巫师的身影。

大统领在入口附近站了一会儿,研究墙上那些象牙饰板,上面刻着古代诸位伟大立法者和长牙的解读者,从先知安吉释拉伊尔到哲学家波里法乌斯。他百无聊赖地猜测,自己哪位死去的亲戚充当过艺术家雕塑时的模特。

叔叔的招呼吓了他一跳。

"来吧,我们时间不多,吾侄。"

其他人纷纷退下,只留下斯科约斯和希默克提在叔叔身边。孔法斯注意到,看台上站满了近卫军和皇家萨伊克的巫师。

孔法斯在叔叔指定的座位上坐下。"斯科约斯和希默克提都认为,"瑟留斯说,"以利亚萨拉斯如恶魔般精明、危险。你给他准

第二卷　皇帝

备了什么圈套呢，吾侄？"叔叔努力让自己的语调听来滑稽可笑，这证明他心怀恐惧。也许正该如此：没人知道赤塔为何屈尊加入圣战，没人知道这个强大的学派有什么企图。斯凯耶尔特王子和戈泰克这种人的目的很简单的：补偿或征服。但以利亚萨拉斯呢？谁知道任何一个学派行事的理由？

孔法斯耸耸肩："给他设圈套是不可能的。知己知彼，才能设下陷阱，但我们对他们一无所知。我们不知道他与玛伊萨内做了什么交易，甚至不清楚他为何自降身份达成这样的交易——冒这样的风险！一个巫术学派自愿加入圣战……加入圣战！说实在的，叔叔，我甚至不觉得争取他们对《条约》的支持是这次会面的首要任务。"

"那你的建议呢？我们应该去探究他们交易的细节？为这种琐碎小事我给间谍们付了不少金子了，吾侄。"

琐碎小事？孔法斯努力控制住情绪。虽然叔叔的心灵太过荒淫，无法容下任何宗教信仰，但他的狂妄却不亚于任何狂信徒。如果现实与他的野心不符，那这些现实对他来说就不存在。

"您曾问我，我是如何在基育斯河取胜的，您还记得我告诉您的话吗？"

"告诉我？"皇帝险些啐了一口，"你一直在'告诉'我各种事，孔法斯，你真觉得我会一一记住你那些不敬的话吗？"这也许是叔叔的武器库中最粗糙也最常使用的武器：将别人的建议解读成指示，再返回去施加威胁。于是对话每每演变成这样的恐吓：你居然敢指示皇帝？

孔法斯安抚地笑笑。"根据斯科约斯介绍的情况，"他平静地说，"我认为我们应该开诚布公地与他商谈，至少尽力做到吧。我们对他了解太少，不足以设计圈套。"往悬崖外踏一步，再收回脚，假装没挪过地方——这一直是伊库雷家族宫斗的妙处所在，至

247

乌有王子 ★ 前度的黑暗

少在奶奶最近愈发激进之前一向如此。

"如我所想。"瑟留斯道。至少叔叔没有忘记游戏规矩。

这时,一名侍臣高声宣示,以利亚萨拉斯及其随员即将到来。瑟留斯示意斯科约斯把丘莱尔绑到他手上,希默克提用厌恶的神色看着这一幕。这是本朝一项小传统,大约一个多世纪前流传下来的,每当皇室成员接见外来巫师时都要执行。

传令官首先喊出切菲拉姆尼的名字——他是上艾诺恩有名无实的摄政王,但当小小的艾诺恩使团走进房间,人们却发现摄政王陛下像狗一样跟在以利亚萨拉斯身后。大宗师步伐稳健,不过孔法斯觉得他的外貌实在有些令人扫兴。他的行为举止更像个银行家,而不是巫师——对华丽的表象毫无兴趣,只渴望看到最终的账目。他朝瑟留斯鞠了一躬,也不比沙里亚见到皇帝时鞠得更深。一名奴隶把椅子放在他身后,虽然身穿繁冗的赤红长袍,他仍毫不费力地坐了下来。涂脂抹粉、喷了香水的切菲拉姆尼站在他身边,白粉覆盖的脸上掩饰不住恐惧与愤恨。

接下来是例行公事的介绍、致敬和恭维。介绍到希默克提时,以利亚萨拉斯对这位皇家萨伊克学派的同辈露出轻蔑的笑容,耸了耸肩,似乎表示轻视此人的地位。有人告诉孔法斯,当其他学士在场时,每个学士都会变得傲慢起来。此刻希默克提眼中如欲喷火,但他没有当场发作。

遵循礼仪规范进行的开场白结束后,大宗师转过脸来面对孔法斯,用流利的谢伊克语说:"久仰久仰,我终于见到名扬天下的伊库雷·孔法斯了。"

孔法斯张嘴欲答,瑟留斯却抢先开口。

"他是不世出的天才,对吗?很少有哪个统治者能拥有这样的工具,来执行自己的意志……不过你远道而来,不是为了和吾侄见面的吧?"

第二卷 皇帝

以利亚萨拉斯转向瑟留斯，但在那之前——孔法斯不能确定——他似乎朝自己挤了挤眼，就像在说："我们必须忍受这些傻瓜，不是吗？"

"当然不是。"以利亚萨拉斯无比简洁地回答。

瑟留斯似乎没在意对方的态度："那我能不能问你，赤塔为何加入这场圣战？"

以利亚萨拉斯仔细看着自己没涂过油的指甲："其实原因非常简单，我们是被买来的。"

"买来？"

"是的。"

"真是非同寻常的交易！那你们的约定到底是怎样的呢？"

大宗师微微一笑："不好意思，保密也是约定的一部分。很可惜，我无权透露更多细节。"

孔法斯知道对方是在胡说八道。就算是千庙教会，也没有足够的财富"雇佣"赤塔。他们来这里的原因绝不只是金钱，或是沙里亚的贸易特许——至少这点他能肯定。

大宗师如水里的鲨鱼一样，不停变换方向："不用说，您急于知道的是我们对您的《条约》抱持什么态度。"

不愉快的停顿。瑟留斯道："当然。"最让他恼火的，就是自己的行为完全在别人预料之中。

"赤塔这边，"以利亚萨拉斯认真地说，"完全不在乎圣战中征服的领土归谁所有。因此，切菲拉姆尼会签署您的《条约》——事实上，是非常乐意。对吗，切菲拉姆尼？"

脸上涂粉的男人点点头，但什么都没说。这条狗被训练得很好。

"然而，"以利亚萨拉斯续道，"我们有些条件。"

孔法斯料到了。文明人之间的讨价还价。

瑟留斯表示抗议："条件？但几个世纪以来，从这里到南锡蓬的土地一直是——"

"您的这些理由我早就听过了。"以利亚萨拉斯打断皇帝，"都是废话，纯粹的废话。您和我都知道真正重要的是什么，皇帝陛下……不是吗？"

瑟留斯用震惊的眼神盯着他。皇帝并不习惯被人打断，更不习惯的是与比自己地位更高的人谈判。上艾诺恩人口众多，国家富庶，在全三海的统治者当中，只有基安的帕迪拉贾在商业与军事力量上能胜过赤塔的大宗师。

"即便您不知道，"以利亚萨拉斯见瑟留斯答不上话，又补了一句，"我敢肯定，您的宝贝侄子一定知道。你说呢，年轻的孔法斯？你知道真正重要的是什么吗？"

孔法斯觉得这再明显不过了。"力量。"他耸耸肩说。他意识到，自己与这位巫师的关系颇为微妙。这次会面一开始，大宗师就把他当成智力上处于同一水平的人。

连这些外国人都知道你的愚蠢，叔叔。

"正是，孔法斯，正是！历史不过是力量的托辞，不是吗？真正重要的是……"白发巫师没把话说完，只微微一笑，就像他已用足够有力的证据证明了观点一样，"告诉我，"他问瑟留斯，"您到底为什么为卡摩缪尼斯、库默雷泽这帮人提供补给？您为什么为他们的远征行方便？"

叔叔选择了事先排演好的回答："为了阻止他们继续破坏摩门。还有什么理由？"

"并非如此。"以利亚萨拉斯厉声道，"我更倾向于认为，您为乡民圣战军提供补给，是为了让他们自取灭亡。"

又一阵令人不悦的沉默。

"这真是疯了。"瑟留斯终于说，"且不说这会遭到诅咒，我

第二卷 皇帝

们又能得到什么好处？"

"好处？"以利亚萨拉斯失望地笑着，"还用说吗，当然是圣战了……我们与玛伊萨内的交易让您失去了皇家萨伊克这个优势，所以您需要更多筹码来进行交易。乡民圣战军被灭，会让您更容易说服玛伊萨内，让他相信圣战需要您——或者我应该说，需要您侄子传奇般的军事天才。您的《条约》将是给他的价码，而《条约》将让您得到圣战的一切成果……我必须承认，这是绝妙的计划。"

小小的恭维让瑟留斯放松下来。有一瞬间，叔叔眼里闪动着洋洋得意的自负。孔法斯发现，越蠢的人，越是会为自己为数不多的亮眼表现感到自豪。

以利亚萨拉斯微微一笑。

他在耍你，叔叔，你都没发现啊。

大宗师朝前倾了倾身，似乎觉得自己的存在给其他人带来了不快。孔法斯注意到，以利亚萨拉斯对礼仪的把握无可挑剔。

"到目前为止，"他的声音变得冰冷，"我们并不清楚您台面下的游戏，皇帝陛下。不过我向您保证，如果您打算背叛圣战，就等于背叛赤塔。您知道这意味着什么吗？知道这会带来什么后果吗？如果你背叛我们，伊库雷，那么任何人——"他用阴森的眼神朝希默克提看了一眼，"——甚至包括您的皇家萨伊克，都无法在我们的怒火前保护您。我们是赤塔，皇帝陛下……请您三思。"

"你威胁我？"瑟留斯的喘息声清晰可闻。

"只是保证，皇帝陛下，任何协议都需要保证。"

瑟留斯把脸扭到一边，斯科约斯俯下身，在他耳边急切地低声说着什么。然而希默克提已没法再忍受下去了。

"你逾矩了，以利。若我们在凯里苏萨尔，你大可如此，但现在是你在摩门。你和你的老巢之间隔着三海中的两海。想在这里威胁我们，门都没有！"

乌有王子 * 前度的黑暗

以利亚萨拉斯皱皱眉，喷出鼻息，转向孔法斯，就当皇家萨伊克的大宗师不存在一样。"在凯里苏萨尔，人们称你为基育斯河的雄狮。"他平静地说。他的眼睛又小又黑，透出机灵与狡黠，浓密的白眉下，这双眼睛一直审视着孔法斯。

"是吗？"孔法斯问。奶奶给他起的绰号居然传播得这么快、这么远。他既惊讶又高兴——应该说非常高兴。

"我的档案总管告诉我，你是第一个在势均力敌的战斗中击败塞尔文迪人的人。而我的间谍总管汇报说，你的士兵敬你如神。是这样吗？"

孔法斯笑了。如果给大宗师机会，他也许会把孔法斯的马屁拍上天。虽然有着足够的洞察力，但以利亚萨拉斯还是低估了他孔法斯。

该纠正他了。"你知道，刚才希默克提的话没错。不管你们与玛伊萨内达成了什么样的交易，结果都让你的学派卷入了自学派战争以来最严重的危机。你们要面对的不只是西斯林。你们这一小撮不敬神的人将要生活在狂热的教徒汇成的人海中。你们需要争取任何可以争取的朋友。"

以利亚萨拉斯眼中第一次闪现出类似愤怒的神色，好比闷燃的火盆里的炭突然亮了一下："我们的歌声可以让全世界变成火海，年轻的孔法斯，我们不需要任何人。"

虽然叔叔出了大丑，但孔法斯相信，伊库雷家族在这场谈判中得到的远比失去的多。原因之一是，他几乎可以确定，自己知道了赤塔为何会接受玛伊萨内的邀请加入圣战。

第二卷　皇帝

没有什么比讨价还价更容易暴露底牌的了。在争论过程中，孔法斯明显感觉到，以利亚萨拉斯的注意力完全放在西斯林上。作为切菲拉姆尼在《条约》上签字的代价，他要求希默克提和皇家萨伊克提供他们在与费恩教的巫术祭司长达几世纪的战争中收集到的一切情报。当然了，这本是意料之中的事，毕竟赤塔将自己的存亡赌在与西斯林这一战上。可大宗师念出这个名字时，总是带着无法掩饰的紧张——以利亚萨拉斯说出"西斯林"这个词，就像纳述尔人念"塞尔文迪人"一样，充满古老的仇恨。

在孔法斯看来，这只能意味着一件事：早在玛伊萨内宣布圣战开始之前，赤塔就与西斯林干上了。和伊库雷家族一样，赤塔卷入圣战也是为了利用它：对赤塔来说，圣战是他们复仇的武器。

孔法斯提出这个想法，瑟留斯嗤之以鼻，至少刚开始如此。瑟留斯坚称，以利亚萨拉斯是个重视实利的人，不可能为区区复仇甘冒大险。然而当希默克提和斯科约斯也表示支持孔法斯，皇帝才意识到自己心中也一直存有同样的疑问。这是非常完美的理由：赤塔加入圣战，是为了结束他们与西斯林之间正在进行的战争。

这个理由本身令人欣慰，这意味着赤塔的计划与帝国的意图并不冲突，至少在战争临近尾声之前是这样。走到那一步之后，这些都不重要了。等以利亚萨拉斯和他的巫术学派全死在战场上，赤塔也就很难形成实质性威胁了。孔法斯疑惑的是，为什么玛伊萨内会想到邀请赤塔。当然，在所有巫术学派中，赤塔最有可能在正面冲突中摧毁西斯林，但至少从表面上看，赤塔绝无理由参加圣战。据孔法斯所知，沙里亚并未与其他学派有过任何接触——甚至没有联络皇家萨伊克，虽然他们有与西斯林交战的传统——他只联络了赤塔。

这是为什么？

唯一合理的解释是玛伊萨内通过某种手段得知了他们之间的战

争。但这个答案比问题更让人困扰。帝国在苏拿的间谍几乎全部被杀，他们有充足的理由相信玛伊萨内的机敏非同寻常，可他居然能做到这一步！沙里亚的力量居然能渗透到学派中？而且不是其他学派，是赤塔。

孔法斯不由得怀疑，占据圣战这张蛛网中心的是玛伊萨内，而非伊库雷家族。他不是第一次这么想了，但他不敢将这份疑虑与叔叔分享。每当叔叔心怀恐惧，就会变得尤为愚蠢。他只能将这份恐惧留给自己去探索。入睡前的黑暗时刻，他不再为未来的荣耀而扬扬自得。相反，他开始为某种自己无法忍受，甚至无法确知的预感紧张起来。

玛伊萨内，他到底玩的是一场什么游戏？或者说，他到底是谁？

几天后，消息传到摩门：乡民圣战军被全歼。

最初的报告非常简略。先是亚斯吉罗奇传来急报，声称有几十上百个加里奥斯人穿过云纳拉山脉逃了回来，个个吓得魂飞魄散，说是乡民圣战军在蒙格达平原上一败涂地。过了不久，两名信使从基安来到摩门。第一位信使带来三颗人头，分别属于卡摩缪尼斯、萨齐尔卡，还有一个不知是不是库默雷泽。第二位信使带来萨考拉斯本人的密信。按照帕夏的指示，收信人是他的宫廷中曾经的质子与被监护人，伊库雷·孔法斯。信的内容很简单：

我们无法清点偶像崇拜者的尸体，他们在正义之手释放的怒火中全部倒下。荣耀归于独一神，伊库雷家族的名字已为他所知了。

遣散信使后，孔法斯在房间里沉思了好几个小时。信里的词句一次次跃出，仿佛有了生命。

第二卷 皇帝

……全部倒下……

无法清点……

伊库雷·孔法斯只有二十七岁，但已在战场上目睹了许多屠杀，足够让他看到栩栩如生的画面：大群大群的因里教徒四肢摊开，倒在蒙格达平原上，他们死鱼一样的眼睛或盯着地面，或望着无尽的天空。然而，让他的灵魂深思的不是负罪感——他也许有一点点奇异的悲伤——而是他终于明白了这次行动的规模。此前，他只能从抽象角度去理解叔叔的计划有多宏大；而现在，伊库雷·孔法斯为叔叔与自己达到的成就感到敬畏。

……伊库雷家族的名字已为他所知了……

将一支人类大军作为献祭，只有诸神才敢做出这种事。

我们的名字已为诸神所知了。

不过孔法斯清楚，很多人会认为这不是伊库雷家族发出的声音，没有人会知道真相。他心中涌动着一股陌生的骄傲，这是无关他人评价的秘密荣耀。在编年史的记载中，关于圣战中的第一场惨剧会有诸多解释，而为灾难承担责任的将是卡摩缪尼斯及其他大贵族。在他们后世的家谱中，这些名字将代表耻辱与轻蔑。

但没人会提到伊库雷·孔法斯。

想到这里，孔法斯感觉自己是个窃贼，是巨大损失的幕后推手。他心中涌起一阵愉悦，就像性高潮那么美妙。他终于明白自己为何喜欢这种游戏了。在战场上，他的一举一动都暴露在他人审视之下；而在这里，没人监视他。他在世人审判与谴责的范围之外搬弄世人的命运，他躺在层层叠叠的事件构筑的迷宫中。

就像神。

第三卷
妓女

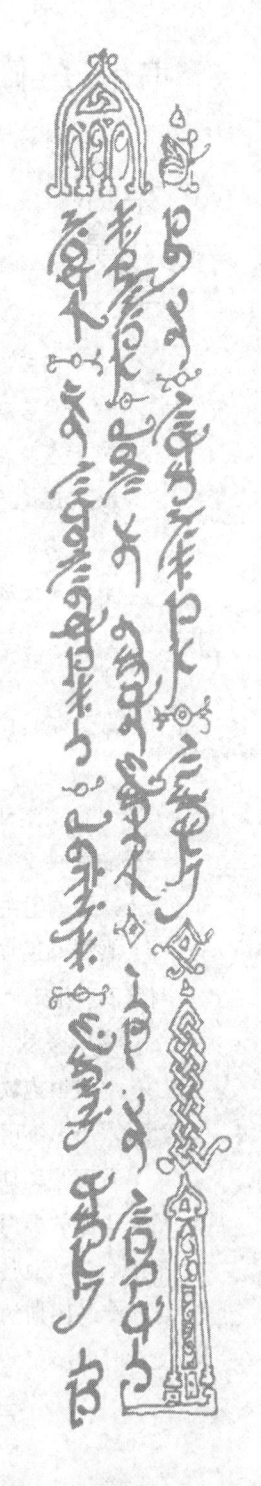

第九章 苏拿

> 奇族国王高喊出讥刺的话：
> "向我告解，向我低头，
> 死亡盘旋在你们头顶。"
> 使节谨慎地回答：
> "我们是肉体的种族，
> 我们是爱欲的种族。"
>
> ——《虚族之歌》，古代库尼乌里民歌

长牙纪4110年，初冬，苏拿

"你下星期还来吗？"艾斯梅娜看着普萨马图斯把那件白色丝绸外衣往头上套，放下来盖住肚子以及仍在闪亮的部位。她裸坐在床上，被单团在膝盖底下。

普萨马图斯顿了一顿，茫然地伸手抚平外衣皱褶。他用同情的目光看着她："恐怕这是我最后一次来了，艾斯梅。"

艾斯梅娜点点头："你找到了其他人。更年轻的。"

"我很抱歉，艾斯梅。"

"不。不用抱歉。妓女不能像妻子那样怄气。"

普萨马图斯笑笑，但没说话。艾斯梅娜看着他拾起袍子，还有镶着华丽的金白相间条纹的法衣。他穿衣服的动作带着虔敬，让人不禁心动。他甚至会停下来亲吻两条飘袖上绣的金色长牙。她会想念普萨马图斯的，想念他柔顺的银发和慈父般的面容，甚至想念他交欢时的温柔。我成了个老妓女，她心想，也许这是阿凯离开我的

第三卷 妓女

另一个原因。

埃因罗死后,阿凯梅安带着破碎的心离开了苏拿。虽然过了这么久,但只要一想起他的离开,她就感觉自己无法呼吸。她恳求阿凯带她走,最后甚至哭着跪下。"求你了,阿凯!我需要你!"但这是谎言,她自己知道,并且能从阿凯眼中的怨念看出来,他也一样知道。她是个妓女,妓女会对男人硬起心肠,对她们来说没有哪个男人是必需的,每个男人都一样。不。她害怕失去阿凯梅安,但她更害怕回到旧时的生活中,忍受无尽的饥饿、路人的鄙视以及恩客们喷出的种子。她想要巫术学派的保护!想要投身各大势力的纷争!没错,她渴望陪伴阿凯,但她更想要的是他的生活。

让她喘不过气来的正是生活的巨大反差。即使享受着与阿凯梅安在一起的新生活时,她也没办法放弃旧生活。"你说你爱我,"阿凯梅安曾经对她喊,"但你还在接客。告诉我为什么,艾斯梅!为什么?"

因为我知道你总会离开我。你们都会离开我……所有我爱过的人。

"艾斯梅,"普萨马图斯道,"艾斯梅,不要哭,我亲爱的。我下周还来,我保证。"

她摇摇头,擦干眼泪,什么都没说。

为一个男人哭泣!我不应该这么软弱!

普萨马图斯坐在她身边绑凉鞋,看上去有些忧伤,甚至有点惊恐。她知道,普萨马图斯这样的人,来妓女这里不只是为了寻求刺激,也是为了逃避让他感到不适的情感。

"你听说过一个叫埃因罗的年轻祭司吗?"她希望转移一下他的注意力,也想重拾与阿凯梅安的相处留下的残片。

"是的,我听说过。"普萨马图斯答道,脸上神情半是困惑,半是解脱,"据说他自杀了。"

乌有王子 * 前度的黑暗

其他人也是这么说的。埃因罗的死在哈格纳引发了不少流言。"自杀,你确定吗?"如果这是真的呢?你会怎么做,阿凯?

"我确定他们是这么说的。"他转过身,平静地看着她,一根手指划过她的脸颊。然后他站起来,扣上蓝斗篷,盖住身上的法衣。

"别关门,好吗?"艾斯梅娜道。

他点点头:"和你在一起很开心,艾斯梅。"

"我也很开心。"

在夜晚越来越深沉的黑暗中,艾斯梅娜裸着身子,伸开四肢躺在床上小睡了一会儿。一桩桩悔恨的往事萦绕心头。埃因罗的死,阿凯梅安的离开,以及一如既往的,她的女儿……她猛地睁开眼,门前有一个黑影。有人在那里等着。

"你是谁?"她懒洋洋地问,然后清清喉咙。那人一言不发地走到她床边。他个子很高,身材也好,上身的银色锁甲外套一件炭黑斗篷,里面是黑缎束腰上衣。一个新客人,她这样想着,用刚刚睡醒的无辜眼神看着他的脸。一个漂亮的客人。

"十二塔兰,"她说,从褥子上仰起身,"或者半个银币,如果你——"

他给了她一巴掌——非常用力的一巴掌。艾斯梅娜的脑袋被扇得朝斜后方仰去,脸朝下摔下了床。

男人咬着牙说:"你这婊子不值十二塔兰。肯定不值。"

艾斯梅娜的耳朵里嗡嗡作响,她手脚并用朝后爬去,后背靠在墙上。

那人在她简陋的床上坐下,一个指头一个指头地脱去皮手套:

第三卷 妓女

"根据礼仪规范，一段关系开始时是不应该撒谎的，婊子，这会带来厄运。"

"我们之间有关系吗？"她气喘吁吁地问。整个左半边脸仍然毫无知觉。

"通过一个我们都认识的人，是的。"他的眼睛在她胸前停留了一下，又朝她大腿之间看去。艾斯梅娜把双膝又分开了一点，仿佛是疲惫中的无意动作。

"那人是谁呢？"她问，心脏似乎在胸腔中敲打。

对方毫不掩饰地盯着她肚脐以下的位置，就像奴隶主审视女奴一样。"一个天命派学士——"他抬起眼睛，仿佛刚从幻想中清醒过来，"——杜萨斯·阿凯梅安。"

阿凯。你知道会发生这种事。

"我认识他。"她小心地说，强忍住没问对方是谁。

不要问问题。无知才能活命。

但她又道："你想知道什么？"顺便还把膝盖分得更开了一些。

做个好妓女……

"他的一切，"那人挂着一脸假笑，"我想知道他知道的所有事，以及他认识的所有人。"

"这要花钱。"她说，努力想让自己的声音稳定下来，"两样都要花钱。"

你必须出卖他。

"我怎么一点都不吃惊呢？啊，生意，这样一来事情就简单多了，不是吗？"他低声哼着小曲，把手伸进钱包中摸索了一阵。"给你……十一个塔兰。六个让你出卖身体，五个出卖那学士。"残忍的微笑，"相比各自的价值，这很公平了，你觉得呢？"

"至少，半个银币，"她说，"每个问题。"

261

乌有王子 ★ 前度的黑暗

跟他交易……你是妓女。

"你还真值钱啊!"他道,但还是把两根苍白的手指伸进钱包,"你觉得这个怎样?"

她带着坦率的渴望看着那枚闪亮的金币。

"应该够了。"她嘴唇发干。

那人脸上露出狞笑:"我猜也是。"

金币消失,他开始脱衣服,用赤裸而狂野的眼神盯着她。她赶快点起几支蜡烛,驱走黑暗。

他准备好后,便像野兽一样逼近她,他的味道和热量涌入她的身体。在他满是老茧的沉重手掌握上她左边胸脯的一瞬间,她利用欲望做武器的幻想就破灭了。他是如此强势,当他把她放到床上时,她感觉自己快晕过去了。

要顺从……

他在她身前跪下,毫不费力地托起她的臀部,在自己的大腿上分开她的双腿。她急不可耐地等着恐惧的时刻。他进入的时候,她喊了出来。他对我做了什么?他在——

那人开始运动,他对身体的掌控简直不是人类能做到的。一阵阵喘息间的界限渐渐模糊,在他的爱抚下,她的皮肤仿佛变成了一汪水潭,一波波涟漪般的颤抖扫过她,穿过她。她也开始扭动,竭力摩擦他,咬紧牙齿呻吟,为这梦魇般的狂喜沉醉。他仿佛可以看穿她痛苦的眼睛,进入她燃烧的内心,送她直入云霄,一波又一波快感、一次又一次冲刺像洪水一样撞击着她。每当将她带到高潮的边缘,他便会停下来问她问题,无穷无尽的问题……

"埃因罗到底说了玛伊萨内的什么事?"

"不要停……求求你!"

"他到底说到些什么?"

告诉他们真话。

第三卷 妓女

她记得自己试图将他的脸拉过来,喘息着说:"吻我……吻我……"

她记得他宽厚的胸膛压在自己的乳房上,她颤抖着在他身下化为尘埃。

她记得自己大汗淋漓地与他躺着,不住吸气,感受他下体传来的沉重脉搏,哪怕他最轻微的动作也仿如闪电般在她腿间流过。苦痛的快感让她一边流泪,一边狂野地呻吟。

她记得自己迫切地回答着所有问题,以应和他的反复的压迫。一切!我会告诉你一切!

当高潮终于到来时,她仿佛被从悬崖上推下。她听到自己沙哑的尖叫,好像是从遥远的地方传来,与他如巨龙咆哮、雷声轰鸣的低吼共鸣。

然后他退了出去,她感觉像被掏空了一样,四肢颤抖,皮肤上满是汗水,麻木而冰冷。两支蜡烛灭掉了,但房间已被灰色的晨光照亮。过去了多久?

他笼罩在她身前,天神般的形体被剩余的那支蜡烛勾出轮廓。"早上了。"他说。

金币在他手中跳动,闪烁的光让她着迷不已。他把金币举在她身上,从指缝中滑下。金币扑地落在她肚子上那摊黏黏的液体当中。她低头一看,惊恐地倒抽一口气。

他的种子是黑色的。

"嘘。"他一边收拾衣服,一边说,"不要把这事告诉任何人。明白吗,婊子?"

"我明白。"她勉强道,眼泪如溪水般流下。我做了什么?

她盯着那枚硬币,上面铸着皇帝的头像,冰冷的金子贴在柔软的毛发边,触碰着她裸露的皮肤——那块皮肤上有一抹沥青似的污渍。胆汁涌到喉头,房间亮了起来。他把百叶窗打开了。但当她抬

乌有王子 ✵ 前度的黑暗

起头,他已离开。她听到翅膀拍打的干燥声音逐渐消失在黎明。

清冽的晨间空气充满房间,冲走了那不似人类的体液发出的恶臭。他带着没药的香味。

艾斯梅娜翻了个身,在地板上呕吐起来。

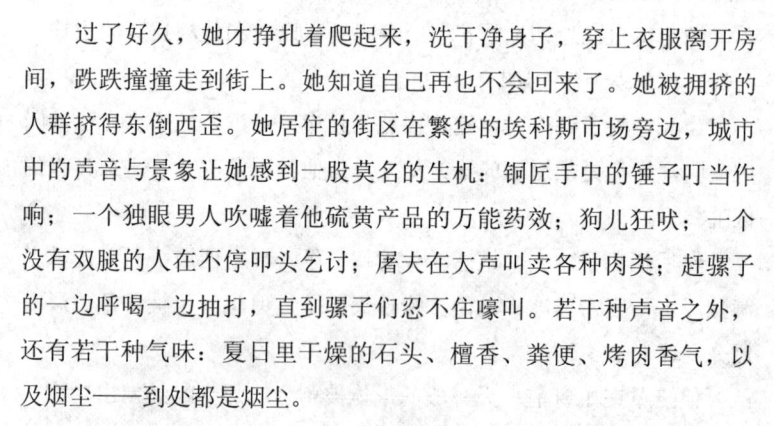

过了好久,她才挣扎着爬起来,洗干净身子,穿上衣服离开房间,跌跌撞撞走到街上。她知道自己再也不会回来了。她被拥挤的人群挤得东倒西歪。她居住的街区在繁华的埃科斯市场旁边,城市中的声音与景象让她感到一股莫名的生机:铜匠手中的锤子叮当作响;一个独眼男人吹嘘着他硫黄产品的万能药效;狗儿狂吠;一个没有双腿的人在不停叩头乞讨;屠夫在大声叫卖各种肉类;赶骡子的一边呼喝一边抽打,直到骡子们忍不住嚎叫。若干种声音之外,还有若干种气味:夏日里干燥的石头、檀香、粪便、烤肉香气,以及烟尘——到处都是烟尘。

清晨的到来让市场变得更加活跃,而她犹如一道疲惫的影子从人群中穿过。下体传来阵阵刺痛,行走更加深了这种痛苦。她把金币紧握在手心,时不时换一只手,擦一擦掌心的汗水。她麻木地看着市场上的人和事:裂口的土罐中漏出香油,浸湿了小贩的坐垫;一群来自加里奥斯的奴隶女孩头顶装满谷物的编织篮子,垂下眼帘小心避让人群;一条憔悴瘦弱的野狗警觉地在一双双剪刀般的人腿中穿行;远处模模糊糊可以看到居利尤玛。她紧盯着这一切,心想:苏拿。

她爱她的城市,但她必须逃走。

阿凯梅安告诉过她会发生这种事。如果埃因罗是被谋杀的,就会有人来找她,想通过她找到他。

第三卷 妓女

"如果有那么一天,艾斯梅,你无论如何不要问问题。你不会想知道他们的任何事,明白吗?无知才能活命……要顺从,做个好妓女,跟他交易,就像妓女会做的生意一样。最重要的是,你必须出卖我,艾斯梅。你必须把你知道的一切都告诉他们。告诉他们真话,因为他们多半已经知道了。做到这些,你才能活下去。"

"但为什么?"

"因为间谍最喜欢弱小又唯利是图的灵魂,艾斯梅。他们会放过你,因为也许有一天你会对他们有用。隐藏你的力量,你才能活下去。"

"但你呢,阿凯?如果他们知道了什么可以用来伤害你的事怎么办?"

"我是学士,艾斯梅。"他如此回答,"天命派学士。"

在无尽的行人间,艾斯梅娜看到一个小女孩,她赤脚站在尘土中,阳光暴晒在脸上。就是她吧。女孩瞪着棕色的大眼睛,看着艾斯梅娜朝她走来。她一直保持着戒备神色,没有回应艾斯梅娜的微笑。女孩把手抬到胸前,紧紧握着一根破木棍。

我还活着,阿凯,我要活下去。

艾斯梅娜在女孩面前俯下身,把金塔兰递给她。小女孩大吃一惊。

"给你。"她边说边将金币塞进那双小手掌。

她真像我女儿。

阿凯梅安独自骑在骡子背上,走下苏迪卡峡谷。选择这条路前往摩门可说是他一时兴起,只为避开人口密集的沿海地区。苏迪卡已经很久没有什么人烟了,只有零星的牧民、羊群及一座座废墟。

乌有王子 * 前度的黑暗

天气晴朗，热得有些反常。纳述尔的气候并不干燥，但每次来这里，阿凯梅安总会联想到沙漠国家。帝国的居民大多集中在河畔与海边，内陆大片国土无人居住，因为那些地方总是受到塞尔文迪人的威胁。

苏迪卡就是这样一个地方。阿凯梅安在书中读到，凯兰尼亚时期这里曾是最繁荣的行省之一，诞生过许多将军和王朝统治者，如今却只剩下绵羊和尘土掩埋的石块。不管阿凯梅安去哪个国家，他都会寻找这样的地方。这些沉睡的地方映射出悠远的过去。许多天命派学士都有这种习惯，深深迷恋于被遗弃的词句或石块。他们经常发觉自己行走在神庙废墟中，或在某座宏伟图书馆里游荡，却忘了前来的目的。这种习惯让他们成为三海诸国中最博学的历史家。对他们而言，在坍塌的墙壁、折断的石柱当中行走，或是阅览古国间的条约，是唯一能平静地经历其他人记忆的方式。只有在这时他们才能作为单独的人存在，而不是与谢斯瓦萨共存。

苏迪卡最著名的地标建筑是巴特森神庙，它同时也是一座要塞。阿凯梅安花了很多时间在山岭和灌木丛间寻找，终于骑着骡子来到它的阴影下。曾经高耸的城墙早已倒塌，化作断瓦残垣。修建神庙的花岗岩和石灰石在过去的岁月中显然被洗劫一空了，余下只有几排宏伟的石柱。阿凯梅安心想，也许是因为石柱过于庞大，不便搬运，才没有被沿海地区的居民推倒搬走。巴特森是在末世之劫中崩溃的凯兰尼亚王国存留下来的为数不多的要塞之一，它曾是一座避难所，保护逃难的人们躲过塞尔文迪人和斯兰克的猎杀。这座神庙曾像一双温暖的手，守护着文明的微弱火光。

阿凯梅安在古迹中漫步，对古代石建筑的工艺感到由衷敬佩，也为自己的新发现激动。直到天色渐暗，面临迷路的危险，他才回到自己的骡子身边。

那天夜里，他把睡垫摆在石柱底下，感受到阳光在初冬时节的

第三卷 妓女

石头上残留的热量，这带来了一丝伤感的慰藉。

睡着之后，他又梦到了那一天，那一天每一个出世的孩子都夭折了，那一天非神会被奇族和古代诺斯莱人赶回了戈尔格特拉斯的黑色城墙里，却将彻底的、恐怖的虚无召唤到这个世界：非神——莫格-法鲁。在睡梦中，阿凯梅安透过谢斯瓦萨痛苦的双眼，眼睁睁看着人类和奇族的荣光一一熄灭。醒来时，和以往一样，他又见证了一次世界的末日。

他在附近溪水中洗净头发和胡须，上了油，回到简陋的营地。这时他明白过来，自己的哀伤并不仅仅是因为失去埃因罗，也是因为失去了以往的自信。他曾在千庙教会迷宫般的官僚系统中探寻过，虽然找到机会提出了问题，却一无所获。他与沙里亚祭司团中的许多人交谈，但这些谈话让他的思绪变得更加黯淡。回忆这些谈话，那些祭司总是显得高大、瘦削、不怀好意，他们中很多人抱着令人无计可施的顽固，坚持维护官方对埃因罗死因的解释：自杀。他最后的愚蠢尝试，是提出用金钱交换真相。他到底在想什么？这些人喝阿皮酒的碗上的镀金就比他能掏出来的多。在千庙教会的财富面前，他不过是个乞丐。在玛伊萨内的权势面前更是如此。

自从得知埃因罗的死讯，阿凯梅安仿佛在雾中行走。他的心颤抖着，就像儿时听到父亲命令他去找一根旧绳子来鞭打他。"把绳子拿来。"声音越来越响，然后仪式开场：嘴唇战栗，紧握那根残酷麻绳的手在颤抖……

如果埃因罗真是自杀，阿凯梅安就是杀他的凶手。

把绳子拿来，阿凯。快去。

当天命派命他前往摩门加入圣战时，他感到一阵轻松。失去埃因罗后，诺策拉和仲裁团的其他成员放弃了渗透进千庙教会的渺茫希望。现在他们希望他去监视赤塔——一切又回到起点。这其中的讽刺刺痛了他，但他没有争辩。该踏上下一段旅途了，苏拿之行

乌有王子 * 前度的黑暗

只是证明了一些他难以承受的结论,连艾斯梅娜也开始让他感到厌烦:她嘲弄的眼神、脸上低劣的化妆品以及她取悦其他男人时的无尽等待。她的身体很容易唤起他的反应,她的话语会在他心头留下冰冷而变幻莫测的刺痛。他总是忍着心中隐隐的疼痛想到她,回想她的皮肤在他唇间留下的味道,其中混杂着香水的苦涩。

巫师们不习惯有女人在身边。女人的奥秘是琐碎的,像他们这样的博学之士对此根本不屑一顾。但这个女人,这个苏拿娼妓身上的谜,在他心头激起的是恐惧,而非轻视。恐惧与渴望。但为什么呢?埃因罗死后,他最需要分散注意力,她却坚决不肯成为让他分心的对象。与此相反,她每天都在探寻他生活中的细枝末节,讨论他所知的每一件毫无意义的事背后包含的意义——与其说是和他争辩,倒不如说是和她自己——她总是不管他的想法,冒出些荒谬绝伦而毫无根据的念头。

有天晚上,他向艾斯梅和盘托出心事,只想让她安静一段时间。她确实有一阵没说话,但再次开口时,语调中的疲倦甚至比他还强烈,就像一个受伤的人在对另一个受伤的人坦白痛苦:"没错,这些东西对我来说只是一场游戏,阿凯梅安……但每场游戏中也都有真相啊。"阿凯梅安躺在黑暗中,平息心中的煎熬。如果用她这样的游戏方式去消解心中的痛苦,恐怕他早就支离破碎,化为尘埃了。这不是游戏。埃因罗死了。死了!

她为什么就不能……做他需要的那个人呢?她为什么还要躺在其他男人身边?他的金币难道不够把她买下来吗?

"不行,杜萨斯·阿凯梅安。"他打算付钱给她时,艾斯梅娜哭着说,"我是不会做你的妓女的!"这让他喜出望外,也让他绝望不已。

有一次,他早早回到公寓,却没看到她坐在窗台上。在猥亵的好奇心驱使下,他鼓起勇气来到她门前。她和别人在一起时是什么样?和跟我在一起时一样吗?高亢的闷哼声之下,他仍然可以听到她发出的喘息,听到她的床随着胯部有节律的耸动咯吱作响。他的心跳似乎停了下来,汗如雨下,双耳嗡鸣。

他无声无息地把手指按在门上。在那里,门的另一边……他的艾斯梅就在那里,两腿环绕着另一个男人,乳房被另一个男人的汗液浸湿。他还记得她的高潮到来时,自己缩在门边想:那喊声该是我的!我的!

她并不属于他。也许这是他第一次真正明白这点。可他仍不禁想:埃因罗死了,艾斯梅,你是我的全部。

他听到那男人爬下她的身体。"嗯——嗯——"艾斯梅呻吟着,"噢,卡鲁斯特,你这个老兵真是太厉害了。没有你粗粗的东西我该怎么办,嗯?"

一个充满阳刚气的声音回答:"我想你肯定能找到不少老二来塞满你的下体,亲爱的。"

"那些都是小菜,你才是我的大餐。"

"告诉我,艾斯梅,我上次来的时候在这里的那个人是谁?另一道小菜吗?"

阿凯梅安把汗湿的脸贴在门上,感到一阵冰冷的、令他喘不过气的痛苦。

她笑了:"你来什么的时候?嗯?神啊,我希望你指的不是那个吧。"

阿凯梅安听到男人的笑声,仿佛看到他在摇头。

"贱婊子。"他说,"我是认真的。他出门时瞧我的眼神……我猜他没准儿会在我回兵营的路上等着收拾我呢。"

"我会和他谈谈。他有些……嫉妒。"

"为一个婊子嫉妒?"

"卡鲁斯特,你的钱包真鼓……你确定不打算在我身上再花点

乌有王子 * 前度的黑暗

钱了吗？"

"恐怕我要把钱花在别的地方……不过如果你抖一抖我的钱包，没准儿我会掉出点儿东西来。"

一阵令人无法呼吸的沉默。他听到低沉的啪啪声。

艾斯梅用几乎听不到的声音低低地说了句话，但阿凯梅安确定自己听到了："不用担心你的钱包，卡鲁斯特，再和我做一次……"

他逃到大街上。她那扇空荡荡的窗子压在他头顶。他脑海中萦绕着一幅幅图像，有的是他用巫术杀了士兵，有的是艾斯梅的身体在士兵起伏的胸膛下欣喜若狂地缠绕着。"再和我做一次……"他感觉自己被玷污了，就像偷窥了一幕淫亵场景，连自己也变得下流了。

她只是在做一个妓女该做的，他想提醒自己，就像我在做一个间谍该做的一样。唯一区别是她远比他更擅长自己的工作。恰到好处的幽默、坦诚的贪婪、赤裸的欲望——她用这一切消解男人的羞耻心，让他们撒下种子，掏出金币。她有这份天才。

"我会用他们希望的每一种方式和他们做爱，"她承认过，"我越来越老了，阿凯，没有什么比一个又老又饿的妓女更可怜的了。"她的声音中有真实的恐惧。

这些年，阿凯梅安在各个城市也睡过不少妓女，为什么艾斯梅娜如此与众不同呢？他第一次来找她，是因为她男孩子般的美丽大腿，海豹般光滑的皮肤。第二次来是因为她善解人意的性格，还有她的幽默和欲望——正像她对卡鲁斯特做的一样。但不知从什么时候开始，他在意的不是这个女人敞开的双腿了。他到底发觉了什么？他爱上的是谁？

艾斯梅娜，苏拿的妓女。

他的灵魂之眼中，经常可以看到她的样子：身材苗条，神态

第三卷 妓女

狂野，忍受着风雨鞭挞，不顾丛林中树枝的阻挡奋力前行。曾有一次，这个女人朝太阳举起手，阳光仿佛是从她的手掌中流出的水。那时她对他说，真实就像空气、像天空，虽然人们可以声称自己拥有它们，却永远没法用人类的肢体和手指去触碰。他一直没告诉她他有多痴迷于她的多愁善感。她的思绪就像有生命的活物般，在他的灵魂之井中扑腾，还用石块将井口封闭了起来。

附近山谷里的老橡树上传来麻雀的叫声，将他从沉思中惊醒。

后悔，他想起这句古老的什拉迪谚语，是心灵的麻风病。

他用巫术点燃营火，开始准备早茶用的开水。等水烧开时，他仔细查看周围环境：附近是巴特森神庙的石柱，笔直地指向天空。远处几棵孤零零的树木掩映着树下稀疏的灌木及枯黄的野草。小小的营火不断发出嘶嘶声。端起滚烫的沸水时，他注意到双手在颤抖，就像神经麻痹了一样。是因为天气寒冷吗？

我到底怎么了？

是这环境，他告诉自己。他被周围的环境压倒了。他突然下定决心，把水放在一旁，开始在干瘪的背包中搜索，拿出墨水、羽毛笔及一张羊皮纸。他盘膝在睡垫上坐下，蘸湿笔尖。

在空白羊皮纸的中间偏左位置，他草草写下：

玛伊萨内

毋庸置疑，这是最难解的谜。一个可以看到异民的沙里亚。杀害埃因罗的凶手或许正是他。在这个名字右边，他写下：

圣战

玛伊萨内的战锤，也是阿凯梅安的下一个目的地。在这个词下面，靠近纸卷下沿的地方，他写下：

希摩

玛伊萨内圣战的目标。事情真的这么简单？将这座城市从费恩教的车辄下解救出来，献给后先知？但每一个聪明人宣称的目的，都绝不是他们真正的目的所在。

他在"希摩"右边画了一条线，在线的末尾写下：

西斯林

他们会是玛伊萨内的圣战中不幸的牺牲品吗？又或他们是共谋？

他从这个词往中间"圣战"的方向画了一条短线，然后写下：

赤塔

至少这个学派的动机很明显：摧毁西斯林。但就像艾斯梅娜说的，玛伊萨内是怎么知道他们与西斯林之间的秘密战争的？

他看着自己写下的字沉思了一会儿，直到墨迹慢慢变干。权衡一阵之后，他在"圣战"的旁边加上：

皇帝

在苏拿已有了许多关于皇帝的传言，说他下令削弱圣战军的力量，想将圣战变成帝国的工具，用来收复失去的领土。虽然阿凯梅安并不在意伊库雷王朝的成败，但这无疑在这些事件的方程中增添

第三卷 妓女

了变量。

然后，在纸张右上角，远离其他词的地方，他写下：

非神会

这个名字就像一把盐撒进纯净的水中。它意味着太多太多：末世之劫，各大势力对天命派的嘲笑与鄙夷。他们到底在哪里？这张图上真的有他们的位置吗？

他看着图研究了一会儿，嗅了嗅翻滚蒸气中的茶香。这温暖了他的胃，赶走了清晨的寒意。他意识到，这张图上还缺少了什么，他忘记了……

他用颤抖的手在"玛伊萨内"下面写下：

埃因罗

是他杀了你吗，亲爱的孩子？还是我？

阿凯梅安摇摇头，赶走这想法。哀悼不是纪念那孩子的合理方式，自怨自责更不是。他不会为那孩子报仇。如果想要做什么去补偿，他该做的就在这里，在这张羊皮纸上。我不是他的父亲。我必须按我的身份行事，用间谍的方式。

阿凯梅安经常绘制这种关系图——不是怕忘记什么，而是要看看有什么没注意到的事。他发现，把事件间无形的联系画在纸上，总能让他看到可能存在的深远联系。更重要的是，这种简单练习可以引导他追寻过去。然而这次情况略有不同，他不再是将一些个人与某个确定的计划联系起来，而是要绘制各大势力与圣战间的关系。这张图代表的秘密与危险，远超他之前遇到的任何事……除了他的梦境。

乌有王子 ✦ 前度的黑暗

他一时忘记了呼吸。

这是第二次末世之劫的序曲？可能吗？

阿凯梅安的眼睛回到角落里孤零零的"非神会"上，发现这张关系图给了他第一段启发。如果非神会仍在三海诸国盘桓，他们一定会以某种方式连接到这张图里。在这必将载入史册的时刻，他们不可能游离在事局之外。那么，他们到底会躲在哪里呢？

他按捺住怦怦心跳，重新看向——

玛伊萨内

阿凯梅安又啜了一口茶。你是谁，我的朋友？我该如何查明你的身份？

也许该回到苏拿。也许该试着修补与艾斯梅娜的关系，看她能不能原谅自己脆弱的自尊。至少他可以确保她——

阿凯梅安匆忙放下刚喝几口的茶，拾起羽毛笔，在"玛伊萨内"和"圣战"之间潦草地写下：

普罗雅斯

他为什么早没想到这点？

那天看到普罗雅斯出现在沙里亚脚下之后，阿凯梅安四下打探到一些消息。王子成了玛伊萨内为数不多的密友之一，对此他并不感到惊讶。离开阿凯梅安的教导后，普罗雅斯虔诚地投身信仰。他和埃因罗不一样，埃因罗投身千庙教会是为了更好地侍奉，而普罗雅斯选择长牙和后先知，是为了让自己更好地评判世界——至少阿凯梅安是这么想的。他还记得普罗雅斯的最后一封信，那封信让两人之间一刀两断，至今仍让他痛苦不已。

第三卷 妓女

"你知道看到你时，最令我痛苦的是什么吗，曾经的老师？不是因为你是一个渎神者，而是我居然爱过一个渎神者。"

看到如此尖刻的言语，还会有人去自讨无趣吗？但这是阿凯梅安必须做的，不管用什么理由，他必须在他们之间的鸿沟上架起桥梁。这不是因为他仍然爱着普罗雅斯——地位崇高的人不会折服于这种爱——而是因为他需要渠道去接近玛伊萨内。他需要答案，不只是为平复自己的心，也许是为了拯救世界。

如果他告诉普罗雅斯这些，对方又会怎样嘲笑他呢……难怪三海诸国的人都觉得天命派是一群疯子！

阿凯梅安站起来，把余下的茶水倒在火堆上。他最后看了那张关系图一眼，但占据脑海的却是羊皮纸上更广阔的空白。他不禁猜想，这些空白到底会被哪些词填满。

他收起营帐，把包裹放到骡子背上，继续孤单的旅程。不知不觉间，苏迪卡已被他抛在身后，身边是绵延的山岭和布满石头的土地。

艾斯梅娜和其他人一起一言不发地走着，心跳如雷。她可以感觉到头顶宏伟的毛皮之门的沉重压力，好像命运之锤在那里高悬了一千年，只等她逃到下面。她在周围人脸上只看到疲倦与厌烦。对他们来说，离开城市不是什么大不了的事。她猜测，这些人大概每天都会逃离苏拿。

在这荒谬的一刻，她突然明白，自己的恐惧都来于自身。如果逃离苏拿也没有意义的话，是不是意味着整个世界都是她的囚笼？

蓦然间，她发觉自己站在阳光下，眼含泪水。她停下脚步，看

乌有王子 ★ 前度的黑暗

了一眼头顶土黄色的城塔,然后环视四周,深吸一口气,丝毫没理会身后那些人的咒骂。黑暗的城门犹如巨兽的胃,两侧各站着几个懒洋洋的士兵,他们打量着进城的人,但没问任何问题。步行的、乘车的、骑马的,越来越多的人从她身边走过。道路两边,小贩叫卖着货物,希望从饿着肚子赶路的人身上赚一笔。

接着,她看到了从前只是隔着雄伟的苏拿城墙、时而在远方地平线看到的朦胧线条:乡村。冬季的苍白大地和成堆干草一直延绵很远。她也看到了太阳。傍晚时分的太阳正将余晖洒向大地,就像照在水面上一样。

一名车夫的鞭子从她身边甩过,她赶快躲到路旁。两头虚弱的公牛拉着一辆车呻吟着从她身边经过,车夫朝她笑笑,露出无牙的嘴。

她看看左手手背上的青色文身。这是她的族群标记,吉耶拉女神的徽记——虽然艾斯梅娜不是什么女祭司。沙里亚祭司团要求做过妓女的人都在身上文这种神圣的文身,而这本该是神庙中的妓女才能得到的荣誉。没人知道为什么。也许他们以为愚弄了自己就可以愚弄诸神吧,艾斯梅娜心想。

现在周围的一切都不一样了,没有了城墙,没有了沙里亚律法的威胁。

她本想叫住远去的车夫,结果却盯着他身后的路面。笔直的道路穿过破碎的原野,通向未知的远方,就像填着白灰的砖墙缝隙。

亲爱的吉耶拉女神,我到底在做什么?

通向未知的道路。阿凯梅安曾经告诉她,这就像系在脖子上的套索,不跟着走就会窒息而亡。她真希望像他说的这样。现在她知道被牵向某个目的地是什么样了,那不像窒息,而像是从陡峭的悬崖上跳下,永无止境的坠落。看着这条路她头晕目眩。

真是个傻瓜!那只是一条路!

第三卷 妓女

她的计划已经排演过一千遍了。现在还有什么可怕的？

她不是良家妇女。她的钱包夹在两腿之间。也许真该像士兵们说的那样，一路卖"桃子"去摩门。男人介于女人与诸神之间，但他们心中都存着兽欲。

这会是一条美好的路，最终会带她找到圣战军，找到阿凯梅安。她会捧着他的脸颊亲吻他，就像一个经历了许多苦难的旅人亲吻自己的伴侣。

然后她会告诉他这里发生的事，告诉他会有危险。

深呼吸。灰尘和冰冷的空气。

她沿路前进，四肢如此轻盈，简直像在跳舞一样。

天要黑了。

第十章 苏拿

> 怎样才能描述圣战惊心动魄的规模呢？即便当时，流血的战事尚未开始，圣战就已显露出恐怖而神奇的模样。它像一头巨龙，龙的每段肢体都由一个大国组成——加里奥斯、森耶里、瑟-泰丹，康里亚、上艾诺恩，纳述尔帝国——而赤塔是巨龙的咽喉。自塞内安帝国的时代以来，甚至自远古北方诸国的年代以后，人类世界就不曾有过如此大规模的集结。虽然被污浊的政治所感染，圣战本身仍值得敬畏。
>
> ——杜萨斯·阿凯梅安，《第一次圣战简史》

长牙纪4111年，寒冬，苏拿

夜幕降临之后，艾斯梅娜仍在不停走动，生活中不可思议的转变让她迷醉。有几次她甚至径直冲进黑暗的田野，双脚踏过结霜的长草，伸出双臂在天堂之指下转动。

空气冷硬似铁，四周是无边无界的虚空，发脆的黑暗好像被严冬的刀锋切割成支离破碎的景象与味道。这与苏拿潮湿的昏暗是如此不同，在那里，各种触觉像四下点缀的墨汁；而此处，在这寒冷与黑暗之中，世界就像一张空白羊皮纸。这里仿佛是一切的起源。

她既欣赏自己的想法，又为之发颤。阿凯梅安曾告诉她，非神会相信着同样的事。

寒夜渐深，她终于清醒过来，提醒自己明天还有一整天的辛苦，提醒自己不要忘记此行的可怕目的。

有人在监视阿凯梅安。

第三卷 妓女

每次想到这个，她都会不由自主地记起与那个陌生人度过的夜晚。有时她感到恶心，每次眨眼的瞬间，他的种子留下的污渍似乎都自眼前闪过；有时她变得无比冷静，回想起那天说出的每一个词，甚至像税官一样不动感情地回忆经历的每一次高潮。她无法相信自己居然是如此淫荡的女人，会做出如此背叛、如此下贱的事……

但那确实是她。

令她羞耻的不是背叛，她知道阿凯梅安不会因此责怪他，令她羞耻的是她做出那些事时的感觉。

有些妓女对自己的行当鄙弃之极，她们与客人交合时希望对方给予痛苦与惩罚。但艾斯梅娜觉得自己是另一种人，偶尔也可以笑着面对生意，一边收钱一边寻找愉悦。她的愉悦是属于自己的，不管抚摸她的是谁。

但那天晚上不是这样。那天晚上的愉悦比她之前经历过的任何一次都强烈。她能感觉到它，能抓紧它，并因它而战栗，但它不属于她。那一夜在她身上留下了极深的痕迹，那份耻辱让她愤怒。

想到他的腹肌在自己的肚子上厮磨，她就会变得湿润。有时她会回想起那一次次的高潮，以及随之而来的欢悦与紧张。不管那男人是谁——不管他是什么——他将她的身体彻底征服了，攫取了她曾拥有的一切，将她变成了……不是变成他自己的镜像，而是他需要她成为的样子——无比敏感，无比驯服，无比满足。

但在身体变得淫亵的同时，她的理智却没受影响。她很快明白，如果这个陌生人认识她，肯定也认识埃因罗。他认识埃因罗，那么埃因罗就绝不可能是自杀。这是为什么她一定要找到阿凯梅安。阿凯觉得埃因罗可能是自杀，这想法几乎摧毁了他的意志。

"如果是真的呢，艾斯梅？如果他真的自杀了呢？"

"他没有。够了，阿凯，拜托。"

乌有王子 ★ 前度的黑暗

"真的！……噢，诸神在上，我能感觉到！是我把他逼到这份上的，不管怎么做都是背叛。要么背叛我，要么背叛玛伊萨内。你看不出来吗，艾斯梅？我逼他为了一份爱去背叛另一份爱！"

"你醉了，阿凯。你喝醉的时候，最是疑神疑鬼。"

"诸神啊……是我杀了他。"

她只能像木头一样不断重复无比空洞的安慰。她厌倦了帮他重拾信心，厌倦了看着他用毫无根据的猜想来折磨自己，以期得到她的怜悯。她为何如此冷漠？如此自私？有一次，她甚至觉得自己在埋怨埃因罗，将阿凯梅安的离开归咎于他。她怎能这样想？

但这些会改变的。一切都会改变的。

她莫名地感到自己是正在发生的大事件的一分子。她是和他们同样重要的人。

你没杀他，我亲爱的，现在我知道了！

而且她知道了凶手是谁。那个陌生人有可能是任何一个巫术学派派来的，但不知出于什么理由，她确定那人不是巫师。她遭遇的东西绝非来自三海诸国。

是非神会。他们杀死了埃因罗，奸污了她。

是非神会。

这念头让她恐惧，同时也令她兴奋。过去几世纪没人见过非神会出没，甚至包括阿凯梅安。但她……她不敢想得太多，因为想到这些，她就会感到一丝……幸运。而这是她无法承受的。

所以她不停告诉自己，这次旅程是为阿凯梅安。在某些不经意的瞬间，她觉得自己就是《长诗》中的角色，比如金斯尔或伊斯尔卡，她们都是为了丈夫而投身阴谋的妻子。身前的道路仿佛在唱歌，发出神秘的诱惑，好像有看不见的见证者在见证她的每一步英雄事迹。

她裹紧斗篷打个哆嗦，吐息在脸前叠成一层雾。她一边走，一

第三卷　妓女

边体味陪伴了她无数个冬日黎明的寒意。晨曦终于慢慢照下来。

❦

当天上午，艾斯梅娜来到一家路旁的旅店，抱着一线希望想要加入在旅店院子里集结的一小批行路人。两个老人坐在她身边，一起等待队伍出发，他们背上背着沉重的筐子，里面装满干果。看到他们愤怒的表情，艾斯梅娜觉得他们应是瞥到了自己左手手背的文身。似乎每个人都认识苏拿妓女的烙印。

这群人终于上路，她跟在后面，尽量不引起注意。引路的是几名侍奉朱坎神的蓝皮肤祭司，他们手摇指铃，低唱圣歌。有些人和他们一起唱了起来，但大多数人自顾自地往前走，有时低声交谈几句。艾斯梅娜看到两个老人中的一个跟赶马车的人说了句什么，赶车人便转过身，毫无表情地看着她，就像寻找什么渴望而又天生该厌恶的东西。这眼神她是司空见惯的。她朝对方笑了笑，对方的眼睛移开了。不过她清楚，或迟或早，这人一定会找些看似巧合的方式和她说话。

到那时她就要做出决定了。

可是她左脚凉鞋的带子断了。她重新给带子打个结，系住鞋掌，打的结却又很快开始摩擦她那双羊毛袜子底下的皮肤。水泡破了之后，她只能一瘸一拐地往前走。她诅咒那个车夫，为何不早下决心来搭讪；更诅咒纳述尔帝国禁止女人穿靴子的律法。打的结终于断掉，虽然试了好几次，但她实在没法把它修好。

人群沿大道越走越远，渐渐消失在她的视野中。

她把凉鞋扔进背包，开始赤脚行走。两脚几乎瞬间失去了知觉。走不出二十步，袜子就磨出了第一个洞，没过多久，两双袜子都只剩下脚踝处一圈破布条了。她单脚跳的时间和走路的时间差不多，经常还要停下来揉搓脚掌，让双脚恢复知觉。前面已看不到任何人的迹象。在她身后非常遥远的地方，倒是瞥见一队影子，就像成群结队的野兽……或者军马。

她祈祷是前者。

她走的是卡里安大道——塞内安帝国的遗迹，不过纳述尔皇帝在整修道路上花了不少工夫。它横穿马森提亚行省，这个省在夏天里被人们称作"黄金行省"，因为这里有无边无际的稻田。卡里安大道的不便之处在于，它不是直通摩门，而是拐向凯兰内平原，绕了一个大弯。一千多年前，它的作用是将神圣的苏拿与古老的塞内安联系起来，而今维护它的目的只限于服务马森提亚省内交通了。有人告诉艾斯梅娜，卡里安大道最终会消失在牧地中，而与它交会的更重要的庞恩大道能通向摩门。

虽然要往内陆绕远路，但经过慎重思考，艾斯梅娜仍旧选择了卡里安大道。虽然她买不起也读不懂地图，而且她从没离开过苏拿一步，但她还是知道很多道路的知识。

妓女会根据各自喜好去为客人区分等级。有人喜欢个子高的，有人喜欢矮壮的，有人喜欢祭司那迟疑而细嫩的双手，有人喜欢士兵粗暴的态度。艾斯梅娜欣赏的是经验。那些经历过痛苦与失败，那些目睹过远方、见过大场面的人，才是她喜欢的类型。

年轻时，艾斯梅娜每次和这样的人缠绵都会想：现在的我是他们经历的一部分了，现在的我不再是原来的我了。每次事后她都会缠着他们问更多问题，了解更多细节，一来是要更好地抓住顾客，二来也是出于好奇心。他们离开时留下银币和种子，但她一直想让自己相信，他们同时也带着她的一部分上路了。从某种意义上说，她被散播了出去，她的眼睛——艾斯梅娜憔悴的眼睛——注视着这个世界，与这个世界并肩战斗。

然而有几个人让她改变了这想法。她救助过一个叫皮拉夏的老

第三卷 妓女

妓女，若非她的慷慨，皮拉夏很可能饿死。"不，小宝贝，"皮拉夏告诉她，"女人从男人那里舀走的每一杯水，都是男人从她们那里偷走的东西。"后来她又遇到一个华丽的齐德鲁希骑兵，她以为自己爱上了他，但他第二次来她这里时，完全忘记曾经来过。"你肯定是搞错了，"他说，"像你这样的美人我是不会忘的！"

再接下来，就是女儿的出世。

她还记得女儿出生之后的那段日子，她一直觉得那可能标志着她幻想的结束。现在她知道，这只标志着她从一种自我欺骗变成另一种，孩子的离去才真正意味着幻想的结束。她把孩子的小衣服包裹起来，送给楼下一个即将生产的母亲，还好言相劝对方不要害怕分娩——她去安慰别人！

女儿走后，她的许多愚蠢想法随之消失，取而代之的是辛酸回忆。但和其他人不一样，艾斯梅娜并没有怀恨在心。尽管这会让自己显得更渺小，但她继续放纵着自己对世界上其他地方故事的渴望，仍然欣赏那些会讲故事的人。她会满怀欣喜地张开双腿，裹在这些人腰间。她会假装被他们的热情挑动，而假装与事实间的区别又如此模糊，有时她真的会到达高潮。可惜交欢之后，男人的注意力又会退回他们原本的黑暗世界中，变得无法理喻。哪怕最好心的客人这时也变得危险起来。她发现，有那么多男人心中的空虚，只有其他男人才能填补。

真正的引诱这时才开始。"告诉我，"她会发出猫一样快乐的呼噜声，"你有没有看过什么东西，让你变得……与众不同？"大多数人觉得这问题很有趣，但也有人会困惑，会恼火，会无动于衷，甚至勃然大怒；很少的几个客人会觉得这个问题十分迷人，阿凯梅安就是其中之一。但每个男人都回答：我必须与其他人不同啊。艾斯梅娜觉得这就是那么多男人热衷于赌博的原因。当然了，他们想通过赌博赚钱，但同时更渴望证明世界，诸神，或是未来——什么都行——对他们与众不同。

于是他们给她讲了很多故事，这么多年总有几千个了。他们边说边笑，以为她在知道自己跟谁上了床之后会变得激动不已——她年轻时确实是这样。没人知道她在意的并不是他们的故事，而是出现在他们故事中的世界。

只有一个人例外。

只有阿凯梅安理解她。

"你对所有客人都这样做吗？"他毫无征兆地问。

她并不吃惊。不少客人这样问过。"如果能了解一下男人老二以外的东西，我会觉得更安心。"

此话半真半假。不过阿凯梅安是个名符其实的怀疑论者，他皱皱眉："真可惜。"

虽然她完全不明白这话的意思，还是感到一阵刺痛："什么可惜？"

"可惜你不是男人，"他答道，"如果你是男人，就不用把利用你的人当老师了。"

那天夜里，她在他怀中痛哭失声。

但她还是在继续学习，透过别人的眼睛看到越来越远的地方。

这就是她为什么知道，虽然这条路要绕远，但马森提亚更安全。对单身女人来说，取道卡里安大道再转庞恩大道，比从沿海地区直接走过去要好。她也知道应该和其他旅人同行，这样过路人会以为她是某一个旅人的伴侣。

正因如此，凉鞋带子断掉让她恐慌不已。在此之前，出于开放大胆的性格，她一直觉得孤身一人更加无拘无束。而现在，孤单却像有了重量一样压在她身上。她感觉自己暴露在危险中，仿佛每一棵树下都藏着弓箭手，等待着看到手上有文身的人、听到女人的呻吟，或是发现其他什么避无可避的线索。

第三卷　妓女

　　道路逐渐上升,她瘸着腿努力向前走。深不见底的绝望让她的赤脚更疼了。她怎么可能就这样一路走到摩门?不是有那么多人告诉她,安全的旅行是建立在周全准备的基础上的吗?每一步带来的痛苦似乎都在谴责她。

　　延伸的卡里安大道终于变成下坡了。前方道路穿过一片平坦的冲积平原,跨过一道小河,然后笔直地伸向环绕视野尽头的黑色山丘中。落光叶子的树林中有一道塞内安时代的引水渠,水渠早已废弃,被当地人拆个七零八落,大块石头都被取走了。大路旁边泥泞的小道蜿蜒伸向远处的高地,穿过休耕的田野,消失在高地上的大片树林中。不过吸引艾斯梅娜注意的是河上那座桥旁边一片简朴的建筑,那是她的希望所在:应该是个村子,几缕炊烟升上灰色天空。

　　她身上还有些钱,不只够修好鞋子。

　　走近村子时,她不禁责备起自己的疑心来。恩客们告诉过她,马森提亚最大的特点是拥有全帝国屈指可数的几座大农场,这里是自耕农和匠人的家园。这里的人直率、坦诚、自豪。至少她是这么听说的。

　　但她也记得每天坐在苏拿家中窗前,那些"直率、坦承"的人看到她每每皱起眉头。"每个辛苦劳作的男人都认为自己是正派人。"年老的皮拉夏告诉她,而正派人对妓女是绝不容情的。

　　艾斯梅娜不由得骂了自己一句:干吗疑神疑鬼?每个人都说马森提亚是个安全的地方呢。

　　她跛脚穿过一片田地,来到村子中央的简陋市场,在四周木屋中寻找皮匠铺的招牌,但一无所获。她又开始嗅闻鱼油的气味,那是皮匠用来备制皮革的材料,而她只需要一根皮带子。路旁是一堆堆融化的陶土,后面有四座彼此相连的陶匠铺。其中一个铺子里坐着一位老者,正忍着寒意在陶轮上劳作,拇指间冰冷的陶土逐渐显

乌有王子 * 前度的黑暗

出了弧线，脚边炉口闪着亮光。他的咳嗽吓了艾斯梅娜一跳，那声音仿佛是从浸湿的泥巴中传出的一样。

她不由得猜测，这村子难道就没别人了吗？

五个孩子在一间马棚门口游荡，眼睛都盯着她。他们中年龄最大的——至少是个子最高的——眼神里流露出赤裸裸的爱慕。若非双眼不对称，他肯定是个俊俏小伙。她记得有客人告诉她，像这样的村子里很难见到长得标致的孩子，因为凡是相貌出众的小孩都会被卖给有钱的旅客。艾斯梅娜不禁开始猜测，这样一个孩子他们会出多少钱。

男孩朝她走来，她露出微笑。也许他会——

"你是妓女吗？"他毫不掩饰地问。

艾斯梅娜一时不知如何应对，只好用惊讶而愤怒的眼神看着他。

"她是！她是！"另一个孩子嚷道，"她是从苏拿来的！所以她要盖住自己的手！"

士兵间常用的脏话涌到她嘴边。"去摸你的小烟囱吧，"她说，"该死的小混蛋！"

男孩咧嘴笑着，艾斯梅娜立即明白过来：他也是那种人。那种人根本没听到一个女人在讲话，听到的只是狗吠。

"让我看看你的手。"

他的声音中有什么东西让她感到不安。

"你不该去和你的泥吗？"小兔崽子。她的声音变得尖厉了。

孩子脸上漫不经心的恶意僵住了，变成了其他什么东西。他伸出手来抓艾斯梅娜，脸上却挨了一掌，跌跌撞撞朝后退了一步，一时没反应过来。

等他明白过来，马上蹲下。"她是个妓女。"他告诉同伴们，口气非常严肃，就像在诉说什么会带来不幸的可怕事实，接着他站

第三卷 妓女

起来,手拿一块肮脏的石头,"一个淫荡的妓女!"

接下来是紧张的一刹那。另外四个孩子都在犹豫,就像站在门槛上,前面有非常紧要的事,但他们不知道那是什么。那个长相英俊的男孩没有再招呼同伴,而是径自将手中石块朝她砸来。

艾斯梅娜连忙弯腰躲石头。另外几个男孩也蹲下去,各自寻找弹药。

他们开始用石头砸她。她咒骂着,举起双臂护头。厚实的羊毛斗篷挡住了石头,没让她受到任何伤害。

"小杂种!"她喊道。他们停了下来,半是胆怯,半是觉得这狂暴的女人很有意思。艾斯梅娜也弯腰捡起一块石头,孩子中比较胖的一个哈哈大笑,艾斯梅娜便把石头朝他扔去,正打在左眼眼角上,擦破了一块皮。男孩哭叫着跪在地上。另外几个孩子目瞪口呆。血淌了下来。

她用右手举起另一块石头,希望他们会四散跑开。小时候,在身体驱使她选择妓女这个职业之前,她在码头上讨过生活,靠用石头砸海鸥来赚取一片面包和四分之一个铜币。她很擅长这个。

但那高个男孩率先出手了,他把手中攥着的泥土朝她脸上甩来。大部分泥巴打空了——那傻孩子把手臂甩得像根绳子——但还是有些砂粒打在她眼睛上。她慌忙揉了揉,这时耳旁炸响,痛得她蹒跚了两步,另一块石头擦过她的手指……

"够了!够了!"一个嘶哑的声音响起来,"你们这些小崽子在做什么?"

胖男孩仍在哭。艾斯梅娜眨眨眼睛,看到一个老人穿着脏兮兮的沙里亚法衣站在孩子们中间,耀武扬威地挥舞着一只腿骨般的拳头。

"用石头砸她!"长着半张英俊脸的男孩喊道,"她是个妓女!"其他孩子急切地附和。

乌有王子 ★ 前度的黑暗

老祭司先瞪了他们一阵,然后转身朝她走来。她现在看清他的样子了:脸上长着深红斑块,布满令人心头发麻的皱纹,那是无数次嘶声尖叫留下的纹路。他的嘴唇在寒冷的空气中透出紫色。

"这是真的吗?"

老人伸出手来抓她的手,那双手异常有力。他研究了一会儿文身图案,然后盯在她脸上。

"你是女祭司吗?"他厉声问,"侍奉吉耶拉女神的仆从?"

她可以看出老祭司是知道答案的,再问她一遍只是忍不住想要羞辱她。她盯着老人水汪汪的眼睛,突然明白自己处在怎样的危险中。

瑟金斯在上⋯⋯

"是、是的。"她结结巴巴地说。

"说谎!这是娼妓的标记!"他高喊,抓着她的手扭到她眼前,似乎想把手塞进她嘴里,"娼妓的标记!"

"我已经不是妓女了。"她反抗着。

"谎话!谎话!"

艾斯梅娜突然冷静下来。她努力挤出笑容,然后用力抽回手。语无伦次的老头子踉跄着后退了两步。她扫视了一圈四周逐渐聚拢的人群,严厉地看了那几个孩子一眼,然后转身朝大路走去。

"你不能走!"老祭司大喊,"我不准你离开!"

她用自己能表现出的最有尊严的姿势继续朝前走。

"汝不应容忍娼妓的存在,"老祭司背诵着祷词,"伊的子宫会腐蚀良善!"

艾斯梅娜站住了。

"汝不应容忍娼妓的呼吸,"祭司继续背诵,声调越来越高昂,"伊会嘲弄正直的种子!以石砸之,汝才不会受伊诱惑——"

艾斯梅娜转过身,大叫道:"够了!"

祭司吓了一跳，没有继续背下去。

"我被诅咒了！"她喊道，"你看不出来吗？我已经死了！这还不够吗？"

一双双眼睛盯在她身上。她转过身，继续朝卡里安大道跛行。

"婊子！"有人喊道。

什么东西砸中她后脑，她跪了下来。又一颗石头在她肩上留下瘀伤。她举手护头，踉踉跄跄地站起来，只想尽快离开这里，但几个小孩子跑到她身边，不停地跳来跳去，用河滩上小小的卵石砸她。个子最高的男孩冲到近处，手举一块拳头大的石头朝她砸来。石头砸在她身上，她瑟缩着咬紧牙关，摇晃了一下，终于倒在冰冷的泥地里。她打了个滚，四肢着地，弯起一条腿想站起来。又一块小石头砸在她脸上，左眼流出刺痛的泪水。她挣扎着想起来，想继续朝前走。

这一切对她来说似乎是一场栩栩如生的噩梦。她必须赶快离开这里。那些石头不过是卷过身侧的风雨，是无关紧要的障碍。

眼泪不受控制地流下。"停下！"她尖叫，"别这样对我！"

"娼妓！"祭司大吼。

越来越多的人聚拢在她身边，哄笑声四起，更多人从脚边泥土中捡起石头。

她的脊背承受了一阵令她麻木的剧痛，肩膀朝后弯去。她不由自主地抬起手。额上又有什么东西炸开，她又倒在地上呕吐着。

停下！求你们了！

她的声音到哪里去了？

一块尖锐的石子打在她前额。她举起双手，像条狗一样蜷缩身子。

求求你们。求求你们。

雷霆般的声音响起，一片更大的黑影遮住了天空。她抬起头，透过泪水与手指的缝隙，看到一匹上了鞍的马的肚子。马背上的骑士朝她伸出手，面孔英俊，嘴唇饱满，棕色的大眼睛中带着愤怒与关切。

一个沙里亚骑士。

朝她扔石头的人停下了。艾斯梅娜用沾满泥土的双手捂着脸号啕大哭。

"谁先动手的？"一个声音响起。

"看这里！"祭司高喊，"这个——"

沙里亚骑士弯下腰，套着链甲的拳头砸在祭司脸上。

"把他扶起来！"他对其他人下令，"马上！"

三个人挤上前，拉着祭司站起来。鲜血和唾液从老人颤抖的唇间流下，老人咳嗽着抽噎了一声，惶恐地看着身边的人。

"你、你没这权力！"祭司喊道。

"权力？"骑士大笑，"你和我谈权力？"

趁沙里亚骑士恫吓祭司的工夫，艾斯梅娜努力起身。她擦干脸上的血和泪，用力搓着羊毛斗篷上黏的泥巴。耳畔回荡着铁锤般的心跳，她几度害怕自己会因无法呼吸而晕过去，险些没法控制冲动，想要大声尖叫。不是因为恐惧或痛苦，而是因为心头的愤恨。她不敢相信这一切。为什么会发生这种事？到底为什么？

她瞥见那个沙里亚骑士又给了祭司一拳，不由得缩了缩身，随即责怪自己何必去可怜这样一个猥亵的乡下人？她深吸一口气，抹去眼中炙热的泪水，冷静下来。

她把手环在胸前，转向那个挑起这一切纠纷的英俊男孩，用自己能聚积起的最深刻的恨意盯着他，然后伸出一根粉红色的手指做了一个手势，就像在比量一根短小的阳具。她看着那孩子，确定他看清楚了，然后露出促狭的微笑。

男孩脸色发白。他用惊骇和惧怕的眼神看向沙里亚骑士，然后朝自己的同伴看去,他们一定也注意到了艾斯梅娜下流的手势。有两个孩子不由自主地咧嘴笑了,还有一个孩子露出与自己欺负过的对象共谋般的表情——这似乎是每个不谙世事的孩子无师自通的技能——高喊:"是真的耶!"

"来吧,"沙里亚的骑士俯身朝她伸出一只手,"我受够这帮外省的蠢货了。"

"你是谁?"她哑声问,泪水又一次淹没了她。

"库提亚斯·萨瑟鲁斯,"那人温和地说,"沙里亚骑士团的首席骑士队长。"

艾斯梅娜举起手臂,让他握住文身的手。

长牙之民在黑暗中加快了脚步。他们是阴影中的高大人形,偶尔可以看到金属的闪光。阿凯梅安牵着骡子从中匆匆穿过,他们闪亮的眼睛木然地盯着他。阿凯梅安知道,他们已经习惯看到赶路的陌生人了。

这一路阿凯梅安倍感困扰。他从没在这样的营地中走动过。经过的每一处营火似乎都是一个小世界,充满了各自的欣喜与绝望。他听到只言片语,看到火光映照下斗志昂扬的面孔。他在火堆与阴影组成的行列间穿行,期间两次爬上小丘,丘顶恰好可以俯瞰法御斯河及河边人满为患的平原。每一次,他都怀着敬畏的心情停下脚步。由近及远到处都是篝火,山脚下的火堆缀满了黑暗的河滩,火堆周围隐约可以看到帆布帐篷,以及军人的身影;再远一些,法御斯河对岸星星点点的火光犹如天上繁星。多年之前,他曾在凯里苏萨尔附近一个露天剧场看过一出艾诺恩戏剧,当时黑暗的观众席与舞台上亮光中的表演者间的对比就让他感叹不已。而在他看来,这

乌有王子 * 前度的黑暗

里仿佛有上千出同样的戏剧在同时上演。如此多的人，在离家如此远的地方。在这里，他才真正感到玛伊萨内的力量有多强大。

有这么多的人，我们怎么会失败呢？

他思索着"我们"这个词的含义。

在西边，他可以看到摩门弯曲的城墙，借着燃烧的火把，还可以分辨出城墙上森然屹立的塔楼。他转身朝摩门走去，越是接近黑暗的城墙，土地就越是光秃，人也就越多。他在几个火堆旁认出了康里亚人，鼓起勇气上前发问，得知了来自亚特雷普斯的部队的位置。越过一条死水运河上吱嘎作响的人行桥后，他终于找到老朋友的营地。克里加特斯·辛奈摩斯，亚特雷普斯的镇守元帅。

虽然阿凯梅安马上就认出了辛奈摩斯，但他还是在火光照不到的暗处停下脚步，观察对方。普罗雅斯曾告诉他，辛奈摩斯与他的长相极为相似，按王子的说法，就像"一壮一瘦的两兄弟"。当然了，普罗雅斯不曾意识到这样的比较会冒犯老师。跟任何一个傲慢的人一样，普罗雅斯认为他的侮辱不过是坦诚的表现。

辛奈摩斯晃着酒碗，坐在一个较小的火堆前，低声和手下三位高级军官讨论着什么。哪怕在这暗红色火光中，他看上去也极为疲惫，就像他们在说的事他完全没办法掌握似的。他不停地挠耳朵，阿凯梅安知道，那里有道旧伤一直折磨着他。元帅似乎是无意间往这边瞥了一眼，然后眼神就没离开过这片黑暗——他直直地盯着阿凯梅安。

亚特雷普斯的元帅沉下脸喊道："出来吧，朋友。"

不知为什么，阿凯梅安说不出话来。

其他人也朝他看来。他听到其中一个人低声说着什么有关幽灵的事，那是丁察塞斯。站在那人右边的岑卡帕画了个长牙的手势。

"那不是幽灵。"辛奈摩斯站起来。他低了低头，就像透过浓雾看东西一样："阿凯梅安？"

第三卷 妓女

"我发誓,要不是看到你在这里,"第三名军官伊里萨斯对辛奈摩斯说,"我会以为是你……"

辛奈摩斯看了伊里萨斯一眼,突然大步朝阿凯梅安走来,脸上带着困惑和欣喜:"杜萨斯·阿凯梅安?阿凯?"

阿凯梅安终于喘过一口气:"你好,辛。"

"阿凯!"元帅一边喊,一边伸手抓住他,就像抓着一个面袋一样。

"元帅大人。"

"你闻着就跟从屁眼里掏出来的一样,我的朋友。"辛奈摩斯笑着把他往后推,"就像烂肉堆里最烂的一块!"

"我过了段艰难日子。"巫师说。

"恐怕那不算难。今后的日子会更难过。"

辛奈摩斯说自己把奴隶们都打发去睡觉了,所以亲自替阿凯梅安放下包裹,照顾好他的骡子,帮他支起破烂的旅行帐篷。自阿凯梅安上次见到亚特雷普斯的元帅已有好些年了,虽然他觉得两人的友谊不会受时间影响,但最初的交谈还是有些尴尬。讨论的话题都是无关紧要的琐事:天气,骡子的脾气,诸如此类。每当两人中有一个提到更有实质内容的事,另一个人总会感到莫名的胆怯,用模棱两可的回答把话岔开。

"那么,你近来如何?"辛奈摩斯终于问。

"和你想象的一样好。"

对阿凯梅安来说,这一切都显得那么不真实,他甚至觉得辛奈摩斯随时会管他叫谢斯瓦萨。他与辛奈摩斯的友谊是在遥远的康里亚宫廷中建立的,但执行任务时遇上还是让阿凯梅安有些羞愧,就

乌有王子 * 前度的黑暗

像撒谎被抓个正着一样。到目前为止他还没欺骗过对方，不过处在这样的环境中，只要过上一段时间，总是要对元帅说谎的。阿凯梅安发觉自己心里正在挣扎，琢磨着应该把之前的任务向辛奈摩斯透露多少。应该说实话吗？还是服从那股幼稚的冲动，把自己的形象重新粉饰一番？

要不要告诉他我成了一个精疲力尽的傻瓜？

"啊哈，对阿凯你这样的人，没人知道应该想象些什么。"

"那些人和你一起住吗？"他其实已知道了答案，"岑卡帕？丁察塞斯？"

恐惧毫无来由地攫住了他。辛奈摩斯是个虔诚的人，甚至可以说是阿凯梅安认识的人中最虔诚的一个。在康里亚，阿凯梅安的身份是王子的老师，只不过恰好也是学士；但在这里他就是个彻头彻尾的学士了。康里亚人不会无视他的亵渎行为——尤其在圣战军中！辛奈摩斯还能容忍他多久？也许这是个错误，阿凯梅安心想，也许他该换个地方扎营，独自一人。

"过不了多久，"辛奈摩斯说，"我会把他们统统打发走。"

"没必要……"

辛奈摩斯把一根木头加在暗下来的营火上："你的梦如何了？"

"我的梦？"

"你告诉过我，你的梦境时强时弱，有时还会有细节变化。你说你把这些变化都记录了下来，想要破解其中的含义。"

辛奈摩斯居然记得这些，这让阿凯梅安感到不安。

"告诉我，"他生硬地转变话题，"赤塔的人在哪里？"

辛奈摩斯笑了。"我还在想你什么时候会问呢……就在这里往南的地方，皇帝给的某座别墅里住着，至少我手下是这样报告的。"他用手在木头堆上捶了一拳，碰到了拇指，不禁咒骂一声，

"你担心他们吗?"

"我要是不担心他们,才真是蠢货。"

"他们就这么想得到你的知识?"

"是的。如果说他们拥有青铜,那么真知就是钢铁……不过我不觉得他们会在圣战大军中做出什么举动。"对一个由渎神者组成的团体,能成为圣战的一部分,已经要感谢因里教的容忍了。要是他们胆敢再有什么亵渎行为,或是想去实现自己学派那不可告人的目的,一定会超过大家的容忍限度。

"这就是……他们派你来的原因?"

辛奈摩斯很少提到天命派的名字,天命派在他口中永远是"他们"。

"监视赤塔?我想是目的之一吧。"埃因罗的样子浮现在阿凯梅安的灵魂之眼前,"不过当然了,他们有更多目的……每次都会有更多目的。"是谁杀了你?

辛奈摩斯在黑暗中觉察到他眼神的变化。"怎么,阿凯?发生什么事了?"

阿凯梅安看着自己的双手。他想把一切都告诉辛奈摩斯,原原本本地解释自己对沙里亚的怀疑,讲述围绕埃因罗之死的种种谜团。不管在天命派中还是其他地方,都没有谁比眼前这个人更值得信赖。但这故事实在太漫长、太曲折,他自己的失败和脆弱又为这故事蒙上了污点,让他羞于与别人分享。他可以告诉艾斯梅娜,因为她是个妓女,毫无羞耻心。

"这下应该好了吧。"阿凯梅安故作轻松地说,拉了拉帐篷的绳子,"我想至少足够挡雨了。"

辛奈摩斯无言地看了他一阵。万幸的是,辛奈摩斯没有继续这个话题。

他们来到辛奈摩斯的火堆旁,和另外三人坐在一起。他们中

乌有王子 ★ 前度的黑暗

两个是亚特雷普斯卫戍部队的队长，是和元帅一起浴血拼杀、面容沧桑的同伴。自阿凯梅安认识辛奈摩斯以来，丁察塞斯——有些人叫他"血腥丁察"——就一直和元帅在一起。年轻的岑卡帕曾是个尼尔纳米什奴隶，是辛奈摩斯从父亲那儿继承来的，后来靠战场上的英勇表现获得了自由。据阿凯梅安所知，这两个人心地都还算不错。但第三个人，伊里萨斯，乃是辛奈摩斯唯一活着的叔叔膝下最年轻的儿子，如果阿凯梅安没记错，他还是克里加特斯家族的总管。

这些人都没发觉他的到来。他们要么喝得烂醉，要么完全被谈话占据了注意力。丁察塞斯似乎在给大家讲故事。

"……然后那个大个子，那个森耶里人——"

"你们这帮蠢货还记得阿凯梅安吗？"辛奈摩斯喊道，"杜萨斯·阿凯梅安？"

三个人擦了擦眼睛，压住笑声，跟阿凯梅安打个招呼。岑卡帕微笑着举起酒碗，然而丁察塞斯只是眯眼看了他一眼，伊里萨斯则表现出明显的敌意。

丁察塞斯瞟到辛奈摩斯愤怒的表情，然后也勉强举起酒碗。他和岑卡帕都点点头，按照礼仪把酒倒在地上。"幸会，阿凯梅安。"岑卡帕显得颇为真诚。作为一个被释奴，他对贱民应该更容易接受一些吧，阿凯梅安这样想着。至于丁察塞斯和伊里萨斯，他们可是贵族种姓的老爷，伊里萨斯还是纯血贵族。

"我看到你把帐篷扎好了。"伊里萨斯漫不经心地说。他满脸醉意，显出警惕而又好奇的神色。

阿凯梅安什么都没说。

"也就是说我该告退了，嗯？阿凯梅安？"

阿凯梅安直直地对上他的眼睛，咽了咽口水，心中却为这个动作后悔不已："我想是的。"

第三卷 妓女

辛奈摩斯看了看堂弟:"赤塔加入圣战了,伊里萨斯,你也该欢迎阿凯梅安的到来,至少我是欢迎他的。"

像这样的交谈阿凯梅安见过无数次了。信徒总想要给自己与巫师间的亲善关系找些合理的借口。这些借口本质上都是一样的:他们对我们有用……

"也许你是对的,堂哥。敌人的敌人是朋友,嗯?"康里亚人对他们最痛恨的人总是怀有嫉妒。过去几世纪中,他们与上艾诺恩和赤塔冲突不断。虽然心中略有不甘,但他们不得不对天命派抱有敬意。要是让沙里亚祭司来说,这份敬意已经有些过分了。不过毕竟在所有学派中,只有天命派可以凭借远古北方国度的真知法术与赤塔抗衡。

伊里萨斯举起酒杯,把酒全倒在脚下尘土中:"愿诸神满饮此酒,杜萨斯·阿凯梅安,愿他们与这位被诅咒的人共同庆祝——"

辛奈摩斯咒骂着,朝火堆踢了一脚。一团火星和烟尘裹住了伊里萨斯,他朝后退了几步,高声叫嚷,本能地拍打头发和胡须。辛奈摩斯跳到他面前吼道:"你说什么?你在说什么?"

虽然辛奈摩斯的体型比伊里萨斯略小一些,但他只是随手一扯,伊里萨斯就像个孩子一样跪了下来。元帅严厉斥责他,张开手朝他脸上扇了一巴掌。丁察塞斯用认错的眼神看着阿凯梅安,狡猾地笑道:"我们跟他不是一伙的!我们都喝醉了。"岑卡帕被逗得坐不稳身子,从之前坐着的那块原木上滚到地上,捧腹大笑起来。

就连伊里萨斯也在笑,就像一对习惯了争吵的夫妻一样。"够了!"他朝辛奈摩斯喊道,"我道歉!我会道歉的!"

无论是伊里萨斯的厚颜无耻还是辛奈摩斯暴躁的反应,都让阿凯梅安惊讶。他微张着嘴站在一旁看着这一幕,突然发觉自己从没见过辛奈摩斯和他的士兵在一起是什么样子。

伊里萨斯爬回座位上,头发歪在一旁,黑胡子上沾了道道烟

乌有王子 * 前度的黑暗

灰。他皱着眉头挤出一脸笑容,坐在木凳上朝阿凯梅安弯了弯腰。阿凯梅安明白,他是在鞠躬,只不过懒得从座位上抬屁股而已。

"我向你道歉,"他装出一副真诚的样子对朝阿凯梅安说,"我确实喜欢你,阿凯梅安,虽然你是一个——"他朝自己的堂兄兼上级瞥了一眼,"——被诅咒的巫师。"

岑卡帕又在大笑。阿凯梅安也不由自主地露出微笑,回了一礼。他明白,伊里萨斯这种人过于浮躁,很难将仇恨集中在一个对象身上,他的轻视与好感都毫不做作。阿凯梅安知道,正直也好、堕落也好,这样的人身上浮现的都是主人的影子。

"烂醉的傻瓜!"辛奈摩斯朝伊里萨斯喊道,"看看你的眼睛!比猴子屁眼肿得还凶!"

这话引起了更响亮的笑声。阿凯梅安感到他们的欢愉有着无法抵抗的感染力。

他笑得比其他几个人更久,声音也更尖厉,就像被魔鬼附身了一样。如释重负的泪水沿着脸上皱纹流下。这怎么可能?

其他人安静下来,看着他挣扎着恢复表情。

"太久不见了。"阿凯梅安终于控制住自己,每次吸气都在颤抖。泪水让他的脸感到刺痛。

"太久了,阿凯。"辛奈摩斯友善地把一只手放在他肩上,"不过你回来了,至少在这段时间里,你无须花心思琢磨怎么骗人。今天晚上,你可以放心喝酒。"

那天晚上他睡得极不安稳。过量的酒精让他的梦变得更加沉重,充满死亡气息。一个个梦境之间的界限变得模糊了,让他难以分辨自己到底是不是在梦中,而这恰恰是梦的特点。伴随梦境而来

第三卷 妓女

的强烈情感,哪怕他在身体状态最好的时候也难以承受,喝醉时的痛苦简直令人发狂。

辛奈摩斯的贴身奴隶帕亚塔端着一盆清水来到他床前时,阿凯梅安已醒来了。他洗脸时,辛奈摩斯掀开门帘,咧嘴笑着探头进帐篷,邀他去下一局本约卡棋。

不久之后,阿凯梅安就盘腿坐在辛奈摩斯对面的茅草垫上,开始研究两人之间那张镀金的本约卡棋盘了。头顶低垂的阳篷挡住了太阳光,异常明亮的阳光照在周围营地,若非天气寒冷,真让人以为这里是沙漠地带的集市。再有几头骆驼就更像了,阿凯梅安心想。虽然外面经过的大多是辛奈摩斯身边的康里亚人,但还是能看到因里教各个民族的风貌:加里奥斯人不分冬夏,总把衣服脱到腰间,身上绘着节日的彩妆;森耶里人永远穿着黑铁甲胄,似乎从不曾脱下洗过;他甚至看到一个艾诺恩的贵族,他那身精心缝制的礼服混在涂了猪油的帆布、运货马车及随意搭建的兽栏间,显得极其刺眼。

"难以置信,不是吗?"辛奈摩斯说。显然他指的是周围因里大军的人数。

阿凯梅安耸耸肩:"这不大好讲……玛伊萨内宣布圣战开始时我就在哈格纳。有时候我想,到底是玛伊萨内在召唤三海诸国,还是三海诸国在召唤玛伊萨内。"

"你当时在哈格纳?"辛奈摩斯问。他的脸色沉下来。

"是的。"我还跟你的沙里亚面对面……

辛奈摩斯发出公牛样的哼声,这是他经常用来表达不满的方式:"该你了,阿凯。"

阿凯梅安研究着辛奈摩斯的表情,但元帅看上去已完全沉浸在棋子构成的几何形状中,专心研究棋盘上可能的变化了。阿凯梅安答应来下棋,是因为他知道元帅下棋时会赶走其他人,这样他就可

乌有王子 ★ 前度的黑暗

以告诉辛奈摩斯在苏拿发生的一切。但他忘了本约卡棋总让人暴露出性格中最糟糕的一面。每次下棋，两人都会像皇宫里的宦仆一样争吵起来。

本约卡棋是古代的遗俗，在世界末日中幸存下来。末世之劫以前，它在特雷瑟、亚特里索和蒙特松的宫廷中很受欢迎，正如现在风靡于凯里苏萨尔、南锡蓬和摩门的贵族花园。不过本约卡最与众不同的地方并不在于它悠久的历史。基本上所有游戏都与生活多少有些相似，这给很多人带来了困扰，但最令人讶异与困惑的游戏非本约卡莫属了。

就像真实生活一样，每种游戏都被规则束缚。但和生活不同的是，游戏需要完全遵循规则。规则就是游戏本身。如果遵循的规则不同，说明玩的是不同的游戏。一系列事先架构好的规则让游戏中的每一步都成为其步骤，游戏由此具有了确定性，与游戏相比，生活更像是酒吧中醉汉的群殴。总之，游戏规则是不容置疑的，各步骤间的排列也有序可循，唯一笼罩在未知中的是它的结局。

本约卡的妙处在于，它没有固定的规则体系。它不给对弈双方提供不变的框架，相反，本约卡的规则恰恰是游戏里的一种手段，或者说是另一枚可用来博弈的棋子。这样的特点让本约卡棋变得与生活更加相似，让它拥有令人绞尽脑汁的复杂度及诗歌一般的微妙变化。其他游戏可以一条条记录下棋子阵形的变化，或是算筹的结果，但本约卡产生的是真正的历史，而拥有历史就相当于掌握了世界的结构。据说，有些俯身去下本约卡棋的人，抬起头来便会成为先知。

但阿凯梅安不是这样的人。

他凝神观察棋盘，揉搓着双手以防冻僵。辛奈摩斯发出一阵讨厌的笑声，嘲弄着他。"你下棋总这么沉闷。"

"这游戏烂透了。"

第三卷 妓女

"你这么说是因为你太计较得失了。"

"不。我这么说是因为我老输棋。"

辛奈摩斯是对的。塞内安时代流传下来的《棋经》开头写道："游戏考量的是智慧的上限,本约卡考量的是灵魂的上限。"本约卡的复杂性在于,棋手永远无法单纯通过智慧掌控棋盘上的局势、逼迫对方投降。某个不知名的作家写过,本约卡就像爱情,你永远无法强迫一个人去爱,越是刻意追求,它就越会躲开你。本约卡正是如此,它会惩罚过于执着的心。其他游戏要求勤奋与诡计,本约卡棋的要求更高——也许可以说它要求的是大智慧。

阿凯梅安懊恼地移动着自己的银色棋子中唯一一枚石头。原先的棋子被辛奈摩斯的一个奴隶偷走了,只好拿枚石子来充数——至少元帅是这么说的。这枚石子让他更恼火。虽然棋子在棋局中的作用完全取决于使用方式,但这枚石头仍让他感觉自己棋艺变差了,似乎它打破了整套棋子所具有的某种神秘的咒术。

为什么是我用石头?

"如果你酒还没醒,"辛奈摩斯一边说,一边巧妙应对他的棋招,"我也许能明白你为什么要这样下棋。"

他为什么在笑?阿凯梅安仔细观察棋盘上的局面,发觉规则已经又一次改变了——这次对他来说是灾难性的。他苦苦思索应对之策,但一无所获。

辛奈摩斯露出胜利的笑容,用一把小刀修剪指甲:"等普罗雅斯来这里,他会不满的。"他的语调中有什么不一般的东西。

阿凯梅安抬起头:"什么?"

"你一定听说了最近发生的灾难了吧。"

"什么灾难?"

"乡民圣战军全军覆没。"

"啊?"阿凯梅安还是在离开苏拿前听过乡民圣战军的事。几

乌有王子 ✶ 前度的黑暗

周前,圣战的主力部队还没到达时,来自加里奥斯、康里亚及上艾诺恩的几名大贵族决定自己带兵去征讨异教徒。人们用"乡民"称呼他们,是因为有一大群没有领主的乌合之众和他们一起行军。不过阿凯梅安当时没来得及询问他们进展如何。已经开始了。流血的战争已经开始了。

"在蒙格达平原,"辛奈摩斯续道,"他们被异教帕夏萨考拉斯打败了。异教徒把萨齐尔卡、库默雷泽和卡摩缪尼斯的脑袋涂上沥青,给皇帝送了回来,以示警告。"

"卡摩缪尼斯?你是说普罗雅斯的堂亲吗?"

"那个傲慢又顽固的傻瓜!我求他不要出兵,阿凯,道理讲了个遍,还朝他大吼过,甚至像个傻瓜一样跪在他面前!——但那条老狗就是不听我的。"

阿凯梅安见过卡摩缪尼斯一次,在普罗雅斯父亲的宫廷。粗暴无礼,外加愚蠢,这足以让阿凯梅安离他远远的了。"除了觉得真神会伴随在自己身边之外,他还有什么理由出兵呢?"

"一得知普罗雅斯即将到来,他就在皇帝面前变得像摇尾巴的狗一样。因为帕雷米蒂战役的事,他一直没原谅普罗雅斯。"

"帕雷米蒂战役?发生了什么?"

"你不知道?我都记不清那事过去多久了,老朋友。我想告诉你的事情实在太多了。"

"闲话以后再讲吧。"阿凯梅安说,"告诉我在帕雷米蒂发生了什么。"

"普罗雅斯判了卡摩缪尼斯鞭刑。"

"鞭刑?"这消息让阿凯梅安极为担忧,他曾经的学生变化这么大吗?"因为临阵退缩?"

辛奈摩斯的脸色暗下来,似乎和阿凯梅安有着同样的担忧:"不。因为不敬神。"

第三卷 妓女

"你在开玩笑吧?普罗雅斯因为一个贵族不敬神就判处鞭刑?他的狂热发展到了何等地步,辛?"

"他确实做过头了。"辛奈摩斯说,仿佛在为自己的主人感到羞耻,"幸好只是很短的一段时间。我当时对他非常失望,阿凯。你和我好容易调教出来的神灵般的孩子居然变得如此……极端,这让我心碎。"

普罗雅斯确实是个神灵般的孩子。阿凯梅安在康里亚的首都奥克尼苏斯当了四年宫廷教师,其间他深深爱上了这男孩,对其爱慕之情甚至超过了对其传奇般的母亲的爱慕。那是非常甜美的回忆。他无数次在洒满阳光的门厅中陪王子闲聊,或是和男孩在树荫浓密的花园小径漫步,讨论历史、逻辑、数学,回答男孩无穷无尽的问题……

"阿凯梅安老师,龙都去哪儿了?"

"龙就活在我们心中,普罗雅斯,活在你心中。"

孩子皱起眉头,双手因为沮丧而攥得紧紧的。老师的回答又不够直接。

"也就是说世界上没有龙了吗,阿凯梅安老师?"

"你活在世界上,不是吗,普罗雅斯?"

当时辛奈摩斯是普罗雅斯的剑术老师,两人经常为王子的课程时间发生争吵,但正是在这些争吵中,双方建立起对彼此的尊敬。阿凯梅安很喜爱王子,辛奈摩斯则有过之而无不及,他将对国王的忠诚完全投入到对王子的教育上。所以当辛奈摩斯发觉这位宫廷老师对学生有着很大影响力之后,便专门邀请阿凯梅安前往他位于梅内亚诺海滨的别墅去做客。

"你教出一个聪明的孩子。"辛奈摩斯当时是这么解释自己这不合常理的邀请的。世袭贵族很少邀请巫师到自己家去。

"而你让他变成了危险的人。"阿凯梅安答道。

乌有王子 * 前度的黑暗

一起大笑之后，友谊悄然生长。

"你说他只是一时狂热？"阿凯梅安从回忆中回过神，"也就是他恢复理智了？"

辛奈摩斯笑笑，心不在焉地挠鼻子："或多或少吧。圣战开始后他认识了玛伊萨内，这又引燃了他的宗教热情。不过他现在变聪明了不少，对不够虔诚的人也更加宽容。"

"我想一定是你的功劳吧。你怎么做到的？"

"我揍得他满头包。"

阿凯梅安笑了。

"我是认真的，阿凯。帕雷米蒂战役后，我一气之下离开了朝堂，回到亚特雷普斯过冬。他自己一个人来找我——"

"请求你原谅吗？"

辛奈摩斯扮个苦脸："我当时也这么希望，但这是不可能的。他跑那么远的路，是为了来指责我。"元帅摇摇头，露出微笑。阿凯梅安知道为什么。自幼时起，普罗雅斯就被宠过了头。独自走上两百里路，只为去指责一个人，这确实是只有普罗雅斯才做得出的事。

"他指责我在他最需要我的时候抛弃他。卡摩缪尼斯那帮人同时在宗教法庭和国王面前指控他。虽然他并没有遇到任何实质性威胁，但日子确实越来越不好过了。"

"他只想得到你的肯定，辛，你明白的。"阿凯梅安强压下心头的嫉妒，"他一直很崇拜你，你知道，只是用他自己的方式……然后你怎么做了？"

"我耐着性子听他说完废话，然后把他带到城堡中的练武场，扔给他一把练习剑，跟他说：'你想惩罚我，那就来吧'。"阿凯梅安放声大笑，辛奈摩斯也露出微笑。

"他当年就倔强得像小马驹，阿凯，而现在变得更固执了。他拒绝投降,每次我把他打到神志不清,他都会努力爬起来,身上到处都是血和融化的雪泥。每次我都对他说:'我尽了全力训练您,王子殿下,但您还是输了。'然后他就会像个疯子一样大喊着再次向我冲来。

"第二天早上他什么都没说,像躲瘟疫一样躲着我。但下午他又过来找我,脸肿得像苹果一样。'我明白了',他说。我问他:'你明白了什么?''你给我上的课。我明白了你要教会我的事。''噢?你学到了什么?''我知道我忘记了如何学习。生命是真神安排给我们的课程,我们在教化不虔诚的人民时,也不该忘记从他们身上学习。'"

阿凯梅安肃然起敬地看着朋友:"这是你想要告诉他的?"

辛奈摩斯皱着眉毛摇摇头:"不,我只想好好地揍他一顿,让他不要那么傲慢无礼。不过他说的话我听起来也很有道理,所以我说,'确实如此,王子殿下,确实如此。'然后用非常有深意的架势点点头,就像在赞成不如自己聪明的人的看法。"

阿凯梅安笑了,也用非常有深意的姿势点着头。

辛奈摩斯发出震耳欲聋的笑声:"不管怎样,普罗雅斯从那之后学会了隐忍,再也没有重复帕雷米蒂的事情。回到奥克尼苏斯之后,他提出要补偿卡摩缪尼斯,一鞭还一鞭,在他父亲的朝堂上。"

"卡摩缪尼斯真的接受了?他不会这么蠢吧。"

"噢,那蠢货接受了。他当着国王和所有廷臣的面鞭打了涅尔塞·普罗雅斯,而这是他无法原谅普罗雅斯的真正原因。他用鞭子打碎了自己最后一丝荣誉。想明白这一点之后,他声称普罗雅斯耍了他。"

"你觉得这就是为什么卡摩缪尼斯坚持要亲自带领乡民圣战军?"

乌有王子 * 前度的黑暗

辛奈摩斯忧伤地点点头:"这就是为什么他和其他十万人都死了。"

千里之堤毁于蚁穴。某个王子的一次偏执,或是傲慢领主的一次愚行,都可能带来灾难。结果是什么?遥远的死者铺成的原野吗?

死了十万人……

阿凯梅安低头看了棋盘一眼。不知为什么,他马上看出自己应该走的下一步,把一枚看似无关紧要的棋子撤了回去。见他仍想继续这盘棋,辛奈摩斯似乎吃了一惊。

死了十万人——也只是某人的一步棋吗?

"奸猾的魔鬼。"辛奈摩斯嘟囔一声,仔细研究棋盘,犹豫片刻后,应了一手棋。

阿凯梅安马上发觉,这是步错棋。或许是出于不慎,辛奈摩斯完全失去了此前建立的优势。为什么我现在看得如此清楚?

本约卡棋。两个人,不同的意图,一个结局。结局是由谁决定的?胜利者吗?但真正的胜利极其少见,不管在本约卡棋盘上还是在生活中。大多数情况下,结局是双方各有遗憾的妥协。但妥协又是由谁来造就的?没有人能决定吗?

阿凯梅安知道,用不了多久,圣战军就会从摩门出发,经过安塞尔卡省肥沃的田野,进入敌国领土。一直以来,他对于战事的认识是抽象的,似乎那是一步无可阻止的棋招。但这不单是一局棋。圣战军会出发,无论结局如何,都会有成千上万人死去。

这么多的人。这么多针锋相对的意图。但只会有一种结局。结局是什么?最终结局由谁来造成?

没有人能决定吗?

这想法让阿凯梅安恐慌不已。圣战突然变成了一场疯狂的赌博,一场向无比黑暗的未来投掷算筹的游戏。一边是成千上万的人

第三卷 妓女

的性命——包括阿凯梅安自己在内——另一边则是遥远的希摩。什么彩头值得下这么大赌注？

"死了十万人。"辛奈摩斯续道，显然没意识到自己在棋盘上的严峻局势，"其中有些人是我认识的。更糟糕的是，我们的震惊与气馁马上被皇帝利用了，他要我们从乡民圣战军的错误中学到教训。"

"什么教训？"阿凯梅安问，注意力仍放在棋盘上。

"缺少伊库雷·孔法斯的领导。"

阿凯梅安抬起眼睛："但据我所知，正是皇帝为卡摩缪尼斯和其他人提供了补给，让他们有可能进军。"

"确实如此。不过他只为在他那该死的《条约》上签字的人提供补给。"

"也就是说卡摩缪尼斯和其他人真的签字了……"在苏拿，关于这件事并没有准确消息。

"为什么不呢？他们那样的人从不在意诺言。既然许诺原本就不作数，为何不能许诺把征服的土地全部交给帝国？"

"不用说，"阿凯梅安强调，"卡摩缪尼斯和其他人肯定都清楚皇帝的计划。伊库雷·瑟留斯知道，这些大贵族不会交给他任何东西。《条约》只是借口，保证将来孔法斯夺回圣战征服的土地时不会受沙里亚责罚令的制裁。"

"啊哈，但你忘了卡摩缪尼斯为什么要进军，阿凯。他出兵不是为了沙里亚的赦免，也不是为了后先知的荣光——甚至从某种意义上说，他也不是为了给自己打下一个王国。不。卡摩缪尼斯有一颗窃贼的心，他出兵只是不想让普罗雅斯获得任何荣耀。"

阿凯梅安突然想到了什么，他放下棋子，开始端详自己的朋友："但是你呢，辛？你确实是为后先知而战的，你对这些阴谋算计有什么感想？"

乌有王子 * 前度的黑暗

有那么一阵,辛奈摩斯似乎想回避这个问题。"当然了,你是对的。"他缓缓地说,"我确实应该感到愤怒。但我想这一切都在预料之中。说实话,我更担心普罗雅斯会怎么想。"

"为什么?"

"灾难的消息肯定令他大吃一惊,而这些利益与政治的角力……"辛奈摩斯犹豫了一下,似乎在给自己想了很久但从未说出来的话打腹稿,"我是第一批到达的,阿凯,普罗雅斯派我来协调陆续抵达的康里亚人。自摩门城下立起第一排帐篷,我就是圣战军的一分子。我知道在我们身边集结起来的大部分是虔诚的信徒,无论效忠于哪个国家,他们都是好人。每个人都听过涅尔塞·普罗雅斯的名字,也知道玛伊萨内对他怀有敬意。每个人,包括戈泰克和梭本这样的大贵族,都准备好接受他的领导。所以与皇帝之间这场游戏会怎样进行下去,很大程度上要看普罗雅斯做出什么样的反应……"

"而普罗雅斯经常做出不顾一切的决定。"阿凯梅安总结,"你担心与皇帝之间这场游戏会激怒普罗雅斯,让他变成一个审判者,而非思考者。"

"正是。按照现在的情况,皇帝绑架了圣战,把它当成人质。除了每天的口粮之外,他拒绝为我们提供更多补给,除非我们放下尊严签订《条约》。当然了,玛伊萨内可以凭借沙里亚责罚令强制皇帝为圣战提供补给,但现在看来连他也在犹豫。乡民圣战军的毁灭足以让他相信,若不让伊库雷·孔法斯领导这支军队,那我们注定将遭到毁灭。基安人武装到了牙齿,事实证明,单凭信仰的力量不足以战胜他们。除了那位剿灭了塞尔文迪人的大统领之外,还有谁能更好地驾驭圣战这艘大船驶过险滩暗礁呢?但就算是玛伊萨内这样强势的沙里亚,也无法强迫皇帝派出他唯一的继承人去与异教徒作战。这又回到了前面的话题,除非大贵族们签订《条约》,否则皇帝绝不会派孔法斯领军。"

"一定要提醒我,"阿凯梅安用挖苦的语调说,"千万别跟这个皇帝作对。"

"他是个恶魔。"辛奈摩斯啐了一口,"一个狡猾的恶魔。除非普罗雅斯有胜过他的手段,否则我们的血就是为伊库雷·瑟留斯三世而流,而不是为因里·瑟金斯了。"

不知为什么,提到后先知的名字,让阿凯梅安突然感觉到身边的寒冷。他茫然地盯着本约卡棋盘上那些银子玛瑙制成的几何形状的棋子,然后往前倾身,抓起那枚卵石——用来取代丢失的棋子的那枚——朝天棚外布满灰尘和阳光的天空扔去。棋盘上的游戏突然显得幼稚起来。

"你要投降吗?"辛奈摩斯问,听上去有些失望。他本来指望阿凯会赢的。

"没希望了。"阿凯梅安回答。他现在想的不是本约卡,而是普罗雅斯。王子来到这里将成为众矢之的,而阿凯梅安还要带给他更多困扰,告诉他就连他那金光闪闪的沙里亚也在进行更黑暗的游戏。

冬日的夜晚,这座华美的帐篷中还是很暖和。艾斯梅娜坐起身,双手环膝。谁能想到骑马会让腿变得如此酸痛?

"你在想另一个人。"萨瑟鲁斯说。

他的声音是如此不同,她想,如此自信。

"是的。"她说。

"我想,是那个天命派学士吧。"

她吃了一惊,不过马上想起来,自己告诉过他……

乌有王子 ★ 前度的黑暗

"那又怎样?"她问。

他笑了笑。和以往一样,她感到心中的激动与不安。是因为他的牙齿,还是他的嘴唇?

"确实不会怎样。"他道,"天命派学士都是傻瓜,三海诸国每个人都知道……你知道尼尔纳米什人怎么形容爱上傻瓜的女人吗?"

她转过脸,懒洋洋地看着他:"不知道。尼尔纳米什人怎么说?"

"说她们只有睡着的时候才不做梦。"

他温柔地把她推倒在枕头上。

第三卷 妓女

第十一章 摩门

阿金西斯写道，理智是在满足欲望的过程中克服种种困难的能力。人与野兽的最大区分，就是人类可以依靠理智，战胜无穷无尽的困难。

但阿金西斯混淆了偶然与必然。要想拥有"战胜"无穷无尽的困难的能力，必须首先能够"面对"这样的困难。所以人之为人不是因为理智，而是因为人会祈祷。

——伊克雅努斯一世，《四十四封书信集》

长牙纪4111年，深冬，摩门

康里亚王子涅尔塞·普罗雅斯晃了一晃，好容易站稳身子。他手下的士兵们划着小船越过一道浪头。他下定决心要站着登上纳述尔帝国的海滩，但梅内亚诺海也下定决心要不停捶打海滩、直到整个世界被汪洋吞没——这对王子的决心造成了阻碍。才这么一会儿，他已经两次差点被高墙般的浪头打下甲板，因此不由得怀疑自己的决心是否明智。他搜寻着沙砾满布的海岸线，发现只有亚特雷普斯的旗帜插在正前方的海滩上。最后王子还是做出了选择，坐在船上穿着干衣服靠岸，好过淹个半死被抬到海滩上去。

圣战，我终于来了！

这想法让他无比感动，随之而来的却是深深的忧虑：在苏拿，他是第一个亲吻玛伊萨内膝盖的人；而现在，他敢肯定，自己是各大贵族中最后一个加入圣战的了。

乌有王子 ∗ 前度的黑暗

政治。他心中一酸。政治并不像哲学家阿金西斯笔下那样,是不同的人类团体间为各自利益进行的协商。政治不是雄辩与修辞的较量,更像是一场荒谬的拍卖会。每个人都要出卖自己的原则与信仰,以达成原则与信仰要求的目的。每个人都必须污染自己,才能得到净化。

普罗雅斯吻了玛伊萨内的膝盖,他将自己的一切都投入到原则与信仰要求他追逐的事业当中。这事业受到真神庇护!但它从一开始就陷入了政治的泥潭:与国王陛下——也就是他父亲——进行无休止的争吵;舰队集结时令人沮丧的拖延;数不清的妥协,商谈契约,先发制人,事后报复,奉承与威胁……似乎只有靠出卖灵魂,才能将灵魂拯救。

这是您给我的试炼吗?您是否认为我值得托付?

就连海上的旅程都是一次试炼。梅内亚诺海永远无法预料,到冬天尤为喜怒无常。他们曾被风暴吹出梅内亚诺海,来到辛罗恩的海岸;而后不遂人意的海风又迫使他们冒险驶近危险的、被异教徒占据的海滩——甚至到达过离希摩城只有几天航程的地方,至少他那愚蠢的导航员是这样告诉他的。那蠢货以为王子听到这消息会觉得兴奋,而不是羞耻。他们竭力把航线转向北方,这时第二阵风暴袭来,将舰队打得七零八落,夺走了至少五百条人命。舰队每一次转向,他都不禁怀疑有人在背着他搞阴谋。不是人祸就是天灾,不是天灾就是人祸,甚至连睡梦都在折磨他:他梦见圣战军已经开拔,梦见他抵达摩门后只是和皇帝喝了一碗酒,就被告知可以起程回家了。

也许他早该预料到这一切。也许在苏拿见到阿凯梅安——恰恰是他跪在玛伊萨内面前的时候!——并不只是个令人恼火的巧合。也许那是个预兆,提醒他每当人类咬紧牙关经受折磨时,诸神都会大笑。

第三卷 妓女

就在这时,又一道巨浪把小船朝海岸推去,泛着泡沫、阳光闪烁的海水,将船上所有人打得浑身湿透。平底船破浪而行,仿若橡果划过丝绸。许多桨手叫喊起来,片刻间,普罗雅斯觉得船要搁浅了。船桨断了一支,船底仿佛碰上了什么,无法动弹。而后他们发觉,船底陷进了沙子当中,周围都是落潮时留下的水坑。不顾手下人反对,普罗雅斯跳出船外,和他们一起将船拖上灰白的海滩。他朝明亮的海面上的舰队瞥了一眼。这一切看来是如此的不真实。他们在这里。他们终于到了。

其他人开始收拾装备,普罗雅斯往岸上走了几步,双膝跪倒。沙滩炙烤着他的皮肤,风吹动他的黑色短发,空气中混着盐、鱼及灼热石头的味道。和遥远的康里亚海滩并没有什么不同,王子心想。

终于开始了,先知在上……圣战终于开始了。让我的身体变成贮藏您正义怒火的器皿,让我的双手将您的惩戒播洒到邪恶当中。让我成为您的战锤吧!

在惊雷般的涛声掩盖下,他可以放声哭泣。但他只是眨了眨眼睛,把泪水从眼中赶走。

远远地,他看到那些等待他的人沿着白色沙滩一路跑来。待那些人跑近,他清清嗓子,站起身,下意识地用手拂去束腰外衣上的沙土。在飘动的亚特雷普斯旗帜下,那些人跪倒在地,双手按在大腿上,向他叩头。他们身后有一道低矮峭壁,峭壁上方升起一片灰色烟尘,蒙住了天空。普罗雅斯心想:那就是摩门,以及城中无数的烟火。

"我真的开始想念你了,辛奈摩斯。"普罗雅斯说,"你呢?"

队伍最前面那个留着一脸大胡子的健壮男人站起来。普罗雅斯又一次惊叹,他和阿凯梅安真是太像了。

"王子殿下，恐怕您的好心情不会持续太久。"辛奈摩斯回答。他犹豫了一下，续道，"我是说，在听到我带给您的消息之后。"

圣战果然已经开始了。

几个月前，当他回到康里亚募集军队时，玛伊萨内就警告他，伊库雷家族很可能会为圣战带来灾祸。现在辛奈摩斯的神态告诉他，当他不在场时，发生的绝不只是政治斗争那么简单。

"信使从不是让人羡慕的工作，辛奈摩斯，对此你最清楚。"他打量着元帅随员们的表情，"那个该死的卡摩缪尼斯呢？"

辛奈摩斯眼中露出难以掩饰的恐惧。"他死了，王子殿下。"

"死了？"普罗雅斯尖声问道。求求您，不要是这样的开始！他抿抿嘴唇，让自己平静下来："发生了什么？"

"卡摩缪尼斯出兵——"

"出兵？但我最后听说的是，他没有得到补给。我亲自给皇帝写信，要他不要给卡摩缪尼斯提供能借以行军的援助。"

求求您！不要是这样的开始！

"皇帝拒绝为军队提供补给，卡摩缪尼斯和其他人便发动暴乱，甚至洗劫了许多村庄。他们希望独自前去征讨异教徒，好独占所有荣耀。我险些就用那该死的——"

"卡摩缪尼斯出兵了？"普罗雅斯感到脑子一阵发麻，"皇帝提供了补给？"

"就我所知，王子殿下，卡摩缪尼斯并没给皇帝太多选择。卡摩缪尼斯一向知道如何煽动人心，皇帝要么为他提供补给，要么就要冒引发战争的危险。"

"至圣的沙里亚在那之前就该介入。"普罗雅斯厉声说，他似乎不打算放过任何一个在这件事上犯错的人，"卡摩缪尼斯带着部队出发，然后死了？难道说——"

第三卷 妓女

"是的,王子殿下。"辛奈摩斯庄重地说,他扼要地陈述事实,"圣战的第一场战役遭遇了灾难性结局。他们都死了——伊斯塔蒙尼,杰达法鲁斯——参与这次朝圣之旅的每一个卡纳普雷男爵,还有他们手下的上万名士兵,都在一个叫蒙格达平原的地方被异教徒击溃。据我所知,只有萨齐尔卡军团中的三十来个加里奥斯人活下来。"

这怎么可能?圣战军在战场上被打败了?

"只有三十个人?出征的一共有多少人?"

"不少于十万——除了我们,还有最早到达的加里奥斯人及艾诺恩人,以及那些应沙里亚召唤来摩门的百姓。"

一片寂静,只听见海浪拍击沙滩的轰鸣。圣战军,至少是其中相当大的一支部队,遭遇了屠杀。我们的毁灭已经注定了吗?那些异教徒真的如此强大?

"沙里亚说什么了?"他赶紧打住这可怕的念头。

"沙里亚一直保持沉默。高提安说他在为所有在蒙格达丧生的人的灵魂哀悼。但有传言说他开始害怕圣战军无法战胜异教徒,说他在等待真神的启示,但启示一直没有出现。"

"皇帝呢?他又怎么说?"

"皇帝声称,长牙之民一直以来太过低估异教徒的暴戾。他为乡民圣战军的损失感到悲痛——"

"为'什么'的损失?"

"人们是这样称呼这支军队的……因为那些流民百姓。"

这解释带给他一阵可耻的解脱感。他知道响应沙里亚召唤的人中不可避免地会夹杂大量非战斗人员——老人,妇女,甚至孤儿——而且确实担心过,这些人也许更像是一群游民,而非一支军队。

"皇帝公开致哀,"辛奈摩斯续道,"但私下里坚持,不管与

乌有王子★前度的黑暗

异教徒之间的战争神圣与否，要想获胜，必须由他的侄子孔法斯率军。那条老狗是个很精明的生意人。"

普罗雅斯点点头，终于大致明白了自己要面对的情况："我想，要让他派出这位伟大的伊库雷·孔法斯的代价就是签署他的《条约》了吧，嗯？卡摩缪尼斯那个废物把我们都卖了。"

"我试过，殿下……我试过阻止总督大人。但我的官阶与智慧都不足以让他停步！"

"再有智慧的人也无法跟傻瓜讲理，辛，以你的官阶更没有什么好责怪的。卡摩缪尼斯是个傲慢而冲动的傻瓜，没有上级约束，他就会被自己的骄傲灌醉。他是自取灭亡，辛，事情就这么简单。"

但普罗雅斯心里清楚，事情决不会这么简单。这中间有皇帝的手笔，他可以肯定。

"但我总禁不住去想，"辛奈摩斯说，"自己可以做得更多一些。"

普罗雅斯耸耸肩："能够说出'我还可以做得更多'，是人与神之间最大的区别。"说到这里他哼了一声，"事实上，这是阿凯梅安告诉我的。"

辛奈摩斯虚弱地笑笑："他也是这样对我说的……他是最有智慧的傻瓜，那个阿凯梅安。"

而且是个邪恶的傻瓜……一个渎神者。我多希望你也记住这一点，辛。

"一个智慧的傻瓜。确实不假。"

看到王子平安抵达，其他康里亚军人开始从舰队登岸。普罗雅斯朝梅内亚诺海中望去，更多简陋的登陆船乘着滚滚浪涛朝海岸划来。很快这海滩上就会挤满人，他的手下，而他们同样可能被毁灭。为什么，真神？如果您要彰显正义，为什么还要干扰我们？

他花了一些时间仔细盘问辛奈摩斯,询问卡摩缪尼斯战败的细节。是的,卡摩缪尼斯肯定死了,费恩教徒把他的人头送了回来,但没人知道异教徒是如何打败他们的。辛奈摩斯告诉他,幸存者声称异教徒的数量难以计算,至少是因里教徒的两倍。但普罗雅斯知道,大败的幸存者总会说出差不多的话。这些无止境的问题让普罗雅斯备感焦虑,每个问题的答案都如此绝望,他经常在辛奈摩斯回答到一半时就打断。更令他痛苦的是,他心头隐隐涌起一股被欺骗的感觉,就像他在康里亚本土和大海上花费的时间全是其他人的阴谋。

他甚至没注意到,一支皇家仪仗队已来到很近的地方。

"孔法斯亲自前来向您致意,王子殿下。"辛奈摩斯脸色冷峻,朝海滩那边点点头。

普罗雅斯虽然从没见过伊库雷·孔法斯,但马上就认出了对方。从此人身上可以明显感受到纳述尔皇室的传统:神祇般镇定的表情,右腋夹着银色头盔的方式带着军人不拘小节的作风;此人甚至在沙地上以猫儿般的优雅行走着。

四目相对,孔法斯微微一笑,那是久仰大名而终于得见的英雄之间露出的微笑。他来到普罗雅斯身前。这个近乎神话的男人,这个战胜了塞尔文迪部落的男人,面对他,普罗雅斯发觉自己很难不被打动,甚至产生了一丝莫名的敬畏。

孔法斯微微弓了下腰,按行伍间的礼节伸出手:"我代表纳述尔皇帝、伊库雷·瑟留斯三世欢迎您,涅尔塞·普罗雅斯王子,欢迎来到我们的海滩,并加入圣战。"

你们的海滩……这是不是意味着圣战也是你们的?

普罗雅斯既没有鞠躬回礼,也没有理会他伸来的手。

孔法斯并未表现出惊讶,也没有显得受到侮辱,只是嘲弄地审视着王子。

"恐怕，"他不动声色地续道，"由于最近的种种事件，我们很难信任彼此了。"

"高提安在哪里？"普罗雅斯问。

"沙里亚骑士团的大宗师就在崖壁顶上等您。他不想让靴子里灌进沙子。"

"那么你呢？"

"我至少知道穿上凉鞋。"

这是个不错的笑话，让普罗雅斯也动了动嘴角。

看到普罗雅斯一言不发，孔法斯又道："我理解，卡摩缪尼斯是您的手下。你想要归咎于别人，而非自我反省，这完全可以理解。不过我可以确定地告诉您，卡纳普雷总督的败亡完全是由于他自己的愚蠢。"

"关于这点，大统领，我没有疑问。"

"那您是否可以接受皇帝的邀请，前去安迪亚敏高地与他会面呢？"

"不用说，肯定是要讨论他的《条约》了。"

"也包括其他若干事项。"

"我希望先和高提安见面。"

"当然可以，王子殿下，不过我也许能让您少浪费一些口舌，把大宗师会说的话提前告诉您。高提安会说，至圣的沙里亚将蒙格达平原上的灾难全部归咎于您的手下卡摩缪尼斯，他会告诉您这场灾难让沙里亚大为触动，已经开始认真考虑皇帝陛下那唯一且合理的要求。我可以以个人名义向您担保，这要求是绝对正当的。在帝国每一个显要家族的家谱中，你都可以找到几十上百位在与异教徒战争中牺牲的烈士，而他们牺牲的地方，正是圣战即将再征服的土地。"

"也许是吧，伊库雷，但这次要赌上性命的是我们。"

第三卷 婊女

"皇帝对此深表理解,也非常感谢,所以他提出可以将那些古老省份册封给夺回它们的人——当然了,前提是此人效忠帝国。"

"这不够。"

"是的,我想不管什么条件都是不够的,不是吗?我承认,王子殿下,我们现在处于非常微妙的困局之中。与您不同,伊库雷家族并不以虔诚闻名于世。但现在当我们终于可以为正义的事业而战时,却发现大家仍在为过去的行为抨击我们。阿金西斯不是说过吗,对辩方来说,曾经的不光彩并不能决定他正为之辩护的论题的真假。我希望您,王子殿下,能够抛开成见,从理智的角度重新审视我们的要求。"

"如果理智告诉我不该答应呢?"

"那么你们还有卡摩缪尼斯作为前车之鉴,不是吗?虽然承认这一点对您来说非常痛苦,但,圣战需要我们。"

普罗雅斯又一次默然不语。

孔法斯眯起眼睛,微笑着续道:"所以,您应该看得出,涅尔塞·普罗雅斯,理智与局势都是站在我们这边的。"

看到普罗雅斯依然拒绝回答,大统领鞠了一躬,带着不经意的蔑视神情离开了。他金灿灿的随行队伍也在海滩渐行渐远,身影模糊起来。海浪再次变得喧哗,风像鞭子一样抽在普罗雅斯和他的手下们身上。好冷。

普罗雅斯尽量控制住颤抖的双手。在这场争夺圣战的战争中,前哨战已经打响,而伊库雷·孔法斯在他的手下面前击败了他——而且是如此轻而易举!普罗雅斯知道,自己之前遇到的所有麻烦,和这位大统领,以及他那该被诅咒三次的叔叔相比,都微不足道。

"来吧,辛奈摩斯。"他心不在焉地说,"我们还要指挥舰队和士兵依序登岸呢。"

"还有一件事,王子殿下……有件事我之前忘了跟您讲。"

乌有王子 * 前度的黑暗

普罗雅斯长叹一声，让他烦恼的是，连这叹气声中都带着可以听出的颤抖："什么事，辛？"

"杜萨斯·阿凯梅安也在这里。"

<hr />

阿凯梅安独坐在火边等辛奈摩斯回来。除了几个奴隶和过路的长牙之民，他身边这座营地已经空了。阿凯梅安知道，元帅的手下在海滩上，帮王子及其亲随离船登岸，但周围这些空荡荡的帆布帐篷仍然让他不安。黑暗而空虚的帐篷。冰冷的火堆。

他意识到，如果元帅和他的部队在战场上被消灭，营地也会是这副模样，只留下被丢弃的辎重，以及曾经被言语和面孔温暖过的空气。一切都不复存在。

阿凯梅安一阵发抖。

刚刚与辛奈摩斯重逢、加入圣战军的那几天，阿凯梅安给自己找了很多与赤塔有关的工作去忙。他在帐篷周围布下几个隔绝术，不过做得很谨慎，没引起因里教徒的反感。他找本地人问清通往赤塔学士的别墅的道路，又画了几张图，列出许多名字。他甚至付钱给年轻的三兄弟——某个泰丹男爵手下的施吉克奴隶之子——要他们去监视通往别墅的路，有任何重要人物来往就告诉他。不过在那之后就没什么可做的了。赤塔的吃穿用度都是由本地一位富商提供的，阿凯梅安试着和他接触过一次，结果是场灾难。当阿凯梅安提出要求时，那人用手里汤匙戳他，把他赶了出来——这不是因为他对赤塔有多忠诚，而是出于恐惧。

看来纳述尔人学得很快：对赤塔学士来说，任何可疑迹象——无论是交谈时额上的一滴汗珠，还是和陌生人过于亲密——都等同于背叛。没人敢背叛赤塔。

第三卷 妓女

这些工作都不过是例行公事。做这些事时，阿凯梅安一直在想：等这些完成之后，埃因罗，我就去查你的事……

但"之后"很快就来了。已经没有人可以询问，甚至，除了玛伊萨内之外，也没有人可以怀疑了。

他没有其他事可做，只能等待。

当然了，在给阿提尔苏斯天命派接头人的汇报中，阿凯梅安一直在积极调查着各种线索与疑点，但这不过是每个天命派学士都在演的戏码，甚至连最狂热的诺策拉也不例外。就像饿坏的人拔野草充饥一样，当一个人无法填饱肚子时，为什么不允许他幻想食物的存在呢？

但这一次，幻想带给他的是痛苦而非抚慰。原因显而易见：埃因罗。非神会在他心中挖了个洞，埃因罗的死则让这个洞变得更深，仅靠几纸报告无法填满。

于是阿凯梅安试图让自己的心变得冷硬，至少能扛住自责。等普罗雅斯来了，他对死去的学生说，等普罗雅斯来了我就去查你的事。

他开始酗酒。大多时候是不掺水的烈酒，辛奈摩斯情绪特别好时就来些阿皮酒，还尝了尝尤尔萨——加里奥斯人用烂土豆酿出的可怕液体。他抽过罂粟油和大麻叶，不过马上放弃了前者，因为它带来的恍惚能让现实与梦境之间的区别很快崩塌。

他开始重新阅读辛奈摩斯随身携带的几部古典作品，其中包括阿金西斯《人类的解析》第三卷与第四卷。这两部书让他露出会心的笑容，他还是第一次发觉这位哲学家那微妙的幽默感。普罗塔西斯的诗却让他皱眉头，虽然早在二十年前就对这些作品烂熟于心，但再次读来仍显得过于沉重。他开始读《长诗》，和之前若干次一样，只读了几小时就把它们扔在一边。要么是书中为了追求叙事的华丽而歪曲事实让他恼火得喘不过气、双手发抖，要么就是真实的

乌有王子 ★ 前度的黑暗

情节让他泪流满面。《长诗》像一项似乎每过几年就要重温的课程：亲眼见过末世之劫的人，已无法再去阅读别人的记录。

累得没法看书时，他会在营地周围游荡。有时他来到帐篷更密集的地方，走过圣战军中不同民族的营地间的小道。高大的诺斯莱人看到他的肤色，当众称他作"羊倌儿"。还有一次，五个泰丹人手握短刀把他追出他们的小地盘，口中高喊着，分不清是诅咒还是斥责。又有时他会走进摩门城中那泥砖组成的峡谷，在各种各样的市场中闲逛，或是前往古老的西米拉神庙区观光，有一次甚至来到皇宫大门前。他不可避免地跟妓女们厮混，却又不记得去找过她们。他从来记不住她们的脸，更没有问过她们的名字，只是单纯地在身体的碰撞中、在油腻皮肤的相互摩擦中寻找快感。然后他会回家，仿佛身体中的一切都被掏空了，只留下种子。

他非常努力地不去想艾斯梅。

平日，辛奈摩斯总会在夜晚降临时回来。他们会先在本约卡棋盘上走上几步，然后来到元帅的篝火旁，用浅碗喝上些康里亚人称为"佩拉皮塔"的饮料——说是正餐前的开胃汤，阿凯梅安却觉得这东西让所有食物都染上了鱼腥味。两人一起吃下辛奈摩斯的奴隶们能搞到的东西，有时元帅手下的军官也会加入，通常是丁察塞斯、岑卡帕、伊里萨斯这几个人，然后火堆边就会充斥着下流笑话和各种八卦传言；有时只有他们两个人，这种时候会谈到更深刻、更令人痛苦的东西；还有些时候，就像今晚，阿凯梅安要独自一人度过。

康里亚舰队即将到达的消息在黎明前就传到了营地。辛奈摩斯很快出发去迎接王太子。他情绪很差，阿凯梅安知道，他肯定是害怕把卡摩缪尼斯和乡民圣战军惨败的消息报告普罗雅斯。阿凯梅安提出和他一起去见普罗雅斯，辛奈摩斯用难以置信的眼神盯着他看了一阵，厉声说："他会吊死我的！"

第三卷 妓女

不过离开之前,元帅还是答应阿凯梅安,一定会告诉普罗雅斯他就在这里,也会转达他的需求。

在希望和恐惧中,这一天变得如此漫长。

普罗雅斯是玛伊萨内的密友。若有人能从神圣的沙里亚那里探到信息,这个人一定是普罗雅斯。有什么不可以呢?不管普罗雅斯现在成了什么样,让别人称他为"太阳王子"的,正是他曾经的老师——杜萨斯·阿凯梅安。

不用担心,埃因罗……这是他欠我的。

太阳落山了,辛奈摩斯还是没消息。怀疑和酒精占据了他的思想,恐惧使他未曾说出口的声明变得空洞,所以他用愤怒与恶意填满它。

是我造就了他!是我让他成为了这样的人!他不敢拒绝我!

他后悔自己有如此严苛的想法,然后开始拼命回忆。他忆起普罗雅斯孩童时的样子,总是流着眼泪,抱着胳膊,在阴暗的胡桃木丛中奔跑,穿过一道道长枪一样的阳光。"爬到书里去,你这小傻瓜!"他当时吼道,"书里的树枝从不折断!"他记起在缮写室里,他悄悄来到埃因罗背后,看着埃因罗像每个百无聊赖的少年那样,在一张干干净净的纸上画出一连串阳具的图画。"练字吗,嗯?"

"我的孩子们,"他对着火堆低声说,"我美丽的孩子们。"

黑暗的小路上终于传来马蹄声。他看到辛奈摩斯领着一小队康里亚骑士回来了。元帅在阴影中下马,大步走到火堆前,揉着后颈,带着那种只剩最后一个艰巨任务需要完成的疲惫眼神。

"他不打算见你。"

"他肯定忙得要死。"阿凯梅安脱口而出,"而且累坏了!我真傻。也许等明天……"

辛奈摩斯重重地叹口气:"不,阿凯。他不打算见你。"

乌有王子 * 前度的黑暗

　　阿凯梅安走在摩门最著名的坎伯希市场，停在市场中心附近一个青铜器摊位前，没理会摊主的怒视，举起一个光洁如镜的大盘子。他假装在盘子上找瑕疵，翻来覆去地看，实际是在仔细查看身后的人群在盘子上映出的变形倒影。他又看到了那个人。那人正假装和一个卖香肠的争论。那人的胡子刮得很干净，黑头发乱得跟奴隶一样，里面穿一件蓝色亚麻束腰衣，外袍染成尼尔纳米什的条纹风格。阿凯梅安发现对方取出几个铜币给卖香肠的。阳光下，那人的倒影清清楚楚，他把手里的香肠塞进面包，倦怠的眼神在拥挤的市场间游移，不曾停留。他咬了一小口面包，然后盯向阿凯梅安的后背。

　　你是谁？

　　"你在做什么？"铜器商人喊道，"照牙齿上的胡椒粉吗？"

　　"不，是照水痘。"阿凯梅安阴着脸回答，"恐怕我起水痘了。"不用看，他就知道对方一定被这话吓到了。一个正在挑酒碗的女人马上朝人群中逃了过去。

　　阿凯梅安看着铜盘映出的人影慢慢向另一个摊子走去。他不认为自己当下会有什么危险，但被跟踪不是小事。那人可能隶属于赤塔，那为什么对阿凯梅安感兴趣就不言而喻了；又或是皇帝的手下，帝国不需任何理由就会派间谍去调查每个人；也不排除那人是路西麦尔学院的一员，如果千庙教会杀了埃因罗，他们很可能知道他也在这里。如果是这种情况的话，阿凯梅安必须搞明白那人知道些什么。

　　阿凯梅安微笑着把盘子递给摊主，摊主朝后缩去，好像那是一块燃烧的炭。阿凯梅安把它直接扔回堆满亮闪闪的铜器的货架上，

第三卷 妓女

声音大得让周围人都看了过来。就让他以为我在这儿吵了一架好了。

不过如果要和那人正面冲突，亟待解决的问题是在哪里动手，而不是怎样做。坎伯希市场绝不合适。

也许应该找一条小巷。

市场上空，一群鸟儿盘旋着朝绍特海耶神庙巨大的穹顶飞去。市场北边，神庙阴影笼罩下，有一排低矮房屋。神庙东边立着高耸的支架，下面挂着绳网，架子中间是一座正在施工中的方尖碑——那是皇帝最近送给西米拉神庙区的礼物。阿凯梅安还注意到，这座方尖碑比远处笼罩在雾霭中的那些纪念碑要矮一些。

他在拥挤的游人和喧哗的商贩中挤出一条路，朝北边走去，一路都在留意建筑间的缝隙，琢磨哪里会有人迹稀少的出口。他相信那人一定还跟在自己身后。他脚下一滑，险些踩到一只孔雀，鸟儿宽阔的尾羽像扇子一样打开，仿佛露出无数只愤怒的红眼睛。纳述尔人认为这种鸟是神圣的，允许它们在城市里自由漫步。近处一间民房的窗口坐着一个女人，他朝那女人瞥了一眼，立时想起艾斯梅娜。

如果他们知道我，肯定也知道她……

这又是一个理由，让他必须抓住这个跟踪他的蠢货。

他来到市场最北边，走过一片养着绵羊和家猪的围栏，还看到一头健硕的公牛在打响鼻。这些应该是卖给西米拉神庙区中的小教派用作牺牲的供品吧，阿凯梅安心想。然后他找到了自己需要的小巷：两道泥砖墙间有一条窄缝，他从一个摆着破烂毯子卖小饰品的瞎子身前走过，快步走进那条阴暗潮湿的小巷。

里头满是苍蝇的嗡嗡声。在骨头和死鱼中间，他看到一堆堆灰烬，以及油腻的下水。腐肉散发的恶臭直冲嗓子眼，但他还是往小巷里走了几步，直到确定那人不会第一时间发现他的位置。

他等待着。

四周的味道让他不由得咳嗽起来。

他努力集中精神，脑子里把可能用于对付来人的咒语重新过了一遍。念诵这些咒语居然如此困难，他不禁感到一丝紧张。每次都是这样，长时间没有使用重要的咒语，总让他觉得自己能使用巫术这事有些不可思议——比如现在。但在他加入天命派的三十九年中，巫术还从没让他失望过，至少从咒语效果的角度看。

我是个货真价实的学士。

他看着街道入口处的阳光中人来人往。但仍然没人过来。

淤泥已漫过他的凉鞋鞋底，滑进脚趾之间。他注意到自己两脚中间的那条鱼抽搐了一下，一条蛆虫从鱼头上空洞的眼窝中爬出。

真是疯了！没人会傻到跟踪人来这种地方的。

他从小巷中冲出，举手挡住刺眼阳光，朝市场这边的角落扫视。

那个人连影子都看不到了。

我是个傻瓜……他真的在跟踪我吗？

阿凯梅安心头火起，干脆放弃了继续探寻的打算，开始四处搜罗自己来摩门要买的东西。

这些日子以来，他并没得到关于赤塔的信息，有关玛伊萨内和千庙教会的情报就更不用说了，普罗雅斯又一直避而不见。辛奈摩斯的书已读完了，而元帅对他每天喝得酩酊大醉也没什么好脸色，阿凯梅安决定重拾一项老爱好：做饭。所有巫师都研习过一定程度的炼金术，而懂得炼金术的人——至少是那些懂得掌握火候的人——他们的烹调技术当然不会逊色。

辛奈摩斯认为他这是自降身份，烹饪该是妇人和奴隶的活，但阿凯梅安不这样认为。尝到他的手艺之前，辛奈摩斯及其手下军官们尽可以嘲笑，但在那之后他们将不得不承认，他这项技艺是值得

第三卷 妓女

尊敬的。对一个掌握着一门古老技艺的工匠,任何人都不会起轻视之心。阿凯梅安将不再是他们餐桌旁一个渎神的乞丐,就算心中对他称不上友好,至少他们的胃会对他表示感激。

但再次看到那人的身影时,鸭肉、香葱、咖喱和韭黄都被他抛诸脑后了。那人出现在吉加里克城门下,等着随人流一起离开城市。阿凯梅安只看到一眼他的侧脸,但确实是同一个人。同样凌乱的头发。同样破旧的长袍。

阿凯梅安不假思索地扔下手里食物。

这次该我跟踪你了。

他想到了艾斯梅。他们知道他在苏拿时和她在一起吗?

我不能冒跟丢此人的风险。不管会不会被人看到。

阿凯梅安通常并不喜欢轻率行动。但多年的行动中,他已明白计划永远跟不上变化,大多数时候,不管怎么计划最后都会演变为这样的轻率行动。

"你!"他用盖过周围喧哗的嗓门喊了一声,然后马上开始诅咒自己的愚蠢。对方拔腿就跑怎么办?显然那人已知道阿凯梅安发觉了他,否则为什么没跟着阿凯梅安拐进巷子?

幸运的是,那人没听到。阿凯梅安俯身走去,一路盯着那人的后脑。他从浑身是汗的人群缝隙间挤过,周围人都在咒骂他,甚至不怀好意地用手肘撞了他几下。不过他一直没挪动视线,那人的后脑离他越来越近。

"瑟金斯在上,伙计!"一个涂香水的艾诺恩人被阿凯梅安挤到了,高喊,"你敢再这样的话,我他妈拿刀捅死你!"

更近了。逼迫术就在他脑海中翻滚。他知道,其他人一定会听到的。他们会知道这里有人在做渎神的事。

不管会发生什么。我必须抓住这个人!

近了。够近了……

乌有王子 ★ 前度的黑暗

他伸出手,抓住那人的肩膀猛拉了一把,让那人转过身。一个心跳的时间中,他瞪着那人的脸,一句话也说不出。那人怒气冲冲地甩掉阿凯梅安的手。

"你这是什么意思?"那人大声说。

"我——我很抱歉。"阿凯梅安慌乱地说,眼神离不开对方的脸,"我把你当成另一个人了。"但刚才就是他,难道不是吗?

如果看到巫术的印记,也许他会觉得那人在耍什么花样。但那人脸上除了愤怒的表情什么都没有。他真的搞错了。

怎么可能?

那人用轻蔑的眼神打量了阿凯梅安一阵,摇摇头:"喝醉的傻瓜。"

接下来的一段时间犹如身处噩梦中。阿凯梅安跌跌撞撞地在人群中穿行,不禁开始责骂自己为什么要扔下食物。

算了。不管怎样,烹饪是奴隶才干的事。

艾斯梅娜独坐在萨瑟鲁斯的火堆旁,浑身发抖。

她又一次感觉自己被抛弃在世界之外。她为寻找一个巫师长途跋涉,却被一个骑士救下。现在,她将圣战军无穷无尽的营火尽收眼底,侧过头去看向摩门城的时候,甚至可以看到安迪亚敏高地上的皇宫,矗立在阴沉的海面上。这景象让她有点想哭,不只是因为她终于亲眼见到自己长久以来一直渴望见到的地方,也因为这一幕让她想起给女儿讲过的那些睡前故事,直到女儿睡着之后她还会讲上很长时间。

她从来不擅长给别人讲故事,她的故事是讲给自己听的。

沙里亚骑士的营地扎在摩门城北高地的斜坡上,高于圣战军其

第三卷 妓女

他营地，而萨瑟鲁斯作为首席骑士队长，在沙里亚身边的地位仅次于因切里·高提安，所以他的营帐又比其他人的还高出一截。根据萨瑟鲁斯的命令，他的大帐扎在高地最边缘，艾斯梅娜因此欣赏到了他为她准备的风景。

两个金发女奴坐在旁边的茅草垫子上，安静地吃米饭，用母语低声交谈。艾斯梅娜好几次看到她们紧张地朝她这个方向瞥来，仿佛在担心她有什么她们无法满足的渴望。她们替她洗了澡，擦上精制香油，还给她穿上蓝色棉布内衣及丝绸长裙。

她虽然恨那两个姑娘惊惧的神情，但还是欣赏她们的照顾。

她在品尝她们为她准备的胡椒粉调制的野鸡肉。

我在做梦吗？

她感觉这是一场骗局。一个妓女在演一出哑剧。她会受到双重诅咒，双重贬低，但同时，她也感觉到一股近乎自负的骄傲，这疯狂的妄想让她恐惧不已。这才是我！她心中有个声音高喊着，真正的我！

萨瑟鲁斯告诉过她她会得到这些照顾。一路上他为旅途的不适道过无数次歉。他一直奉行节俭，与沙里亚骑士团大宗师因切里·高提安如出一辙。但他说，等与圣战大军会合后，一切都会不一样的。他答应让她过上与她的美丽和智慧相配的生活。

"你会是黑暗中的一束光，"他说，"你会闪闪发亮，让人无法直视。"

她颤抖的手抚过盖在膝上的花纹绸裙。火光中，她看不清左手背上那片文身。

我喜欢这个梦。

她屏住呼吸，把手腕放到唇边，尝了尝苦涩的香油味道。

薄情的婊子！记住你为什么来这里！

她左手朝火堆伸去，慢慢地，就像是在烤干手上的汗水或露

乌有王子 ★ 前度的黑暗

珠。在手掌留下的阴影中,她仔细端详着手上的文身。

"这……这才是我。"

一个日渐老去的妓女。

每个人都知道,老妓女的生活是什么样。

萨瑟鲁斯毫无征兆地走出黑暗。艾斯梅娜发觉,他与黑夜间的亲密感令人困惑,好像他不是在夜晚中行走,而是与它同行。哪怕他穿着白色的沙里亚法衣也一样。

他停下来,一言不发地盯着她。

"他不爱你,你知道,至少不是真爱。"

她的视线仍停留在火堆上,她深吸一口气:"你找到他了?"

"是的。他在康里亚人那里扎下了帐篷……和你说的一样。"

她甚至觉得他这种不情愿的口气有些可爱:"但那是在什么地方呢,萨瑟鲁斯?"

"在安西林城门附近。"

她点点头,紧张地转开脸。

"你问过自己为什么吗,艾斯梅?如果说你欠我什么的话,我要的就是这个问题的答案……"

为什么是他?为什么是阿凯梅安?

她这才发觉自己告诉了他阿凯的许多事。太多了。

她没见过比库提亚斯·萨瑟鲁斯更好奇的人,甚至连阿凯梅安都比不过。他对她的兴趣简直可用饥渴来形容,俗世的生活在他眼中是如此充满神秘感,丝毫不亚于她对他的华丽生活的兴趣。有什么好奇怪的呢?库提亚斯家族是元老院的成员,萨瑟鲁斯这样的人从小被蜂蜜与肉养大,有成群奴隶悉心照料,对他们这样的人来说,她的生活像天边的祖姆人一样遥远。

"从我记事开始,"他曾向她吐露,"我就一直对平民、对穷人充满兴趣,是他们为我们这些人提供了优渥的生活。"他笑了

第三卷 妓女

笑,"父亲有时会抓到我和农奴赌算筹,或是藏在洗衣房里想偷女眷的衣服,他会用竹条打我……"

她开玩笑地用手拍打他:"男人就像狗,只是狗用鼻子去闻屁眼,男人用眼睛。"

他高声大笑,喊道:"就是这样!这就是为什么我这么喜欢你陪着我!过你那样的生活是一回事,但你能把它说出来,能和别人分享,就完全是另一回事了。我崇拜你,艾斯梅,我是你的学生。"

她怎能不感动?他的双眼那么美,他的棕色瞳仁仿佛宽广的大地,眼白如同剔透的珍珠。每当与他对视,她总会在里面看到自己曾经做梦都不敢想象的倒影。那里面的她非同寻常,似乎苦难让她变得崇高,而非受人诅咒。

但现在,在火光映照下看着他握紧双拳,她感觉自己无比冷酷。

"我告诉过你,"她小心地说,"我爱他。"

不是你……而是他。

艾斯梅娜实在没法想象有哪两个人会比阿凯梅安和萨瑟鲁斯之间的差异更大了。某些表面上的差异瞎子都能看出来。骑士队长务实冷酷,毫不宽容,作决断时不会犹豫,更不会事后改口,好像只要他说出口的就是对的。他鲜少后悔,并且决不会特别后悔。

然而在其他方面,两人的区别更微妙——也更深刻。

救出她的头几天,萨瑟鲁斯在她眼中高深莫测。虽然他的愤怒总是非常激烈,有时像小孩子发脾气,有时像先知在谴责罪人,但他从不会报复那些激怒他的人;虽然他将一切阻碍都视为需要粉碎之物,哪怕日常工作中一些无关紧要的小麻烦也一样,但他处理事情的方式很优雅,不会显得粗暴;虽然他有着无比敏感的傲气,但他从不会被别人的批评触怒,万一做出蠢事,他会是第一个嘲笑自己的人。

　　这人就像一句自相矛盾的谶语，既令人愤恨，又充满诱惑。后来她想明白了，他是"吉内塔"——贵族种姓，而像她和阿凯梅安这样的"苏森提"——仆役种姓——心中总怀着恐惧，对他人、对自己、对季节、对饥饿，对所有一切的恐惧。萨瑟鲁斯只为非常现实的事情担心：某人可能会说出某事，大雨会延误打猎，如此这般。她知道，单这一点就足以让人生中的一切发生改变。阿凯梅安也许和萨瑟鲁斯一样喜怒无常，但恐惧让他的愤怒更加深刻，最终演化成恶意和悔恨。他也许同样骄傲，但因为恐惧，骄傲让他变得偏执，而非自信，到头来完全无法容忍和自己观点不同的人。

　　凭借贵族出身，萨瑟鲁斯不曾像步入绝境的人一样，让恐惧支配内心，因此他拥有无可动摇的自信。他可以放心大胆地去感受、行动和审判。阿凯梅安最大的特点是时刻害怕自己犯错误，但这样的性格绝不会存在于库提亚斯·萨瑟鲁斯身上。阿凯梅安缺少答案，萨瑟鲁斯却连问题都不会理会。艾斯梅娜知道，没有什么比这样的自信更强大了。

　　但艾斯梅娜并没有意识到，她这样详尽的观察会产生什么后果。随着她对萨瑟鲁斯了解的加深，感情上也变得和他更加紧密了。

　　他的问题，他的玩笑，甚至他在床上的表现都在告诉她，他需要的不只是在去摩门的路上随时可以吃到的桃子。她也发觉自己经常偷看他，像做白日梦一样遐想……

　　当然了，她也在他身上发现了许多无法容忍的东西：对他人的蔑视、对酷刑的放任；虽然对她殷勤备至，但他说话时常常流露出牧羊人挥舞手杖的口吻，当她的注意力每每开始涣散，他总是不断指正她的错误。但一旦了解了这些东西的来由，她就不把这些当成缺点，而是他身上的特质了。狮子捕羊能算谋杀吗？予取予求的贵族,也完全不能当窃贼论处。

她心中产生了某种无法描述的感觉——至少一开始没法描述。她感受到某种从来未曾感受过的东西。当她被他的双臂抱住时,这种感觉最为强烈。

过了很多天,她才明白过来。

她感到的是安全。

这是非常重要的发现。意识到这点之前,她一直害怕自己爱上了萨瑟鲁斯。在这段时间里,她对阿凯梅安的爱似乎成了一个谎言,变成了深居简出的女孩对饱经世事的成年男子的迷恋。她惊讶于自己在萨瑟鲁斯怀中感到的舒适,回想起与阿凯梅安在一起时的绝望与挣扎。似乎一个是对的,另一个是错的。爱给人的感觉难道不该是对的吗?

不,她明白,诸神会狠狠惩罚这种爱。

用离去的女儿作惩罚。

但她没法告诉萨瑟鲁斯这些。他绝对无法理解——这点和阿凯梅安截然不同。

"你爱他,"骑士队长闷声重复,"我相信这是真的,艾斯梅。我接受这点……但他爱你吗?他能爱你吗?"

她皱了皱眉头:"为什么不能?"

"他是一个巫师。一个学士。看在瑟金斯的分上!"

"你觉得我会在乎他是不是被诅咒了吗?"

"不。你当然不会。"他回答,声音非常柔和,就像要用温柔的方式说出残酷的事实一样,"我这样说,艾斯梅,是因为学士不懂爱——尤其天命派的学士。"

"够了,萨瑟鲁斯,你不知道自己在说什么。"

"真的吗?"他说道,声音中带着痛苦和嘲讽,"告诉我,你在他的妄想中扮演着什么角色,嗯?"

乌有王子 * 前度的黑暗

"你什么意思？"

"你是他的缰绳，艾斯梅，他离不开你，因为是你把他绑在真实世界中。但如果你跑到他身边去，抛弃自己的生活去追随他，你们就会成为海上的两艘船。很快，非常快，你们就会连海岸都看不到了。他的疯狂会包裹住你，你会在睡梦中醒来，发现他的手指掐在你脖子上，你的耳朵中会回响起那些古老的、早已死去的人的名字——"

"够了，萨瑟鲁斯！"

他盯着她看了一阵子："你相信他，是吗？"

"相信什么？"

"相信他们那小孩子一样的疯话。非神会。第二次末世之劫。"

艾斯梅娜抿着嘴唇，什么都没说。这种羞耻感是怎么来的？

他慢慢地点头："我明白了……不管怎样，我是不会怪你的。你和他在一起的时间太长了。但我还是希望你考虑最后一件事。"

她眨眨眼睛，眼珠似乎在燃烧："什么事？"

"你知道，天命派学士禁止娶妻，连情人都不能有。"

她感到一阵寒意。疼痛。就像有人把冰冻的铁块按在她心口。她清清嗓子："是的。"

"也就是说你知道——"他舔舔嘴唇，"你对他来说最多不过是……"

她用仇恨的眼神看着他："是他的妓女吗，萨瑟鲁斯？"

我对你又是什么呢？

他在她面前跪倒，捧起她的手，温柔地拉向自己："或迟或早，他会被再次召唤，艾斯梅。他将不得不把你抛下。"

她朝火中看去，滚烫的眼泪滑过脸颊。

"我知道。"

第三卷 妓女

骑士队长跪在那里，看到一滴泪水悬在她的上唇，泪珠中映出闪亮的火光缩影。

他眨眨眼睛，似乎看到自己正在猛操她被砍下的头颅上的嘴。

这个叫萨瑟鲁斯的东西微微一笑。

"是我逼得太紧了，"他说，"我很抱歉，艾斯梅。我只想让你……看清事实，不想让你难过。"

"没关系。"她柔声说，避开了他的眼睛，不过还是抓紧了他的手。

他放开手指，温柔地抚摸她的膝盖，想象她绷紧的双腿以及腿间滑腻的感觉，心中的渴望让他不禁颤抖起来。他居然可以享受造主享受过的地方！可以行造主所行之事！这让他感到既卑微又兴奋。他可以向老父点燃的熔炉中添加燃料！

他强迫自己站起来。"来吧。"他说，转身朝大帐走去。

他看到了血，以及激荡的欢愉。

"不，萨瑟鲁斯。"她说，"让我先想一想。"

他耸耸肩膀，疲惫地笑笑："那么等你想好了再来。"

他朝自己的两个女奴——埃丽迦和汉莎——看去，做了个手势，命令她们继续看着艾斯梅娜。然后他掀开了骑士队长的大帐。

他发出无声的低笑，想象自己将对她做出的事，裤子里面坚硬了起来，脸上的肌腱也在兴奋中颤抖。进入她体内的感觉是如此美妙！

灯笼中火苗很低，在大帐的书桌上投下一片昏暗的橘红色的光。他在矮桌前的毯子上坐下，桌上堆满了卷轴。他的手滑下平坦的腹部，握住胀到发痛的下体……很快，很快了……

"噢，是的。"一个细微的声音说，"马上就可以释放了。"

乌有王子 ✱ 前度的黑暗

呼吸声,就像通过麦秆喘气一样,"我是你的创造者之一,但你的天才行为仍然触动了我。"

"造主?"这个叫萨瑟鲁斯的东西吸了口气,"吾父?您为什么要冒这样的险?如果有人看到您的印记怎么办?"

"一道痕迹藏在许多痕迹中便看不出。"随着翅膀拍打声,一只乌鸦落在桌子上,发出"笃"的一声轻响。一个人类的光头在它的脖颈上晃动,似乎在做出皱眉的表情。"就算有人察觉到,"巴掌大的脸向他解释,"也不会在意我留下的印记。这附近到处都是赤塔学士。"

"是时候了?"这个叫萨瑟鲁斯的东西问,"时机到了吗?"

对方露出笑容,那一排小小的牙齿看起来只有剪下来的脚趾甲大小:"很快了,马昂吉,很快。"

一只翅膀伸出来,在萨瑟鲁斯胸前画出一道直线。萨瑟鲁斯的脑袋扭向一旁,四肢僵硬地抖动着。一阵快感从胯下一路蔓延到指尖,扫过他全身的皮肤。炽烈的快感。

"她决定留下了?"刑鸟问,"她没跑去找他?"翅膀尖仍在懒洋洋地挥着。

这个叫萨瑟鲁斯的东西喘息着:"至少目前如此……"

"她有没有提到和我在一起的那个晚上?她告诉过你相关的事吗?"

"没有。什么都没有。"

"但她仍然表现得非常……开放,就像把什么都告诉了你?"

"嘶——是的,老父。"

"正如我猜测的……"那张小脸露出愤怒的表情,"她绝不是我从前以为的那么简单,马昂吉,她正在学习这个游戏。"紧绷的脸露出笑容,"毕竟是个十二塔兰的妓女……"

"我该——"马昂吉感觉到小腹下方有什么东西在跳动,马上就要出来了。"我该嘶——杀了她吗?"他在那可怕的翅膀前弯下腰去。求你了!吾父,求你了!

"不,她没跑去找杜萨斯·阿凯梅安,这意味着……她的生活一直太艰难,所以她会在忠诚与利益之间摇摆。她可能还有些用处。"

翅膀尖收起来,并入光泽的黑羽毛中。小小的黑色眼睑闭上,然后又一次张开,露出玻璃珠一样的眼球。

马昂吉战栗着吸了口气。他下意识地用右手拿住下体,拇指揉搓。"阿提尔苏斯又怎么样,"他喘着粗气问,"他们觉察到什么了吗?"

"天命派什么都不知道。他们只是派了个傻瓜来执行这愚蠢的任务。"

他松开拳头,咽了口唾沫:"我已经不能确定杜萨斯·阿凯梅安是个傻瓜了,老父。"

"什么?"

"把沙里亚的消息转达给高提安之后,我去见了加欧里撒——"

小小的面孔露出怪相:"你去见他了?我准许你这样做了吗?"

"没、没有。但那个婊子求我替她去找阿凯梅安,而我知道你派加欧里撒去监视他。"

小小的头颅左右摇晃:"恐怕我的耐心要用完了,马昂吉。"

这个叫萨瑟鲁斯的东西把被汗浸湿的手掌按在法衣上:"杜萨斯·阿凯梅安发觉加欧里撒在跟踪他。"

"什么?"

"就在坎伯希市场上……不过那傻瓜什么都不知道。老父!他什么都不知道。加欧里撒及时易了形。"

乌有王子 * 前度的黑暗

刑鸟跳到桌子的桃心木包边上。虽然它轻得像是几根空骨头支撑的一卷莎草纸,却似乎承载着极为庞大之物,犹如上古巨兽在海洋中翻搅,波涛向四处散开。它的双眼射出光芒。

我是如此

一阵咆哮叫嚣在马昂吉心中。

仇恨

马昂吉自己的一切思想、一切感情都化作了碎片。

这个世界。

就连无法抑制的饥渴、无所不在的痛苦都荡然无存了……

那双眼睛就像天堂之指。笑声在上千年的疯狂中变得愈发狂野。

马昂吉,让我看看……

双翼在他面前张开,灯笼光被挡住了,黑暗中只看到一张苍白的小脸,脆弱的嘴唇后面却是可怕的、如山峰一样宏伟的存在。

让我看看你真正的脸。

这个叫萨瑟鲁斯的东西感到自己脸上蒙着的表情变得松弛,然后张开了……

就像艾斯梅娜的双腿。

春天来了,摩门周围的田野与树林中再次挤满了因里教众。与之前在杰迪亚省被屠戮的那批人相比,他们的装备更为精良,斗志更加昂扬。若干时日里,蒙格达平原上的屠杀如同墓布笼罩在圣战军头上。"这怎么可能?"每个人都在问。但他们的恐惧很快消解了,因为每个人都听说卡摩缪尼斯是何等傲慢,甚至拒绝遵从玛伊萨内的召唤。他违抗玛伊萨内!无法想象会有如此愚笨的人存在。

第三卷 妓女

祭司们提醒大家圣战的道路充满考验，如果执迷不悟、一意孤行，便只有毁灭一途。

大家还在谈论皇帝的不敬，谈论他如何与各大贵族斤斤计较。除艾诺恩之外，其他各路贵族都拒绝签署《条约》。每天晚上，营火旁都会有醉汉在争辩，讨论他们的领袖应该怎样应对。大多数人诅咒皇帝，有人甚至建议圣战军应当先攻占摩门，夺取行军所需的粮食。不过也有些人站在皇帝一边。《条约》难道不是一纸空文吗？想想看，签约能得到什么好处。长牙之民不仅轻而易举地获得补给，还能让伊库雷·孔法斯来带领军队，而此人是这代人中最伟大的军事天才。若说乡民圣战军的毁灭还不足以证明异教徒的强大，那沙里亚的反应又怎么说？为何他既不勒令皇帝为圣战军提供补给，也没有命令各大贵族签署《条约》？如果不是对异教徒的力量心存畏惧，玛伊萨内为何如此犹豫？

但连天堂都在他们的力量面前颤抖时，为何还要恐惧？如此宏伟的大军！谁能想象会有这么多达官显贵前来为长牙而战？至于其他人，就更是数不胜数了。加入了圣战的祭司远不止是千庙教会的沙里亚教团，各个小教派都来了，这些教派代表着真神的每一个分身。他们有的乘船渡海而来，有的翻山越岭而来，唱着圣歌，敲着铜铙，加入圣战军。他们的香烛让空气变得混浊，他们赞美的颂歌让营地变得吵闹。每一尊神像上都涂着圣油或玫瑰香精，吉耶拉女神的女祭司们为粗鲁的战士提供鱼水之欢。虔诚的信徒们虔诚地交易着麻药，然后虔诚地吸食，摇摆者更从这粉尘中发现了狂欢的启示。恶魔被驱逐了。圣战的净化开始了。

仪式完成后，长牙之民聚集在一起，交换关于异教徒暴行的传言。他们打趣说斯凯耶尔特的老婆比切菲拉姆尼更像男人，又说纳述尔人习惯了被人走后庭，才用那么密集的队形行军。他们会恐吓开小差的奴隶，或是朝拎着篮子去法御斯河畔洗衣服的女人尖叫。

乌有王子 ★ 前度的黑暗

出于习惯，他们还对那些在营地间徘徊的外国人怒目相向。

如此之多的他们……如此辉煌的荣耀。

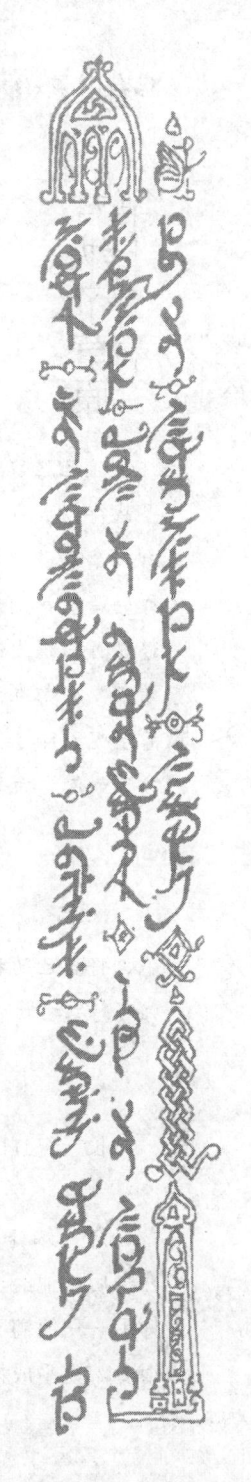

第四卷
战士

第十二章 君纳帝草原

> 我已经解释了玛伊萨内如何聚集起千庙教会的雄厚资源，保证圣战得以成行。我勾勒了皇帝将圣战与其帝国野心联结在一起的最初几个步骤。我试着通过描述南锡蓬的帕迪拉贾的反应，来重构希摩的西斯林们最初的对策。我甚至提到了可憎的非神会——现在我终于可以说出这个名字，而不害怕受人嘲笑了。换句话说，到目前为止，我都在讲述各大势力和它们各自的目标。那么复仇呢？那么希望呢？除了国家间的争斗、信仰间的冲突之外，这些微小的情感又是如何影响圣战的？
>
> ——杜萨斯·阿凯梅安，《第一次圣战简史》

> ……一个人哪怕与男人、女人或是孩子交合，哪怕与野兽共眠、将自己的种子滥洒，都不如哲人那么放荡，因为哲人会进入任何可想象之物。
>
> ——因里·瑟金斯，《圣典·论学》36.21

长牙纪4111年，初春，君纳帝草原北方

奈育尔骑马朝北边荒芜的草原奔去，将乌特蒙部落的帐篷甩在身后。他经过一个个牛群，心不在焉地朝远处保护牧群的骑兵挥挥手——他们不过是些刚拿起武器的孩子。乌特蒙部落的人口少了很多，几乎成为草原东北部一个流浪部落，以前这种部落总是被他

第四卷 战士

们驱赶的。基育斯河畔的灾难对乌特蒙部落造成的损失远大于其他部落，现在库约提和恩努迪这些南方部落可以随心所欲地抢夺他们的牧场了。虽然在他带领下，他们在部落间的小冲突中屡屡占优，但他知道，乌特蒙人离灭族只有一步之遥。只消再来上一场夏季干旱，他们就难逃灭亡命运。

奈育尔来到光秃秃的土山顶上，催马穿过灌木丛，踏过春季涨水的小溪。苍白的太阳远远地挂在天上，仿佛连影子都不会投下。空中可以闻到干草下湿润泥土的味道，冬季正在迅速撤离。草原在他面前展开，风吹过枯草，掀起银色波浪。在离地平线还有一半路的地方，矗立着祖先们的墓丘。奈育尔的父亲被埋葬在这里，还有家族每一位直系传人，一直上溯到部落建立的时候。

他为什么要到这里来？这场单独的朝圣有什么用？难怪部落里的人都觉得他疯了。他宁愿向死人请教，也不愿听从智者的建议。

一只羽毛蓬乱的秃鹫从墓丘间飞起，像风筝一样飘上天空，又落到看不到的地方。过了好一阵，奈育尔才发觉这一幕不大对头。那里有死尸——刚死不久，还没被埋起来或是烧掉。

他一夹马腹，谨慎地小跑起来，一路紧盯那些墓丘。他的脸被风吹得发麻，长发如丝带般飞舞。

翻过第一个墓丘没多远，他就看到了第一个死者。两支黑色箭杆插在尸体背上，那一定是从很近距离上射出的，直接穿透了此人贴身的锁甲。奈育尔下马仔细查看着周围草地，用手掌分开草茎，发现了足印。

是斯兰克。斯兰克杀了这个人。他又一次朝墓丘看去，在长草间寻找、聆听。耳中只听到风声，每隔一段时间还听到远处秃鹫的尖叫。

这些死人四肢都还完好。斯兰克并没有完成它们的杀戮。

他用靴子翻过尸体，两支箭杆"啪"地折断。尸体那灰色的脸

乌有王子 ★ 前度的黑暗

凝望着天空,已没了一丝活力,但蓝眼睛还未凹陷下去。这是个诺斯莱人,从其金黄的头发可以看出。但他到底是谁?也许是某队马匪,只是遇上了数量更多的斯兰克,被追着来到南方?这种事以前发生过。

奈育尔一勒马缰,让马卧在草地上。他拔剑在手,弯下腰,疾步冲过这片草地,很快来到了墓丘之间……

在那里他发现了第二个死人。这个人死时一定和敌人当面对峙过。箭头穿过他左边大腿,他受伤后放弃了挣扎,然后斯兰克按惯用的方法将其开膛破肚,以他自己的肠子把他勒死。不过除了开膛的一刀,奈育尔并没在他身上找到其他伤口。他跪下来,抓住尸体冰冷的手,捏了捏手上结的茧子。太软了。这些人不是马匪,至少不全是。他们到底是谁?为什么这些外乡蠢货——还是从某个城里来的——冒着遭遇斯兰克的危险,来到塞尔文迪人的土地上?

风向一变,从气味可以判断,他离秃鹫群的位置很近了。他迅速转向左边,朝高高的墓丘上爬去,企图借其掩护来查看尸体的集中地。爬到一半时,他经过了第一具斯兰克尸体。它的脖子几乎被砍断,和所有死去的斯兰克一样,它变得像石头一样坚硬,开裂的皮肤成了紫黑色。尸体像狗一样蜷曲着,手里仍攥着骨弓。从尸体的位置和草地上的痕迹来看,它肯定是在墓丘顶上被砍倒的,那一击太过猛烈,让它一路滚到这里。

不远处,他找到了杀死那个斯兰克的武器。一把黑色铁斧,斧柄上包着硝制过的人皮,还镶着一圈人类的牙齿。一个斯兰克被斯兰克的武器杀死了……

这里发生了什么?

这时奈育尔猛然觉察到自己蹲在墓丘旁边,在他死去的祖先之间。他心里本应充满对这种亵渎行为的愤恨,现在却被恐惧盖过了。这意味着什么?

第四卷 战士

呼吸在胸腔中急促起来。他爬上丘顶,看到大群秃鹫聚集在旁边一个墓丘底下,正耸动着后背啃食战利品,背脊上的羽毛在风中摆动。几只乌鸦在它们当中叫嚷,不时飞快地下来偷食。地上铺着大餐,一具具斯兰克的尸体,或四肢摊开,或两两相邻,在墓丘四周铺了整整一圈,层层叠叠,脑袋悬在折断的脖子上,脸被其他尸体的手臂或腿盖住。这么多尸体!只有墓丘顶上是空着的。

这是一个人类做到的?不可能!

那个幸存者盘腿坐在墓丘顶上,手搭着膝盖,面朝闪亮的圆盘般的太阳低下头。远方草原苍茫的天际线勾勒出他的轮廓。

没有任何动物像秃鹫那么敏感。片刻间,它们警觉地叫了起来,张开粗粗的大翅膀乘风飞起。幸存者抬起头,眼看它们飞走。然后——他的感觉似乎和那些秃鹫一样敏锐——他转头望向奈育尔。

奈育尔在他脸上看不到太多东西。长脸,令人印象深刻的鹰钩鼻。眼睛也许是蓝色的,也可能是看到金发做出的推断。

然而奈育尔恐慌地想,我认识这个人……

他站直身,朝屠杀现场走去,四肢由于难以置信而变得飘忽。那人面无表情地瞟了他一眼。

我认识这个人!

他在斯兰克的尸体中寻路走过,下意识地注意到每一个斯兰克都是被一击致命,无比准确的攻击。

不……不可能。这不可能。

通往墓丘顶的路似乎变得无比陡峭。他脚边的斯兰克在无声地号叫,警告他,恳求他,就像山顶上那个男人带来的恐怖足以填平种族间的深渊。

他在外乡人脚下数步远的地方停住,小心翼翼地将父亲的剑举在身前,前伸出布满疤痕的胳膊。他终于鼓起勇气朝那人看去,心

乌有王子 ★ 前度的黑暗

跳有如雷鸣,这不仅仅是出于恐惧或愤怒……

是他。

浑身是血,脸色苍白,但确实是他。噩梦化作有血有肉的现实。

"你……"奈育尔低声说。

那人没有动弹,只是不动声色地打量着奈育尔。血从一道隐藏的伤口中不断涌出,犹如沥青把他那件灰色束腰袍染黑。

这一幕好像在他梦中出现了一千次,虽然疯狂,却确凿无疑。奈育尔往前连踏五步,用磨得发亮的剑尖指住那人的下巴,将那人平静的脸抬起来对着太阳。那嘴唇……

不是他!但和他很像……

"你是杜尼安僧侣。"他说,声音深邃而冰冷。

明亮的眼睛看着他,却毫无情感——没有恐惧,没有解脱,既不显得认识面前的人,也没露出陌生人的茫然。然后,这人仰天倒在草地上,如同一枝被折断的花朵。

奈育尔心里如有铁锤在敲。

这是什么意思?

乌特蒙部落的酋长不知所措地看着家族墓丘间这一大片横七竖八的斯兰克尸体,这片古老的土地记录着他的血脉。他又将视线移到面前昏迷不醒的人身上,突然间仿佛感到脚下土丘中那具尸骨在动——弯曲成婴儿的姿势埋在土地深处的尸体。他意识到……

自己正站在父亲的墓丘顶上。

安妮丝,第一个进入他内心的妻子。在黑暗中,她像影子一样轻柔而凉爽,依偎在他被太阳炙烤过的身体上。她卷曲的头发洒落

第四卷 战士

在他胸口,让他联想起在纳述尔见到过许多次的奇怪的书写符号。透过帐篷皮顶,可以听到夜雨的声音,就像永不停止的呼吸。

她转了个身,把靠在他肩上的脸靠到了胳膊上。他略有些吃惊,之前他一直以为她睡着了。安妮丝……我多么爱我们之间这平静的时刻。

她半睡半醒时的声音听上去如此年轻:"我问过他了……"

他。听到妻子这么称呼外乡人,奈育尔有些不习惯。这是称呼"他"的方式。这就像穿透了他的头骨,偷走了他脑子里什么东西一样。他。莫恩古斯的儿子。杜尼安僧侣。透过雨帘和帐篷的皮革围墙,奈育尔仍然可以感受到那人的存在,那人仿佛隔着黑暗的营地也能刺痛他——那是他视野之外的恐惧。

"他说什么了?"

"他说你发现的那些死人是从亚特里索来的。"

这一点奈育尔想到了。除了萨卡普斯,亚特里索是草原以北唯一的城市——至少是唯一一座人类的城市。

"没错,但他们是谁?"

"他说那些是他的追随者。"

一阵忧虑抓住了他的心。追随者。他也是那种人……用和他父亲一样的方式迷惑人心——

"死人的身份有这么重要吗?"安妮丝问。

"非常重要。"只要和杜尼安僧侣有关,一切都非常重要。

自发现安那苏里博·凯胡斯后,奈育尔心中就有一个挥之不去的念头,似乎在影响着他灵魂的每一个动作。利用儿子找到父亲。如果此人是追随莫恩古斯而来,那一定知道到哪里去找他。

直到今天,奈育尔仍可以看到他的父亲齐约萨倒在莫恩古斯脚边冰冷的泥水中,双腿不停地抽搐。父亲的喉咙被捏碎了。一个酋长被手无寸铁的奴隶杀死。这么多年来,这一幕仿佛令他上了瘾,

乌有王子 ★ 前度的黑暗

他总会不由自主地回忆起来。但不知为什么,每次场景都略有不同,细节时常发生变化。有时,奈育尔没向父亲那张渐渐发黑的脸啐唾沫,而是轻轻扶起父亲的头;有时,不是齐约萨在莫恩古斯脚边垂死挣扎,而是莫恩古斯死在奈育尔脚边,死在齐约萨的儿子脚边。

一命偿一命。一个父亲还一个父亲。复仇。这不正是纠正他永远无法平衡的心态的最好方式吗?

利用儿子找到父亲。但他敢冒这样的险吗?如果之前发生的事再次发生呢?

奈育尔一时间忘了呼吸。

当年他的堂叔奥克牙提带着安那苏里博·莫恩古斯骑进营地时,奈育尔刚刚度过人生第十六个夏天。奥克牙提的战队在苏斯卡拉高原干掉了一支斯兰克小队,把这人救了出来。单这点就足以让人觉得这个外乡人不同寻常了:被斯兰克俘虏后能活下来的人类少之又少。奥克牙提把这人拖进齐约萨的营帐,发出刺耳的大笑声,说道:"给他换个更和善的主人。"

齐约萨接受了莫恩古斯,并将其当作礼物送给第一任妻子,也就是奈育尔的生母。"为了你给我生下的儿子。"齐约萨说。奈育尔心想:是因为我。

交割期间,莫恩古斯只是看着他们,蓝眼睛在憔悴的面孔上闪动。当他的视线落在齐约萨的儿子奈育尔身上时,奈育尔带着少年的蔑视回瞪着他。这人虚弱得像一捆茅草,皮肤苍白,浑身是泥,脸上还有凝结的血块——又一个被折磨得半死不活的外乡人,还不如一头牲畜有用。

但现在奈育尔知道,这人正希望俘虏他的人这么想。对杜尼安僧侣来说,别人的鄙视也会是有用的工具——甚至可能是最有用的。

第四卷 战士

在那之后，奈育尔经常见到这个新奴隶，抽兽筋做弓弦，加工皮革，或是往奴隶的火堆里添干粪，诸如此类。和其他奴隶一样，这人总是匆忙奔波，四肢干瘦，就算奈育尔注意到了他，也只是因为这人的来头。这个人啊……是在斯兰克手下活下来的人。奈育尔会瞥上他一眼，但只过上一个心跳的工夫，就会转开视线。可是，那双黑暗的眼睛又研究了他多久呢？

过了几个星期，莫恩古斯第一次和他说话。这人很好地选择了开口时机：奈育尔从春季猎狼大会回来的晚上。天黑了，失血过多的奈育尔摇摇晃晃走回家，狼头就悬在腰带上。进入母亲的帐篷前他倒下了，在裸露的土地上干呕。莫恩古斯第一个发现他，这个奴隶为他包扎了不停流血的伤口。

"你已经杀了那头狼。"奴隶一边说，一边将他从尘土中拉起来。阴影幢幢的营地仿佛在莫恩古斯的脸旁摇曳，但那双闪亮的眼睛就像天堂之指一样毫不动摇。剧痛之下的奈育尔，感觉外乡人那双眼睛中有着令他备感羞耻的欣慰——如同避风港。

他把对方的手推到一边，嘶哑地说："这不像我想象的那么简单。"

莫恩古斯点点头："你已经杀了那头狼。"

你已经杀了那头狼。

这句话！正是这句话攫住了他的心！莫恩古斯看到了他的痛苦，说出了唯一可以安慰他心灵的话。任何事都不会按人们想象的方式发生，重要的是结果。他已经杀了那头狼。

第二天，奈育尔在母亲帐篷中如粗糙皮革般的昏暗里缓了过来。莫恩古斯给他端来一碗野洋葱和兔肉炖的汤。奴隶把热气腾腾的碗递给他时，浑身是伤的男人从肌肉虬结的肩膀中抬起头，朝上看着奴隶。所有代表奴隶身份的痕迹——因为胆怯而弓着的背脊，因为卑微而压抑的呼吸，因为恐惧而飘忽的眼神——都不见了。转变是如此突兀，如此完全，奈育尔一时忘了移开眼睛，带着惊恐与迟疑盯着对方。

但奴隶竟敢直视战士的眼睛，实在太放肆，于是奈育尔拿起惩罚奴隶的棍子打了这人一顿。蓝眼睛中没流露出任何惊讶，挨打过程中也一直盯着奈育尔，用令人不安的平静引导奈育尔的眼神，就像在原谅他的……无知。奈育尔终于还是没法真正惩罚这人，因为他没法在心中找到那本该驱使棍子挥下的愤怒。

莫恩古斯第二次斗胆直视他时，奈育尔下了毒手，事后母亲甚至批评他下手太狠，是在故意伤害她的财产。奈育尔告诉她这奴隶太过无礼，心里却羞愧难当。当时他就知道，驱动自己的是绝望，而非正当的怒火；当时他就知道，莫恩古斯偷走了他的心。

许多年之后，他才明白，正是这样的惩罚将他与外乡人绑在了一起。男人之间的暴力会孕育出无法解释的亲密关系——奈育尔多次从战场上生还之后才明白这一点。他狠狠地惩罚莫恩古斯，也用这样的方式显示出自己的需求。你必须是我的奴隶。你必须属于我！显示这样的需求时，他放开了自己的心，任这条毒蛇爬了进来。

莫恩古斯第三次对上他的目光时，奈育尔并没有伸手拿棍子，而是问道："为什么？你为什么要刺激我？"

"因为你，奈育尔·厄·齐约萨，与你的族人不同。在你们当中，只有你能明白我要说的话。"

只有你。

这话更有诱惑力。哪个年轻人不会因为生活在长辈的阴影中而苦恼呢？哪个年轻人心中没有隐藏着秘密的怨恨与自负的希望呢？

"继续说。"

接下来几个月，莫恩古斯讲了很多事。他告诉奈育尔，所有人都在沉睡，只有捷径之道——"逻各斯"——可以唤醒他们。现

第四卷 战士

在，这些记忆在奈育尔心中变得模糊了。在他们所有秘密的交谈中，他唯一清楚记得的只有第一次。就像所有罪行一样，第一次的烙印总是最明亮的，如同灯塔一般。

"当战士们跨越群山去袭击帝国时，"莫恩古斯说，"他们总走相同的路，是吗？"

"是的，当然了。"

"但为什么？"

奈育尔耸耸肩："因为那是山中仅有的通路，要到达帝国没有其他路可走。"

"那么当战士们去袭击邻人的牧场时，他们也会走相同的路，是吗？"

"不会。"

"又为什么？"

"因为他们是在开阔之地上骑行，穿越大草原的道路无穷无尽。"

"正是这样！"莫恩古斯叫道，"人类的每一件事不都像旅行吗？成就是旅行的目的地，而获取成就的饥渴是旅行的动机！"

"我想……忆者也是这么说的。"

"那么忆者是理智的人。"

"你到底想说明什么，奴隶？"

奴隶哈哈大笑，完美地遵照了塞尔文迪人粗俗的韵律——这是伟大战士的笑声。早在这时，莫恩古斯已知道应该采用什么样的态度："看到了吗？你变得没有耐心了，因为你觉得我的道路太过曲折。即便话语也是旅行！"

"所以呢？"

"所以如果人类做的一切都是旅行，为何塞尔文迪人的道路，他们做事的方式，非得像山路一般？为什么他们总在相同的道路上

乌有王子 * 前度的黑暗

骑行,一次又一次往返,即使通往目的地的道路有无穷多条?"

不知为什么,这个问题深深触动了奈育尔。奴隶的话是如此毫无顾忌,奈育尔甚至觉得单是听他说出这些就已经很放肆了。激动之下,他既振奋,又有一丝恐慌,好像触碰到了什么深藏在心底的禁忌一样。

从小人们就告诉他,草原人的生活方式是神圣的,亘古不变;外乡人则是堕落的,变幻不定。但为什么?所有这些方式不都是通向同一个目的地的不同道路吗?为什么只有塞尔文迪的方式才是唯一的,才是正派人必须遵循的道路呢?忆者们不是说,塞尔文迪人生活的大草原是无路可寻的吗?

奈育尔开始用外乡人的眼睛审视自己的人民。草原人多古怪啊!他们欢庆时会把女人的经血涂在皮肤上,生活中又有无穷多的条条框框:禁止处女在没人见证时行房、禁止用右手宰杀牲畜、禁止在有马匹的地方排便……连他们手上那仪式性的疤痕,他们的斯瓦宗,看上去也如此诡异,显示出疯狂的虚荣,而非神圣的杀戮。

这是他第一次真正问出为什么。童年的他也喜欢问问题,可能正因为他问的问题太多,到头来不管问母亲什么,不管问的问题多么实际,招来的都是抱怨和责难——他知道那是年老的母亲对早熟孩子的抱怨。但孩子的问题很少有什么深刻意义,孩子们提问是希望得到关注,而非解答,而他们很快也学会了辨别哪些问题可以问,哪些则不能。

真正问出为什么,必须超越所有规矩。

质疑一切。在无路可寻的草原上骑行。

"当无路可寻时,"莫恩古斯续道,"只有失去目的地的人才会茫然游荡。除了愚蠢或无能,人类没有所谓的罪行、罪过与罪孽;除了被习俗束缚,人类也没有其他的丑陋。但你一直都知道这点……你与你的族人不同。"

第四卷 战士

　　莫恩古斯的手伸过来，抓住他的手。他的语调令人昏昏欲睡，让人变得沉重而肿胀。他的眼神温柔，悲哀，跟他的嘴唇一样湿润。
　　"我触碰你也是罪行吗？为什么？我们穿过的是哪条山路？"
　　"不是……"奈育尔无法呼吸。
　　"为什么？"
　　"因为我们骑行在草原上。"没有什么比这更神圣了。
　　莫恩古斯在微笑，就像被强烈的爱慕打动的父亲或爱人："奈育尔，我们杜尼安僧侣，我们是指引者，是追迹者，是逻各斯的学生，研习捷径之道。全世界所有人中，只有我们能唤醒在习俗中沉睡的人类。只有我们。"
　　他将少年奈育尔的手拉到膝盖上，拇指在奈育尔手上那层嫩茧上抚弄。
　　为什么欢乐会如此疼痛？
　　"告诉我，酋长之子，你最渴望的是什么？你想达到什么样的境界？告诉我，觉醒的人，我会告诉你该走哪条路。"
　　奈育尔舔舔嘴唇，撒了谎："我想成为草原人中最伟大的酋长。"
　　这些话！这些令人心碎的话！
　　莫恩古斯庄重地点点头，就像忆者看到了强大的预兆而心满意足一样："很好。我们一道骑马，你和我，骑过这开阔草原。我会给你看前所未有的道路。"
　　几个月后，齐约萨死去，奈育尔成了乌特蒙部落的酋长。他获得了自己假装想要的东西，白帐——他的目的地。
　　虽然他的族人对他走的道路心存不满，但习俗仍将他们与他绑在一起。他行走在禁忌的道路上，他的亲族们却只能沿袭愚蠢而盲目的习俗，只敢在他背后露出怒容，低声咒骂。他是如此的骄傲！

乌有王子 ✳ 前度的黑暗

但这骄傲却又如此的陌生而苍白，就像年少时在深夜醒来，发现兄弟姐妹们都在火光中沉睡时感到的孤独。所有责任都被免除了，所有罪孽都被宽恕了。他心想：现在我可以做任何事。

任何事。而他们不会知道。

在那之后，过了两个季节，他母亲生下一个金发女孩。部落中的女人便将他母亲绞死，还把尸体挂在高杆上喂秃鹫。他渐渐明白了事情真相，母亲的死是另一个目的地，是另一段旅行的终点，而旅人是莫恩古斯。

起初他感到困惑。杜尼安僧侣玷污了他母亲，让她怀上孩子，这是明白无疑的。但是为什么呢？他的目的何在？

然后他想通了：目的就是为了接近她儿子，接近奈育尔·厄·齐约萨。

从那之后，奈育尔不由自主地回想起自己获得白帐的过程中遇到的每一件事。他一步回忆自己那年轻人的叛逆心理，是如何变成弑父杀机的。在智慧上超越长辈所带来的芦苇般轻浮的满足感很快蒸发了，摧毁不幸的人时那种牙关紧咬的欢悦也很快变成自我怀疑。他比同族血亲更加强大和优秀，这想法曾让他倍感骄傲，甚至沉浸其中。于是他找到了捷径。他掌握了白帐。这难道不足以证明他的不凡吗？莫恩古斯在离开乌特蒙部落前是这样告诉他的，奈育尔也是这样想的。

但直到这时他才明白：除了背叛父亲，他什么都没做。和母亲一样，他也被玷污了。

父亲死了，而我是杀他的刀。

挥舞这把刀的是安那苏里博·莫恩古斯。

意识到这一点他几乎喘不过气，心如刀绞。奈育尔还是个孩子时，一阵龙卷风席卷过乌特蒙部落的营地。它高耸入云，而帐篷、牲畜及人体像长裙一样在它周围旋转。他在远处看着，哭号着，紧

第四卷 战士

紧搂着父亲坚实的腰。等龙卷风过去,像水中沙粒那样沉淀下来,父亲在冰雹中奔忙,帮助族人们清理营帐。他记得起初自己还跟在父亲后边,后来很快就跌跌撞撞地停下,被眼前这幅景象吓得无法动弹了。家园的变化仿佛超过了他双眼的认知能力,木杆、围栏和帐篷组成的杂乱网格被重新书写,像是被山一样高的顽童用木棍搅过一样。恐惧代替了熟悉感,一种秩序被另一种秩序取代。

认识到莫恩古斯的本质后,他所知的一切就像经历过飓风一样,在气浪中翻卷,形成全新的、令他恐惧的秩序。胜利变成耻辱,骄傲变成悔恨。莫恩古斯在他心中不再是更加伟大的父辈,而是无比残酷的暴君,一个假扮成奴隶的奴隶主。那人的话语曾经揭示出种种真相,让他激动、狂喜,现在看来带给他的却是无尽的屈辱与堕落。那人的表情曾经让他感到舒适,现在却变成某种疯狂游戏中的道具。那人的一切——眼神也好、触碰也好、翩翩风度也好——都被卷进飓风当中,被粗暴地重写了。

曾有那么一段时间,他真的以为自己是觉醒的,是唯一一个不被塞尔文迪人世代相传的习俗形成的梦境所羁绊、蒙蔽的人。对塞尔文迪人来说,草原不仅是他们脚下的土地,是他们食物的来源,也是他们灵魂的根。只有他,奈育尔·厄·齐约萨,了解草原的真相,生活在真正的草原上。只有他是觉醒的。当其他人穿行在虚幻的峡谷中时,他的灵魂却在无路可寻的草原上飞驰。只有他真正生活在这片大地上。

只有他。他不是生活在部落之外,而是生活在自己的族人之前。为什么他不能拥有无上的权力?

但这想法也被卷进了飓风中。他还记得父亲死后母亲的哭泣,但她哭泣的原因到底是齐约萨的死,还是像奈育尔自己一样,是莫恩古斯将要离开、永不再见?奈育尔知道,对莫恩古斯来说,引诱齐约萨的长妻不过是路途中的一站,是引诱齐约萨长子的出发点。

乌有王子 ★ 前度的黑暗

他在黑暗中向她体内冲刺时说过什么？他肯定向奈育尔说了谎，因为他从没提过她，更没有爱过她。如果他对她说过谎，那么……

正如莫恩古斯所说，每件事都是一次旅行，甚至连灵魂的每一次动作——思考、欲望、爱情——都只是在某个无路可寻的地方的一次旅行。奈育尔曾经认为自己是出发点，是自己不断远行的思绪的起始，但到头来不过是一条泥泞小径，一条让别人去往终点的道路。他以为属于自己的想法，事实上属于别人，他所谓的觉醒不过是更深沉的睡眠产生的梦境。他被某种不属于这个世界的狡诈所控制，一次次地亵渎，一次次地堕落，他却感激得泪流满面。

他意识到，他的族人早就发觉了这一切，虽然只是模糊的感觉，就像狼群本能地寻觅到弱小牲畜一样。倘使真理在握，愚者的蔑视与嘲笑本无关紧要，但当被欺骗时……

哭泣者。

如此可怕的折磨！

之后的三十年，奈育尔一直生活在飓风中。他一次次用更加深刻的洞察、更加细致的回忆让飓风中的雷声变得更加紧密。一个个春秋的痛苦让飓风显得更加纷乱。

醒着的时候，回忆会无声无息地从他心头掠过，只要几次深呼吸就能平复下来。

但在夜里，他却要经受痛苦梦境的折磨。

莫恩古斯的脸从深潭中浮起，碧绿水波下映着苍白的面孔。四下一片黑暗，洞穴扭结纠缠，就像草地上的巨石被搬开时，下面出现的虫洞。杜尼安僧侣苍白的脸刚好在水面之下，然后停了下来，仿佛被更深处的东西拉住了一样。他微笑着张开嘴，奈育尔惊恐地发现一只虫子从他微笑的嘴唇中爬出，穿过水面。它像盲人的手指一样感受着空气。潮湿，滑腻，通体都是私处那种猥亵的粉红色。每一次，他都看到自己颤抖的双手伸进水池，仿佛失去了理智一样

第四卷 战士

抚摸着它。

但是现在,在奈育尔醒着的时候,那张脸回来了。他在去先祖的墓穴祭拜时发现了它。它来自北方荒原,带着风吹日晒的痕迹,布满斯兰克造成的伤口。安那苏里博·凯胡斯,安那苏里博·莫恩古斯的儿子。这次归来意味着什么?它会为他心中的飓风提供答案,还是让它更加狂暴?

他敢利用儿子寻找父亲吗?他敢跨越这无路可寻的草原吗?

安妮丝从他胸前抬起头,仔细观察他的脸。她的乳房滑过他平坦的腹部。她的眼睛在黑暗中闪动。她太美了,奈育尔想道,这绝不是应该属于我的美。

"你还是没和他说话。"她侧了侧头,让头发落下来,然后吻了吻他的手臂,"为什么?"

"我告诉过你……他有强大的力量。"

他似乎可以感觉到她的想法。也许是因为她的嘴唇离他的皮肤太近了。"我也和你一样……担心,"她说,"但有时候我不知道更应该害怕谁,他还是你。"

愤怒刺激着他。缓慢而危险的愤怒,拥有无可置疑、无可比拟的权力的人特有的愤怒。"害怕我?为什么?"

"我害怕'他'是因为他现在说起我们的语言就像是在这里待了十年的奴隶一样。我害怕他是因为他的眼睛……似乎从来不眨。他让我笑过,也让我哭过。"

寂静。一幕幕景象在他眼前闪过,一连串破碎的,或是正在碎裂的景象。他的身体在垫子上变得僵硬了,触碰她柔软身体的四肢紧张起来。

"我害怕你,"她续道,"是因为你告诉过我会发生这种事。你知道所有这些事都会发生。你认识这个人,但你还没和他说过话。"

乌有王子 ★ 前度的黑暗

他的喉咙一阵发痛。你只有在挨我打时才哭过。

她吻着他的手臂,用一只手指按住他的嘴唇:"昨天他对我说,'他在等什么?'"

自发现这个人后,每件事的进程都是如此确凿,就像每一个细节都在命运与预兆的水中浸泡过一样。他和这个人之间有无比紧密的联系。他曾在一个个梦中用自己的双手将对方扼死了一次又一次。

"你从没提过我?"他用命令的口吻问。

"是的,我没提过。但你认识他,他也认识你。"

"是通过你。他在通过你观察我。"有那么一阵,他猜想着外乡人到底看到了什么,猜想安妮丝那美丽的表情中泄露的自己会是什么样。他知道,大多应该是真相。

在他所有的妻子中,只有安妮丝敢在他在睡梦中喊叫时过来抱他,只有她敢在他哭着醒来时对他低声絮语。其他妻子只是僵直地躺在那里,假装没睡醒。其实这也是好事。如果是其他妻子的话,他一定会痛打她们,因为她们居然敢见证他最懦弱的时刻。

黑暗中,安妮丝搂着他的肩膀,轻轻拉着他,就像要把他从可怕的险境中拯救出来。"主人,这是亵渎。他是个巫人。一个巫师。"

"不。他算不上。但他比巫师更强大。"

"为什么?你怎么会知道?"她声音中的警惕不见了,现在只是固执。

奈育尔闭上眼睛。班努特临死时那张脸在黑暗中闪过,周围是基育斯河畔骚乱的场景。

流眼泪的鸡奸者……

"睡吧,安妮丝。"

他敢利用儿子寻找父亲吗?

第四卷　战士

　　天气晴朗，空中的暖意似乎宣示着夏日即将到来。奈育尔在宽敞的圆锥形帐篷前停下，仔细研究了一番帐外蒙的兽皮上针线缝的图样。这样的日子，帐内残余的冬意会从皮子和木头的缝隙间被排挤出来，腐烂的味道也会被飞扬的尘土味取代。

　　在帐篷入口的帘子前，他俯下身，按习俗用两只手指触碰了一下地面，然后在自己嘴唇上按了一下。这动作让他感到舒适，虽然这样做的理由早被人遗忘了。他掀起帘子，走进昏暗的帐内。那人盘腿坐着，背对帐篷入口。

　　他努力从黑暗的背景中分辨出那人被锁链拴住的身形，心跳如雷。

　　"我的妻子们告诉我，你学习我们语言的速度非常快……近乎疯狂。"

　　暗淡的光从他背后照进帐篷。他看到对方裸露的四肢呈现出枯枝般的死灰色。屎尿的味道在空中弥漫。此人看上去闻上去都如此脆弱，仿佛重病缠身，但奈育尔知道，这绝非无意为之。

　　"我学得很快，没错。"阴影中的人点点头，就像在水里蘸了一下……

　　奈育尔压下心头的颤抖。太像了。

　　"我妻子告诉我你是个巫人。"

　　"我不是。"绵长的呼吸，"但你已经知道了。"

　　"我想是的。"他从缝在腰带内侧的一个小袋子里拿出他的丘莱尔，低低地扔过去。锁链叮当，外乡人像抓苍蝇一样把它抓在手中。

　　什么都没发生。

"这是什么?"

"上古时期我们的神予与我们民族的礼物。它能杀死巫师。"

"上面的符文有什么意义?"

"没有意义。至少现在不清楚。"

"你不信任我。你怕我。"

"我不怕任何东西。"

没有回答。像是在重新选择词句。

"不。"杜尼安僧侣终于说,"你害怕很多东西。"

奈育尔咬紧牙关。又来了。这样的事又来了!这人的话就像是撬杆让他朝后倒去,倒向悬崖边缘。怒火在他心头燃烧,犹如火焰吞噬营帐。一场灾难。

"你,"他咬牙切齿地说,"你知道我和其他人不同,你通过我的妻子们感觉到我的存在。但你错了,不管你说什么,我都会反着去做,因为说出这话的是你;你要知道,每个夜晚我都要用野兔的内脏占卜,看是不是该让你活下去。我知道你是谁,安那苏里博,我知道你是杜尼安僧侣。"

就算这人感到吃惊,也没显露出来。他只说:"我会回答你的问题。"

"你要说出你落到当前处境的所有相关情况。你要解释你来这里的目的。如果你的答案不能让我满意,我就杀了你——立刻动手。"

威胁很有作用。他的话中带着不容置疑的确信。其他人听到这话会陷入沉思,会默默地权衡,然后小心说出答案。但杜尼安僧侣没这样做。他马上开口回答,仿佛奈育尔说的任何话、做的任何事都不会让他感到惊讶。

"我现在还活着,是因为在你年轻时,我父亲踏上过你们的土地。他犯下了某种罪行,让你一直无法饶恕。我想,尽管你非常渴

第四卷 战士

望杀我，但你下不了手。你是个聪明人，替代品无法满足你。你知道我代表的危险，但你还是想利用我，以满足你更深的渴望。正因如此，我当前的处境是你的目的之一。"

短暂的沉默。奈育尔的心在颤抖，既出于震惊，也因为钦佩。然后他心中突然又涌起怀疑。他是个聪明人……这是场战斗。

"你在困惑，"那声音说，"你预料到我的评判，但没预料到我会把这话说出来。而当我说出这评判之后，你又害怕我只是为满足你的期待，好将你引向更可怕的错误。"他停了一下，"就像我父亲莫恩古斯做过的那样。"

奈育尔啐了一口："你们这样的人说的话就像刀！但也有刀划不破的东西，不是吗？穿越苏斯卡拉高原差点要了你的命。我也许应该按斯兰克的方式行事。"

外乡人又要答话，但奈育尔站了起来，弯腰走出帐篷，回到空气清新的草原。他高喊着召来族人，无动于衷地看着他们将诺斯莱人从营帐里拖出，将那人赤裸的身体绑在营地中间的一根棍子上。那人哭泣，号叫，一直持续了好几个小时。族人们熟练地用古老的方式对他行刑，他尖叫着乞求慈悲。在无比的痛苦之下，他甚至大小便失了禁。

安妮丝又哭了，奈育尔给了她一巴掌。他根本不相信这人表现出的任何事。

✦

那天夜里，奈育尔回来了——他知道，或者说希望，黑暗能保护自己。

空气中仍弥漫着难闻的味道。外乡人像月光一样沉默。

"现在，"奈育尔说，"告诉我你的目的……不要觉得我会

乌有王子 ★ 前度的黑暗

被你骗过,不要以为我相信你已被摧毁。你们这种人是不会被摧毁的。"

黑暗中传来一阵摩擦声。"你是对的。"那人的嗓音在黑暗中显得温暖,"我们这种人在意的永远只有任务。我来找我父亲,安那苏里博·莫恩古斯,我要杀他。"

沉默。只有温暖的南风吹过。

外乡人续道:"现在你进退两难了,塞尔文迪人。我们的任务是一样的。我知道该去哪里找,更重要的是,我知道怎样找到安那苏里博·莫恩古斯。我把你想要的杯子递给了你,但那里面是不是毒药呢?"

他敢利用儿子吗?

"口渴时,杯中盛的总是毒药。"奈育尔咬牙切齿地回答。

───✧❦✧───

酋长的妻子们被派去照料凯胡斯,用部落里老妇调制的油膏清洁他破裂的皮肤。有时他会和她们说话,用温柔的话语让她们恐惧的眼神平静下来,让她们露出微笑。

当她们的丈夫和诺斯莱人一起离开时,她们聚集在白帐外寒冷的大地,庄重地看着两个男人备马出发。她们感到其中一个人心中有无尽仇恨,另一个人脸上如神祇般无动于衷。当两个人影消失在远方草丛中时,她们不知道自己是在为谁落泪——是为她们的主人,还是为那个了解她们的人。

只有安妮丝知道。

───✧❦✧───

第四卷 战士

奈育尔和凯胡斯一路向东南方骑去,穿过乌特蒙部落的土地,进入库约提部落的地盘。在库约提牧场的最南边,一些骑兵截住了他们。这些骑兵的鞍头装饰着抛光的狼头骨,鞍尾装饰着羽毛。奈育尔和他们简短说了几句,提醒他们遵从古老的传统,然后他们就骑马离开了。可以想象,这些人正急着回去告诉他们的酋长,奈育尔·厄·齐约萨,骏马与战士的粉碎者,草原上最强大的人,已经离开了乌特蒙部落。

等那些骑兵离开之后,杜尼安僧侣又一次试图和他交谈。

"你不可能永远沉默下去。"凯胡斯说。

奈育尔仔细端详着对方——他长着金黄胡须的脸在无边无际的大草原中失去了光彩,身穿塞尔文迪人习惯的无袖皮甲,肩披兽皮斗篷,斗篷下伸出苍白的前臂,随着马匹动作,斗篷上装饰的土拨鼠尾巴不停摇摆。若非女人一样的浅色头发和没有疤痕的手臂,他和塞尔文迪人毫无二致。

"你想知道什么?"奈育尔的声音里带着一百个不情愿。北方人地道而流利的塞尔文迪语让他非常烦恼。不过他知道这是好事,这会时刻提醒他。一旦北方人不再让他感到困惑,证明他已迷失了自我。这是他经常拒绝与这个可恶的人谈话,甚至在并肩骑行的这段时间一直一言不发的原因。习惯对方的存在是和对方的狡诈同等危险的敌人,奈育尔知道,一旦此人的存在不再让他感到刺痛,一旦自己适应了这样的环境,这个人就会站到他前面,领着他走过所有的事,用他无法看到的方式操纵他。

在营地里,奈育尔一直把妻子们当作中间人,将自己同凯胡斯隔开。这是他采取的诸多警戒措施之一。他甚至睡觉时都把匕首放在手边。他知道那个人无须打破身上的锁链就能接近自己。那人会以任何一个人的身份出现在他身边——甚至可能是安妮丝——就像许多年前莫恩古斯接近奈育尔的父亲时,借助他长子的身份一样。

乌有王子 ★ 前度的黑暗

但现在，已经没有中间人可以保护奈育尔了。他也没法按照初衷，以永远的沉默来隔离对方。他们离纳述尔帝国越来越近，必须有个计划。哪怕是狼，进入狗的领地时也要设法保护自己。

他必须和杜尼安僧侣单独相处，这是他所能想象的最可怕的危机。

"那些人，"凯胡斯说，"他们为什么让你通过？"

奈育尔警惕地看了他一眼。他会从这种微不足道的小事开始，趁我不备溜进我的心。

"这是我们的传统。每个部落都会根据季节变化去袭击帝国。"

"为什么？"

"原因有很多。为了奴隶。为了掠夺。最重要的是为了礼拜。"

"礼拜？"

"我们是战争之民。我们的神死去了，被三海诸国的人谋杀了，我们要为他复仇。"奈育尔开始后悔回答这问题了。他第一次意识到，单单这个事实就会透露出草原人的若干特点，然后延伸到他本人。在这人面前没有小事可言。任何一个细节，任何一个词语，在这个外乡人手中都会变成利刃。

"但为什么，"杜尼安僧侣逼问，"为什么你们礼拜死去的东西？"

什么都不要说。他想着，但口中已在说："死去比活着更伟大。我们必须礼拜死者。"

"但死亡是——"

"我来问一个问题。"奈育尔打断他，"为什么派你来杀你父亲？"

"这个问题，"凯胡斯用挖苦的口气说，"是你接受我的提议时就该问的。"

奈育尔忍住微笑的冲动，他知道这是杜尼安僧侣希望的反应。

"我干吗急着问？"奈育尔反击，"没有我你不可能活着穿越草原。在我们到达赫桑塔山脉之前，你是我的人，我到那时才会做出最终决定。"

"如果外乡人无法独自穿越草原，我父亲又是怎么逃掉的？"

奈育尔手臂上汗毛直竖，他想道：这是个好问题。这个问题可以提醒我，你们这种人有多不可信。

"莫恩古斯很狡猾，他偷偷地在自己手臂上划出疤痕，但一直没让其他人看到。杀死我父亲后，乌特蒙人出于传统的荣誉观念，不能为难他，于是他刮掉胡子，染黑头发，他说话和草原人完全没有区别，可以和我们一样骑马穿越草原，假装是一个去礼拜的乌特蒙人。而且他的眼睛颜色也很浅……"奈育尔添了一句，"你以为我之前为什么不让人给你衣服穿？"

"染料是谁给他的？"

奈育尔的心跳几乎停下了："是我。"

杜尼安僧侣只点点头，朝远方地平线看去。奈育尔发觉自己跟随着他的目光。

"我被他迷惑了！"奈育尔低吼，"被魔鬼迷惑了！"

"确实如此。"凯胡斯回答，转过身去背对他。他眼神中有一丝同情，但他的声音仍然严厉，就像塞尔文迪人一样。"我父亲占据了你。"

奈育尔发觉自己如此渴望着这个人要说出口的话。你可以帮助我。你有智慧……

又是这样！这个巫师又是这样做！引导谈话。操纵灵魂。这个人像蛇一样不断试探着一处又一处进口，一个又一个弱点。从我心里滚出去！

乌有王子 * 前度的黑暗

"为什么派你来杀你父亲?"奈育尔逼问。他紧紧抓住对方避而不谈的问题。对方没有回答,证明这个问题中有着奈育尔还不清楚的深意。奈育尔明白,这确实是一场战争。他不是在同这个人说话,而是在同他交战。我也有我的利刃!

杜尼安僧侣好奇地看了他一眼,就像已经厌倦了他无穷无尽的怀疑。这又是手段。

"因为我父亲在召唤我。"凯胡斯含糊地回答。

"这是杀人的理由吗?"

"两千多年前,杜尼安修会就避开了这个世界,隐居起来。如果能维持这样的状态,他们会永远隐居下去。但是三十一年前,当我还是个孩子的时候,一小队斯兰克发现了我们。我们很轻易地消灭了那些斯兰克,但出于谨慎起见,我父亲被派往荒原,确保我们并没有进一步暴露。几个月后他回来了,但杜尼安修会决定放逐他,因为他被污染了,可能威胁到我们的事业。如今三十年过去,我们都以为他已不在人世。"

杜尼安僧侣皱了皱眉,"这时他却回来了。用前所未有的方式。他给我们送来梦境。"

"巫术。"奈育尔说。

杜尼安僧侣点点头:"没错。只是我们当时还不明白这点。我们只知道我们隐居之地的纯粹被污染了,必须找到污染的来源,并将其消灭。"

奈育尔紧盯着这人的侧影随马匹的步伐轻轻摇动:"也就是说你是个刺客。"

"是的。"

奈育尔默然不语。凯胡斯续道:"你不相信我。"

我怎么相信你?我怎么相信一个从不真正交谈的人,一个不停引导、挑拨、挑拨、引导,一刻不停息的人?

第四卷 战士

"我确实不相信你。"

凯胡斯转过脸去,看着周围灰绿色的草原。他们已离开库约提部落的牧场,正在跨越君纳帝草原中央最大的一片台地。放眼望去,除了前方的一条小溪以及凹陷的溪岸上狭窄的灌木丛和白杨丛之外,视野之中如大海一样荒凉。漫天云朵有如在海上航行的群山,显得无比深邃。

"杜尼安修会信奉'逻各斯',也就是'道'。"过了一阵,凯胡斯说,"你们可以将它称为'理智'或'智慧'。我们追求完满,追求自在自为的思考。所有人的思想都是从黑暗中产生的。如果你之所以为你,是因为你灵魂的行为,而所有这些行为的起因都先于你而存在,你哪里还有自己的思想呢?你难道不是先于你存在的、前度的黑暗的奴隶吗?只有道——逻各斯——能让人摆脱奴役。只有理解了所有思想与行为的源头,我们才能拥有自己的思想与行为,摆脱环境的束缚,而只有杜尼安修会具备这样的意识。草原人,你们的世界在沉睡,被它本身的无知所奴役。只有我们杜尼安僧侣是觉醒的,而我父亲莫恩古斯威胁到了这一切。"

思想是从黑暗中产生的?奈育尔知道,这也许是对方所有话里最真实的一句。他一直被并非自己所有的思想折磨着。有多少次,殴打完自己的妻子之后,他会凝视着发疼的手掌想:谁让我这样做的?谁?

但这并不重要。

"这不是我不相信你的原因。"奈育尔说。他心想:对方早就知道了。他知道,杜尼安僧侣可以读懂他的心,就像草原人能读懂牧群的情绪。

凯胡斯就像看穿了他的想法一样:"你不相信儿子会去刺杀父亲。"

"是的。"

乌有王子 ★ 前度的黑暗

这人点点头:"感情,比如儿子对父亲的爱,只会让我们回到黑暗之中,让我们成为习俗与嗜好的奴隶……"闪亮的蓝眼睛与奈育尔的眼神交汇,无比冷酷,"我不爱我父亲,草原人。我没有'爱'。如果杀他可以让我完成任务,那么我就会杀他。"

奈育尔紧盯着这人,疲惫的头脑嗡嗡作响。他能相信这些话吗?这个人说的话有着无可置疑的理性,但奈育尔怀疑,不管说出什么话,这个人都可以让别人去相信。

"另外,"安那苏里博·凯胡斯续道,"你当然很清楚这种事。"

"什么事?"

"儿子杀父亲。"

塞尔文迪人没有回答他,只是用受伤的眼神盯着他看了一会儿,然后啐了一口。

凯胡斯保持着温和的期待表情,用无所不至的探寻包裹着奈育尔。草原,渐行渐近的小溪以及周围一切都变得模糊了。奈育尔·厄·齐约萨成为他世界的一切。呼吸中急切的韵律。眼睛周围肌肉的姿态。血管如蠕虫般在脖颈处的肌肉旁跳动的样子。对方似乎变成了一系列符号的大合唱,一页即时书写的文字。凯胡斯可以读懂他。只要能把握周围环境,凯胡斯可以度量出环境中的一切。

自抛弃那个猎户向南逃离荒原之后,凯胡斯遇到了许多人,特别是在亚特里索这座城市里。从他们身上,他知道那个救他的猎户,莱维斯,与其他人并没有什么不同。出生在这个世界的人和那个猎户一样单纯、一样容易欺骗。凯胡斯只需说出一点点基本事实,他们就会觉得自己看到了奇迹。他只需把这些真相略加归纳,

第四卷 战士

用简单的传教般的语言略为加工，他们就会献上自己的财产、爱人甚至孩子。当他骑马离开亚特里索的南大门时，身后已有了四十七个追随者，他们自称亚杜尼安，也就是"小杜尼安僧侣"。他们中没有一个活着走出苏斯卡拉高原。他们为爱牺牲了一切，所要的回报却不过是片言只语，不过是一点点所谓的意义。

但这个塞尔文迪人不一样。

凯胡斯之前也遇到过怀疑与不信任，但他知道，这些一样可以变成优势。对那些疑心重重的人，只要能赢得他们的信任，他们就会变得比其他人更忠诚。起初他们什么都不信，突然间就变得相信一切。然后他们要么为之前的不信任备感忏悔，要么会拼命避免犯同样的"错误"。他最狂热的追随者大多在刚遇到他时怀疑过他。

但奈育尔·厄·齐约萨心中积累的怀疑超过了他至今遇到的一切，无论从数量还是质量上说都是如此。和其他人不同的是，这个人认识他。

这个塞尔文迪人在墓穴顶上找到他时，表情里汇聚着震惊与仇恨。凯胡斯心想：父亲……我终于找到你了……他们两人都在对方脸上看到了安那苏里博·莫恩古斯。他们素昧平生，却对对方了如指掌。

一开始，这样的羁绊给凯胡斯的任务带来了极大便利。塞尔文迪人救了他的命，帮助他安全地穿过草原，但这同时也让他的环境变得更难以把握。

塞尔文迪人拒绝了凯胡斯占据他的每一次尝试。凯胡斯的布道不曾令他感到敬畏。他既没被凯胡斯的理性说服，也没被他精巧的赞扬打动。每当自己的想法被凯胡斯抓住，他就会马上放弃这些想法，转而回忆几十年前的旧事。直到现在，他们也只是勉强说了几次话，更多时候他对凯胡斯嗤之以鼻。

在对莫恩古斯的回忆中纠结了整整三十年之后，这个人发觉

乌有王子 ★ 前度的黑暗

了杜尼安僧侣的一些重要事实。他知道杜尼安僧侣可以通过人的面孔读取思想。他知道他们的聪明才智。他知道他们对任务的绝对执着。他也知道他们说话不是为了分享观点，或是为了交流，而是为了走在别人前面，为了统治别人的灵魂以及周围环境。

他知道得太多了。

凯胡斯远远地打量着他。他们沿溪边坡地向下奔驰，塞尔文迪人在马背上略略后倾，布满疤痕的肩膀纹丝不动，胯部随马匹步伐来回摇摆。

你是故意这样做的吗，父亲？他是你设置在我道路上的阻碍吗？或者这只是巧合？

很可能是后者，凯胡斯心想，虽然这个民族有许多野蛮习俗，但眼前的人有着非同寻常的智慧。真正的聪明人几乎不会采取循规蹈矩的思维方式，他们的思想会不断发散。而奈育尔·厄·齐约萨的思想延伸得太远，跟随莫恩古斯进入了出生在俗世间的人很少能企及的领域。

不知为什么，他看穿了你，父亲，现在他正在看穿我。你犯了什么错误？还能挽回吗？

凯胡斯眨眨眼。这一瞬间，他从坡地上升腾而起，云和风都被他甩在身后，他仿佛看到上百个平行的梦境，看到梦境中的行为与后果，追寻着每丝每缕的可能性。

然后他明白了。

他一直在试图绕过塞尔文迪人的怀疑，但他真正需要做的是让这些怀疑为他所用。他开始用全新的目光审视草原人，立即发觉驱动对方那无休止怀疑的是悲哀与仇恨；同时他想出了如何运用词语、音调及表情铺就道路，把对方逼到无法逃脱的地方，到那时，怀疑会迫使对方信任自己。

凯胡斯找到了捷径。

第四卷 战士

"我很抱歉。"他犹豫着说,"我之前的话很不合适。"

塞尔文迪人哼了一声。

他知道我说的不是真心话……这很好。

奈育尔转过脸来看他,深陷的眼睛中充满鄙夷。

"告诉我,杜尼安僧侣,一个人是如何像操纵马一样操纵其他人的思想的?"

"什么意思?"凯胡斯的语调尖利起来,似乎在琢磨着这算不算冒犯。塞尔文迪语中充满各种各样的音调变化,个中区别非常微妙,男人和女人说出来的意义也截然不同。虽然草原人没意识到,但他只让妻子们去和凯胡斯说话这个决定,让凯胡斯失去了一件非常重要的工具。

"即使是现在,"奈育尔低吼,"你也在试图操纵我的灵魂!"

他的心跳声变乱了。他风吹日晒的皮肤下的血液变得浓稠。他仍对自己没有把握。

"你觉得我父亲对你做过这样的事。"

"你父亲确实是——"奈育尔停下了,警惕地睁大眼睛,"你说这话是为了误导我!为了避开我的问题!"

到目前为止,凯胡斯成功预测到了塞尔文迪人思维的每一次转变。奈育尔的反应有着明显模式:他会沿着凯胡斯为他开辟的道路摇摇晃晃走上两步,然后缩回原地。迄今为止他们所有的谈话都大致遵循着这样的模式。凯胡斯知道,塞尔文迪人一定认为自己很安全。

下一步怎么走?

最能欺骗人的就是真相。

"对于遇到的每个人,"他最后说,"我对他们的理解都要胜过他们对自己的理解。"

恐惧中退缩的眼神。确凿无疑。"但这怎么可能？"

"因为我的生育方式。因为我的训练。因为我是超越条件的人之一。因为我是杜尼安僧侣。"

他们的马毫不费力地冲过浅浅的小溪。奈育尔朝旁侧身，冲水里啐了一口。"又一个不是答案的答案。"他说。

应该告诉他真相吗？当然不能是全部真相。

凯胡斯假装犹豫了一下："你们所有人——你的族人、你的妻子、你的孩子，甚至你在山那边的敌人——都没有看到你们的思想与行为真正的来源。你们要么认为自己是这一切的起源，要么觉得这些来源于世界之外的某处。外域，我听到有些人这么说。而发生在之前的前事，那些真正决定你们思维与行为的前事，要么被你们错过，要么被归结为恶魔或神灵的启示。"

眼神仍然平静，但牙齿紧咬。这代表不情愿的回忆。父亲一定已告诉过他这些……

"前事决定后事，"凯胡斯续道，"对杜尼安僧侣来说，这是至高准则。"

"前事又是什么呢？"奈育尔问道，挤出一声嗤笑。

"对人类来说吗？历史、语言、情感、习俗，所有这些决定了每个人怎么说、怎么想、怎么做。所有这些像看不见的傀儡丝线一样挂在每个人身上。"

呼吸变得急促，预料之外的洞悉让他脸上发亮："而当你看到这些丝线时……"

"就能操纵它们。"

单独来看，这样的坦白毫无害处：某种程度上说，每个人都在试图支配身边的人。但只有结合他的知识与能力，才会对人产生威胁。

如果他知道我能看到多深……

第四卷 战士

如果他们，如果这些出生在俗世中的人，能通过杜尼安僧侣的眼睛看到自己，不知会恐惧成什么样。杜尼安僧侣能看穿他们所有的伪装与欺骗。看到他们的每一种形态。

凯胡斯看到的并不是面孔，而是覆盖在头骨上的四十四条肌肉，以及这些肌肉可能产生的数千种排列组合——这是人类的第二张嘴，它发出的喧闹不比第一张少，却更加真实；凯胡斯听到的也不是对话，而是人体内野兽的号叫，被殴打的幼儿的哭声，以及一代又一代祖先们的合唱。他看到的不是一个人，他看到的是因与果，是父辈、族人，甚至一个个文明共同造就的后果。

他看到的不是后事，而是前事。

马儿跑过小溪对岸低矮的树丛，躲过那些隐隐露出早春新绿的树枝。

"这太疯狂了。"奈育尔说，"我不相信你……"

凯胡斯什么都没说，只是控制坐骑躲过摇曳的树枝。他知道塞尔文迪人思考的路线，知道自己应该做出的干涉——让奈育尔忘记心中的愤怒。

"如果说所有人都不知道他们思想的来源……"奈育尔说。

他们的马匹飞奔几步，冲出树丛。前面是广阔的、无边无际的草原。

"那么所有人都在受骗。"

在这至关重要的瞬间，凯胡斯盯住了对方的眼睛："他们都在为不属于自己的原因而行动。"

他会明白吗？

"就像奴隶……"奈育尔说，脸上显出震惊的怒容，然后他想起面前的人是谁，"你说这些不过是为自己开脱而已！既然人本身是奴隶，奴役他们也就不是罪过了，是吗，杜尼安僧侣？"

"只要前事仍被掩盖着，只要人类都在受骗，我们所做的又有

乌有王子 ✦ 前度的黑暗

什么打紧？"

"这是欺诈！是妇人的诡计，毫无荣誉可言！"

"你在战场上没欺骗过敌人？你没奴役过其他人吗？"

奈育尔啐了一口："我的敌人，我的对手，那些人只要有机会，也一定会对我做出同样的事。这是战士间早已达成的协议，它有荣誉。但你们，杜尼安僧侣，你们把所有人都当作自己的敌人。"

如此深刻的洞察力！

"是吗？或是把所有人都当作我们的孩子？哪个父亲不想管好自己的帐篷？"

起初凯胡斯害怕自己的比喻太复杂，但奈育尔说："这就是你眼中的我们？你的孩子？"

"我父亲不就把你当他的工具来利用了吗？"

"回答我的问题！"

"我们的孩子？你们当然是，否则我父亲怎么可能如此轻松地利用你？"

"欺骗！欺骗！"

"你为什么还这样怕我，塞尔文迪人？"

"够了！"

"你曾经是个弱小的孩子，不是吗？你很爱流眼泪。你父亲每次抬手你都会缩成一团……告诉我，塞尔文迪人，我为什么知道这些？"

"因为每个孩子都是这样的！"

"你在所有妻子中最珍视安妮丝，不是因为她更漂亮，而是因为只有她能承受你受的折磨，却仍然爱你。因为只有她——"

"这是她告诉你的！那个贱人告诉你的！"

"你渴望着为族人所不容的感情，渴望着——"

第四卷 战士

"我说够了!"

几千年来,杜尼安修会一直在内部生育,以求突破感知的极限,训练自己揭示所有的前事。在他们面前没有秘密。没有谎言。

而这个塞尔文迪人,他脆弱的灵魂到底经受了多少折磨?他的心灵与肉体曾受过怎样的迫害?一切不可言说的过去都被愤怒和无穷无尽的回忆掩盖了,甚至连他自己都找不到。

如果奈育尔·厄·齐约萨怀疑凯胡斯,那么凯胡斯就该回报他的怀疑。以真相,以赤裸裸的真相来回报。这个塞尔文迪人要想继续自我欺骗,就必须放弃自己的怀疑,把凯胡斯当成一个无足为惧的江湖骗子;否则他必须接受真相,将自己心中那些无法言说的事与莫恩古斯的儿子分享。无论如何,凯胡斯都能达到目的。不管如何,奈育尔一定会信任他,不管是出于轻蔑还是敬爱。

塞尔文迪人目不转睛地盯着他,眼睛中流露出无法掩饰的恐惧。凯胡斯看穿了他的表情,看到了他脸上每一丝反应,知道什么样的声音与话语能让他冷静一点,让他回到理智所不能触及的最初,或是消灭他仅存的自制力。

"这就是经历了无数流血的战士的行事方式吗?他们都会在真相面前退缩吗?"

似乎哪里出了问题。不知为什么,"真相"这个词仿佛将奈育尔情感中最强烈的部分抽走了。他变得无精打采,但又恢复了冷静,就像一匹被放过血的马驹。

"真相?只要你说出口的,就一定是谎言,杜尼安僧侣。你们不会像其他人那样说话。"

他知道得太多了……不过事情总可以挽回。

"其他人会怎样说话?"

"其他人说出的话并不……属于他们。他们不会沿着自己铺就的道路前进。"

让他看到他们的愚蠢。他会明白的。

"由人类语言组成的地面上无路可寻,塞尔文迪人……就像草原。"

"草原是无路可寻的。"奈育尔回答,"是吗,杜尼安僧侣?"

这是你曾经走过的路吗,父亲?

毫无疑问,莫恩古斯一定用过草原作比喻,把塞尔文迪人信仰中的核心部分当作自己的思想最重要的载体。他一定曾拿无路可寻的草原与塞尔文迪人的习俗形成的深深沟壑相对比,并用这样的比喻操纵奈育尔,令其做出无法想象之事。信仰草原,就必须摒弃习俗。而没有了习俗形成的禁忌,任何行为,甚至杀死亲生父亲,都变得可以接受了。

非常简单有效的计谋。但说到底是太简单了,一旦他离开,塞尔文迪人很容易就能看透,于是对杜尼安僧侣产生了过于清晰的认识。

"又是这飓风!"那人喊出难以理解的话。

他疯了。

"这一切!"奈育尔激动地喊着,"每一个词都是你的鞭子!"

凯胡斯在他脸上看到了杀意与暴虐。复仇的光在他眼里闪动。

到达草原边缘就好。我需要他来穿越塞尔文迪人的土地,仅此而已。如果我们到达山脚时他还不屈服,我就杀了他。

那天晚上,他们收集了大捆干草,堆成简陋的睡床,奈育尔把剩下的草堆在一起点起火堆。他们在这小小的火堆旁坐着,默不作

声地啃干粮。

"你为什么觉得莫恩古斯在召唤你?"奈育尔问,他为自己如此平静地说出这个名字惊讶不已。莫恩古斯……

杜尼安僧侣继续嚼着干粮,视线迷失在火堆发出的金色光圈中:"我不知道。"

"你一定知道些什么。他给了你梦境。"

那双永不平息的蓝眼睛在火光中闪烁着、寻找着对方的眼睛。他开始审视我了。奈育尔心想。但他马上明白,对方的审视早在和他的妻子们一起待在帐篷里时就开始了,从来没有停止过。

生命不息,评判不止。

"那些梦里只有一些画面。"凯胡斯说,"关于希摩的画面。还有人与人之间的暴力冲突。梦里有历史——而历史是杜尼安修会最痛恨的东西。"

奈育尔发现这个男人一直在做这样的事,不停地在答案中掺进评论,希望引起反驳或是进一步询问。杜尼安僧侣痛恨历史?——这就是此人的目的:引导奈育尔的灵魂,让他偏离那些真正重要的问题。这微妙的手段简直要让人发疯了!

"但他确实召唤了你,"奈育尔追问,"谁召唤另一个人时会连理由都不说?"除非他知道被召唤的人一定会来找自己。

"我父亲需要我。我只知道这些。"

"需要你?需要你做什么?"是的。这才是问题。

"我父亲在和人交战,草原人,在战争中哪个父亲不会召唤儿子?"

"那些把儿子也当作敌人的父亲不会。"一定还有什么……有什么我没注意到的东西。

他看向火堆对面的诺斯莱人,知道对方已察觉到他的变化。他怎么可能赢得这种战争?他如何战胜一个能从最细微的表情中嗅出他想法的敌人？我的脸……必须把我的脸藏起来。

"他在和谁交战？"奈育尔问。

"我不知道。"凯胡斯答道。这一瞬间，他看上去如此凄凉，让人感觉他面对着灾难，只想赌上一切。

怜悯？他想引诱一个塞尔文迪人怜悯他？奈育尔险些笑出声。也许我太高估他了——但本能又一次拯救了他。

奈育尔用闪亮的小刀削下又一片"阿米卡"——用野生草药和莓果炖过的风干牛肉条，草原人行路时主要的干粮。他一边咀嚼，一边不动声色地盯着杜尼安僧侣。

他想让我低估他。

第四卷 战士

第十三章 赫桑塔山脉

> 铁石心肠的人也要避开绝望者的怒火，弱小的茅草燃起的火苗可以烧裂最坚硬的石头。
>
> ——康里亚谚语

> 谁是圣战中的英雄与懦夫？很多歌谣回答过这个问题了。不用说，圣战为阿金西斯那句古老的格言提供了简单粗暴的证明："虽然在世界面前所有人都是同样脆弱，但人与人之间的区别仍然令人生畏。"
>
> ——杜萨斯·阿凯梅安，《第一次圣战简史》

长牙纪4111年，春，君纳帝草原中央

奈育尔从未经历过如此的考验。

他们一路行向东南，基本没遇到什么人，更没受到打扰。在基育斯河畔的灾难发生前，奈育尔和他的亲随们走在路上几乎每天都会遇到蒙努亚第部落、阿昆尼霍部落或其他塞尔文迪部落的队伍；而现在，他和凯胡斯经常走上三四天，才会有人拦下他们。经过某些部落的领地时，他们甚至没受到任何阻拦。

起初奈育尔看到飞驰而来的骑兵心中总有些害怕。草原人的传统会保护每一个前往帝国进行战争礼拜的塞尔文迪战士，关系好的话，相遇的草原人还会交流一些情报，或是聊聊闲话，互致家人的

乌有王子 ★ 前度的黑暗

问候,大家可以暂时把刀放在一旁。但单单一个塞尔文迪人带着奴隶出行很不寻常,何况现在也不太平。奈育尔知道,每到绝望的时刻,人们往往不会保存宽容这样的奢侈品。他们会执着于自己对习俗的解读,而不愿容忍任何不同寻常的东西。

但他们遇到的大多数巡逻队都是小男孩组成的,这些孩子还长着女人的脸庞,四肢像树苗一样尚未发育。奈育尔布满疤痕的手臂让他们深感敬畏,结结巴巴说不出话来。而那些没被吓到的孩子总会摆出年轻人装腔作势的架势,模仿他们死去父亲的言语和仪态。他们听到奈育尔的解释会故作深沉地频频点头,对那些问出幼稚问题的同伴嗤之以鼻。他们中很少有人亲眼见过帝国,那里对他们来说是一片充满幻想的土地。在交谈中,所有这些孩子都要他为自己死去的亲人复仇。

很快,奈育尔就发觉自己在渴望这样的会面,至少可以带给他片刻解脱。

大草原在奈育尔和凯胡斯面前铺展开来。他们走过的大多数地方都毫无特点,虽然牧场间的草原略显荒凉,但每一处牧场都正变得更加肥美、青葱。指甲大小的紫色花朵在风中飞扬,风吹过长草,在远方的草原上掀起起伏波浪。无聊的旅程磨钝了奈育尔心中的仇恨,他有时会遥望着云彩投下的一直延伸到天边的狭长影子,明知正处在君纳帝草原的中心,却感觉在陌生的土地上旅行。

踏上旅途之后的第九天,他们醒来时天上挂着羊毛一样的云朵。雨落了下来。

大草原的雨一下起来就好像永远不会停。四下笼罩在一片灰色当中,他们仿佛是在虚空中穿行。北方人把脸转向奈育尔,他的眼睛在眉毛下显得空洞无神,湿漉漉的头发结成绺垂下,和胡须纠缠在一起,让他的脸愈发显得瘦削了。

"给我讲讲希摩。"凯胡斯说。

第四卷 战士

压迫感，总是这种压迫感。

希摩……莫恩古斯真的住在那里吗？

"那是因里教的圣城。"奈育尔答道，低着头避免雨水直接淋到脸上，"但现在被费恩教占领了。"他没打算提高嗓音盖过雨水的喧嚣，因为他知道这人会听到他说话的。

"为什么会发生这种事？"

奈育尔仔细掂量着这句话，好像在咂摸里面有没有毒药一样。他早就下定决心，不能把三海诸国的太多事告诉杜尼安僧侣。谁知道这个人会从中找到什么武器？

"对费恩教来说，最重要的任务就是摧毁苏拿城里的长牙。"他小心地回答，"他们与帝国之间的战争持续了许多年，夺取了很多战利品，希摩只是其中之一。"

"你很了解费恩教？"

"足够了解。八年前，我带领乌特蒙部落在泽克尔塔和他们打了一仗，从这里往南很远的地方。"

杜尼安僧侣点点头："你的妻子告诉我，你在战场上战无不胜。"

安妮丝？这是你告诉他的吗？他看出来，她会用许多种方式背叛他，同时还会觉得自己在为他说话。奈育尔别开了脸，看着脚下长草在灰色的空气中翻滚。他知道，这样的话只是为挑起他的虚荣。对于这样间接示好的话，他不愿作出任何反应了。

凯胡斯又回到早先的方向上："你说费恩教想要摧毁长牙。长牙是什么？"

这个问题让奈育尔吃了一惊。连他最无知的表亲也知道长牙。也许对方是想用他的回答去印证其他人的话。

"那是人类最初的经卷。"他看着雨帘说，"很久以前，在罗孔降生之前，草原人也信奉过长牙。"

"你们的神是降生在世上的？"

"是的。很久很久以前。是我们的神摧毁了北方的土地，并将它们交给斯兰克。"他仰了仰头，体会着冰冷的雨水从前额与面颊流下，唇间尝到一丝甜味。他感觉到杜尼安僧侣在看他，审视他的侧脸。你看到了什么？

"费恩教又会怎么样？"凯胡斯问。

"什么怎么样？"

"他们会阻碍我们穿过他们的土地吗？"

奈育尔强忍住没朝这人看去。不管有心还是无意，凯胡斯问到了一个困扰他许久的问题，自他决定展开这任务时就在思考的问题：那天——现在看来已是如此久远的事了——他躺在基育斯河畔的死尸堆里，听到伊库雷·孔法斯谈及因里教的圣战。但圣战对象是谁？是巫术学派，还是费恩教？

奈育尔仔细选择着行进路线，打算穿过赫桑塔山脉进入帝国，尽管单独一个塞尔文迪人在纳述尔帝国肯定活不长。另一种选择是绕过帝国一直向南走，来到森比斯河的上游，然后沿河直接进入施吉克省，基安最北边的辖区。从那里，他们可以沿传统的朝圣路线去希摩。据传言，费恩教对朝圣者有着令人惊讶的宽容。但如果因里教真的对基安发动了圣战，那条路肯定会带来灾难。尤其是对凯胡斯，他淡色的头发和苍白的皮肤……

不，不管怎样，进入南方之前，他必须设法了解圣战的情况。而越是接近帝国，得到情报的可能性也就越高。如果因里教没向费恩教发动圣战，那么他们可以绕过帝国的边境，毫发无伤地踏上费恩教的土地。但如果圣战已经爆发，他们很可能不得不穿过纳述尔帝国——一想到这情景奈育尔就感到恐惧。

"费恩教众尽是些好战之徒。"奈育尔终于回答，雨让他有理由不去看对方的脸，"但我听说他们对朝圣者非常宽容。"

乌有王子 ★ 前度的黑暗

草茎折断，里面的汁液在月光下如泉水般涌出。

一幕幕场景在他的灵魂之眼前闪过：他的剑被凯胡斯空手拦下；他的手背叛了自己；凯胡斯的眼睛猛然睁开，一个声音不知从何处传来："我了解你，塞尔文迪人……我了解你胜过你的每一个情人，甚至超过你的神。"

他蹲下来，继续盯着这人看了好久，心中突然涌起怀疑和愤怒。于是他爬回毯子下面，瑟瑟发抖了好一阵。夜变得如此寒冷。

接下来的两周，脚下的君纳帝大台地终于逐渐变成起伏的破碎斜坡。越往前走，土地越肥沃，长草甚至可以擦到马匹的肋腹。蜜蜂在不远处嗡嗡作响，每次趟过污浊水塘，都有密如云雾的飞蚊朝他们飞来。然而随着继续前进，每一天季节似乎都在回退。土地变得坚硬，草丛越来越短、越来越苍白，昆虫也不那么活跃了。

"我们在爬山。"凯胡斯注意到了。

虽然奈育尔也在注意地形变化，却是凯胡斯先一步看到赫桑塔山脉。每次看到这片群山，奈育尔都可以感觉到山那边的帝国。那是奢华的花园、平坦的田野和古老灰白的城市组成的迷宫。过去，纳述尔帝国一直是他的部落定期礼拜的目的地，他们制造出惨叫的男人、燃烧的房子和尖叫的女人。那里是供草原人惩戒与礼拜的地方。但这一次，奈育尔知道，帝国会是路上的障碍——也许是无法逾越的障碍——他们遇到的人都不知道圣战的消息，似乎他们不得不穿过赫桑塔山脉进入帝国了。

远远地看到帐篷时，奈育尔不由得激动万分。据他所知，他们身处阿昆尼霍部落的领地。如果有人知道帝国是否参与了与基安之间的圣战，那一定是阿昆尼霍人了。他们的领地是很大一部分礼拜者前往帝国的必经之路。奈育尔一言不发，拉了拉缰绳，朝营地跑去。

却是凯胡斯首先意识到营地里缺了什么。

第四卷　战士

那之后的一段时间里，他小心翼翼控制着自己的视线，不去看凯胡斯，也不搭话。但这段时间他感觉到内心深处有什么东西开始浮现。他越是避而不见，对方就变得越恐怖，越像神。

你看到了什么？

奈育尔眨眨眼睛，将班努特的样子从眼前赶开。

暴雨又持续了一天，才变成蒙蒙细雨，层层雨雾笼罩着远方的山坡。之后又过了一天，他们身上的羊毛和皮甲才变干了。

之后不久，奈育尔开始幻想在杜尼安僧侣睡觉时杀死他。他们开始讨论巫术，这很快成了为数不多的交谈中最常出现的主题。杜尼安僧侣总是主动提起这个话题，还平静地告诉奈育尔，他是如何在极北之地败在一个奇族手上的，那奇族是个战士，也是法师。起先奈育尔觉得，对方之所以总提这事，是因为心存恐惧，似乎巫术是唯一一件超越他们教条的事。但很快他就明白，这是因为凯胡斯知道谈论巫术不会损害两人的关系，所以用它来打破沉默，希望引导奈育尔朝更有用的话题转进。奈育尔觉得，连那个奇族的故事都可能是杜撰：凯胡斯假装承认失败，骗取他吐露更多信息。

意识到这点之后，他不由自主地想：等他睡着……等他今夜睡着，我就杀了他。

他一直这样想着，虽然明知自己没法杀死这人。他只知道莫恩古斯召唤凯胡斯去希摩，其他什么都不清楚了。没有凯胡斯，他几乎不可能找到莫恩古斯。

然而第二天晚上，他还是滑出毯子，手握阔剑，走过冰冷的草地。他在火堆余烬旁停下来，紧盯这人一动不动的身形，屏住呼吸。凯胡斯的脸在夜里和在白天一样冷酷，毫无表情。他睡着了吗？

你到底是个怎样的人？

奈育尔像个百无聊赖的孩子一样，用剑锋扫过身边长草，看着

第四卷 战士

"这片营地已经死了。"他不动声色地说。

奈育尔马上意识到杜尼安僧侣是对的。他看到好几十个帐篷，却没有看到任何人，更重要的是没有牲畜。他们刚刚路过的牧场，牧草并没有收割，而这营地本身看上去也空空荡荡的，像是被抛弃了一样。

他的兴奋消失了，心中涌起厌恶。没有草原人。没有人可以说话。没有地方可以逃避。

"发生了什么？"凯胡斯问。

奈育尔朝草地上啐了一口。他知道发生了什么。基育斯河的灾难之后，纳述尔人会进入草原扫荡。也许有支部队来过这个营地，将部落的人杀死或奴役了。这是阿昆尼霍部落，森努瑞特的部落。也许整个部落都被屠灭了。

"伊库雷·孔法斯。"奈育尔说。这个名字在这段时间里变得如此无关紧要，让他隐隐有些吃惊，"是皇帝的侄子做的。"

"你这么肯定？"凯胡斯问，"也许是住在这里的人不再需要这块地方了。"

奈育尔耸耸肩，知道这不可能。虽然在大草原上放弃居住地很常见，但东西是不会扔掉的——至少草原人不会。每件东西都有用处。

就在这时，他心中涌起一个毫无根据但确凿无比的念头：凯胡斯会杀了他。

前方的群山森然矗立，大草原已被甩在身后。身后。他对莫恩古斯的儿子没有用了。

他会趁我睡着时杀我。

不。不可能。他已走过这么远的路，忍受了这么多折磨！他必须利用儿子找到父亲。这是唯一的办法！

"我们必须穿过赫桑塔山脉。"他一边说，一边假装在荒弃的

乌有王子 ✱ 前度的黑暗

帐篷中搜索。

"那山似乎很难爬。"凯胡斯说。

"确实如此……但我知道捷径。"

───── ❦ ─────

那天晚上,他们在废弃的帐篷间扎营。凯胡斯试图和他交谈,奈育尔没理会,只听着风中传来山间群狼的嗥叫。周围空荡荡的帐篷在风中吱嘎作响,他随着这声音的节奏点着头。

他曾与杜尼安僧侣达成协议:他放杜尼安僧侣自由,并领其安全穿过大草原;作为交换,杜尼安僧侣要把父亲的性命交给他。现在,大草原几乎完全被抛在身后了,而对杜尼安僧侣来说,交易有什么意义呢?他怎么没想到这点?凯胡斯难道不是莫恩古斯的儿子吗?

他为什么决定穿过山脉?真的是为了要弄明白帝国是否卷入了圣战吗?还是自欺欺人?

利用这个儿子。利用杜尼安僧侣……

真愚蠢!

那晚他没睡着。狼群也没有睡。黎明前,他钻进一顶漆黑的帐篷,在帐篷地面长出的野草间发现了一个孩子的头骨。他痛哭流涕,朝帐篷中的用具、木杆及皮革帐顶尖声呼喊,握紧拳头猛捶无情的大地。

狼群狂笑着、嗥叫着,仿佛呼喊出一个个邪恶的名字。可恨的名字。

事后,他跪下亲吻大地,透过土壤呼吸。他感觉自己正在聆听,正在领悟。

那个人又看到了什么?

第四卷 战士

这不重要。火焰已经燃起来了，必须找到让火烧下去的东西。
如果需要，就用谎言。
因为火焰会吞噬真相。最后只剩下火焰。
长夜在他浮肿的眼睛中是如此的寒冷。大草原。无路可寻的大草原。

他们在黎明时分离开废弃的营地，骑马穿过草地。草地中零星散布着腐烂的皮革与骨头。两人都没说话。

东边的赫桑塔山脉高矗入云。脚下道路越来越陡峭，他们沿着曲折的路线前进，尽量节省坐骑的力气。中午时分他们来到山脚下的丘陵。和以往每次来这里时一样，地形的变化让奈育尔不安，就像流逝的岁月已把远方的地平线和头顶的广阔天空刻进了他心中。而山地可以隐藏任何人、任何事，只有登上山顶才能看到一切。

杜尼安僧侣的国度一定是这样，他心想。

像是在验证他的想法一样，爬上下一个山头后，他们看到远处有约二十个骑马的人，沿着和他们相同的路线迎面骑下群山。

"他们也是塞尔文迪人。"凯胡斯指出。

"是的。是礼拜回来的。"他们会了解圣战的消息吗？

"哪个部落？"凯胡斯问。

这问题引起了奈育尔的警觉。对于一个外乡人来说，这个问题太……太像塞尔文迪人了。

"我们去看看。"

来者虽然不知他们是谁，但看到陌生人出现也都紧张起来。其中几个夹夹马腹，加速跑来，剩下的把步行的人聚在一起，那些显然都是抓来的俘虏。奈育尔打量着朝自己奔来的几个人，想找到些明显特征,分辨他们来自哪个部落。他很快发现,这些都是成年男子,不是小孩,但都没戴基安人的战帽,说明年纪还是不大,没有在泽克尔塔和费恩教徒战斗过。然后他看到每个人头发中都挑染出白色。他们是蒙努亚第部落的。

基育斯河畔的一幕幕场景又涌上心头:几千名蒙努亚第人冲向燃烧的平原,被皇家萨伊克的巫术之火卷起。但这些人不知怎么活了下来。

奈育尔只瞥了一眼领头的骑手,就觉得那人颇为可恨。哪怕在这么远的地方,也能看到他身上的傲慢。

当然,杜尼安僧侣也看到了。"带头的那个人,"他警告,"似乎把我们看做证明自己的机会。"

"我知道。什么话都别说。"

陌生人在他们面前勒住马,马吃痛一声长嘶。奈育尔发现,他们的手臂上都有刚割出的斯瓦宗。

"我是蒙努亚第部落的潘特鲁斯·厄·穆齐乌斯。"领头的骑手说,"你们是谁?"他的六名族人围在后面,警惕地观察着,就像面对两个窃贼一样。

"奈育尔·厄·齐约萨——"

"乌特蒙部落的?"潘特鲁斯打量着他,怀疑地看着奈育尔手臂上的斯瓦宗,然后瞪了凯胡斯一眼,用塞尔文迪人的方式啐了一口,"这又是谁?你的奴隶?"

"他是我的奴隶,没错。"

"你允许他拿武器?"

"他在我的部落里出生。我认为这样做更谨慎,草原正变得越来越危险。"

"这点确实不假。"潘特鲁斯厉声说,"你怎么说,奴隶?你是在乌特蒙部落出生的吗?"

第四卷 战士

他傲慢的态度让奈育尔震惊不已:"你质疑我的话?"

"草原正变得越来越危险,这是你自己说的,乌特蒙人。还有传言说间谍……"

奈育尔哼了一声:"间谍?"

"否则纳述尔人怎能战胜我们?"

"靠智慧,靠力量,靠诡计,我就在基育斯河边,年轻人,那里发生的一切都和——"

"我也在基育斯河边!我看到的一切只能用背叛来解释!"

这语气中的含义是不言而喻的,他在蓄意挑衅,不见血绝不肯罢休。奈育尔的四肢感到一阵刺痛。他朝凯胡斯看了一眼,知道杜尼安僧侣已从自己的表情中知道了需要知道的一切。然后他转回脸,对蒙努亚第人说:

"你知道我是谁吗?"这话不仅是说给潘特鲁斯听,也是给他身边的人听。

年轻战士似乎被威慑住了,但很快恢复过来:"我们都听过你的故事。草原上没有哪个人听到奈育尔·厄·齐约萨的名字不会发笑。"

奈育尔狠狠一掌掴在他脸上。

一瞬间的疯狂,然后是杂乱无章的暴力。

奈育尔催马撞向潘特鲁斯,这次用拳头将其从马鞍上砸了下来,然后他朝右拐了个弯,避开对方那些目瞪口呆的同伴,抽出阔剑。那几个人回过神后一边策马朝他奔来,一边伸手去拿各自的武器,这时他猛一拉缰绳,突然冲回他们当中。没等他们拿稳剑,他已砍倒了两个对手,躲开第三个人的剑锋,然后一剑刺去,穿过那人的锁甲和胸骨,将心脏劈作两半。

他转身寻找杜尼安僧侣。凯胡斯站在不远的地方,马在他身后跺着脚,三具毫无生气的身体倒在他脚边,眼睛都还圆睁着。

乌有王子 * 前度的黑暗

"他们来了。"凯胡斯说。奈育尔回身,看到潘特鲁斯的队伍已在山坡上散开,骑马朝他们冲来。蒙努亚第部落的战吼直上云霄。

奈育尔插剑回鞘,取出长弓,从马背上翻身下地。坐骑庞大的身躯给他提供了掩护,他搭箭上弦拉弓,洞穿了一个骑兵的眼窝,令其从马上摔下来。第二箭将另一个骑兵射趴在马鞍上,紧紧抓住流血的手臂。对方也射出箭矢,发出利刃划过亚麻布一样的声音,从他身边嗖嗖飞过。他的马突然尖叫起来,跑了几步,四腿乱踢。奈育尔朝后踉跄,结果被死尸绊倒。在不停踢踏的马腿间,他瞥见杜尼安僧侣的身影。

在凯胡斯面前,骑兵们像张开的手掌,掌心由八个靠得很紧的人组成,并排碾去,誓要将杜尼安僧侣踩倒;另外五个人扮演手指的角色,加速冲向两侧,从很近的距离上射出箭矢。箭杆飞过草地。没有命中目标的插进长草中,处于正确轨道上的则被杜尼安僧侣扬手挥开。

凯胡斯蹲下来,从旁边一匹死马的马鞍上提起一把手斧,斜斜地投出去。斧子好像被线牵引着一样,划出一道完美的弧线,砍在离得最近的弓箭手脸上。那人立刻倒下,翻滚的尸体犹如一捆沉重的绳索砸在后面一个弓箭手的坐骑脚下。那匹马被绊倒在草地上,不停地挣扎。

一侧的手指溃乱了,手掌却依然势如雷霆冲下斜坡。一瞬间,杜尼安僧侣只一动不动地站着,平端他那把弧形长剑。奔驰的战马越来越近……

他死定了,奈育尔边想,边翻身站起来。接下来骑兵们就要来对付他了。

杜尼安僧侣被几名骑兵的阴影遮蔽,看不真切,奈育尔只见钢铁的光芒闪动了一下。

第四卷 战士

  三匹直冲向奈育尔的战马突然人立起来，前蹄在空中踢了几下，然后重重地倒在草地上。奈育尔跳起来，在空中躲避挥舞的肢体和失去平衡的骑手，大腿却被一只乱踏的马蹄踢到，头朝下跌倒在草地中。他咧了咧嘴，顾不得大腿上那块瘀青，连忙着地翻滚。嗖。一支箭插在他身前的草地上。嗖。又一支。

  其他几个蒙努亚第骑兵呼啸着从他身边冲过，避开倒下的族人，然后在斜坡下面调转马头，准备再次冲锋。

  奈育尔咒骂了一句，跌跌撞撞地站起来——嗖！——他从地上拣起一面圆盾，举起它朝蒙努亚第的弓箭手们冲去。他一边冲，一边抽出阔剑。盾牌猛地一震，一支铁打的箭头穿透了盾上蒙的薄皮革。第二支箭射中他腰间，但被他腰带的铁片弹开。奈育尔朝右一闪，利用第一个箭手挡住后面那人的视线。第三个箭手在哪儿？他听到身后冲来的骑兵再度发出蒙努亚第的战吼。

  嘴里唾液变得又浓又酸。他拔足飞奔。第一个箭手眼看奈育尔迅速逼近，赶紧调转马头，同时搭上最后一支箭，发现来不及了，又慌忙去够肩上阔剑⋯⋯奈育尔跳了过去，发出狂野的战吼，挥剑朝对方毛茸茸的腋下一撩。蒙努亚第人闷哼一声向前倒去，仅剩的一只胳膊按在另一边肩膀上。奈育尔拽住他的头发，把他从马鞍上拖下。另一个箭手手握阔剑骑马朝他冲来。

  奈育尔用一只脚勾住马镫跳上马背，又从马鞍上一跃而起，撞向那个惊呆了的蒙努亚第人。那人被撞到地上，摔得气喘连连，但仍与他扭打在一起，摸索着掏出匕首。奈育尔用头撞那人的脸，头皮被头盔碰破了，不过那人也丢掉了战帽。他又用头撞了一次，感觉对方的鼻梁骨被自己的脑门撞碎。蒙努亚第人挥来匕首，但奈育尔抓住他的手腕。呼吸急促，眼睛圆睁，牙关紧咬。皮革与盔甲的破裂声。

  "我比你们更强！"奈育尔大喝，一头捶在对方脸上。

那人眼中没有恐惧——只有顽固的仇恨。

"更强!"

他把那只颤抖的手臂压在草地上,用力拧着手腕,直到匕首从对方毫无知觉的指尖滑下。然后他又一次顶在对方脸上,看到那人的一条腿痉挛地弹起。

嗖!是第三个箭手。

他身下的蒙努亚第人喉咙中咯咯响了一阵子,然后身体软下去。一支箭将他的脖子钉在地上。奈育尔听到疾冲而来的马蹄,瞥见一个影子在他头顶升起。

他朝前一扑,一柄阔剑在他脑后破空而过。

奈育尔就地一滚,半蹲着拾起身,发现蒙努亚第人勒住了马,马蹄将脚下草地踏得七零八碎。对方又一次踢动马腹朝他冲来。他眨眨眼睛,甩掉糊住眼皮的血,朝身边地上看去。他的剑在哪里?骑兵人马腾空而起。

奈育尔不假思索地抓住对方的缰绳,以惊人的蛮力一拉,那马人立而起,尖声长嘶着倒在地上。惊呆了的蒙努亚第人在地上翻滚着避开砸来的马身。奈育尔在草丛中踢了两脚,终于在缠成一团的野草间找到自己的剑。他拾起剑,荡开蒙努亚第人的第一击。

对方的剑闪烁着,划出完美的圆弧。他的攻击很凶猛,但转瞬间,奈育尔就发动反击,用更纯粹更凶猛的力量让他失去了平衡。那人慌忙后退。

结束了。蒙努亚第人愚蠢地朝奈育尔看了一眼,弯下腰去拣他的剑。

同时丢掉了脑袋。

我更强。

奈育尔的胸膛不断起伏,检视着附近小小的战场,一阵担心突然攫住了他:凯胡斯会不会死了?但他几乎立刻找到了杜尼安僧

第四卷 战士

侣：他站在一堆死尸当中，长剑仍像之前一样平端着，等待最后一个拿长枪的蒙努亚第骑手冲来。

骑手将身体压在长枪上，纵声高喊，声音中汇聚着大草原的愤怒，盖过了疾驰的马蹄。他知道，奈育尔心想，他知道自己马上就要死了。

他眼看着杜尼安僧侣抬起弯弯的剑，正对上长枪铁尖，引导着长枪的去势，扎在草地上。然后长枪折断了，反冲力把蒙努亚第人从高高的马鞍上掀飞，杜尼安僧侣腾空跃起，用不可能的姿势将一只穿凉鞋的脚踏在马头上，另一只脚结结实实踢中骑士的脸。那人像铅块一样摔在草地上，还想强行起身，但杜尼安僧侣的剑让他再也动弹不得。

这难道是人能做出的动作……？

安那苏里博·凯胡斯在尸体前站了一会儿，就像要把它刻在自己的记忆中。然后他转身朝奈育尔走来，长发风中摇摆，脸沾道道血痕。两人的表情在这一瞬间如此相像。在他身后，黑暗高耸的赫桑塔山脉直指天空。

奈育尔在屠杀现场来回走动，了结一个个重伤不起的敌人。

最后他来到潘特鲁斯面前，那人正奋力朝坡顶爬动，绝望地举起了剑。奈育尔随手一挥，剑带着长鸣声飞进草丛。他把自己的剑也插进草地，抬脚朝那人猛踢。狠狠踢了几脚之后，他像拎人偶一样把潘特鲁斯拎起来，朝那张皮开肉绽的脸吐了口唾沫，看着对方被血蒙住的眼睛。

"看到了吗，蒙努亚第？"他喊道，"看到战争之民如何容易被打败了吗？间谍！"他啐了一口，"女人的借口！"他张开五

乌有王子 ✳ 前度的黑暗

指,一掌把潘特鲁斯抽得趴在地上,又踢了一脚。黑暗的怒火蒙蔽了他的心,驱使他不停殴打对方,直到对方开始尖叫,开始哭泣。

"什么?你在流眼泪?"奈育尔大喊,"说我背叛这片土地的人是你!"他用强壮的手掐住对方喉咙。"去死吧!"他喊道,"去死吧!"那人喉咙里发出闷声,四肢胡乱摆了一阵。大地似乎都在奈育尔的怒火前颤抖,天空仿佛都在退缩。

奈育尔把那具破碎的尸体扔在地上。

耻辱的死。恰如其分。潘特鲁斯·厄·穆齐乌斯将永远无法回到大地中。

凯胡斯远远地看着奈育尔拾起剑,朝他走来,仔细地在死尸间挑选落脚点。这人眼神飘忽,在阴暗的天空下闪闪发亮。

他疯了。

"还有些人被锁链捆着丢在那边路上。"凯胡斯说,"是女人。"

"那是我们的战利品。"奈育尔说着,避开了僧侣审视的眼光。他和凯胡斯擦身而过,朝哭声传来的方向走去。

西尔维站在那里,把锁链绑住的双手举在身前,朝那个向他们走来的身影哭喊:"求你了!"

其他女人看到一个塞尔文迪人朝她们走来,纷纷发出尖叫。另一个塞尔文迪人。细长的黑眼睛中流露出更凶暴的神情。她们都朝西尔维身后躲,想躲到锁链允许的最远的地方。

第四卷 战士

"求你了！"看到那个浑身浸满同族人鲜血的高大身影来到面前，西尔维又喊起来，"一定要救救我们！"

但接下来，她看到了那人毫无怜悯的眼睛。

塞尔文迪人一掌把她掴翻在地。

"你打算拿她怎么办？"凯胡斯边问，边看着火堆对面那个缩成一团的女人。

"留下她。"奈育尔说着，用嘴从手中的马肋排上撕下满满一口肉。"我们杀了人，"他边嚼边说，"她是我的战利品了。"

还有别的原因。他害怕……害怕和我单独旅行。

草原人突然站起来，把闪着油光的肋排扔进火堆，蹲在那女人旁边："真是个美人。"他似乎有点心不在焉。那女人看他伸出手，不禁往后退缩，身上锁链发出尖利的响声。奈育尔抓住她，把手上的油抹在她脸上。

她让他想起了某人。他的某个妻子……

安妮丝，他唯一敢去爱的那个。

凯胡斯看着塞尔文迪人又一次占有了她。在她低低的哭声中，在她几近窒息的叫喊中，似乎脚下大地也在缓慢蠕动，就像星辰业已不再循环，而是大地在围绕它们旋转一样。有什么东西……什么东西发生了。他能感觉到。带着愤怒的东西。

这又是从什么样的黑暗中产生的？

我身上一定发生了什么，父亲。

完事之后，塞尔文迪人拉她起来，让她跪在自己面前。他握着她可人的脸，轻轻朝火光的方向转动，粗壮的手指在她金色的长发间穿过。他用凯胡斯听不懂的语言低声说着什么。凯胡斯看着

乌有王子 ★ 前度的黑暗

她抬起肿胀的眼睛看向塞尔文迪人,虽然害怕,但她听懂了他的话。他又低吼了几句,她痛苦地低着头,想避开下巴下面的手掌。

"*Kufa……Kufa……*,"她喘息着细语,然后又哭起来。

随后是更加严厉的问题。她带着受伤的羞愧回答,时不时抬头看向那张残酷的脸,然后马上垂下目光。透过她的表情,凯胡斯看到了她的灵魂。

他知道她忍受了太多痛苦,早就学会将仇恨与决心隐藏在卑微和恐惧下面。两人眼神交汇,只是短短一瞬,然后她转眼朝他身边的黑暗当中看去。她想确定来的只有我们两个。

塞尔文迪人用两只满是疤痕的手捧起她的头,用喉音说出一串无法听懂的话,语调中带着露骨的威胁。然后他放开她,她点点头,蓝色的眼睛在火光中闪烁。塞尔文迪人从绑腿里拔出一把小刀,开始撬她的熟铁手铐。过了一会儿,锁链断开掉到地上。她揉了揉手腕上的瘀青,又朝凯胡斯这边看了一眼。

她有这勇气吗?

塞尔文迪人离开她,回到火堆边的位置,坐在凯胡斯身旁。他已有好长时间不愿坐在凯胡斯对面了,凯胡斯知道,他是怕自己从他脸上读到什么。

"那么,你给了她自由?"凯胡斯问,心知并非如此。

"不,她戴上了另一种锁链。"停了一下,他补充说,"女人很容易被征服。"

他自己也不相信这话。

"你们说的是什么语言?"这是他真正想知道的。

"谢伊克语。帝国的语言。蒙努亚第人把她抢来之前,她是纳述尔人的妾侍。"

"你问了她什么?"

塞尔文迪人用尖刀一样的眼神看了他一眼。凯胡斯观察着他表情中的细微变化——各种迹象仿佛在互相争吵。他记起了仇恨,也记起了之前的决心。奈育尔想好了如何应对这一刻。

"我问了她纳述尔帝国的事情。"他终于说,"帝国有大动作,三海诸国都在行动。千庙教会选出了新沙里亚。圣战马上要开始了。"

这不是她告诉他的,只是她向他证实的事。他早就知道这些了。

"圣战……他们要向谁开战?"

塞尔文迪人想回避他,重新把嘲弄的面具戴在脸上。这人精明的猜测让凯胡斯越来越感到困扰了,他甚至知道凯胡斯准备下杀手……

但这时,奈育尔脸上闪过一丝奇怪的表情。他似乎觉察到什么,眼神里充满不自然的恐惧,甚至连凯胡斯都无法理解。

"因里教要惩罚费恩教。"奈育尔道,"他们要夺回失去的圣地。"他语调里带着一丝厌恶:那个地方怎么可能是神圣的。"夺回希摩。"

希摩……我父亲的家。

又一处丛林。又一个原因造成的后果。他的任务有了新的含义。这就是你为什么召唤我吗,父亲?为这场圣战?

塞尔文迪人转过脸去,看着火堆对面的女人。

"她叫什么?"凯胡斯问。

"我没问。"奈育尔答道,伸手抓过又一块马肉。

还在闷燃的炭火勾勒出西尔维的轮廓,她握住了那两个男人用来杀马的尖刀。她静静地爬到熟睡的塞尔文迪人身旁,那人打

乌有王子 * 前度的黑暗

着鼾，呼吸无比平静。她在月光下举起刀，手不住颤抖。她犹豫着……她想起了他的手，他的眼神。

那双疯狂的眼睛看穿了她，就像她是玻璃一样，映照出他心中的饥渴。

还有他的声音！像摩擦的石块，说出斩钉截铁的词汇："你跑，我就追你，女孩。我的话像大地一样可靠。我会追上你……然后以前所未有的方式伤害你。"

西尔维紧紧地闭上眼睛。刺他——刺他——刺他！

钢刃开始下垂……

然后被一只布满茧的手握住了。

另一只手捂住她的嘴，闷住她的尖叫。

透过眼泪，她看到另一个人，蓄着胡子的人。诺斯莱人。他轻轻摇头。

她手上一紧，手指失去了知觉。匕首滑落，但还没落到塞尔文迪人身上就被接住了。她感觉自己被抱了起来，放回仍在闷燃的火堆对面。

借助余光，她分辨出他的表情。忧伤，带着一丝温柔。他又摇摇头，深色的眼睛里闪动着关切……甚至有几分脆弱。他慢慢地放开捂在她嘴唇上的手，按在自己胸前。

"凯胡斯。"他低声说，然后点点头。

她握紧双手，一言不发地盯着他看了一会儿，最后说："西尔维。"声音和他一样平静，滚荡的泪水流下脸颊。

"西尔维。"他重复了一遍，非常温柔。他伸出一只手来抚摸她，但又犹豫着把手放回膝上。他在身后的黑暗中摸索了一阵子，最后拿出一条羊毛毯，仍然带着火堆的温度。

她呆呆地接过毯子。微弱的月光在凯胡斯眼中闪动，攫住了她。他转过身去，重新躺回自己的毯子上。

第四卷 战士

在无声的痛哭中,她不知不觉沉沉睡去。

恐惧。

恐惧支配着她的白天,晚上则在她梦中横行。她的思维因为恐惧变得飘忽不定,从一个可怕的念头跳到另一个可怕的念头。恐惧让她的胃抽搐,让她的双手不停颤抖,让她的脸始终耷拉着,生怕哪根肌肉的跳动会引来更多恐惧。

起先是蒙努亚第人,现在是这个更黝黑、更可怕的塞尔文迪人。他的四肢如同盘在石上的遒劲树根,说出的每句话有如滚滚雷声,眼神则带着冰川般的寒冷杀意。无条件的服从,哪怕是他没说出口的念头也要服从;无条件的惩罚,连她没有做的事也会招致惩罚:为她的呼吸、为她血液的流动、为她的美丽而惩罚她。

甚至什么理由都没有,只为了惩罚。

没人愿意帮她。彻底的孤独。连诸神都遗弃了她。

只有恐惧。

西尔维站在清晨寒冷的空气中,麻木地张望着,身上带着莫名的疲惫。塞尔文迪人和他那奇怪的诺斯莱同伴已把抢来的补给打好包,捆在蒙努亚第人留下的几匹马背上。她看着塞尔文迪人朝高纳姆家被抢来的其他十二个女眷走去。她们抓紧锁链,挤成一团,以缓和心头的慌乱。她看着她们,她认识她们中每一个人,却又完全不知道这些人是谁。

有一个是巴拉斯塔的妻子,几乎和佩里图斯的妻子一样恨她。还有那个,伊桑娜,最早在花园里帮工,直到帕特里多摩觉得她太漂亮了,应该收归己有。西尔维认识她们。但她们到底是谁?

她听到她们抽泣、乞求。不是乞求塞尔文迪人的慈悲——她们越过了群山,知道慈悲已不会眷顾自己——而是乞求他有男人的理智。哪个理智的男人会毁掉这么有用的工具?这个女人会做饭,那个女人床上功夫好,还有那个可以换到一千名奴隶,只要让她们活下去……

年轻的伊桑娜左眼被蒙努亚第人打过,高高地肿起来。她朝西尔维哭喊:

"西尔维,西尔维!告诉他我并不是现在的样子!告诉他我很漂亮!西尔维,求——你——了!"

西尔维朝旁边看去,假装没听到她的话。

太多的恐惧。

她不记得自己是何时停止流眼泪的。但现在,不知为什么,她又一次尝到泪水的味道,她意识到自己又哭了。

塞尔文迪人似乎完全没听到她们的喊声,只是从她们中间走过,甩开抓他的女人,前去解开地上插着的两柄尖头叉,那是塞尔文迪人在长途迁徙中用来拴奴隶的。他用力把两柄叉子拔起来,"哐当"一声扔在地上。女人们一边哭,一边从他身边退开。他抽出小刀时,甚至有几个女人凄厉地尖叫。

他抓住一个尖叫的女人身上的锁链,把她拉到身前。她叫奥拉,是一个在厨房干活的胖女奴。尖叫声戛然而止。但他没有杀她,而是割开她镣铐上的铁环,就像昨天晚上对西尔维做的一样。

西尔维迷惑不解地看着诺斯莱人——他叫什么?凯胡斯?他严肃地回看了她一眼,不知怎地,这让她的心怦怦跳动。然后他转开眼神。

奥拉自由了。她坐在那里揉手腕,一脸迷茫。塞尔文迪人开始释放其他女人。

奥拉突然朝山顶跑去,那绝望和荒诞的表情就像刚被狠揍过一样。看到没人追她,她又停下来,露出痛苦和不安的神情,蹲下身子朝四周胡乱张望。她让西尔维想起了帕特里多摩养的猫,不管孩子们怎么折磨它,它都不敢跑到离餐盘太远的地方。和奥拉一起跑的八个女人也停下来,警惕地朝这边看,其中包括伊桑娜和巴拉斯塔的妻子。另外四个女人继续跑向山顶。

有什么感觉让她难以呼吸。

塞尔文迪人把锁链扔在地上,走回西尔维和凯胡斯身边。

诺斯莱人用听不懂的话问了他一句什么。塞尔文迪人耸耸肩,朝西尔维看过来。

"其他人会找到她们,占有她们。"他随便地说。西尔维知道,这话是说给她听的,因为那个叫凯胡斯的人并不会说谢伊克语。他跳上马,仔细审视留下的八个女人。"敢跟过来,"他高喊,就像在宣布一个简单事实,"我就用箭射穿你们的眼珠。"

她们又开始疯狂地哭号,乞求他不要离开。巴拉斯塔的妻子甚至哭着求他再把自己锁上。但塞尔文迪人浑不理会,示意西尔维骑马跟上。

她也很高兴这样做。发自内心的高兴!其他女人嫉妒得发疯了。"喂,西尔维!"巴拉斯塔的妻子尖叫,"回来,你这肮脏的贱货,发情的母狗!你是我的!是我的!狗日的小婊子!你给我回来!"

每个词都像拳头一样朝西尔维打来,但又从她身上直直地穿过。她根本无动于衷。她看到巴拉斯塔的妻子跟在他们的马匹后面,双手舞动,做出一个个愤怒的手势。塞尔文迪人扭转马头,弯弓搭箭,看都不看就松开弓弦。

箭穿进贵妇的嘴,粉碎了牙齿,插进湿润的喉咙。她像个人偶一样倒下,在覆满长草与野菊花的地上抽搐着。塞尔文迪人满意地哼了一声,然后带他们继续朝山中走。

西尔维尝到泪水的味道。

这不是真的,她心想。没人会经受这样的痛苦。这不是真的。
她害怕自己会在恐惧中吐出来。

赫桑塔山脉笼罩头顶。他们绕上陡峭的花岗岩山坡,在沟壑间选择落脚地,路过沉积岩组成的山崖时还看到岩石中奇异的化石。大多数时候,他们沿着一条被云杉与矮小的旋叶松围着的狭窄河流前进。山路越攀越高,气温越来越冷,到后来地上几乎连苔藓都看不见了,找生火材料更是困难。每个夜晚都无比寒冷,有两次他们醒来时甚至发现自己被积雪掩盖。

白天,塞尔文迪人骑马在前开路,独自一人,很少说话。凯胡斯则跟在西尔维后面。她总是不知不觉地同他说话,就像是被他的举止强迫的一样。单是看着这人她就感到亲切和信任。他的眼神包容着她,目光仿佛可以让脚下崎岖破碎的道路变得平坦。她向他讲述自己给纳述尔人做妾侍时的生活,讲述她爸爸,一个奈布里坎人,怎样在她刚满十四岁时就把她卖给高纳姆家族。她向他讲述高纳姆家那些嫉妒成性的妻子,讲述她们在她生下第一个孩子时如何骗了她,告诉她孩子是个死婴。而格莉娅莎,一个施吉克老女奴,亲眼看到她们把孩子掐死在厨房。"是个蓝宝宝哟。"老女人在她耳边低语,声音中带着无法言说的愤恨,"你只会生下那样的东西,孩子。"西尔维告诉凯胡斯,这笑话在家族的下人间广泛流传,尤其在那些常受主人宠幸的妾侍和女仆们中间。她们只会生下蓝宝宝……蓝得像朱坎神的祭司。

起先和他说话时,她感觉和小时候跟爸爸的马说话差不多。对方会听她说的每一个字,但又不明白,所以她完全不必过脑子。但她很快发现,凯胡斯能听懂。三天之后,他就开始用谢伊克语问她

第四卷 战士

问题了。可这是一门很难学的语言,她在纳述尔生活了好几年才完全掌握。不知为什么,他的问题让她非常激动,仿佛自己一直渴望着为他服务。还有他的嗓音!那么低沉,像陈年的美酒,甚至像大海。他念出她名字时的感觉,那声音让她嫉妒不已。西尔维——这仿佛是一句咒语。没过几天,她的警惕变成了敬畏。

然而在夜里,她属于塞尔文迪人。

她知道自己的命运维系在这两个男人身上,但想得越久,就越是猜不透他们之间的关系。起初,她以为凯胡斯是塞尔文迪人的奴隶,后来发现并非如此。终于有一天,她明白过来,塞尔文迪人恨诺斯莱人,甚至害怕他。草原人一直在躲避凯胡斯,就像是害怕自己受到某种邪恶仪式的污染。

刚发觉这一点时,她心中一阵激动。你也会恐惧!她在塞尔文迪人背后无声地喊。你和我没什么不同!你并不比我强大!

但很快,她开始感到一丝不安,并且越想越觉得不对。一个塞尔文迪人居然会恐惧?什么样的人会让塞尔文迪人恐惧?

她鼓起勇气问出这个问题。

"因为我来这里,"凯胡斯回答,"是为了执行可怕的任务。"

她相信他。怎么可能不相信这样一个人呢?但还有其他更痛苦的问题。她不敢问出口,但每晚都用眼睛问他:

你为什么不带走我,把我当做你的战利品?他怕你!

她知道答案。因为她是西尔维。西尔维什么都不是。

这事实并不容易接受。她的童年非常幸福,以至于现在想起还会让她流泪。在瑟帕罗平原上摘野花,和兄弟们一起像水獭一样跳到河里,在午夜的篝火旁嬉戏。爸爸一直对她很和善,甚至可说是溺爱;妈妈也始终让她沐浴在爱的温暖里。"西尔,可爱的西尔。"她总是说,"你是我最美丽的咒语,你可以阻挡一切的伤心

乌有王子 * 前度的黑暗

事。"那时西尔维一直觉得自己非常重要。有人爱她。有人对她比对她的兄弟们更宠爱。她用孩子所能想象的一切方式体会着幸福，从没真正受过苦。

她听过许多关于受苦的故事，那些故事应该是真的，故事中描述的苦难总让人变得高贵，有着深刻的道德意义，也是她一切认识的来源。如果有那么一天，即便命运背叛了她——虽然她知道这不可能——她也会表现得坚定而英勇，为周围那些懦弱的灵魂树立一座力量的灯塔。

然后爸爸把她卖给了高纳姆家族的帕特里多摩。

成为高纳姆家族的财产之后的第一个夜晚，从前的愚蠢想法就从她心中剔除了。她很快明白过来，只要能满足这些男人，不让他们沉重的巴掌落在自己身上，没有什么事是她不能接受的，无论是淫荡的言语，还是下贱的诱惑。作为高纳姆家的小妾，她的生活时时刻刻处在紧张状态，她被夹在高纳姆家正室妻子们的仇视和男人们反复无常的胃口中间。他们告诉她，她什么都不是。什么都不是。不过是又一个廉价的诺斯莱婊子。她也几乎相信了他们。

很快，她开始祈祷帕特里多摩的哪个儿子会来临幸她——哪怕是那些残忍的儿子也可以。她会挑逗他们、引诱他们，会让他们为自己的到来感到愉快。除了为他们的爱慕而自豪，或是为他们的满足而欣喜之外，她还有存在的意义吗？

高纳姆家的豪宅中有一座神坛，供奉着家族祖先的小偶像。她数不清自己有多少次跪在神坛中祈祷，而每一次她都在祈求祖先们的慈悲。她感到那里的每个角落都站着死去的高纳姆，低声说出仇恨的言语，让她的心中充满恐怖的预兆。她一次又一次地祈祷，祈求这些灵魂的眷顾。

然后，就像回应她的祈祷一样，帕特里多摩本人——那个在她看来遥不可及、如同银发神祇一样的人——在花园中和她搭了话。

第四卷　战士

他轻抚她的脸颊，高喊："诸神在上！你配得上皇帝的宠爱，小姑娘……今晚，今晚你要等我。"那天她的灵魂是多么欢跃！配得上皇帝！她仔细刮净身体，喷上最好的香水等待他的到来。配得上皇帝！而知道他不会出现后，她又哭得多么厉害。"不用伤心，西尔。"其他女孩对她说，"他其实更喜欢小男孩。"

那之后的许多天，她对每个男孩都心怀恨意。

她仍然继续对偶像祈祷，虽然它们胖胖的小面孔似乎总在嘲笑她。她，西尔维，必须有存在的意义，不是吗？她只要一个启示，某种启示，任何启示都行……她匍匐在石像面前。

随后，佩里图斯——帕特里多摩的一个儿子——将她和他的一个妻子一起带上了床。西尔维起初很可怜那个妻子，那是个男人婆，嫁给高纳姆·佩里图斯只是作为两个贵族家庭间盟约的保证。但西尔维很快发现，佩里图斯是要用她的身体引出种子，好种在妻子的子宫里。她可以感觉到那女人的仇恨，就像他们床上有一小团火在燃烧。也许是为了刺激这个一本正经的女人，她大声呻吟，用淫荡的话语和行为挑逗出佩里图斯的欲望，把他的种子留在了自己体内。

丑陋的小妻子哭起来，像疯女人一样咒骂着，无论佩里图斯怎么打她，都没法让她停止。西尔维知道自己不该幸灾乐祸，但还是立刻来到神坛前，感谢高纳姆祖先们的眷顾。不久后，她发觉自己怀上了佩里图斯的孩子，还专门去信偃那里偷来一只鸽子，献祭给先祖们。

怀孕六个月后的一天，佩里图斯的妻子低声对她说："离下葬还有三个月，哈哈，西尔。"

恐惧之下，西尔维甚至去找了佩里图斯，但他只给了她一巴掌，把她赶开。她对他毫无意义。她只好回到高纳姆祖先的偶像前。她愿意献出所有，献上一切，结果孩子仍然是蓝宝宝，他们告诉她，蓝得像朱坎神的祭司。

西尔维继续祈祷——但这次她祈祷的是复仇。她向高纳姆的先祖祈祷毁灭高纳姆家族。

一年后，帕特里多摩带着所有的手下，骑马离开别墅。逐渐聚集的圣战军越来越不安分了，皇帝需要他的将军们。然后塞尔文迪人来了，潘特鲁斯和他的蒙努亚第人。

野蛮人在神坛前面找到了她，不顾她的尖叫，将那些偶像在地上砸得粉碎。

别墅烧毁了，高纳姆家几乎每一个丑陋的妻子，连同她们丑陋的高纳姆孩子都死于剑下。然后，巴拉斯塔的妻子，还有那些年轻的妾侍，以及长相标致的女奴被他们像牲畜一样绑起来，赶出大门。和其他人一样，看到自己的家被付之一炬时，西尔维号啕大哭，而她曾经那么憎恨这个家。

接下来是噩梦般的悲惨经历。野蛮的对待，和她之前遭遇的完全不同。她们每个人都被绑到一个蒙努亚第战士的马鞍后面，跟着马一路跑到赫桑塔山脉脚下。每天晚上，当蒙努亚第人来到她们跟前时，她们都会挤作一团，大声哭叫。他们在下体上抹了动物的油脂，变得无比滑腻。

西尔维想到了一个词，一个谢伊克语的词，在爸爸讲的奈布里坎语中是不存在的……一个愤恨的词。

公道。

尽管她那么虚荣，犯下了那么多幼稚的罪过，她仍然有存在的意义。她是西尔维，因捷拉的女儿，她应当得到更好的待遇，她应当活得有尊严，否则不如在仇恨中死去。

但她的勇气来得不是时候。她不想哭，她想坚强，还往潘特鲁斯脸上啐了一口——那个塞尔文迪人把她当作自己的战利品。塞尔文迪人不是普通人类，他们仿佛生活在神灵都不曾攀登过的山顶，

第四卷 战士

俯视着所有外乡人。他们和她之间的距离比帕特里多摩最残忍的儿子和她之间更疏远。他们是塞尔文迪人,是骏马和战士的粉碎者,而她只是西尔维。

但她仍坚信着这个词——不知为什么。她眼看蒙努亚第人被两个陌生人杀光,鼓起勇气高兴起来,鼓起勇气相信她的祈祷终于实现了。公道终于来了!

"求你了!"她朝奈育尔渐渐走来的身影喊,"一定要救救我们!"

你什么都不是,高纳姆告诉她,不过是又一个廉价的诺斯莱婊子。她相信了他们,但也一直在祈祷,一直在乞求。让他们看看!求你们了!让他们看看我并非一无是处……

而现在,她居然在求一个疯狂的塞尔文迪人发慈悲,求他给自己公道。

一无是处的蠢货!虽然奈育尔确实将他溅满鲜血的身躯压在她身上,但她知道,自己仍然什么都不是。她的生命中只有冲动与屈辱,以及痛苦、死亡和恐惧。

公道不过是另一座无信的高纳姆偶像。

爸爸将半裸的她从毯子下面拉出来,推进陌生人结着茧子的胳膊当中:"你现在属于这些人了,西尔维,愿诸神眷顾你。"

佩里图斯从书卷上抬起头,皱了皱眉毛,就像听到了什么不可思议的话:"西尔维,你也许忘记了自己是谁。把手伸给我,孩子。"

高纳姆的祖先们藏在石头面孔后窥视她,轻蔑地一言不发。

潘特鲁斯擦去她吐在他脸上的口水,抽出匕首:"你走上了一条危险的路,婊子,你自己还不知道……但我会让你明白。"

奈育尔抓着她的手腕,比她戴过的任何镣铐都紧:"你要服从我的意志,女孩,完全的服从。我不会容忍任何差错。所有不向我

乌有王子 ✻ 前度的黑暗

低头的人,我都会从他们头上踩过。"

他们为什么要这样对她?为什么每个人都在恨她、惩罚她、伤害她?为什么?

因为她是西尔维。西尔维什么都不是。她一直什么都不是。

所以凯胡斯每天晚上都会把她抛弃给那个塞尔文迪人。

不知什么时候,他们已越过赫桑塔山脉的山脊,开始走下山路。塞尔文迪人不准他们生火,但夜晚仍变得越来越暖和了。凯兰尼亚平原在前方展开,呈现出蜡一般的黑色,就像熟透的李子皮。

凯胡斯在山岬尽头停下,看着脚下凌乱的峡谷及远方古老的丛林。他记得,站在德玛山脉顶峰俯瞰库尼乌里也是这副景象。但库尼乌里已经灭亡,这片土地还活着。三海诸国。人类最后的强盛文明。他终于来了。

我们越来越近了,父亲。

"我们不能再这样下去了。"塞尔文迪人在他身后叫道。

他终于下定决心。几小时前离开营地时,凯胡斯就预料到这一刻的到来。

"什么意思,塞尔文迪人?"

"像我们这样的两个人不可能在圣战期间穿过费恩教的土地。我们会在离希摩很远的地方就被抓起来,被当作间谍剖腹处死。"

"但这是我们穿越山脉的原因,不是吗?我们可以穿过帝国……"

"不。"塞尔文迪人闷声说,"我们没办法穿过帝国……我把你带到这里,是为了杀你。"

"或者,"凯胡斯说,仍然没有回过脸去看他,"是为了被我杀。"

凯胡斯转身背对帝国的方向,看着奈育尔。草原人背后是沐浴在阳光中的高耸岩石,勾勒出他的轮廓。西尔维站在他身旁不远的地方。凯胡斯注意到,她的指甲上有血迹。

"你一直在考虑这个,对吗?"

塞尔文迪人抿抿嘴唇:"还是你来告诉我好了。"

凯胡斯审视的目光笼罩住野蛮人,就像孩子忍着手掌刺痛扣住一只小鸟一样,感受到这生灵的每一分恐惧,体会着那豌豆大小的心脏的每一次搏动以及恐慌中热腾腾的吐息。

应该警草原人一眼,让他明白他在自己眼中全然透明吗?几天以来,自奈育尔从西尔维那里了解到圣战的真相以后,他就一直不愿谈论此事,或是下一步计划。他的意图很明显:他带领他们在赫桑塔山脉中穿行,只是为了消耗时间,凯胡斯在那些不敢承认自己恐惧的弱者身上看过这样的行为。奈育尔需要继续追杀莫恩古斯,哪怕他清楚这场追杀不过是出闹剧。

现在他们必须进入帝国了,而那是一个会将每个塞尔文迪人活活剥皮的地方。此前临近赫桑塔山脉时,奈育尔只是害怕凯胡斯会杀了他,现在在单是凯胡斯的存在就对他造成了致命威胁。那天早上,凯胡斯看出他下了决心——从话语中,从警惕的目光中。如果不能利用儿子杀父亲,那么奈育尔·厄·齐约萨就把儿子杀了吧。

即便他知道这不可能。

多可怕的折磨。

他的仇恨无论是规模还是力量都像大海中的波涛,足够杀死成千上万的人,足够杀死他自己,甚至他心中的真实。这是最有用的工具。

"你想让我告诉你什么?"凯胡斯反问,"现在我们到达帝国了,我不再需要你了?我不再需要你了,所以我要杀了你?不管怎

乌有王子 ★ 前度的黑暗

样,和塞尔文迪人在一起是不可能穿过帝国领土的,是吗?"

"你自己说过,杜尼安僧侣,你还被锁链捆在我的帐篷里时就说过,你们这种人在意的永远只有任务。"

准确的洞察力。他心怀仇恨,却仍有超乎常人的警觉。奈育尔·厄·齐约萨太危险了……为什么要留他在身边?

因为奈育尔仍然比我更了解这个世界。更重要的是,他了解战争。他生来是为战争存在的。

他对我还有用。

前往希摩的朝圣之路如果关闭,那凯胡斯别无选择,只能加入聚集的圣战军。但战争对他来说仿佛是无法征服的困境。他在近乎冥想的状态下思考了几个小时,想为战争树立一套模型,却发觉自己缺少必需的条件。战争中的变量太多,变化也太快了。战争……还有比它更变化莫测、危机四伏的环境吗?

这是你为我选择的道路吗,父亲?这是你给我的试炼吗?"那我的任务是什么,塞尔文迪人?"

"刺杀。弑父。"

"他已在世人中生活了三十年,你觉得我父亲,一个拥有和我同样天赋的杜尼安僧侣,现在支配着多么强大的力量?"

塞尔文迪人看上去非常吃惊:"我没有想到这——"

"但我想到了。你觉得我不需要你了吗?你觉得我不需要嗜血的奈育尔·厄·齐约萨了吗?骏马与战士的粉碎者?杀人不眨眼的伟大战士?你不受我的手段影响,不就意味着可以抵抗我父亲吗?不管我父亲是谁,塞尔文迪,他都非常强大,绝非单独一个人能杀的。"

凯胡斯可以听到奈育尔的心在胸腔中怦怦跳动,可以从他眼中看到他的思维变得焦躁杂乱,可以感觉到他的四肢愈发麻木。奇怪的是,这个人用恳求的眼神朝西尔维那边看了一眼,那女人在恐惧

第四卷 战士

中颤抖着。

"你说这些只是为欺骗我。"奈育尔呢喃道,"欺骗我……"

怀疑的墙又树了起来,虽然迟钝,却牢不可破。

必须让他明白。

凯胡斯拔出剑,朝前扑去。

塞尔文迪人似乎不相信他会这样做,表情仍然麻木,但身体立刻做出反应。他很轻松地挡掉第一剑,但凯胡斯接连不断地逼进,他不得不后退。随着每一回合的对抗,凯胡斯看出奈育尔的怒火变得越来越炽烈,战意逐渐苏醒,占据了他的四肢。很快,塞尔文迪人发动反击,速度令人目眩,力量震得凯胡斯骨头发麻。凯胡斯只见过一次塞尔文迪小孩练习"巴加拉塔",也就是塞尔文迪人斗剑时的"舞剑术",当时看来那些孩子的动作太过繁复,有着太多华而不实的招数。

但现在,与奈育尔的力量结合就完全不一样了。有两次,奈育尔大开大阖的剑路险些击中凯胡斯的脚踝。凯胡斯开始退却,装出疲劳的样子,露出将死之人的种种迹象。

他听到西尔维的尖叫:

"杀了他,凯胡斯!杀了他!"

野蛮人哼了一声,怒火更加旺盛。凯胡斯躲过一阵暴雨般的打击,装出绝望的表情。但下一瞬间,他伸出手,挟住奈育尔的右手手腕,将对方拉向前。然而奈育尔在绝境中硬是抬起空着的那只手,穿过凯胡斯持剑的手臂,一掌打在凯胡斯脸上。

凯胡斯朝后倒去,双脚连环踢在奈育尔肋下,头下脚上地伸手在地上一撑,毫不费力地翻个跟头,恢复了原来的姿势。

他尝到自己的血。这怎么可能?

塞尔文迪人脚下一绊,手捂住体侧。

居然低估了对方的反应速度,凯胡斯明白自己做出了太多错误

乌有王子 * 前度的黑暗

判断。

凯胡斯扔开剑,大步朝对方走去。奈育尔号叫着猛扑过来,挥剑砍下。凯胡斯看着剑尖划出的弧线在阳光下闪动,划过上方的悬崖与空中飞掠的云朵,然后他伸手接住剑身,就像抚过爱人的脸庞,又像抓着一只苍蝇。他顺势一扭,剑柄便从奈育尔手中滑脱。凯胡斯踏前一步,挥拳打在奈育尔脸上。对方踉跄着后退了几步,他一个箭步矮身上前,用扫堂腿将之踢倒在地。

奈育尔没有后退,而是翻身站起,继续朝凯胡斯扑来。凯胡斯上身后仰,一手抓住塞尔文迪人背后的腰带,一手拿住其后颈,将之沿来路扔了回去,扔向悬崖的方向。奈育尔还没爬起身,凯胡斯又踢了他一脚,把他踢得朝后跌翻。

凯胡斯接连不断发起攻击,打得塞尔文迪人蜷成一团,拼命吸气,毫无知觉的胳膊在身前挥舞着。凯胡斯狠狠加上一脚,对方瘫倒在地,脑袋撞到了悬崖边。

他毫不留情地拾起野蛮人的身子,站到悬崖边,用一只手将他举在山下的帝国上空。脚下的深渊吹来的风舞乱了他的头发。

"动手吧。"奈育尔隔着鼻涕和痰液喘息着说,双脚在空中踢打。

如此强烈的仇恨。

"但我说的是真话,奈育尔,我确实需要你。"

塞尔文迪人的眼睛在恐惧中瞪圆了。放手吧,他的表情在说,这样一切都结束了。

凯胡斯发现,他又一次误判了塞尔文迪人。他原以为那人不会因为肉体上的攻击而动摇,事实并非如此。凯胡斯打他的方式就像丈夫殴打妻子,或是父亲惩戒孩子。这一刻会永远留在他心中,不管是记忆里还是下意识。这比火焰的炙烤更让他耻辱。

凯胡斯把他扔到安全的地方。这将是他心中又一项罪过。

第四卷 战士

西尔维蹲在她的马下面,放声哭泣——不是因为他救了塞尔文迪人,而是因为他没下杀手。"*Iglitha sun tamatha*!"她用爸爸的语言哭喊,"*Iglitha sun tamatha*!"

如果你爱我。

"你相信我吗?"他问塞尔文迪人。

塞尔文迪人用迟钝的惊讶目光盯着他,似乎惊讶于自己的怒火已不复存在。他脚步不稳地站起来。

"闭嘴。"他对西尔维说,但眼睛没有离开凯胡斯。

西尔维仍在边哭边朝凯胡斯喊。

奈育尔的目光从凯胡斯身上移到他的战利品上。他大步朝她走去,张开手掌打她的脸:"我说了闭嘴!"

她沉默下来。

"你相信我吗?"凯胡斯又一次问。

西尔维啜泣着,想忍住泪水。

如此的悲伤。

"我相信你。"奈育尔说,但并没有转身看他的眼睛。他仍盯着西尔维。

凯胡斯也早知道他会这么回答,但知道对方会承认和对方真的承认之间还是有很大差别的。

然而当塞尔文迪人终于朝他看过来时,原先的怒火又一次在此人眼中燃起,这次仿佛连肉体都在燃烧。如果说凯胡斯之前这样想过,那么现在他可以完全确定:塞尔文迪人疯了。

"我相信你认为自己需要我,杜尼安僧侣,至少是目前。"

"你什么意思?"凯胡斯问道,这次是真的困惑不解。他正变得越来越不稳定。

"你打算加入圣战,借助它到达希摩。"

"我想不出其他办法。"

"但你说需要我,却似乎忘了一点:我在因里教徒眼里也是个异教徒。"奈育尔道,"他们渴望杀我,丝毫不亚于渴望杀费恩教徒。"

"那你就别再做异教徒。"

"要我皈依他们?"奈育尔难以置信地哼了一声。

"你已从野蛮的生活方式中觉醒,你是基育斯河之战的幸存者,你对族人们坚持的习俗失去了信念。记住,和其他所有民族一样,因里教徒也认为只有自己才是天选之民,只有自己的生活方式才是正道。用奉承的方式说出的谎言很少受到质疑。"

凯胡斯知道,这些话超乎草原人的知识范围,会令对方警觉起来。奈育尔一直想要阻止他了解三海诸国,以确保自己的地位。凯胡斯追寻他怒火的来源,看到他朝西尔维看去……不过现在有更紧要的事。

"纳述尔人不会在意这些理由。"奈育尔道,"他们只会看到我手臂上的疤痕。"

强烈的抗拒让凯胡斯不禁一怔。这个人难道不想找到并杀死莫恩古斯吗?

为何我仍然没法完全看穿他?

凯胡斯点点头,耸耸肩,就像早已预料到这件事:"西尔维说,三海诸国的人都在向帝国聚集,我们可以加入其他国家的行列,避开纳述尔人。"

"也许可以……"奈育尔缓缓地说,"如果我们能不受阻碍地抵达摩门的话。"但他马上又摇头,"不,塞尔文迪人不会到处漫游。只要看到我,就会引发太多问题,太多仇恨。你不知道他们有多痛恨我们,杜尼安僧侣。"

绝望,毫无疑问的绝望。凯胡斯意识到,此人心中的一部分放弃了希望,不打算再找莫恩古斯了。为什么之前没注意到?

第四卷 战士

更重要的问题是,塞尔文迪人说的究竟是不是真话。和奈育尔一起穿过帝国真的不可能吗?如果是这样,那他必须——

不。一切取决于谁把握环境。他不会加入圣战,他会把握它,把它当作自己的工具。但和所有新武器一样,他需要指引、需要训练。很难再找到奈育尔·厄·齐约萨这样具有丰富的经验与洞察力的训练者了。他们称他为最强的男人。

这个人知道得太多,而凯胡斯知道得太少——至少现在如此。穿过帝国,不管要冒多大风险,都值得尝试。如果事实证明困难无法克服,另想他法也不迟。

"如果他们问起,"凯胡斯说,"你就用基育斯河的惨剧作解释。在伊库雷·孔法斯手中活下来的乌特蒙人本来就少,后来你们被邻人赶出了牧场。你是你们部落最后一个人,一个无依无靠的人,因为痛苦和不幸被自己的国度驱逐了。"

"那你又是谁,杜尼安僧侣?"

凯胡斯已经花了若干小时与这个问题做斗争。

"我是你加入圣战的原因。我是你在已不属于你的领地上遇到的一名赶往南方的王子。这位王子在世界的彼端梦见了希摩。三海诸国对亚特里索所知甚少,只知道它在神话时代的末世之劫中幸存下来。我们会从黑暗中来到他们面前,塞尔文迪人,我们说自己是谁,他们都会相信。"

"王子……"奈育尔将信将疑地问,"哪里的王子?"

"亚特里索的王子,我越过北方荒地旅行而来。"

奈育尔明白了凯胡斯选择的捷径——甚至十分钦佩——然而凯胡斯知道,他对刚才那场纷争仍然心怀怨恨。为报父仇,此人愿意忍受多少折磨?

乌特蒙部落的酋长用赤裸的前臂在口鼻上狠狠擦了擦,啐出一口血痰。"子虚乌有的王子。"他说。

乌有王子 * 前度的黑暗

晨光中,凯胡斯看着塞尔文迪人骑马朝长杆走去。长杆顶上挂着一颗人头,人脸上的皮还没落完,如羊毛般蜷曲的黑发也还在。塞尔文迪人的头发。两边不远处有更多长杆,距离由孔法斯手下的算学家精确计算过。这么长的路,这么多塞尔文迪人的头颅。

凯胡斯在马鞍上转身朝西尔维看去,她也打量着他。

"如果我们被发现,他一定会被杀。"她说,"他难道不知道吗?"而她的语调在说:我们不需要他了,亲爱的,你可以杀了他。凯胡斯看到一幕幕场景在她眼里闪动:等遇到第一支纳述尔巡逻队,她便要没命地尖叫,她已准备好了。

"你绝不能背叛我们,西尔维。"凯胡斯严肃地回应,就像一个奈布里坎父亲对女儿说话一样。

美丽的面孔松弛下来,仿佛大吃一惊。"我绝不会背叛你,凯胡斯。"她脱口而出,"你一定要知道——"

"我知道你不明白我为什么要和这个塞尔文迪人在一起,西尔维。这不是你能理解的事。你只需知道,如果你背叛他,就等于背叛我。"

"凯胡斯,我……"震惊变成伤痛,化作泪水。

"你必须忍受他,西尔维。"

她不敢面对他可怕的眼神,转过脸哭起来:"为了你吗?"她的语调充满苦涩。

"我是希望。"

"希望?"她追问,"谁的希望?"

但奈育尔转身回来了,绕着两人转了一圈,然后又骑到马队最前面。他看到西尔维在哭泣,露出了挖苦的笑容。

第四卷 战士

"牢记这一刻,女人。"奈育尔用谢伊克语说,"这是你唯一一次评判这个男人的机会。"他的笑声如此沙哑。

他从马上俯下身,在马鞍上一个包裹中翻找,拿出一件脏兮兮的羊毛长衫,用它盖住手腕。长衫无法掩饰他凶蛮的气质,至少可以盖住手臂上的疤痕。纳述尔人对这样的纪录绝不会友好。

草原人朝那排长杆指去。长杆依地势起伏排列,有的插得笔直,有的略为歪斜,它们从赫桑塔山脉中延伸出来,一直到地平线尽头。长杆上悬挂的恐怖装饰背朝他们,遥望海边,死者们永恒地凝视着。

"那就是去摩门的路。"奈育尔一边说,一边朝自己踩踏过的长草啐了一口。

第十四章 凯兰尼亚平原

> 有人说，人类一直在与环境斗争，但我要说，人类一直在逃避。人类所有的成就，难道不都是临时的歇脚处吗？难道不都是对真正的灾难无能为力的简陋藏身地吗？生命是一场无穷无尽的逃亡，而世界在捕猎人类。
>
> ——伊克雅努斯八世，《一百一十一条警句》

长牙纪4111年，春，纳述尔帝国

风中传来一只孤单的云雀的叫声，犹如森林上空响起的一曲咏叹调。下午了，她心想，鸟儿到下午总要打盹。

西尔维眨眨眼睛，多年以来，她第一次感到宁静。

她的脸颊下面，凯胡斯的胸膛随着他睡梦中呼吸的节奏起伏着。她之前有好多次试着爬上他的睡垫，都被他拒绝了——这是为安抚塞尔文迪人，她是这么想的。但这天早上，行进了一整晚之后，他终于放松防御，让她睡在自己身旁。现在，她感受着他强壮的身体在自己的身体下面起伏，环在她身上的手臂让她有种昏昏欲睡的安全感。凯胡斯，你知道我有多爱你吗？

她不知道会有这样一个男人。一个了解她，但仍然爱她的男人。

有那么一阵，她呆呆躺在那里，看着头顶那株巨大的柳树的

第四卷 战士

枝条来回摆动。弯曲的柳枝像女人的大腿一样张开,露出更深处的柳枝,然后更深处的柳条也张开,在阳光下的轻风中摆动,把柳叶抖成一条起伏不定的巨大长裙。她可以感觉到这棵大树的灵魂,深沉、忧虑、生养众多,又无比智慧。它的根见证过无数次日升日落。

西尔维听到水声。

塞尔文迪人没穿上衣,赤膊蹲在河边,用左手舀起河水,小心地清洗前臂上的疤痕。她透过半闭的眼睛看他,假装睡着。他宽阔的后背也布满疤痕,不比手臂上的纪录少。

就像发觉了她的审视一样,森林突然沉寂下来,周围庄肃的树木更让这寂静变得令人生畏。连那只孤单的鸟儿都停止了歌唱,耳边只有奈育尔洗浴时的哗哗水声。

也许这是她第一次忘记了对塞尔文迪人的恐惧。他看上去很孤单,甚至带着一丝温柔。他垂下头凑到水边,开始清洁长长的黑发。闪闪发亮的河水缓缓地从他面前流过,水中夹杂嫩枝与绒毛。河对岸,一只水蜘蛛掠过镜子一样的河面,在水上留下涟漪。

她看到了对岸的那个男孩。

起先她只瞥见了男孩的脸,半掩在盖满青苔的落木后面。然后她看到瘦长的手臂,就像挡在他身前的树枝一样纹丝不动。

你有母亲吗?她心想。但当她发现男孩在观察塞尔文迪人时,一阵恐惧突然抓住了她。

快走!快跑!

"草原人。"凯胡斯柔声说。塞尔文迪人一惊,转身看着他。

"Tus' afaro to gringmut t' yagga."凯胡斯道。西尔维感觉他点了点头,胡须像刷子一样在自己头顶擦过。

塞尔文迪人沿着他的目光,朝河对岸的阴影中看去。在比呼吸还短暂的一瞬间,男孩与草原人对视。

乌有王子 * 前度的黑暗

"来吧,孩子。"奈育尔隔着缓缓流动的河水说,"我有东西给你看。"

男孩犹豫着,好奇与警惕的神情交替不定。

不!快跑……赶快!

"来啊。"奈育尔举起一只手,用手指示意,"没事儿。"

男孩从树枝组成的屏障后面站了起来,紧张,犹豫——

"快跑!"西尔维大喊。

男孩转身朝林中奔去,身影在白色阳光和深绿色阴影中一闪而没。

"该死的臭女人!"奈育尔低吼。他跃进河水,抽出短刀。凯胡斯也同时行动起来。他翻身站起,沿塞尔文迪人在河中留下的水痕追了过去。

"凯胡斯!"她喊道,眼看着他疾冲进对岸的树林,"不要让他杀那孩子!"

突如其来的恐惧攫住了她的呼吸。不知为什么,她明白凯胡斯同样想伤害那个孩子。

你必须忍受他,西尔维。

她仍然四肢无力,但还是努力起身,走进黑暗的水中。她赤裸的脚踩在湿滑的石头上,站不稳,但还是朝前走着。在快爬上岸的地方,她摔倒了,等再次起身,衣服已被冰冷的河水浸透。她跑过布满碎石的河滩,冲进树林,阳光在昏暗的林间投下一个个闪亮的圆斑。

她像野兽一样跑着,跨过厚厚的落叶,跳过蕨草和地上的树枝,追随他们的影子,跑进越来越深的密林。双腿似乎失去了重量,肺仿佛永远也填不满,她喘息着,感受着飞驰的速度——其他念头都不存在了。

"Bas'tushri!"叫喊声在空林子里回响,"Bas'tushri!"是

第四卷 战士

塞尔文迪人，在呼叫凯胡斯。但他们在哪里呢？

她发现自己坐倒在一棵白蜡树的树桩上，检查周围，只听远处有人在低矮的灌木丛中急速行进，但什么也看不见。几周以来，她头一次变成孤身一人。

她知道，如果他们找到那男孩，一定会下杀手，以防男孩把看到的东西传出去。他们必须秘密地穿过帝国，而塞尔文迪人手臂上那些疤痕让他们变成了逃犯。她也明白，自己并非逃犯，帝国是她的家园——至少在爸爸把她卖到这里之后……

我回家了。我不必再忍受他。

她强迫自己靠着树干站起身，眼神空洞，心中充满渴望。她沿着和来路垂直的方向朝右边走去。她走了一阵，途中透过树叶的沙沙响声曾隐约听到几声叫喊。我回家了，她心想，但马上又想到了凯胡斯，不禁心里一紧。凯胡斯的脸与塞尔文迪人残暴的表情诡异地混同在一起。凯胡斯和她说话的眼神总是带着关切，或是克制的笑容，他的手与她握在一起时的颤抖，就好像这一点点亲昵就意味着永恒的誓言。还有他说出的话，每个词都让她的骨髓发出回响，将她污秽的生活渲染成一幅美得令人心碎的画。

凯胡斯爱我。他是第一个爱我的人。

她颤抖的手按在湿透的外衣上，感觉到腹部的温暖。

她开始发抖。其他人——那些和她一起被蒙努亚第部落俘虏的女人——应该都死了。她并不为她们悲伤，心里甚至有一片小小的、孩子气的地方在庆幸高纳姆家的妻子们死去。是她们掐死了她的孩子——她的蓝宝宝。但她知道，只要还在帝国，不管走到何地，总会有高纳姆家妻子那样的人。

西尔维一直非常清楚自己的美丽，和奈布里坎部落的族人们一起生活时，她觉得这是诸神赐予她的礼物，可以保证她会嫁给拥有许多牲畜的丈夫。然而在这里，在帝国，她的美貌只能让她成为贵

乌有王子 ★ 前度的黑暗

族的宠妾，被帕特里多摩的妻子们嫉妒，注定生下蓝宝宝。

她的腹部很平坦，但她能感觉到它，感觉到那里的孩子。

她想起塞尔文迪人狂野地侵犯她的样子，但她仍想：这是凯胡斯的孩子。我们的孩子。

于是她转身沿来路走回去。

———∞———

过了一会儿，西尔维发觉自己迷路了，不由感到又一阵恐惧。她穿过屋顶般的树冠和高处的树叶朝太阳望去，想分辨哪边是北方。但她并不记得自己最早是从哪个方向来的。

你在哪儿？她想道。恐惧让她叫不出声。

凯胡斯……找到我，求你了。

远处突然响起一阵哭号。是那个男孩？他们找到那男孩了？但她马上意识到并非如此：哭喊是男人发出的。

发生什么了？

马蹄声从右边的丘陵后传来，她不禁心里一动。

他来了！他一发现我走丢了，就会去骑上马，然后——

但两个骑马的男人出现在坡顶时，她恐惧得起了一身鸡皮疙瘩。两人冲下平缓的斜坡，一路踢起树叶和泥土。看到她，两人大吃一惊，慌忙勒住军马。

她马上认出他们的盔甲和军徽：齐德鲁希军团的普通军官，他们是帝国军的精锐骑兵。高纳姆家的两个儿子就在齐德鲁希军团效力。

较年轻的军官长着一张英俊的脸，和她一样恐慌，脸上挂着老太太看到幽灵时的警惕表情，紧抓马鬃毛；比较年长的军官却像个讨厌的醉鬼一样咧嘴笑了，一道镰刀形状的疤穿过他前额，划过深

第四卷 战士

深的眼窝,顺着左颊向下延伸。

齐德鲁希骑兵?是不是意味着他们已经死了?她的灵魂之眼看到了那个小男孩,透过黑色的树枝张望。他活下来了吗?是不是男孩的警告……?这是我的错吗?

她几乎瘫倒在地。不是因为害怕这两个人,而是由于心里涌起的想法。她不由自主地抬了抬下巴,嘴里喔喔有声,就像把自己的喉咙暴露给他们仍在鞘中的武器一样。泪水在脸上纵横交错。快跑!她心想,身子却没有动弹。

"她是和他们一起的。"脸上有疤的军官一边说,一边努力控制口吐白沫的坐骑。

"谁知道呢?"年轻军官紧张地回应。

"她肯定是和他们一起的,这样标致的女人不会自己在树林里游荡。她不是我们的人,也不是哪个牧羊人的女儿。看看她!"

他的同伴一直张口结舌地看着她,看着她裸露的双腿,内衣下起伏的胸脯,特别是她的脸——就像害怕一转眼她就会消失一样。"我们没时间干这个。"他的语气毫无说服力。

"操,"第一个军官啐了一口,"这样的女人当然有时间干。"他翻下马背,姿势竟有些优雅,他瞪着同伴,好像在挑唆对方跟自己玩一场危险的游戏。跟我来吧,他的眼睛说,没事的。

年轻军官仿佛在害怕什么无法言说的东西,他勉强跟上冷酷的同伴,眼睛仍盯着西尔维,眼神中混杂着羞怯与邪念。

他们两人哗哗解下铁片与皮革制的战裙,疤脸军官来到她身边,年轻的那个留在马旁,伸手托着自己的老二。"要不然,"他用充满好奇的声音说,"我就在旁边先看看,再……"

他们死了,她想道,是我害死了他们。

"你那里是擤鼻涕用的吗?"疤脸军官笑了几声,但眼睛中充满饥渴,没有一点笑意。

乌有王子 * 前度的黑暗

我活该。

疤脸军官不假思索地掏出匕首，抓着她的羊毛衣，熟练地从脖子到肚腹划了一道。他避开她的眼睛，用刀尖把衣料拨到一旁，露出她的右边乳房。

"天啊。"他说着，重重地吸了一口气。他身上散发出洋葱、劣酒以及许久没刷过的牙齿的味道。他终于看到她惊恐的眼神，便抬起一只手放在她脸颊旁，拇指指甲底下有紫色瘀青。

"别碰我。"她低声说。声音很尖，眼睛好像在燃烧，嘴在颤抖。就像是一个小孩被同伴欺负时的无力请求。

"嘘。"他柔声道，轻柔地把她放平在地。

"不要对我这么残忍。"她含着眼泪低声说。

"我不会的。"他说。他的声音也低沉下去，仿佛带着敬畏。

皮甲咯吱作响。他单膝跪下，把匕首插到林间地上，呼吸越来越沉重。"瑟金斯在上……"他嘶声道，似乎被迷住了。

她缩起身，躲开军官伸到她乳房下面的颤抖的手，发出第一阵哭声。

求你——求你——求你——

一匹马受惊地嘶叫。然后又有什么声音，就像斧子砍在浸湿的木柴上。她朝年轻军官的方向看去，只见那人的脑袋斜斜地挂在折断的脖子上，倒下时鲜血喷涌而出。她看到了塞尔文迪人。他胸膛起伏，胳膊上满是汗水。

疤脸军官喊了一声，跌跌撞撞地站起来，抽出长剑。塞尔文迪人似乎并不关心他的存在，他满是杀气的眼睛朝她看来。

"这条狗伤害你了吗？"他不像是在问话，倒像是在怒吼。

西尔维摇摇头，麻木地把衣服裹在身上。她瞥见一堆树叶间露出匕首的刀柄。

"听我说，野蛮人。"齐德鲁希军官急忙解释，他的剑不停颤抖,"我不知道她是你的人……完全不知道。"

奈育尔用冰山一样的冷漠眼神看了他一眼,粗厚的下巴露出觉得对方很可笑的神态。他朝另一个军官的尸体吐了口痰,狼一样地笑了。

军官从西尔维身边躲开,就像想撇清犯下的罪过:"好、好了吧,朋友,嗯?马、马归你们,全归你——"

西尔维感觉自己飘了起来,朝那个脸上带疤的人扑过去,那把匕首就这样出现在他脖子旁边。随后军官狂乱舞动的手把她打倒在地。

她眼看那人跪下去,双手慌乱地摸脖子,一只胳膊朝后甩,好像想扶住什么东西,但还是跌倒了。他努力把腰从地上直起来,一只脚踢着树叶,转过脸来看她,嘴里咳出了血,圆瞪的眼睛闪着光。他在乞求她……

"咯……咯……"

塞尔文迪人在军官身边蹲下,漫不经心地从他脖子上拔出匕首,起身时仿佛完全没发觉这人的血在朝外喷涌——那就像小男孩撒尿时最后喷出的一股尿液——她不知怎么想起了这个。血先流过他的腰腹,然后流过膝盖和小腹。垂死的军官从塞尔文迪人的双腿间朝她看来,眼神渐渐浑浊。

奈育尔站在她身前,宽肩细臀,雕塑般的长臂上覆着交错的疤痕与血管,汗渍渍的双腿间挡着一块狼皮。一瞬间,仇恨与恐惧吞噬了她。他救了她,让她免遭凌辱,甚至可能是死亡。

但她无法忘记他之前那些残暴举动。他充满野性美的身躯在她眼中映出的却只有饥渴,永远无法满足的饥渴。

而他也不允许她忘记。

他用左手卡住她喉咙,不容分说地将她从地上提起来,推靠到一棵树上;他用右手挥了挥匕首,胁迫性地举到她脸前,静止不

乌有王子 ★ 前度的黑暗

动,让她看到自己在鲜血覆盖的刀刃上映出的扭曲倒影。然后他把匕首尖按到她额角,匕首上仍带着温度。她感到匕首戳了一下,令她双耳不由充血。

看到他严肃的眼神,她哭了出来。这样的眼睛!白色眼球中央是蓝白色瞳孔,冰冷,不带一丝仁慈,一个种族古老的仇恨在他眼底闪动……

"求、求求你……不要杀我。求求你!"

"你警告的那个小兔崽子差点让我们送命,臭女人。"他沉声说,"再敢做出这种事,我一定会杀你。你要是再敢逃跑,我保证,我会杀光世界上每一个人,直到找到你为止!"

再也不会了!再也不会……我保证。我会忍受你的。我会的!

他放开她的喉咙,抓起她的右臂。她哭着朝后退缩,以为他要打她,但预料中的殴打并没有到来。她大声哭号,颤抖的呼吸几乎将自己呛到。这座树林,分叉的树枝间射下的一束束阳光,如同神庙里柱子一般的树木,都回响着他滚雷般的愤怒。我保证。

塞尔文迪人转头看看那个脸上有疤的军官,那人倒在林间地上,还在痛苦挣扎。

"是你杀了他。"他说,声音低沉而沙哑,"你知道吗?"

"是——是的。"她麻木地说,想要镇静下来。神啊,现在该怎么办?

他拿起匕首,在她的小臂划了一条线。她立刻感到尖锐的疼痛,但咬紧嘴唇没出声。"斯瓦宗,"他用塞尔文迪人的冷酷语言说,"你杀的人离开了这个世界,西尔维。从今往后,他只存在于这里,你手臂上的疤痕里。它标志着那人的离开,代表他的灵魂无法走过的路、无法做出的事。它标记着你现在要承担的担子。"他用手掌抹过伤口,然后握住她的手。

"我不明白。"西尔维低声说,恐惧而又迷惑不解。他为何要

第四卷 战士

做这种事？这是惩罚吗？他为什么会叫出她的名字？

你必须忍受他……

"你是我的战利品，西尔维，你是我的。"

他们在营地里找到了凯胡斯。西尔维骑在疤脸男人的马上，没等马踏上河岸，她就从马背上跳下来，穿过河水朝他奔去。转眼间，她已冲进凯胡斯怀里，紧紧抓住了他。

强壮的手指梳过她的头发。他的心跳仿佛在她耳边低语。他身上有被阳光晒干的树叶和坚实土地的味道。她听到他在她耳边说："嘘，孩子，你现在安全了。和我在一起，你安全了。"多么像爸爸的声音！

塞尔文迪人骑马过河，牵着她的马，经过两人身旁时，重重地哼了一声。

西尔维什么都没说，只是用恶毒的眼神看着他。凯胡斯在这里，她又可以恨这个人了。

凯胡斯说："*Breng' ato gingis, kutmulta tos phuira.*"虽然她完全不懂塞尔文迪语，但也知道他说的是什么："她不属于你了，别碰她。"

奈育尔只是笑着用谢伊克语回答："我们没时间争这个。齐德鲁希巡逻队一般在五十人以上，我们才杀了十几个。"

凯胡斯推开西尔维，双手紧握着她的肩膀。她第一次注意到，他的外衣和胡须都染上了血点："他说得对，西尔维，我们面临着极大的危险。他们会来追杀我们。"

西尔维点点头，眼中又涌出更多泪水。"都是我的错，凯胡斯！"她哑着嗓子说，"我很抱歉……但他只是个孩子。我不能让他死！"

奈育尔又哼了一声："那小兔崽子没能警告任何人，丫头，区区一个小男孩，怎可能逃过杜尼安僧侣的掌心？"

一阵恐惧击中了她。

"他什么意思？"她问凯胡斯，却发现他眼中也闪着泪花。不！她的灵魂之眼又看到了那孩子，小小的身体斜斜地倒在密林深处，没有了光彩的眼睛仰望天空。是我干的……又一个本该享受生活的灵魂消失了。那男孩会做出怎样的事业？他将来会成为怎样的英雄？

凯胡斯转开脸，悲伤得说不出话。也许是想做点什么安慰自己，他开始收拾大柳树下的睡垫。中间他顿了一下，没有看她，只用痛苦的声音道："你必须忘掉这件事，西尔维，我们没时间了。"

羞耻，好像肚子里灌满冷水。

这是我逼他犯下的罪，她看着凯胡斯把行李装上马鞍，心想。她的手又一次按到肚子上。这是我对你父亲犯下的第一宗罪。

"我们先骑那些齐德鲁希军团的马。"塞尔文迪人说，"骑到把它们累死。"

头两天，凭借法御斯河源头处原始森林的掩护以及塞尔文迪人的军事天分，他们轻松避过了身后的追兵。然而，逃亡对西尔维来说是一项艰巨的任务。在马背上昼夜兼程赶路，越过陡峭的沟壑，在法御斯河无数的湍急支流中涉水前行，这几乎超过她承受的极限。第一天晚上，奈育尔和凯胡斯两人在前头步行，而她在马背上摇晃，四肢麻木，眼皮几乎都睁不开。眼见他们两个似乎不会被任

第四卷 战士

何困难征服，西尔维开始为自己的孱弱感到羞愧。

第二天傍晚，奈育尔终于同意扎营。他说他们甩掉了可能的追兵。两件事对他们有利：一是他们正一路向东行进，而通常任何一支塞尔文迪劫掠队在遇到齐德鲁希部队之后都会撤回赫桑塔山脉；二是他和凯胡斯追杀男孩时遇上的那队不走运的骑兵被杀了很多人。西尔维实在太疲惫，没来得及提醒他有一个是她杀的，只是暗自揉了揉前臂上凝结的伤口。让她惊讶的是，心中居然闪过一丝骄傲。

"齐德鲁希军团都是些傲慢的蠢货。"奈育尔道，"死了十一个人，足以让他们相信来袭的是支大部队，所以他们会非常小心，还要派人去呼叫援军。这通常意味着，就算他们发现我们朝东走的足迹，也会认为是场骗局，会继续向西去山脉中搜索，希望找到主力部队的踪迹。"

那天晚上，他们吃的是附近溪水中抓来的生鱼。虽然西尔维仍对草原人恨之入骨，但不得不羡慕他与周围荒野间的亲密关系。对他来说，大地中仿佛有无穷无尽的线索，生存不过是小事一桩。他可以根据鸟的飞行方式和歌声推断前方地形，也可以从土壤里找到一块块奇怪的菌类，用来安抚疲惫的坐骑。她这才知道，这个人的特长远不止是虐待和杀人。

西尔维还惊讶地发现，生鱼这样的食物她过去一看就作呕，现在居然能仔细品尝个中滋味了。奈育尔给他们讲述从前他带着部落前来帝国抢掠的故事。照他的说法，帝国西部这些行省是他们摆脱追兵的希望所在。由于草原人不断袭扰，这些行省早已被居民抛弃；而一旦进入法御斯河下游的农耕地区，来到大片农田中间，他们的危险会大得多。

西尔维又一次猜想，这两个人到底为何甘冒奇险踏上这旅程。

天亮后他们继续前进，打算一直走到晚上。清晨时，奈育尔打

乌有王子 ✦ 前度的黑暗

到一只年轻的雌鹿,虽然西尔维对吃生鹿肉没什么兴趣,但还是觉得这是个好兆头。这两天她总感觉饿,又不敢说出来,怕惹塞尔文迪人生气。然而临近中午时,凯胡斯催马快跑两步,来到她身边,对她说:"你又饿了,对吗,西尔维?"

"你怎么知道的?"她问。每次凯胡斯猜到她的思想,她都激动万分,心中对凯胡斯的敬畏也加深了一层。

"多久了?"

"什么多久?"她问道,突然感到一阵恐惧。

"你怀上孩子。"

但这是你的孩子,凯胡斯!是你的!

"我们并没有一起睡过。"他温柔地说。

西尔维突然感到迷惑,不知道他是什么意思,更不知道自己有没有把话说出口。他们当然一起睡过。她怀上了孩子,不是吗?孩子的父亲还能是谁?

她眼里涌出泪水。凯胡斯……你想伤害我吗?

"不,不,"他回答,"我很抱歉,亲爱的西尔维。我们很快就停下来吃饭。"

凯胡斯催马向前,走到奈育尔身边。西尔维盯着他宽阔的后背。她已习惯了看着两人短暂的交流,每当奈育尔饱经风霜的脸上露出犹豫,甚至痛苦的神情时,她都会感到一丝满足。

但这一次,她目不转睛地盯着凯胡斯。这是她头一次发现,太阳竟会在他的金发上折射出这样的光,他嘴唇的线条是如此美丽,他无所不知的眼睛是如此明亮。他美得令人心痛,仿佛照亮了周围冰冷的河水、光秃秃的岩石和枝杈四逸的树木。他就像——

西尔维屏住呼吸,一时间觉得自己会因为狂喜而晕过去。我没说出来,但他已经知道了。

"我是希望。"曾经,凯胡斯看着塞尔文迪人的头颅排成的道路说。

我们的希望,她对身体里那个孩子说,我们的神。

这可能吗?西尔维听过无数故事,在长牙的年代,诸神曾经化身人类,来与人类交谈。经文中记载着这一切。是真的!不可能发生的事再度发生了,一个神灵行走在人间,还与她相爱。她只是西尔维,一个被爸爸卖给高纳姆家族的女儿。但也许这正是她的美貌的意义所在,正因如此,她才要忍受一个个男人欲火攻心的垂涎。她的美丽本不属于这个世界,她在等待与她相配的男人的到来。

安那苏里博·凯胡斯。

她微笑着流下欢欣的泪水。她终于看清他的真面目:全身闪动着不属于尘世的光芒,双手有黄金圆盘般的光晕。她看清他了!

过了一阵,他们在白杨树林中坐下,吹着习习凉风咀嚼生鹿肉。凯胡斯转过身,用她家乡的奈布里坎语对她说:"你明白了。"

她笑了笑,并没有为他会说爸爸的语言而吃惊。他很多次要她说这种语言——她知道,他不是在学习,只是为了听她说出不想让塞尔文迪人听到的话,以避过那人的怒火。

"是的……我明白。我会做你的妻子。"她眨眨眼睛,挤掉眼中的泪水。

他带着神一样的怜悯微笑了,温柔地拍拍她的脸颊:"快了,西尔维,很快了。"

那天下午,他们越过一道宽阔的峡谷,等爬上对面的顶峰,追击者却又出现在视野中。起初西尔维并没看到他们,只见午后的阳光照在峡谷对岸石坡上的树林间,然后马匹的影子出现了,细长的腿剪开阴影,骑手伏在马背上躲避着她看不见的树枝。仿佛眨眼之间,一个骑兵便突然地出现在视野当中,他闪亮的白色头盔与骑兵铠甲反射着阳光。西尔维缩回阴影里。

乌有王子 ★ 前度的黑暗

"他们似乎没发现我们。"她说。

"我们没在石头地上留下足迹。"奈育尔严肃地说,"他们正在找我们走的哪条路。"

奈育尔要他们加快步伐,他们便拉紧缰绳,带领马队穿过树林。塞尔文迪人率先冲下起伏的山坡,来到一条浅浅的、多碎石的小河旁。然后他们改变方向,沿泥泞的河岸向下游走,时不时还要踩过河水。最后小河汇入一条更宽阔的河流,空气凉爽起来,黄昏的灰影吞噬了大地。

西尔维好几次觉得她听到了齐德鲁希骑兵在身后丛林中发出的吼叫,但耳边永不停息的流水声让她很难确定。不知为什么,她并不害怕。虽然持续了一整个白天的兴奋逐渐消失了,但她对未来仍有着无比的确定。凯胡斯就在她身边骑行,每当她的意志变得软弱,他的眼神都会及时安慰她。

你无须恐惧任何事,她心想,你的父亲正和我们一起前进。

"这片树林,"塞尔文迪人提高嗓门,盖过河水的声音,"还会往前延伸一小段,然后越来越稀疏,变成牧场。只要不摔断马腿,或者自己的脖子,我们就要尽量趁夜赶路。追在我们后面的人和之前的人不同,他们很坚定。他们这辈子都在这些树林里追捕我的人民,和我的人民战斗,不追上我们他们不会罢休。不过,只要穿过树林,多出来的几匹马就会成为我们的优势。哪怕把马累死,我们也要一直骑下去。我们唯一的希望是沿河一路奔跑,在我们进入帝国的消息传开前到达摩门,混进圣战军。"

于是在他带领下,他们沿河继续骑行。月光化作水银绸带,披在蓝黑色的石头及近处阴森黑暗的树林上。月亮渐渐低垂,马匹脚步不稳,甚至没法看清道路。塞尔文迪人咒骂了一句,挥手让大家停下。他跳下马,无言地将马背上的行李解下,扔进河里。

西尔维累得说不出话,她也默默地下了马,在夜晚的寒意中伸

第四卷 战士

伸懒腰，望着黯淡的星丛中闪亮的天堂之指，发了一阵子呆。她回头看向来路，发现远方闪动着什么东西：一串忽明忽暗的光点，缓缓地沿河岸往这边移来。

"凯胡斯？"她说。由于太久没说话，声音发哑。

"我看到了。"奈育尔边说，边把一只马鞍远远地扔进奔流的河水，"这就是追击一方的优势：可以在夜里点火把。"西尔维发现他的语调变得有些不同，带着之前她从未听到的轻松，就像工匠在谈论材料。

"他们追得太快，"凯胡斯指出，"很可能没法辨别我们留下的痕迹，只是在沿河走。也许我们可以利用这一点。"

"你在这种事情上没有经验，杜尼安僧侣。"

"你才该听他的。"西尔维说，语调中带着出乎意料的热忱。

奈育尔转过来看着她，虽然黑暗中看不清表情，但她能感觉到他的愤怒。塞尔文迪部落不能忍受女人的叛逆。

"想利用这一点只有一个办法，"他说，语调中带着不经掩饰的怒火，"那就是穿过树林。他们会继续前进，虽然可能一时失去我们的踪迹，但等到天亮就会醒悟。然后他们一定会回头——但不是全部人。他们知道我们会继续朝东走，也知道自己走在了我们前面。等他们把我们到来的消息传开，我们就死定了。我们唯一的希望是比他们跑得更快，你明白？"

"她明白，草原人。"凯胡斯答道。

他们开始牵马步行。现在是凯胡斯带路了，他准确无误地找到了每一片空地，西尔维发觉自己跟着他跑了起来。好几次她在黑暗中被看不到的东西绊住，摔倒在地，但总能在塞尔文迪人责骂她之前爬起来。她不停地喘气，胸中仿佛有火焰在燃烧，身侧时不时痉挛，就像有把刀在搅。她身上渐渐布满了瘀伤和划痕，每次停下脚步，两条腿都累得不停发颤。但她从没要求过停下，远处那一排火炬刺激着她。

终于，河流转了个弯，在一片乱石滩中形成一道小小的瀑布。西尔维看到前方星光下广阔的水面。

"法御斯河到了。"奈育尔说，"西尔维，很快我们就能骑马了。"

他们没有再沿法御斯河的支流前进，而是往右拐去，钻进黑暗的森林。一开始，西尔维几乎什么都看不到，感觉自己在噩梦般无穷无尽的黑色隧道中跟随声音前进。树枝断裂。马喷鼻息。马蹄有节奏地敲击。但过了一阵，暗淡的晨光终于开始将周围一切从黑暗中刻画出来：修长的树干、树底的土坑、落叶在林间地面拼出的图样。她发现塞尔文迪人说得没错，树林果然越来越稀疏了。

曙光在东方地平线升起。奈育尔示意他们停下脚步。绕过一棵倒下的树那庞大的树根，前方可见一片平坦的、逐渐升高的土地。"现在上马。"他说，"能骑多快就骑多快。"

她终于可以歇歇脚了，但她的欣慰没持续多久。奈育尔在前，凯胡斯在后，他们在树丛中开始冲刺。树木越来越稀疏，交错的树顶越来越低，就像他们从枝条组成的帷幕间冲过去一样，数不清的树枝抽打在他们身上。在马蹄踏出的节拍中，她听到清晨的鸟鸣。

随后，他们终于冲出沉闷的树林，在牧场上奔驰。西尔维高喊着，哈哈大笑，重见天日让她无比兴奋。清冷的空气麻木了她刺痛的脸庞，把她的长发吹向身后。在他们正前方，一轮红日刚刚从地平线上冒出来，给远方的紫色大地涂上橙黄和洋红。

周围牧场渐渐变成农田，视野所及全种着大麦、小麦和青稞。他们绕过农田间一座座小村庄，远远避开上等贵族的大种植园。作为卖身给高纳姆家族的妾侍，西尔维曾被关在这样的乡间别墅中，而现在，她遥望那些散落在田间的府邸，那些红土砖房的屋顶以及房舍四周林立的长枪般的杜松，简直不敢相信曾经那么熟悉的东西现在看来竟是如此陌生、如此危机四伏。

农奴们抬起头,眼看着他们飞奔过满是尘土的小路。赶车人朝隆隆飞驰的马队破口大骂。女人们扔下手里活计,把目瞪口呆的孩子拉到身边,生怕他们伤到孩子。这些人会怎么想呢?西尔维猜测,她的思维在疲惫中发散,就像喝醉了酒一样。他们会以为自己看到了什么?

大胆的逃犯,她得出结论。一个男人严酷的面孔会提醒他们塞尔文迪人的恐怖,而另一个男人那蓝色的眼睛哪怕只是匆匆一瞥,也足以探到每个人的心底。还有一个美丽的女人,长长的金发由于颠簸而散乱——她一定是身后看不见的追兵想要追回的战利品。

临近黄昏,他们骑着浑身是汗的马,爬上一座多石小山。塞尔文迪人终于同意休息一会儿。西尔维几乎从马鞍上跌下来,她倒在草地上,伸开四肢躺下,耳朵里嗡嗡作响,大地仿佛在周围缓缓旋转。一时间她只顾得上拼命喘气,然后她听到塞尔文迪人骂了一句。

"这帮死脑筋的杂种。"他啐道,"不知是谁领着这帮人,一定是个精明又顽固的家伙。"

"我们怎么做?"凯胡斯问,这问题让她隐隐感到失望。

你知道的。你什么都知道。你为什么要去迎合他?

她努力站起来,四肢居然这么快就变僵硬了。她顺着两人的视线朝远方看,只见玫瑰色的太阳底下有道烟尘腾起,朝河畔滚去。

"多少人?"奈育尔问凯胡斯。

"和之前一样……六十八人。不过他们换了马。"

"换了马……"奈育尔冷冷地重复。他不喜欢这结论,而凯胡斯有能力得出这结论更让他感到厌恶,"他们一定是在什么地方抢到了马。"

"你没预料到这一点?"

"六十八人。"奈育尔没理会对方的问题,"太多了?"他直直地盯着凯胡斯问。

"太多了。"

"在夜里袭击也太多?"

凯胡斯点点头,眼睛奇怪地失去了焦点。"也许可以。"过了一会儿,他终于回答,"不过要等其他办法都不能用了才行。"

"其他办法?"奈育尔问,"我们……怎么做?"

西尔维在他脸上看到一丝痛苦。他为何感到困扰?他难道看不出,我们本就该追随凯胡斯吗?

"我们继续冲。"凯胡斯坚决地说,"继续骑。"

凯胡斯在前带路,他们拐到山岭的阴影中,逐渐加速。他们冲散了一小群吃草的羊,然后更猛烈地催促着几乎筋疲力尽的马。

西尔维纵马在牧场上疾奔,颠簸的四肢传来阵阵疼痛。他们跑出山岭的阴影,西垂的太阳照着她的背。她猛踢马腹,跑过凯胡斯的马,回头咧嘴朝他露出笑容。他对她扮了个鬼脸,想逗她开心:眼睛直瞪着她,眉毛拧在一起,假装发火的样子。塞尔文迪人被他们甩在身后,他们并肩奔驰,嘲笑着后头那些可怜的追兵,直到黄昏过去,夜幕降临,远处的田野失去了所有色彩,统统成了灰色。

我们把太阳都甩在了身后,她心想。

突然间她的马——她杀死那个疤脸军官获得的战利品——脚下一个踉跄,尖声嘶鸣着扭过头。她可以听到它猛烈的心跳……接下来的一瞬间,她的脸就撞到了地上,草叶与泥土塞进她牙齿中间,然后是酸痛的寂静。

几只马蹄接近。

"把她留下!"她听到塞尔文迪人吼道。"他们要抓的是我们,不是她。对他们来说,她只是偷来的财产,一件漂亮的装饰。"

"我不会扔下她。"

"这可不像你,杜尼安僧侣……完全不像。"

"也许吧。"她听到凯胡斯说。他的声音离她很近,很温柔。一双手捧起她的脸。

凯胡斯……那不是蓝宝宝。

那不是蓝宝宝,西尔维。我们的孩子是粉红的,活蹦乱跳的。

"但她在这里更——"

黑暗。她梦到自己在异教徒的土地上像影子一样奔跑。

她在漂。匕首在哪里?

西尔维喘息着醒来,世界仿佛在她身下起伏。头发飞扬着擦过她的脸,刺痛她的眼睛。她嘴里有呕吐物的味道。

"那边!"塞尔文迪人的喊声盖过了马蹄声,语调中充满烦躁,甚至是焦急,"去那边山顶!"

一个男人强壮的后背和肩膀撞击着她的胸脯和脸颊。她的胳膊紧紧环着那人的身体,她的手……她感觉不到自己的手了!但仍可以感觉到手腕上摩擦的绳子。她被绑起来了!一个男人把她背在背上。是凯胡斯。

发生了什么?

她抬起头,眼珠后面仿佛有几把刀子在刺。无头的石柱台在身旁闪过,还有参差不齐的断墙轮廓。是个废墟。稍远处,一条黑暗的林荫大道通入橄榄树林。橄榄树林?他们走了这么远吗?

她回过头去,发现那几匹没人骑的马已不见了。穿过马蹄后飞扬的细细的灰尘,她看到一大群骑兵追在身后。齐德鲁希军团,个个脸色铁青,带着捕捉猎物的决意。他们手中挥舞的长剑在阳光下

乌有王子 ★ 前度的黑暗

闪烁。

追到废弃的神庙中，他们散开队形，从石墙间穿过。

她的身子突然一轻，感到一阵眩晕，然后又撞在凯胡斯背上。身下的马踢踏着，跑上一条陡峭斜坡。她朝身后瞥了一眼，发现刚刚越过了一道白垩残墙。

"见鬼！"塞尔文迪人的咆哮声传来，"凯胡斯！你看到他们了吗？"

凯胡斯沉默不语，但他的背弓起来，右手一拉马缰，拐向另一个方向。他回头朝左边看了一眼，西尔维瞥见他盖满胡须的侧脸。

"他们是谁？"他喊道。

这时西尔维也看到了另一队骑兵，离他们更远，但向着同一条坡路跑来。凯胡斯的马竭力朝陡坡顶上冲，踢起无数石子和尘土。

她回头看向下面的齐德鲁希骑兵，他们分头跳过废墟中的墙壁，队形越来越乱了。突然，另外三个骑兵从他们路旁近处的小树丛中冲出。

"凯胡斯！"她大喊，被绳子捆住的双手挣扎着，想引起他注意。

"别动，西尔维！坐着别动！"

一个齐德鲁希骑兵从坐骑上跌了下去，手抓着胸前的箭杆。是塞尔文迪人干的。西尔维想起被他杀死的那只雌鹿。可另两个骑兵没有任何停顿，直接跃过倒下的同伴。

第一个骑兵催马飞奔，追到他们身旁，举起标枪。山坡变缓了，马匹的速度越来越快，土地和草叶一片模糊，齐德鲁希士兵投出标枪。

西尔维缩了缩身子。

凯胡斯伸出手，不知怎地凭空接住飞来的标枪，就像从树上摘下一枚低垂的李子。他调转枪头，朝那人掷回去，整个动作一气呵成。标枪刺穿了那人惊讶的脸。在这毛骨悚然的瞬间,西尔维看到那人在马鞍上摇晃,然后倒下去,栽到地上。

第二个骑兵接替了倒下的同伴,冲得离他们更近,打算直接撞来。他的长剑高举,西尔维看到了他的眼睛,在布满灰尘的脸上闪着光,带着疯狂的杀戮决心。他咬紧牙关,挥剑砍下——

凯胡斯又出手了,他的剑像投石车绷紧的弦一样猛扫过对方的身体,剑光一闪而没。齐德鲁希骑兵扔掉了武器,低头朝下看,肠子和鲜血洒遍马鞍,沾满了大腿。他的马拐了个弯,躲开凯胡斯,脚步慢了下来。

然后一人一马翻下山顶,仿佛地面突然消失了。

他们的马也尖叫一声,跌跌撞撞地停在奈育尔的坐骑后面。面前是一道陡峭山坡,几乎有坡底树木的三倍高。这不算是峭壁,但坡度还是太大,马下不去。片片树丛和田野交错延伸到远方,消失在朦胧雾气里。

"沿山顶走!"塞尔文迪人啐了一口,勒马转身。但凯胡斯的坐骑又是一声嘶叫,奈育尔也停了下来。西尔维还没明白是怎么回事,绑着她手的绳子就被割开了。凯胡斯跳到地上,他扶她下马,在她努力让麻木的脚恢复知觉时稳住她:"我们要沿这里滑下去,西尔维,你能做到吗?"

她觉得自己要吐出来了:"但我感觉不到我的手——"

冲在最前面的齐德鲁希骑兵跳上了山顶。

"跳!"凯胡斯喊道,几乎是把她推下山坡。尘土飞扬的地面仿佛在她脚下裂开,她朝下滑去,尖叫声被马嘶声盖过了。一匹马坠下山顶,在她身边滚过,扬起山崩一样的尘烟。她用手去抓地面,几乎没有感觉的指头在地上刮过,终于停住坠势。那匹马继续朝下坠去。

"快,臭女人,快!"塞尔文迪人在她头顶喊。她看着奈育尔

乌有王子 ★ 前度的黑暗

半蹲着从她身边滑过，带起滚滚尘土，朝下方空地冲去。她犹豫着踏出一步，结果又摔倒了。她不停地挣扎，想把腿伸到下面，背抵住山坡，却狠狠地撞到什么东西上，尘沙飞溅，双手在空中乱舞。最后她终于用双手和膝盖撑住身子，想缓一缓下落的势头，但左脚又碰到一块石头，膝盖撞在胸口上，身体失去了控制，在山坡上连撞带滑地朝下滚，带起漫天尘土。

最后她终于停下，跌落的石子打在她身上。塞尔文迪人扶住她的头，脸上的关切让她感到一阵迷茫。"你能站起来吗？"他问。

"不知道。"她喘息着说。

凯胡斯呢？

他扶她坐下，但注意力已经转移。

"坐好，别动。"他粗暴地说，一边站起身，抽出剑。

她抬头朝山顶看去，立即感到头晕眼花。一片尘云滚滚而下，她意识到凯胡斯正从山坡上冲下来，一边下滑一边不停跳跃。接着她体侧传来尖锐的刺痛，似乎每次呼吸都变得无比痛苦。

"还有多少人？"等凯胡斯站定，奈育尔便问。

"够多的。"凯胡斯说，看上去似乎并不在意，"他们没打算跟着我们往下跳，似乎想绕过来。"

"其他人也一样。"

"什么其他人？"

"我们开始上坡时想偷袭我们的那帮狗。他们肯定早改了方向，打算到前面去堵截，我只看到几个散兵——应该就在那边，在我们右边……"

就在奈育尔说话时，西尔维听到阔叶林后传来隆隆马蹄。

但我们没马！没法逃！

"这是为什么？"她哭起来，不停喘气，莫大的痛苦正在惩罚她。

第四卷 战士

　　凯胡斯跪在她面前，天神般的面孔在阳光下闪烁。她又一次看到他身边的光晕，闪闪金光将他与其他人区分开来。他会救我们！不用担心，亲爱的，我知道他会的！

　　他只说："西尔维，他们过来时，你最好闭上眼睛。"

　　"但你是希望。"她啜泣着说。

　　凯胡斯用手擦擦她的脸颊，一言不发地退开，来到塞尔文迪人身边。她看到两人身前闪动的人影，听到战马凶猛的嘶叫与鼻息。

　　第一排披着链甲的战马从阴影中冲出，重重地踏进阳光下的土地，马上骑士披着沉重的锁甲，外罩蓝白相间罩袍。骑兵们呈半圆阵形将他们包围，西尔维发现他们的脸都是银色的，像神灵一样毫无表情。她知道他们是被派来的——派来保护他的！保护他们的希望！

　　一名骑士往前走了几步，摘下头盔，露出一头浓密黑发。他解开脑后的带子，把银色的战争面具解下，露出一张壮实的脸。他非常年轻，依照三海东部男人的方式，把胡须剪得方方正正。也许是艾诺恩人，或者康里亚人。

　　"我是克里加特斯·伊里萨斯，"年轻人用口音很重的谢伊克语说，"这些虔诚而沉默的伙计们都是亚特雷普斯的骑士，都是长牙之民……你们在附近有没有看到什么逃犯哪？"

　　沉默。过了一阵，奈育尔终于问："你为什么要问我们？"

　　骑士斜眼看了同伴们一眼，然后从马鞍上前倾身子，眨了眨眼睛："因为我想找个诚实人聊天，快要憋死了。"

　　塞尔文迪人笑了。

第五卷
圣战

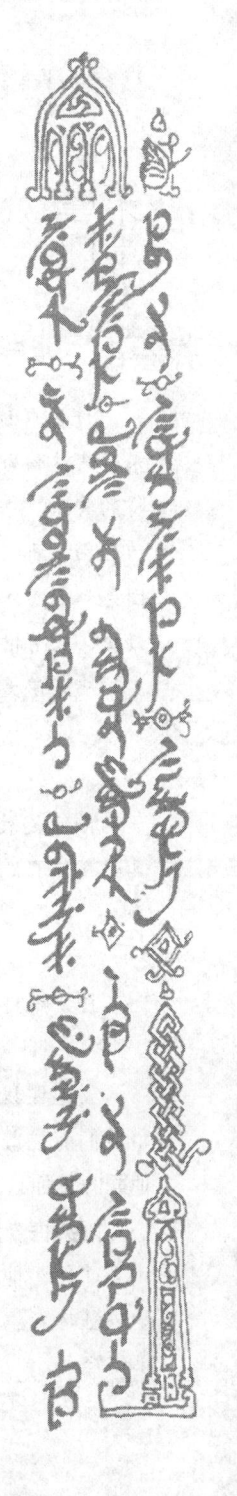

第十五章 摩门

> 许多人都谴责那些为了一己私利加入圣战的人，毫无疑问，如果笔者这份粗陋的史料有幸进入他们的收藏，他们也会对我进行同样的抨击。若将"私利"定义为摧毁异教徒、光复希摩城之外的任何理由，那不得不承认，笔者加入圣战也是为了私利。如笔者一样因为私利参加圣战的人数不胜数，但他们和笔者一样消灭了许多异教徒，从而推动了圣战。圣战的失败与我们没有关系。
>
> 我是说失败吗？也许"转变"是更合适的词吧。
>
> ——杜萨斯·阿凯梅安，《第一次圣战简史》

> 信仰是最纯粹的热情。然而热情没有真假之分，信仰也就毫无真实可言了。
>
> ——阿金西斯，《人类的解析·第四卷》

长牙纪4111年，春，摩门

"记住我说过的话。"辛奈摩斯低声对阿凯梅安说，一个老奴带他们前往普罗雅斯无比宏伟的大帐，"注意礼节，时刻小心……他同意见你只是为了让我闭嘴，没有别的理由。"

阿凯梅安皱了皱眉："世易时移啊，是不是，辛？"

"你对他儿时造成的影响太大了，阿凯，你留下了太深刻的印记。狂热者总会把对他人的宽容和自己追求的纯粹对立起来，特别是年轻人。"

阿凯梅安觉得事情绝不止这么简单,但只说:"你又读书了,对吗?"

他们随那奴隶穿过一道道刺绣帘子,先转向左,又转向右,然后又转向左。尽管普罗雅斯数周前就到达了,但一路经过的军队高层的隔间看上去仍凌乱无比,很多人的行李只打开了一半。阿凯梅安感到一丝不安:通常情况下,普罗雅斯是不会容忍这种错误的。

"无休止的混乱与危机。"辛奈摩斯解释,"来这里以后……他把一半以上的军官派出去数小鸡。"

数小鸡,阿凯梅安记得这说法,这是康里亚人形容费力不讨好的工作的。

"情况有这么糟糕?"

"比这更糟糕。他与皇帝之间这盘棋马上就要输了,阿凯,你要记住这一点。"

"也许我该再等等,等到——"阿凯梅安说,但已经晚了。

老奴隶在一间宽敞的隔间门前停下,用华丽的手势抬起门帘,现出黑暗的门洞。进去面对危险吧,他的表情是这么说的。

帐内比外面更凉爽,也更阴暗,燃烧的香木烟雾缭绕。房间中央的火盆四周散放着毛毯,显得杂乱而温暖。毛毯上既有艾诺恩人的象形文字,也有风格化明显的康里亚传奇故事绘画。闪烁的火盆对面,王子斜靠在一堆床垫上,朝他们这边看来。阿凯梅安立即双膝跪下,深深鞠躬,眼角瞥见从火堆里掉出的一小块煤盘旋升起一道细烟。

"平身吧,学士。"普罗雅斯说,"你可以在我的炉火旁找垫子坐下。我不会要求你吻我的膝盖。"

康里亚王太子只穿一件亚麻连体褶裙,上面缝着他的国家与王朝的徽记。他胡须修得很短,显出脸颊的线条,这是康里亚年轻贵族间流行的样式。他表情冷淡,好像心中有什么难以抉择的事,大大的眼睛中闪着一丝敌意,不过看不到仇恨。

我不会要求你吻我的膝盖……这可不是个好开始。

阿凯梅安深吸一口气。

"您能抽时间接见我,令我备感荣幸,王子殿下。"

"这次见面也许比你以为的更难得,阿凯梅安。我这一生中,还从没有过这么多人吵着要我听他们说话。"

"因为圣战?"

"还能为什么?"

阿凯梅安暗暗懊悔,突然感觉大脑一片空白:"您真的派人去袭击谷地了吗?"

"还有更远的地方……如果你打算抨击我的战术,阿凯梅安,我劝你仔细考虑考虑。"

"巫师哪懂什么战术,王子殿下。"

"要我说,你懂得太多了。不过最近,全世界每个人都觉得自己是权威的战术家,包括他们的亲戚,对吗,元帅?"

辛奈摩斯愧疚地看了阿凯梅安一眼:"您的战术毫无缺陷,普罗雅斯。我只是担心您这样做是否恰当。"

"那你打算让我们吃什么?吃祈祷用的垫子吗?"

"皇帝是在您和其他大贵族开始掠夺附近居民之后,才关闭粮仓的。"

"他给的粮食根本就不够,辛!那些粮食只能让士兵不饿死,不至于哗变!他为了控制我们,连一粒谷子都不肯多给!"

"即便如此,袭击因里教徒——"

普罗雅斯带着一脸怒容挥了挥手:"够了!我每说一件事,你就去提另一件事,每次都这样。我反倒想听听阿凯梅安要说什么!听到了吗,辛?你太让我恼火了……"

看到辛奈摩斯面如死灰,阿凯梅安知道普罗雅斯不是在开玩笑。

变化太大了……他身上到底发生了什么？这个问题刚出现在心中，阿凯梅安就知道了答案。普罗雅斯正在受苦，正如每个心怀大志的人必须经受的那样：原则与利益之间永无止境的交易。每一次胜利都带着懊悔，每一秒的休息都被人围困，每一次妥协都让人更焦虑，直到觉得自己的整个生命都是失败。天命派学士太了解这样的痼疾了。

"阿凯梅安……"见他没发言，普罗雅斯道，"我有一整个流民国家要喂饱，一整支匪军要约束，还有一个皇帝在和我耍阴谋。所以请你不要纠结礼仪规范了，告诉我你想要什么。"

普罗雅斯的脸仿佛是战场，期待与烦躁正在交锋。阿凯梅安猜到，王子想见曾经的老师，但不想承认自己的愿望。这次会面是个错误。

他下意识地吸了口气："我在想，我的王子殿下是否还记得，多年前我教给他的东西。"

"看来那些东西是你来这里的唯一原因。"

阿凯梅安点点头："他是否还记得，'可能'这个词的定义？"

普罗雅斯的表情上，烦躁占据了上风："你是说'假如'吗？"

"是的，王子殿下。"

"我小时候就厌倦你的游戏了，阿凯梅安，现在更没时间陪你玩。"

"这不是游戏。"

"不是吗？为什么你不在其他地方，偏偏出现在这里，阿凯梅安？天命派到底对圣战有何企图？"

问题出来了。当与无形的对手交战时，迂回手段必不可少。

乌有王子 * 前度的黑暗

但执行没有明确目的,或是目的过于抽象的任务,其他人难免将你的手段与目的混淆,把你的辛苦努力当成是他们自己孜孜以求的东西。阿凯梅安知道,天命派来这里是为了弄清他们是否应该出现在这里。这和天命派其他每一项任务同等重要。但他能这样直接告诉普罗雅斯吗?不行。他必须像每一个天命派间谍那样,用远古的威胁填满未知的领域,将过去灾难的种子播撒到未来。在这个已经足够可怕的世界中,天命派变成了兜售恐惧的商贩。

"我们对圣战的企图?我们要寻找真相。"

"所以你得用'真相'给我上课,而不是用'可能'……恐怕过去的日子已经过去了,杜萨斯·阿凯梅安。"

过去的日子,你叫我阿凯。

"不,只是我上课的日子过去了。现在我能做的,是提醒人们记起他们曾经知道的事。"

"我曾经知道的许多事后来并不在意。你得说具体些。"

"我只是提醒您,王子殿下,当我们对一件事非常有把握时,也是我们最容易被欺骗的时候。"

普罗雅斯露出一丝恶毒的微笑:"啊……你想挑战我的信仰。"

"不是挑战——或许只是淬炼它。"

"那么就是泼冷水了。你想问我一些新问题,让我思考一些令人困扰的'可能'。那么,求你告诉我,这令人困扰的'可能'究竟是什么?"他话里带着赤裸裸的讽刺,让阿凯梅安感到刺痛,"告诉我,阿凯梅安,我到底是个多傻的傻瓜?"

这一瞬间,阿凯梅安明白了天命派在别人眼中是多么无力。他们不只是荒谬可笑的代名词,并且显得陈腐不化。处在这样深渊中的人,怎能争取到别人的信任?

"这场圣战,"阿凯梅安说,"也许不是看上去的样子。"

第五卷 圣战

"不是看上去的样子?"普罗雅斯故意装出震惊的样子,大喊——就像一个孩子在抗拒老师严厉的责骂,"对皇帝来说,圣战不过是为恢复帝国昔日辉煌而要加以利用的工具;对我手下的许多人来说,它是获取战功与荣誉的捷径;对以利亚萨拉斯和赤塔来说,它是一辆战车,载着他们前往鬼知道是什么的目的地;而对更多的人而言,圣战是让他们肆意挥霍掉的人生得到救赎的机会。圣战不是看上去的样子?每天晚上,阿凯梅安,每天晚上我都在祈祷,祈祷你这话是对的!"

王太子朝前倾身,给自己倒了碗酒。他没向阿凯梅安或辛奈摩斯发出邀请。

"但祈祷,"普罗雅斯续道,"永远是不够的,不是吗?每当有什么事发生,每当我看到背叛或暴行,心里都会呐喊:'惩罚他们!让他们全部见鬼去!'但你知道吗,阿凯梅安?正是'可能'这个词拯救了我,给了我坚持下去的动力。假如不是表面上这样呢?我反复自问,假如圣战真的是神圣的事业呢?假如它本身代表着、意味着善行呢?"

说出最后几个字之后,王子屏住了呼吸,就像已经不打算再多说什么了。

假如……

"信仰真的这么困难吗?除了渺小的人类和他们那腐败的野心,这件事,这场圣战,真的就不可能代表正义与善良吗?如果这点可能都不存在,阿凯梅安,那我的生命就和你的一样毫无意义了……"

"不。"阿凯梅安说,他无法控制情绪了,"您说的并非不可能。"

普罗雅斯眼里悲哀的怒火渐渐弱下去,变成苍白的悔恨。"我很抱歉,老师,我没打算……"他举起酒碗,打断自己,"也许现在不是讨论你那些可能的时候,阿凯梅安。恐怕真神正在考验我。"

"为什么?发生什么事了?"

普罗雅斯朝辛奈摩斯看了一眼,眼神中充满忧虑。

"有人在屠杀无辜百姓。"他说,"柯伊苏斯·梭本手下的加里奥斯军队在帕斯拿附近屠杀了整整一个村子的居民。"

帕斯拿,阿凯梅安想起来,那是法御斯河上游约四十里外的一个镇,那里的橄榄树林非常有名。

"玛伊萨内知道吗?"

普罗雅斯的表情变得更加痛苦:"他会知道的。"

阿凯梅安恍然大悟。

"你违抗了他。"他说,"玛伊萨内没有准许你们去抢劫!"

阿凯梅安险些没能掩饰住自己的欣喜。如果普罗雅斯已经违抗了他的沙里亚……

"我不喜欢你的态度。"普罗雅斯厉声道,"你怎敢——"他停下话头,仿佛突然意识到自己在说什么。"这就是你想让我思考的可能吗?"他的语调中带着怒火和惊奇,"你想说,玛伊萨内……"他突然大笑,"玛伊萨内是非神会的同谋?"

"就像我说过的。"阿凯梅安平静地答道,"凡事皆有可能。"

"阿凯梅安,我不想冒犯你。我知道天命派的使命,知道你每天晚上都在承担的恐惧。你和你们这种人生活在我们儿时就不再相信的神话中,我们怎能不对你们表示尊重?但我和玛伊萨内之间可能存在的任何分歧,都不会影响我对至圣的沙里亚的虔诚与崇拜。你刚才说的那些,你想让我怀疑的'可能',根本就是亵渎。你明白吗?"

"是的,我非常明白。"

第五卷 圣战

"那你还有什么话要说?除了你的噩梦之外?"

阿凯梅安有很多话要说。他失去的太多了。埃因罗。他舔舔嘴唇。"在苏拿,我们的一个眼线——"他吞了口唾沫,"我的一个眼线,被谋杀了。"

"不用说,你派这个眼线去刺探玛伊萨内……"普罗雅斯叹口气,悲伤地摇摇头,就像是不想说出什么坦诚的话伤害阿凯梅安,"告诉我,阿凯梅安,千庙教会对间谍的惩罚是什么?"

巫师眨眨眼睛:"是死。"

"所以呢?"普罗雅斯抬高嗓门,"你要对我说的就是这些?你们的一个间谍被处死了——因为他做了间谍!——而你因为这个产生怀疑,怀疑玛伊萨内,几代人以来最伟大的一位沙里亚是非神会的同谋?这就是你的立场?相信我,学士,当厄运降临在天命派的间谍头上时,并不需要——"

"还有别的事!"阿凯梅安抗议。

"哦?我们一定要听听!还有什么?某个醉鬼给你讲了个耸人听闻的故事?"

"那天,在苏拿,我看到你亲吻玛伊萨内膝盖的时候——"

"噢,是的,我要和你谈谈那件事!你难道没意识到那件事多么令人愤怒——"

"他认出了我,普罗雅斯!他知道我是个巫师!"

普罗雅斯听到这话顿了一下,但仅此而已:"你以为我不知道吗?我也在场,阿凯!没错,他和那些伟大的沙里亚一样,有能看到异民的天赋。那又怎样?"

阿凯梅安惊呆了。

"那又怎样?"普罗雅斯重复了一遍,"这难道不意味他并没有像你一样堕落,而是选择了正义的道路?"

"但——"

"但什么？"

"我的梦境……最近越来越强了。"

"啊，又说回梦境……"

"一定发生了什么，普罗雅斯。我知道。我能感觉到！"

普罗雅斯哼了一声："而这正是我们的分歧所在，不是吗，阿凯梅安？"

阿凯梅安茫然地看着他。还有什么……有什么他忘记了的事……他什么时候变成这样一个老傻瓜了？

"分歧？"他终于问，"什么分歧？"

"了解与感觉之间的区别。知识与信仰之间的区别。"普罗雅斯抬起酒碗猛灌一口，就像在惩罚碗中的酒，"你记得吗，我有一次问过你真神的事，那是许多年前了。你还记得你说了什么吗？"

阿凯梅安摇摇头。

"'我听过许多关于他的传言，'你说，'但我从没见过他。'你记得吗？你还记得我是怎么笑得跳起来的吗？"

阿凯梅安点点头，无力地微笑："那之后的几星期你一直重复这句话。你母亲气疯了。如果不是辛，我也许已经被驱——"

"辛奈摩斯，可恶的你总是支持他。"普罗雅斯朝元帅露出笑容，"你知道除你之外，阿凯没有任何朋友吧？"

阿凯梅安的喉咙突然一痛，没法回应王子的话。他眨了眨滚烫的眼睛。

不……求你了。不要在这里……

元帅和王子都盯着他，他们的表情既尴尬，又有关心。

"不管怎么说，"普罗雅斯犹豫了一下，"我想表达的是：不管你对我的真神有什么看法，同样的看法对你的非神会也成立。你只有传言，阿凯梅安，反过来对于信仰，你一无所知。"

"你说什么？"

第五卷 圣战

王子的声音变得坚定："信仰是纯粹的热情，阿凯梅安，而热情是没有真假之分的。这意味着，你能说出的任何可能我都不会考虑，你能唤起的任何恐惧都不会比我的敬仰更真实。我们之间无法达成共识。"

"那么我很抱歉……我们不要再说这个了！我并没打算冒犯——"

"我知道这对你来说很痛苦。"普罗雅斯打断他，"但我必须正告你：你是个渎神者，阿凯梅安，一个不洁的人。你的存在本身就是对真神的极大冒犯。我爱过你，但我更爱我的真神，比对你的爱多得多。"

辛奈摩斯没法再忍受下去了："但显然——"

普罗雅斯抬起一只手，阻止元帅的话。火焰和热情同时在他的眼中闪动："辛的灵魂是他自己的，他有权决定自己怎么做。但是，阿凯梅安，我要求你更尊重我一些：我不想再见到你，永远不想。你明白吗？"

不。

阿凯梅安看看辛奈摩斯，又看看涅尔塞·普罗雅斯。

没必要这样……

"那就这样吧。"王子说。

阿凯梅安猛地站起来，脸上肌肉痛苦地抽搐着。被火烤得暖烘烘的长袍碰到身上皮肤，仿佛要烧起来一样。"我只求你一件事。"他不顾礼仪，径自说道，"你跟玛伊萨内走得很近，也许他只信任你。我只求你向他打听一个年轻祭司的下落，帕罗·埃因罗。那孩子之前在哈格纳自杀了。你问问他，是不是他的人杀了埃因罗，问问他知不知道那孩子是个间谍。"

普罗雅斯盯着他，面无表情，就像随时准备仇恨他一样："我为什么要做这种事，阿凯梅安？"

乌有王子 ＊ 前度的黑暗

"因为你爱过我。"

杜萨斯·阿凯梅安没有多说，转身离开。留下两个因里教贵族沉默地坐在火盆旁边。

帐外，夜晚潮湿憋闷的空气混合着几千个没洗过澡的人的味道。圣战的味道。

都死了，阿凯梅安心想，我的学生都死了。

———— ✥ ————

"你很不满意。"普罗雅斯对元帅说，"这次又是为什么？为我的战术，还是我的礼仪？"

"都有。"辛奈摩斯冷冷地答道。

"我懂了。"

"问问你自己，普罗雅斯——放下经文，问问你自己——你胸中现在感觉到的是什么？现在，此时此刻，你感觉到的是正义还是恶意？"

普罗雅斯的脸色严肃起来。

"我什么都没感觉到。"

———— ✥ ————

那天夜里，阿凯梅安梦到艾斯梅娜骑在他身上，她的身体柔软而狂野。然后是埃因罗，在庞然的黑暗中大喊："他们来了，老师！以你看不见的方式！"

但其他梦境仍然无可避免地涌出，古老得失去颜色的噩梦又一次展现出可怕的身形，轻而易举地将那些刚刚生成的、充满渴望的幼小梦境赶走了。阿凯梅安又回到埃伦奥特的战场上，扛着伟大的

第五卷 圣战

至高王遍体鳞伤的身体，离开战争的喧嚣。

塞摩玛斯的蓝眼睛在恳求他。"走吧。"灰胡子国王喘息着说。

"不……如果你死去，塞摩玛斯，那一切都完了。"

至高王的破唇折出一丝微笑："你看到太阳了吗？你看到它在发光吗，谢斯瓦萨？"

"太阳总会落下。"阿凯梅安答道。

"是的！是的，非神的黑暗不能掩盖一切。诸神仍然可以看到我们，亲爱的朋友。他们离我们很远，但我可以听到他们在天空中飞驰，我可以听到他们在朝我喊叫。"

"你不能死，塞摩玛斯！你绝不能死！"

国王摇摇头，温柔得出奇的眼睛流出了泪水："他们在召唤我。他们说我的死并非世界的末日。他们告诉我，该承担责任的人是你……是你，谢斯瓦萨。"

"不。"阿凯梅安低声道。

"太阳！你看不到太阳吗？感觉不到它照在你脸上吗？如此普通的东西中居然包含着这么多启示。我知道了！我知道我是个多么顽固、多么愚蠢的傻瓜……而你，你是我亏欠得最多的人。你能原谅一个老人吗？原谅一个愚蠢的老人？"

"你没什么需要原谅的，塞摩玛斯。你失去得太多，经历了太多痛苦。"

"我儿子……你觉得他会在那边等我吗，谢斯瓦萨？你觉得他会承认我这个父亲吗？"

"会的……他会永远记得您是他的父亲，他的国王。"

"我有没有和你说过，"塞摩玛斯道，声音中带着有气无力的骄傲，"我儿子曾经偷偷潜入戈尔格特拉斯最深的深渊？"

"说过很多遍了。"阿凯梅安含着泪水微笑，"说过很多遍

乌有王子 ★ 前度的黑暗

了,我的老朋友。"

"我多么想念他啊,谢斯瓦萨!我多么渴望与他重逢。"

老国王流了一阵眼泪,然后瞪大眼睛:"我看到他了,看得很清楚。太阳是他的军马,他在我们中间穿行。我看到他了!他在我的人民心中飞驰,用奇观和怒火激励着他们!"

"嘘……你得省点力气,陛下。军医马上就到。"

"他说……他说了一些让我欣慰的话。他说我的种子会回来,谢斯瓦萨——总有一天,一个安那苏里博会回来……"老人浑身猛地一颤,努力吸着气,唾液从牙缝中涌出,"到世界末日的时候。"

安那苏里博·塞摩玛斯二世,特雷瑟的白领主,库尼乌里的至高王,他明亮的眼睛变得空洞了。黄昏的阳光褪色,诺斯莱人的骄傲被青铜盔甲包裹着,坠入暮色之中。

"我们的国王!"阿凯梅安向围在身边的人们喊道,"我们的国王驾崩了!"

她心想,这是不是坎伯希市场的人常玩的游戏?

艾斯梅娜背对那男人,却感觉到对方品鉴的眼神。她的手指滑过架子上挂的一排花椒叶,假装在看它们有没有晒好。她往前倾了倾身,知道自己的白色亚麻长裙,那件样式传统的哈萨斯,会勾勒出曼妙的臀部,高开衩的侧翼则会露出赤裸的大腿和右边若隐若现的酥胸。哈萨斯是亚麻布卷成的长筒,上面修出刺绣复杂的领口,腰上束一条皮带。大多数自由民的妻子在热天都会选择这样的衣服,不过在娼妓中间更为流行,原因也是显而易见。

但她不再是娼妓了。她是……

她也不知道自己的身份。

萨瑟鲁斯那两名贴身的瑟帕罗女奴，埃丽迦和汉莎，也同样看到了那个人。她们拿起肉桂枝，假装在比较枝干的长度，偷偷相视而笑。艾斯梅娜今天不是第一次对这两个女人心生藐视了，在苏拿的时候，她对住在隔壁的竞争对手也有这种感觉——尤其针对那些年轻女孩。

他看的是我！是我！

他是个非常漂亮的男人，一头金发，脸刮得干干净净，胸膛宽阔，穿一件蓝色亚麻褶裙，金色的流苏垂在汗渍渍的大腿侧面。他手臂上网状的蓝色刺青表明他是皇帝近卫军的军官。除此之外，艾斯梅娜对他一无所知。

他们是不久前才碰上的，她身后跟着埃丽迦和汉莎，他则和自己的三名同伴在一起。她被拥挤的人群挤到他身上，而他身上混杂着橘皮的香气和汗液的味道。他个子很高，她眼睛只能勉强平视他的锁骨。他似乎很健壮，于是她抬起头，莫名地报以羞赧一笑，就像意识到自己应当矜持，但同时又将矜持抛下了。

离开那人后，她慌乱、兴奋，又有些沮丧。她带埃丽迦与汉莎来到一条比较安静的小巷，这里来往的都是闲逛的行人，路旁则是一个个香料摊，摊位前散放着平底提篮，架子上晒着草药。与散发汗臭的人群相比，这里对她们来说是一种解脱，但艾斯梅娜却在怀念陌生人身上的香气。

然而突然间，他的朋友们奇迹般地消失了，他在阳光下闲逛，离她们仅几步之遥。他那么坦然地朝她们这边看来，倒让她心里感到一丝不安。

别管他，她想，但没办法摆脱脑海中他坚硬的腹肌压在自己身上的画面。

"你们在做什么？"她厉声对两个女孩说。

乌有王子 ★ 前度的黑暗

"没做什么。"埃丽迦不耐烦地答道,她的谢伊克语带着很重的口音。

一根棍子"咔嚓"一声砸在货架上,她们三个都跳了起来。是一位年老的香料商人,皮肤的颜色简直与他的货物没法区分。他愤怒地瞪着埃丽迦,挥舞的手杖几乎举到头顶的麻布遮阳篷上。

"她是你们的女主人!"他喊道。

晒得黝黑的女孩瑟缩了一下,汉莎扶住她的肩膀。

香料商人转过来面对艾斯梅娜,把一只手掌放到脖子旁边,低了低右边脸颊。这是商人种姓表示尊重的姿势。她赞许地对他笑笑。

她一生中还从没有过这样的日子:身上洗得干干净净,穿着华丽的衣服。艾斯梅娜知道,除了眼神和手之外,自己看上去已经和一个低调的贵族太太没有太大区别了。萨瑟鲁斯给了她很多礼物:衣服,油膏,香水——但没有珠宝。

埃丽迦避开了她的眼睛,踩着脚走出遮阳篷,这也证实了艾斯梅娜一直以来的想法:女孩从没把自己当成艾斯梅娜的仆人。在这点上,汉莎也和她一样。起初艾斯梅娜以为她们是嫉妒,以为她们爱着萨瑟鲁斯,像每一个奴隶女孩一样,她们梦想成为对主人更重要的人,而不仅仅是陪床。但现在,艾斯梅娜开始觉得她们这种态度也是经过萨瑟鲁斯授意的。今天早上,两个女孩拒绝让她单独离开营地,让她的想法彻底坚定了。

"埃丽迦!"艾斯梅娜喊道,"埃丽迦!"

女孩看了她一眼,现在已带着赤裸裸的仇恨了。她的毛发很白,眉毛浅得几乎看不到。

"回家去!"艾斯梅娜命令,"你们两个!"

女孩冷笑一声,朝路边灰尘中啐了一口。

艾斯梅娜往前走了一步,摆出威胁的架势:"把你长斑的屁股挪回家去，奴隶，不要让我——"

棍子又敲在架子上。香料商大步走出货摊，挥起手杖打在埃丽迦脸上。女孩倒在地上尖叫，商人仍然不依不饶地打她，用艾斯梅娜听不懂的语言咒骂。汉莎把埃丽迦扶起来，两人丢下仍在大喊大叫挥舞手杖的香料商人，从小巷中跑了出去。

"她们回家了。"那人对艾斯梅娜说。他的笑脸上写满骄傲，粉红色的舌头露出牙缝。"这些欠操的奴隶。"他又加了一句，扭头朝左边肩膀后面吐了口痰。

艾斯梅娜心里想的只是：我又是孤身一人了。

她眨眨眼睛，按捺住即将涌出的泪水。"谢谢你。"她对老人说。

那张粗糙的脸神色温和。"你要买什么？"他彬彬有礼地问，"胡椒？大蒜？我这儿的大蒜可棒了，是用特殊办法储藏过冬的。"

她上次孤身一人是什么时候？想来还是几个月前在小村子里，人们用石头砸她，直到萨瑟鲁斯把她救出。她浑身发抖，突然害怕起来，赶快用右手手掌盖住文身。

自萨瑟鲁斯救下她那天起，她就没独处过。没有真正独处过。到达圣战军后，埃丽迦和汉莎一直不离左右，萨瑟鲁斯本人也不知如何能抽出大把时间陪她。说实话，虽然他天性以自我为中心，但对她算是殷勤备至。他在许多场合迁就她，带她来过坎伯希市场好几次，带她去逛西米拉神庙区，花掉整个下午时间陪她参观绍特海耶神庙——看到她在神庙宏伟的穹顶下敬畏的神情他大笑不止，然后又耐心地向她讲述塞内安人是如何在中古时代建造这座神庙的。

他甚至带她去过皇宫区，走在安迪亚敏高地凉爽的阴影中时还拿她腼腆的神态打趣。

但他从不让她单独行动。为什么？

乌有王子 ✦ 前度的黑暗

他是怕她去找阿凯梅安吗?想到这点,她一阵恐惧。

浑身发冷。

那些东西在监视阿凯。那些东西!我必须去告诉他!

但她为什么还要躲着阿凯?为什么每当离开营地,想到有可能碰上他,她就这么害怕?不管什么时候,只要瞥见长得像他的人,她都会马上转开脸,害怕如果不这样做,就会把对方认作是阿凯梅安。她害怕他会看到她,用责难的皱眉惩罚她。他痛苦的表情可以让她心跳停止……

"你要买什么?"香料商人重复道,脸上显出困惑的神色。

她呆看了他一眼,心想:我没有钱。那她来市场干吗?

然后她想起了那个男人,之前那个盯着她看的近卫军。她朝小巷对面看了一眼,发现那人还在那里等,用急切的眼光看着她。他真美……

她的呼吸变得急促了。大腿间仿佛有股热流涌过。

这次她没有转开视线。

你想要什么?

他专心地看着她。在一次心跳的时间里,彼此就达成了无言的协议。他轻轻点点头,朝市场尽头看了一眼,然后又收回目光。

她转开视线,心中猛然一紧。

"谢谢你。"她含糊不清地对香料商人说。看她转身就走,商人愤恨地挥了挥手。她茫然地朝陌生人示意的方向走去。

她可以用眼角余光瞥到他,知道他在层层叠叠的人墙后跟随自己。他一直保持着若即若离的距离,但她已感觉到他汗流不止的胸膛粘在自己背上,细窄胯部贴着她的臀不停扭动,还在她耳旁低语。她深深吸了口气,加快脚步,就像有人在后面追赶一样。

我想要这个!

他们走在空荡荡的兽栏间,四周都是祭祀用的牲畜留下的味道。庙宇建筑群外围的几栋建筑在他们头顶投下阴影。不知为什么,虽然没说话,但他们同时拐进街旁一道阴暗的小巷。

这次他身上散发出太阳炙晒过的皮肤的气味。他的吻是那么急迫,甚至有些残酷。她流出了眼泪,将舌头深深探进对方口中,感受到他利如刀锋的牙齿。

"啊,天哪,你真美!"他几乎喊了起来,伸手抓着她的左边乳房,另一只手则扯开她的长裙,朝她大腿内侧摸去。

"不!"她喊了一声,将他推开。

"怎么了?"他压着她的手肘,朝她嘴边凑来。

她转开脸。"钱。"她喘息着说,装出笑容,"不能吃白食,对吧?"

"瑟金斯在上!你要多少?"

"十二塔兰。"她喘息着说,"银塔兰。"

"婊子!"他嘶声说,"你是个婊子!"

"我要十二个银塔兰……"

男人犹豫了一下:"成交。"

他开始在钱包里摸索,眼睛一直斜过来看她,她紧张地整理着长裙。

"这是什么?"他突然尖声问。她发现他的视线落在自己的左手背上。

"没什么。"

"真的吗?我见过这'没什么'。这是一种嘲弄的文身,按照吉耶拉女神的女祭司的式样文的,对吗?他们在苏拿就是这样往妓女身上烙印子。"

"所以,那又怎样?"

男人咧嘴一笑:"我会给你十二塔兰。铜塔兰。"

"银塔兰。"她说。她的声音听上去并不那么有把握。

乌有王子 ★ 前度的黑暗

"桃子揉坏就是揉坏了,不管你把它打扮成什么样。"

"好吧。"她低声说,眼里流出泪水。

"你说什么?"

"好吧!不过快点!"

他匆忙从钱包里摸出几枚硬币。艾斯梅娜瞥见一块对半剪开的银币从他指间滑出。她一把抓过那些沾满汗水的铜币,而他掀起哈萨斯的前摆,像刀一样扎进她体内。她马上感觉到了高潮,从紧咬的牙齿间吐气,虚弱的拳头捶打着他的肩膀。他不停冲刺着,动作很慢,但很用力。一次又一次,每次都发出更高亢的哼声。

"瑟金斯啊!"他嘶声道,她耳旁是他滚烫的呼吸。

她又一次到达高潮,这次她喊了出来。她感觉到他的颤抖,感觉到他在竭力往她体内探,越来越深,仿佛要寻找她身体中最隐秘的位置。

"真神在上。"他喘息着说。

他退了出去,用手按着她的手,那双眼睛仿佛看穿了她。"真神在上……"他重复道,但口气变得不同了,"我做了什么?"

她喘息着抬起一只手想去触碰他的脸颊,但他踉跄着退开,忙着按平褶裙。她看到一道湿湿的痕迹,还有他正在变软的阳具的影子。

那人不敢看她,匆忙朝其他方向看去,盯着小巷明亮的入口。他开始朝那边走,就像刚刚醒来一样。

她靠在墙上,看着那人走到阳光下,找回了镇静,至少变得面无表情了。然后他就消失了。她用头靠住墙,沉沉地呼吸着,笨拙地整理长裙,吞了吞口水,仿佛仍能感到那人在她大腿内侧碰撞,起初是灼热,然后是冰冷,就像滚过脸颊的一滴眼泪。

突然间,她觉察到小巷中的恶臭,她看到那半枚闪亮的银币被一只没有眼睛的鱼头压在下面。

第五卷 圣战

她在泥砖墙上转过身，望向明亮的市场，把手中铜币扔在地上。

她用力闭上眼，仿佛看到黑色的种子正从肚子上流下。

然后她逃跑了，这次真的是孤身一人。

艾斯梅娜看得出，汉莎刚哭过，左眼似乎要肿起来了。埃丽迦在照看火堆，抬起眼来瞧了瞧她。她脸上也有道红色痕迹，可能是卖香料的留下的，不过没有其他伤势。她的雀斑脸上露出豺狼一样的笑容，抬了抬淡得几乎看不到的眉毛，看向大帐。

萨瑟鲁斯在帐篷里等她，坐在阴影当中。

"我很想你。"萨瑟鲁斯说。

艾斯梅娜觉得他的语调很奇怪，但还是笑笑："我也一样。"

"你去哪儿了？"

"散步。"

"散步……"他鼻孔哼了一声，"到哪里散步？"

"城里。市场。问这个干吗？"

他用奇怪的眼神看着她。就像是在……嗅她身上的味道。

他跳将起来，抓住她的手腕，把她拉到身边——动作实在是太快了，艾斯梅娜惊讶得抽了口气，叫出声来。

萨瑟鲁斯一边盯着她，一边抓住她长裙的边缘，把裙子往上撩。刚撩过膝盖，她就伸手阻住他。

"你在做什么，萨瑟鲁斯？"

"我很想你。我说过了。"

"不行，现在不行。我身上的味道——"

"没事。"他掰开她的手，"就是现在。"

乌有王子 ★ 前度的黑暗

他把亚麻裙子撩起来，围出一个小空间，自己蹲下，像猴子一样跪在她大腿前。

她全身一阵颤抖，不知是出于愤怒还是恐惧。但这时他放下裙子，站了起来，毫无表情地盯了她一会儿，然后露出微笑。

他身上有什么东西让她想到了镰刀，仿佛连微笑都可以收割麦子。

"是谁？"他问。

"是谁？"

他扇了她一巴掌。不是很重，却让她刺痛难当。

"是谁？"

她什么都没说，往床铺那边走去。

他抓住她的胳膊，粗野地把她拉回来，举手准备继续打……

犹豫。

"是阿凯梅安？"他问。

艾斯梅娜从未如此痛恨过一个人的脸。她自觉一口唾沫涌到了唇齿间。

"是的！"她从牙缝中挤出这两个字。

萨瑟鲁斯放下手，松开她。这一瞬间，他看上去是如此心碎。

"原谅我，艾斯梅。"他哑声道。

原谅你什么呢，萨瑟鲁斯？什么呢？

他绝望地抱住她。起初她的身子仍然僵着，但当他开始哭泣，她身体里有什么东西裂开了，脸色也缓和下来。她靠在他怀中，深深呼吸着他的味道——没药、汗水、皮革。为何一个如此严厉、还比她见过的任何人都自信的人，打了她这样的人却会哭泣？毕竟，背叛的是她。淫贱的是她。他为什么会——

"我知道你爱他，"她听到他低声说，"你爱他……"

艾斯梅娜自己却不能肯定。

第五卷 圣战

巫师按约定的时间来到俯瞰整个圣战军营地的小山顶时,普罗雅斯已在等他了。东边,越过摩门延绵的城墙与城墙上的箭塔,可以看到太阳如同一块燃烧的煤炭,正在冉冉升起。

普罗雅斯闭上眼睛,体味着初升的太阳带来的模糊暖意。今天,他想着,同时又是在祈祷,*一切都会改变*。如果接到的报告是真的,那么他不再需要与虎谋皮,他将拥有自己的雄狮。

他转身对阿凯梅安说:"真是不同寻常,不是吗?"

"您说什么?圣战?还是您的召唤?"

普罗雅斯感到对方的谴责意味和缺乏敬意,不禁暗自恼火。几小时前,他在黎明前的床上辗转难眠,知道自己还是需要阿凯梅安。起初骄傲不允许他这样想,一星期前他说的话足够决绝了:"我不想再见到你,永远不想。"然而现在,仅仅因为需要对方就收回这些话,显得太随意、太势利了。但他真的需要为说出这些话表示忏悔吗?

"当然是圣战,还用说吗?"他满不在乎地说,"我的抄写员告诉我,目前已有超过——"

"我现在有一整支谣言大军要追赶,普罗雅斯。"学士说,"所以请您不要纠结礼仪规范了,告诉我您想要什么。"

阿凯梅安早上的脾气通常都非常坏,普罗雅斯一直认为这是梦境的影响。但对方语调里有别的东西,类似于仇恨的东西。

"我能理解你心中的苦恼,阿凯,但你必须服从我。涅尔塞家族与天命派之间签订过契约,如果需要,我会援引条文。"

阿凯梅探寻地打量他。"你想干什么,普罗沙?"他用上了王子儿时的名字,仿佛自己仍是他的老师,"你叫我来干什么?"

乌有王子 * 前度的黑暗

"怎么说呢？普罗雅斯要说的事几句话实在难以讲清。"你无权质疑我，学士。"

"所有人，哪怕王子，也必须服从理智。某天晚上你禁止我在你面前出现，但过了不到一星期，你又召唤了我，却不允许我问问题？"

"我没有召唤你！"普罗雅斯喊道，"我是根据我父亲与你的上级签订的契约，召唤了一个天命派学士。你可以遵从这份契约，也可以违抗它，这是你的选择，杜萨斯·阿凯梅安。"

不要在今天吵，今天他不能卷进这泥沼之中！在这个关键时刻，这个能改变一切的时刻……或者说，可能改变一切。

但显然，阿凯梅安有自己的坚持："你知道，我仔细思考了你那天晚上的话。事实上，我这几天很少想其他事。"

"然后呢？"

拜托了，老师，不要在今天！

"有的信徒清楚自己的信仰，普罗雅斯，有的信徒则将信仰与知识混淆。前一种人会容忍不确定的事，承认真神造物的神秘，他们的信仰会带来怜悯与宽容。如果一个人不认为自己绝对正确，又怎会去宣判别人的罪过？但后一种人，普罗雅斯，后一种人的信仰是绝对的，真神造物的神秘只能由他们的殷勤话语去服侍。他们的信仰会带来偏执、仇恨、暴力……"

普罗雅斯的脸沉下去。为什么他不能忍受这些话？"我想，他们的信仰还会导致学生与曾经的老师断绝关系，是这样吗，阿凯梅安？"

巫师点点头："以及引发圣战……"

对方的回答中有什么东西让普罗雅斯不安，仿佛煽动了他心中本已炽烈的恐惧。若非勤读经书，也许他这一刻将无言以对。

"安居于我，"他引用道，"汝将在无定的世间得以解脱。"

第五卷 圣战

他用轻蔑的眼神看了阿凯梅安一眼,"汝当服从我,如孩童服从父亲,一切疑问都将克服。"

学士不悦地盯着他看了一会儿,然后点点头,极力藏起脸上的厌恶,好像在看着一个笨手笨脚想要补偿自己犯下的错误的人一样。连普罗雅斯也能感觉到,虽然引用了经文,但他仍然只是玩了个拙劣的文字游戏。但是为什么?为什么后先知本人的话语,永恒的真言,听上去却如此……如此……

他发现曾经的老师怜悯的眼神让他难以忍受。

"不要评判我。"普罗雅斯粗声说。

"你到底是为什么召我过来,普罗雅斯?"阿凯梅安疲惫地问,"你想干什么?"

康里亚的王子深吸一口气,收拢思绪。虽然他极力避免,但还是让阿凯梅安将他引到了乱七八糟的事情上。不能再这样下去了。

今天是他等待已久的日子。必须是。

"昨晚,我收到辛的堂亲伊里萨斯传回的消息。他发现了一个有趣的人。"

"什么人?"

"一个塞尔文迪人。"

这个民族会让每个孩子的心为之颤抖。

阿凯梅安眯眼看了他一眼,表情仍无动于衷:"伊里萨斯一星期左右前才离开,他怎可能在离摩门这么近的地方发现塞尔文迪人?"

"看上去这个塞尔文迪人正赶来加入圣战。"

阿凯梅安非常困惑。普罗雅斯还记得第一次见到老师这副模样:那时他很小,两人在父亲的花园中一棵高大榆树下下本约卡棋,当时他高兴极了。

但这一次,老师的困惑转瞬即逝。"是恶作剧吗?"阿凯梅安问。

"我不知道,老师,这就是我召你来的原因。"

"肯定是谎言。"阿凯梅安道,"塞尔文迪人绝不会加入因里教的圣战。对他们而言,我们不过是——"他停了一下,"但你为什么把我召来这里?"好像在把心里的疑问大声说出来,"除非……"

普罗雅斯微微一笑:"我想伊里萨斯很快就会出现。他的传令官说,这位总管赶得极快,自己最多只领先几小时。我派辛奈摩斯去把他们带到这里。"

学士朝远方初升的太阳看去——它就像是覆着赤红眼膜的金色眼珠。"他连夜赶回?"

"他发现那个人及其同伴时,他们正被皇帝的齐德鲁希骑兵追杀。显然伊里萨斯认为尽快返回是最保险的策略,塞尔文迪人说了些惊人的话。"

阿凯梅安举起一只手,似乎发现了什么重要细节:"同伴?"

"一男一女,我知道的就这些。对了,他们都不是塞尔文迪人,那男的自称是个王子。"

"塞尔文迪人说了什么话?"

普罗雅斯顿了顿,似乎要吞下声音中可能出现的颤抖:"他说他懂得费恩教徒的作战方式。他说他在战场上打败过他们。他提出要为圣战贡献自己的智慧。"

阿凯梅安终于明白,王子为何兴奋,为何焦虑而不耐烦。用本约卡棋的术语说,普罗雅斯看到了"库特玛",即"隐藏的棋步"。不管那个塞尔文迪人是谁,王子希望用他来羞辱皇帝、打败

皇帝。阿凯梅安不由自主地微微一笑。虽然和学生之间有这么多言语不快，他还是忍不住想要分享学生的激动。

"也就是说，他自称是你的库特玛。"他道。

"他的话可靠吗，阿凯？塞尔文迪人和费恩教打过仗吗？"

"他们的南方部落经常掠袭杰迪亚和施吉克。我在希摩时，有一次——"

"你去过希摩？"普罗雅斯脱口而出。

阿凯梅安皱了皱眉头。和大多数老师一样，他不喜欢被学生打断："我去过很多地方，普罗雅斯。"

因为非神会。一个人不知道该看哪里时，就会到处窥探。

"抱歉，阿凯，我只是……"普罗雅斯垂下头，似乎很困惑。

阿凯梅安明白，王子心中的希摩是圣山顶峰，是毕生追求的终极目标，需要无穷的奋斗方能抵达。想到一个渎神者不过是轻松地从船上下来……

"有一次，"阿凯梅安续道，"那里的人都吵吵着要去打塞尔文迪人。西斯林派出整整二十个巫师前往施吉克，加入帕迪拉贾的大草原远征军。但远征军和那些西斯林再也没有回来。"

"塞尔文迪人杀光了他们。"

阿凯梅安点点头："所以，没错，你这位塞尔文迪人很可能确实和费恩教徒战斗过，并且打了胜仗。甚至有可能，他有些智慧与我们分享。但他为什么要这么做？和因里教徒分享智慧？这才是真正的问题所在。"

"他们和我们之间的仇恨有这么深吗？"

阿凯梅安仿佛看到如海潮一般、号叫着的塞尔文迪枪骑兵冲进谢斯瓦萨召唤出的雷霆与烈火中。这是梦境中的画面。

他眨眨眼："摩米克神的祭司会恨被自己切开喉咙的公牛吗？不会的。记住，对塞尔文迪人来说，这个世界就是祭坛，我们不过

乌有王子★前度的黑暗

是仪式上的祭品。我们根本不值得他们轻蔑，所以这事才不同寻常。一个塞尔文迪人要加入圣战？这就像……像——"

"像走进关着祭品的兽栏，"普罗雅斯用沮丧的口气说，"和畜牲谈判。"

"非常准确。"

王太子抿起嘴朝营地看去，仿佛在寻找什么。阿凯梅安猜想，他是要为自己飞速流逝的希望寻找证明。他从没看到普罗雅斯有这样的表情——哪怕对方还是孩子的时候。他看上去如此……脆弱。

事情真的如此绝望吗？你在害怕失去什么？

"不过，当然了，"阿凯梅安安抚地说，"孔法斯在基育斯河打了胜仗，草原可能发生了许多变化。也许是非常剧烈的变化。"

他为什么总要迎合这孩子？

普罗雅斯用眼角瞟了他一眼，嘴角勾了勾，露出讥讽的笑容。他又转回去看向乱作一团的帐篷和大营，以及它们中间的小道："我还没惨到那地步呢，老——"说到这里他停了下来，转着眼睛，"那边！"他抬起手指喊道，但阿凯梅安看不到那方向上有什么东西，"辛来了。很快我们就能知道，那个塞尔文迪人会不会成为我的库特玛。"

转眼间，他从绝望变为了热切。他会是一个危险的国王。阿凯梅安不由自主地想。当然，前提是他能在这场圣战中活下来。

阿凯梅安吞了吞口水，齿间有尘土的味道。习惯的思路，尤其与恐惧结合时，总是让人忽视未来。但他不能放纵王子。无数好战的人集结起来，必定有灾难发生，这是阿金西斯冷酷无情的逻辑。他考虑得越多，在真正的灾难到来时才能做好越周全的准备。

某天，某地，会有无数人因我而死。

那个挥不去的问题又涌上心头，他明知自己几近病态，却忍不住一遍遍自问：谁？谁会死？世界上总有人会死。

第五卷 圣战

我自己会死?

终于,他也在混乱的营地中分辨出辛奈摩斯及其身后那支骑兵队。辛奈摩斯看上去非常憔悴,考虑到王子深更半夜把他派出去,这是预料之中的事。他那修得方方正正的胡须转向他们的方向,阿凯梅安非常肯定,他看的是自己,不是普罗雅斯。

你会死吗,老朋友?

"你看到他了?"普罗雅斯问。

阿凯梅安起初以为他指的是辛奈摩斯,但他马上看到了那个塞尔文迪人。那人也骑在马上,正跟头发散乱的伊里萨斯说着什么。这一幕让他浑身发冷。

普罗雅斯一直看着他,急切地等待他的反应。"有什么不对吗?"他问。

"实在是——"阿凯梅安屏住呼吸。

"实在是什么?"

太久了……事实上,从他上次见到塞尔文迪人,已经过去了两千多年。

"在末世之劫时……"他开口,然后犹豫了一下。为什么他说出这些话时——这些真实发生过的事——总是羞愧万分?"在末世之劫时,塞尔文迪人加入了非神一方。他们摧毁了凯兰尼亚,洗劫了蒙特松,围困了苏拿,就在谢斯瓦萨逃往那里——"

"你是说'这里'。"普罗雅斯道。

阿凯梅安疑惑地看着他。

"就在谢斯瓦萨逃往'这里'之后。"普罗雅斯解释,"这里是古代凯兰尼亚王国的所在地。"

"是、是的……这里。"他确实站在古代凯兰尼亚王国的土地上。就在这里。不过王国已被层层泥土掩埋了。谢斯瓦萨甚至路过了摩门一次,虽然当时的摩门叫摩内摩拉,而且不过是一个小镇。

471

阿凯梅安突然意识到，这就是他刚才心神不宁的原因。通常情况下，他可以清楚地区分两个时代，区分当下和末世之劫。但这个塞尔文迪人……似乎连神情都带着古代灾难的影子。

阿凯梅安端详着越来越近的人影。那人粗壮的手臂覆满疤痕，蛮横的脸颊上那双眼睛仿佛把每个人都看成被他杀死的敌人。另一个人骑马紧跟他，脸上满是尘土，和塞尔文迪人一样风尘仆仆，不过那一头金发加上金色胡须，足以证明他是个诺斯莱人。这个诺斯莱人在和一个女人交谈，女人也是一头淡黄头发，坐在马鞍上摇摇欲坠。阿凯梅安仔细观察一阵，发觉那女人好像受了伤，但最后，他的注意力完全被塞尔文迪人吸了回去。

一个塞尔文迪人。其中的诡异难以置信。这代表着什么？他最近经历了太多关于安那苏里博·塞摩玛斯的梦境，而现在，世界末日的预兆活生生来到他面前！一个塞尔文迪人！

"不要信任他，普罗雅斯。他们都很残忍，毫无怜悯心，不仅跟斯兰克一样野蛮，而且更狡诈。"

普罗雅斯笑了："你知道吗，纳述尔人每次祝酒和祈祷，总以对塞尔文迪人的诅咒开始？"

"我是这么听说的。"

"所以，学士，你看到的是噩梦中的幽灵，我看到的却是敌人的敌人。"

阿凯梅安明白，看到这野蛮人，普罗雅斯心中重新燃起了希望。

"不。你看到的是个敌人，就这么简单。他是个异教徒，普罗雅斯，他是个被诅咒的人。"

王太子锐利地扫了他一眼："你不也是？"

这个粗心的家伙！怎能让他明白过来？

"普罗雅斯，你必须——"

第五卷 圣战

"不,阿凯梅安!"王子喊道,"我没有任何'必须'做的事!就这一次,别用你那阴暗的预感来烦我了!拜托!"

"你召我来是为了听取我的谏言。"阿凯梅安厉声说。

普罗雅斯背过身。"老师,你为何变得这么急躁?你到底怎么了?我召你来是为了听取你的建议,没错,但你却只是东拉西扯。你似乎忘了,一个顾问给予王子的应该是必要的事实,好让王子做出清醒的判断,而不该擅自决断,然后责怪王子不同意自己的看法。"他转回身,嗤笑一声,"现在我知道元帅为何这么烦你了。"

此话让阿凯梅安心中一痛。从普罗雅斯的表情中,他看出王子是故意刺伤他,要在他心头砍出伤口。涅尔塞·普罗雅斯是指挥千军万马的人,正为了圣战的主导权与皇帝角力。他需要决心,需要身边人的赞同,更重要的是服从。塞尔文迪人几乎要走近他们了。

阿凯梅安懂得这些,但王子的话仍然让他心痛。

我到底是怎么了?

辛奈摩斯勒住黑马,停在小山下面。下马后,他朝他们行了一礼。阿凯梅安没有心情回应。你是怎么说我的,辛?你发现了什么?

看到辛奈摩斯停下,其他人也纷纷勒马。阿凯梅安听到伊里萨斯斥责诺斯莱人,说他这副样子实在有失体统,那口气就像要见王子的是自己的亲兄弟,而不是一个外国人。他们一路低声说话,用疲惫的脚步爬上山坡。下马后的塞尔文迪人如铁塔般笼罩着辛奈摩斯,魁梧的身形让在场众人都相形见绌——只有诺斯莱人例外。草原人有苗条的腰肢、宽阔的肩膀,后背略朝前弓。他似乎非常饥饿,但不像乞丐,而是像狼。

普罗雅斯给了阿凯梅安最后一个眼神,然后开始问候客人们。做我需要你做的人。他的眼神警告道。

"很少有人的外表能与传言相符。"王子用谢伊克语说,他盯着野蛮人肌肉饱满的手臂,"但你看起来完全当得起你们民族骁勇善战的名声,塞尔文迪人。"

阿凯梅安如此厌恶普罗雅斯这副友善的腔调。王子能毫不费力地在争吵与问候间切换,前一瞬间还在怨恨,下一刻就变得和蔼可亲,这样的能力一直让阿凯梅安困扰。当然了,他没这本领。他知道,对热情拥有如此圆滑的控制力,意味着王子可以轻易骗人。

塞尔文迪人怒视着普罗雅斯,一句话也没说。阿凯梅安身上起了鸡皮疙瘩,他意识到,这个人身上带着丘莱尔,就在腰带下面。他能听到它深邃的低语。

普罗雅斯皱了皱眉:"我知道你会说谢伊克语,朋友。"

"如果我没记错,"阿凯梅安用康里亚语说,"塞尔文迪人对委婉的称赞没有什么耐心,王子殿下,他们觉得这不够男人。"

野蛮人冰蓝色的眼睛朝他看来。阿凯梅安心底评估人身威胁的那一块颤抖了一下。

"这是谁?"塞尔文迪人问。他的口音非常重。

"杜萨斯·阿凯梅安。"普罗雅斯说,口气僵硬了许多,"一个巫师。"

塞尔文迪人啐了一口,阿凯梅安不知他是出于鄙视,还是出于草原人对巫术的习俗。

"这里轮不到你发问。"普罗雅斯续道,"是我的人把你和你的同伴们从纳述尔人手中救出的,我随时可以让他们把你们送回去。你明白吗?"

野蛮人耸耸肩:"想问什么就问吧。"

"你是谁?"

"我是奈育尔·厄·齐约萨,乌特蒙部落的酋长。"

阿凯梅安对塞尔文迪人的了解虽有限,但也听说过乌特蒙部落。任何一个天命派学士都听说过。根据他们的梦境,萨加伊,那个在非神麾下统帅塞尔文迪人的部族之王,就来自乌特蒙部落。这是另一个巧合吗?

"王子殿下,"阿凯梅安低声对普罗雅斯说,"乌特蒙是大草原最北边的部落。"

野蛮人朝他投来冰冷的一瞥。

普罗雅斯点点头:"那么告诉我,奈育尔·厄·齐约萨,为什么一匹塞尔文迪的狼会长途跋涉,前来与因里教的狗谈判?"

塞尔文迪人不知是在冷笑还是微笑。阿凯梅安发现,他具有野蛮人独特的傲慢。野蛮人不假思索地相信,草原上艰苦的生活会让他们比其他人更坚强、更开化。对他来说,阿凯梅安心想,我们只是病快快的女人。

"我来这里,"那人道,"是为了贡献我的智慧和我的剑。"

"就像佣兵?"普罗雅斯问,"我不这么想,朋友。阿凯梅安告诉我,从来不曾有过塞尔文迪雇佣兵。"

阿凯梅安想要跟奈育尔对视,却败下阵来。

"我的部落在基育斯河蒙受了重大损失。"野蛮人解释,"回到牧场以后,情况越来越糟,和纳述尔人的战斗中活下来的少数族人被南方相邻的部落打败了。我们的牧群被他们偷走,妻子和孩子们被他们抓作奴隶。乌特蒙部落已经不存在了。"

"那又怎样?"普罗雅斯质问,"你想把因里教众当成自己的部落吗?你想让我相信这个?"

沉默。两个倔强的人彼此对视。

"我的国度拒绝了我,它剥夺了我的炉床和牲畜,所以我再也不承认那是我的国度。这真的很难相信吗?"

"但为什么——"阿凯梅安用康里亚语说,却被普罗雅斯抬手阻止。康里亚的王子仔细打量着野蛮人,阿凯梅安见过他用这种

乌有王子 ＊ 前度的黑暗

令人不安的眼光打量人，似乎当自己是全知全能的大法官。但奈育尔·厄·齐约萨就算心里不安，也没表现出来。

普罗雅斯重重地叹了口气，就像做出了一个危险而重要的决定："告诉我，塞尔文迪人，你对基安人了解多少？"

阿凯梅安张开嘴想要反对，看到辛奈摩斯阴沉的脸色又犹豫了。不要忘记你的身份！元帅的表情在朝他喊。

"说多不多，说少不少。"奈育尔答道。

阿凯梅安知道这是普罗雅斯最不喜欢的回答，塞尔文迪人在和王子玩相同的花样。普罗雅斯想在不揭开自己底牌的前提下，弄清塞尔文迪人对费恩教的了解，以防对方只说一些他想听的话。然而，这避重就轻的回答意味着塞尔文迪人察觉到了王子的意图，说明此人有着非同寻常的精明。阿凯梅安沿野蛮人的胳膊看下去，看到他手臂上的疤痕，想数清一共有多少条斯瓦宗，却数不过来。

很多人低估过这个男人，他心想。

"关于战争呢？"普罗雅斯问，"关于基安人的战斗方式你了解多少？"

"很多。"

"你是从何得知的？"

"八年前，基安人像现在的纳述尔人一样大举入侵草原，希望一劳永逸地阻止我们袭击杰迪亚。我们在一个叫泽克尔塔的地方和他们战斗，并摧毁了他们。这里这些——"他粗壮的手指沿右手手腕上的若干道疤痕划过，"就是那场战斗的纪录。这条是他们的将军，哈斯金内，施吉克帕夏萨考拉斯之子。"

他的声音中听不出骄傲，对他来说，战争是一件再普通不过的事。阿凯梅安猜测，描述战争和描述牧场里一头新生马驹可能没有区别。

"你杀了帕夏的儿子？"

第五卷 圣战

"我是杀了他。"塞尔文迪人说,"不过先让他给我唱了首歌听。"

周围几个康里亚人笑出了声。普罗雅斯只露出浅浅的微笑,但阿凯梅安知道他心花怒放。虽然塞尔文迪人的态度非常粗鲁,但他说出的正是普罗雅斯想听到的。

阿凯梅安仍然不相信对方。怎能确定乌特蒙部落被消灭了?更重要的是,这和他们冒着被杀、被砍断四肢,甚至被剥皮的风险,穿过纳述尔帝国投奔圣战军有什么关系?阿凯梅安的视线越过塞尔文迪人的左肩,朝和他一起前来的诺斯莱人看去。一瞬间,两人目光交汇,对方眼神中流露的智慧与感伤让阿凯梅安一愣。不知为什么,他想:是他……答案在他身上。

但普罗雅斯能在将他们置于保护下之前意识到这点吗?康里亚人的待客之道以严肃出名。

"所以你了解基安人的战术?"普罗雅斯问。

"我非常了解。即便在那时,我也当了许多年的酋长了,部族之王也会听我的建议。"

"你能给我讲讲他们吗?"

"我能……"

王子笑起来,好像终于找到了共同语言。阿凯梅安只是呆看着。他知道,自己如果这时候打断,一定会被王子挥手赶开。

"你很谨慎。"普罗雅斯说,"这很好。一个来到圣战军中的异教徒理当谨慎。不过你无须太提防我,我的朋友。"

塞尔文迪人哼了一声:"为什么?"

普罗雅斯张开双臂,示意环绕四周的军队,以及远方星罗棋布的帐篷:"你见过这么多军队吗?因里教的精英齐集在你眼前,塞尔文迪人。三海诸国从来不曾有这么齐心,所有的力量都汇聚到了这里。当这支大军向费恩教进军时,我向你保证,和它比起来,你们在基育斯河畔的战斗不过是一场小冲突而已。"

"何时进军?"

普罗雅斯顿了顿:"很可能要取决于你。"

野蛮人目瞪口呆地看着他。

"圣战大军目前处于瘫痪状态,塞尔文迪人。一支军队,特别是这么大一支军队,能否动身要看它能否填饱肚子。但伊库雷·瑟留斯三世虽然一年多前和我们达成了共识,现在却拒绝提供我们所需的补给。根据教廷的律法,沙里亚可以命令皇帝为我们提供补给,但他没法要求纳述尔人和我们一起进军。"

"那就不带他们好了。"

"我们也希望如此,但沙里亚在犹豫。几个月前,一批长牙之民为了得到补给,答应了纳述尔皇帝的要求——"

"要求是?"

"签署《条约》,承诺将征服的土地全部割让给帝国。"

"不能接受。"

"做决定的贵族们不这么想。他们认为自己不可战胜,而其他军队会抢走属于他们的荣耀。和荣耀相比,在羊皮纸上签个名又算得了什么?所以他们擅自进军,踏上费恩教的领土,然后被全歼了。"

塞尔文迪人摸着下巴,沉思了一会儿。阿凯梅安心想,对于一个相貌如此野蛮的人来说,这样的姿势可不寻常。"伊库雷·孔法斯。"他断然说道。

普罗雅斯扬了扬眉毛表示赞赏,甚至连阿凯梅安都感到一丝惊讶。

"继续说。"王子道。

"你的沙里亚害怕,没有孔法斯,圣战军难逃厄运。所以他拒绝强令皇帝给你们提供补给,害怕重蹈覆辙。"

第五卷 圣战

普罗雅斯苦笑:"确实如此。而不用说,皇帝把他的《条约》当成为孔法斯开出的价码,玛伊萨内要想挥舞战锤,唯一的办法似乎只有出卖它。"

"出卖你。"

普罗雅斯重重地叹口气:"别弄错了,塞尔文迪人,我是个虔诚的人,我不会质疑我的沙里亚。我只是觉得他对最近的事件评估有误。我相信皇帝是在虚张声势,就算我们不签订他那该死的《条约》,他也会派孔法斯和他的军团参加圣战,毕竟只有这样才能趁机捞取在圣战中可能获得的某些好处……"

阿凯梅安第一次意识到,普罗雅斯事实上害怕玛伊萨内会妥协。有什么不可能的?神圣的沙里亚既然可以容忍赤塔,为何不能容纳皇帝的《条约》?

"我希望,"普罗雅斯续道,"仅仅是希望,玛伊萨内可以接受你来替代孔法斯。有了你作参谋,皇帝就不能再声称我们的无知会引导我们走向毁灭了。"

"大统领的替身?"塞尔文迪酋长重复了一遍。他身子一颤,阿凯梅安马上明白过来,他是在笑。

"你觉得这很好笑,塞尔文迪人?"普罗雅斯问,脸带困惑。

阿凯梅安抓住这机会,低声用康里亚语进言:"是因为基育斯河之战。想想看,因为那场战役,他会有多恨孔法斯。"

"复仇?"普罗雅斯转过头,也用康里亚语说,"你觉得这是他来这里的真正目的?为了向伊库雷·孔法斯复仇?"

"问问他!问他为什么到这里来,其他那些人又是谁?"

普罗雅斯斜瞥了阿凯梅安一眼,眼中的懊恼被果决取代。狂喜险些让他犯下错误,他非常清楚,他险些将一个塞尔文迪人——一个塞尔文迪人!——不加盘问地带到自己的炉火旁。

"你不了解纳述尔人。"野蛮人道,"伟大的伊库雷·孔法斯

乌有王子 ★ 前度的黑暗

被一个塞尔文迪人取代？这话传出去，恐怕会引起轩然大波。"

普罗雅斯没理会他的评论："我有件事搞不明白，塞尔文迪人……我知道你的部落已经毁灭，你的国度驱逐了你，但你究竟为什么来这里呢？为什么一个塞尔文迪人不去其他地方，偏偏要穿过整个帝国？为什么一个异教徒要加入圣战？"

这个问题扫去了奈育尔·厄·齐约萨脸上的笑意，只留下警觉。阿凯梅安看到他变得紧张起来，就像一扇门打开了，门后是他非常恐惧的东西。

这时，一个洪亮的声音从野蛮人身后传来："奈育尔来这里是因为我。"

所有人的目光都集中到那个无名的诺斯莱人身上。虽然衣衫褴褛，但那人的举止仍带着居高临下的神态，这是从小享受无上权力的人才能培养出的风度；同时大家又明显感觉到他的收敛，似乎是经历过长久的艰辛与痛苦。他身后那个女人紧紧抱着他的腰，目光在每个人脸上扫过，似乎对他们的审视愤怒又迷惑。她的眼睛仿佛在喊：你们怎么会不知道他？

"你又是谁？"普罗雅斯问那个人。

那双清澈的蓝眼睛眨了眨，安详的脸微微往下低了低，仿佛是跟同僚打个招呼。"我是安那苏里博·凯胡斯，莫恩古斯之子。"他的谢伊克语口音很重，"北方来的王子，来自亚特里索。"

阿凯梅安张大了嘴，一时没反应过来。这个姓氏，安那苏里博，就像突然在他肚子上打了一拳，又让他浑身麻木。他情不自禁地伸出手，握住普罗雅斯的手臂。

这不可能。

普罗雅斯朝他瞥了一眼，示意他别说话。以后会给你时间打听的，学士。他又看向陌生人。

"一个强大的姓氏。"

第五卷 圣战

"我不会评论我的血脉。"诺斯莱人答道。

我的种子会回来,谢斯瓦萨——

"你的外表不像王子。你要我相信,你是和我一样身份的人?"

"我不能告诉你相信什么或者不相信什么。至于我的外表,我能说的只是,这次朝圣之旅实在艰难。"

总有一天,一个安那苏里博会回来——

"朝圣?"

"是的。去希摩……我们是来为长牙献身的。"

……到世界末日的时候!

"但亚特里索离三海诸国那么遥远,你是怎么知道圣战的?"

他在犹豫,就像在害怕自己要说出的事,那事甚至连他自己都不相信:"是梦。有人给我送来梦境。"

这不可能!

"有人?是谁?"

那人没有回答。

第十六章 摩门

> 想起他的到来,我们这些幸存者通常会感到茫然。这不单是因为当时的他与现在的他有很大不同。其实从某个奇妙的角度看,他从未改变,改变的是我们。若我们回想起他的巨大反差,那是因为他已经改变了这个世界。
>
> ——杜萨斯·阿凯梅安,《第一次圣战简史》

长牙纪4111年,晚春,摩门

太阳刚刚落下。那个自称安那苏里博·凯胡斯的人盘腿坐在火光中,身旁是一座大帐篷,帐篷帆布上绣着黑鹰。是普罗雅斯送给他们的礼物,阿凯梅安心想。此人外表并不太出众,只是一头麦秆般金黄的长发让人印象深刻,这头发像貂皮一样顺滑,在火光中闪烁,与周围环境格格不入。这头发是为阳光而生的,阿凯梅安心想。那个受伤的年轻女人前一天始终紧抱着他的腰,现在坐在他身边,穿着朴素而优雅的裙子。他俩都已经洗过澡,换下一身破布,从王子本人的华服中挑了几件穿上。走上前,阿凯梅安才惊叹于那女人的美貌,之前的她看上去像被殴打过的流浪儿一样。

他俩盯着走过来的阿凯梅安,火光在他俩脸上照出鲜艳的色彩。

"你一定就是杜萨斯·阿凯梅安。"亚特里索的王子说。

"看得出来,普罗雅斯警告过你要提防我。"

这男人会心一笑——不只是心照不宣,这和阿凯梅安见过的任

第五卷 圣战

何人的笑容都不同,这笑容的主人对他的了解似乎远远超过他希望别人了解到的程度。

然后他发现了一个令人震惊的事实。

我认识这个人。

他怎么会认识一个素昧平生的人?除非这个人是某人的儿子或亲族……最近梦中的图景一一闪过,他的灵魂之眼看到安那苏里博·塞摩玛斯垂死的面庞枕在自己膝上。绝不会错:双眉间的皱纹,颧骨下狭长而瘦削的脸颊,还有深陷的眼睛。

他是个安那苏里博!但这不可能……

然而,各种不可能的事仿佛同时蜂拥而至。

聚集在摩门城下的圣战大军给阿凯梅安留下了深刻印象,规模堪比他噩梦中上古时代的战争——也许只有令人心碎的阿冈戈里亚之战和绝望的戈尔格特拉斯围城会比这场面更壮观。塞尔文迪人和亚特里索王子的到来,再次证明圣战的规模已扩大到荒谬的程度,好像远古的历史再度上演了一般。

我的种子会回来,谢斯瓦萨——总有一天,一个安那苏里博会回来……

虽然塞尔文迪人的到来令人称奇,但也许只是个偶然。亚特里索王子安那苏里博·凯胡斯就完全是另一回事了。安那苏里博!这个姓氏重现人间。安那苏里博王朝是统治库尼乌里的第三个王朝,也是最辉煌的一个。天命派认为,他们的血脉早在数千年前就断绝了,就算没随着塞摩玛斯二世在埃伦奥特平原上消亡,也肯定消失在之后伟大的特雷瑟城沦陷时。然而事实并非如此,非神最强大的敌人的血脉不知用什么方式一直存留至今。这实在不可思议。

……到世界末日的时候。

"普罗雅斯警告过我。"凯胡斯道,"他说你和你的同伴都被我的祖先留下的噩梦折磨着。"

乌有王子 ★ 前度的黑暗

阿凯梅安心头一痛，感觉像被背叛了。他仿佛能听到王子的话："他会怀疑你是非神会派来的人……如果不能证实怀疑，他就会转而希望亚特里索仍在与非神会作战，而你会带来他们那些躲躲藏藏的敌人的消息。你尽可以嘲笑他，但不要试图向他证明非神会并不存在。他肯定不会听。"

"不过我一直认为，"凯胡斯续道，"在批评一个人之前，至少应该先骑他的马跑上一天。"

"为了更好地了解他？"

"不。"他耸耸肩，"这样你离他就有一天路程了，还骑着他的马……"

阿凯梅安摇着头撇撇嘴。片刻之后，他们三个齐声大笑。

我喜欢这个人。如果他真的是他自称的那个人呢？

他们的笑声渐渐低落下去，凯胡斯把他介绍给那个女人，西尔维，并对他表示欢迎。阿凯梅安盘腿在火堆对面坐下。

这种场合，阿凯梅安很少事先制订计划，往往只是怀揣几分好奇便来赴约，再无其他准备。为满足好奇心，他会问一些问题，然后在答案中寻找线索，以及某些有决定意义的言语或表情。他从不去想自己到底在寻找什么，只知道在找。他相信，如果真的遇到过要找的东西时，他会知道的。一个好间谍总是知道。

然而这次，他那以不变应万变的方式显然不适用。他从没遇到过安那苏里博·凯胡斯这样的人。

这人的话音仿佛经过了特殊调谐，听起来都像是承诺。有时阿凯梅安甚至觉得，光是听他说话，自己就不由得绷紧身体。这不是因为他声音很低，也不是因为他的口音费解——虽然才刚到这里，但他的谢伊克语已经无比流利了——而是因为他的声音中包含的东西。那声音仿佛在低语：我要告诉你的事还有很多……只要继续听下去就好。

第五卷 圣战

还有他脸上的表情，无比坦诚又无比丰富。每个人年轻时那转瞬即逝的天真似乎永远留在了他脸上——而且阿凯梅安绝对无法将他的天真与幼稚联系起来。这张脸上会毫不掩饰地显露出睿智、愉快及悲伤，转换得又如此平顺，就像他可以在转瞬间体会自己描述的激情，以及其他每个人心中经历过的感情。

还有他的眼睛，在火光中温柔地闪烁，蓝得像一汪让人口渴的水。这双眼睛追随着阿凯梅安说出的每一个词，就像对方说的话真的值得付出无比的关注一样。与此同时，这眼神又总让人感觉到他有所保留——与普罗雅斯那样的人不同，保留并不代表自己已做出了判断，只是不愿说出来；而是显得心头坦然，自己不是做判断的人。

然而，最让阿凯梅安肃然起敬的是他说出的话。

"你为什么要加入圣战？"阿凯梅安问。他试图让自己相信，他仍然觉得凯胡斯回答普罗雅斯的话是编造的。

"你指的是我那些梦境。"凯胡斯回答。

"我想是的。"

短短一瞬间，亚特里索的王子像父亲一样看着他，眼神带着悲伤，就像阿凯梅安没有真正明白这次会面的意义。

"在那些梦境到来之前，我的生活仿佛绵长的沉睡。"他解释，"也许生活本身就是一场梦……而你问我的那个梦，那个关于圣战的梦，才让我醒过来。那个梦让梦境中的内容变成了一个人生命中最重要的目标。当你从这样的梦境中醒来时，你会怎么做呢？"他反问，"回去睡觉吗？"

阿凯梅安和他一起露出微笑："你会这么做吗？"

"回去睡觉？不，我做不到，就算想睡也不行。睡觉不是想做就能做到的，你不可能像吃苹果填肚子一样对待睡觉。睡觉就像无知与遗忘……你越是努力地想要得到它们，它们就离你越远。"

"就像爱情。"阿凯梅安加了一句。

"是的,就像爱情。"凯胡斯柔声说,转头朝西尔维看了一眼,"那么你呢?为什么一个巫师会来加入圣战?"

阿凯梅安对这个问题毫无防备。他感觉自己的回答比原本打算的要诚实得多:"我也不知道……也许是因为我的学派命令我来的吧。"

凯胡斯露出温柔的微笑,让人觉得两人同病相怜:"但你的学派的目的又是什么呢?"

阿凯梅安抿抿嘴,若是别人问起,他一定认为这是羞辱,但这次他没有退缩。"我们在寻找一个古老而残忍的邪恶存在,"他缓慢地说,像每一个经常被嘲笑的人一样,刚刚说完就开始后悔,"最近三百多年,没人能寻到它的踪迹,但每天晚上我们都被梦境折磨,梦境中是它曾经造就的恐怖场面。"

凯胡斯点点头,似乎如此疯狂的坦白在他生命中也并非没有先例:"这很难,是吗?寻找看不到的东西?"

听到这话,阿凯梅安心中涌起莫名的悲苦。

"是的……很难。"

"也许,阿凯梅安,我们之间的区别并不大,你和我。"

"你是什么意思?"

但凯胡斯没有回答,他也不需要回答。阿凯梅安知道,对方感觉到了自己此前的怀疑。作为对这怀疑的回应,他让阿凯梅安看到,一个因梦境而痛苦的人却去否认另一个人因梦境而生发的狂热是多么讽刺的事。阿凯梅安突然相信了这个人的故事。不相信这人,他还如何相信自己?

除了这些微妙的指引,凯胡斯说的话,以及他的神态,都不带有任何说教意味。他们的交谈不像其他人之间的谈话那样,笼罩在无形的竞争气氛里——那样的交谈有时会很甜蜜,但大多时候是酸

第五卷 圣战

涩的。他们的交谈更像是一次旅行,有时会一起大笑,有时则同时沉默下来,意识到他们谈论的话题的重要性。而这些时刻仿佛是路旁的歇脚处,仿佛是漫长的朝圣之旅上经过的一个个小神龛。

阿凯梅安注意到,这个人并不想说服他相信任何事。当然了,有些事是这个人希望告诉他,希望和他分享的,但每当提到这些事,这个人的态度仿佛都与他达成了共识:我们,你和我,不应当纠缠于这些事,我们应当坦诚相待。

来到他们的篝火旁之前,阿凯梅安本已下定决心,不管这个人说什么,他都会抱着怀疑甚至批判的态度。远古北方诸国现在成了无数斯兰克部落的家,那些大城市——特雷瑟、索利什、麦克莱、凯梅约,等等等等——统统化作废墟,死去了两千多年,斯兰克肆虐的地方,人类无法涉足。天命派对古代北方诸国现在的状况一无所知,也无从探究。亚特里索是那片黑暗中唯一的灯塔,但在戈尔格特拉斯广阔而古老的阴影笼罩下显得如此脆弱,它是非神会黑暗的心脏地带的唯一一点光明。

几个世纪前,当时非神会仍与天命派公开冲突,阿提尔苏斯一直在亚特里索派驻有使团。但自非神会退隐不见之后,这支使团很快也没了音讯,到现在已消失几百年了。天命派偶尔会派遣远征队去北方调查这座城市的情况,但总是以各种方式遭遇失败:要么被加里奥人挡回来——他们极其珍惜通往北方的商路;要么干脆消失在伊斯久利平原上,再没了消息。

正因如此,天命派对亚特里索所知甚少,只能从那些在亚特里索到加里奥斯之间的长途旅行中幸存下来的商人那里问到一点点情况。阿凯梅安发现,他很容易被凯胡斯的描述所左右,他没法区分对方说法的真伪——甚至不能弄清这个人究竟是不是什么王子。

然而,安那苏里博·凯胡斯是一个能升华旁人灵魂的人。和他说话时,阿凯梅安感觉自己拥有了平时无法企及的洞察力,为那些

乌有王子＊前度的黑暗

他原本不敢问出的问题寻到了答案，就像他的灵魂突然变得敏锐而开放了一样。根据典籍中的注解，哲人阿金西斯就是这样的人。阿金西斯这样的人怎么会撒谎呢？凯胡斯似乎就是活生生的启示，就是真实的象征。

阿凯梅安发觉自己居然抛开数千年的怀疑，信任了这个人。

夜越来越深，火苗低落下去，仿佛随时可能熄灭。西尔维整晚都很少说话，现在把头靠在凯胡斯的膝盖上睡着了。她沉睡的面孔在阿凯梅安心中激起了苍白的孤独感。

"你爱她吗？"阿凯梅安问。

凯胡斯悲伤地笑笑："是的……我需要她。"

"你知道，她崇拜你，我可以从她看你的眼神中看出来。"

但这话似乎让凯胡斯更悲伤。他的脸色沉了下去。"我知道，"最后他说，"出于某些原因，她把我当成了更伟大的存在……当然，其他有些人也一样。"

"也许，"阿凯梅安勉强笑着，感觉非常奇特，"他们知道些你不知道的东西。"

凯胡斯耸耸肩，用真诚的眼神看着阿凯梅安。"也许吧。"然后，他平静地添了一句，"很讽刺，不是吗？"

"什么？"

"你知识过人，却没人相信你；我一无所知，但每个人都认为我比他们渊博。"

阿凯梅安却只是想：但为什么你会相信我呢？

"你是什么意思？"他问。

凯胡斯深深地看了他一眼："今天下午，有个人跪在我面前，亲吻我的长袍褶边。"他笑了，仿佛仍在为这行动的荒谬感到吃惊。

"是因为你的梦。"阿凯梅安用无动于衷的语调说，"他认为是诸神在鼓动你。"

"我向你保证,他们绝没有用别的方式鼓动我。"

阿凯梅安却不是很信这句话。片刻后,他感到一阵恐惧:这个人究竟是谁?

他们静坐了一会儿。远处传来喊声,就在附近营地。是喝醉的人。

"狗!"有人高喊,"狗!"

"你知道,我相信你。"凯胡斯终于开口。

阿凯梅安的心跳乱了,但他什么都没说。

"我相信你们学派的使命。"

这次轮到阿凯梅安耸肩了:"你是第二个这样说的人。"

凯胡斯轻笑:"那么,能不能问问,我那位容易上当的同伴是谁?"

"一个女人。艾斯梅娜。我经常去见的一个妓女。"阿凯梅安一边说,一边忍不住朝西尔维看去。艾斯梅娜没有这个女人美,但仍然是非常美丽的。

凯胡斯一直在仔细打量他:"她是个美丽的女人吧,我猜。"

"她是个妓女。"阿凯梅安答道。凯胡斯又一次说出了他心中的想法,这让他的恐惧更加强烈。

这句伤心话说出口之后,两人又沉默了一阵。阿凯梅安懊悔不已,懊悔说出这句话,但又无法收回。他朝凯胡斯望去,眼里全是歉意。

可是这事已经被原谅、被忘却了。男人间的沉默总充斥着令人不快的含义:谴责、犹豫,或是决断孰强孰弱。但这个人的沉默不仅没包含这些东西,还有着相反的含义。安那苏里博·凯胡斯的沉默仿佛在说,我们继续吧,你和我,以后换个好一点的时候再提此事。

乌有王子 ★ 前度的黑暗

"还有件事我想问你，阿凯梅安。"凯胡斯终于开口，"但恐怕我们相识的时间太短，不好开口。"

如此的诚实。如果我能像你一样就好了。

"每个人都有发问的权力，凯胡斯。"

那人微笑着点点头："你是一位老师，而在这片令人困惑的土地上，我是个一无所知的陌生人……你愿意教导我吗？"

这简单的几个词就像上百个问题，齐齐向阿凯梅安袭击，他却不由自主地说："如果能在我的学生名单中加进一个安那苏里博的后人，凯胡斯，那将是我的荣幸。"

凯胡斯微微一笑："那么你同意了。我将把你，杜萨斯·阿凯梅安，当作我这次奇迹之旅的第一个朋友。"

阿凯梅安莫名其妙地觉得羞愧。这时凯胡斯唤醒西尔维，告诉她该回帐篷里去了，阿凯梅安有了一种如释重负的感觉。

谈话结束后，阿凯梅安在营帐间阴暗的小道上朝自己的帐篷走去，心里感到奇妙的陶醉。很难说出得到了什么，但他感觉与凯胡斯见面后，自己发生了微妙的转变，就像看到了期盼已久、充满人性光辉的榜样。凯胡斯向他指明了人生该怎样度过。

他躺在狭小的帐篷里，不敢睡觉。一想到会再次经历噩梦的折磨，他就无法忍受。他知道，梦境的创伤固然可以激发洞察力，但同样可以扼杀他得到的启示。

当睡意终于战胜了他之后，他又一次经历了埃伦奥特平原的灾难，又一次看到安那苏里博·塞摩玛斯二世死在斯兰克的战锤下。当他从梦中醒来，努力喘着气，将新鲜空气吸入肺中时，君王濒死时的声音——和凯胡斯的声音如此相像！——仍在他心里回响，那预示着未来的节奏盖过了他的心跳。

我的种子会回来，谢斯瓦萨——总有一天，一个安那苏里博会回来……

第五卷 圣战

……到世界末日的时候。

这意味着什么呢?安那苏里博·凯胡斯会像普罗雅斯期待的那样,成为一个预兆吗?但不像普罗雅斯想的,预示着真神对圣战的神圣庇护,而是非神即将回归?

……到世界末日的时候。

阿凯梅安颤抖起来。清醒时他从没感到如此可怕的恐惧。

非神即将回归?求你了,伟大的瑟金斯,让我在那之前死去——

不可想象!他抱紧肩膀,在黑暗的帐篷中滚动。"不!"他低声说着,一遍又一遍,"不!"

求你了……这不可能——不可能发生在我身上!我太弱小了。我只是个愚蠢的……

帐篷的帆布墙外万籁俱寂。无数人在沉睡,梦想着面对异教徒时的恐惧与荣耀,而他们完全不知道阿凯梅安的恐惧。他们一无所知,却都和普罗雅斯一样,对自己信仰的伟大深信不疑。他们觉得那个地方,那个叫希摩的城市,是全世界的命运之轴,世界是围绕它转动的。但阿凯梅安知道,世界真正的轴心在更黑暗的地方,在极北之地,那里的土地上流淌着沥青一样的黏液。那个轴心的名字叫戈尔格特拉斯。

于是许多、许多年以来,阿凯梅安第一次开始祈祷。

他很快恢复了理智,觉得之前的想法有些愚蠢。虽然凯胡斯并非常人,但他与塞摩玛斯的梦没有直接关系,姓氏上的巧合不能证明如此可怕的幻想即将成为现实。阿凯梅安是个怀疑论者,而且他一直为此自豪。他是古人阿金西斯的学生,逻辑理论的践行者。第二次末世之劫不过是他数百个平凡幻想中最富戏剧性的一种。如果要用一个词来概括他醒着时的生活的话,那就是平凡。

但他还是用一个巫术咒语点燃蜡烛,在皮袋里摸索了一阵,拿

出那张在加入圣战前不久画的关系图。他的眼神扫过羊皮纸上散布的名字，在

玛伊萨内

上停住，久久没有移开。他意识到，自己与普罗雅斯之间由来已久的敌意仍然没有消除，所以几乎没有任何希望能进一步了解玛伊萨内，对埃因罗死因的调查也无以为继。

我很抱歉，埃因罗。他想道，强迫自己把眼睛从心爱的学生的名字上移开。

然后他盯着右上角孤零零的

非神会

现在看来，这几个字写得实在太潦草了。它仍然独立在关系图之中，尚未和任何一个名字连接起来。烛光下，它仿佛在那张苍白斑驳的羊皮纸上飘摇，就像一个不会被墨迹俘获的幽灵。

他把羽毛笔在墨角中蘸了一下，在那个充满憎恨的词下面，工整地写下

安那苏里博·凯胡斯

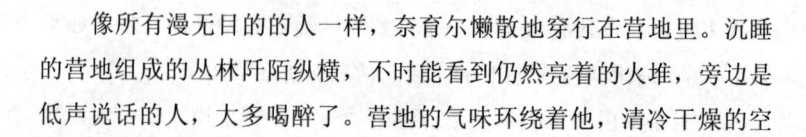

像所有漫无目的的人一样，奈育尔懒散地穿行在营地里。沉睡的营地组成的丛林阡陌纵横，不时能看到仍然亮着的火堆，旁边是低声说话的人，大多喝醉了。营地的气味环绕着他，清冷干燥的空

第五卷 圣战

气中混进刺鼻的恶臭：畜栏、腐烂的腌肉、浓烟——不知哪个傻瓜把湿木头扔进了火里。

他脑海里全是刚刚与普罗雅斯会面的情景。为了完善智取皇帝的计划，康里亚的王子召集了五位响应长牙召唤加入圣战的康里亚总督，征求意见。这帮骄傲的人交换着骄傲的言辞，连其中最久经战阵的总督，比如盖德奇或伊吉亚班，发言的目的也是为自己争面子，而非解决问题。奈育尔旁观了一会就明白过来，他们玩的不过是杜尼安僧侣那个游戏的幼稚变体。莫恩古斯和凯胡斯告诉他，言语可以用作张开的手掌，也可以当成握紧的拳头；可以拥抱，也可以奴役。但不知为什么，这些因里教徒虽然彼此没有根本的利害关系，却总是握着拳头说话——愚蠢的要求、虚假的许诺、嘲弄的恭维、满脸堆笑的羞辱以及无穷无尽的挖苦与讽刺。

这就是礼仪规范，他们说这标志着种姓与教化。

奈育尔尽力忍受这场闹剧，他们却仍把网朝他抛来。这似乎是无法避免的。

"告诉我，塞尔文迪人。"借着酒意与鲁莽，盖德奇大人问，"你手臂上的疤，反应的是人数还是人的价值？"

"什么意思？"

安莱佩城的总督笑了笑："嗯，我想如果你，比如说吧，杀了这位甘雅玛大人，他顶多值两道疤。但如果你杀了我呢？"他朝其他人看了看，眉毛上挑，嘴唇下拉，就像自己说出的是大家的共识，"应该是多少？二十道？三十？"

"我想，"普罗雅斯道，"塞尔文迪人的剑会量得更精准一些。"

伊姆罗萨大人笑得喘不过气来。

"我们的斯瓦宗评判的是敌人，"奈育尔告诉盖德奇，"不是蠢人。"他看着满脸惊讶的总督，无动于衷地吐了口痰。

乌有王子 * 前度的黑暗

但盖德奇不是这么容易就能吓到的。"所以我是什么？"他用威胁的口气问，"敌人还是蠢人？"

这一刻，奈育尔意识到，这正是今后若干个月中将要折磨他的东西。战场上的危险与艰难对他来说不算什么，他一生都肩负着这样的使命。与凯胡斯共谋的耻辱是另一种困难，不过他可以以仇恨的名义忍受。但他从没想过，自己要居住在泼妇般的因里教徒当中，日复一日忍受他们的蔑视。为了报仇，他究竟需要忍受多少折磨？

幸好，普罗雅斯先他一步，宣布议事到此为止。奈育尔懒得理会他们道别时的礼节，径直起身走出大帐，来到夜空下。

他一边走，一边四处观望。明亮的圆月高悬在天，为疾飞的云朵染上一层银边。看着夜空中的星星，他心中涌起一股奇异的忧愁。塞尔文迪人会告诉孩子，天空是一项巨大的帐篷，无限广阔，星星则是帐篷顶上撕出的一个个破口。他还记得父亲指着天空，"看到了吗，小奈？"父亲说，"看到成千上万的亮点在夜晚的表皮上闪动吗？它们让我们知道，这个世界之外还有更伟大的太阳。它们让我们知道，有黑夜的存在，才有白天；有白天的存在，才有黑夜。它们让我们知道，小奈，这个世界是一个谎言。"

对塞尔文迪人来说，星星提醒他们，草原人才是真正的人。

奈育尔停下脚步，鞋下尘土仍带着太阳的温度。在这片突如其来的黑暗中，寂静似乎都在发出嘶吼。

他在这里，在这些因里狗当中，在这些把呼吸写在羊皮纸上、从尘土里刨食的人当中，在这些将灵魂出卖给奴役者的人当中，到底要做什么？

在这些牲畜当中，他到底要做什么？

他抬手按住眉毛，用拇指抚过眼睛，轻轻挤压。

然后他听到了杜尼安僧侣的声音，从黑暗中传来。

他仍然紧闭着眼睛,感觉又回到年轻时代,站在乌特蒙部落的营地中央,偷听莫恩古斯与母亲的谈话。

他看到班努特血迹斑斑的脸,被自己扼死时还咧嘴露出可怕的笑容。

哭泣者。

他用指甲挠挠头皮继续前进,穿过一片黑暗的营地,看到杜尼安僧侣帐前的火光。那个留胡子的学士,杜萨斯·阿凯梅安,坐在凯胡斯对面,前倾着身子,似乎在全神贯注地聆听。然后他看到了凯胡斯和西尔维,火光将他们从周围的阴暗中映照出来。西尔维已经睡着,头枕在杜尼安僧侣的膝盖上。

他在马车旁找了个能看到他们的地方蹲下。

奈育尔打算先弄明白杜尼安僧侣在说什么,希望为之前的无数疑点找到一丝线索。他很快发现,凯胡斯在耍弄巫师,就像耍弄其他所有人一样——用紧握的拳头轻轻捶打对方的灵魂,让他们走上自己安排的道路。当然了,单从凯胡斯的话里是听不出来的,与之前普罗雅斯和他的总督们取笑奈育尔的方式相比,凯胡斯对学士说的话有着动人心弦的吸引力。但一切只是场游戏,在这场游戏中,真相变成了任人摆布的算筹,每一只张开的手掌下都藏着拳头。

谁知道这样一个人心中真正在想什么?

奈育尔惊恐地想到,杜尼安僧侣也许比他之前认为的更不像人类。如果说真相或意义之类的东西对他们来说毫无意义呢?如果他们像爬虫一样不停爬动,不停更换周围的环境,吞噬周围人的灵魂,只为满足自己支配他人灵魂的欲望呢?这想法让他头皮发麻。

他们称自己为逻各斯的学生,潜心研究捷径之道,但这条道是通向哪里的呢?

奈育尔并不关心学士,但看到沉睡中的西尔维把脑袋靠在凯胡斯的大腿上,心里却涌起了与他性格不符的恐惧,就像她正躺在一

乌有王子 ★ 前度的黑暗

条紧盘身子的毒蛇旁边。一幕幕场景在他脑海中涌过：在死寂的深夜带上她偷偷逃走；抓住她的手臂，盯进她的眼睛，就像要触及她身体里最深的部位，然后告诉她凯胡斯的真面目……

但这些破碎的场景都被愤怒掩盖了。

这是多么可悲的想法！永远在逃避，永远在无路可寻的地方游荡，永远那么懦弱，永远在背叛！

西尔维蹙起眉头，露出不安的神色，就像梦见了令人困扰的东西。凯胡斯漫不经心地拍拍她的脸颊。奈育尔没法移开眼神，用拳头捶打着地上的尘土。

她什么都不是。

学士很快离开了。奈育尔看到凯胡斯领西尔维回营帐。刚从睡梦中醒来的她看上去像个小女孩：身体摇摇晃晃，脑袋低垂，眼睛透过交织的睫毛看着脚尖。如此的天真。

她好像怀孕了，奈育尔心想。

过了一段时间，杜尼安僧侣又出现了。他朝火堆走去，开始用棍子拨弄坑里的木柴，打算把火弄灭。最后几缕火舌消失后，凯胡斯在脚边木炭橙黄色光线的映照下像一个怪异的幽灵。他毫无征兆地抬起头。

"你打算等到什么时候？"他用塞尔文迪语问。

奈育尔站起来，拍掉马裤上的灰尘："等到巫师走了以后。"

凯胡斯点点头："是的。草原人痛恨巫术。"

奈育尔径直走近杜尼安僧侣，站在炭火旁感受着灼人的热度。自那天在山地凯胡斯将他举到峭壁边上之后，每当这个人来到他身边，他就感觉自己奇怪地变得胆怯起来，每次都要费好大力气才能控制住。

没人能恐吓我。

"你想从那个人身上得到什么？"他边问边往炭火里啐了一

第五卷 圣战

口。

"你听到了。是教导。"

"我听到了。你想得到什么?"

凯胡斯耸耸肩:"你有没有问过自己,为什么我父亲要召唤我去希摩?"

"你说你不知道。"你是这么说的。

"我们要去希摩……"凯胡斯用锐利的眼神看着他,"为什么是希摩?"

"因为他住在那里。"

杜尼安僧侣点点头:"一点没错。"

奈育尔眨眨眼。他想起普罗雅斯今晚早些时候说的话……他问王子赤塔的事,问王子为什么巫术学派会加入圣战,普罗雅斯仿佛被他的无知惊呆了。希摩,他说,是西斯林的巢穴。

他脱口而出:"你觉得莫恩古斯加入了西斯林?"

"他通过梦境召唤我……"

当然了。莫恩古斯是通过巫术在召唤他。巫术!凯胡斯第一次提到自己的梦境时,就承认了这点。他怎么一直没把这些联系起来?费恩教中会巫术的只有西斯林。莫恩古斯一定是个西斯林。凯胡斯知道这个,但——

奈育尔的脸色沉下去:"但你从来没有跟我说!为什么?"

"因为你从来没有想知道。"

是吗?他是在躲避这些知识吗?一直以来,莫恩古斯对他来说是个阴影中的目的地,躲闪不定,又始终压在心头,仿佛某种充满肉欲和淫亵的冲动。他从来没有真正向凯胡斯问起过莫恩古斯的事。为什么?

我只想知道地点。

但这想法是愚蠢、幼稚的。深切的渴望并不会带来丰功伟绩,忆者们是这样告诫血气方刚的塞尔文迪青年人的。基育斯河之战前,奈育尔自己也这样警告过森努瑞特和其他酋长。而现在,在他生命中最危险最致命的朝圣路上……

杜尼安僧侣看着他,表情中带着期待,甚至忧伤。但奈育尔了解对方,知道在这张与人类太过相似的面孔后面,某些超越人类的东西正在审视他。

审视。全面而严苛的审视。他能感觉到。

你能看穿我,是吗?你能看穿我看你的目光……

这时他明白过来:他没向凯胡斯询问莫恩古斯的事,是因为询问意味着无知与需要。将这样的弱点暴露在杜尼安僧侣面前,就像在野狼面前暴露出喉咙。他知道,他没问过莫恩古斯,是因为莫恩古斯就在这里,在他儿子身上。

当然了,他不想把这话说出口。

奈育尔啐了一口。"我对巫术学派所知甚少,"他说,"但我知道,天命派学士绝不会吐露他们独享的秘密——不管是向谁。如果你和那个巫师在一起是打算学习巫术,那你是在浪费时间。"

他表现得就像没提起莫恩古斯一样,杜尼安僧侣也不跟他纠缠这谜题。奈育尔发觉,他俩都在黑暗的森林里等待,仿佛是本约卡棋盘上的两片阴影。

"我知道。"凯胡斯答道,"他告诉了我关于真知的事情。"

奈育尔把尘土踢到炭火上,眼看着火坑中的闪光渐渐变暗,然后朝帐篷走去。

"三十年了。"凯胡斯在他身后说,"莫恩古斯在这些人当中生活了三十年,他一定拥有可怕的力量——你我都没希望胜过他。我需要的不止是巫术,奈育尔,我需要国家的力量。一个统一的国家。"

奈育尔停步,又一次朝天上看去:"也就是说,你需要这场圣战,对吗?"

"在你的帮助下,塞尔文迪人,在你的帮助下。"

黑夜变成白天。白天变成黑夜。谎言。全是谎言。

奈育尔大步朝前走去,穿过几乎看不见的帐篷支索,掀开了帆布门帘。

他朝西尔维走去。

皇帝一言不发地盯着老宰相看了很久,震惊万分。虽然很晚了,宰相仍穿着符合身份的深灰色丝绸长袍。片刻前,他无声无息地来到瑟留斯的密室,当时皇帝的贴身奴隶正在为皇帝铺床。

"你能不能行行好,重复一遍刚说的话,亲爱的斯科约斯?我是不是听错了?"

老人看着地面说:"显然,普罗雅斯找到了一个塞尔文迪人,那人曾与基安异教徒战斗过——事实上是给予了他们毁灭性打击。现在他向玛伊萨内提出,塞尔文迪人足以取代孔法斯。"

"荒谬!放肆!野蛮的康里亚狗!"瑟留斯挥动手掌,年轻的奴隶们四散而逃。一个男孩滑了一跤,摔在大理石地板上,撞到了脸,大声号哭起来。玻璃水瓶打碎了。瑟留斯上前一步踩在他身上,面对着斯科约斯:"普罗雅斯!世上还有比他更贪婪的人吗?小偷!黑心的贱民!"

斯科约斯结结巴巴地回答:"从来没有过,人中之神。但、但这不大可能影响到我们神圣的使命。"老宰相小心地将视线锁定在地板上。没人可以直视皇帝的眼睛,而这,瑟留斯心想,正是他在这帮蠢货眼中宛若神祇的原因。神难道不都是凡人头顶上的暴虐阴影吗?神的声音难道不都来自于凡人不敢张望的地方吗?就像从虚

乌有王子 * 前度的黑暗

空中传来。

"我们的使命,斯科约斯?"

可怕的寂静,只是被孩子的呜咽声打破了。

"是、是的,人中之神。那是个塞尔文迪人……让一个塞尔文迪人领导圣战?这显然是个玩笑而已。"

瑟留斯深吸一口气。老蠢货说得对,不是吗?这不过是康里亚王子用来恐吓他的又一种手段,就像派兵去袭击法御斯河沿岸一样。但他仍感到困扰……宰相的神情中有什么奇怪之处。

斯科约斯对皇帝的价值远非那帮精心打扮、哈巴狗般的廷臣可比。在斯科约斯身上,谦卑与智慧、服从与洞见完美地结合在了一起。但最近,皇帝在他身上感到了一种骄傲,而这种性格无论作为宰相还是臣子,皇帝都是绝不能接受的。

瑟留斯打量着对方瘦削的身影,感觉到对方的冷静——令人怀疑的冷静。"你听过这种说法吗,斯科约斯?'猫会俯视人类,狗会仰视人类,只有猪敢直视人类的眼睛'。"

"听、听过,人中之神。"

"那就暂时假装自己是一头猪,斯科约斯。"

面对神的面孔,人会有什么表情?抗拒?恐惧?人的脸会是什么样?现在那张刮得干干净净的老脸缓缓抬起,小心翼翼地朝皇帝的眼睛瞥了一眼,然后又低头看地板。

"你在颤抖,斯科约斯。"瑟留斯低声说,"这才像话。"

※

阿凯梅安耐心地坐在一小堆早餐营火前,享受最后一口茶,漫不经心地听辛奈摩斯给伊里萨斯和丁察塞斯安排今天上午的行程。这些话对他没什么意义。

第五卷 圣战

自从见到安那苏里博·凯胡斯之后,阿凯梅安常常失神,陷入恐慌之中。不管他怎么努力,都没法将这位亚特里索王子安排到他的关系图中。他至少有七次准备好传声术,打算将自己的"发现"汇报给阿提尔苏斯,但每次咒语念到一半就停了下来,变成低声的自言自语。

此事当然得报告天命派。若听说安那苏里博重现人间,诺策拉、席玛斯他们肯定会炸开锅。尤其是诺策拉,阿凯梅安知道,诺策拉一定会认为凯胡斯标志着塞摩玛斯预言的实现,第二次末世之劫马上就要开始。虽说每个人或多或少都认为自己是世界的中心,但诺策拉这种人更觉得,自己也是时间的中心。我生活在此刻,这种人会毫不犹豫地想,所以任何重要的事一定也会发生在当代。

但阿凯梅安不是这样的人。他一直非常理性,强迫自己怀疑一切。阿提尔苏斯的图书馆中,宣示毁灭即将到来的文献数不胜数,每一代学士都和前代人一样,深信他们将是最后一代。阿凯梅安实在无法想象,世界上还会有更顽固的幻觉,或是更值得鄙夷的自负。

安那苏里博·凯胡斯的到来一定是个巧合。在没有任何其他证据支撑的情况下,这是唯一理性的结论。

用艾诺恩人的说法,这件事中"缺失的拇指"使他无法相信天命派能做出理智评断。阿凯梅安知道,他们几个世纪来都在拼命找寻,这样一块碎片的出现会让他们立刻陷入疯狂。一个个问题萦绕在他心头,而他越来越恐惧这些问题的答案:诺策拉和其他人会如何解读他的发现?他们下一步会怎么做?他们会用多么残忍的方法去平息自己的恐惧?

我把埃因罗交给了他们……也要把凯胡斯交给他们吗?

不。他告诉过他们埃因罗会发生什么。他告诉过他们,但他们不听他的。连他曾经的老师席玛斯也背叛了他。阿凯梅安和他们一

乌有王子 * 前度的黑暗

样是天命派学士,和他们一样经历着谢斯瓦萨的梦境。但与诺策拉和席玛斯不同,他没有失去怜悯之心,而且,更重要的是,他了解安那苏里博·凯胡斯。

或只是了解那个人的一部分,但已经足够了。

阿凯梅安放下茶碗,往前倾了倾身子,手肘放在膝盖上:"你觉得我们新来的客人怎样,辛?"

"塞尔文迪人吗?他脑子很快,嗜血,极其没礼貌。谁惹他他都要还击,可以说他把这里的人得罪了个遍……"他摇摇头,加上一句,"不要告诉他我这样说过。"

阿凯梅安笑笑:"我是指另一个人。亚特里索的王子。"

元帅露出严肃的表情,以他的性格这并不常见。"你要听真话?"他犹豫片刻后说。

阿凯梅安皱皱眉:"当然了。"

"我想,他……"他耸耸肩膀,"有些不寻常。"

"怎么个不寻常法?"

"首先是他的名字,让我有些怀疑。事实上,我一直想问你——"

阿凯梅安举起一只手:"以后再问吧。"

辛奈摩斯深吸一口气,摇了摇头。他的态度中有什么东西让阿凯梅安起了身鸡皮疙瘩。"我不知道该怎么想。"最后他道。

"也许你是不敢说出自己的想法。"

辛奈摩斯看了他一眼:"你整晚和他待在一起,你告诉我:你见过他这样的人吗?"

"没有。"阿凯梅安承认。

"那他哪里和别人不一样?"

"他更……厉害。比大多数人都厉害。"

"大多数人?你是说所有人吧?"

第五卷 圣战

阿凯梅安眯眼看了看辛奈摩斯："你被他吓到了。"

"我当然被他吓到了。说实话，我也被那个塞尔文迪人吓到了。"

"但他们吓人的方式并不一样……告诉我，辛，你觉得安那苏里博·凯胡斯究竟是个什么人？"

是先知，还是预言的一部分？

"不只，"辛奈摩斯坚定地说，"他绝不只是个普通人。"

长久的沉默，直到远处营地传来一阵叫嚷。

"事实上，"阿凯梅安壮着胆子说，"我们两个都不知道——"

"这回又是什么事？"辛奈摩斯高喊，越过阿凯梅安的肩膀看去。

学士扭过脖子："怎么了？"

起初他以为是暴民在接近营地。拥挤的人群穿过营地间狭小的通路，有的甚至直接从帐篷里穿过，踩过火盆，推倒晾衣架子，把临时用的椅子和烤架甩到一旁。阿凯梅安甚至看到一座大帐被人流撞得东倒西歪，只靠几根绳索固定在地上。

然后他发现这群人围着一支严整的队伍，一群红袍士兵。士兵队伍正中央，四个赤裸上身的奴隶排成矩形，抬着一顶红木轿子。

"像是什么仪仗队，"辛奈摩斯说，"但谁会……"

他的声音低落下去。他俩看到了同一幕场景：长长的赤红旗帜，旗帜上方是艾诺恩的象形文字"真实"，下方是一条盘着身子的三头巨蛇。赤塔的标记。

金色线脚在阳光下闪闪发亮。

"他们为何大张旗鼓？"辛奈摩斯问。

好问题。对大多数长牙之民来说，落单的巫师与异教徒的唯一区别是巫师更适合烧死。在军营中央扬起旗帜，这远不止胆大妄为可以形容。

除非……

"你的丘莱尔带在身上吗？"阿凯梅安问。

"你知道，我跟你在一起时是不会——"

"在身上吗？"

"和行李放在一起。"

"去拿过来……快！"

阿凯梅安已经明白，他们升起旗帜，是给他看的。这是他们做出的选择：冒着激怒整个军营的风险，也要让一个天命派学士注意到他们。他们认为他更值得关注。这又一次证明了两个学派之间微妙的竞争关系。

显然，赤塔想和他打交道。但为什么呢？

那些围得很近的暴徒仍在顽固地往前挤。阿凯梅安看到许多人拿起土块朝轿子扔去，很多人高喊着"格尔威卡！"，这是诺斯莱人对巫师的蔑称。

辛奈摩斯迅速跑出营帐，大叫着向奴隶们发布命令。他的锁甲吊在肩膀上，没有绑紧，左手只握了个剑鞘。已有许多亲随聚到他身边，还有近百个士兵从附近帐篷中钻了出来。但与不断涌来的几百甚至几千名闹事者相比，他们的人数远远不够。

辛奈摩斯用标志性的粗鲁动作在自己的士兵当中挤出一条路，来到阿凯梅安身边。

"你确定他们是来找你的吗？"他大喊道，努力盖过周围的喧闹。

"否则他们干吗要升起旗帜？他们就是要让所有人知道他们的到来，让所有人做见证。虽然这么说可能有些奇怪，但我想他们是为了消除我的戒心。"

辛奈摩斯若有所思地点点头："他们忘了人们有多恨他们。"

第五卷 圣战

"谁没有忘呢？"

元帅用奇怪的眼神看了他一眼，然后朝越走越近的人群看去，挠了挠胡子。"我去设置人墙。或者说我会尽力这样做。你待在这里，一定要让他们看到你。不管哪个蠢货来见你，你告诉他，马上把旗帜放下，不动声色地滚。马上。你明白吗？"

这话刺痛了他。阿凯梅安认识克里加特斯·辛奈摩斯这么多年，元帅从没用过命令的口气朝他喊话。向来和蔼的辛奈摩斯突然变成了亚特雷普斯的镇守元帅，一个对无数人有着令行禁止甚至生杀予夺大权的人。但阿凯梅安知道，他不是为这个心痛，不管怎样，现在的局面确实要求辛奈摩斯果断起来；真正让他不适的是语气中暗藏的愤怒，他感觉自己的朋友似乎在谴责自己。

阿凯梅安看着辛奈摩斯命手下士兵排成横排，然后在丁察塞斯的帮助下，指挥他们围绕营地布成稀疏的半圆阵势，用营地后面那条已不再流动的运河保护侧翼。营地一片混乱，奴隶们忙着扑灭他们不久前刚刚生起的火堆，其他人则在帐篷间跑来跑去，熄灭能见到的一切明火。

暴民，以及赤塔的队伍，终于来到他们跟前。

辛奈摩斯的士兵们挽起了手，走在最前面的暴民聚集在他们跟前，脸泛红光，似乎难以约束。起初他们不过是制造混乱，用各种不同的语言高声叫骂，但随着人数越来越多，他们的胆子也变大了。阿凯梅安看到一个头发纷乱的森耶里人挥起拳头，但被同伴拉住了。其他人也开始挽起手臂，想要冲过辛奈摩斯的阵线。辛奈摩斯只能派出为数不多的空余人手顶住那些危险的地点，暂时控制住了局面。

赤塔的旗帜越来越近了。它停一下，往前走几步，然后又停下。越过人群头顶，阿凯梅安看到两排锃亮的黑色仪仗起起落落，活像一只巨大的蜈蚣。然后他看到了贾维赫——赤塔的奴隶战

乌有王子 * 前度的黑暗

士——在人群中用蛮力开路。他们脸上带着令人胆寒的决心,护着那顶神秘的轿子朝前挪。

这会是谁呢?谁会愚蠢到——

突然间,贾维赫战士的阵形像楔子一样从人群中挤出,直接对上了辛奈摩斯的人,产生了瞬间的混乱。辛奈摩斯害怕事态失控,拼命挤过去。在他们身后,那顶轿子晃荡几下,轿夫们努力支撑着,三头蛇随风微摆,高高飘扬。随后,筋疲力尽的贾维赫战士们走过了辛奈摩斯的人布下的防线,个个都带着瘀伤乃至血迹,甚至有几个被同伴抱了起来。轿子跟在他们后面,像一条船冲进了破损的堤坝。辛奈摩斯像被雷劈中了一样,目瞪口呆地看着这一幕。

各种东西朝他们飞来。破铁板、酒碗、鸡骨头、石块,甚至一只猫的尸体,阿凯梅安不得不弯腰闪过。

那几个奴隶似乎没受影响,他们轻柔地跪下,额头直低得触到尘土飞扬的地面,而轿子仍然扛在他们晒黑的后背上。

如雨般投来的杂物停下了,叫喊声也变得稀疏了些。阿凯梅安发觉自己也屏住了呼吸。一个贾维赫队长掀开柳条编的轿门,当即跪下。一只穿赤红色拖鞋的脚伸出轿子,然后是一件无比华美的刺绣长袍。

一瞬间,所有人都沉默了下来。

下轿的是以利亚萨拉斯。赤塔的大宗师,上艾诺恩的实际统治者。

阿凯梅安觉得自己被这难以置信的事实惊呆了。大宗师?来这里?

似乎人群中也有人认出他来。窃窃私语声越来越大,然后又渐渐消失。目睹这样一位大人物,每个人都吃惊不已。站在他们面前的是三海诸国最有权势的几个人之一,只有沙里亚或帕迪拉贾可以声称自己的权势比赤塔的大宗师更显赫。不管是不是渎神者,拥有

第五卷 圣战

如此权力的人理当受到尊敬，而尊敬的表现就是沉默。

以利亚萨拉斯饶有兴味地扫了围观者们一眼，然后转过脸来看着阿凯梅安。他个子很高，身材修长，轮廓分明；走路就像踩平衡木，脚踏在一条直线上；双手拢在袖子里，这是东方的贤者在正式场合所用的礼仪。他停在礼仪规范允许的距离上，浅眉毛下那双眼睛扫视着阿凯梅安。阿凯梅安看到他稀疏的银发下晒成棕色的头皮，银发在脖子后面绾成一个精致的结。

"请原谅我不得不带来这些家伙。"他边说边轻蔑地抬起一只蓄着长指甲的手，朝周围目瞪口呆的人群挥了挥，"大场面总是令人陶醉，嗯？"

"也总是引来不便。"阿凯梅安温和地答道。虽然他和围观人群一样震惊，但赤塔从来不是天命派的朋友，他看不出有任何理由需要掩饰这一点。

"确实如此。有人告诉我，你崇尚阿金西斯的逻辑。你们天命派学士总是很勤奋，对吗？"

艾诺恩人，阿凯梅安酸溜溜地想。

"我们总是在努力驱赶食腐动物，如果你是这意思的话。"

以利亚萨拉斯摇摇头："别太高抬自己。若是为之献身，骄傲也就毫无价值了。从来没有。也永远不会有。"

"我也是这样想的。"周围人群越来越喧闹，阿凯梅安不得不抬高声调。

大宗师抿紧嘴唇，唇线变得严厉起来："你是个聪明人。聪明的小家伙。告诉我，杜萨斯·阿凯梅安，被他们派出去使唤了几十年感觉如何啊，嗯？你是不是得罪了谁？诺策拉？还是你把小普罗雅斯给奸了？这是当初涅尔塞家族把你赶出去的原因吗？"

阿凯梅安一言不发。他们调查过他，他所有痛苦而讽刺的经历都成了他们的武器。而他还以为自己在调查他们！

"啊……"以利亚萨拉斯道,"你没想到我会说出这么不合礼仪的话,对吗?不过我保证,再钝的刀,也有——"

"邪恶的贱民!"有人叫喊起来,声音带着惊人的狂暴。更多人跟着喊起来。阿凯梅安往四周看了一眼,看到辛奈摩斯的士兵们又一次奋力守住了位置。许多因里教徒趴在他们挽着的手臂上,高喊污言秽语。

"也许我们应该撤进元帅的帐篷。"以利亚萨拉斯说。

阿凯梅安在大法师身后瞥到了辛奈摩斯狂怒的脸。

"这不可能。"

"我明白了。"

"你想要什么,以利亚萨拉斯?"辛奈摩斯要求阿凯梅安在这次会面开始前就将它结束,但他做不到。这不只是因为同他交谈的是以利亚萨拉斯,三海诸国中最强大的类比法术巫师,更因为他在跟代表一大学派与玛伊萨内签订条约的人谈话。也许以利亚萨拉斯知道玛伊萨内何以得知他们在与西斯林作战。也许他可以用这个人想要的东西换取这份情报。

"想要什么?"大法师重复了一遍,"怎么,只是来和你见个面不行吗?也许你还没注意到,异民在这里——"他的目光朝四周的因里教徒投去,从他们脸上一一扫过,"并不是很受欢迎……礼仪规范要求我们团结起来。"

"并且保持低调。"

大宗师微微一笑:"不要嘲笑。永远不要嘲笑别人。只有一知半解的自命不凡者才会这么做。礼仪规范的真正履行者花在嘲笑别人上的时间,从来不会比嘲笑自己的时间多。"

该死的艾诺恩人。

"你想要什么,以利亚萨拉斯?"

"来和你认识一下,就像我之前说的那样。我需要认识认识这

第五卷 圣战

个几乎以一己之力改变了我对天命派印象的人……我一直以为你们是最温和的学派！"

阿凯梅安这下彻底迷惑了："你在说什么？"

"我听说你最近在凯里苏萨尔住过一段时间。"

杰什鲁尼。他们发现了杰什鲁尼。

我把你也害死了吗？

阿凯梅安耸耸肩："所以你们的秘密暴露了。你们正与西斯林作战。"既然赤塔选择加入圣战，这个秘密也就保不住了。他们为什么还为这个找他麻烦？一定另有原因。

真知吗？以利亚萨拉斯只是来分散他的注意，好让其他人侦测他的隔绝术？这是不是一次大胆绑架的前奏？这种事不是没有先例。

"我们的秘密暴露了。"以利亚萨拉斯表示赞同，"你们的也一样。"

阿凯梅安疑惑地看着他。对方似乎在用某种极为可耻、不能为人所知的东西刺激他，好像一点点暗示就足以令他羞耻，而他绝不可能不明白一样——但他委实完全不明白大宗师在说什么。

"出于纯粹的巧合，"以利亚萨拉斯续道，"我们找到了尸体。是一个在萨育特河口打渔的渔夫找到的。让我们困扰的不是你杀了他这件事——不管怎样，本约卡棋从大局出发，经常需要弃子来争取优势——不，让我们困扰的是你杀他的方式。"

"我？"阿凯梅安不以为然地笑道，"你们觉得是我杀了杰什鲁尼？"

这消息的震撼实在强烈，他不由得脱口而出。之后吃惊的就轮到以利亚萨拉斯了。

"你确实很有撒谎的天分。"停了一阵后，大宗师说。

"你也很会演戏！杰什鲁尼是整整一代人以来天命派最宝贵的

乌有王子 * 前度的黑暗

线人,我们为什么要杀他?"

喧哗声越来越大。暴徒几乎围到了阿凯梅安身边,他们挥舞拳头,怒吼出侮辱与诅咒。但在阿凯梅安眼中,他们是如此微不足道,只不过给他与赤塔大宗师的第一次会面染上了一层荒谬的烟雾。

以利亚萨拉斯沉默地打量了他一会儿,然后悲伤地摇摇头,就像在为这个顽固不化的骗子感到惋惜。

"为什么会杀线人,嗯?从许多方面讲,人死了或许比活着更有用。不过就像我说过的,让我异常好奇的,是你杀他的方式。"

阿凯梅安愤怒又难以置信地耸耸肩:"有人在把你当傻瓜愚弄,大宗师。"

有人在愚弄我们两个……但是谁呢?

以利亚萨拉斯注视着他,抿起嘴唇,就像咬住了一片酸得发涩的柠檬。"我的间谍总管警告过我。"他顽固地声称,"我本以为你会为你做的事找一些模棱两可的理由,比方说和你们那该死的真知魔法有关。但他坚持说你是个单纯的疯子,他说我看到你撒谎的样子就会明白。他说只有疯子和历史学家对自己的谎言坚信不疑。"

"你之前指控我是凶手,现在我又成了疯子?"

"确实如此。"以利亚萨拉斯用定罪与厌恶的语调厉声道,"否则谁会把人脸剥掉?"

更多石头从他们头顶飞过。

※※※

以利亚萨拉斯强忍住把双手拧在一起的冲动,眨了眨眼睛,将昨天与那个天命派法师近乎灾难性的会面场景从脑海中驱赶出去。

第五卷 圣战

他对一个无名人脸尤其印象深刻：一个魁梧的泰丹男爵，左眼因为旧伤呈现雪蓝色。确实，有些面孔比其他面孔更适合表现残忍。但这个人……那一瞬间，他就像是仇恨的化身，就像是恶魔，附体到布满伤痕的身躯和沸腾的血液中。

他们是如此憎恶我们。他们确实应该这样。

赤塔没法忍受在摩门城外驻扎的屈辱，于是从一个纳述尔大家族手中用对方无法拒绝的高价租下了城外这套大宅。以艾诺恩人的标准来看，这更像是一座要塞，而非乡间别墅。当然了，以利亚萨拉斯知道，艾诺恩人造房子时无须考虑塞尔文迪人的存在。这房子好歹可以让他得到片刻奢侈的宁静。他昨天去与那个该遭三重诅咒的天命派学士会面的见闻表明，圣战军营地已变成一座令人无法忍受的贫民窟。

以利亚萨拉斯遣散了奴隶，独自坐在荫凉的柱廊里。别墅中唯一的庭院尽收眼底，他看到伊奥库斯穿过阳光照射下的花园而来——此人是赤塔的间谍总管，也是他最主要的顾问。此人急匆匆跑来，就像被周围的阳光追逐着一样，看着他从阳光中走进阴影，就像目睹沙尘变成了石头。伊奥库斯来到大宗师的椅子旁，点点头。每次这人出现，以利亚萨拉斯心中就会涌起一阵厌恶，仿佛瞥见了患上疫病的人脸上泛起的第一抹潮红。不过对方喷的老式香水倒让人感到一种奇妙的舒适。

"我从苏拿得到了新消息。"伊奥库斯边说边往桌上一个银碗里倒酒，"和库提亚有关。"

库提亚是他们在千庙教会幸存下来的唯一一个间谍，其他间谍都被处死了。但最近几周，库提亚的上线一直没收到他的消息。

"你觉得他死了？"以利亚萨拉斯不悦地问。

"是的。"伊奥库斯答道。

这么多年来，以利亚萨拉斯习惯了伊奥库斯的存在，但他仍

乌有王子 * 前度的黑暗

潜藏着一小块记忆，记载着对此人最初的憎恶。伊奥库斯是个服用"参孚"的瘾君子，这种毒品征服了艾诺恩统治阶层的绝大多数人，除了最近才被他安置到王座上的傀儡切菲拉姆尼——每想到这一点，以利亚萨拉斯就颇为惊讶。对于那些能忍受参孚甜美的反噬的人来说，这种毒品可以让他们的思想更敏锐，将他们的寿命延长上百年，但同时也会吸收人体内的颜色，有人说甚至会吸取人的灵魂。许多年前，以利亚萨拉斯作为一个孩子刚刚加入学派时伊奥库斯就和现在的样子一样。和其他瘾君子不同，伊奥库斯拒绝用化妆品掩饰皮肤失去的颜色，毒品让他的皮肤变得透明，如同穷人用来遮挡窗户的浸油亚麻布；全身血管在皮肤下清晰可见，如同多节的黑色虫子。人们甚至可以透过他闭着的眼睑看到红色眼球，而他的指甲永远都像是青黑色的瘀伤。

伊奥库斯拖了张椅子来到桌边，一小滴汗珠溅到了以利亚萨拉斯的手臂上。以利亚萨拉斯不由得朝自己被阳光晒黑的胳膊看去，他的手臂虽细，却蕴含着坚实的力量与活力。以利亚萨拉斯虽觉得毒瘾令人困扰，但也险些屈服于毒品的诱惑，特别是它能让人的思维变得更敏锐。服用这毒品的人，在感情上会变得病态而自恋，瘾君子很少能结婚，或生下正常的孩子。当初阻止他的理由是：没人知道参孚从哪里来，对以利亚萨拉斯来说，这是无法忍受的。在他爬上权力顶峰所经历的凶险而艰辛的旅程中，他一直拒绝在不了解重要事实的情况下下手。

直到今天。

"也就是说，我们在千庙教会没有消息源了？"以利亚萨拉斯问。他已经知道答案。

"没有值得信任的了……苏拿仿佛被裹尸布裹住了一样。"

以利亚萨拉斯朝明亮的庭院中看去，卵石小路两旁立着长枪般的杜松，一株高大的柳树垂在碧绿的水池旁边，水池四周是雕着猎

第五卷 圣战

鹰面孔的石像。

"这意味着什么,伊奥库斯?"他问。我让三海诸国最强大的巫术学派遭遇了最大的危机。

"这意味着我们必须有信仰。"伊奥库斯带着听天由命的神情耸耸肩,"信仰这位玛伊萨内。"

"信仰?对我们完全不了解的东西?"

"正因如此才叫信仰。"

加入圣战是以利亚萨拉斯一生中做出的最艰难的决定。刚收到玛伊萨内的邀请时,他几欲发笑。赤塔?圣战?太荒谬了,几乎不值得片刻考虑。也许这是为什么伴着邀请,玛伊萨内送来六枚饰品作信物。对于饰品,巫师们绝不可能一笑置之。这些饰品的意思是:我的提议,值得你认真考虑。

然后以利亚萨拉斯明白了玛伊萨内真正给他们的是什么。

复仇。

"我们必须把在苏拿的投入加倍,伊奥库斯,目前的情况是不能忍受的。"

"我同意。信仰是不能忍受的。"

这个人十年前的样子在以利亚萨拉斯心头盘旋,让他的手指微微发颤:刺杀结束之后,伊奥库斯倒在他面前,皮肤上满是烫出的水泡,血流如注,破裂的嘴唇里说出的是在以利亚萨拉斯的灵魂中一直回荡的那句话:"他们是如何做到的?"

令人惊奇的是,某些日子总可以无视岁月的流转。它们会变成毒素,用永恒的昨日感染今天。即便此时此地,时隔十年,又远离赤塔本部,以利亚萨拉斯仍可以闻到血肉烤焦的味道——和烤猪肉在口中留下的余香如此相似。他上一次能咽下猪肉是什么时候?他又有多少次梦到了那一天?

那时的大宗师是萨什卡,他们在赤塔下面错综复杂的秘道深处

乌有王子 * 前度的黑暗

的内部密室开会,讨论一名赤塔成员是不是要叛逃去弥逊塞学派。这是赤塔最神圣不可侵犯的房间,如鸟巢一般堆满了隔绝术。走进这房间,甚至只是朝房间的石壁靠一靠,都能感受到经文契约的力量,或者咒语散发的光环。但刺客就这样大摇大摆现身了。

一阵奇怪的声音,就像被网捕住的鸟在扑动翅膀。然后一道光闪过,仿佛一扇门被推开了,门后是燃烧的太阳。强光中走出三个人影。三个恶魔般的人影。

震惊,骨头颤抖,思想瘫痪。家具和身体都被摔在墙上。最纯净的白光如一条条灼目的丝带,抽打着房间每一个角落。尖叫。恐惧如利爪在他肚子里划过。

以利亚萨拉斯躲在墙壁与一张翻倒的桌子围出的缝隙里,趴在自己的血泊中,迎接死亡的到来——至少他是这么想的。他的同辈巫师有几个还活着。他瞥见萨什卡——他的前辈与老师——被刺客炽烈的光线触到,身体垮了下去。伊奥库斯跪在地上,苍白的额头被血染成污黑,摇摇晃晃地躲在不停闪烁的隔绝术后面,努力支撑这道屏障。房间里奔流的光线挡住了以利亚萨拉斯,敌人并没有注意到他,他感觉到咒术词语在他唇间涌动。他看到了他们——三个穿橘黄色长袍的人,两个蹲着,一个站着,沐浴在他们自己发出的灼目光芒中。他们表情安详,盲眼却仿佛深不见底的孔洞,能量绕着额前盘旋,就像那是通往外域的一扇窗口。以利亚萨拉斯伸出双臂,两手间腾起一个金色幻影:一段覆盖着鳞片的脖颈,森严的龙头,剪刀般逐渐张开的下颌。那龙头带着女王般的优雅垂下来,将西斯林卷进龙焰之中。以利亚萨拉斯愤怒地哭泣着。他们的隔绝术崩溃了。石头崩塌。血肉从骨头上脱落。但他们的痛苦实在太短暂了。

然后是寂静。尸体堆满了房间。萨什卡的残肢仍在嗞嗞作响。伊奥库斯趴在地上喘息。什么都没有。他们什么都没感觉到。昂塔的痕迹都是他们自己的巫术留下的,就像西斯林从没出现过一样。伊奥库斯跌跌撞撞走到他身前……他们是如何做到的?

那天,西斯林挑起了他们之间漫长的秘密战争,以利亚萨拉斯要亲手了结它。

复仇。这是千庙教会的沙里亚为他们提供的东西。给他们古老的敌人送去礼物:圣战。

这也是非常危险的礼物。以利亚萨拉斯想到,送来六枚饰品,事实上是圣战的象征。把丘莱尔送给巫师,乃是送来一样他们永远无法拿起的东西。这份礼物会带给他们死亡,消除他们的能力,而要想得到玛伊萨内提供的复仇机会,以利亚萨拉斯和赤塔必须加入圣战。若想索取,须先屈服,以利亚萨拉斯明白了对方的意思。现在,赤塔在它光辉的历史上,第一次向他人俯首称臣。

"我们在皇宫的间谍呢?"以利亚萨拉斯问。他痛恨恐惧,如果可以的话,他会尽量避免讨论玛伊萨内的事,"他们有没有发现皇帝有进一步的计划?"

"还没有……至少到目前为止。"伊奥库斯干巴巴地答道,"不过有传言说,乡民圣战军覆灭之后不久,伊库雷·孔法斯从费恩教那里收到一封信。"

"一封信?内容是?"

"可以想象,是关于乡民圣战军。"

"但意义何在呢?是通知吗,是对之前双方认可的交易的确定?还是警告,警告不要再继续支持圣战?又或是和平的意向?它到底是什么?"

"这些都有可能,"伊奥库斯回答,"甚至可能包括上述全部内容。我们没办法知道。"

"为什么信是送给伊库雷·孔法斯的?"

"可能出于任何原因……但请记得,他曾是帕夏宫中的人质。"

"那个孩子,孔法斯,是我们最担心的人。"伊库雷·孔法斯很聪明,超乎寻常的聪明,这意味着他一定也非常狂妄。另一个让人恐惧的想法:他会成为我们的将军。

伊奥库斯用尖尖的手指捧起银碗,似乎在看碗底剩余的一小洼酒。"能容我直言吗,大宗师?"他终于说。

"尽管说吧。"

各种情绪在伊奥库斯脸上汇聚,就像水透过纱布一样,但他的恐惧显而易见。"这些事都在令赤塔蒙羞……"他的音调令人不快,"我们是天生的统治者,现在却成了别人的附庸。放弃这场圣战吧,以利,这里有太多不确定、太多未知因素了。我们在用自己的命进行这场算筹赌博。"

包括你的命,伊奥库斯?

以利亚萨拉斯感觉到愤怒在他心中盘旋。十年前,西斯林在他心中种下了一条毒蛇,靠着吞噬他的恐惧,蛇已变得壮硕无比。他感觉到蛇在他心中翻滚,催促他像女人一样用手指抓向伊奥库斯那双紧张的眼睛。

但他只说:"耐心点,伊奥库斯。只有耐心,才能了解真相。"

"昨天,大宗师,你险些被那些将要和我们一起行军的人杀死……如果这还不能显示我们处境的荒谬,那么我想没有别的方法可以证明了。"

那些暴民!他蠢到什么地步,才会在那种地方与杜萨斯·阿凯梅安对峙!如果不是那个天命派学士仍然保持着清醒的头脑,一切可能都会在那里结束——数百名朝圣者死在大宗师手上,赤塔正式与长牙之民开战。"不要这样做,以利亚萨拉斯!"当暴民们朝他们冲来时,那个男人对他说,"想想你们与西斯林的战争吧!"

第五卷 圣战

但那人漫不经心的语调中同样也有威胁：我不会让你这样做。我会阻止你。你知道我能做到……

多么荒谬的讽刺！正是这威胁——而非他的理智——让他停了手。真知的威胁！正因他的学派无数代以来都对它求而不得，才拯救了他们这次任务。

他是多么憎恶天命派啊！每一个学派，甚至包括皇家萨伊克，都不得不承认赤塔的强大，只有天命派是例外。区区一个外派的间谍都能让赤塔大宗师退缩，大家又怎么会尊重赤塔的地位呢？

"那场事故，"以利亚萨拉斯说，"只不过展示出我们一直知道的事情，伊奥库斯。我们在圣战中的地位非常微妙，这点确实不假，但伟大的计划永远需要有伟大的牺牲。等到计划开花结果，等到希摩化为烟尘废墟，等到西斯林被彻底铲除，到那时，天命派就是唯一一个能与我们匹敌的学派了。"他要建立一个巫师的帝国——这是他孜孜不倦的努力终将得到的报偿。

"这让我想起来，"伊奥库斯道，"我从凯里苏萨尔的档案总管那里收到一封信。他清查了所有的死者报告，如您要求的那样，确实还有一例，那是几年前的事了。"

又一具无面尸体。

"查清他的身份了吗？是在什么情况下找到的？"

"尸体腐烂了一半，是在河口三角洲里找到的，没人知道是谁。现在事情过去了五年，确定身份的希望很渺茫。"

天命派。谁能想到他们在玩如此黑暗的游戏？但到底是什么游戏呢？又一桩未解之谜。

"也许，"伊奥库斯续道，"天命派终于撇开了关于非神会和非神的那些胡言乱语。"

以利亚萨拉斯点点头："我同意，天命派现在和我们玩的是同样的游戏，伊奥库斯。那个人，杜萨斯·阿凯梅安，让我不再怀疑这一点……"天生的骗子！他说自己完全不清楚杰什鲁尼的死因，以利亚萨拉斯险些就相信他了。

"如果天命派加入了这场游戏，"伊奥库斯说，"那么一切都不一样了。你明白吗？我们不能再把自己当作是三海诸国最强大的学派了。"

"我们先摧毁西斯林，伊奥库斯。在这期间，一定要派人监视杜萨斯·阿凯梅安。"

第五卷 圣战

第十七章 安迪亚敏高地

这件事本身是卓绝的：自塞内安被塞尔文迪部落攻陷以后，从没有这么多有权势的人聚集在同一个地方。很少有人知道，被摆在天平上的乃是人类的存续，而谁又会想到，改变平衡的并非沙里亚的敕令，而是一个简单的眼神交流呢？

这不正是历史最迷人之处吗？看得够深便会发现，灾难与胜利这些历史学家们审视的对象，总是由细小、琐碎、噩梦般的意外事件决定的。每当我回想起这件事，让我恐惧的不是我们像普罗塔西斯所写的那样"在神圣的舞会上喝醉了酒"，而是根本不曾有这场舞会。

——杜萨斯·阿凯梅安，《第一次圣战简史》

长牙纪4111年，晚春，摩门

凯胡斯、奈育尔、辛奈摩斯及五名响应长牙召唤的康里亚总督跟随涅尔塞·普罗雅斯穿过安迪亚敏高地的长廊。皇帝的一个宦仆在前领路，一路留下麝香与香脂的味道。

普罗雅斯与辛奈摩斯商议了一阵，然后把奈育尔叫到身边。前往皇宫区的一路上，凯胡斯几乎完全掌握了普罗雅斯反复无常的情绪变动。欢欣与焦虑轮流占据着这个人的心。现在，他显然处在欢欣的状态。他的想法几乎要从脸上跳出来：我会成功的！

乌有王子 * 前度的黑暗

"虽然我们羞于提及，"普罗雅斯说，努力让语气听上去随意一些，"但从许多方面看，纳述尔都是三海诸国中最古老的民族，他们是中古时期的塞内安人的后裔，甚至可追溯到上古时代的凯兰尼亚。他们生活在先祖丰功伟绩的阴影下，觉得自己也有义务树立丰碑。所以——"他伸出手，指向周围那些高耸的穹顶，"——就有了这些。"

他想消解敌人的力量，凯胡斯明白，他以为这地方会令塞尔文迪人敬畏。

奈育尔板着脸，朝他们刚走过的阴凉花园啐了一口。宦仆扭过头，从肥胖的肩膀上投来一瞥，然后紧张地加快脚步。

普罗雅斯看了塞尔文迪人一眼，用不自然的笑容掩盖住眼神中的失望："通常情况下，奈育尔，我不会冒昧纠正你的态度，但如果你能不当着皇帝的面吐痰，也许一切都会顺利很多。"

王子身后一位面容严峻的总督，伊吉亚班大人，听到这话不由得哈哈大笑。塞尔文迪人动了动下巴，什么也没说。

自他们加入圣战军、获得涅尔塞·普罗雅斯的招待，迄今已有一周。这期间，凯胡斯大部分时间用来沉思、评估、探寻，然后再次评估，企图把握这非同寻常的环境。然而圣战难以测算。他之前遇到的一切情况，都远不能与战争中的变量相比。当然，大军中成千上万的无名之辈基本上无关紧要——他们只在数量上起作用——但真正起作用的那些人，那些最终能决定圣战命运的人，却不在他的接触范围之内。

然而很快，这一切都会改变。

皇帝与圣战军各大贵族的角力即将进入高潮。有了奈育尔作伊库雷·孔法斯的替代品，普罗雅斯向玛伊萨内提出正式请愿，要他对皇帝的《条约》的合法性做出裁决。伊库雷·瑟留斯三世也邀请所有的大贵族向沙里亚提出请愿，让他来裁定他们的要求。现在他

第五卷 圣战

们要进入金碧辉煌的安迪亚敏高地,在皇帝的私人花园中与皇帝会面。

无论结果如何,圣战军都将起程,前往遥远的希摩。

沙里亚到底会站在大贵族一边、命令皇帝为圣战提供补给,还是站在伊库雷王朝一边、命令各大贵族签署《条约》,这对凯胡斯来说没有太大意义。无论如何,圣战军的领袖都会拥有一位得力的助手。要么是才智过人的伊库雷·孔法斯,纳述尔大统领——哪怕普罗雅斯也对此人的能力深为赞许——要么是奈育尔,凯胡斯知道其军事才华也是不容置疑的。重要的是,圣战军必须战胜费恩教,将他带到希摩。

带到他父亲那里。他的任务所在。

这是你的希望吗,父亲?这场战争是我要上的一堂课吗?

"我在想,"辛奈摩斯促狭地说,"皇帝让塞尔文迪人喝他的酒、享受他仆人的服务时是什么样子?"

王子和总督们一起发出低沉的笑声。

"也许他会急得咬牙切齿,说不出话吧。"普罗雅斯道。

"我对这场游戏没什么耐心。"奈育尔说。其他人听到这话,以为他在用自己的方式赞同王子的话,但凯胡斯知道,这其实是草原人的警告。这是对他的考验,也是对我的考验。

"这场游戏,"另一个总督,盖德奇大人回答,"马上就要结束了,我的野蛮人朋友。"

一如既往,此人居高临下的语调让奈育尔怒不可遏,连鼻孔都张开了。

为了杀我父亲,他到底愿意承受多少蔑视?

"这场游戏永远不会结束,"普罗雅斯肯定地说,"它无始也无终。"

无始也无终……

乌有王子 ★ 前度的黑暗

━━━━━❀❀❀━━━━━

凯胡斯第一次听到这句话时还是个十一岁的男孩。正在训练的他被召唤到第一露台一个小小的密室中，去见克斯里迦·捷尤卡。虽然凯胡斯已花了几年时间学习控制情绪，但想到要与捷尤卡见面，还是让他畏惧：此人乃是一位长老，在杜尼安修会中位于高层，这样的人与年轻孩子之间的会面，结果往往会给后者心中带来痛苦。历练与启迪的痛苦。

落日余晖射进密室外的石柱，让他小脚下的石头变得温暖怡人。露台的壁垒脚下，山风自白杨间吹过。凯胡斯在阳光下徘徊了一阵，温和的阳光浸透了他的长袍，以及裸露的头顶。

"你按照他们的指示，喝够了水才来的吗？"长老问。他是个老人，脸上如这周围空荡荡的密室一般没有任何表情，令人以为他在看一块石头而不是一个男孩。他的表情就是这样平淡。

"是的，长老。"

"道既无始亦无终，年轻的凯胡斯。你明白吗？"

教学开始了。

"不明白，长老。"凯胡斯答道。虽然心中仍存有恐惧与希望，但他早就学会了不要吹嘘自己的学识。在可以看穿表情的老师面前，作为孩子的他没有太多选择。

"几千年之前，当杜尼安修会最初发现——"

"是在远古大战之后吗？"凯胡斯急切地打断他，"当时我们还是难民吗？"

长老给了他一巴掌，如此用力，打得他在坚硬的石板地上连打几个滚。凯胡斯挣扎着回位，擦去鼻子中流出的鲜血。他并没有感到多么恐惧，更没有后悔。这一巴掌是一堂课，没有其他意义。在杜尼安僧侣的交流当中,一切都是课程。

长老用无比平静的眼神看着他:"打断别人是你的弱点,年轻的凯胡斯。它源自你的激情,而非理智。它源自前度的黑暗。"

"我明白,长老。"

冰冷的眼睛看穿了他,知道他说的是真话:"当杜尼安修会最初在这群山中发现伊述亚的时候,他们还只了解'道'的一条准则。那条准则是什么,年轻的凯胡斯?"

"前事决定后事。"

长老点点头:"两千年过去了,年轻的凯胡斯,我们仍然信奉这条准则。前事与后事、原因与结果的准则会不会过时?"

"不会,长老。"

"这又是为什么?人不都是会变老死去吗?山峰不也会随着岁月流逝而崩塌吗?"

"是的,长老。"

"那为什么我们的准则不会变老?"

"因为前事与后事的准则并不在前事与后事的循环当中。"凯胡斯答道,努力不流露出丝毫骄傲的痕迹,"它是衡量'年轻'与'衰老'的基准,所以它本身不曾年轻,也不会衰老。"

"正是。道既无始亦无终。而人类,年轻的凯胡斯,人类却有始有终——和其他所有动物一样。为什么人类有别于其他动物?"

"因为人类虽然像其他动物一样处于前事与后事的循环中,但人类可以悟道。他们拥有理智。"

"没错。而又是为什么,凯胡斯,为什么杜尼安僧侣会为了追求理智而生育?为什么我们如此勤奋地训练像你这样的年轻孩子,磨炼你们的思维、肢体和表情?"

"为了打破人类的困境。"

"人类的困境是什么?"

乌有王子 ✶ *前度的黑暗*

一只蜜蜂钻进密室，在拱顶下绕着杂乱的圆形轨迹飞来飞去，让人看着昏昏欲睡。

"人类原是动物，他们的欲望来源于灵魂中的黑暗，他们的世界可以随心所欲地用各种环境攻击他们，尽管他们能够悟道。"

"正是。如何打破人类的困境？"

"完全摆脱动物的欲望。完全把握周围的环境。成为'道'最完美的工具，以达到完满。"

"非常正确，年轻的凯胡斯。你是道的完美工具吗？"

"不是，长老。"

"为什么？"

"因为我仍被情绪左右。我是我的思想，但我思想的源头超越了我。因为前度的黑暗，我并不拥有我自己。"

"确实如此，孩子。我们将思想那黑暗的来源称为什么？"

"军团。我们称之为军团。"

长老举起一只颤抖的手，似乎在标示他们这次朝圣之旅中的一个重要路标："是的。你马上就要开始旅途了，年轻的凯胡斯，这将是你超越条件的修行中最重要的一课：掌握你体内的军团。做到这一点，你才能在迷宫中存活下来。"

"这会解答大千之厅的问题吗？"

"不。但这会让你问出正确的问题。"

在靠近安迪亚敏高地顶峰的地方，他们穿过一条象牙饰板柱围成的走廊，然后发现自己已来到皇帝的私人花园。

石子路之间是平整而柔软的草地，一行行不同的树木在草地上投出阴影。花园中间有一汪圆形池塘，每行树木都从池塘边呈辐射状散开——这代表着帝国的太阳。木槿、睡莲以及芳香的灌木从池塘边一直延伸到道路旁。凯胡斯甚至看到蜂鸟在阳光下飞舞。

凯胡斯明白，皇宫区公共区域的设计思路是用规格与华美让访客敬畏，但这座私人花园的目的则是让人亲近，将皇帝的自信展示给前来到访的贵客。这里的一切都透出简洁与优雅，一木一石都象征着谦逊的王者之心。

聚集在柏树与柳树下的是因里教众贵族——加里奥斯人、泰丹人、艾诺恩人、森耶里人，甚至有几个纳述尔人。他们三五成群，站成一圈，围着一张长椅，那显然是皇帝的座位。虽然他们的服饰都很华贵，也没拿武器，但却更像是士兵，而非廷臣。少年奴隶在他们中间穿梭，衣着暴露，显出起伏的胸脯，涂过油的小腿闪闪发亮，他们托着酒盘，巧妙地扭动腰肢。大贵族们一次次举起酒碗，互相致辞，油腻的手指在精致的细布与丝绸上抹过。

圣战的大人物，齐集于此。

我的研究深入了，父亲。

看到他们一行走近，交谈的人群纷纷转过脸来，声音也低了下去。有些人和普罗雅斯打个招呼，但大多数人盯着奈育尔——他们看到彼此都在不加掩饰地审视他，胆子越发大了起来。

凯胡斯知道，普罗雅斯有意没让任何一位大贵族提前见到奈育尔，就是为了更好地掌握此刻的主动。他们的表情证实了这一决定的智慧。虽然奈育尔穿着因里教的装束——白色亚麻束腰外衣，外罩齐膝长的灰丝外套——但仍散发出野性的力量：他饱经战事的面孔，雄健的体魄，钢铁般的四肢，还有可以轻易折断人脖颈的双手。他的斯瓦宗。他那冰冷的、玉石般的眼睛。他身上的一切要么令人联想到杀戮，要么就透出浓浓杀机。

大多数因里教徒被打动了。凯胡斯在他们脸上看到了敬畏，嫉妒，乃至渴望。这是个货真价实的塞尔文迪人，从相貌看来，这个

乌有王子 * 前度的黑暗

人似乎比他们之前听到的流言还要强大。

奈育尔用鄙夷回应他们的审视，目光从一个个贵族脸上扫过，就像在打量牲口。普罗雅斯低声对辛奈摩斯说了些什么，然后赶忙把奈育尔和凯胡斯都拉到一旁。

领主们不约而同地露出恳求的眼神，但辛奈摩斯拦住他们，喊道："你们很快就会听到这个人要说的话了。"

普罗雅斯微微一笑，低声说："我想，这场面几乎和我们期待的一样。"

凯胡斯发现，康里亚的王子非常虔诚，只是情绪波动极大。他身上有股力量、有种气质，让人不由自主地想受他保护；但他同时也非常多疑，对每一个被他的信仰吸引的人都抱以怀疑。

起初凯胡斯觉得，此人的多疑与信仰会构成矛盾。但与杜萨斯·阿凯梅安长谈一夜之后，他知道王太子的多疑是被培养出来的，普罗雅斯的警觉出自后天习惯。于是，就像和塞尔文迪人打交道时一样，凯胡斯不得不仔细寻找与王子打交道的切入点。经过几天的交谈和无数试探性的问题，此人身上仍有太多悬而未决的东西。

"他们似乎有些紧张。"凯胡斯道。

"为什么不呢？"普罗雅斯答道，"我给他们带来了一位声称自己梦到希摩的王子，以及一个可能成为他们将军的塞尔文迪异教徒。"他若有所思地朝那些长牙之民看了一眼，"这些人将把你当成同辈。"他说，"观察他们。研究他们。他们都非常骄傲，而我发现，越是骄傲的人，就越不容易做出明智决定……"

他的暗示很明显：很快，我们的身家性命就要维系在这些人的"明智决定"上了。

王子朝那个站在红柳——那柳树有红色和绿色的枝叶——下的高个子加里奥斯人指了指："那位是柯伊苏斯·梭本王子，厄耶特国王的第七子,加里奥斯部队的首领。和他说话的是他的侄子,阿斯贾亚里,加恩里的伯爵。柯伊苏斯·梭本在这些人中很出名,数年前他指挥父亲的军队与纳述尔帝国作战,打了不少胜仗——至少我是这么听说的——但后来皇帝任命孔法斯为大统领,孔法斯在战场上狠狠羞辱了他。也许在世的人中,没有哪个像他这样痛恨伊库雷家族,而且他对长牙和后先知没有太大兴趣。"

普罗雅斯又一次没把话说透。事实上,加里奥斯王子就像佣兵,只有与他的利益相符,他才会提供支持。

凯胡斯打量着那人的脸,下颌很有力,面孔如吟游歌手般俊朗,顶着一头发红的金发。他们的目光交汇了一下,梭本带着警觉的礼貌点点头。

那人的心跳加快了,但几乎无法察觉出来。脸上泛起淡淡的红光。眼睛略略眯了一眯,就像被看不见的拳头打了一下。

他最害怕别人的评判。

凯胡斯点点头作为回应,表情平静而坦诚。他意识到,梭本从小在其他人的严格审视下长大——梭本有一位苛刻的父亲,或是母亲。

他的一生就像一张展示板,为了满足评判他的目光。

"没有什么比野心更折腾人的了。"凯胡斯对普罗雅斯说。

"确实如此。"普罗雅斯赞同。他也朝加里奥斯的王子点点头。

"那边那个人,"普罗雅斯指着加里奥斯身后膀壮腰圆的泰丹人继续介绍,"是霍加·戈泰克,阿甘萨诺的伯爵,被选为瑟-泰丹部队的首领。在我出生之前,我父亲在玛安之战中被他打败,父亲管自己那条瘸腿叫'戈泰克的礼物'。"普罗雅斯笑笑,他是个贴心的孩子,能领会父亲的幽默,"传言霍加·戈泰克对千庙教会的忠诚好比在战场上的坚韧。"

乌有王子 * 前度的黑暗

又一个暗示：他是我们的一员。

和梭本不同，阿甘萨诺的伯爵并没有注意到他们的注视，他忙着用本国语言教训三个年轻人。铁灰色的胡子像长长的毛皮围住他的下颌，并随着他的叫喊上下摆动。他粗大的鼻头反着光，眼睛也在长得过长的眉毛下闪动。

"他训斥的那些人呢？"凯胡斯问。

"是他的儿子，三个都是。在康里亚，我们管他们叫霍加的兔崽子。他在训斥他们喝得太多，他说，皇帝正希望他们喝醉。"

但凯胡斯知道，激起老伯爵怒火的远不只是儿子们的酗酒行为。他的表情中带着无法掩饰的疲惫，就像所有的冲劲与激情都在漫长而混乱的一生中消磨殆尽了。霍加·戈泰克已不再能感到任何真正的愤怒，只有各种各样的悲伤。但原因呢？

他做了什么……他觉得自己被诅咒了。

是的，就是这样：内心深处的决意，犹如松弛的线头在他紧绷的面孔下隐藏着，在他眼睛周围闪动着。

他是来寻死的。以死来救赎。

"还有那个人。"普罗雅斯续道，大胆地伸手指了指，"那帮戴面具的人中间那个……你看到他了？"

普罗雅斯指的是最左边，那里聚集着最大的一群人：上艾诺恩的总督们。他们都穿着华丽长袍，编成辫子的假发下戴着白色瓷面具，罩住眼睛和脸颊。他们看上去就像长了胡子的人偶一样。

"那个头发像扇子一样搭在后背上的人？"凯胡斯问。

普罗雅斯酸溜溜地笑笑："是的，那就是切菲拉姆尼，上艾诺恩的摄政王，赤塔的宠物狗……你看到他有多畏惧端给他的食物和水了吗？他害怕皇帝给他下毒。"

"他们为什么戴面具？"

"艾诺恩人是堕落的民族，"普罗雅斯答道，并小心地四下看了一眼,"天生就会演戏。他们总是过分关注人与人交往的细节。他们觉得,在与礼仪规范相关的事情上,藏起自己的脸会是非常有用的武器。"

"礼仪规范,"奈育尔低声说,"是你们的集体传染病。"

普罗雅斯报以微笑,显然觉得草原人毫不掩饰的蔑视很有意思:"这毫无疑问。但对于艾诺恩人来说,这个病可是致命的。"

"原谅我的无知。"凯胡斯道,"但'礼仪规范'到底是什么?"

普罗雅斯疑惑地看了他一眼。"我也没仔细思考过。"他承认,"拜扬塔斯将之定义为'言辞与观点的战争',但实际情况远不止如此。礼仪规范是人类交流的微妙规则,可以说——"他耸耸肩,"它就是我们的生活方式。"

凯胡斯点点头。他们对自己的了解如此之少,父亲。

普罗雅斯似乎也觉得回答不能令人满意,于是将大家的注意力引到花园水池边站着的几个人身上。他们的束腰外衣都罩着绘有长牙纹式的白色法衣。

"看,那个银发的人就是因切里·高提安,沙里亚骑士团的大宗师。他是个好人,也是沙里亚的使节。玛伊萨内下达了谕令,我们与皇帝间的事情将由他来裁决。"

高提安默默等待着皇帝到来,双手紧握一个小小的象牙圆筒。凯胡斯猜想,那应该是沙里亚亲笔签署的公文。虽然高提安的表情无比自信,但凯胡斯一眼就看出他的焦虑:脖子上深色的皮肤下的血管不停跳动,手背上青筋毕露,还有唇边肌肉的紧张状态⋯⋯

他觉得自己与自己身上的责任不相称。

但他的表情暴露出比焦虑更多的东西:眼中流露出奇特的渴望,这种神情凯胡斯在很多人脸上看到过很多次了。

他渴望被感动⋯⋯被比他更神圣的存在感动。

"他是个好人。"凯胡斯重复着王子的话。只需让他相信我是更神圣的存在。

"还有那位。"普罗雅斯朝右边点点头,"那是森耶里的王子斯凯耶尔特,他身后的那个巨人,他们管他叫亚格罗塔。"

不知是否有意为之,小小的森耶里队伍站在因里教众贵族的最外围。前来花园的贵族里,只有他们着战斗装束,绣有野兽图形的长袖罩袍下是黑铁环缀成的全身锁甲。他们大肆炫耀自己坚硬的胡须,玉米须一样的长发。斯凯耶尔特脸上布着颇有规律的疤痕,就像是天花留下的一样。他一直在与亚格罗塔低声交谈,后者冷硬的目光则一直望着这边,越过众人头顶看向奈育尔。

"你见过这样的人吗?"普罗雅斯嘶哑地说,眼睛紧盯着巨人,钦佩之情显而易见,"我们最好祈祷他对你的兴趣是理论上的,塞尔文迪人。"

奈育尔与亚格罗塔对视,眼睛一眨不眨。"是的,"他平静地说,"这是为他好。评判一个人不只是看体型。"

普罗雅斯扬了扬眉毛,朝凯胡斯咧嘴而笑。

"你觉得,"凯胡斯问塞尔文迪人,"他个子虽高,但那话儿没那么长?"

普罗雅斯大笑,奈育尔却愤怒地盯着凯胡斯。如果必要,你尽可以玩弄这帮蠢货,杜尼安僧侣,但别想玩弄我!

"你开始让我想起辛奈摩斯了。"普罗雅斯说,"王子殿下。"

那个他最尊重的人。

此时,一阵愤怒的喊叫压过了嗡嗡的谈话声:"*Gi' irga fi hierst*! *Gi' irga fi hierstas da moia*!"戈泰克又在训斥哪个儿子,这次是在花园另一边。

"说来,那些森耶里人两腿间挂的是什么呢?"凯胡斯问普罗雅斯,"看着像干皱的苹果。"

"那是干皱的斯兰克的头……他们有用敌人当纪念品的习惯,我们可以期待——"他鄙夷的表情变成冷笑,"圣战军出发之后,他们很快就会炫耀人头了。我正要告诉你们,森耶里在三海诸国中很年轻。他们在我祖父的时代才皈依千庙教会和后先知,因此带有皈依不久的民族特有的狂热。与斯兰克间无休止的战斗让他们有点病态,甚至……有些神经错乱。据我所知,斯凯耶尔特在这点上也不例外,他根本不会谢伊克语。我们得……好好管束他,不过其他方面倒无须太在意。"

这里进行的是一场大游戏,凯胡斯想道,不懂规则的人自动出局。但他还是问道:"为什么?"

"因为他是个愚笨的家伙,一个不通文字的野蛮人。"

这正是他期待的答案:一个会刺激塞尔文迪人的答案。

似乎是出于巧合,奈育尔哼了一声。"你觉得,"他尖刻地问,"其他人会怎么说我?"

王子耸耸肩:"应该也差不多吧,我觉得。不过这点很快就会改变了,塞尔文迪人,我已经——"

普罗雅斯说到一半停了下来,因里教贵族们突然的寂静引起了他的注意。只见三个人影穿过柱廊洒下的阴影而来,其中两人穿着盔甲,根据盔甲和军徽判断,他们是皇帝的近卫军。第三个人被他们拖着,蹒跚走来。那个人全身赤裸,瘦骨嶙峋,脖子、手腕和脚踝上都挂着沉重的枷锁。从手臂上的无数疤痕看,他显然也是个塞尔文迪人。

"狡猾的恶魔。"普罗雅斯用比呼吸还轻的声音说。

近卫军将那个人拽到阳光底下。那人跟跄着,像喝醉了酒一样,完全不理会自己暴露的下体。他可怜巴巴地抬起头,把脸转向温暖的阳光,他的双眼已被挖去了。

"他是谁?"凯胡斯问。

奈育尔啐了一口,眼看着近卫军将那个人拴到皇帝的座椅底下。

"森努瑞特。"过了一阵,他才说,"基育斯河之战时我们的部族之王。"

"毫无疑问,他是塞尔文迪人弱点的象征。"普罗雅斯紧张地说,"是奈育尔·厄·齐约萨弱点的象征……这显然是对你的考验。"

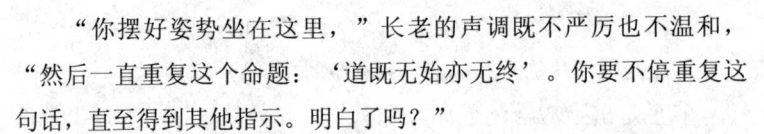

❦

"你摆好姿势坐在这里,"长老的声调既不严厉也不温和,"然后一直重复这个命题:'道既无始亦无终'。你要不停重复这句话,直至得到其他指示。明白了吗?"

"明白,长老。"凯胡斯答道。

他在密室中间茅草编成的小垫子上坐下。长老坐在他对面同样的一个垫子上,背后是阳光照耀的白杨树,以及远处险峻的山崖。

"开始。"长老道,他进入完全的入定状态。

"道既无始亦无终。道既无始亦无终。道既无始……"

起初他颇为不解,为何安排如此简单的练习。但很快,这句话失去了意义,变成了陌生词语的重复。他练习的不再是说话,而是舌头、牙齿和嘴唇的机械动作。

"不要把话说出来。"长老说,"在心里念。"

道既无始亦无终。道既无始亦无终。道既无始……

他很快发现,在心里默念是完全不一样的。大声说出命题多少会有重复动作,就像用发音器官支撑着思考。现在,这个命题单独存在,不挂靠在灵魂中的任何地方,一遍一遍又一遍地重复,没有任何习惯可以依靠,也没有任何身体部位能协助它。

道既无始亦无终。道既无始亦无终。道既无始……

他注意到的第一件事是脸部奇妙的麻痹感,就像这练习不知为何割断了他面部表情与内心情感间的联系。他的身体纹丝不动,平静的程度远超他之前的任何一次修习。与此同时,一阵阵奇异的、躁动的浪花在他体内涌动,就像体内深处有什么东西阻碍着声音,拒绝着声音。不断重复的声音变成了低语,变成了一丝细细的、波浪起伏的思维,穿过尚未成形的、汹涌的思想漩涡。

道既无始亦无终。道既无始亦无终。道既无始亦无终。道既无始……

太阳半掩在参差不齐的山头后面,让他身边的一切形成了鲜明对比:黑暗的石板与明亮的光头。凯胡斯发觉自己正处在战争中。冲动从虚空中诞生,要求他去思考;未说出口的话在黑暗中扩散,要求他去思考;嘶嘶作响的图像围绕着他,恳求着,威胁着——所有的一切都在要求他去思考。而与这些对抗的,则是:

道既无始亦无终。道既无始亦无终。道既无始……

很久之后,他才明白在这样的练习中,他的灵魂与身体划清了界限。在无穷无尽地重复长老的命题的过程中,他与他自己对立了起来,同时明白了自己与自己的身体之间有多大区别。他第一次真正看到了先于他而存在的黑暗,他知道在这一天之前,他从不曾真正觉醒。

太阳终于落下,长老打破沉默。

"你完成了第一天的修习,年轻的凯胡斯,但你在夜里仍要继续。当清晨的太阳照上东边的冰川时,你停止重复命题的最后一个字,继续重复剩下的话。太阳每次从冰川上升起,你就少重复一个字。明白了吗?"

"明白,长老。"这句话仿佛是从另一个人口中说出来的一样。

"那么继续。"

黑夜将密室变得有如坟墓,挣扎更加强烈。他一会儿觉得快要漂浮起来,一会儿又感到即将窒息。一会儿他觉得自己像个幽灵,如蜷曲的烟雾四下游走,脱离了实质形体,似乎连黑夜里的微风也可以将他吹散。一会儿他又化作一团抽搐的血肉,所有感觉都变得无比锐利,甚至连黑夜里的凉意也能像冰冷的刀子一样刺穿他的皮肤。命题化作醉汉,在兴奋的神经、惹人分心的烦躁以及狂乱的激情汇成的噩梦般的大合唱中跌跌撞撞,颠来倒去。一切感知都在他的体内号叫,就像是垂死的野兽。

然后阳光从冰川后面射出,他被这美丽的一幕惊呆了。山顶那片闪亮的冰雪仿佛缓缓燃起了橘黄色的火焰。那一瞬间,命题似乎从他脑海中溜走,只剩下冰川高耸的样子,那曲线就像美丽女人的后背……

长老跳向前,狠狠打了他一掌,脸上露出刻意装出的极度愤怒。"重复那个命题!"他高喊。

对凯胡斯来说,每一个大贵族都代表着一个问题,代表着一系列特征无穷尽的组合。从他们脸上,他可以看到其他人的表情碎片间或浮现出来,就像所有人都是同一个人在不同时刻的化身。阿斯贾亚里与梭本争论时,他的怒容中浮现出莱维斯的样子,那样子刹那间像飓风一样占据了他;戈泰克看着他最小的孩子时,又露出西尔维的眼神。同样的情感,不同的平衡方式。据他判断,这里的每个人都和莱维斯一样,可以轻易为他控制——他们都有强烈的骄傲——然而作为一个整体,他们仍是无法计算的。

第五卷 圣战

这是一座迷宫。一座大千之厅。他必须走出这迷宫。必须掌握它。

如果这场圣战超出了我的能力呢？那又会怎样，父亲？

"你要参加他们的宴会吗，杜尼安僧侣？"奈育尔用塞尔文迪语尖刻地问，"多往脸上长点肉？"普罗雅斯离开他们，去和高提安打招呼了。这一刻，他俩单独待在一起。

"我们有同样的任务，塞尔文迪人。"

到目前为止，一切都在按他最乐观的估计发展。他声称的王室血统确保了他的地位，他几乎毫不费力地就在这些因里教统治者中得到了一个位置。普罗雅斯不仅为他提供了"与王子地位相称"的待遇，还在自己营火旁的议事会上给他留了一席之地。凯胡斯发现，只要拥有王子的风度，他就会被当作王子对待。表演代替了存在。

然而他声称的另一件事，即梦见希摩与圣战这件事，让他有了另一重身份，这重身份充满危险与机遇。有些人对此公然嘲笑，另一些人——普罗雅斯和阿凯梅安这样的人——则将之视为一种可能的警告，就像病人脸上初现的潮红。更多的人在其中寻找各自需要的神圣启示，然后不假思索地接受。好在他们全都承认了凯胡斯的地位。

在三海诸国的人看来，不管多琐碎的梦境都是非常严肃的事。莫恩古斯发出召唤之前，杜尼安僧侣认为梦境不过是一种排演，是灵魂在用各种可能性训练自己。但三海诸国的人不这么看，他们将梦境视为通道，外域可以通过梦境来影响这个世界，原本无法触碰的人，不管是未来的、远方的、邪恶的、神圣的，都可以通过梦境在此时此地表现出来，只不过有所残缺罢了。

但仅仅声称自己做了梦还不够。有强大的梦境，也有普通的梦境，每个人都会做梦。耐心地听凯胡斯讲述完梦境之后，普罗雅斯

乌有王子 ★ 前度的黑暗

告诉他，数以千计的人声称自己梦到了圣战，有些人梦到胜利，其他人则梦到毁灭。他说，沿法御斯河每走十码，都能看到一位隐士痛苦地尖叫，向路人兜售自己的梦境。

康里亚的王子带着特有的坦诚问："为什么我该认为你的梦境与其他人不同呢？"

梦境是非常严肃的事，对待严肃的事当然要严格地质疑。

"也许你不该。"凯胡斯答道，"我也不确定我与其他人有什么不同。"

他表现得不是很愿意接受自己那先知般的事迹，这样一来，也就保住了岌岌可危的地位。当不知名的因里教徒听到关于他的传言，跑到他面前跪下时，他会像一个满怀同情心的父亲一样从他们身边走过。他们祈求他的触碰，仿佛真神的恩典可以透过皮肤传递给他们，而他会伸出手去，但只将他们扶起来，责备他们自贬身份。他声称自己拥有的比看上去少得多，如此一来别人反倒希望、或者害怕他真的拥有更多，甚至包括普罗雅斯和阿凯梅安这样有见地的人也这么想。

他从来没有表达过什么，也没有宣称过什么，只是自始至终把握着环境，让人感觉他说的是真话。所有偷偷观察他的人，所有屏息问出"这个人是谁？"的人，都获得了前所未有的满足。他成为了他们的结论。

如此他们就没法再怀疑他了。怀疑他会显得自己缺乏洞见。否认他就等于否认自己。

凯胡斯走入的是被他超越了条件的战场。

如此多的变化……但我看到了道，父亲。

笑声在花园中回响。一个年轻的加里奥斯男爵站得累了，似乎觉得皇帝的长椅是个歇脚的好地方。他在那里坐了一阵，显然没留言到周围人的大笑，他一会儿咀嚼着从奴隶手中接过的冒油猪肉

第五卷 圣战

"加满彦",一会儿打量着脚下那个被锁链捆住的赤裸男人。终于发觉众人都在朝自己笑的时候,他索性一不做二不休,在长椅上装腔作势地模仿起皇帝的样子来。长牙之民齐声喝彩。最后,梭本过来拉起年轻人,把他带回亲随当中,接受他们的掌声。

须臾,一队帝国重臣前来宣布皇帝驾临,他们每个都穿着符合官职地位的样式复杂的长袍。欢笑声还没平息,伊库雷·瑟留斯三世已出现在大家面前,身边就是孔法斯。皇帝的表情混杂着仁慈与厌恶。他在长椅上坐下,这动作又让客人们大笑不已,因为他的姿势和片刻前那个年轻加里奥斯人一模一样:左手手心朝上放在大腿上,右手蜷在身前。凯胡斯看他召唤了一个宦仆来解释这莫名其妙的笑声,脸气得发白。挥手将宦仆遣开时,皇帝眼里已有了杀意,还为接下来用什么坐姿纠结了好一阵。凯胡斯发现,被人设计取笑是皇帝最无法忍受的侮辱,这可以把皇帝变成奴隶——然而凯胡斯也知道,皇帝本人并不明白这个道理。最后瑟留斯用诺斯莱人的姿势坐下,双手放在膝盖上。

皇帝努力控制着怒火,花园中出现了短暂的沉默。趁这工夫,凯胡斯研究起皇帝身边随员的表情:皇侄孔法斯脸上带着不着形迹的傲慢;奴隶们都诚惶诚恐,他们见惯了主人的阴晴不定;重臣们不满地紧绷着嘴,在皇帝身后站成半圆,簇拥着中间的皇帝。还有⋯⋯

在这些大臣中,有一张不同的脸⋯⋯一张令人困惑的脸。

起先是极微妙的不协调引起了他的注意,他隐约觉得有什么东西错了。那是一个穿着精致的深灰色丝绸长袍的老人,其他人显然都很尊重此人,会听他差遣。一个同僚朝他侧过身,低声说着什么,在一片喧闹中没法听清,但凯胡斯看到了嘴唇的动作:

斯科约斯⋯⋯

这是宰相的名字。

乌有王子 ★ 前度的黑暗

凯胡斯深吸一口气，让思维的势头慢下来，最后停止不动。每天用来与其他人打交道的那个他不复存在，像凋落的花瓣一样消失了。身边一切事件的节奏都慢了下来。他变成了一个点，一片和他身体同样大小的空白，四周景象则变成了饱经风霜的老人的脸。

这张脸上没有任何可以察觉的反照。心率与实际表情完全不符——

然而周围的声音逐渐侵入了这片寂静，凯胡斯退出入定状态，重新拾回身体。皇帝准备发言了。他的发言将决定圣战的命运。

刚刚这片刻不过用去了五次心跳的时间。

这意味着什么？一张单独的、无法解读的脸，混杂在海一般混乱而透明的表情中。

斯科约斯……你是我父亲的作品吗？

※ ※ ※

道既无始亦无。道既无始亦无。道既无始亦无。道既无始亦无。道既无始……

有那么一阵子，他尝到破唇间的血味，但这感觉也慢慢地被那句残忍的命题磨得淡薄了。脑海中的杂音越来越少，逐渐变成死一般的寂静。他的身体成了陌生的存在，一具可以随意丢弃的躯壳。甚至时间本身的运动，后事追赶前事的脚步，也可以随意变化。

密室石柱的影子扫过空无一物的地板。阳光落在他脸上，然后又消失不见。他的身体被汗打湿，衣服黏在身上，但没有丝毫的不适感，也没有味道。当长老站起身，把水滴在他嘴唇上时，他就如同一块长着青苔的光滑石板，或是瀑布下的砾石。

太阳又一次在他身前升起，从他身后落下。他的阴影在长老的腿上扫过，然后消失在光洁的树荫中，与它的同族会合之后膨胀开来，化作黑夜。他一次又一次地看着太阳升起，然后落下，随着短暂的黑夜，随着每一个黎明的到来，命题都变得更短。世界运行的速度仿佛加快了，但他灵魂的动作慢了下来。

他心中的低语渐渐变成：

道既无。道既无。道既无……

他的身体仿佛变成充满回声的空腔，失去了独立的发声能力，每句话都是完美无瑕的回音。他行走在两道面对面的镜子组成的深渊般的长廊中，每一步都是上一步的影像。只有太阳与黑夜标志着他的行走，也让两道镜子间的夹缝越来越小，一边仿佛即将要碰上另一边。在这个越来越拥挤的空间里，他的灵魂却无比平静。

当太阳再次升起时，他的思维只剩下最后一个字：

道。道。道。道……

这个字不停地回荡，他就像得了极为严重的口吃，又像在进行无比深邃的思考。仿佛只有念出"道"这个字，他的心脏才能永不停息地跳动。思维越来越窄，日光照进房间，移到头顶，又在身后消失，黑夜刺穿了天空，天空就像战车的轮子一样不停旋转着。

道。道……

飞舞的灵魂被这个字拴在悬崖边上，等待着与某件东西相连的优美瞬间。任何东西都可能与它相连。树有道。心有道。万物皆有道。一切都在不断重复中化为虚无，永远拒斥着名字。

一轮金色的日冕从高耸的冰川上升了出来。

……然后什么都没有了。

没有了思想。

"帝国欢迎大家。"瑟留斯宣布。他紧绷的声音强作柔和，视

乌有王子 ★ 前度的黑暗

线从长牙之民的各大贵族脸上扫过,在凯胡斯身边的塞尔文迪人身上停留了一会儿。

皇帝露出微笑。

"啊,是的。"他道,"我们有一位最最特殊的新客人。塞尔文迪人。他们告诉我你是乌特蒙部落的酋长,对吗,塞尔文迪人?"

"是的。"奈育尔答道。

皇帝品味着这回答。凯胡斯知道,他现在的情绪让他不再留意礼仪规范的细节。"正好,我这里也有一个塞尔文迪人。"皇帝从花样繁杂的袖管中伸出小臂,抓住脚下的锁链。他猛一拉链子,蜷缩着的森努瑞特便抬起那张被刺瞎的破碎面孔,朝周围人看去。他赤裸的身体瘦骨嶙峋,显然没吃饱饭;四肢似乎以不同的角度垂着,统统向内拐,不敢朝外伸;胳膊上长长的斯瓦宗现在看来更像是标记骨头位置的线条,再也不能代表他的血腥过去。

"告诉我,"皇帝仿佛从这小小的野蛮举动中找到了乐趣,"他是哪个部落的?"

奈育尔似乎不为所动:"他曾是阿昆尼霍部落的人。"

"你说'曾是'?我想他对你来说已经是个死人了吧。"

"不。不是死人。他对我什么都不是。"

皇帝微笑的表情,仿佛这是一个神秘的暖场笑话,是处理重要事务前合适的消遣。不过凯胡斯看出他心中酝酿着阴谋。皇帝有自信让眼前的野蛮人显得像一个无知的蠢货。他必须这样做。

"因为我们摧毁了他吗?嗯?"皇帝步步紧逼。

"摧毁了谁?"

伊库雷·瑟留斯停了一下:"摧毁了这条狗,森努瑞特,部族之王,你的国王……"

奈育尔耸耸肩,就像被一个小孩子的任性烦恼着:"你们什么

第五卷 圣战

都没摧毁。"

有人笑起来。

皇帝脸一皱。凯胡斯看到，他欣赏奈育尔的机智，但这份欣赏与他思维前沿的那些想法并不相容。他在重新评估局面，重新制订策略。

他习惯了，凯胡斯发现，习惯了更正错误。

"是的，"瑟留斯道，"摧毁一个人确实算不上什么。摧毁一个人太容易了。但摧毁一个民族……肯定算得上是种成就了吧，嗯？"

见奈育尔不答，皇帝开心起来。

他续道："吾侄孔法斯就在这里，他摧毁了一个民族。也许你听说过这个民族，他们是战争之民。"

奈育尔又一次拒绝回答，眼神却变得充满杀意。

"那是你的民族哪，塞尔文迪人。他们在基育斯河边被摧毁了。我在想，你当时在那里吗？"

"我就在基育斯河边。"奈育尔咬着牙说。

"你被摧毁了吗？"

沉默。

"你被摧毁了吗？"

所有目光都汇聚到塞尔文迪人身上。

"在基育斯河边，我被——"他在斟酌谢伊克语中的合适词汇，"教育了。"

"原来如此！"皇帝喊道，"我早该想到。孔法斯是一个要求极高的老师。那么告诉我，你学到了什么？"

"孔法斯就是我学到的东西。"

"孔法斯？"皇帝重复了一遍，"你得原谅我，塞尔文迪人，此话有些费解。"

乌有王子 ★ 前度的黑暗

奈育尔继续解释，语调沉着："在基育斯河，我学到了孔法斯曾经学到的东西。他是一个在战场上成长起来的将军。他从加里奥斯人那里学到，纪律严明的长枪阵对付骑兵冲锋有多么好的效果；他从基安人那里学到，如何用佯退来挑拨敌人，如何将骑兵留作预备队；他从塞尔文迪人那里学到了'*gobokzoy*'，也就是'时机'的重要性，他学到了身为将军必须从远处阅读敌人的行动，在他们失去平衡的一瞬间出击。"

"而在基育斯河畔，我学到了，"他冷硬的眼睛转向孔法斯，"战争的本质是斗智。"

皇侄脸上的震惊显而易见，凯胡斯猜想这话对他有多大冲击力。然而这一刻发生的事太多了，他没时间仔细思考这个问题。皇帝与野蛮人之间这场博弈的气氛变得紧张起来。

这次轮到皇帝沉默了。

凯胡斯明白这场博弈的赌注。皇帝需要展示塞尔文迪人的无能。瑟留斯把伊库雷·孔法斯作为逼迫贵族们签订《条约》的价码，和任何一个商人一样，想让自己的价码显得合理，就必须诋毁竞争者手头的货物。

"聊够了没有！"柯伊苏斯·梭本喊道，"在场的大人们听够了——"

"此事不是诸位大人能决定的！"皇帝厉声说。

"也不是伊库雷·瑟留斯能决定的。"普罗雅斯说，他眼中闪着狂热的光。

须发灰白的戈泰克喊道："高提安！沙里亚究竟是怎么说的？玛伊萨内对我们这位皇帝的《条约》是怎么说的？"

"这也太快了！"皇帝激烈地说，"我们还没听这个人发言呢，这个异教徒！"

但其他人高喊："高提安！"

第五卷 圣战

"那你怎么说，高提安？"皇帝嚷道，"你会让一个异教徒率军去讨伐异教徒吗？你们想像乡民圣战军那样在蒙格达平原上遭受惩罚吗？已经死了多少人？又有多少人因为卡摩缪尼斯那不计后果的冲动变成了奴隶？"

"领军的将是诸位大人！"普罗雅斯喊道，"塞尔文迪人只是我们的参谋。"

"这是天大的侮辱！"皇帝咆哮，"况且谁能想象一支有十个将军的军队？当你们遇到困境时——你们肯定会遇到困境，你们根本不明白基安人有多狡诈——你们听谁的？听一个塞尔文迪人指挥吗？在生死关头听从他？简直太荒谬了！这将是一场异教徒的圣战！瑟金斯在上，一个塞尔文迪人，"他用哀怨的口气喊道，就像面对发疯的爱人，"你们这些傻瓜不明白这意味着什么吗？他是大地上的瘟疫！他的名字是对神的亵渎！他是不容于真神的孽物！"

"你愤愤不平？"普罗雅斯喊道，"你要教育这些愿为长牙献身的人什么是虔诚？那你的罪行呢，伊库雷？难道不是你要将圣战变成自己的工具吗？"

"我要保护圣战，普罗雅斯！我不能让你们的无知破坏了真神的工具！"

"但我们不再无知了，伊库雷。"梭本道，"你听到塞尔文迪人的话了，我们都听到了。"

"这个人会出卖你们！他是塞尔文迪人！你们没听我说吗？"

"怎么会呢？"梭本说，"你叫得比我老婆还响。"

哄堂大笑。

"我叔叔说的是事实。"孔法斯开口。贵族们都安静下来。伟大的孔法斯终于开口了。他的话一定更理智。

"你们完全不了解塞尔文迪人。"他言之凿凿，"他们不是费恩教徒那样的异教徒。他们的邪恶之处不在于扭曲真神，不在于将真正的信仰变成可憎的邪教。他们根本没有神。"

孔法斯大步走到皇帝脚旁的部族之王身边，把那张瞎了的脸拉起来，让所有人看到。他抓住那人一条瘦弱的胳膊。

"他们管这些疤痕叫斯瓦宗。"他像耐心的老师一样解释，"这个词的意思是'死亡'。在我们看来，这不过是些野蛮的纪念品，跟森耶里人把风干的斯兰克脑袋挂在盾牌上没什么两样，但它们对塞尔文迪人有更多意义。杀人是他们唯一的生存目的，他们生命的意义全写在这些疤痕上。杀我们……你们懂吗？"

他向周围的因里教徒脸上看去，他们眼中的恐惧让他颇为满意。允许一个异教徒来他们中间是一回事，接受异教徒的每一桩邪恶罪行则完全是另一回事了。

"这野蛮人之前说的不是真的。"孔法斯说，"那个俘虏并非'什么都不是'。他的意义比那重要得多。他标志着他们的耻辱，塞尔文迪人的耻辱。"他盯着森努瑞特那张毫无表情的脸，那张脸上两个下陷的空眼洞流出了泪水。他又朝普罗雅斯身旁的奈育尔看去。

"看看他。"他用轻松的语调说，"看看这个你们想立为将军的人。你们感觉不到他复仇的渴望吗？你们不觉得他在不停地与心中的愤怒战斗吗？你们真的那么幼稚，会相信他没有计划着我们的毁灭？会相信他的灵魂不会像每个人的灵魂一样被仇恨扭曲，渴望看到复仇成功、我们被彻底毁灭的景象？"

孔法斯朝普罗雅斯看过去。

"问问他，普罗雅斯，问问他是什么在驱动他的灵魂。"

对话暂时停下了，周围的贵族都在交头接耳。凯胡斯将目光转向皇帝身后那个神秘的面孔。

童年时代，他观察表情的方式和俗世出生的人并没有什么不同，只是一种下意识的、难以总结的领悟。现在，他已经可以看到

第五卷 圣战

表情这块木板下的每一根柱梁,他能以令人恐惧的精度,计算出每个人心底深处的地基中每一丝力量的分配。

但这个斯科约斯让他困惑。他可以看透别人,但在这个老人脸上只看到模拟出的深度。控制表情的那些细微肌肉动作完全无法统一——就像连接在不同的骨头上一样。

这个人没受过杜尼安僧侣的训练,只是他的脸不是脸。

一个个瞬间流逝。他将不协调的感觉累积起来,分门别类地整理,然后拼出一个个可能的假设……

肢体。修长的肢体伸出来,揉搓挤压出一张虚拟的面孔。

凯胡斯眨眨眼睛,他的知觉又回到俗世的轨道上。这怎么可能?是巫术?如果是的话,这和他之前在与奇族的战斗中感受到的怪异力量完全不同。凯胡斯已经知道,巫术是一种无法理喻的怪诞行为,就像孩子在艺术品上胡乱涂鸦,虽然他不懂个中原理,却能将巫术与正常世界区分开,将巫师从普通人中分辨出来。这是驱使他向杜萨斯·阿凯梅安学习的许多神秘动机之一。

他几乎可以肯定,这张脸上没有任何巫术的痕迹。这是怎么做到的?

这个人是谁?

突然间,斯科约斯的眼睛和他的眼睛对上了,凹下去的眉毛假装蹙了起来。

凯胡斯点点头,友善的表情带着歉意,就像无意间瞪着别人被发现了一样。他用眼角余光看到,皇帝朝他警惕地看了一眼,然后又转过去看宰相。

凯胡斯发现,伊库雷·瑟留斯并没注意到这张脸有异样。没有任何人注意到。

我的学习在深入,父亲,不断深入。

"小时候,"普罗雅斯道,"我被一位天命派学士教导过,孔法斯。按照这位学士的说法,你对塞尔文迪人太乐观了。"

许多人笑出了声。如释重负的笑声。

"天命派的故事不值一哂。"孔法斯平静地说。

"或许如此。"普罗雅斯说,"但纳述尔人的故事也一样。"

"这不是问题所在,普罗雅斯。"年老的戈泰克道,他的谢伊克语带着浓重的口音,几乎无法听懂,"问题在于,我们怎么才能相信这个异教徒?"

普罗雅斯转向身边的塞尔文迪人,显然犹豫了一下。

"你说呢,奈育尔?"他问。

整场对话中,奈育尔一直没开口,但也没有掩饰轻蔑的神色。这时,他朝孔法斯的方向啐了一口。

没有了思想。

男孩消失了。只剩下一个点。

此地。

长老一动不动地坐在他对面,赤脚脚掌相抵,黑色长衣上的折痕拼出复杂图案。他的眼神和他注视的孩子的眼神一样空洞。

此地没有呼吸没有声音,只有交汇的眼神。此地没有前事没有后事……几乎没有。

第一束阳光越过冰川照进密室。就像大树枝杈在风中摇摆,阴影越来越密实,阳光在长老衰老的头顶闪动。

老人的左手离开右边袖管,手中现出一柄匕首,锋刃像水一样闪着光。他的手臂如水中的绳子般甩出,指尖跟随刀刃飞出的方向,刀刃无力地破空,镜子般的刃面上,阳光一闪而没,映出密室里的昏暗……

第五卷 圣战

　　凯胡斯曾经存在的那个点，伸出了一只张开的手——金色的汗毛像闪亮的丝线一样覆在太阳晒过的皮肤上。那只手在沉闷的空中接住匕首。

　　匕首把柄撞在手掌中的一刻，那个点塌缩成原来的小男孩。散发出微弱汗臭的身体。呼吸，声音，各种思想。

　　我是军团……

　　在周围，他看到山顶反射下来的耀眼阳光。疲劳让他有如宿醉。长久的入定状态开始反冲，他听到嫩枝在风中不停摇摆，被百万个巴掌大的叶片牵引着。原因无处不在，隐藏在无数转瞬即逝的琐碎事物中——四下弥散，看上去没有任何用处。

　　我悟了。

　　"你们想让我为你们解开塞尔文迪人的谜。"奈育尔终于开口，"但实际上，你们却在用自己的心描绘我。你们看到一个在你们面前屈膝的人，森努瑞特，一个靠亲族血缘与我联系的人。你们说，这是多么无情的侮辱，我心中一定高喊着复仇。你们这样想，是因为你们的心会这样呼喊，但我的心并不是你们的心，正因如此它对你们才是个谜。

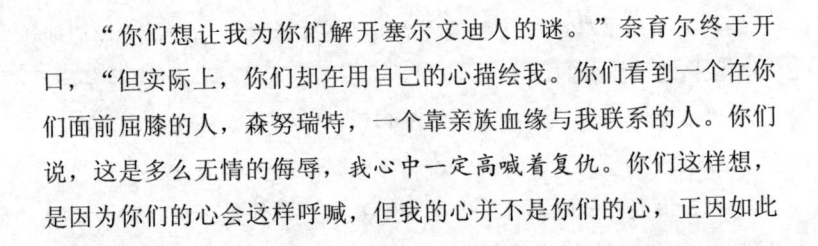

　　"森努瑞特这个名字不会让草原人蒙羞。它甚至已不是一个名字了。不能在我们中间骑马的就不属于我们，他现在就成了这样的一个人。而你们，你们这些错误地将心比心的人，你们看到两个塞尔文迪人，一个已被摧毁，另一个还站着。你们认为前者一定属于后者，你们认为对他的侮辱就是对我的侮辱，而我会为他复仇。孔法斯刻意让你们这样想，否则他干吗把森努瑞特带来呢？要贬低强者的声誉，最好的办法不就是把他等同于弱者吗？当然，也许纳述尔人的心确实如此。"

"我们因里教徒的心都是一样的。"孔法斯谴责,"众所周知。"

"是吗?"梭本尖刻地说,"我看这样的心会从真神那里抢夺圣战,用来追求一己之私。"

"不!"孔法斯大声说,"我的心会为真神拯救圣战。从这条可憎的狗那里,也从愚蠢的人手里。塞尔文迪人不信神!"

"赤塔不也一样!"梭本边说边朝孔法斯走去,"你是不是打算把他们也排除在外?"

"他们当然不一样。"孔法斯针锋相对,"长牙之民需要赤塔……没有他们,我们会被西斯林毁灭。"

梭本在离大统领几步远的地方停下。他瘦削得像豺狼一样。"因里教徒同样需要这个塞尔文迪人。孔法斯,你刚才不是说,必须从我们这些愚蠢的人手里拯救圣战吗?"

"去问问卡摩缪尼斯和你的亲戚萨齐尔卡吧,蠢货,去问问他们在蒙格达平原上的尸体。"

"卡摩缪尼斯,"梭本啐了一口,"萨齐尔卡……贱民只配跟贱民为伍。"

"告诉我,孔法斯。"普罗雅斯发问,"你是否预知了卡摩缪尼斯的结局?若是这样,为何皇帝还给他出征的补给?"

"无稽之谈!"孔法斯叫喊。

他在说谎,凯胡斯发现,他们知道乡民圣战军会被毁灭。他们希望它被毁灭……凯胡斯突然醒悟,这场辩论的结果事实上对他的任务至关重要。为了控制圣战,伊库雷家族已经牺牲了一支军队,一旦他们的计划再次受阻,还会制造什么样的灾难?

"所以问题在于,"孔法斯不依不饶地说,"你们是否能在与基安人的战争中信任一个塞尔文迪人的指挥!"

"这不是问题所在。"普罗雅斯反驳,"问题在于,我们信任塞尔文迪人是否胜过信任你。"

"这还用说吗?"孔法斯大叫,"信任塞尔文迪人胜过我?"他粗声笑道,"真是疯话!"

"你才疯了,孔法斯。"梭本咬着牙说,"还有你叔叔……如果不是因为你们那些见鬼的提议,还有那该遭三重诅咒的《条约》,根本没有这些问题!"

"但你们要夺回的是我们的土地!我们祖先的鲜血洒在那里的每一片原野、每一座山头上,我们的要求不是再合理不过了吗?"

"那里是真神的土地,伊库雷。"普罗雅斯果决地说,"是后先知的土地。你们是想把纳述尔人可怜的编年史放在《圣典》之前吗?放在我们的先知,因里·瑟金斯之前?"

孔法斯沉默了一阵,在心里揣摩这些话。凯胡斯明白,没人能轻易地与涅尔塞·普罗雅斯争辩信仰话题。

"你有什么资格提出这些问题,普罗雅斯?"孔法斯应道,他已恢复了冷静,"嗯?正是你要将一个异教徒——一个塞尔文迪人!——放到瑟金斯之前。"

"我们都是神的工具,伊库雷。哪怕一个异教徒——一个塞尔文迪人——也可以成为工具,如果这是真神的意愿的话。"

"我们如何揣测真神的意愿呢?嗯,普罗雅斯?"

"那是玛伊萨内的任务,伊库雷。"普罗雅斯转过脸去看高提安,大宗师一直专心旁观着,"玛伊萨内说了什么,高提安?告诉我们,沙里亚说了什么?"

大宗师紧握着象牙圆筒。每个人都知道,他那双紧握的手中就是答案。但他的表情却在犹豫。他还没下定决心。他鄙视皇帝,不信任皇帝,但他也害怕普罗雅斯的方案太过激进。但凯胡斯知道,用不了多久,他就不得不站出来了。

乌有王子 * 前度的黑暗

"我想问问塞尔文迪人。"高提安清了清嗓子说,"他为什么来这里。"

奈育尔紧盯沙里亚骑士,看着对方的白色法衣上金线勾出的长牙徽记。那些话就在你脑子里,塞尔文迪人,说出来吧。

"我来这里,"奈育尔终于开口,"是为了这场战争。"

"但这不是塞尔文迪人会做的事,"高提安说,心头的希望让他的怀疑更加强烈,"没有哪个塞尔文迪人会去做佣兵。至少据我所知没有。"

"我不是在出卖自己,如果你的意思是这个的话。草原人不做买卖——不管买卖什么。我们予取予夺。"

"是的,他会夺取我们。"孔法斯插了一句。

"让那个人说下去!"戈泰克喊道。他的耐心越来越少了。

"基育斯河之战后,乌特蒙部落不复存在,"奈育尔续道,"大草原并非你们想象中的样子。草原人永远都在打仗,不是与斯兰克、纳述尔人或基安人打,就是窝里斗。我们的牧场被老对手夺走,我们的牧群遭到屠杀,我们的营地被焚毁,我成了一无所有的酋长。"

奈育尔看向专注的众人。凯胡斯知道,故事只要合听众口味,就能赢得尊重。

"从此人身上,"他指指凯胡斯,"我发现外乡人同样有荣誉。身为奴隶,他在我们与库约提部落的战斗中表现得非常英勇。通过他,通过他的神给予他的梦,我得知了你们的战争。我没有族人了,所以我接受了他的赌注。"

凯胡斯发现,很多人的目光移到了他身上。他应该把握这时机吗?还是让塞尔文迪人继续说下去?

"赌注?"高提安问道。大宗师显然有些困惑,但语调中已有了一丝敬畏。

第五卷　圣战

"他说这场战争将与其他战争不同。这场战争将是一个启示……"

"我明白了。"高提安回答。他的眼睛突然明亮起来，似乎忆起了心中的信念。

"你真的明白吗？"奈育尔追问，"我不这样想。我仍是一个塞尔文迪人。"草原人向普罗雅斯看去，然后一一扫过这些名声昭著的大贵族，"不要错误地评价我，因里教徒，在这点上孔法斯是对的。你们在我眼里全是脚步踉跄的醉汉，一群本该让妈妈抱着的男孩，却在玩着战争游戏。你们根本不了解战争。战争是黑暗的，像沥青一样黑暗。它不是神。它不会笑也不会哭。它不会奖赏你们的技巧或胆识。它不是灵魂的试炼，不是意志的评判，甚至不是工具，不是实现你们那些女人般目的的手段。它只是一个点，在那个点上，大地的铁骨将与人类空洞的骨骼碰撞，然后将它们粉碎。"

"你们给我带来一场战争，我接受了，仅此而已。我不会为你们的损失而懊悔，不会在你们的火葬堆前低头，也不会庆祝你们的胜利。但我接受了赌注，我会忍受你们的存在。我会用剑消灭费恩教徒，屠杀他们的妻儿。而入睡的时候，我会欣喜地梦见他们的哀歌。"

片刻震撼的沉默。然后阿甘萨诺的伯爵戈泰克说："我经历过许多战争。我的骨头老了，但它们仍属于我，尚不属于火焰。我知道应当信任公开表露自己仇恨的人，应当提防将仇恨深藏在心里的人。我对此人的答案很满意——虽然我并不喜欢他。"他扭头看着孔法斯，眯起的眼睛里是赤裸裸的怀疑，"居然要让一个异教徒教育我们诚实，我感到十分悲哀。"

其他人也纷纷同意。

"这个异教徒的话中有智慧。"梭本的喊声盖过了窃窃私语，"我们应该听他的！"

乌有王子 ★ 前度的黑暗

但高提安仍然举棋不定。和其他人不一样,他是纳述尔人,凯胡斯看出,他和皇帝、和大统领一样,对草原人有许多偏见。塞尔文迪人的残暴在纳述尔人的生活中司空见惯。

大宗师毫无预兆地抬起眼,在人群中看向他的眼睛。凯胡斯看到,一幕幕灾难在大宗师的灵魂之眼中盘旋:圣战被毁灭了,而一切都是因为他以玛伊萨内的名义做出了决断。

"我梦到了这场战争。"凯胡斯突然说。从没听过他声音的因里教徒都被他吸引了,他用水一般清澈的目光将他们聚拢起来,"我不想假装解读这些梦境的含义,我的确不知道它们意味着什么。"他告诉他们,他站在他们的真神的神圣启示中,但他不做任何假定。他像每一个正直的人那样心存怀疑,而追寻真理的道路上容不得半分虚假。"但我知道一点:你们的决定已经非常明显了。"用不确定的事作引子,正是为了巩固这宣言中的确信。他是在告诉他们:虽然我知道的不多,但这件事我有把握。

"两个人在争取你们。涅尔塞·普罗雅斯王子要你们接受一个塞尔文迪异教徒的指挥,伊库雷·瑟留斯则要求你们将自己与帝国的利益维系在一起。问题很简单:哪一方要求的让步更大?"通过澄清事实,一样可以展示智慧与洞察力。其他人只要认可他的话,他便能赢得他们的尊重,争取他们的进一步认同,并让他们相信,他说的话是出于理性,而非为自己谋利。

"一边是一位明知乡民圣战军几乎必将覆灭、却仍为他们提供补给的皇帝;另一边是一位前半生都在掠夺与杀戮信徒的酋长。"他停下来,露出无奈的笑容,"在我的家乡,这样的情况叫作两难。"

花园中响起温和的笑声。只有瑟留斯和孔法斯没笑。凯胡斯将大统领等同于皇帝,避开了孔法斯过人的威望,然后又将皇帝的可靠程度描绘得与塞尔文迪人相同,摆足一副不偏不倚的架势。他温

第五卷 圣战

文尔雅地设立了这一等式，进一步赢得了尊重，还用微妙的幽默感渲染出自己对真相的洞察力。

"好吧，我不能为奈育尔·厄·齐约萨的荣誉做保，正如没有谁能为我做保一样。我们只能假定这两个人，皇帝与酋长，同样不值得信任。从这一点出发，答案就隐含在你们知道的事实里：我们在执行真神的任务，无论如何都是黑暗而血腥的。没有什么比战争更残酷。"他端详着他们的脸，目光在每个人脸上扫过，就像在和对方进行单独对话。他知道，他们来到了悬崖边，被各自的理智逼到了路的尽头。甚至瑟留斯也一样。

"不管接受皇帝还是酋长的领导，"他续道，"我们都要付出相同的信任和努力……"

凯胡斯停住话头，朝高提安看去。他看到，此人的灵魂已做出了决断。

"但如果和皇帝在一起，"高提安边说边缓缓点头，"我们还要付出努力的成果。"

长牙之民中响起一片赞同的低语。

"你怎么说，大宗师？"梭本王子喊道，"沙里亚同意这样吗？"

"这太荒谬了！"伊库雷·孔法斯喊道，"一个因里教国家的皇帝怎可能跟野蛮的异教徒一样不值得信任？！"

大统领几乎立即抓住了凯胡斯这番陈辞的破绽所在，但他的反对还是慢了半拍。

高提安一言不发地打开小筒，露出里面两个小小的卷轴。他犹豫了一下，严肃的面孔变得苍白。三海诸国的未来就在他手中，而他非常清楚这点。像握持神圣的文物一样，他小心翼翼地打开盖着黑色封蜡的卷轴。

沙里亚骑士团的大宗师转向无言的皇帝，开始诵读，他的声音

乌有王子 ★ 前度的黑暗

像祭司一样洪亮:"伊库雷·瑟留斯三世,纳述尔人的皇帝,根据长牙与《圣典》赋予我的权力,根据教会与国家之间古老的宪章,我命令你将必要的物资补给交付给我们伟大的——"众人齐声欢呼,欢呼声在皇帝的花园中回荡。高提安还在说,他说到因里·瑟金斯,说到信仰,说到不得体的企图。但欢庆的长牙之民已经开始离开花园,迫不及待地回去做出征准备。孔法斯目瞪口呆地站在皇帝的长椅前,凝视着脚下的部族之王。而在他身边,普罗雅斯正用高贵庄严的辞令与欣喜的目光接受同辈们的祝贺。

但凯胡斯穿过闪动的人影,紧盯着皇帝。皇帝正对身边穿着华美甲胄的卫士低声下令。凯胡斯知道,这命令与圣战无关。"拿下斯科约斯,"他嘴唇翕动,"然后把其他人招来。这老混蛋暗地里背叛了我们!"

凯胡斯看着那个卫士向同伴们示意,一起走向没有脸的宰相。他们粗暴地把他带走了。

他们会发现什么?

在皇帝的花园中,发生了两场较量。

伊库雷·瑟留斯三世英俊的面孔转向他,神色间既有愠怒又有恐惧。

他觉得我是他宰相背叛行为的同谋。他想逮捕我,却还没找到借口。

凯胡斯转过头,发现奈育尔仍不动声色地站在原地,看着他那位绑在皇帝脚下赤裸的同族人。"我们必须马上离开。"凯胡斯说,"这里隐藏的真相太多了。"

第五卷 圣战

第十八章 安迪亚敏高地

……而这一启示颠覆了我之前的一切认识。曾经我想问真神的问题是:"你是谁?"现在我要问的是:"我是谁?"

——安克哈鲁斯,《白庙书信》

大家一致认同,伊库雷·瑟留斯三世是个极度多疑的人。恐惧有很多种形态,但最危险的一种,是它与权力,以及永无止境的怀疑结合产生的变体。

——杜萨斯·阿凯梅安,《第一次圣战简史》

长牙纪4111年,晚春,摩门

伊库雷·瑟留斯三世皇帝来回踱步,绞着双手。花园里的惨败之后,他一直在发抖,无法控制自己的身体,只能呆在寝宫之中。孔法斯和近卫军司令冈克尔提一言不发地站在房间中央看着他。瑟留斯在涂漆桌子前停下,仰头喝下一大碗烈性阿皮酒,咂咂嘴,喘着气。

"拿下他了?"

"是的。"冈克尔提答道,"已把他押进地牢了。"

"我必须去见他。"

"我不建议您这样做,人中之神。"冈克尔提小心地说。

乌有王子 ★ 前度的黑暗

瑟留斯没说话,紧盯着这位诺斯莱司令看了一会儿:"不建议?你是说有巫术吗?"

"皇家萨伊克说没有。但这个人……显然受过训练。"

"'受过训练'是什么意思?少打谜语了,冈克尔提!帝国今天受到了侮辱。我受到了侮辱!"

"他……很难制伏。我死了三个手下,还有四个折断胳膊……"

"你在开玩笑!"孔法斯喊道,"他有武器?"

"不。我从没见过这种情况。如果我们没在觐见会上加派卫士……就像我刚刚说的,他受过训练。"

"你是说,"瑟留斯的脸在恐惧中变得僵硬,"一直以来,这么多年来,他一直有机会杀……杀我?"

"但斯科约斯多老了,叔叔?"孔法斯反问,"这怎么可能?一定是巫术。"

"萨伊克发誓说不是。"冈克尔提重复了一遍。

"萨伊克!"瑟留斯啐了一口,又倒了一碗阿皮酒,"那帮渎神的老鼠,总是在皇宫里鬼鬼祟祟。阴谋。他们一直在阴谋反对我。我们需要其他人的确认。"他喝下一大口酒,咳嗽着,"去找其他学派……比如弥逊塞。"他的声音变得沙哑了。

"我已经这样做了,人中之神。不过在这件事上,我相信萨伊克的说法。"冈克尔提握着胸甲上那枚刻满符文的小圆球——丘莱尔,巫师的噩梦,"制伏他之后,我把这个悬在他脸前,但他没有恐惧。那张脸上没有一点恐惧。"

"斯科约斯!"瑟留斯的喊声震动了雕花屋顶,他继续伸手去拿酒,"那个卑贱的、该死的、走路都不敢抬脚的斯科约斯!他是间谍?他是受过训练的刺客?每次我和他说话他都在颤抖——你们知道吗?他会像小鹿一样颤抖。而我会对自己说:'其他人称我是神,但只有斯科约斯,啊,我的好斯科约斯,只有他知道我确实是神。只有斯科约斯会服从……'结果一直以来他都在往我耳朵里灌毒药,用花言巧语刺激我。诸神诅咒他!我要亲眼看到他被剥皮!我要从他破碎的身体里挤出真相!我要让他痛不欲生!"瑟留斯咆哮着掀翻了桌子,玻璃和金子做的餐具稀里哗啦摔在大理石地板上。

皇帝一言不发地站了一会儿,胸口起伏。周围的世界嗡嗡作响,用无法理解的语言嘲笑着他,每一处阴影都在喧哗。大阴谋正在展开。诸神在行动——针对他。

"那个人呢,人中之神?"冈克尔提壮着胆子问,"那个亚特里索的王子?是他让你对斯科约斯起了疑。"

瑟留斯转身去面对司令,眼神仍有些涣散。"亚特里索的王子。"他重复道,想起那人镇静的表情,不禁一凛。是间谍……但那张脸出奇的轻松,出奇的自信!他怎么不该自信?皇帝的宰相不都是他的人吗?但这样的情况不会再继续了,很快我要让你带着恐惧来见我。

"盯住他。用最严密的手段监视他。"

他看了孔法斯一眼。神明般的侄子看上去也有些不安,这让皇帝感到一点点满足,也许这一点点满足能让他熬过今晚。

"下去吧,司令。"他说,语调又恢复了正常,"你做得很好。叫希默克提大宗师和托库什立刻来见我。我要和我的巫师、间谍谈一谈。还有我的占卜师……把亚里梅阿斯也叫来。"

冈克尔提跪下,用前额碰了一下地毯,然后退了下去。

房间里只留下他和侄子。瑟留斯转身背对侄子,来到房间远端通向阳台的门廊前。外面已是黄昏,灰色的地平线上,梅内亚诺海黑暗的波涛起伏。

"我明白你的问题。"他对身后那人说,"你在想我告诉了斯

乌有王子 * 前度的黑暗

科约斯多少。你在猜测他是不是知道了你知道的一切。"

"他一直和你在一起，叔叔，不是吗？"

"我也许会被愚弄，吾侄，但我不是傻瓜……算了，我们很快就会知道斯科约斯到底知道些什么了。我们很快就会知道应该去惩罚谁。"

"那么圣战呢？"孔法斯小心地问，"我们的《条约》呢？"

"我们的家族，吾侄，我们的家族才是最重要的……"

你奶奶也会这么说。

瑟留斯转过脸来面对孔法斯，停住了思考："希默克提告诉我，有个天命派学士加入了圣战。把他找来……你亲自去找。"

"为什么？天命派学士都是蠢货。"

"蠢货才能信任，因为他们的想法与别人的想法毫不相干。事关重大，孔法斯，我们必须搞明白。"

孔法斯离开后，留下皇帝独自一人面对黑暗的大海。站在安迪亚敏高地之巅，可以看出很远，但再远似乎也不能满足他。他会质问希默克提，皇家萨伊克的大宗师，以及托库什，他的间谍总管。他会听他们争吵，但什么有用消息都不会得到。而在那之后，他会前往地牢，去见一见他的"好斯科约斯"，要这叛徒为罪行付出第一笔代价。

※

从营地去安迪亚敏高地的行程在阿凯梅安看来如同行走在噩梦中。摩门天黑后就是这样子，空气中的刺鼻味道，用舌头都尝得出来。一路上他好几次瞥见一座石手指般的建筑，那应该是塞尔克塔。还有一阵子，路过西米拉神庙区边上时，他看到绍特海耶神庙宏伟的拱顶，在天空下犹如黑色巨兽的肚腹。大多数时候，他觉得

第五卷 圣战

自己钻进了一个混乱的养兔场,大路两旁是古老的民居,夹杂着废弃的市场、水渠以及小教派的庙宇。摩门在白天看来是一个错综复杂的城市,而到晚上就成了一座迷宫。

齐德鲁希骑兵举着火炬,像一道闪亮的光带在黑暗中行进。铁掌马蹄敲在石头和泥巴地面上,把心怀恐惧、脸色苍白的市民吸引到沿路的窗边。伊库雷·孔法斯穿着全套仪式盔甲,骑在阿凯梅安身旁,却对他不理不睬。

阿凯梅安发觉自己不时朝大统领看去。他那完美无瑕的身材令人紧张,让阿凯梅安为自己发福的体型倍感惭愧,就像孔法斯身上展现出诸神残忍的幽默感,把缺陷统统提取出来,安置到了普通人身上。但令人紧张的不只是他的外表,还有他的气质,那是百分之百的自信,丝毫不觉得自己的傲慢有什么不对。阿凯梅安判断,伊库雷·孔法斯要么有着令人畏惧的力量,要么就是个可怕的白痴。

孔法斯!他仍然不敢相信。伊库雷家族需要他做什么?阿凯梅安已经放弃了从皇侄那里询问答案的打算。"我是来找你,"对方一见面就直白地说,"不是来招待你的。"

不管皇帝需要什么,至少重要到足以派出亲侄儿来做信差。

皇帝的传唤起初让阿凯梅安感到一种不祥之兆。大批身披重甲的齐德鲁希骑兵冲过康里亚人的营地,好像是发动袭击一样。康里亚的士兵和这些骑兵在火堆边互相推搡咒骂了半天之后,才搞清纳述尔人是来找他。

"皇帝召唤我干什么?"他问孔法斯。

"召唤巫师还能干什么?"对方不耐烦地回答。

这回答让他怒火中烧,让他想起在千庙教会为打探埃因罗的死因和教会官员打交道的经历。阿凯梅安明白天命派在三海诸国统治者的阴谋中显得多么无关紧要。在所有巫术学派中,天命派是一群自信心过度膨胀的蠢货,天越黑,他们的蠢话就越多,而有权有势的人对愚蠢的巫师是避之唯恐不及的。

这也是为什么这次征召如此令人不安。皇帝要一个像杜萨斯·阿凯梅安这样绝望的蠢货有什么用？

在阿凯梅安的认知范围内，只有两件事可能让伊库雷家族这样的势力召唤他：要么是他们遇到了依靠自己的学派无法处理的问题，譬如皇家萨伊克或作为雇佣军的弥逊塞都无法解决；要么就是他们打算讨论与非神会有关的话题。既然除了天命派已没有任何人相信非神会的存在了，那一定是前者。也许这事并不像看上去那么让人不快。虽然各大势力平时会取笑他们的使命，但至少还尊重他们的技艺。

真知让他们成为富有的蠢货。

他们终于穿过一扇黑黝黝的大门，经过皇宫区外围的花园，来到安迪亚敏高地下。然而，阿凯梅安期待的解脱感仍然无迹可寻。

"我们到了，巫师。"伊库雷·孔法斯草草地说，在前来牵马的人的服务下下地，"跟我来。"

孔法斯领他来到一扇铁铸双开大门前，这扇大门与附近其他建筑颇不协调。皇宫位于他们面前的高地上方，宫墙上挂着数不清的火把，将一排排大理石柱照得闪闪发亮。孔法斯在门上捶了两下，大门就被两个近卫军打开，露出一条长长的通道，两侧有蜡烛照明。然而这条通道并非通往高地顶上，而是朝地下延伸。

孔法斯大步前进，看到阿凯梅安犹豫不决，又停下脚步。

"如果你在猜这条路是不是通往皇帝的地牢，"他脸上挂着浅浅的、促狭的微笑，"它确实是……"烛光映照着他胸甲上繁复的花纹——无数纳述尔的太阳。阿凯梅安知道，在这件胸甲下有一枚丘莱尔。多数有地位的贵族会把它们戴在身上，以防巫术。阿凯梅安无须推断就知道它的存在——他能感觉到它。

"我猜到了。"他站在门槛上说，"而且我想，是你解释解释找我来这里的目的的时候了。"

"天命派巫师和所有的吝啬鬼一样,觉得每个人都在觊觎他们的财宝。"孔法斯用怜悯的口气说,"你以为是怎样,巫师?我真的蠢到会公然闯进普罗雅斯的营地,只为绑架你?"

"你是伊库雷家族的成员,这足够让人担心了,你觉得呢?"

孔法斯仔细看了他一阵——那分明是税务官的眼神——然后明白了,阿凯梅安是不可能被嘲弄或权势吓服的。"那么好吧,"他突兀地说,"我们在高官中发现了一个间谍,皇帝需要你去鉴别一下,看他身上有没有什么巫术。"

"你不相信皇家萨伊克?"

"没人相信皇家萨伊克。"

"我明白了。那些佣兵呢?弥逊塞,为什么不利用他们?"

对方又露出居高临下的笑容——不,远不只是居高临下。阿凯梅安见过许多这样的笑容,但那些人的笑容中总有些扎眼的东西,带着细微的绝望。这个人的笑容中全没有那种感觉,他整齐的牙齿在烛光中闪动。那是野兽的牙。"要知道,巫师,那个间谍非同寻常。也许超出了弥逊塞有限的能力。"

阿凯梅安点点头。弥逊塞的能力确实"有限",有天赋的人很少甘于做雇佣兵。但皇帝居然找来一位天命派巫师,不仅不信任自己的法师团,也不相信佣兵……他们一定感到了恐惧,阿凯梅安明白,伊库雷家族感到了恐惧。阿凯梅安审视着皇侄,想从他脸上找出欺诈的痕迹。得到想要的答案之后,他跨过门槛,但听到大门在身后"嘎嘎"关上时,他脸上的肌肉仍然抽搐了一下。

孔法斯迈着军人的大步,迅速前进。阿凯梅安几乎可以感觉到安迪亚敏高地就在他们头顶。他不禁猜想:有多少人走进这个大厅,却有来无回?

孔法斯毫无预兆地说:"你是涅尔塞·普罗雅斯的朋友,对吗？告诉我，关于安那苏里博·凯胡斯你知道些什么？那个自称是亚特里索王子的人。"

这个问题让阿凯梅安浑身一颤，几个心跳的时间里，他努力保持着脚下的步伐。

凯胡斯和此事有关？

能说什么呢？说他害怕这个人会引来第二次末世之劫？什么都别说。

"你为什么要问这个？"

"不用说，你已经听说皇帝今天与大贵族们会面的结果了。很大程度上，这结果是这个人的狡诈造成的。"

"他的智慧，你是想说这个吧。"

一阵怒火扭曲了大统领的脸。他拍了两下胸甲上锁骨的位置，阿凯梅安知道，他的丘莱尔藏在那里。这个动作使大统领冷静下来，就像让他想到了阿凯梅安可能以哪些方式死去。

"我只是问了你一个简单的问题。"

这个问题绝不简单，阿凯梅安心想。关于凯胡斯他知道些什么？少之又少，与其说他敬畏此人，不如说是对其可能成为的人感到恐惧。一个安那苏里博回来了。

"这个问题，"阿凯梅安道，"和你们那位'非同寻常的间谍'有什么关系吗？"

孔法斯猛然停步，上下打量着他。要么是被这问题的愚蠢惊呆了，要么就是在思考一个重要的决定。

他们真的被吓到了。

大统领哼了一声，似乎无法想象自己居然会担心天命派学士对帝国的秘密造成什么影响。他微微一笑："毫无关系。"沿通道一路走去时，他加了一句，"你该梳梳胡子，巫师，你很快要见到皇帝本人了。"

第五卷 圣战

瑟留斯从希默克提身边走开,仔细查看斯科约斯的脸:一边耳朵凝着血块,一绺绺白色长发勾勒出他青筋密布的额头和下陷的脸颊,让他看起来更加狂野。

全身赤裸的老人被铁链绑住,反弓着锁在一张弧形木桌上,那桌子就像切开的半个轮子。木头很光滑,被许多曾绑在这里的人磨得锃亮,而老宰相苍白的皮肤衬得桌子更黑了。隐蔽处放置的若干火盆照亮了低垂的屋顶。他们位于安迪亚敏高地的腹心,多少个世纪以来,人们称这里为"真相之室"。墙壁旁的铁架子上,放置着获取"真相"的工具。

斯科约斯毫不畏惧地看着皇帝,像一个在死寂的夜里醒来的孩子一样眨着眼睛。他的眼睛在他枯萎的脸上闪烁,转向陪在皇帝身边的人:希默克提和另外两个资深法师穿着有"太阳巫师"之称的皇家萨伊克学派的黑金两色长袍;冈克尔提和托库什仍穿着仪式盔甲,他们的脸由于恐惧变得僵硬——他们知道皇帝必然为这骇人听闻的背叛事件向他们问责;基米什,皇帝的审问长,在他眼中没有人,只有痛苦;斯卡拉提斯,被冈克尔提召来的蓝袍弥逊塞巫师,这个中年人的脸上露出明显的困惑;当然,还有两个近卫军弩手,他们有蓝色文身,手中的丘莱尔弩箭指着宰相下陷的胸膛。

"这不是平时的斯科约斯。"皇帝低声说,握紧了颤抖的手。

宰相发出一阵轻笑。

瑟留斯强压下恐惧,感觉自己的心又变硬了几分。狂怒。他现在需要狂怒。

"你刚才说什么,基米什?"他问。

"我们审问过他了。"基米什平静地答道,"虽然简短,但符合章程，人中之神。"他的语调中有激动吗？聚集在这里的人里，也许只有基米什对绑在桌上的这位是皇帝的宰相这件事没有丝毫兴趣。他只在乎自己那套活计。瑟留斯清楚，这场暴虐的事件包含的政治因素、令人目不暇给的含义，对他来说不会有任何区别。他喜欢基米什这种品质，虽然有时这也让他感到恼火，但作为审问长，这是应有的品质。

"然后呢？"瑟留斯问，声音几乎要破了。他的情绪更加急躁，随时都可能朝更激进的方向演变。恼火变成狂怒。小小的痛苦化为难以忍受的剧痛。

"他和我见过的人都不一样，人中之神。"

瑟留斯知道，基米什的性格中最不协调的一面，乃是对戏剧的狂热喜好。他把自己看成是舞台上的叙事者，永远只在歌曲中间开口，好像整个世界是他的陪唱团一样。基米什对戏剧冲突有着难以理喻的占有欲，他总想制造悬念，而非描述必要的事实。

"你的任务是找到答案，基米什。"瑟留斯怒道，"难道要我来审问审问长吗？"

基米什耸耸肩。"有时展示比说明更有用。"他边说边从工具架上拿起几把小钳子，走到宰相跟前，"看。"

他蹲下来，用左手捧起宰相的一只脚，慢慢地，以工匠特有的手法，扳下了一块脚指甲。

没有任何反应。没有尖叫。老迈的身体甚至没有颤抖一下。

"不是人类。"瑟留斯吸了口气，往后退去。

其他人目瞪口呆。皇帝扭头看向希默克提，大宗师摇摇头。他又转向斯卡拉提斯，雇佣巫师毫无表情地说："没有巫术，这里没有，人中之神。"

瑟留斯转过脸去对着宰相。"你是什么东西？"他喊道。

老脸笑了笑："更强，瑟留斯，我是更强的东西。"这不是斯科约斯的口音,而是某种破碎的东西发出的,就像许多人的声音混杂在一起。

瑟留斯一阵天旋地转。他紧紧抓住希默克提,稳住身子,巫师连忙避开他脖子上挂的丘莱尔。瑟留斯看到了巫师脸上的嘲笑。皇家萨伊克!这个念头咆哮着,盘旋着。他们的行为与动机都高深莫测。只有他们有这条件,只有他们有这企图……

"你在撒谎!"他朝大宗师喊道,"一定是巫术!我能感觉到!这里的空气都被它污染了!这个房间到处都是它的味道!"他将那个恐慌不已的人扔到地上。"是你把这个奴隶带来的!"他尖叫着,指着面如死灰的斯卡拉提斯,"嗯,希默克提?你这条邪恶的、渎神的狗!这是你干的好事吗?萨伊克想成为西方的赤塔,是吗?想把他们的皇帝当作傀儡!"

瑟留斯停了下来。看到孔法斯出现在房间入口,他停止了指控。那个天命派巫师站在侄子身边。希默克提的随从慌忙把大宗师扶起来。

"叔叔,这样的指控,"孔法斯谨慎地说,"也许过于仓促了。"

"也许吧。"瑟留斯啐了一口,抚平长袍,"但就像你奶奶说的,孔法斯,最可怕的刀永远是离你最近的那把。"他看到了孔法斯身边那个矮胖的、剪着方形胡子的男人,"这就是那个天命派巫师?"

"是的。杜萨斯·阿凯梅安。"

那个男人毫无礼仪地跪下去,前额触地,低声说:"人中之神。"

"巫师与君王在一起总是很尴尬,不是吗,天命派巫师?"之前的片刻难堪皇帝已不在意了。也许让这个人了解到情况的紧急更好些,瑟留斯心想。不知出于什么原因,皇帝现在想表现得慷慨一点。

巫师疑惑地看着他,然后记起了自己的身份,眼睛低下去。

"我是您的奴隶,人中之神。"他低声说,"您要我做什么?"

瑟留斯抓住他的胳膊——这是最明确的表示没有敌意的姿态,他心想,作为皇帝,居然屈尊去扶一个低等种姓的人的手臂。他们从其他人面前走过,来到绑在审讯桌上的斯科约斯跟前。

"你看,斯科约斯。"瑟留斯说,"我们已经尽量保证你的舒适了。"

老脸上仍然没有表情,但他的眼睛闪着异常紧张的光。

"天命。"他说。

瑟留斯看着阿凯梅安,后者面无表情。但瑟留斯马上就感觉到,感觉到斯科约斯苍白的躯体上散发出的恨意,就像这老人认出了天命派的巫师。摊开的身体变得紧绷。锁链绷紧了,一环环链条咬在一起,木桌子咔咔作响。

天命派巫师后退了一步——两步。

"你看到什么了?"瑟留斯厉声说,"是巫术吗?是吗?"

"这人是谁?"杜萨斯·阿凯梅安问,声音中是不加掩饰的恐惧。

"我的宰相……跟了我三十年。"

"您……审讯过他吗?他说了什么?"巫师几乎是喊着说。他眼里的是恐慌吗?

"回答我,天命派巫师!"瑟留斯叫道,"这是巫术吗?!"

"不是。"

"你在撒谎,天命派的,我能看出来!我能从你眼里看出来。"

那人直视着皇帝的眼睛,全神贯注,仿佛在努力理解皇帝的话,努力理解那些突然变得琐碎的话。

"不、不。"他结巴着,"您看到的是恐惧……这里没有任何巫术。要么是另一种巫术,异民看不到的巫术……"

"正如我报告的,人中之神。"斯卡拉提斯在皇帝身后说,"弥逊塞一向讲信用。我们与任何——"

"闭嘴!"瑟留斯喊道。

这时,曾经是斯科约斯的那个人开始低吼……

"*Meta ka peruptis sun rangashra*,奇格拉,天命——奇格拉!"老宰相厉声喝道,他的声音完全不像人类。他扭动着想要挣脱束缚,衰老的躯体下那瘦削而虚弱的肌肉不停抽搐。一根钉在墙上的铁钉啪的一声掉了出来。

瑟留斯退回到巫师身边。"他说什么?"他喘息着问。

但巫师呆若木鸡。

"那些锁链!"有人喊着——是基米什。

"冈克尔提……孔法斯!"瑟留斯麻木地叫道,又往后跌跌撞撞退了几步。

老人的身体在弯曲的木桌上扭动,犹如饥饿的鳗鱼吸附在人的皮肤上。墙上另一根铁钉掉了出来……

冈克尔提第一个送命。他的脖子折断了,瑟留斯看到他松弛的脸拧到背后,身体朝前倒下。一条铁链打在孔法斯的侧脸上,把他打得朝对面墙上飞去。托库什像个布娃娃一样被撕碎了。斯科约斯?

咒语!词句在燃烧,灼目的火焰冲刷过整个房间。瑟留斯尖叫着摔倒在地,热浪从他身上卷过。石头裂开,空气颤抖。

他听到天命派巫师咆哮着:"不,诅咒你!不——!"然后是一声哀号,他从没听过这样的号叫,就像是一千匹狼同时被活活烧死一样。接着是肉块掉到石头上的声音。

乌有王子 * 前度的黑暗

瑟留斯跌跌撞撞地靠到墙上站起来,一群近卫军用盾牌挡住了他,他什么都看不到了。光线消退,房间里一片黑暗,非常黑暗。天命派巫师仍在喊叫着,咒骂着。

"够了,天命派的!"希默克提高喊。

"见鬼,不知感恩的混蛋!你知不知道自己做了什么!"

"我救了皇帝!"

瑟留斯想道:我得救了……他从近卫军中挣扎着走出,来到房间中央。烟雾。烤熟的猪肉的味道。

天命派巫师跪在斯科约斯化为焦炭的尸体旁,抓着尸体的肩膀,摇晃业已松弛的头颈。

"你到底是什么?"他大声喝问,"回答我!"

斯科约斯白色的眼珠在焦黑的皮肤下闪烁。它们笑了,嘲笑着狂怒的巫师。

"你是第一个,奇格拉。"斯科约斯嘶声说——那是一种充满回音而又令人毛骨悚然的低语,"也会是最后一个……"

在瑟留斯所剩无几的日子里,接下来的一幕将一直在他的梦中盘旋不去。就像深深吸了口气一样,斯科约斯的脸张开了,宛如一只蜘蛛松开了紧紧攀附在冰冷尸体上的腿。十二条肢体伸出来,每条肢体顶端都有一只诡异的小爪子,原先应该是斯科约斯的脸的地方露出了没有嘴唇的牙齿和没有眼睑的眼珠。那些肢体就像女人纤长的手指,紧紧抓住了那个震惊的天命派巫师,抱住他的脑袋,开始捏紧。

巫师痛苦地尖叫着。

瑟留斯无助地站在原地,动弹不得。

突然间,那个恶魔般的脑袋掉了下去,像西瓜一样滚到石地板上,肢体还在空中徒劳地挥动。孔法斯摇晃着跟上它,短剑上满是血迹。他握着剑,停在那里,视线朦胧地看向叔叔。

"孽物。"他说着,擦去脸上溅的血。

与此同时,天命派巫师哼哼着站起来,在众人惊恐的脸上扫视了一圈,然后一言不发地朝房间入口缓缓走去。希默克提挡住他的去路。

杜萨斯·阿凯梅安回头朝瑟留斯看过来,先前的紧张又回到他眼里。他脸上全是血。

"我要走了。"他生硬地说。

"那就走吧。"瑟留斯道,朝大宗师点点头。

那人离开房间的时候,孔法斯一直用质疑的眼神看着瑟留斯。这样做明智吗?他的表情问道。

"他一定会给我们长篇大论地讲述神话,孔法斯,讲远古北方诸国和莫格的回归。他们总是这样。"

"经历了这样的事情,"孔法斯说,"也许我们应该听听那些事。"

"疯狂的事情并不意味着我们要相信疯子的话。"他朝希默克提看去,从老人的表情中知道老人和自己有相同的结论。这个房间确实诞生了真相。恐惧被狂喜取代。我活下来了!

尔虞我诈。这场伟大游戏——属于跳动的心和活动的灵魂的本约卡棋局——他不是一直在玩吗?多年经验让他明白,知己知彼,方能百战不殆。要诀在于压迫对手。或早或晚,时机总会到来,只要能压迫对手,你就能活下来,而且不再一无所知。现在时机到来了,他活了下来,而他不再一无所知。

那个天命派巫师说这是另一种巫术,异民看不到的巫术。瑟留斯心里有了答案,他知道这场疯狂的背叛来源于何处了。

费恩教的巫术祭司。西斯林。

古老的敌人。在这个黑暗的世界里,对付古老的敌人总是好的。但他什么也没对侄子讲,他享受着少有的洞察在侄子之先的时

乌有王子 ★ 前度的黑暗

刻。

瑟留斯走到杀戮现场，低头看着冈克尔提扭曲的身体。死透了。

"我们为知识付出了代价。"他不带感情地说，"我们存活了下来。"

"也许吧。"孔法斯皱着眉头，"现在他们欠我们的。"

真像母亲说的话，瑟留斯心想。

❧

叫喊声、火光以及狂野的欢呼涌动在圣战军营地间那些宽阔大道和散乱如云的小径上。艾斯梅娜抓紧背包带，用肩膀在影影绰绰的高大战士间挤出一条路。她看到有人在焚烧皇帝的肖像，还有两个人在帐篷边殴打一个不幸的家伙。许多人跪在地上，有的独自一人，有的三五成群，或哭泣，或歌唱，或吟诵。更多人随着沙哑的双簧管，还有尼尔纳米什竖琴低婉的旋律跳起了舞。大家都喝醉了。她看到一个高个森耶里人用战斧砍倒一头公牛，然后将砍下的牛头扔到临时搭建的祭坛前的火堆中。不知为什么，公牛的眼睛让她想到了萨瑟鲁斯的眼睛：深色眼眸、长长的睫毛以及诡异的不真实感，就像是玻璃制品。

萨瑟鲁斯很早就回帐休息了，说是要养足精神，明天一早拔营出发。她躺在他身边，感受着他宽阔的后背传来的热量，等待他的呼吸稳定下来，进入熟睡时平缓的节奏。确定他睡着后，她溜下床，尽量不发出任何声音，收拾起自己的东西。

这个夜晚无比闷热，潮湿的空气仿佛在颤抖，不知是因为附近欢庆的宴会，还是感受到了人们的狂热。她看着外面壮观的景象露出微笑，拎起东西走进黑夜之中。

第五卷 圣战

她来到营地正中,躲开拥堵的人群,朝摩门城的安西林城门走去。

穿过欢庆的人群殊为不易。许多男人毫无预兆地抓住她的胳膊,大都只是大笑着抱起她在空中转个圈,放下她的时候就忘记了她的存在,但有几个大胆的男人——基本是诺斯莱人——会趁机抚摸她的身体,或者狂吻她的嘴唇。还有一个娃娃脸的泰丹人向她求爱,他比萨瑟鲁斯还高出一掌,轻而易举将她举了起来,一遍遍高喊"*Tusfera*!*Tusfera*!"她挣扎着,怒视着他,他却不停地笑,把她压在胸甲上。他的眼睛直视她的眼睛,丝毫不理会其中的愤怒与害怕,这让她惶恐不已,脸也抽搐起来。她用力推他的胸口,他却只是笑,就像父亲在逗弄任性的女儿。"不!"她厉声说,感觉一只笨手在她大腿中间摸索。"*Tusfera*!"那人兴高采烈地喊着,当他的手指捏到她裸露的大腿,她用一位老顾客教她的办法,一掌打在他的小胡子与鼻子交汇的地方。

那人大喊一声把她扔下,踉跄着后退了几步,眼睛因为惧怕和困惑睁大,就像被一匹熟悉已久的马踢了一脚。火光下,那人白皙手指上的血看上去成了黑色。她转身朝人群里逃去,听到背后传来欢呼声。

过了好一阵,她才止住颤抖。前面是一座宽阔的帐篷,帆布上绘着无数艾诺恩象形文字。她找到一个僻静阴暗的角落坐下,抱紧膝盖,轻轻摇晃。她穿过旁边的帐篷朝一堆离得很近的篝火望去,火星像蚊虫一样飞舞着冲上夜空。

她哭了一阵子。

我来了,阿凯。

她继续前进,躲开一切没有女人的人群,或是喝得烂醉的人群。安西林城门就在前方,城门楼被火炬簇拥着。她壮着胆子,来到一群相对安静的狂欢者中,问他们知不知道亚特雷普斯的镇守元

乌有王子 ★ 前度的黑暗

帅的帐篷,一边小心地盖住文身的手背。这群已不胜酒力的人勉强维持着些许礼仪,给她指了十几条不同的路。最后她实在不胜其烦,要他们告诉她帐篷在哪个方向就好。

"那边。"一个人用口音很重的谢伊克语说,"过了那条死运河就是。"

还没到地方,她就明白为什么叫"死"运河了。潮湿的空气仿佛能渗出水来,充斥着腐烂蔬菜、动物内脏以及腐臭死水的味道。她跟着一对康里亚骑士,走上一座狭窄木桥。桥下运河一片漆黑,在火把照射下仍没显出一丝动静。一个男人靠在桥栏上朝下啐了一口,目睹自己的唾沫落入水中,然后羞怯地朝她露出笑容。

"Yashari a' summa poro。"他说。也许是康里亚语。

艾斯梅娜没有回答他。

让她不安的并非那个年轻贵族的举止,而是他高大的身材。她离开大道,避开阴影中的那些酗酒人群,朝更昏暗的地方走去。大多数人相信,贵族种姓的高大身材是因为他们血统高贵,但阿凯梅安对她说,这不过是饮食的作用。他坚信,这也是为何不论什么种姓的诺斯莱人都比其他人高:诺斯莱人的食谱中有更多红肉。通常她喜欢好身材的男人——用她妓女朋友的话说,就是"肌肉棒子"——但今天晚上,遇到那个泰丹人之后,她没有了这样的想法。在这个夜晚,身材高大的人会让她感到自己渺小、无助,就像玩具——容易弄坏,更容易被丢掉。

找到辛奈摩斯的营帐时,她已掌握了如何在帐篷间潜行的办法。她沿着死运河走过沉寂的营帐,一路向北,终于看到篝火的亮光和更多狂欢者。她正琢磨怎么绕过去,一抬头却见亚特雷普斯的旗帜低垂在烟与火中:细长的塔楼被两头风格化的狮子护卫着。

一时间,她呆呆地盯着那面旗帜。虽然看不到聚集在旗下的人,但她猜测阿凯梅安一定盘腿坐在垫子上,喝了几杯酒,红光满

第五卷 圣战

面,开起那些拙劣的玩笑。他会时不时用手指抚弄混有银丝的胡须——这姿势代表他在沉思,或者他很紧张。她要走到火光中,用平日里那样羞涩的微笑面对他,而他会惊讶得扔下酒碗。她仿佛可以看到他的嘴唇说出她的名字,他眼睛里闪着泪花……

艾斯梅娜独自站在黑暗中微笑。

太好了。又一次感觉到他的胡须扎着她的耳朵,闻到他身上干燥的、肉桂般的味道,把自己的身体压到他圆桶一样的胸膛前……

听他念出她的名字。

"艾斯梅。艾斯梅娜。还真是个古老的名字。"

"是从长牙上选的。艾斯梅娜是先知安吉释拉伊尔的妻子。"

"噢……好一个妓女的名字。"

她擦干眼泪。毫无疑问,他会很高兴见到她,但他不会理解她与萨瑟鲁斯共度的时光——尤其是当她把那天晚上发生在苏拿的事情告诉他,说明这对埃因罗意味着什么之后,他更不会原谅她。他会觉得受了伤害,会大发雷霆,甚至会打她。

但他不会赶她走。他会等待,像之前每一次一样,等待天命派召唤他离开。

他会原谅她。他一直都会。

她极力控制着表情,脸已皱成一团。

真没用!真可悲!

她用手指梳理头发,用汗津津的手掌整理哈萨斯长裙。她诅咒黑暗,让她无法化妆。她的眼睛还肿着吗?那是康里亚人如此温柔地待她的原因吗?

可怜虫!

她在运河边徘徊,反复思考自己为什么要来这里。不知为什么,她觉得一定要先藏起来,藏在黑暗中窥探。于是她藏在几座帐篷间的夹缝里,以诡异的角度望向篝火,看到明亮的人影或站或

乌有王子 * 前度的黑暗

坐，喝着酒，发出豪迈的笑声。在欢宴的地方和运河之间有一座大帐，周围是一排较小的帐篷——应该是奴隶之类的人的住所吧，艾斯梅娜心想。她屏住呼吸，躲到与大帐毗邻的一座破旧帐篷后面。她在黑暗中停下脚步，感觉自己就像是儿时睡前故事中的邪恶生物，所有光线对她都造成了致命威胁。

然后她壮起胆子，在下一个拐角探头看去。

不过是另一座金色的篝火，另一群寻欢作乐的人。

她不停地寻找阿凯梅安，但哪里都找不到他。她知道，那个身材矮壮、穿着束袖灰丝外衣的一定就是辛奈摩斯。他是这里的主人，正朝奴隶们呼喝着。他跟阿凯梅安非常相似，就像是阿凯的兄长。阿凯梅安有次曾向她抱怨，普罗雅斯拿他打趣，说他是辛奈摩斯瘦弱的双胞胎兄弟。

你是他的朋友，她这样想着，默默地感谢对方。

火堆旁的人她基本不认识，但她知道，那个胳膊上布满疤痕的一定是塞尔文迪人，最近每个人都在谈论他。这是不是意味着，坐在那个美得令人窒息的诺斯莱女孩旁边的金发男人就是他的同伴？亚特里索的王子，自称梦见圣战的人？艾斯梅娜猜想其他人会是谁，普罗雅斯王子也在他们当中吗？

她睁大眼睛观看，敬畏感将肺里的空气挤了出去。她这才发觉，自己面前就是圣战的心脏。激情、诺言以及神圣的意志都在炽烈燃烧着。这些人超越了人类，他们是"卡希特"，世界之魂，永远居住在承载一切伟大事件的宏伟巨轮中。走到他们中去——这个想法诱惑着她，让她热泪盈眶。她怎么可能？她慌忙掩住手背，但那些人无所不见的眼睛仿佛已经看到了她身上的烙印……

这是谁呀？一个妓女？来这里？一定是开玩笑吧……

她在想什么呢？就算阿凯梅安在这里，她也只会让他蒙羞。

但你在哪里啊？

第五卷 圣战

"大家听着！"一个高个黑发男人突然喊道，吓得艾斯梅娜几乎跳起来。他留着精心修剪过的胡须，穿着华丽的缎子长袍，上面绣着繁复的花纹。当大家都安静下来之后，他朝夜空举起酒碗。

"明天，"他说，"我们出发！"

他眼中闪着狂热的光，继续说下去，讲述他们即将迎接的考验，即将征服的国家，即将打倒的异教和即将审判的罪行。他说到圣城希摩，乃是大地神圣的心脏。"我们将为那片土地而战。"他说，"但不是为沙尘与田地。我们为那片土地而战。那片承载着我们的希望和救赎的土地……"由于激动，他的嗓子哑了。

"我们为希摩而战！"

短暂的沉默。然后辛奈摩斯带领大家吟诵起真神之殿的祷词：

诸神之神，
在我们中行走，
您的名字数不胜数。
愿您的面包消除我们每日的饥饿，
愿您的雨水活跃我们不朽的土地，
让我们用服从换取您的眷顾，
让我们共同荣耀您的名。
不要苛责我们的过失，
但求审判我们的恶行，
将他人给我们的损害，
原本返还。
您的名即是力，
您的名即是光，
您的名即是真，
您的名将传承延续，

乌有王子 * 前度的黑暗

永世不停。

"荣誉归于真神。"十多个声音齐声道,就像是神庙中的齐声祷告。

肃穆的气氛只停留了一次心跳的时间,然后四下又响起说话声。大家更热烈地举碗祝酒,更多冒着热气的烤肉被从叉子上切下来。艾斯梅娜看着他们,呼吸变得急促,血液仿佛凝结了一样。眼前的一切美得难以置信,光辉,明亮,乃至圣洁。她心中隐隐有些害怕,害怕自己如果叫喊出来,他们就会发觉她这个小小的妓女,然后四散离去,只留下她孤零零站在冰冷的火堆前,为自己的无礼行动懊悔。

但这才是世界,她心想,就在这里,就在她面前。

她看到亚特里索的王子在辛奈摩斯耳边说了句什么,辛奈摩斯露出微笑,朝她这边指指。他们朝她走来,她赶紧躲到小帐篷后面的阴暗中,颤抖着,就像受了冻。她看到两个并肩的影子,像幽灵一样走过压实的土地和长草,走过她身边,沿着火光照耀下的曲折小路朝死运河走去。她屏住呼吸。

"篝火旁边,"高个王子说,"总会有这样黑暗而宁静的地方。"

两个人站在运河旁,拉起外衣,在裹腰布里摸索了一阵。很快,两道弧线汩汩地洒进下方朦胧的水面。

"好家伙,"辛奈摩斯道,"够热的。"虽然心里有点害怕,艾斯梅娜还是转转眼珠,笑起来。

"而且够长。"王子道。

辛奈摩斯大笑,笑声中带着讽刺,也带着亲密。拉好腰布后,他拍拍同伴的背。"我得好好利用一下这地方,"他开心地说,"下次要带阿凯来这里撒尿。我了解他,他肯定会掉下去。"

第五卷 圣战

"至少你得准备根绳子。"高个回答。

更多温暖的大笑声。艾斯梅娜知道,一段友谊就这样建立起来了。

她屏住呼吸,看着两人原路返回。亚特里索的王子似乎一直在盯着她。

但就算他看到了什么,也没有表露出来。两个人又回到火堆旁的人群中。

她的胸口怦怦直跳,心中不禁一阵后怕,赶快伏下身子,从大帐篷后绕过,爬到一个不会被撒尿的男人看到的地方。她背靠树桩坐下,侧过脑袋靠在肩上,闭上了眼睛,任火堆旁的声音带走她。

"你真是吓到我了,塞尔文迪人,我以为你肯定……"

"西尔维,是吗?啊,我应该知道有这等名字的美人一定……"

他们似乎都是好人,艾斯梅娜心想,都是阿凯会称为朋友的人。这些人中间会有……她的位置,她这样想着。足以容纳她的失败,容纳她受过的伤。

她独坐在黑暗中,突然感到了安全感,就像和萨瑟鲁斯在一起时一样。这些人是阿凯梅安的朋友,虽然她对他们来说并不存在,但不知为什么,他们让她感到安全。她心头涌起一丝昏昏欲睡的滋味。周围的声音轻快愉悦,夹杂着真诚善意的欢呼。只是打个小盹,她心想。但这时,她听见他们提到阿凯的名字。

"……也就是说,孔法斯本人来找阿凯梅安?孔法斯?"

"他对谁都是一脸不爽。假惺惺的小杂种。"

"但皇帝找阿凯梅安去干什么?"

"听上去你似乎很担心他。"

"担心谁,皇帝?还是阿凯梅安?"

这些片段被声音的洪水淹没了,艾斯梅娜感觉自己在飘荡。

乌有王子 * 前度的黑暗

她梦见自己靠着睡觉的木桩变成了一株完整的树,但树已经死了,叶子、嫩芽、树皮乃至树枝都已脱落,只留下巨大阳具般的树干,被一条条扭曲的粗枝环绕着,在风中嘶声摇曳。她梦见自己再也不会醒来,那棵树将她植入了窒闷的土地当中……

艾斯梅……

她打了个激灵,感觉什么东西在轻触她的脖子。

"艾斯梅。"

温暖的声音,熟悉的声音。

"艾斯梅,你在做什么?"

她睁开眼睛。刹那间,她吓得叫不出声。

然后他的手盖住了她的嘴。

"嘘——"萨瑟鲁斯温和地说,"这事可不好解释。"他朝辛奈摩斯营火的方向点点头。

或者说是曾经是营火的方向。只有几缕火舌还在燃烧。除了有个人蜷身躺在火堆旁的垫子上之外,其他人都离开了。仿佛幕布在前方落下,如夜空一样清冷寂寥。

艾斯梅娜用鼻子吸了吸气。萨瑟鲁斯放开手,拉她起来,把她领到大帐后面。周围一片黑暗。

"你跟踪我?"她问道,将手臂从他手里抽出来。她的脑子仍然一片混乱,根本顾不上生气。

"我醒来发现你不在,就知道能在这里找到你。"

她咽了口唾沫。她的手感觉好轻,好像它们已做好准备,打算遮挡她的脸了:"我不会和你回去,萨瑟鲁斯。"

艾斯梅娜不知他眼中闪过的是什么。胜利?他耸耸肩,神态如此轻松,让她感到恐惧。

"这样也好。"他心不在焉地说,"我已经厌倦你了,艾斯梅。"

第五卷 圣战

她盯着他,眼泪在她脸颊上划出滚烫的线条。她在哭吗?她不爱他……不是吗?

但他爱她。至少这点她可以确定……难道不是吗?

他朝空下来的营地点点头:"去找他吧。我不在乎了。"

她感觉绝望涌到喉咙口上。发生了什么?也许高提安终于下令让他将她赶出去。萨瑟鲁斯曾告诉她,身为骑士队长包养她没问题,但显然,将一个妓女留在圣战军中会遭人非议。她没少见识仇视的眼神、无礼的笑声。他的下属和同僚都知道她是谁。根据她对贵族种姓世界的了解,阶级与地位给予他的特权恐怕到此为止了。

就这样了,不是吗?

她想起坎伯希市场上那个陌生人,那条小巷,那汗流浃背的瞬间……

我都做了些什么?

她想起凉凉的丝绸印在她皮肤上;她想起热腾腾、撒着胡椒粉的烤肉,还有天鹅绒般的美酒;她想起四年前苏拿的那个冬天,由于之前的夏季大旱,她甚至买不起掺白垩的面粉,饿得瘦骨嶙峋,以至于没人愿意光顾她……

她曾经离得……那么近,无比的近。

她身体里响起低语声,细微的、呜咽着,却无比理智:求他原谅。别干傻事!求他……

求他!

但她只盯着萨瑟鲁斯。他就像幻影,不容忍任何借口、任何乞求。一个完美的人。见她一句话也不说,他不耐烦地哼了一声,然后转过身去。她看着他大步走开,直到被阴影完全吞噬。

萨瑟鲁斯?

她险些喊出来,但有什么无情的东西堵住了她的声带。

这不是你想要的吗?某个似乎不属于她自己的声音说。

乌有王子 * 前度的黑暗

东边的天空已经亮起来，远处的安迪亚敏高地逐渐显出轮廓。皇帝很快就会醒来了，她傻傻地想着。那个孤单的男人仍然躺在火堆旁，没有动过。她心不在焉地穿过被压实的土地，回想自己是在哪里看到塞尔文迪人，在哪里看到亚特里索的王子的。她把酒倒进一个黏糊糊的碗里，尝了一口。她又咬了一根别人丢掉的碎骨头。她感觉自己就像一个在父母醒来之前很久起床的小孩，或是一个偷偷摸摸的拾荒者，等大队人马过去后才开始四下搜索。她在那个熟睡的人身边站了一会儿，发现那是辛奈摩斯。她笑起来，想起他早些时候说的笑话，就他和那个诺斯莱王子一起撒尿时。炭火突然发出噼啪声，炽热的橘黄火光暗了下去，地平线上现出黎明灰蒙蒙的颜色。

你在哪里，阿凯？

她开始倒退，就像在找什么一眼望不到头的庞然大物。

脚步声在身后响起。她转过身。

阿凯梅安拖着步子朝她走来。

她看不到他的脸，但知道一定是他。她有多少次从苏拿的窗口看着他发福的身躯？每次看到她都会微笑。

他越走越近了，她看到他胡须里的五条银丝，然后看到了他的脸，在阴影中犹如死灰。她站在他面前，微笑着，哭泣着，伸出双手。

是我啊。

他的视线穿过了她，越过了她，他继续往前走去。

起初她只是呆立原地，如同一根盐柱。她之前一直没意识到，自己为了这一刻在恐惧与渴盼中度过了多长时间。现在看来仿佛是无尽的日子。他成了什么样子？他会说些什么？他会为她的发现骄傲吗？告诉他埃因罗的事情时他会哭吗？告诉他那个陌生人的事情时他会激动吗？他会原谅她的迷失吗？他会原谅她躲在萨瑟鲁斯的床上吗？

经历了这么多担心，这么多希望，但现在呢？

现在到底发生了什么？

他假装没看到我。就像……就像……

她颤抖着，用一只手蒙住嘴。

然后她跑起来，从一道阴影跑向另一道阴影，在潮湿的空气中跳跃，冲过沉睡的营地，在帐篷支索上绊倒，摔在地上……

她胸膛起伏，费尽全力用膝盖撑起身体。她蹭了一手的土，土还混进了头发。她放声抽噎。她怒火中烧。

"为什么，阿凯？为什么？我、我是来、来、救、救你的，我是来、来告诉你——"

他恨你！你不过是个肮脏的妓女！是他裤子上的污迹！

"不！他爱我！他、他是唯一一个真正爱过我的人！"

没有人爱过你。没有人！

"我、我、我女儿……她、她爱过我！"

你不想她恨你吗！……恨你，但是活下去！

"闭嘴！闭嘴！"

折磨者变成了被折磨者，她把身体蜷成一个球，痛苦得无法思考、无法呼吸、无法尖叫。她把脸和嘴贴在地上滚，发出低低的、却无比沉痛的哭声，在夜空中传播开去……

她猛地咳嗽起来，完全控制不住自己。她在尘土中抽搐，吐着口水。

在那之后，她一动不动躺了很久。

眼泪干了。眼睛周围的灼烧感变成了刺痛，好像整张脸都布满了瘀痕。

阿凯……

她在无数思绪中飘动，其中每一个似乎都与耳边的喧哗没有

乌有王子 ★ 前度的黑暗

关系。她想起了皮拉夏,许多年之前和她做过朋友、已死去的老妓女。皮拉夏说,在被许多人统治与被一个人统治之间,妓女永远会选择前者。"这是我们的长处所在,"老妓女唾沫横飞地声称,"在这点上我们比妾侍强,比女祭司强,比妻子强,甚至比王后更强。我们可能被压迫,可爱的艾斯梅,但请你时刻记住,我们绝不会被拥有。"每次说到这里,皮拉夏朦胧的眼神都会变得锐利,带着与年迈的体格不相称的野性,"我们会把他们的种子吐还给他们!我们绝不会,绝不会承担种子的重量!"

艾斯梅娜翻了个身,用手臂挡住眼睛。泪水仍然在眼角燃烧。

我不属于任何人。不属于萨瑟鲁斯。不属于阿凯梅安。

就像刚从昏迷中醒来一样,她从地上爬起,动作缓慢而僵硬。

噢,艾斯梅,你变老了。

对妓女来说这可不是好事。

她朝前走去。

第五卷 圣战

第十九章 摩门

……尽管换皮密探在圣战中暴露得相对较早，但当时大多数人却认为，对此负责的该是西斯林，而非非神会。这是所有伟大启示面临的共同问题：它们的重要性经常超越我们的理解能力。只有在事后，每次都在事后，我们才明白过来。不只是明白得太晚，而是已经太晚，我们才能明白。

——杜萨斯·阿凯梅安，《第一次圣战简史》

长牙纪4111年，晚春，摩门

塞尔文迪人饥渴地踩躏她，脸上表情像荒年的灾民一样凶狠。西尔维感觉到他的颤抖仿佛是透过石头传递到她身上，她呆滞地看着他，直到他失去胃口把她扔下，翻了个身，在帐篷黑暗的角落中睡去。

她转过身，朝普罗雅斯送给他们的这顶宽敞大帐对面看去。凯胡斯穿一件简朴的灰色罩衫，盘腿坐在烛台旁，弓着背读一卷很厚的书——那也是普罗雅斯给的。

你为什么允许他这样使用我？我是你的！

她想大喊出来，但不敢这样做。她感觉到塞尔文迪人的眼睛盯着自己的背，如果转身，肯定也能看到它们在火炬映照下如狼的眼睛一样闪闪发亮。

过去两周，西尔维很快养好了伤。耳边不再嗡嗡作响，脸上的挫伤也消退成浅黄色。深呼吸时胸口仍会痛，走路也只能跛着，不

乌有王子 ★ 前度的黑暗

过这些只会带来些许不便，不再让她感到虚弱了。

她怀着他的孩子……凯胡斯的孩子。这才是最重要的事。

普罗雅斯的医生——一个带着阿克雅尼神文身的祭司——认为她的孕情十分神奇，便为她唱了一小段祈祷歌，以感谢真神。"为了表达你的感激，"他说，"也为了让你的子宫强壮。"但她无须唱歌就可以被外域听到。她知道，外域已经进入这个世界，已经把她——西尔维——当作了自己的爱人。

昨天，她自觉恢复得差不多了，就拿着他们的衣服到河边去洗。她把木条编的篮子顶在头上，就像儿时没被爸爸卖掉时那样，跛脚穿过营地，找到几个同路人，随他们来到河边合适的位置。她走过的地方，长牙之民都用无礼的眼神看着她。虽然她习惯了这种目光，但仍感觉到兴奋、恼怒和恐惧。这么多好战的男人！有些人甚至大胆地朝她喊话，经常是用她听不懂的语言，而且每次都是粗话，惹得他们的同伴发出驴叫一样的笑声——"还没上老子的床就瘸了吗，嗯，妞儿？"每当这时她都会鼓起勇气看向他们的眼睛，心想：我是另一个人的器皿，他比你们强大得多，神圣得多！大多数人看到她凶狠的眼神都会退缩，似乎感应到她心中的真相，但也有少数人会一直和她对视，直到她移开视线。她的蔑视没有扼杀这些人的欲望，反倒将欲火煽得更热烈了——他们就像塞尔文迪人。不过没有人敢真的上来招惹她。她知道，自己长得太漂亮了，不可能属于哪个无关紧要的士兵。他们要知道我真正的主人是谁，那才叫好看！

刚来营地时，她就被它的广阔惊呆了。但直到这时，来到法御斯河的卵石河滩，走进人群当中，她才真正了解圣战的宏伟规模。透过河雾，可以看到远处有数以千计的女人与奴隶在河水中漂洗揉搓，湿透的衣料与水中的石头碰撞出连绵的乐曲。胖胖的妻子们趟进棕色河水中，舀起水来冲洗腋窝。三五成群的男男女女欢呼着、

第五卷 圣战

私语着,或唱着简单的圣歌。光着身子的小孩在她身边的混乱中奔跑,喊道:"不,是你!是你!"

我属于这里,她心想。

而明天,他们就将向费恩教的土地进军了。西尔维,一个身为附庸的奈布里坎酋长的女儿,居然会加入一场针对基安人的圣战!

对西尔维来说,基安人属于那些最神秘、最危险的名字,和"塞尔文迪人"没什么两样。做妾侍的时候,她时常听到高纳姆的儿子们谈论他们。他们的声音充满轻蔑,但同时也带着仰慕。他们会讨论帝国向南锡蓬的帕迪拉贾派出的那些毫无成果的使节,谈论外交争端、微不足道的成功和令人丧气的挫折。他们会抱怨皇帝的"异教政策"是多么愚蠢,但他们提到的人物和地点对她来说都如此不真实,就像小孩子的童话故事邪恶而严酷的翻版。奴隶和妾侍之间的传言才是真实的——老格莉娅莎昨天把柠檬酱撒到帕特里多摩腿上,结果被一阵毒打。英俊的马夫艾帕罗斯偷偷钻进女眷的房间,跟阿娅莎上了床,但不知被谁告发,丢了性命。

但那个世界已经消失了,被潘特鲁斯和他的蒙努亚第人彻底掐灭了。看上去如此不真实的人物和地点突然纷纷涌进她的生活,现在她身边的人在与王子、皇帝——甚至诸神打交道。而再过不久,她会在战场上看到气度非凡的基安大公们,看到长牙的旗帜在原野上汇成风暴。她几乎可以看到,凯胡斯站在这一片纷扰之中,光辉四射,无可匹敌,举手投足间打倒了阴影中的帕迪拉贾。

凯胡斯会成为这部尚未写下的经卷中最伟大的英雄,她知道,虽然无法解释,但她就是知道。

他看上去如此平静,弯下腰在烛光中阅读着古老的文字。

她的心怦怦直跳。她爬到他身边,把毯子紧紧裹在肩上,挡住了胸脯。

"你在读什么?"她哑着嗓子问,然后马上哭起来,两腿间仍

乌有王子 * 前度的黑暗

有着塞尔文迪人留下的强烈回忆。

我太懦弱了！我没法再忍受他……

温柔的脸从经卷上抬起，在苍白的灯火中显得有几分寒意。

"很抱歉打扰你。"她含着泪水说，脸上带着孩子般的痛苦，屈辱，敬畏和不解。

我现在该到哪里去？

但凯胡斯说："不要逃，西尔维。"

他用奈布里坎语同她说话，这是她爸爸的语言，也是他们在身边建立的黑暗屏障的一部分——让塞尔文迪人愤怒的眼睛无法穿透。听到本族语言，她不禁大声抽泣。

"很多时候，"凯胡斯边说边触碰她的脸颊，扫掉她的泪水，抚摸她的头发，"当这个世界一次又一次地拒绝我们，当它像惩罚你一样惩罚我们时，西尔维，仿佛一切都失去了意义。祈求不得回应，信任遭遇背叛，希望纷纷破灭，似乎我们对这个世界根本毫无意义。当我们认为自己没有意义时，我们开始觉得自己什么都不是。"

她不由自主地发出轻柔而低沉的哭号。她想趴在地上，紧紧地将自己蜷起来，直到彻底消失……

我什么都不是。

"不被理解的存在，不等于不存在。"凯胡斯说，"你当然有意义，西尔维，你有你的意义。世间万物都有意义。每件事，甚至包括你遭受的折磨，都有着神圣的意义。你的忍受甚至具有至关重要的意义。"

她轻轻地把手指放在脖子上，脸庞皱了起来。

我有意义？

"比你想象的更有意义。"他低声说。

她倒在他的胸膛上。他扶着她的身子，任她发出无声的尖叫。

第五卷 圣战

痛苦让她大叫了出来,像孩子一样放声痛哭,身体颤抖着,双手拧在一起。他把她环在臂弯里轻摇,脸颊摩擦着她的头顶。

过了一阵,他拍拍她的后背,她羞耻地低下了头。如此懦弱!如此可悲!

他轻柔的手指拂过她眼上的泪,他久久地看着她。看到他眼中涌出的泪水,她完全平静了下来。

他在为我而哭……为我……

"你属于他。"他最后说,"你是他的战利品。"

"不。"她用嘶哑的声音轻蔑地说,"我的身体是他的战利品。我的心属于你。"

这是怎么回事呢?她在两个男人之间挑拨离间吗?她已经熬过了这么多折磨,为什么今天要耍脾气?她不是被人爱着吗?这一瞬间,她感觉自己几乎完满了,他们说着他们秘密的语言,谈论着美好而柔软的事情……

我有意义。

他的泪珠被他整齐的胡须减缓了势头,聚在一起,坠到打开的书页上。古老的墨迹马上洇开了。

"你的书!"她猛吸一口气,突然在弄坏了他在意的东西所产生的罪恶感中得到了解脱。她从毯子中探出身,赤裸的身体在灯光下如象牙一般,她的手指划过打开的书页:"我把它弄坏了吗?"

"许多人为这本书哭过。"凯胡斯柔声说。

他们的脸离得那么近,几乎可以感觉到对方脸上的潮湿——她忽然紧张起来。

于是她抓起他的右手,把它放在自己形状完美的胸脯上。

"凯胡斯。"她低低地、颤抖着说,"我想要你……进到我里面来。"

最后,他终于同意。

乌有王子 ★ 前度的黑暗

她在他身下喘息着,朝塞尔文迪人躺着的黑暗角落看过去,知道他能看到她脸上的狂喜……他们脸上的狂喜。

到达高潮时,她大喊出来。喊声中透着仇恨。

奈育尔静静地躺着,咬紧的牙齿间发出嗞嗞的呼吸声。他仿佛可以看到她那完美的脸庞,带着痛苦的欢愉朝他看来,帐篷帆布反射的火光在她脸上不停流转。

西尔维像小女孩一样笑着,凯胡斯低声对她说了很多,用的是她那该诅咒的语言。亚麻与羊毛扫过光滑的皮肤,随后烛台熄灭,一片乌黑。他们掀开了帘子,清新的空气涌进帐篷。

"*Jiruschi dan klepet sa gesauba dana.*"她说,她的声音在空地上显得如此尖细,又被帐篷帆布变得沉闷了。

木炭火堆"呼哧"一声,有人把木头扔进了火里。

"*Ejiruschina*?*Baussa kalwë.*"凯胡斯回答。

西尔维又笑了,笑声略带沙哑,显得异常成熟,他从没听她这样笑过。

这贱人还有很多东西瞒着我……

奈育尔在黑暗中摸索,摸到了皮革剑柄。剑柄冰冷又温暖,就像寒夜中暴露的女人皮肤。

他又躺了一会儿,透过生火的劈啪声听着两人压低声音热切交谈。他看到营帐外的火光了。模糊的、橙红色的光涂抹在黑色帆布上。光线中有一道轻盈的阴影。

那是西尔维。

他抽出阔剑,剑身与剑鞘摩擦发出粗糙的声音。橙红色的光在剑刃上闪动。

第五卷　圣战

他从毯子里起来，只系着裹腰布，跨过地上的睡垫，来到帐篷入口。他的呼吸变得沉重了。

昨天下午的情景在奈育尔脑海中闪过：杜尼安僧侣用深不见底的眼神审视着那些因里教贵族。

想到要带领长牙之民上战场，他心中就有什么东西在涌动——或许是骄傲，但他对自己真正的地位不抱幻想。对这些人来说，包括对涅尔塞·普罗雅斯来说，他永远是个异教徒。随着时间流逝，他们会愈加认识到这个事实。他不会成为他们的将军，也许他们会找他询问基安人狡诈的战术，但也仅限如此了。

圣战。这个词令他不禁哼了一声。那些人似乎认为有什么战争是不神圣的。

但现在的问题不是他会怎样，而是杜尼安僧侣会怎样。杜尼安僧侣会带给这些外乡的统治者多大的恐怖？

他会把圣战变成什么样？

会把它变成自己身下的妓女吗？就像西尔维？

恐怕这正是此人的计划。"三十年了。"刚来这里凯胡斯就对他说过，"莫恩古斯在这些人当中生活了三十年，他一定拥有可怕的力量——你我都没希望胜过他。我需要的不只是巫术，奈育尔，我需要国家的力量。一个统一的国家。"他们将携手把控环境，为圣战扎上笼头，利用它去摧毁安那苏里博·莫恩古斯。这一切本是他们共同的计划，他干吗要为因里教徒担心，后悔将杜尼安僧侣带到他们当中呢？

但凯胡斯的计划到底是什么？这是不是杜尼安僧侣的又一个谎言，又一种安抚、欺骗和奴役的方式？

如果凯胡斯并不像他自称的那样是派来弑父的刺客，反而是他父亲的间谍呢？恰在一场以征服希摩为目的的圣战即将出征时，凯胡斯要前往那里，这仅仅是个巧合吗？

乌有王子 * 前度的黑暗

奈育尔不是傻瓜。如果莫恩古斯加入了西斯林，那一定会畏惧这场圣战，会动用任何可能的手段摧毁它。这就是莫恩古斯为什么会召唤儿子吗？凯胡斯模糊的出身会助他渗透进圣战军——事实上他已经这样做了——而通过生育得到的本能，或者训练出的本领，或者巫术，不管是什么，他可以掌握圣战军，摧毁圣战军，甚至将它调过来攻击发起圣战的人。攻击玛伊萨内。

但如果凯胡斯的目的不是追杀父亲，而是为其效劳，当初在山中为何饶过奈育尔？奈育尔仍能感觉到那双坚硬得不可思议的铁手卡在自己喉咙上，黑暗深渊就在脚下。

"但我说的是真话，奈育尔。我确实需要你。"

难道他当初就知道普罗雅斯与皇帝之间的竞争？又或因里教需要塞尔文迪人帮助也是一个巧合？

不，这不可能。但凯胡斯是怎么知道的？奈育尔咽了咽口水，尝到西尔维的味道。

或者，莫恩古斯仍在与他通讯？

这想法仿佛把他肺中的空气全抽了出去。他看到被刺瞎双眼的森努瑞特，锁在皇帝脚边……

我也会落得这样的下场吗？

凯胡斯继续与西尔维调笑着，仍然说着那诅咒的语言。奈育尔知道这些，是因为西尔维的笑声如流水一般，冲刷着杜尼安僧侣像光滑石头一样的词句。

黑暗中，奈育尔伸出阔剑，用剑尖挑起门帘，打开了手掌宽的一道缝。他屏住呼吸朝外望去。

他们的脸被火光映成了橙色，后背投下阴影。他们两个并肩坐在橄榄树的木桩上，就像情人一样。奈育尔看着他们在自己光滑剑刃上的倒影。

死去的神在上，她是那么漂亮，长得那么像——

第五卷 圣战

杜尼安僧侣转过头来看着他,闪闪发亮的眼睛眨了眨。

奈育尔不由自主地撅起了嘴,仿佛有人在猛击他的胸口、喉头和耳旁。

她是我的战利品!他无声地喊道。

凯胡斯回头看着火焰。他听到奈育尔的话了。不管是怎么做到的。

奈育尔任门帘落下来,挡住了金色的火光,帐篷里一片黑暗。荒芜的黑暗。

我的战利品……

※ ※ ※

阿凯梅安不记得他从皇宫返回圣战军营地的路上想过些什么了,甚至连走的哪条路都想不起来。他只是发觉自己突然出现在早已散场的欢宴地点,坐在尘土之中。他看到了自己的帐篷,那么小,那么孤单,经历了许多季节、许多旅程之后变得斑杂而陈旧,静静挺立在辛奈摩斯的大帐投下的阴影里。圣战大军向周围辐射,这是一座拥有无数帘布、支索、旗帜和遮阳篷的帆布大城,一直铺向远方。

他看到辛奈摩斯在渐渐熄灭的火堆旁睡着了,厚实的身躯蜷缩起来对抗寒冷。阿凯梅安知道,一定是皇帝突然的召唤让元帅担心着他,于是整夜在火堆旁等候,等候阿凯梅安回家。

家。

这个词让他隐隐有了泪水。他没有过家,没有过属于自己的地方。没有地方可以保护、庇护他这样的人。他只有一些朋友,四散天涯,出于无法理解的原因爱着他、关心他。

他让辛奈摩斯继续睡,因为接下来的一天会非常劳累。庞大的

乌有王子 ★ 前度的黑暗

圣战军营地将开始拆解，人们要放倒帐篷，紧紧地用杆子卷起来，把装备和补给装到辎重车上，然后开始艰苦但令人欢欣鼓舞的南征。奔向异教徒的土地，奔向血腥的战场，或许也是奔向真相。

在昏暗的帐篷里，他又一次将那张羊皮纸关系图拿了出来。几滴掉下的泪水不经意间打湿了纸张，他盯着

非神会

这个词看了很久，似乎在努力回忆这个名字意味着什么、预示着什么。然后，他蘸湿羽毛笔，从这个词下面颤抖着画出一条对角线，指向

皇帝

终于连接起来了。这么长时间以来，这个词一直飘浮在关系图的角落中，更像是一团墨迹，而不是一个名字。它不接触任何东西，不代表任何东西，就像一个懦弱的奴隶在鞭打他的人走后喃喃低语。现在情况终于有了变化。这个邪恶的幽灵露出了血肉，从前的、或是将来的恐惧，变成了现在的恐惧。

他的恐惧。

为什么？为什么命运女神将这样的启示赐给他？她傻了吗？她不知道他有多么脆弱、多么空虚吗？

为什么是我？

这是个自私的问题。也许是所有问题中最自私的一个。任何责任，哪怕像末世之劫这样令人发狂的责任，都必须被某人承担。为什么不能是他？

因为我是一个废人。因为我期待着我不能拥有的爱。因为……

但这样的借口太简单了。脆弱和求不得，本是人生逃不过的折磨。他是何时沉溺于自怜自艾的？这样的情绪是如何在生命中堆积起来，让他觉得自己是世界的受害者的？他怎么变成了这样一个傻瓜？

三百年后，他，杜萨斯·阿凯梅安，重新发现了非神会。两千年后，他，杜萨斯·阿凯梅安，见证了一个安那苏里博的回归。阿娜克，命运的妓女，选择他来承担这些责任！他没资格问为什么，问出来也不会让担子变轻。

他必须行动起来，他必须选择时机，战胜他们，征服他们。他是杜萨斯·阿凯梅安！他的咒语可以烧焦整支军团，撕开颤抖的大地，让巨龙从天空中尖叫着坠落。

但他低头重新审视羊皮纸时，刚刚立定的决心中出现了巨大的空洞，就像水池中的漩涡，不停追逐着水面上一个个气泡，让这决心变得越来越薄弱。随着空洞的出现，梦境中的声音再次响起，带来若隐若现的恐惧、悔恨的迷雾……

他重新发现了非神会，但完全不了解对方的计划，也不知如何再找到他们。他甚至不知道他们最初是怎么被皇帝发现的。他们用完全无法被发现的方式将自己隐藏了起来。将非神会与皇帝联系起来的那条单独的、颤抖的线没有什么重大含义，只表示他们之间有所关联而已。而如果说非神会用这种……这种换皮密探渗透进了帝国的宫廷，他只能推断他们同样也渗透进了各大势力，乃至三海诸国全境——甚至天命派内部。

一张脸打开了，就像从没有皮肤的手掌上伸出的丑陋手指。还有多少这样的密探？

在此之前，"非神会"这个名字与其他名字似乎全不相干，但突然间，它似乎与每个名字都产生了令人胆寒的密切联系。阿凯梅安意识到，非神会不仅渗透进各大势力，还渗透进了每个人，它可以变成他们。对付它，是不是还要对付他们变化成的人？还要对付各大势力？很可能非神会已经统治了三海诸国，之所以允许天命派存在，只因天命派是一个无关紧要的对手，一个笑柄，而它可以通过嘲笑天命派，让世人更加无知——无知就是它用来保护自己的屏障。

他们嘲笑了我们多久？他们腐化了我们多深？

足以蔓延到沙里亚身上吗？这场圣战本质上是不是非神会促成的？

一连串震人心魄的暗示瀑布般冲向他，把他吓出一身冷汗。之前毫无联系的事件现在编织成一个完整的故事，但这故事是如此黑暗，不如不知道的好。这就好像原本一片片孤立的废墟，结果发现是某座失落的宏伟堡垒或神庙一样。他想起杰什鲁尼消失的脸。是非神会杀了他吗？取走他的脸，是为了完成某种邪秽的置换仪式吗？但却被赤塔出人意料地发现尸体而打断了？如果非神会知道杰什鲁尼，不也就意味着他们知道赤塔与西斯林间的秘密战争吗？这是不是能解释玛伊萨内是如何知道这场战争的？解释埃因罗的死？如果千庙教会的沙里亚是非神会的间谍……如果安那苏里博的预言——

他又一次看向那张羊皮纸，

安那苏里博·凯胡斯

这个名字仍然没有和其他名字连接起来，但越看离"非神会"越近。他抬起羽毛笔，想在两个名字之间画上一条线，但犹豫了一下，又把笔放下了。

这个男人，凯胡斯，这个将成为他的学生与朋友的人，是如此的……与众不同。

第五卷 圣战

安那苏里博的归来宣告了第二次末世之劫的到来，这个事实让阿凯梅安痛入骨髓。而圣战，将是这次末世之劫的第一场大流血。

他的头要炸开了。阿凯梅安抬起一只毫无知觉的手，按在脸上，抚过头发。前半生的一幕幕场景在他脑海中翻涌：他在花园的土地上画出字母，给普罗雅斯讲解代数；他坐在辛奈摩斯家的露台上，借着晨光阅读阿金西斯的作品。这些画面天真得令人绝望，它们苍白、幼稚，现在要被完全毁灭了。

第二次末世之劫就在这里。它已经开始。

而他站在这场风暴的中心。圣战的中心。

纷乱的阴影在帐篷的帆布墙上欢腾跳跃，阿凯梅安恐惧地发现它们就在他视野之外徘徊着。支撑世界的某种难以衡量的平衡物在不知不觉间被偷走了，令世界转向了一个可怕的方向。他心中对此有确凿的预感。

另一次末世之劫……正在发生。

疯了！不可能！

是真的。

吸口气。呼出来——慢慢地。你是最合适的人选，阿凯。

你必须担当大任！

他吞了口唾沫。

问问你自己。问题是什么？

为什么非神会想得到这场圣战？为什么他们想摧毁费恩教？这与西斯林有关吗？

在问出这些问题的解脱感中，又一个问题偷偷潜进他脑海。这个问题太痛苦，让他无法否认，就像一把寒冷的匕首插在那里。

我刚离开凯里苏萨尔，他们就杀了杰什鲁尼。

他想到在坎伯希市场上见到的那个人，那个他觉得在跟踪自己的人。那个人似乎可以变脸。

这意味着他们在跟踪我吗?

是他把他们领到埃因罗那里的吗?

阿凯梅安浑身一凛,看着弥散的光线,难以呼吸。他握着羊皮纸的左手麻木而刺痛。

他是不是也把他们……

他两个手指举到嘴边,缓缓地按住了下嘴唇。

"艾斯梅……"他低声说。

豪华舒适的划桨船聚集在摩门城筑垒海港外的梅内亚诺海中,船与船绑在一起。这是帝国数百年来的传统,每逢库萨波卡里节便会举行这样的集会,以庆祝夏至来临。海湾中的划桨船大多属于两个高等种姓:吉内塔,元老院贵族;那哈特,祭司阶层。高纳姆家族、达卡斯家族、里格瑟拉斯家族及其他许多家族的人相互打着招呼,忠诚与敌意织成一张混乱而阴暗的网,各种流言根据这张网传递,也是这张网将各大家族联系在了一起。在每个种姓当中,等级与名望又区分出上千个层次,而至少关于等级的官方排序是一目了然的——只消看看各家继承人在迷宫般错综复杂的关系网中与皇帝的亲疏关系,或与此相反,与比亚希家族的亲疏关系就能知道。比亚希家族是伊库雷家族的宿敌。然而每个家族也自有其漫长历史,层次高下难免受各家历史的影响。所以这里的人会告诫自己的妾侍或孩子:"看那个人,崔里姆·恰察留斯,向那个人致敬,孩子,他的祖先是帝国皇帝。"虽然已经没人记得从什么时候开始,崔里姆家族就既没受到皇帝的宠幸,也不为比亚希家族重视了。此外,层次区分还受到财富、学识、智慧以及礼仪规范的影响,贵族们的交流令外人莫名其妙,往往连身处其中的人也感到茫然。这是一片

暗流涌动的泥沼，愚蠢的人会在瞬间被它吞噬。

但台面上的挣扎也好，暗中的算计也罢，都不会影响他们此刻的欢庆。这就跟星辰运行的轨迹一样，质朴而自然。人生中有些事情是可以改变的，但并非一定要随时变化。对酒当歌的人群中永远不缺欢声笑语、高谈阔论，好像他们根本没算计过上述那一切。他们靠在抛光的栏杆上，傍晚的太阳不冷不热，晒在身上恰到好处，只有回到阴影当中人才不禁一颤。酒碗交错有如笙歌，美酒不停倒入碗中，又泼溅出来，让那些戴着硕大戒指的手指变得更大。第一批酒被泼入海中，献给摩玛斯神，感谢这位神祇为他们提供欢庆的场地。人们的交谈集合了诙谐与肃穆，仿佛是一场语言的盛装游行，每个人都在争夺听众的注意，都在抓紧机会影响、结识或是取悦他人。各大家族的妾侍穿着丝绸的"库拉提"，被男人们厉声赶出谈话圈子，不过这也正合她们的意，让她们可以聚在一起享受那些乐趣无穷的话题：时尚、嫉妒的主妇和任性的奴隶。男人们小心翼翼地举起艾诺恩式的长袖挡住太阳，讨论更严肃的事，对任何与战争、物价或政治无关的话题都嗤之以鼻。某些违反礼仪规范的冒险尝试会得到宽容乃至鼓励，端乎这样做的人是谁。事实上，知道何时可以违反礼仪规范本是礼仪规范的一个重要组成部分。男人大笑时，会把声音抬高到女人堆正好能听到的程度。

在他们周围，港湾深蓝的海水没有一点波澜。加里奥斯的运粮船、辛罗恩的大帆船及其他停在法御斯河河口外的船只就像是远处的玩具。风暴后的天空湛蓝得透明。往陆地上看去，无数小山丘围绕着棕色的摩门，这座城市如此古老，仿佛火焰熄灭后的余烬。穿过经年不散的雾霾，可以分辨出城市中那些宏伟的纪念碑，它们就像是笼罩在周围肮脏的灰色民居和凌乱街巷上的更深的阴影。塞尔克塔仍然矗立在城市东北方，而在城市中心，绍特海耶神庙高耸的穹顶在杂乱的西米拉神庙区中显得鹤立鸡群。比亚希阵营中那些

乌有王子 * 前度的黑暗

好视力的人发誓，他们可以在神庙建筑中看到"皇帝的阳具"，那是他们给瑟留斯最近落成的纪念碑起的名字。每当这时总会产生争论，也总有一些信仰比较虔敬的人对这种下流笑话皱起眉头。但他们终究会被更多的争论、更多的美酒动摇，不得不承认，无论如何，这座纪念碑有一个皱巴巴的"头"。他们中的一个醉鬼甚至拔出了短刀——这是第一起真正违反礼仪规范的行为——因为有人说他上周才亲吻过这座纪念碑。

然而在摩门城外，一切都不一样了。城郊田野已成荒地，被无数双脚踩成死灰的颜色，又在太阳的暴晒下龟裂开来，仿佛连大地都被圣战大军压碎了。树丛死去，污水坑发出臭气，到处都是苍蝇。

圣战大军起程了，各大家族的男人都在不停讨论这个话题，详细描述皇帝——不，是帝国——在普罗雅斯和他的塞尔文迪佣兵面前蒙羞的过程。一个塞尔文迪人！这帮恶魔居然跑到他们的政治舞台上来了！因里教众贵族说皇帝是虚张声势，结果虽然伊库雷·瑟留斯曾威胁不会派兵加入圣战，到头来还是承认了失败，派孔法斯随军出征。每个人都同意，扭曲圣战的目的、为纳述尔帝国的利益服务是大胆的赌博，而且只要伟大的孔法斯与大军在一起，皇帝仍有机会成功。孔法斯，神一样的男人，凯兰尼亚血脉的真正传人，或者是塞内安的。他一定能把握圣战！"想想吧！"他们喊道，"旧时的帝国将要复兴了！"然后纷纷举起酒碗，为他们古老的国家进行新一轮祝酒。

春夏之交最可怕的几个月中，他们大多在外省的别墅里度过，并没怎么看到长牙之民。有些人靠补给圣战来敛财，更多人把家中的宝贝子嗣送进孔法斯的军中效力。他们没有什么实际理由为圣战军的南征欢庆，但也许他们有着更深远的打算。蝗灾降临时，他们会把谷仓里的粮食天价卖出，等到饥荒结束，他们又献上祭品。诸

第五卷 圣战

神并没有惩罚他们的傲慢。这个世界就像一面彩绘玻璃，无法想象的古老力量透过它折射出阴影。

远方某处，圣战大军踏上了从一座古都通往另一座古都的路程，犹如巨大的移民团队，彪悍的男子握着阳光下闪烁的武器。即使此时此地，划桨船上也有人声称听到了军队模糊的号角声，飘过宁静的海面，夹杂在欢歌笑语间传来，就像嘹亮的喇叭在耳畔的回音。听他这么一说，周围人都停住话头侧耳倾听。虽然什么都没听到，但每人身子都是一颤，说话也变得小心起来。荣耀让人敬畏，但必将到来却无法看到的荣耀，则让人变得虔诚。

虔诚地面对审判。

附 录

角色与阵营

安那苏里博·凯胡斯,三十三岁,杜尼安僧侣

杜萨斯·阿凯梅安,四十七岁,天命派巫师

奈育尔,四十四岁,塞尔文迪野蛮人,乌特蒙部落的酋长

艾斯梅娜,三十一岁,苏拿的妓女

西尔维,十九岁,奈布里坎人中来的妾侍

安那苏里博·莫恩古斯,凯胡斯的父亲

齐约萨,奈育尔的先父

杜尼安修会

一个隐居世外的修会,其成员断绝了与人类历史的关联,拒斥所有本能的动物欲望,希望能够通过控制欲望以及把握周遭环境,寻求完满。过去的两千年间,他们内部生育、训练,培养出了超人的反应速度以及无比敏锐的智慧。

非神会

由法师和将军们组成的秘密结社,它并未随着长牙纪2155年非神的殒命而消失。与之相反,自那之后,它一直致力于将非神唤回这个世界,引发所谓的"第二次末世之劫"。三海诸国中很少有人相信它仍然存在。

巫术学派

各种由巫师主导的组织的统称。最初的巫术学派,无论在远

附 录

古北方诸国还是在三海诸国，都是为对抗长牙对巫术的迫害而产生的。巫术学派可谓是三海诸国最古老的组织，它们之所以能够存留，主要是因为它们所拥有的可怕力量，以及他们对世俗权力与宗教纷争的超然态度。

天命派——由谢斯瓦萨在长牙纪2156年创立、以真知魔法为基础的巫术学派，旨在继续与非神会斗争，保卫三海诸国，阻止非神莫格-法鲁的回归。

诺策拉，天命派仲裁团的资深成员；
席玛斯，天命派仲裁团的成员，阿凯梅安曾经的导师；
谢斯瓦萨，上古之战的幸存者，天命派的建立者。

赤塔——三海诸国中最有势力的类比魔法学派，自长牙纪3818年后，成为了上艾诺恩实际上的统治者。

以利亚萨拉斯，赤塔的大宗师；
伊奥库斯，以利亚萨拉斯手下的间谍总管；
杰什鲁尼，赤塔的奴隶战士，短暂地做过天命派的眼线。

皇家萨伊克——根据契约效忠于纳述尔帝国皇帝的类比魔法学派。

希默克提，皇帝萨伊克的大宗师。

弥逊塞——雇佣巫师组成的学派，在三海诸国提供付费的巫术服务。

斯卡拉提斯，雇佣巫师。

乌有王子 * 前度的黑暗

因里教阵营

因里教结合了一神论与多神论，乃是三海诸国的核心信仰。创建因里教的是"后先知"因里·瑟金斯（长牙纪2159—2202）。因里教的核心教义有三：第一，真神的影响存在于所有历史事件当中；第二，正如后先知揭示的那样，各教派崇拜的神祇都只是真神的化身；第三，长牙是永恒的、完美无瑕的经卷。

千庙教会——因里教会的组织机构，其本部位于苏拿，三海的东部和西北部都处在它的势力范围之内。
玛伊萨内，千庙教会的沙里亚；
帕罗·埃因罗，沙里亚祭司，阿凯梅安曾经的学生。

沙里亚骑士团——直接听命于沙里亚的僧侣军事组织，由"黄金沙里亚"伊克雅努斯三世于长牙纪2511年创立。
因切里·高提安，沙里亚骑士团的大宗师；
库提亚斯·萨瑟鲁斯，沙里亚骑士团的首席骑士队长。

康里亚——康里亚是三海东部的克泰人国家，建立于长牙纪3372年，东塞内安帝国崩溃之后。其首都为奥克尼苏斯，乃是什拉迪帝国的古都。
涅尔塞·普罗雅斯，康里亚的王子，阿凯梅安曾经的学生；
克里加特斯·辛奈摩斯，阿凯梅安的朋友，亚特雷普斯的镇守元帅；
涅尔塞·卡摩缪尼斯，乡民圣战军的领袖。

纳述尔——纳述尔帝国是三海西部的克泰人国家，自称是塞内安帝国的继承者，其鼎盛时期的疆域从加里奥斯一直延伸到尼尔纳米什。但几个世纪以来它与基安的费恩教连战连败，疆土已大不如前了。

伊库雷·瑟留斯三世，纳述尔皇帝；

伊库雷·孔法斯，纳述尔大统领，皇帝的侄儿；

伊库雷·伊斯特里雅，纳述尔的皇太后，皇帝的亲生母亲；

马特姆斯，将军，孔法斯的副手；

斯科约斯，皇帝的宰相。

加里奥斯——加里奥斯是三海诸国中的一个诺斯莱人国家，被称为中北之国，长牙纪3683年时由上古战争的难民后代建立。

柯伊苏斯·梭本，加里奥斯的王子，加里奥斯部队的首领；

库索特，梭本的仆人；

柯伊苏斯·阿斯贾亚里，梭本的外甥。

泰丹——瑟-泰丹是三海东部的诺斯莱人国家，于长牙纪3742年，克泰人国家森格米斯崩溃之后建国。

霍加·戈泰克，阿甘萨诺的伯爵，泰丹部队的首领。

艾诺恩——上艾诺恩是三海东部最大的克泰人国家。建立于3372年，东塞内安帝国分裂之后。自从3818年的学派战争之后，这个国家就处在赤塔的统治之下。

切菲拉姆尼，上艾诺恩的摄政王，艾诺恩部队的领袖。

森耶里——森耶里是三海诸国中的一个诺斯莱国家，它由森耶里部落联盟在长牙纪3987年创建，并于最近刚刚皈依了因里教义。

斯凯耶尔特，森耶里王子，森耶里部队的首领；

亚格罗塔，斯凯耶尔特的巨人奴仆。

费恩教阵营

费恩教信仰严格的一神论，它是根据先知费恩（长牙纪3669—3742）受到的启示而迅速创建起来的，仅在三海的西南部传播。费恩教的核心教义是真神是唯一的、超越一切的存在，所谓的诸神（费恩教认为它们是恶魔）都是伪神。他们拒绝承认长牙，认为那是不洁的，并禁止任何偶像为真神代言。

基安——基安是三海诸国中最强大的克泰人国家。他们的疆域北起纳述尔帝国的南疆，南至尼尔纳米什。长牙纪3743年至3771年，最早的费恩教徒向纳述尔帝国发动了圣战，史称"白色杰哈德"，那场战争也标志着基安国的建立。
卡萨曼德，基安的帕迪拉贾；
萨考拉斯，派驻施吉克省的帕夏。

西斯林——费恩教中的巫术祭司，以希摩为根据地。很少有人了解西斯林巫术——或者按西斯林的称呼，"水魂"——的奥秘。大家只知道他们无法被异民感知，而在其他很多方面，水魂魔法都和巫术学派的类比魔法一样令人生畏。
西奥提，西斯林的教首；
马拉赫，一位非常有权势的西斯林。

附 录

伊尔瓦大陆各主要种族的语言及方言

人类

"破门之年"以后,来自伊尔纳的四大民族开始向伊尔瓦大陆移民。在那之前,伊尔瓦大陆上的土著人类,也就是《长牙纪年》中所称的"伊姆瓦玛人",一直处在奇族的奴役之下,使用主人们语言的缩减版本。这些语言现在已经完全无从考证了,而他们在被奴役前的原始语言也没有存留下来。奇族的伟大史书《伊苏菲里亚斯纪》(又名"岁月之谷")中称,伊姆瓦玛人的原始语言与他们在卡雅苏斯大山脉彼端的远亲的语言是相同的,这让许多人相信,索蒂-伊尔诺里安语就是人类语言的共同起源。

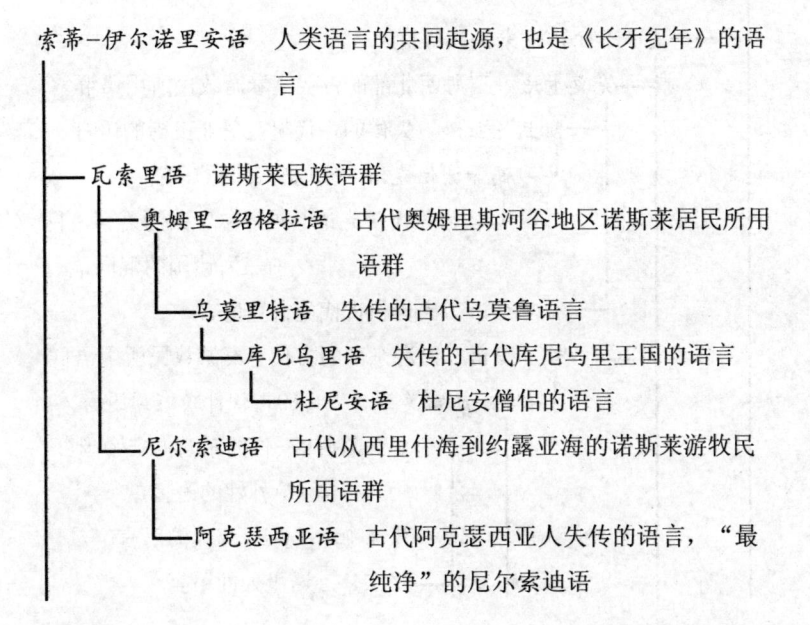

索蒂-伊尔诺里安语　人类语言的共同起源,也是《长牙纪年》的语言

　瓦索里语　诺斯莱民族语群
　　奥姆里-绍格拉语　古代奥姆里斯河谷地区诺斯莱居民所用语群
　　　乌莫里特语　失传的古代乌莫鲁语言
　　　　库尼乌里语　失传的古代库尼乌里王国的语言
　　　　　杜尼安语　杜尼安僧侣的语言
　尼尔索迪语　古代从西里什海到约露亚海的诺斯莱游牧民所用语群
　　阿克瑟西亚语　古代阿克瑟西亚人失传的语言,"最纯净"的尼尔索迪语

乌有王子 ★ 前度的黑暗

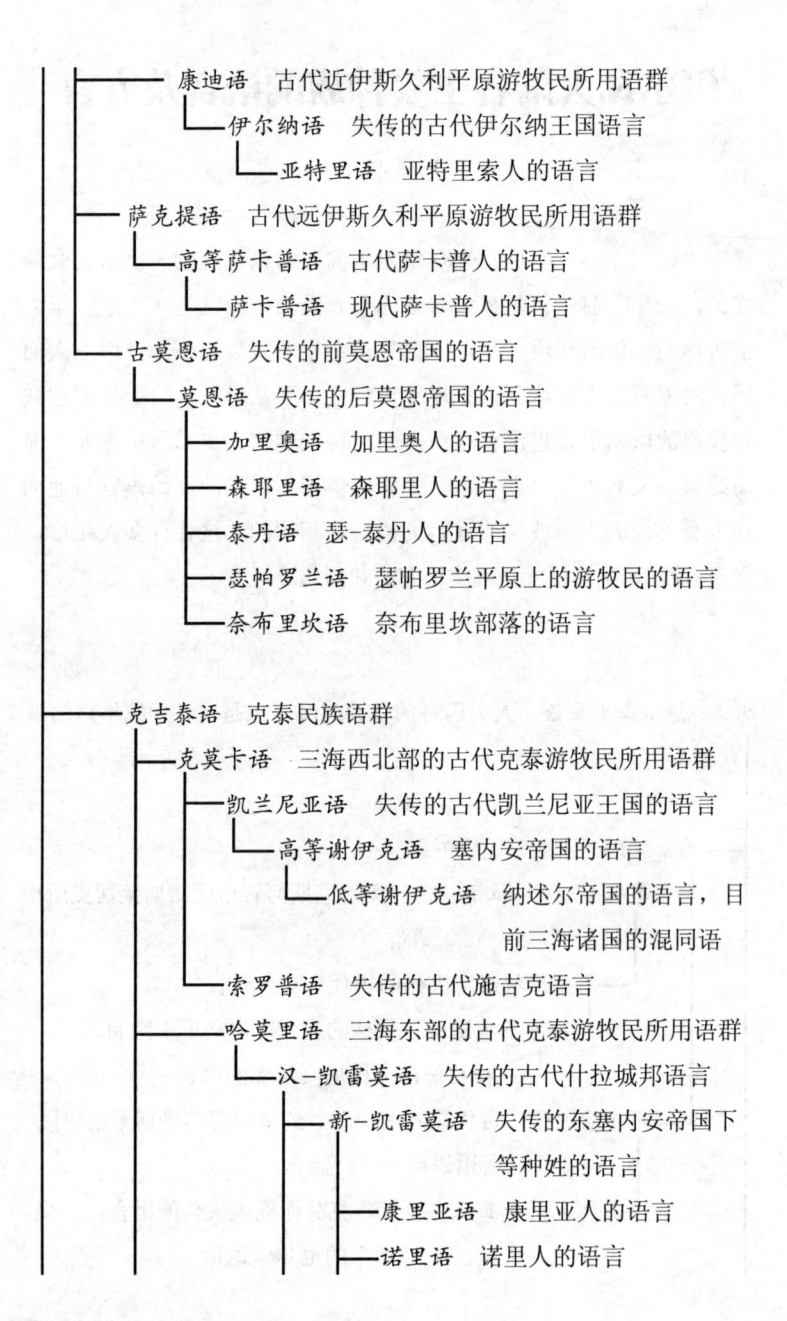

```
├── 康迪语    古代近伊斯久利平原游牧民所用语群
│   └── 伊尔纳语    失传的古代伊尔纳王国语言
│       └── 亚特里语    亚特里索人的语言
├── 萨克提语    古代远伊斯久利平原游牧民所用语群
│   └── 高等萨卡普语    古代萨卡普人的语言
│       └── 萨卡普语    现代萨卡普人的语言
├── 古莫恩语    失传的前莫恩帝国的语言
│   └── 莫恩语    失传的后莫恩帝国的语言
│       ├── 加里奥语    加里奥人的语言
│       ├── 森耶里语    森耶里人的语言
│       ├── 泰丹语    瑟-泰丹人的语言
│       ├── 瑟帕罗兰语    瑟帕罗兰平原上的游牧民的语言
│       └── 奈布里坎语    奈布里坎部落的语言
│
├── 克吉泰语    克泰民族语群
│   ├── 克莫卡语    三海西北部的古代克泰游牧民所用语群
│   │   ├── 凯兰尼亚语    失传的古代凯兰尼亚王国的语言
│   │   │   └── 高等谢伊克语    塞内安帝国的语言
│   │   │       └── 低等谢伊克语    纳述尔帝国的语言，目
│   │   │                          前三海诸国的混同语
│   │   └── 索罗普语    失传的古代施吉克语言
│   └── 哈莫里语    三海东部的古代克泰游牧民所用语群
│       └── 汉-凯雷莫语    失传的古代什拉城邦语言
│           ├── 新-凯雷莫语    失传的东塞内安帝国下
│           │                等种姓的语言
│           ├── 康里亚语    康里亚人的语言
│           └── 诺里语    诺里人的语言
```

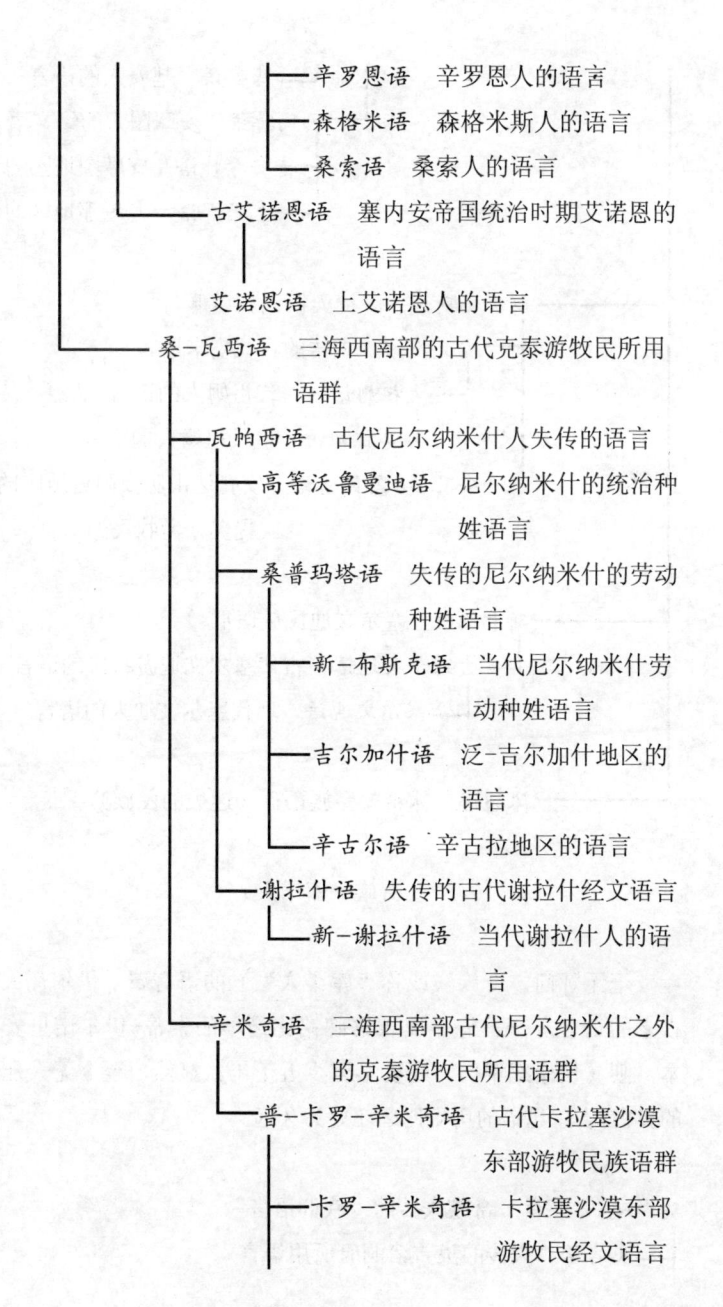

附 录

```
            ┌─ 辛罗恩语    辛罗恩人的语言
            ├─ 森格米语    森格米斯人的语言
            ├─ 桑索语      桑索人的语言
      ┌─ 古艾诺恩语   塞内安帝国统治时期艾诺恩的
      │              语言
      ├─ 艾诺恩语    上艾诺恩人的语言
  ┌─ 桑-瓦西语   三海西南部的古代克泰游牧民所用
  │             语群
  ├─ 瓦帕西语   古代尼尔纳米什人失传的语言
  │    ├─ 高等沃鲁曼迪语   尼尔纳米什的统治种
  │    │                  姓语言
  │    ├─ 桑普玛塔语   失传的尼尔纳米什的劳动
  │    │              种姓语言
  │    ├─ 新-布斯克语   当代尼尔纳米什劳
  │    │              动种姓语言
  │    ├─ 吉尔加什语   泛-吉尔加什地区的
  │    │              语言
  │    └─ 辛古尔语   辛古拉地区的语言
  ├─ 谢拉什语   失传的古代谢拉什经文语言
  │    └─ 新-谢拉什语   当代谢拉什人的语
  │                    言
  └─ 辛米奇语   三海西南部古代尼尔纳米什之外
               的克泰游牧民所用语群
      ├─ 普-卡罗-辛米奇   古代卡拉塞沙漠
      │                  东部游牧民族语群
      │   └─ 卡罗-辛米奇语   卡拉塞沙漠东部
      │                      游牧民经文语言
```

609

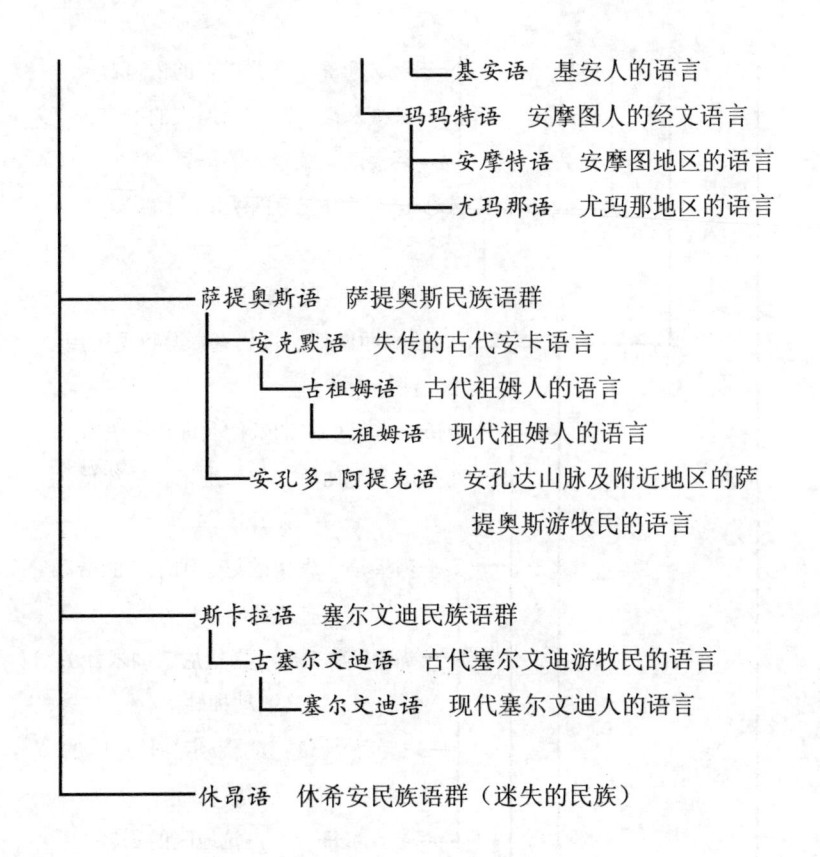

```
                    ┌─ 基安语    基安人的语言
                ┌─ 玛玛特语    安摩图人的经文语言
                │   ├─ 安摩特语    安摩图地区的语言
                │   └─ 尤玛那语    尤玛那地区的语言
                │
    ├─ 萨提奥斯语    萨提奥斯民族语群
    │   ├─ 安克默语    失传的古代安卡语言
    │   │   └─ 古祖姆语    古代祖姆人的语言
    │   │       └─ 祖姆语    现代祖姆人的语言
    │   └─ 安孔多-阿提克语    安孔达山脉及附近地区的萨
    │                        提奥斯游牧民的语言
    │
    ├─ 斯卡拉语    塞尔文迪民族语群
    │   ├─ 古塞尔文迪语    古代塞尔文迪游牧民的语言
    │   └─ 塞尔文迪语    现代塞尔文迪人的语言
    │
    └─ 休昂语    休希安民族语群（迷失的民族）
```

奇族（库诺人）

毫无疑问，奇族（或称"库诺人"）的语言属于伊尔瓦大陆最古老的语言之一。许多奥吉语碑铭比最早的索蒂-伊尔诺里安语文本，则《长牙纪年》，还要早至少五千年。显然，至今无人能解读的奥古-吉尔昆语的历史比之还更为久远。

奥古-吉尔昆语   奇族失传的"族群语言"
└─ 奥吉语   失传的奥吉诸洞府所用语言

├─因里姆语　因乔-尼亚斯地区的语言
├─吉库亚语　奇族的"奎雅"和各个真知学派使用的语言
　　└─高等库纳语　经过缩减的吉库亚语，三海诸国各个类比魔法学派使用的语言

斯兰克

《伊苏菲里亚斯纪》里最早提到斯兰克时，将它们称为"安雅西人"，意为"无舌的嗥叫者"。虽然在最早记载库诺-虚族战争的书籍中，奇族编年史家们似乎已经很不情愿地承认了斯兰克有讲话的能力，但等到有奇族学者去研究和记录他们的口头语言时，斯兰克的语言已经分裂成无数种不同的方言了。

　　阿古佐语　斯兰克最早的"割舌语言"

虚族

奇族将虚族的语言称为"辛库尔-席萨"，意为"众多芦苇的喘息"。许多人试图译解这种语言，但都失败了。根据《伊苏菲里亚斯纪》，直到后来虚族中出现"天赋之口"，开始使用库诺人的语言，库诺人与虚族之间才能够互相交流。

　　辛库尔语　无法解读的虚族语言

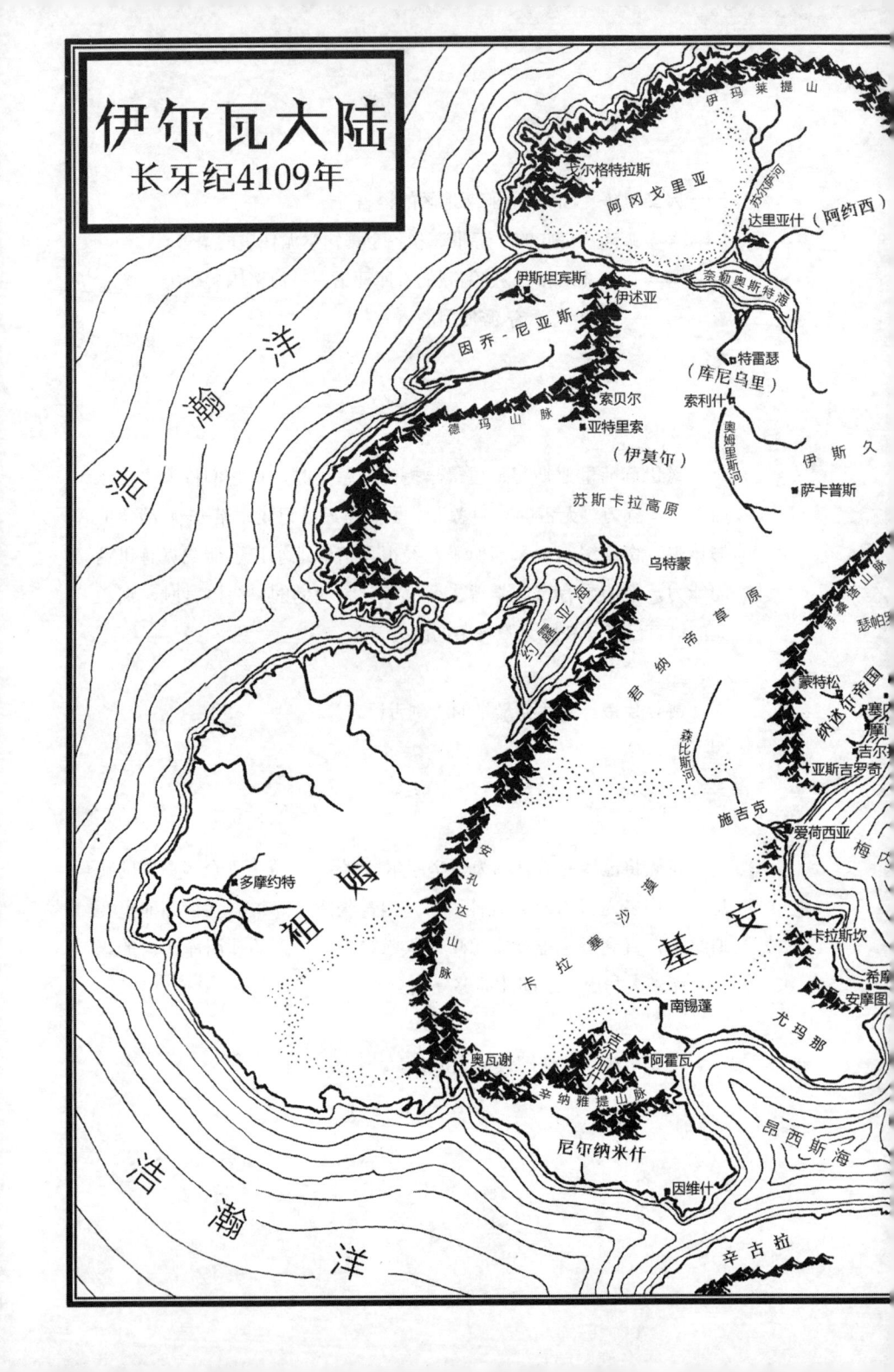

伊尔瓦大陆
长牙纪4109年

南卡雅苏斯大山脉
伊尔纳
泰温莱河
（阿克瑟西亚）
麦克莱
西里什海
平原
欧斯瓦伊山脉
里奥斯
奥斯文塔
西尔-奥古阿斯
温玛河
森耶里
阿拉西斯山脉
萨育特河
杰希亚
玫格伊里
森格米斯
瑟-泰丹
亚特雷普斯
上艾诺恩
诺海
康里亚
奥克尼苏斯
凯里苏萨尔
诺里
阿提尔苏斯
桑索
南卡雅苏斯大山脉
奈兰尼萨斯海
库纳米
R. Scott Bakker, 2002

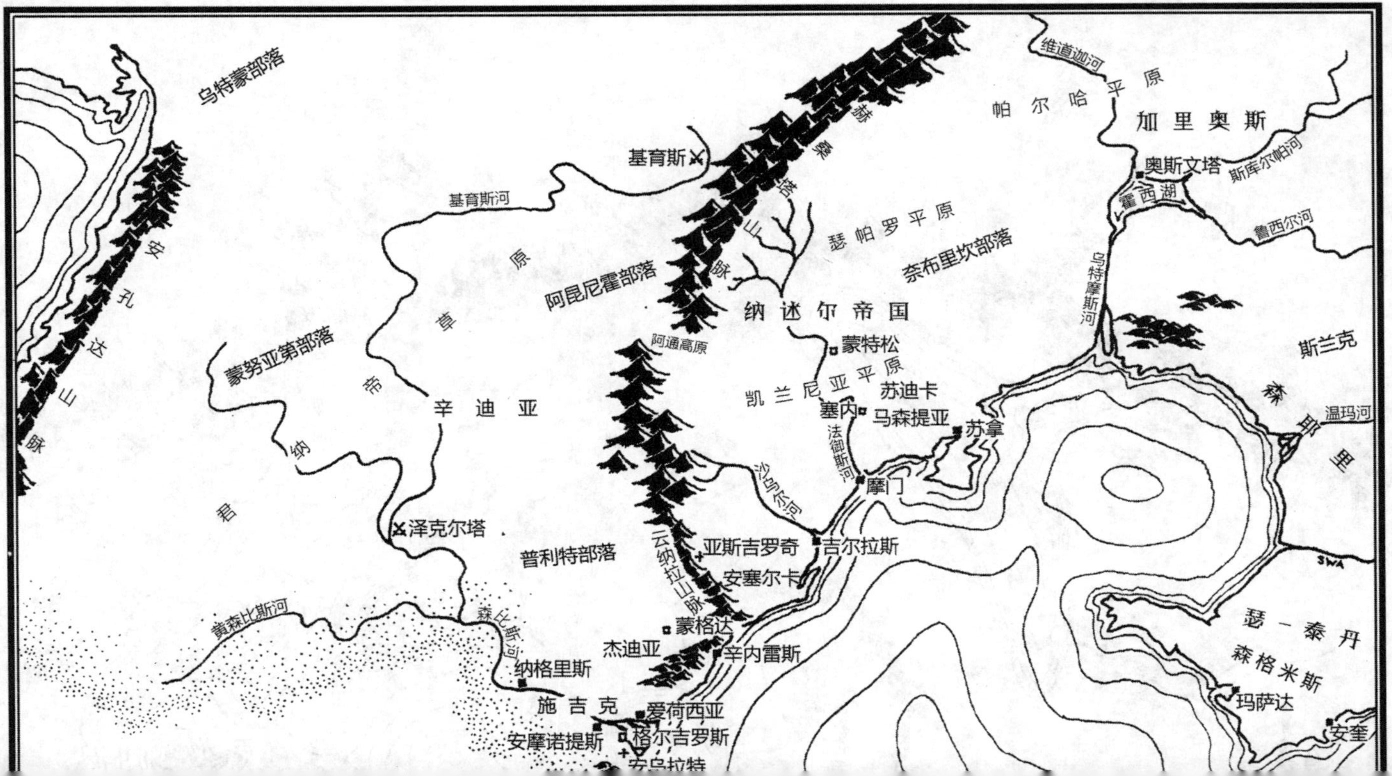

乌特蒙部落
安孔达山脉
基育斯
基育斯河
赫桑塔山脉
帕尔哈平原
维道迦河
加里奥斯
奥斯文塔
斯库尔帕河
霍西湖
鲁西尔河
乌特摩斯河
瑟帕罗平原
奈布里坎部落
纳述尔帝国
阿昆尼霍部落
草原
蒙努亚第部落
辛迪亚
帝纳
君
阿通高原
蒙特松
凯兰尼亚平原
苏迪卡
塞内
马森提亚
苏拿
法御斯河
摩门
沁呐尔河
斯兰克
森耶里
温玛河
泽克尔塔
普利特部落
云纳拉山脉
亚斯吉罗奇
吉尔拉斯
安塞尔卡
黄森比斯河
森比斯河
蒙格达
杰迪亚
辛内雷斯
纳格里斯
施吉克
爱荷西亚
安摩诺提斯
格尔吉罗斯
安乌拉特
瑟一泰丹
森格米斯
玛萨达
安奎

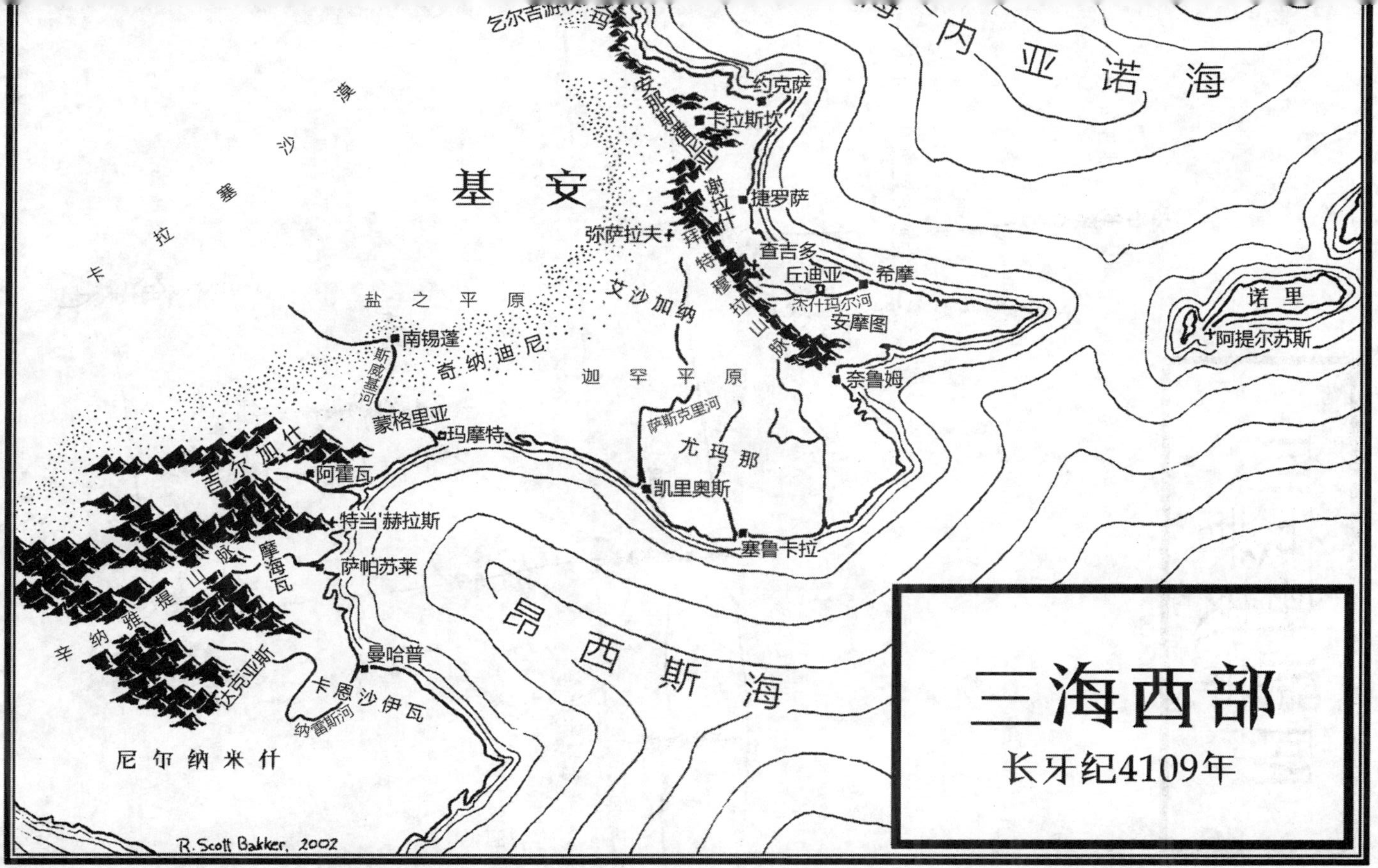
三海西部
长牙纪4109年
内亚诺海
约克萨
卡拉斯坎
基安
捷罗萨
弥萨拉夫
谢拉什
拜特穆拉山脉
查吉多
丘迪亚
希摩
杰什玛尔河
安摩图
诺里
阿提尔苏斯
奈鲁姆
卡拉塞沙漠
盐之平原
艾沙加纳
南锡蓬
斯威基河
奇纳迪尼
迦罕平原
萨斯克里河
蒙格里亚
玛摩特
尤玛那
凯里奥斯
吉尔加什
阿霍瓦
特当'赫拉斯
塞鲁卡拉
萨帕苏莱
摩海瓦
辛纳雅提山脉
昂西斯海
达克亚斯
曼哈普
卡恩沙伊瓦
纳雷斯河
尼尔纳米什
R. Scott Bakker, 2002

阿凯梅妄的羊皮卷

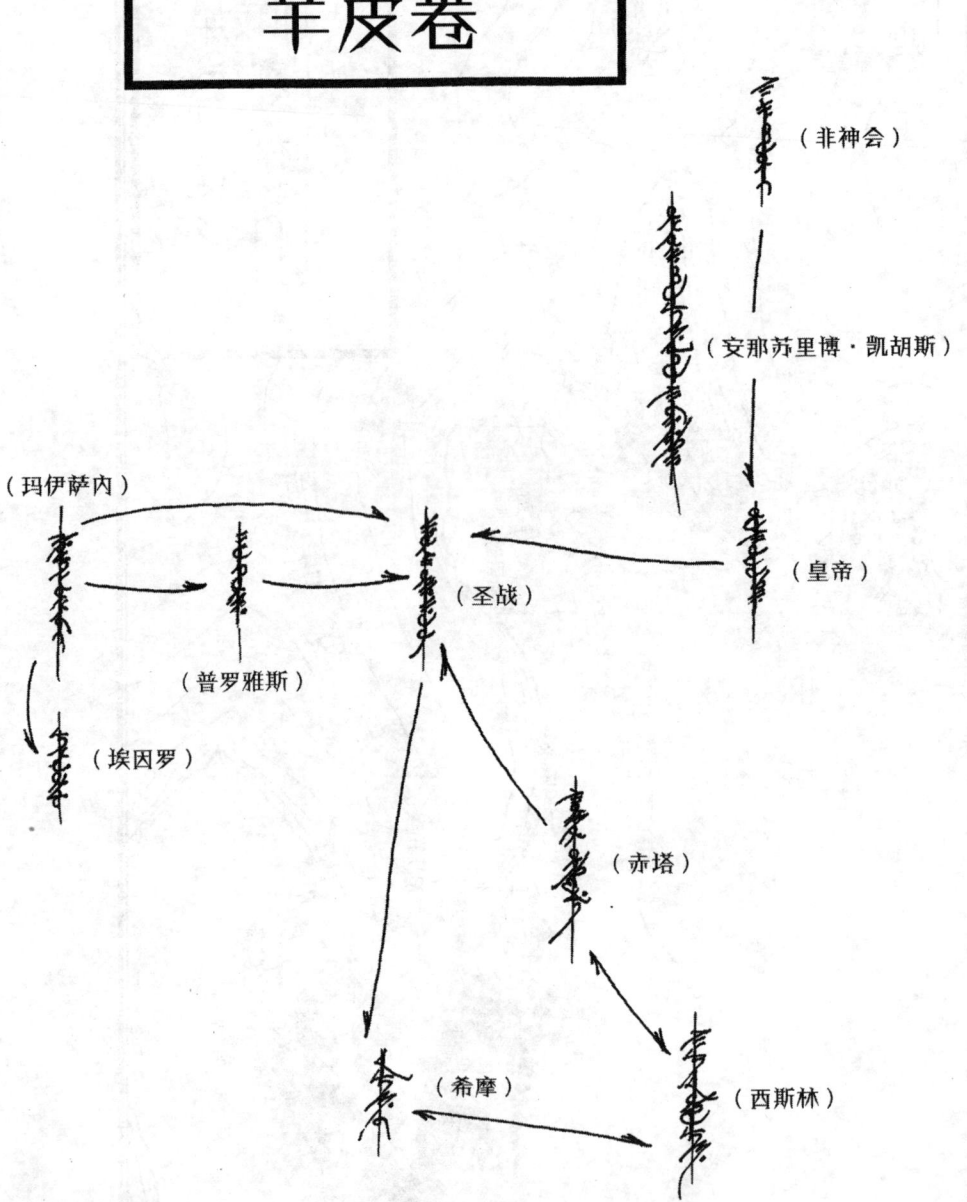

（非神会）

（安那苏里博·凯胡斯）

（玛伊萨内）

（皇帝）

（圣战）

（普罗雅斯）

（埃因罗）

（赤塔）

（希摩） （西斯林）

新书预告：

《荆棘与白骨的王国》系列震撼登场——

《荆棘王》
《恐怖王子》
《血腥骑士》
《天降女王》

**人类时代即将走向意外的终结，
我也许是最后一个记得此事的人。**

    从司皋斯罗羿的最后一座要塞被奴隶攻破的那天起，人类便以"伊文龙"为名揭开了新时代的序幕。伊文龙是人类的时代，包容着他们所有的荣耀与过失。反叛者的子女们繁衍生息，用他们的王国盖满了这片土地。

    然而，伊年2223年，伊文龙时代开始走向意外而可怕的终结。
    我也许是最后一个记得此事的人。

    伴随着一场沉闷潮湿的阴雨，护林官埃斯帕·怀特嗅到了冰冷谋杀的气息。狮鹫、幻灵、尤天怪，这些本该存在于传说中的生物一一现世。王室之血涌流如河，被隐匿的世界露出狰狞的面孔。黑色的荆棘在地表蔓延，远古洪荒的王者睁开沉睡千年的眼睛，缓缓踏出了毁灭世界的第一步……

    王者归来，"荆棘与白骨的王国"系列，《荆棘王》《恐怖王子》《血腥骑士》《天降女王》四部曲重装登场！

    ——待他睡去，我便会苏醒，发现这世界早已不同。

奇幻巨著《冰与火之歌》

　　《冰与火之歌》是由美国著名科幻奇幻小说家乔治·R.R.马丁（George R.R.Martin）所著的史诗奇幻小说，是当代奇幻文学一部影响深远的里程碑式的作品。

　　走进冰与火的世界，我想你不会不惊叹于那复杂而真实的人性所产生的神奇魅力；不会不感慨于提利昂丑陋的外表下内心对亲情爱情的纯真渴望、琼恩失去亲情友情最终失去信任的孤独无助；不会不无奈于丹妮莉丝理想治国的美好幻想的破灭；不会不沉迷于席恩从臭佬到临冬城王子到变色龙到临冬城幽灵最后做回席恩这逐渐在迷失中找回自我的心酸历程；不会不震悸于他们内心隐秘世界的强烈涌动与最终体现。这就是"冰与火之歌"的最大特色，关注现实，不作田园牧歌般的描绘。

　　灰暗天空，苍白雪地，血红火焰，蓝黑海洋，这不是五彩斑斓童话故事的色彩，而是属于现实的颜色，冰冷、血腥、残酷的冰与火之歌！

现已全面上市……

新书预告：

《冰与火之歌官方地图集》
华丽盒装，重磅登场！——

· 本图集包含12张全手工高清地图，首次披露了从维斯特洛到东方世界之间的真实地貌、布拉佛斯和多斯拉克海的异域风情，以及小说里主要角色的活动轨迹。

· 随地图附赠全彩《冰与火之歌官方地图指南》，100%无遗漏解析，还原一个最真实最详尽的"冰与火之歌世界"！

《七王国的骑士》
"冰与火之歌"外传合集 全球首发——

揭示坦格利安王朝的兴衰、暗藏几大家族的争斗、讲述不该成王的王的精彩人生。

在《冰与火之歌》故事开篇前约89年，
这时的维斯特洛风平浪静。
"高个"邓肯怀揣着骑士梦，
与他的侍从、实则身份远非如此简单的小男孩伊戈，
踏上了行侠仗义、游历天下的旅程。

比武审判、冷壕堡之劫……
危险如影随形、死亡寸步不离。
这一场成王路上
梦想与现实的碰撞、正义与阴谋的较量，
带给他们的远比他们想象的要多。
忠诚、荣誉、勇气，
终将伴随他们一路向前……

书籍推荐：

《都铎王朝》系列第一弹重磅出击——

《永恒的王妃》

《女王的弄臣》

《处女的情人》

权力与爱情总难以兼得，真相与死亡却如影随形。

"英国宫廷小说女王"、《另一个波琳家的女孩》电影原作菲利帕·格里高利为您披露都铎王朝传奇女性们暗潮汹涌的人生。三册小说华丽登场！

"……她把身子俯得那么低，他甚至能透过绿色长袍的方形领口看到她小小的胸部。她觉察到了他的目光，脸色涨得更红。他以愉悦而充满欲望的眼神看着她，而她连脖颈也浮现出淡淡的玫瑰色。

……

伊丽莎白的双眸中闪动着兴奋的黑色火花，但没有挣扎。当他发现她不打算叫喊的时候，他放开了手，低下头来。

伊丽莎白感受着他的胡须轻柔地拂过她的嘴唇，嗅到他发肤的醉人气息。她阖上双眼，微微昂起头，将自己的嘴唇、脖颈和胸部交给他的唇。她感觉到他尖利的牙齿摩擦着自己的皮肤时，发现自己已经不是只会傻笑的孩子，而是个年轻的、拥有最原始的欲望的女人。"